Axel Aylwen ist ein Geschäftsmann, der lange Zeit in Thailand, dem ehemaligen Siam, verbracht hat und fließend Thai spricht.

Dieses Buch wurde auf chlor- und säurefreiem Papier gedruckt.

Deutsche Erstausgabe Februar 1993

Titel der Originalausgabe »The Falcon of Siam«

Originalverlag Methuen, London
Umschlaggestaltung Adolf Bachmann, Reischach
Umschlagfoto Hoa-Qui/Silvestris, Kastl
Satz MPM, Wasserburg
Druck und Bindung Elsnerdruck, Berlin
Printed in Germany
ISBN 3-426-60029-3

2 4 5 3 1

Axel Aylwen

Der Falke von Siam

Aus dem Englischen
von Dinka Mrkowatschki

Knaur

Danksagung

Ich möchte an dieser Stelle Tony Koltz danken. Er war es, der mir den richtigen Weg gewiesen hat. Außerdem danke ich Trish Garibaldi und Susan King für die vielen Stunden, die sie mit dem Dechiffrieren meiner Hieroglyphen zugebracht haben, und vor allem Elsbeth Lindner – einer unvergleichlichen Lektorin – für ihre Geduld und ihre unermüdlichen Ratschläge.

Für meine liebevolle Familie
Mutter, Bennie, Sasha und Christopher

Constantine Phaulkon hat wirklich existiert, und dieses Buch beruht auf Geschichte, hat aber nicht den Anspruch, geschichtsgetreu zu sein. Alle siamesischen Aufzeichnungen wurden im achtzehnten Jahrhundert zerstört, als die Burmesen die Hauptstadt Ajuthia stürmten und plünderten. Zeitgenössische ausländische Berichte — von Jesuiten, Missionaren und Abenteurern — sind zum großen Teil sehr widersprüchlich. Wer kann also heute, dreihundert Jahre später, sagen, was wirklich passiert ist ...?

1

Golf von Siam, 1679

Das plötzliche Aufblitzen des Stahls rettete ihn, ein von der tödlichen Klinge reflektierter Sonnenstrahl, der über seine geschlossenen Augen zuckte und ihn aus dem Schlaf riß. Er sah die Spitze des gebogenen malaiischen Dolchs hinter dem Teakholzmast schimmern, und im nächsten Augenblick stürzte sich der Angreifer auf ihn.

Phaulkon hatte zwar mit Meuterei gerechnet, aber nicht mit dem Angriff eines einzelnen. Er hatte, gegen den zweiten Mast gelehnt, gedöst und rollte sich jetzt instinktiv zur Seite. Der Malaie schoß wie ein geschleuderter Speer an ihm vorbei, und der Kris bohrte sich in den Mast.

Phaulkon drehte sich blitzschnell um und stand seinem fluchenden Gegner Auge in Auge gegenüber. Constantine Phaulkon, dreißig Jahre alt, Kapitän der siamesischen Hundertzwanzigtonnendschunke ROYAL LOTUS, war einen guten Kopf größer als der drahtige malaiische Matrose, der verzweifelt versuchte, den Kris aus dem Teakholz zu ziehen, schließlich aber mit einem Wutschrei aufgab.

Einen Augenblick lang standen sich die beiden Männer gegenüber, unbewaffnet. Sie waren allein auf Deck.

Beide Männer waren bis zur Taille nackt. Phaulkon trug die weiten schwarzen, pyjamaartigen Hosen der Chinesen, der Malaie Faisal nur einen Lendenschurz. Im trügerischen Licht des Morgengrauens hätte man sie fast für Verwandte halten können, beide hatten tiefschwarze Haare und waren braun gebrannt. Dann tauchte die Sonne hinter einer Wolke auf und zerstörte die Illusion. Ein fahler Lichtstrahl zeichnete die hohen Backenknochen und die flache Nase des Malaien nach, ein scharfer Kontrast zu den kantigen, mediterranen Gesichtszügen des Griechen.

Die beiden umkreisten sich vorsichtig in dem freien Raum zwischen den Masten. Phaulkon überlegte, ob er seine Kollegen rufen sollte, die beiden Engländer unter Deck, ließ es dann aber bleiben. Was, wenn die Malaien zuerst aufwachten? Unter Deck waren noch drei, somit waren sie in der Überzahl. Plötzlich wurde ihm klar, wie seltsam es war, daß Faisal die anderen nicht selbst gerufen hatte.

Am liebsten hätte Phaulkon diesen Kerl zusammengeschlagen. Aber zuerst mußte er wissen, warum Faisal ausgerechnet jetzt angriff und warum allein. Es stand zuviel auf dem Spiel. Wenn der Malaie von der versteckten Fracht wußte...

»Es überrascht mich, daß du allein angreifst, du Schuft«, sagte Phaulkon in fließendem Malaiisch, während sich die beiden weiterhin vorsichtig abschätzten. »Wo sind denn deine Freunde?«

»Das kann dir doch egal sein«, erwiderte Faisal, »wenn du mit den anderen Ungläubigen in der Hölle schmorst.«

Bei diesen Worten versuchte der Malaie, einen hinterhältigen Schlag gegen Phaulkons Unterleib zu landen. Der Grieche drehte sich zur Seite, packte den Fuß des Malaien und riß ihn mit aller Kraft nach hinten. Faisal stöhnte, warf aber seinen Körper mit einer akrobatischen Pirouette herum und befreite seinen Fuß. Er stand schwankend vor Phaulkon, sein Fuß war offensichtlich verletzt. Der Grieche versuchte, einen brutalen Schlag gegen den Solarplexus des Malaien zu landen, aber dem gelang es, sich wegzudrehen, so daß die Faust des Griechen von den Rippen abprallte. Faisal rang nach Luft, Phaulkon hob seinen rechten Arm und packte den Malaien mit eisernem Griff. Faisals Schreie erstickten zu gedämpftem Würgen.

»Wenn dir dein Leben lieb ist, mach den Mund auf«, befahl Phaulkon barsch. »Warum hast du mich überfallen?«

»Berhenti disitu! Jengan dekat! Keine Bewegung!«

Der Ruf kam von hinten. Phaulkon wirbelte blitzschnell mit Faisal herum. In wenigen Metern Entfernung, oben an der Kajüttreppe, standen Achmed und Mohammed, beide mit gezogenem Kris.

Sie zögerten kurz, dann steckte Achmed mit betroffenem Gesicht seinen Kris zurück in den Lendenschurz.

»Tuan Kapten, ist alles in Ordnung?« erkundigte er sich unterwürfig. »Wir haben Schreie gehört und sind sofort gekommen. Hat dieser Hund sich unziemlich verhalten?« Er zeigte auf Faisal.

Phaulkon musterte Achmed, den Ersten Maat und Anführer der Mannschaft, eindringlich. Der Kerl war verschlagen wie der Teufel, aber nach malaiischem Standard ein geschickter Seemann. Steckst du dahinter, du flachnasiges Ungeziefer? fragte er sich. Und warum das alles?

»Euer Freund hat versucht, mich im Schlaf zu töten«, erwiderte er.

Achmed lief hochrot an. »Überlaßt ihn mir, Tuan Kapten, bitte. Der Hund hat uns entehrt.« Er ging auf ihn zu.

»Bleib, wo du bist, Achmed. Ich werde ihn selbst verhören. Ihr könnt ihn haben, wenn ich mit ihm fertig bin.«

Das Stapfen bloßer Füße war zu hören, und die ungelenke Gestalt von Richard Burnaby, im bodenlangen weißen Nachthemd, mit einer Muskete bewaffnet, tauchte auf der Kajüttreppe auf. Hinter ihm kam Thomas Ivatt, ein kleingewachsener Engländer mit dichten, wolligen braunen Haaren. Das ungleiche Paar musterte verwirrt die Anwesenden.

»Was, zum Teufel, geht hier vor?« fragte Burnaby und richtete seine Muskete auf die Malaien.

»Nur ein kleines Mißverständnis mit Faisal, mehr nicht.« Der Grieche sprach akzentfrei Englisch, dank zwanzig Jahren Dienst in der Handelsmarine Seiner britischen Majestät. 1658 war er als neunjähriger blinder Passagier zu ihr gestoßen.

»Bitte erklärt Seiner Exzellenz, daß wir solche Schande nicht dulden können«, flehte Achmed Phaulkon an. Er konnte Burnaby nicht direkt ansprechen. Das ehrenwerte Oberhaupt der Ostindischen Kompanie in Siam sprach kein Wort Malaiisch.

»Achmed ist ganz wild darauf, selbst den Richter zu spielen, Richard«, sagte Phaulkon. »Halte ihn in Schach.«

»Tuan Kapten«, Achmed wandte sich an Phaulkon. »Faisal ist mein Blutsbruder, zu meiner ewigen Schande. Erlaubt mir, ihn

in Eurer Gegenwart zu verhören. Er wird mir sagen, was er Euch nie verraten würde, selbst nicht unter der Folter.«
»Was sagt er?« fragte Burnaby.
»Er will Faisal selbst verhören. Behauptet, die Ratte würde mir gegenüber sowieso nichts zugeben. Halte sie alle in Schach, Richard, und du auch, Thomas, aber schießt nur, wenn es wirklich sein muß. Wir brauchen jeden Mann dieser aussätzigen, hinterlistigen Mannschaft, um die Dschunke zu fahren.« Er schob Faisal auf Achmed zu.
Achmed packte Faisal am Arm und führte ihn aus Phaulkons Reichweite. Dann flüsterte er Faisal etwas ins Ohr und zeigte zum Himmel. Faisal schaute nach oben, Achmeds Kris blitzte auf und Faisal sank mit durchschnittener Kehle zu Boden. Er hatte nicht einmal mehr Zeit gehabt, zu schreien.
»Verzeiht, Euer Exzellenz«, sagte Achmed und verbeugte sich vor Phaulkon. »Aber wer den Tuan beleidigt, beleidigt auch mich. Es war Allahs Wille. Möge sein Name auf ewig gepriesen sein.«
»Verflucht sollst du sein«, schimpfte Phaulkon und wollte sich auf ihn stürzen.
»Es hat keinen Sinn, Constant«, warnte ihn Burnaby. »Die Wahrheit werden wir jetzt nie erfahren.« Phaulkon gelang es, sich trotz einiger Mühe wieder unter Kontrolle zu bringen. Der alte Mann hatte recht. Dieses eine Mal war seine sprichwörtliche Vorsicht gerechtfertigt. Sie nannten ihn ›Kein-Risiko-Burnaby‹. Achmed war der einzige Malaie an Bord, der etwas vom Segeln verstand.
Achmed machte seinem Gefährten ein Zeichen. Er und Mohammed hoben Faisals Leiche auf, trugen sie zur Reling und warfen sie über Bord. In diesem Augenblick erschien Abdul, der untersetzte Koch, mit einem Wasserbecken und einem kurzen Rattanbesen. Seine Augen, die fast in den Fettfalten verschwanden, registrierten gelassen das Szenario. Er ging in die Hocke und wusch wie beiläufig das Blut vom Deck. Dann trat er zum Heck und nahm seinen üblichen Platz hinter dem riesigen schwarzen Eisenkessel ein, in dem er vom Morgengrauen

bis zur Dämmerung in regelmäßigen Abständen herumrührte. Ein ständiger Geruch von Curry umgab ihn.

»Na schön«, sagte Phaulkon, warf einen Blick zum Himmel und schnupperte erfreut den aufkommenden Wind. »Wir segeln weiter.«

Sie hatten die Nacht vor der Küste von Ligor geankert, und plötzlich verspürte er den Drang, diesen Landstrich so schnell wie möglich hinter sich zu lassen. Hier hatten die Malaien angefangen, sich verdächtig zu benehmen. »Achmed, Mohammed, Segel setzen und Anker lichten.« Er wandte sich an Ivatt, der an der Reling lehnte und die Malaien nicht aus den Augen ließ. »Wie fühlst du dich, Thomas? Du kannst unter Deck gehen und dich ausruhen, wenn du möchtest.«

»Danke, ich bleibe lieber hier.« Sein Lächeln war zurückhaltend. »Ich möchte nicht noch mehr versäumen. Mein Leben verlief bis jetzt ruhig und zurückgezogen. Zeit, daß das anders wird.« Phaulkon grinste. Er mochte den kleinen Mann und wußte, daß sein Leben alles andere als ruhig und zurückgezogen gewesen war.

Er war der Sproß einer Schaustellerfamilie aus Yorkshire. Mit neun Jahren hatte er mit ansehen müssen, wie sein Großvater in der Menagerie von einem Tiger zerfetzt worden war. Als sein Partner auf dem Trapez, John Matthews, ausgerutscht und vor seinen Augen zu Tode gestürzt war, hatte er der Wandertruppe Lebewohl gesagt und sich der Ostindischen Kompanie angeschlossen, in der Hoffnung, mit zweiundzwanzig ein neues Leben anfangen und das alte vergessen zu können. In diesem Augenblick fragte sich Ivatt, ob es klug gewesen war, die Gefahren des Hochseils gegen das ›ruhigere‹ Leben in Asien einzutauschen.

»Was ist denn in Faisal gefahren?« fragte Burnaby, der die Muskete immer noch einsatzbereit hielt. Sein normalerweise ordentlich gekämmtes strohfarbenes Haar hing in wilden Strähnen um sein Gesicht. Heute morgen war keine Zeit für die Toilette gewesen. Wie es seinem Rang gebührte, zu dem er langsam aufgestiegen war, war der höchste ausländische Würdenträger in Siam stolz darauf, zu jeder Zeit perfekt angezogen zu sein. Mit seinen achtundvierzig Jahren war dies inzwischen zu einer Besessenheit geworden.

»Er hat gewartet, bis ich eingedöst war, und hat dann versucht, mich zu töten, Richard.«

»Waren die anderen auch an dem Überfall beteiligt?« fragte Burnaby betroffen.

»Schwer zu sagen. Sie waren unter Deck, als es passiert ist. Aber ich schätze, sie hätten dich und Thomas überfallen, sobald Faisal das Zeichen gegeben hätte. Aber laßt uns zuerst in See stechen und dann darüber reden. Diese Küste macht mir ein ungutes Gefühl.« Er zeigte auf das zehn Meilen entfernte Ufer mit dem weißen Strand und dem Dschungel dahinter. In der Ferne lagen die Berge, über denen die Monsunwolken gerade ihren Regen abließen. Irgendwo dort, dachte er voller Sorge, befand sich der Fluß Ligor.

»Ich möchte, daß ihr die Malaien keine Sekunde aus den Augen laßt«, fuhr Phaulkon fort. »Jeder von euch konzentriert sich auf einen.«

Hektische Aktivität machte sich breit, die großen Segel der ROYAL LOTUS, herrlich gearbeitet aus Palmschilf, wurden hochgezogen und bauschten sich im Wind. Das Schiff war in den Werften Ajuthias, dem Venedig des Ostens und der legendären Hauptstadt Siams, nach dem Vorbild der Dschunken des Reiches der Mitte aus widerstandsfähigem Teakholz gebaut worden. Auf solchen Schiffen hatten die Händler jahrhundertelang Tee, Seide und Porzellan nach Siam gebracht und waren, mit bis zum Bersten mit Sapanholz, Rhinozeroshorn, Gewürzen und Tigerknochen gefüllten Frachträumen, nach Kanton zurückgesegelt.

Der mit Stein beschwerte Holzanker wurde hochgezogen, und ein paar Augenblicke später gewann die ROYAL LOTUS an Fahrt. Die zweimastige siamesische Küstenhandelsdschunke steuerte südwärts den Golf von Siam hinunter.

»So, Constant, du glaubst also, sie wissen nichts von der Ware?« Sie überlegten schon seit einiger Zeit die Gründe für den Überfall, und Burnaby klang etwas gereizt. Er war überzeugt, daß Phaulkon sich dieses eine Mal irrte. Leider wurde die Freude Burnabys darüber, seinem gewitzten Stellvertreter beweisen zu können, daß er im Unrecht war, durch den Gedanken getrübt, was für Folgen es haben könnte, wenn die Malaien von der versteckten Fracht wußten.

Phaulkon ließ den Blick unauffällig vom Ruder über die Mitglieder der Mannschaft schweifen. Mohammed schrubbte das Deck. Abdul rührte in seinem Kessel, und Achmed beobachtete die Küste.

»Ich habe alle erdenklichen Vorsichtsmaßnahmen getroffen, Richard«, erwiderte er. »An dem Tag, als die Fracht geladen wurde, hatten alle Malaien frei, und jeder von ihnen wurde beschattet.«

»Warum hat das Schlitzauge dann versucht, dich zu töten?« Burnaby ließ nicht locker.

Phaulkon zuckte ratlos die Schultern. »Vielleicht habe ich ihn irgendwie beleidigt.«

»Meint Ihr nicht, es wäre vielleicht an der Zeit, mich einzuweihen?« fragte Ivatt.

Burnaby warf einen Blick zu Phaulkon, aber der Grieche schüttelte kaum merklich den Kopf. Er vertraute Ivatt zwar, aber je weniger Personen vom Inhalt des Frachtraums wußten, desto besser.

Ivatt schaute vom einen zum anderen, in Erwartung einer Erklärung. Er hatte bereits öfter bemerkt, daß der Grieche das letzte Wort hatte. Phaulkon hatte das Kommando, das war nicht mehr zu übersehen. Seine Erscheinung wurde seiner Rolle gerecht, dachte Ivatt, angesichts Phaulkons athletischer Gestalt und seines autoritären, sicheren Auftretens.

»Da gibt es eigentlich nichts zu erzählen, Thomas.« Burnaby hatte das Wort ergriffen. »Du weißt genausoviel wie wir. Und daß wir auf der Hut sein müssen, ist wohl unübersehbar.«

Phaulkon bemerkte aus den Augenwinkeln, wie Achmed und

Mohammed die Kajüttreppe hinunter verschwanden und gab Burnaby und Ivatt ein Zeichen. Die beiden folgten den Malaien eilig unter Deck.

Phaulkon zog an der Ruderleine, um den Kurs zu korrigieren, und warf einen Blick zum Himmel. Obwohl es gerade erst neun Uhr war, stand die Sonne bereits hoch. Wie immer um diese Zeit zog er ein weißes Musselinhemd über seine weiten Hosen an, um sich vor den tropischen Hitzestrahlen zu schützen. Er war jetzt mit Abdul, dem Koch, allein auf Deck, der unbeirrt in seinem Kessel rührte. Sie segelten parallel zur Küste den schmalen Isthmus hinunter, der den Golf von Siam von der Bengalischen Bucht trennte oder, weiträumig gesprochen, den Pazifik vom Indischen Ozean.

Die Dschunke war seit zehn Tagen unterwegs, von der Mündung des Menam Chao Phraya, des Edlen Flusses oder Flusses der Könige, der Fluß, der für das Königreich Siam das war, was der Nil für Ägypten oder der Ganges für Indien: die Mutter des Lebens und der Zivilisation. Die ersten neun Tage hatte eine süße Brise aus dem Norden geweht, aber sie hatte sich während der Nacht verflüchtigt. Die brennende Sonne war über schlaffen Segeln und einer glasigen See aufgestiegen. Die Dschunke trieb im reglosen Wasser, in Sichtweite der Küste. Nichts schien den alles umfangenden Frieden gefährden zu können.

Nichts, außer Phaulkons Instinkt. Zwei Dinge ließen ihm keine Ruhe. Eines davon war die ehrfurchtgebietende Stille des Ozeans. Das andere eine fast unmerkliche Veränderung im Verhalten der Mannschaft.

»Wir nähern uns doch wohl Ligor, Tuan?« hatte Achmed gefragt.

»Warum fragst du? Wir legen in Songkhla an, nicht in Ligor.«

»Wo wir so ruhiges Wetter haben, Tuan, wäre es da nicht klüger, in Ligor anzulegen? Wir kommen sowieso nicht voran, und dort könnten wir unseren Proviant ergänzen.«

Laut ihrer offiziellen Papiere, die mit dem Siegel des Barcalon versehen waren, dem ersten Minister des erhabenen Königs Narai von Siam, hatte die ROYAL LOTUS Erlaubnis, von der

Hauptstadt Ajuthia bis zu den malaiischen Staaten südlich der siamesischen Grenze zu segeln. Unterwegs war es ihr gestattet, in Songkhla anzulegen, einem südlichen siamesischen Hafen, um Handel zu treiben und Proviant aufzunehmen. Abgesehen von der Mannschaft, die aus vier Malaien bestand, waren im Register die Namen dreier Farangs, wie man Ausländer in Siam nannte, verzeichnet. Richard Burnaby, Oberhaupt des Handelspostens der englischen Ostindischen Kompanie in Ajuthia, Constantine Phaulkon, sein Stellvertreter und Kapitän des Schiffes, und Thomas Ivatt, ein neu Angeheuerter aus dem Hauptquartier der Gesellschaft in London.

Laut Frachtbrief hatte die Royal Lotus erlesenes englisches Tuch von feinster scharlachroter Farbe geladen, das bei den zeremoniesüchtigen Fürsten und Sultanen von Malaia, von denen viele dem mächtigen Monarchen von Siam Tribut zahlten, sehr geschätzt wurde. Aber in den riesigen Stoffballen verborgen — wie nur Phaulkon, Burnaby und ein gewisser Kapitän Alvarez wußten — waren fünf der besten holländischen Kanonen, unbezahlbare Ware, die von de Groot selbst in Amsterdam gegossen worden waren. Das regionale Hauptquartier der Ostindischen Kompanie in Madras hatte genausowenig Ahnung von ihrem Vorhandensein an Bord wie die siamesischen Behörden in Ajuthia. Zusammen waren diese Kanonen stark genug, ein Königreich zu schaffen — oder zu zerstören. In Pattani, ihrem Zielhafen, der nur zehn englische Seemeilen von Songkhla entfernt lag, waren sie unbezahlbar. Für die moslemische Königin, die diesen Staat regierte, sollten sie der Verteidigung und vielleicht sogar Befreiung vom buddhistischen Königreich Siam dienen. Die Königin von Pattani hatte sich geweigert, den jährlichen Tribut in Form einer goldenen Blume nach Ajuthia zu schicken, so wie es die Pflicht jedes Vasallenstaates war. Es war nur noch eine Frage der Zeit, bis die königlichen Regimenter von Kriegselefanten aus Siam eintrafen, um ihr eine Lektion zu erteilen. Erst vor zwei Monaten hatte Kapitän Alvarez, Phaulkons geheimer Gesandter am Hof von Pattani, Nachricht geschickt, daß...

Armer Alvarez. Er hatte einmal zu oft mit seinen amourösen Erfolgen geprahlt. Die herrische Königin von Pattani, deren Gelüste wesentlich größer waren als ihr winziges Königreich, hatte Gefallen an dem gutaussehenden portugiesischen Seemann gefunden, den Phaulkon ihr für die Verhandlungen über dieses gefährliche Unterfangen geschickt hatte, und sie hatte ihn gezwungen, als Teil des Geschäfts bei ihr zu bleiben. In der verzweifelten Botschaft, die ein reisender Jesuit, Pater Coelho, nach Ajuthia gebracht hatte, klagte er über sein Schicksal: Die Königin hielt ihn wie einen Hund, nackt angeleint in ihrem Schlafzimmer, und befahl, ihm riesige Mengen blutigen Fleisches zu füttern, damit seine Manneskraft erhalten blieb, und Opium, um seinen Widerstand zu lähmen.
Die rebellische Königin hatte sich einverstanden erklärt, eine stattliche Summe für die Kanonen zu zahlen. Mehr als genug, um meinen langgehegten Plan zu erfüllen, überlegte Phaulkon. Es blieben nur noch vier Monate bis zum Rendezvous mit Samuel White in Mergui, Siams großem westlichem Hafen an der Bucht von Bengalen. Wenn Samuel, Freibeuter und Privathändler, in Mergui mit dem großen Handelsschiff eintraf, das er von der Ostindischen Kompanie in Madras ›geborgt‹ hatte, mußte Phaulkon mit der Ware bereitstehen, mit der sie in Persien ein Vermögen machen würden: chinesische Seide und Keramik, japanische Paravents, siamesische Dufthölzer und Edelsteine – die Art Ware, für die an den prächtigen Höfen der Schahs große Nachfrage bestand. Der Verkauf der geschmuggelten Kanonen an die exzentrische Königin von Pattani würde das Gold einbringen, mit dem sie die Fracht für Samuel Whites Schiff finanzieren konnten.
Zeit war ein entscheidender Faktor, denn Sams Ankunft und Abreise waren abhängig von den Gezeiten im Golf von Bengalen, und sein Schiff würde nur sehr kurz im Hafen anlegen können.
»Und wie lange wird es dauern, bis die siamesische Armee kommt, um die Königin zu bestrafen?« fragte Burnaby, der ewige Skeptiker, nachdem Phaulkon ihm Alvarez' Botschaft

übersetzt hatte. »Und wenn sie es tun, glaubst du nicht, sie werden neugierig sein, woher sie die Kanonen hat?«

Aber Phaulkons Plan war genauestens überlegt. »Von mir, Jan Federman, dem unabhängigen holländischen Händler aus Bantam. Und wenn die Siamesen die holländischen Markierungen identifizieren, werden sie keinen Augenblick daran zweifeln, daß die verräterischen Holländer beteiligt waren.« Es war allgemein bekannt, daß die siamesischen Behörden mit wachsender Beunruhigung beobachtet hatten, wie die Holländer in ihrer Gier nach Kolonien ganze Teile von Java und Sumatra, die reichen Gewürzinseln der Molukker, die fruchtbaren Celebes-Inseln und jetzt, noch näher an ihrem Territorium, die Provinz Malakka am südwestlichen Ende des Malaiischen Archipels geschluckt hatten. In Regierungskreisen in Ajuthia zweifelte keiner daran, daß die habgierigen Holländer ein Auge auf Siam geworfen hatten. Welchen Schutz konnten hunderttausend Kriegselefanten Seiner siamesischen Majestät gegen Hollands Kanonen und Kriegsschiffe bieten? Nur Diplomatie und geschickte politische Manöver konnten im Augenblick etwas gegen die Holländer ausrichten. Es paßte in die aktuelle Politik, daß ›Jan Federman‹ die Rebellen Pattanis mit Kanonen versorgte. Keiner würde je Constantine Phaulkon verdächtigen. Der Plan war gefährlich, aber sollte er erfolgreich sein, würde Phaulkon unvorstellbar reich werden, und seine politischen Pläne könnten in die Tat umgesetzt werden.

Er hatte die Kanonen vor einem Jahr aus Bantam eingeschmuggelt, als er seinen Posten als Stellvertreter Burnabys in Siam antrat, um dort den englischen Handelsstützpunkt zu errichten. Während Burnaby sich über die Anwesenheit so gefährlicher Schmuggelware im offiziellen Lagerhaus der Ostindischen Kompanie sorgte, hatte Phaulkon geduldig den richtigen Moment abgewartet, in dem sie die Waffen zu ihrem Vorteil nutzen konnten. Die in Heimarbeit gefertigten Waffen des agrarwirtschaftlich orientierten siamesischen Volkes würden eher in ihren eigenen Reihen explodieren, als dem Feind Schaden zufügen.

Phaulkon holte seine Gedanken zurück in die Gegenwart. Er spürte, daß der Wind sich änderte. Dünne, hohe Wolken rasten über den Himmel, und in der Ferne verdeckten dunkle Bänder den Horizont. Die Planken des Schiffes begannen, bedrohlich zu stöhnen und zu knarren. Jetzt kommt der Sturm auf, dachte er, den wir seit gestern fürchten. Er verdammte die hiesigen Götter für das unstete Wetter. Ein früher Sturm würde sie zwingen, den Hafen von Ligor anzulaufen, und ohne die Genehmigung, dort zu löschen, würde die Fracht vielleicht durchsucht werden.

Mohammed erschien an Deck, gefolgt von Burnaby. Der Malaie schlenderte zu Abdul, und Burnaby näherte sich Phaulkon. Burnaby trug wie immer europäische Kleidung, graue Kniebundhosen und eine weiße geschnürte Jacke. Er reckte den Kopf in Richtung Himmel.

»Ich dachte, der Monsun wäre vorbei?« fragte er mit leicht sarkastischem Unterton. Burnaby war dagegen gewesen, so kurz vor dem Ende der Monsunzeit zu segeln, aber Phaulkon war besorgt über die Gerüchte, die Königin von Pattani hätte die Ermahnung, ihren Goldtribut zu zahlen, einfach ignoriert. Er wollte das Geschäft abschließen, bevor die siamesische Armee eingriff. Er hatte Burnaby versichert, der Monsun würde Ende Oktober vorbei sein. Heute war der 25. November 1679, und die Anzeichen eines nahenden Monsunsturms häuften sich.

»Vielleicht habe ich mich geirrt, Richard. Der Regen ist nicht immer pünktlich. Aber unser Schiff ist stabil und die Küste in Sicht.«

Phaulkon beobachtete aus den Augenwinkeln, wie Achmed auf Deck erschien und leise an ihnen vorbeihuschte, um sich zu Abdul im Heck zu gesellen. Der malaiische Anführer ging neben dem Koch in die Hocke und redete heftig auf ihn ein.

»Wir sollten bald auf der Höhe von Ligor sein, Richard«, sagte Phaulkon. »Wenn alle Stricke reißen, bleibt uns Zeit genug, den Hafen anzulaufen.« Er sah, wie Mohammed, der kniend das Achterdeck schrubbte, einen Blick zu Achmed warf. Der Erste Maat senkte kurz die Lider, um zu zeigen, daß auch er ›Ligor‹ gehört hatte.

Ligor, fragte sich Phaulkon. Warum sind sie so sehr daran interessiert? Ligor war ein Hafen, ein Fluß und eine Provinz erster Klasse von Siam. Kein Siamese hätte es so genannt, aber *Nakhon Si Thammarat* hatten die ersten Portugiesen nicht aussprechen können — diese meisterlichen Seemänner, die halb Asien entdeckt hatten und bereits über eineinhalb Jahrhunderte lang ungehindert über die östlichen Meere streiften — also hatten sie es Ligor getauft.

»Ligor, Constant?« fragte Burnaby. »Niemals! Die Holländer haben ohnehin schon Schaum vor dem Mund, weil die Siamesen uns wieder eingeladen haben, in Ajuthia Handel zu treiben. Die würden sicher eine sehr gründliche Durchsuchung vornehmen.«

»Ich bin genausowenig darauf erpicht, Ligor anzulaufen, wie du«, sagte Phaulkon. »Aber die Malaien sind scheinbar ganz wild darauf.«

»Sie müssen von den Kanonen wissen«, murmelte Burnaby.

»Ich wüßte nicht, woher.« In Ajuthia hatte Phaulkon persönlich die Männer ausgesucht, die die schweren Kisten aus dem Lagerhaus der Kompanie am Fluß in den Frachtraum der ROYAL LOTUS brachten. Die Arbeiter waren alle Siamesen gewesen. Die malaiische Mannschaft war erst an Bord gekommen, nachdem die Kisten gründlich versiegelt und der Frachtraum verbarrikadiert worden war.

Eine siamesische Mannschaft wäre Phaulkon lieber gewesen, aber das war nicht machbar. Die Siamesen waren vielleicht das liebenswürdigste und freundlichste Volk der Welt, aber mit Sicherheit die schlechtesten Seeleute. Sie waren nur auf den unzähligen Kanälen und Wasserstraßen zu Hause, die sich kreuz und quer durch ihr schönes Land zogen. Und die Malaien hatten noch einen weiteren Vorzug: Sie waren Moslems wie die Königin von Pattani. Wenn irgend etwas schiefgehen sollte, würden sie nicht unbedingt mit den buddhistischen Behörden Siams zusammenarbeiten.

All seine Sinne waren in Alarmbereitschaft. Die drei Malaien bewegten sich auf ihn zu. Achmed blieb vor Phaulkon stehen

und verbeugte sich. Mohammed und Abdul hielten gebührenden Abstand zu ihrem Führer.
»Tuan Kapten. Euer Exzellenz«, begann Achmed. »Ich habe keine Angst vor der See, aber meine Männer hier« — er deutete auf die beiden anderen — »sind nicht bereit, in den heraufziehenden Sturm zu segeln. Sie fürchten, der Zorn Allahs lastet auf ihnen wegen des feigen Verhaltens ihres Bruders Faisal. Sie wollen in Ligor an Land gebracht werden, ehe es zu spät ist. Sie sind sogar bereit, auf ihre Heuer zu verzichten. Aber Allah ist gnädig, Kapten, denn zufällig habe ich einen Cousin in Ligor, und ich kann in kürzester Zeit eine Ersatzmannschaft finden. Ich selbst werde natürlich mit Euch segeln.«
»Deine Männer wurden für diese Arbeit angeheuert, Achmed, und du, um sie zu beaufsichtigen. Sie sollten nicht zur See fahren, wenn sie Stürme nicht mögen. Sie werden an Land gehen, wo und wann ich es sage.«
»Wie Ihr befehlt, Tuan Kapten.« Achmed neigte unterwürfig den Kopf. Dann drehte er sich blitzschnell zu den beiden anderen um. »Ihr feigen Hurensöhne!« brüllte er. »Ihr habt den Tuan verärgert und mich zum Narren gemacht.« Er zog seinen Kris und hob ihn hoch über den Kopf. »An die Arbeit, sonst werdet ihr Faisals Schicksal teilen.« Er schritt davon und trieb die anderen vor sich her, vorbei an Burnaby und Ivatt.
»Was sollte denn das?« erkundigte sich Burnaby besorgt.
Phaulkon überlegte kurz. »Ich glaube, sie sind wahrscheinlich —«
Von unten ertönte ein Schrei. »Schnell, schaut nach, was da los ist!« brüllte Phaulkon den beiden Engländern zu.
Sie stürzten die Kajütentreppe hinunter, Ivatt dicht hinter Burnaby. Wieder ertönte ein Schrei, in einer anderen Tonlage, dann erstickte Schreie und schließlich Schweigen. Phaulkon tastete sich behutsam nach vorn und lugte vorsichtig in die offene Luke. Das Unterdeck lag im Schatten. »Richard? Bist du da? Thomas?« Nur das Klopfen seines Herzens war zu hören.
Phaulkon tastete sich die Kajütentreppe hinunter, alle Nerven in seinem Körper waren angespannt. Er blieb auf jeder Stufe

stehen und horchte. Endlich hatte er das Unterdeck erreicht. Er streckte behutsam die Arme vor sich aus, jederzeit bereit zuzuschlagen. Seine Augen hatten sich nach der gleißenden Helligkeit draußen noch nicht an das Dämmerlicht gewöhnt. Er wußte, daß zu seiner Rechten die Zweibettkabine lag, in der die Engländer schliefen, und links die große Schiebetür, die in den Frachtraum führte, in dem die Kanonen gelagert waren.

Seine Augen gewöhnten sich allmählich an das Zwielicht, und dann sah er die Gestalt, die ein paar Meter von ihm entfernt auf dem Boden lag. Plötzlich wurde die Stille durch das Quietschen der Frachtraumtür, die langsam aufglitt, durchbrochen. Phaulkon wirbelte herum. An der Tür, auf den Knien, lag Burnaby, und die beiden Malaien hielten ihn fest gepackt. Seine Hände waren vor seinem Bauch gefesselt, und sie hatten eine Schnur um seine Brust und die Arme gewunden. Zwei bösartige, gebogene Kris waren auf seinen Hals gerichtet. Burnaby wollte etwas sagen, aber Achmed stieß kurz mit dem Messer zu und Blut tropfte vom Hals des Engländers.

Phaulkon unterdrückte den Drang, sich auf sie zu stürzen. Man hatte ihn überlistet. Ob Ivatt wohl noch am Leben war, fragte er sich. Während Mohammed Burnaby mit der Spitze seines Kris in Schach hielt, ging Achmed auf Phaulkon zu. »Wenn du kooperierst, werden deine Freunde am Leben bleiben«, sagte er. Keine Spur mehr von Unterwürfigkeit. In der Hand hielt er eine dicke Schnur. Phaulkon unterdrückte mühsam seinen Zorn, als Achmed ihn mit der Schnur fesselte, zuerst die Arme an die Brust, dann die Handgelenke und Füße, und ihn grob zu Boden stieß.

»Achmed!« ertönte die Stimme des Kochs von oben. »Der Himmel wird immer dunkler. Du solltest dir das anschauen!«

Phaulkon hörte das Plätschern von Regen und die Royal Lotus schlingerte immer heftiger.

Achmed beugte sich mit schwarzen, wuterfüllten Augen über Phaulkon. »So, Tuan Kapten. Und jetzt sage uns, wie wir Kurs auf Ligor nehmen.«

»Es ist jetzt dein Schiff, mach damit, was du willst«, sagte Phaulkon.
Achmed spuckte Phaulkon ins Gesicht. »Ungläubiger Schweinefresser, dein Freund wird für deine Unverschämtheit bezahlen! Mohammed! Hilf dem Kapten seine Zunge finden!«
Mohammed bewegte kurz sein Messer und Burnaby schrie.
»Constant!« keuchte er und fühlte, wie das Blut langsam seinen Hals entlangfloß. »Was verlangen sie von dir?«
Phaulkon gelang es mit Mühe, seine Stimme unter Kontrolle zu bringen. »Wenn du meinen Freund noch einmal anfaßt, werde ich dir überhaupt nicht helfen, und der Monsun wird dich und deine stinkende Mannschaft in ein tiefes Grab befördern.« Und als wolle es der Bemerkung Nachdruck verleihen, schaukelte das Boot bedrohlich.
»Wir werden Kurs auf Ligor nehmen. Jetzt!« keifte Achmed.
»Zuerst wirst du diesem Tier befehlen, meinen Freund loszulassen.«
»Mohammed, wirf ihn zurück in den Frachtraum. Und den anderen auch.« Achmed deutete auf den reglosen Körper Ivatts.
»Lebt er?« fragte Phaulkon.
»Vielleicht«, erwiderte Achmed achselzuckend.
»Bete, daß er es tut«, sagte Phaulkon. »Und ihr solltet besser die Küste ansteuern, solange noch Zeit dazu ist. Wenn überhaupt noch Zeit dazu ist«, fügte er hinzu.
Achmed quälte sich ein Lachen ab. »Du glaubst wohl, du wärst unersetzlich, Kapten, und ich, Achmed, könnte kein Schiff steuern. Na ja, du wirst reichlich Zeit haben, über deine Wichtigkeit nachzudenken, im Frachtraum.«
Achmed und Mohammed zerrten und schubsten Phaulkon zum Eingang des Frachtraums und stießen ihn dann grob hinein. Die Tür wurde zugeschoben, und der schwere Riegel aus Eisenholz vorgeschoben.
Es war dunkel und eng im Frachtraum, aber in kurzen Abständen tauchten Lichtspalte durch die Teakgitter auf, Blitze, die

die schweren kantigen Formen der Kisten erhellten, die fast den ganzen Raum einnahmen. Der Wind heulte gnadenlos, und in immer kürzer werdenden Abständen brüllte der Donner mit ohrenbetäubendem Lärm. Über den Köpfen der Gefangenen befand sich die große Luke, die direkt auf Deck führte, durch die die Fracht geladen wurde. Vor ihnen lag die Schiebetür zum unteren Gang.
Sobald der Riegel ins Schloß geschoben worden war, schlängelte Phaulkon sich mühsam zu Ivatt und legte sein Ohr auf dessen Brust. »Er ist nur bewußtlos, Gott sei Dank«, sagte er. »Was ist passiert?«
»Die Schufte haben in den Schatten am Fuß der Treppe auf uns gelauert. Sie hatten uns bereits am Hals gepackt, bevor wir sie sehen konnten. Ivatt wehrte sich, und Achmed hat ihm mit einem Befestigungszapfen eins übergezogen. Sie haben mich durchsucht und mir die Schlüssel für den Frachtraum abgenommen.« Er hielt inne. »Wie schlimm ist der Sturm?«
»Schlimm genug.«
»Und diese Schurken haben keinen blassen Dunst von Navigation. Jemand muß die Malaien informiert haben. Hast du eine Ahnung, wer oder warum?«
»Das kann ich jetzt noch nicht beantworten.«
»Vielleicht erfahren wir es nie«, sagte Burnaby vorwurfsvoll. Das Ächzen der Planken wurde immer lauter. Die Männer rollten in dem engen Raum gegeneinander. »Wollen wir einfach hier liegenbleiben wie Schweine in einem Bauernkarren?« fragte Burnaby irritiert. »Können wir denn nichts tun?«
»Wenn's da oben erst schwarz wie die Nacht wird, werden die Malaien denken, das Ende der Welt naht. Achmed wird durchhalten, aber die anderen werden ihn drängen, uns zu holen. Die kommen bald um Hilfe angerannt, da wette ich drauf.«
»Hoffen wir, daß es passiert, bevor wir auf Grund laufen und –« Das Boot rollte und schlingerte heftig, Burnaby verstummte.
Ivatt regte sich. »Herr im Himmel, mein Kopf!« stöhnte er. »Wo bin ich?«

»Gott sei Dank, Thomas«, sagte Burnaby. »Wir hatten uns schon Sorgen gemacht.«
»Danke«, sagte der kleine Mann und drehte sich in Richtung der Stimme.
Das Boot machte eine heftige Bewegung und schien dann Bug voraus abzustürzen. Die drei Körper wurden gegeneinander geschleudert.
»Wer, zum Teufel, steuert denn dieses Boot überhaupt?« fragte Ivatt. »Dieser curryverschmierte Koch?«
»Momentan wohl nur die Flut und der Sturm, möchte ich meinen«, bemerkte Phaulkon. In Gedanken suchte er fieberhaft nach Alternativen, falls die Malaien sie nicht bald befreien würden.
Der Riegel über ihnen schnappte auf, und die Luke wurde ein Stück geöffnet. Ein grauer Lichtstrahl bohrte sich in die Finsternis, und das regennasse Gesicht Achmeds erschien in der Öffnung. Sein durchweichter Turban tropfte. »Na schön, Tuan Kapten«, knurrte er. »Kommt herauf.« Die Luke fiel wieder zu. Einen Augenblick später knarrte die untere Tür des Frachtraums, und Achmed stützte sich mit einer Hand an der Tür ab, mit der anderen hielt er drohend den Kris vor sich. Er ging zu Phaulkon, um ihm die Fesseln zu durchschneiden.
»Ich brauche die anderen beiden auch«, sagte Phaulkon streng. »Wir brauchen jede Hand an Deck, wenn wir dieses Chaos überleben wollen.«
»Die anderen werden hier bleiben«, antwortete Achmed barsch. Er durchschnitt Phaulkons Fesseln mit einer geschickten Bewegung. Dann zeigte er die Treppe hinauf. »Du zuerst. Beweg dich!«
Phaulkon rührte sich nicht. »Auf wessen Befehl handelst du?«
»Ich hab gesagt, beweg dich!«
»Wessen Befehl?« wiederholte Phaulkon unbeirrt. Das Schiff legte sich abrupt zur Seite, und Seewasser plätscherte die Treppe herunter. Von oben war ein lautes Krachen zu hören. Es klang nach einem der Masten. Der Malaie verlor das Gleichgewicht und wurde zur Seite geschleudert. Er rappelte sich

hoch und starrte Phaulkon an. Der Grieche hatte sich nicht bewegt.

»Ungläubiger Sohn einer Hure«, schrie Achmed, »dein Lagerverwalter hat dich an die holländischen Farangs in Ajuthia verkauft. Sie erwarten dich in Ligor. Jetzt beweg dich!«

Phaulkon trat auf die erste Stufe. Seine Gedanken überschlugen sich. Das war es also. Man hatte die Malaien bestochen, sie nach Ligor zu bringen, zu der holländischen Handelsniederlassung am Fluß. Er kletterte langsam weiter und wartete den richtigen Moment ab. Der Wind heulte, und der Monsunregen prasselte auf seinen Kopf. Aus den Augenwinkeln sah er, wie Burnaby hilflos über den Boden des Frachtraums schleuderte.

»Beweg dich!« schrie Achmed dicht hinter ihm. Panik schwang in der Stimme des Malaien mit. Phaulkon tastete sich eine weitere Stufe hinauf, versuchte, auf dem schwankenden Untergrund Halt zu finden. Er setzte den Fuß auf die Stufe, und Schmerz schoß wie ein Pfeil durch seine Fußsohle, Sekunden später bohrte sich etwas in die Haut seiner Wade. Der Kerl schlug von unten mit dem Kris nach ihm. Da ertönte ein Schrei, und die gefesselte Gestalt Ivatts rollte auf die Kajüttreppe zu. Achmed drehte sich um, um zu sehen, was los war, und in diesem Augenblick schlug Phaulkons Fuß gegen seinen Kopf. Beide Männer verloren das Gleichgewicht und fielen hintenüber in den Frachtraum.

Der Malaie, der immer noch seinen Kris umklammert hielt, landete direkt auf Ivatt, dem es für einen Augenblick den Atem verschlug. Dann stürzte Phaulkon auf die beiden. Das Schiff machte erneut einen Satz, und sie wurden in die Ecke geschleudert. Der Arm des Malaien befand sich direkt vor Ivatts Gesicht, und er schickte sich an, dem Engländer den Dolch zwischen die Augen zu treiben. Aber Ivatt biß sich mit aller Kraft im Handgelenk des Malaien fest. Achmed schrie und versuchte, den Arm mit dem Kris loszureißen, aber Ivatt ließ nicht locker, bis er Luft holen mußte. In diesem Augenblick packte Phaulkon den Kris und stieß ihn tief in das Herz des Malaien. Der Körper Achmeds bäumte sich auf, dann erschlaffte er.

Phaulkon riß den blutigen Dolch heraus und durchschnitt Ivatts Fesseln. »Gut gemacht, Kleiner. Hier, nimm das Messer und befreie Richard. Ich geh an Deck.«
Er stieg schnell die Leiter hinauf und spähte vorsichtig über den Rand der Luke. Der Himmel war fast schwarz, obwohl es erst Mittag war, und der Regen brannte auf seinem Gesicht. Der Hauptmast war quer über das Deck gekracht in einem Gewirr von Holzsplittern und verhedderter Takelage, die See schlug mit zornigem Gebrüll über das Deck. Er entdeckte Mohammed und Abdul, die im Heck kauerten und sich in Todesangst an die Reling klammerten.
Ohne sie eines Blickes zu würdigen, tastete er sich zum Ruder vor und packte es, dann riß er es unter Aufbietung seiner ganzen Kraft herum. Aber das Schiff war in den Fängen eines mächtigeren Herrn und reagierte nicht auf das Ruder. Phaulkons Wut auf den Sturm und die Malaien, die zu lange gewartet hatten, wuchs. Wenn er das Schiff nur näher ans Ufer bringen könnte. Wenigstens könnten sie dann versuchen, an Land zu schwimmen. Phaulkon konnte die Küste schemenhaft ausmachen. War sie fünfzig oder hundert Meter entfernt? Er war nicht weit vom Kurs abgekommen. Mit ein bißchen Hilfe könnte er das Schiff vielleicht ein paar Grad nach Backbord lenken. Er klammerte sich verzweifelt ans Ruder, brüllte nach Ivatt und Burnaby, bezweifelte aber, daß seine Stimme durch den tobenden Sturm zu hören war. Doch dann entdeckte er den großen Engländer, wie er sich die Treppe heraufenstastete.
»Halte dich fest«, brüllte Phaulkon, als eine weitere Woge auf sie herabstürzte. In der Zeit vor der nächsten hob er den Arm und winkte den Engländer zu sich. Der Druck auf seinem anderen Arm war unerträglich. Schnell packte er wieder mit beiden Händen zu. Mohammed und der Koch, deren Blick auf Phaulkon geheftet war, dachten, das Signal gelte ihnen und versuchten, im Vertrauen auf die Weisheit dieses wütenden Seemanns, zu ihm zu rennen. Aber die gierige See lauerte bereits auf sie und riß ihnen die Beine weg. Mohammed wurde gegen die massive Teakreling geschleudert, und seine Eingeweide er-

gossen sich über das Deck. Abdul wurde auf den Kamm einer Welle gehoben und dann gnadenlos in die Strudel gestürzt.
Burnaby und Ivatt arbeiteten sich mühsam auf das Ruder zu und rannten das letzte Stück zu Phaulkons ausgestrecktem Arm. »Helft mir, es nach Backbord zu drehen«, brüllte er. »Jedes Grad zählt.«
Sie kämpften mit dem Ruder, während die See immer heftiger und zorniger tobte. Aber das Schiff drehte sich Zentimeter für Zentimeter, und sie gewannen kostbare Sekunden, denn jede Welle trug das Schiff näher an die Küste. Dann verlor Burnaby den Halt, und das Ruder schwang wieder zurück. Phaulkon hakte seinen Arm ein, und er und Ivatt klammerten sich an Burnaby, damit der Schlund der gierigen See ihn nicht verschlang.
Das Schiff war jetzt wieder vom Kurs ab, und das Wasser im Kielraum stieg rapide. Der Sturm hatte seinen Höhepunkt erreicht. Phaulkon spürte, wie das Schiff immer schwerer wurde, und er wußte, daß es nur noch eine Frage der Zeit war, bis es die See ein letztes Mal überflutete.
Der Schiffbruch war unabwendbar, mußte er mit schwerem Herzen feststellen. »Wir müssen ans Ufer schwimmen«, schrie er durch das Getöse. »Ich springe zuerst. Folgt mir. Versucht, auf dem Kamm einer Welle zu reiten. Es sind höchstens fünfzig Meter.« Er riß eine lose Planke unter sich ab und hielt sie Burnaby hin. »Damit hast du mehr Chancen, Richard.«
Phaulkon murmelte ein kurzes Gebet, kletterte über die Reling und sprang in das brodelnde Wasser. Burnaby und Ivatt stürzten sich hinter ihm her, und im nächsten Augenblick schlug ein riesiger Brecher auf das verwundete Schiff und riß es auseinander. Mit ohrenbetäubendem Krachen brach der Kiel ein, die Wellen schlugen aus allen Richtungen über dem Schiff zusammen und drückten es nach unten: zuerst den Bug, dann die Masten, bis es schließlich in sein nasses Grab versank.
Phaulkon wurde von der See davongetragen und auf den Kamm einer Welle gehoben. Nach der Kühle des Monsunre-

gens schien das Wasser warm, und er begann, sich mit aller Kraft in Richtung Ufer zu arbeiten. Es müsse ihm nur gelingen, weit genug zu kommen, ehe die Erschöpfung ihn übermannte, sagte ihm sein Verstand immer wieder. Der Sog war in der Nähe der Küste vielleicht nicht ganz so heftig.

Wie dumm diese Überlegung war, wurde ihm bewußt, als sich die riesige Woge, auf der er ritt, mit ohrenbetäubendem Lärm überschlug und ihn mit sich zog. Seine Knie knallten gegen sein Kinn, und er hatte das Gefühl, sein ganzer Körper würde auseinandergerissen. Den Bruchteil einer Sekunde lang glaubte er die Küste zu sehen, und da regte sich die Wut wieder in ihm und der Wille zu überleben. Er konnte hier nicht einfach sterben, nicht jetzt, wo noch soviel zu tun war. Nicht jetzt, wo das Ziel seines Lebens gerade Gestalt annahm und in greifbare Nähe gerückt war. Der Sog der riesigen Welle war beängstigend. Das Ufer kam immer näher, und ihm fiel ein, daß, wenn es direkt am Ufer Felsen geben sollte, er zerschmettert werden würde. Aber jetzt aufzugeben, das bedeutete den sicheren Tod. Er mußte den Riesen bis zum Ende reiten.

Ohne die geringste Warnung brach sich die Welle und schleuderte ihn auf etwas Hartes, das Brüllen in seinen Ohren war ungeheuerlich, und er dachte, er wäre tot.

Hände packten ihn und verloren ihn wieder, und er schluckte riesige Mengen Wasser. Wie ein großer Fisch an der Angel bäumte er sich noch einmal auf, wurde umgedreht und klatschte mit dem Gesicht voraus in den Sand. Dann verlor er die Besinnung.

2

Bantam, Java, 1676

Es war ein schwüler Morgen in den überfüllten, lauten Straßen von Bantam. Geschmeidige sumatrische Bauersfrauen, die irdene Krüge auf ihren Köpfen balancierten, mischten sich mit hellhäutigeren Straßenhändlern mit chinesischen Kulihüten und Tragestangen über den nackten Schultern, an denen Zwillingskrüge mit Reis und Teewasser baumelten. Aristokraten, in förmlicher Kleidung aus vielfarbigem Batikstoff, wurden begleitet von dunkelhäutigeren javanesischen Sklaven, die Schirme über die Köpfe ihrer Herren hielten. Hellbraune Ochsen wurden von dünnbeinigen Hirten mit spitzen Stöcken durch die Straßen aus gebranntem Lehm getrieben. Mißtrauische, ausgemergelte Hunde liefen auf der Suche nach Nahrung die Straßen entlang.

In einer schmalen Seitenstraße saßen zwei Männer, unbeirrt vom lebhaften Treiben, das sie umgab, auf einer Holzveranda, in ein ernsthaftes Gespräch vertieft. Einer, offensichtlich der ältere der beiden, aufbrausend, dickbäuchig, mit lockigem Bart, war der größte Händler Asiens. Der andere, ein eifriger junger Mann mit kräftigem Gesicht, lebendigen Augen und olivfarbener Haut, etwa Mitte Zwanzig, saß auf der Kante seines Rattanstuhls und lauschte aufmerksam jedem Wort des älteren Mannes. Beide Männer hatten wegen der Hitze ihre Hemden ausgezogen und ein unangezündeter Zigarillo hing lässig im Mundwinkel des älteren Mannes.

Sie hatten dort, auf dieser überdachten Veranda des einstöckigen Hauses auf Stelzen, die ganze Nacht über geredet, in die Morgendämmerung hinein und Brandy aus fragilen venezianischen Gläsern genippt. Es war der beste Schwarzmarktbrandy, der im kosmopolitischen Bantam zu haben war. Er kam direkt von spanischen Galeonen, die diskret einen Teil ihrer reichhaltigen Fracht für Manila hier abluden. Es war schon ein Jahr her, seit die beiden Männer sich das letzte Mal gesehen hatten, und es gab viel zu erzählen.

Der Ausdruck auf dem Gesicht des älteren Mannes veränderte sich plötzlich, er schob sich aus dem Stuhl hoch und nahm den unangezündeten Zigarillo aus dem Mund. Einen Moment lang musterte er seinen Lehrling nachdenklich, als wolle er sich ein letztes Mal versichern, daß der junge Mann sein Vertrauen wert war. Dann sagte er: »Wir werden in Kürze Besuch von einem Spanier edler Geburt bekommen. Er steckt in finanziellen Schwierigkeiten. Er behauptet, er hätte fünf erstklassige Kanonen zu verkaufen.«
»Kanonen?« fragte Phaulkon überrascht.
»Genau, mein Junge. Und ich spiele mit dem Gedanken, sie zu kaufen.« George White hielt kurz inne. »Damit du sie nach Siam bringst.«
»Siam!« Phaulkon pfiff durch die Zähne. Der bloße Name hatte ihm schon immer Schauder der Ehrfurcht über den Rücken gejagt. Mehr noch, er hatte gespürt, daß sein Schicksal mit diesem exotischen, jungfräulichen, halb verbotenen Land verknüpft war, dessen ungeheure Möglichkeiten noch ungenutzt waren, das sich noch kaum der Außenwelt geöffnet hatte.
Verwundert hatte er dem Schatz exotischer Geschichten gelauscht, die eine Handvoll Kaufleute, die es bereits besucht hatten, erzählten. Aber gleichgültig, wie gegensätzlich und verschieden die Gerüchte über Siam auch scheinen mochten, eines verband sie alle: Es gab keinen Besucher, der nicht von all dem, was er gesehen hatte, fasziniert war.
Dann, fast auf den Tag genau vor sechs Monaten, war er hier in Bantam seinem ersten Siamesen begegnet. Ein Botschafter und sein Sekretär, mit konischen Hüten mit unterschiedlicher Anzahl goldener Ringe, die Hände übersät von Diamant- und Rubinringen, waren von einem holländischen Schiff heruntergestiegen. Ihr Auftritt hatte erhebliches Interesse erregt. Sie bewegten sich mit geübter Grazie, ständig lächelnd, und sie waren während der gesamten Audienz mit dem Gouverneur bäuchlings vor ihm auf dem Boden gelegen.
Jetzt war George White, der brillante, unorthodoxe Kauf-

mann, in dessen Diensten er schon fast sein ganzes Leben als Seemann stand, unerwartet von einem Geheimbesuch von genau diesem Ort zurückgekehrt und hatte damit die Möglichkeit, Phaulkons Traum zu verwirklichen, in greifbare Nähe geholt.

»Siam!« wiederholte er, und es gelang ihm nicht, seine Erregung zu unterdrücken. »Wann?«

»Sehr bald, wenn in London alles gutgeht«, antwortete George White. »Der erhabene König Narai selbst hat die englischen Händler wieder eingeladen.«

»Dank dir, George?« In den ausländischen Handelsposten zirkulierten märchenhafte Geschichten über den König von Siam und seinen Hofstaat.

George grinste und zündete seinen Zigarillo an. »Das könnte man sagen. Beiläufig, inoffiziell, verstehst du. Es wäre nicht gut, wenn man Seiner Majestät gegenüber zu gierig erscheint. Zuerst hat er seine Fühler nach Madras ausgestreckt. Ich war zu dieser Zeit gerade dort und habe darauf gewettet, daß Seine siamesische Majestät wesentlich beunruhigter war, als seine seidenbejackten Abgesandten zugeben wollten.« Er senkte die Stimme. »Diese arroganten Holländer sind schuld daran. Die hatten doch tatsächlich die Frechheit, die Mündung seines heiligen Flusses, des Menam, zu besetzen und Konzessionen zu verlangen.« White schlug sich auf die Knie. »Und, bei Jupiter, sie haben sie gekriegt! Das muß Seiner Majestät das Höllenfeuer in die Adern gejagt haben. Die holländischen Bastarde haben jetzt das Monopol auf den Handel mit Häuten zwischen Siam und Japan.«

Phaulkon hatte von dieser Episode gehört. Kein Wunder, dachte er, daß George die Stimme senkte. Sie waren schließlich in Bantam, bis vor einem Jahr Territorium des Sultans mit gleichem Namen und jetzt eine vollwertige holländische Kolonie, die, offiziell zumindest, von Holland aus verwaltet wurde.

George hatte seine Gedanken erraten. »Nur dank der Gnade Gottes und der kleinen Unterstützung, die wir Holland gegen das katholische Spanien gegeben haben, darf England seinen

Handelsposten hier betreiben. Aber wie lange noch? Wir sind hier auch nicht sicherer, wenn sie unter uns wären. Um die Wahrheit zu sagen, sie sind uns zu ähnlich. Gescheit, listig, gründlich, gute Kaufleute. Aber sie sind einfach keine Engländer —« George verstummte. Er schaute über das Holzgeländer auf die Straße. Ein ausgemergelter Bettler, noch keine zwanzig Jahre alt, kroch auf Händen und Knien auf sie zu und streckte ihnen einen verschrumpelten Arm entgegen. Eines seiner Beine war nur halb so dick wie das andere. »In Madras verstümmeln sie die armen Kerle schon bei der Geburt, damit sie mehr Mitleid erregen«, sagte George traurig. »Wahrscheinlich ist es hier dasselbe. Na ja, in Siam gibt es keine Bettler, Gott sei Dank, bis auf den König und seinen Hofstaat.«

Phaulkon schaute verwirrt drein. »Was soll das heißen?«

George warf dem dürren Jungen eine Münze zu und lächelte. »Das ist vielleicht ein Land, das kann ich dir sagen, mein Junge. Alle sind Buddhisten, und um Demut zu lernen, rasiert sich jeder, angefangen beim König, den Kopf und verbringt ein halbes Jahr seines Lebens im Tempel. Während dieser Zeit geht er jeden Morgen mit einer kleinen Holzschale los und bettelt sein Essen zusammen.«

»Der König hat also die Engländer eingeladen, eine Handelsniederlassung in Ajuthia zu gründen«, sagte Phaulkon, begierig darauf, das Gespräch fortzusetzen. »Aber was können ein paar Händler gegen die holländische Bedrohung ausrichten?«

»Es sind mehr als nur ein paar Händler, mein Junge. Es ist ein Symbol. Als Zweigstelle des Büros in Madras, was wiederum eine Zweigstelle des Büros in London ist, was wiederum ein Teil des königlichen Monopols ist, Mensch, diese paar Händler in Siam werden die Fingerspitzen des langen Arms seiner Majestät König Charles von England sein. Die Kompanie vertritt König Charles, und wer sich mit ihr einläßt, muß das respektieren.«

Die Kompanie, dachte Phaulkon. So weitläufig und allumfassend, daß keiner sich die Mühe machte, den vollen Namen zu nennen: The English East Indian Company, das mächtigste

Handelsmonopol, das je geschaffen wurde. 1661 hatte König Charles den letzten Freibrief erlassen:

»Wir haben in unserer reichen und übermäßigen Gnade der Kompanie von Kaufleuten, die den Handel mit Ostindien betreiben, folgendes zugestanden: Daß sie und ihre Nachfolger von jetzt an den GESAMTEN und EINZIGEN Handel und das GESAMTE und EINZIGE Privileg haben, freien Handel mit Ostindien zu betreiben. Und ALLEN ANDEREN unserer Untertanen verbieten wir, aufgrund unserer königlichen Vorrechte, Ostindien zu besuchen oder dort Handel zu treiben...«

Aber die Durchsetzung solcher königlichen Edikte auf hoher See im Asien des siebzehnten Jahrhunderts war leichter gesagt als getan, und eine Schar privater Kaufleute, mehr Piraten als Gentlemen, durchquerten die Meere von Persien bis Japan, angelockt vom Geruch reichen Profits und genauso bereit, sich die eigenen Taschen zu füllen wie die Seiner englischen Majestät. Die Obersten der Kompanie selbst handelten nebenbei oft in die eigene Tasche und stempelten mindere Sterbliche zu ›Eindringlingen‹, wenn sie es ihnen gleichtaten. Denn in diesen Breiten war ein Engländer, der nicht in den Osten gekommen war, um ein Vermögen zu machen, selten.

»Und wird die Kompanie tatsächlich in Siam eröffnet?« fragte Phaulkon mit pochendem Herzen.

George ließ ihn mit einer Geste verstummen. »Darauf komme ich noch zu sprechen. Sei nicht so ungeduldig, Junge. Ihr Mittelmeerbewohner müßt lernen, euch zu beherrschen. Und das, nachdem ich seit Jahren versuche, einen anständigen Engländer aus dir zu machen. Die Kunst der Beherrschung, Kleiner, ist lebensnotwendig, wenn man sich in Siam durchsetzen will. Schreien und Toben tut man dort nicht, Gott bewahre, man darf nicht einmal die Stimme erheben. Man lächelt, wenn man verletzt oder beschämt ist, und schluckt seinen Ärger hinunter. Man zeigt einer anderen Person nie seine Gefühle. Höflichkeit ist nötig — und noch mehr Höflichkeit —, zu jeder Gelegenheit. Um das richtig zu beherrschen, mußt du alles vergessen, was du gelernt hast, und von vorn anfangen.« George hielt inne und schaute die Gasse hinunter. Er seufzte. »Ah, die Geräusche und die Gerüche Asiens! Wie sie mir in England fehlen werden.«

Ein von zwei grauweißen Ochsen gezogener Karren war gerade in die Gasse eingebogen und fuhr den schlammigen Weg entlang auf sie zu. Im Karren befand sich ein wildes Durcheinander tropischer Früchte — Bananen, Mangos, Mangostauden, Pampelmusen und andere mehr. Ihr angenehmer Duft, gemischt mit dem beißenden Geruch der schwitzenden Ochsen, wehte zur Veranda hinauf.

Und wie du mir fehlen wirst, dachte Phaulkon. Denn er wußte in seinem Herzen, daß George, wenn er erst einmal nach England zurückgekehrt war, zu alt sein würde, um noch einmal hierherzukommen. Asien würde ohne ihn nie wieder dasselbe sein.

Der alte Mann war für Phaulkon wie ein Vater gewesen, der Vater, den er seit dem Tag nicht mehr gesehen hatte, an dem er sich auf einem englischen Handelsschiff im Hafen von Kefalonia als blinder Passagier versteckt hatte. Er war neun Jahre alt gewesen und bereits erfüllt von der Begierde, die Welt zu sehen und sich einen Platz darin zu suchen. Sein Leben auf See hatte an dem Tag begonnen, an dem er sich zitternd im Frachtraum versteckt und gebetet hatte, daß das Schiff auslaufen würde, ehe man ihn entdeckte. Er hatte versucht, nicht an seine Mutter, die ihn abgöttisch liebte, zu denken, sondern nur an die Prügel seines Vaters und an die Schäbigkeit und Enge der weißgetünchten Häuser auf der kleinen Insel.

Sein Vater schlug ihn regelmäßig mit seinem dicken Ledergürtel, besonders wenn er getrunken hatte, was ziemlich oft vorkam. Der junge Phaulkon spürte, daß sein Vater unglücklich war, weil er versagt hatte und die Leute immer noch davon redeten, wie der große Andreas, Constants Großvater, einmal Gouverneur der Insel gewesen war, wohingegen sein Sohn das Familienvermögen und das Ansehen verspielt hatte und sich mit einem Gasthaus am Hafen zufriedengeben mußte.

Der Junge hatte sich geschworen, nie ein Versager zu werden

und eines Tages das Familienvermögen wieder zu verdienen. Das Bild seines Großvaters, groß und stolz, den er nie gekannt hatte, war sein Leuchtturm gewesen. Er hatte seine Mutter dazu gezwungen, ihm immer und immer wieder dieselben Geschichten zu erzählen. Seine gute, gütige Mutter. Wie sie unter den Prügeln des Vaters gelitten hatte.

In diesen unendlich langen Augenblicken des Wartens verfolgte ihn das tränenüberströmte Gesicht seiner Mutter und brannte Schuldgefühle in seine Seele ein...

»Ja, was haben wir denn da?« Der bärtige Matrose, der ihn hinter ein paar Kisten entdeckt hatte, schaute ihn mit einer Mischung aus Überraschung, Amüsiertheit und Irritation an. »Der jüngste Matrose, den ich je gesehen habe, bei Gott. Du kommst besser mit mir. Der Kapitän wird dir einiges zu sagen haben.« Der junge Phaulkon folgte schweren Herzens dem strohhaarigen Riesen. Aber als er die Kajüttreppe hinaufstieg, bemerkte er mit wachsender Freude, daß die Küste außer Sicht war. Vielleicht waren sie schon zu weit draußen, um umzukehren.

»Verzeiht, Kapitän, Sir, aber ich hab diesen jungen Seemann im Frachtraum entdeckt.«

Der Junge war vor dem strengen Mann mit der schicken blauen Uniform, der mit den Händen auf dem Rücken dastand, auf die Knie gefallen und rasselte, noch ehe dieser etwas sagen konnte, eine Litanei englischer Wörter herunter, die er mühsam aus dem Griechischen übersetzt und dann auswendiggelernt hatte. Es war seine erste Übung in Überredungskunst.

»Sir, bitte, Sir. Ich bin klein, aber stark. Ich sehe aus wie ein Junge, aber ich arbeite wie ein Mann. Ich arbeite wie ein Mann, aber ihr könnt mich wie einen Jungen bezahlen.« Die Mannschaft hatte sich neugierig versammelt, und angespornt von ihrem Lachen, fuhr Phaulkon frech fort. »Und wenn Eure Mannschaft hungrig ist, Kapitän, kann ich den besten griechischen Eintopf machen. Ich hab es von meiner Tante gelernt, und die ist auf allen Inseln berühmt.« Als das Lachen verstummt war, stellte ihm der Kapitän zahlreiche Fragen. Er

blieb einfach mit gebeugtem Kopf knien und wiederholte immer und immer wieder: »Verzeiht, Kapitän, ich kann das noch nicht verstehen. Aber ich werde lernen, Eure Sprache zu sprechen. Bitte gebt mir eine Chance.«
Er schaute sich um. Ein Mann lächelte ihm freundlich zu, und Phaulkon erwiderte das Lächeln. Er wußte von seiner Mutter, daß sein Lächeln sehr einschmeichelnd war. Dann lächelte er zum Kapitän hin und blickte die Mannschaftsmitglieder der Reihe nach an. Es waren mehr freundliche Gesichter als unfreundliche. Er stand auf und zog sein Hemd aus. Ein Raunen ging durch die Zuschauer. Sein Rücken und seine Schultern waren mit schlimmen Schwielen überzogen.
»Mein Vater ...« sagte er. Die Bedeutung war nur allzu offensichtlich. Eine Träne kullerte über sein Gesicht, und er sah an der Miene des Kapitäns, daß er gewonnen hatte.
»Wie heißt du denn, Junge?« fragte der Kapitän in sanfterem Ton.
Soviel konnte er verstehen. »Constantine Gerakis, Sir, Kapitän.«
»Gerakis? Das heißt Falke«, bemerkte der Erste Offizier, der sich eifrig mit Altgriechisch beschäftigte.
»Das können wir uns nie merken. Wir werden ihn Constantine Falcon nennen«, verkündete der Kapitän.
Innerhalb kürzester Zeit war er zum Maskottchen der Mannschaft geworden, und sein Name wurde Phaulkon buchstabiert, weil es griechischer wirkte. Nachdem er auf einer Reihe von Handelsschiffen sechs lange Jahre als Schiffsjunge gedient hatte, wurde er schließlich Lehrling bei Kapitän White von der Ostindien-Kompanie. In den nächsten zehn Jahren — den glücklichsten seines Lebens — hatte er das Mittelmeer durchstreift, die Barbary-Küste und Asien, an der Seite seines warmherzigen Herrn, und er hatte sich das Wissen angeeignet, das ihm helfen würde, seine Ziele zu verwirklichen, und — wie sein Mentor — er hatte die Regeln nur befolgt, wenn sie fair waren. Phaulkon hatte keinen anderen Mann je so geliebt wie ihn.

Im Alter von sechsundzwanzig hatte sein Leben sich verändert. Durch seinen eigenen Fleiß und Georges Empfehlungen war er zum obersten Buchhalter des Büros der Ostindien-Kompanie in Java aufgestiegen, in Bantam. Hier befand sich das Hauptquartier des holländischen ostindischen Imperiums, des größten Reiches in Asien. Hier gab es viel zu lernen.
»Auf dem Wasser kannst du höchstens Kapitän werden«, hatte George gesagt. »Auf dem Land ist das eine andere Geschichte. Da gibt es für Leute wie dich genug Spielraum für mehr.«
In letzter Zeit hatte dem alten Mann sein Alter zu schaffen gemacht. Er war fünfundfünfzig und geistig jung, aber körperlich fühlte er sich zunehmend müder. Es bedurfte größerer Anstrengungen, dieselben Dinge zu tun, die er früher mühelos geschafft hatte. Aber er hatte immer noch Pläne, die ausgeführt werden sollten, und Angelegenheiten, die in Ordnung gebracht werden mußten, und ihre Durchführung sollte der junge Phaulkon übernehmen. Er liebte den jungen Mann wie einen Sohn.
George war überzeugt, daß Siam für die Engländer der entscheidende Schlüssel für die Vorherrschaft in Asien sein würde. Wenn Siam in die Hände der Holländer fallen würde, wäre die Macht der Niederlande so groß, daß man sie nicht mehr brechen könnte. Deshalb würde er direkt zum Aufsichtsrat in London gehen …
George war drei Monate in Bantam geblieben und hatte während dieser Zeit ganz beiläufig den Gedanken an Siam in seinem Schützling geweckt, bis er sah, daß der Junge Interesse entwickelt hatte.
Anfangs hatte Phaulkon verständnislos reagiert, als George auf eine *Spezialmission* abkommandiert wurde. Es war, als würde er Vater und besten Freund zugleich verlieren. Phaulkon lenkte sich ab, indem er sich in die Arbeit vertiefte — Buchhaltung, Lagerverwaltung und Kartei —, Malaiisch und Holländisch lernte und gleichzeitig alle Informationen über Siam, derer er habhaft werden konnte, sammelte.
Jetzt, ein ganzes Jahr später, war George aus Siam zurück!

Phaulkon spürte instinktiv, daß das der Wendepunkt in seinem Leben war. Er blickte den alten Mann an.
»Und in Siam, George, bist du dort dem König begegnet?« Der reiche Potentat, um den sich so viele Legenden rankten, hatte ihn immer schon fasziniert.
»Dem König begegnet?« erwiderte George lachend. »In seinem Reich hat der König von Siam sogar noch mehr Macht als der Sonnenkönig von Frankreich. Bei der bloßen Erwähnung seines Namens werfen sich die Leute flach auf den Boden. Keiner hat je das Antlitz Seiner Majestät gesehen, außer vielleicht die Mädchen in seinem Harem, wenn sie mit ihm schlafen, oder der Bischof von Heliopolis, der ihm Briefe vom Papst und König Ludwig gebracht hat.« Er beugte sich vertraulich näher, erfreut, daß Phaulkon so aufgeregt war. »Ich hörte, daß die Verhandlungen sich sechs Monate lang hinzogen, bis der Bischof schließlich die Genehmigung erhielt, in Anwesenheit des Königs stehen zu bleiben. Es war das erste Mal, daß ein menschliches Wesen nicht flach auf dem Bauch vor dem König von Siam lag, und es war eine große Sensation bei Hof.« George kicherte. »Der alte Kirchenmann wurde nach China abgeschoben, ehe er seine Eindrücke zum besten geben konnte!
Die Gesellschaft dort ist von Regeln eingeschnürt wie ein Faß mit Eisenringen. Der König steht an der Spitze, und alles nach ihm ist klar durch Rang und Befehle reglementiert, wie unsere Marine. Ich kann dir sagen«, seufzte er, »diesseits von China gibt es nirgendwo mehr Pracht. Wenn Seine Majestät den Palast verläßt, begleiten ihn zwanzigtausend Sklaven, und die Mandarine des Hofes verbeugen sich tief auf ihren juwelenbesetzten Elefanten und versuchen, seine Aufmerksamkeit zu erregen.
Keiner begegnet dem König, mein Junge. Eine Person muß sogar erst in den Adelsstand erhoben werden, bevor das Protokoll Seiner Majestät erlaubt, ihn anzusprechen.« Er lachte. »Eine weise Vorsichtsmaßnahme seinerseits. Obwohl seine Ahnen seit zweitausend Jahren dem buddhistischen Glauben folgen, versuchen ihn die Jesuiten zum Katholizismus, der per-

sische Botschafter zum Islam und die holländischen Händler zum Protestantismus zu bekehren. Und *du*, mein Junge, mußt ihm eine Flotte schaffen!«
»Eine Flotte?« rief Phaulkon.
»Richtig, mein Junge. Dieses große Land besitzt keine. Die Siamesen sind ein Bauernvolk. Sie reisen nicht, und sie handeln nicht.«
»Was machen sie denn dann?«
»Sie leben, mein Junge. Genau das ist es. Sie verstehen es zu genießen. Essen, Frauen — die angenehmsten der Welt —, Spiele, Tänze, Feste, es ist ein *reiches* Land, mein Junge.« Er hob die Schultern. »Wenn es mehr als genug Essen, Liebe und Unterkunft für alle gibt, warum sich mit Arbeit und Handel plagen?«
»Und deshalb beherrschen die Mauren den Außenhandel des Landes«, murmelte Phaulkon, mehr zu sich selbst. Es hatte ihn immer schon erstaunt, daß in Bantam keine eingeborenen Siamesen zu sehen waren und auch sonst nirgendwo in den Handelsbereichen, wenn man es recht bedachte. Die Mauren, alle Moslems, waren Nachkommen der indischen und persischen Händler, die sich vor Generationen in Siam angesiedelt hatten. Einige hatten Siamesen geheiratet, aber die meisten trugen immer noch unverkennbar die Züge der arischen Rasse. Die Repräsentanten der Siamesen im Ausland sahen aus wie die anderen indischen Händler.
»Den Mauren liegt der Handel im Blut, mein Junge«, erzählte George weiter. »Von Siams westlichem Hafen Mergui aus betreiben sie ihren Handel über die Bucht von Bengalen mit ihren Cousins in Indien und Persien. Es ist ein Blutsaugermonopol. Und sie betrügen den König nach Strich und Faden.«
»Aber warum gestattet das Seine Majestät?« fragte Phaulkon.
George zuckte die Achseln. »Weil es immer schon so war und weil Traditionen in Siam nur sehr langsam sterben. Und weil seine eigenen Leute nicht an dem Job interessiert sind. Aber es gibt andere, die Seiner Majestät bessere Profite erwirtschaften könnten und trotzdem immer noch genug für sie selbst bliebe. Fällt dir da vielleicht jemand ein, Constant?«

»Wieder einmal du und ich, George?« Phaulkon lachte überglücklich. »Das alte Gespann!«
George grinste. »Das klingt schon besser, mein Junge.«
»Aber wie, George?«
Der alte Mann beugte sich vor. »Ich habe aus zuverlässiger Quelle erfahren, daß diese Mekka-Anbeter mehr auf den persischen Botschafter hören als auf den König von Siam. Ich habe sogar gehört, daß eine große Verschwörung der Gläubigen im Gange sein soll, um Siam unter die Fittiche des Propheten zu bringen, wie Acheem und Golconda und Java und Malaya und Borneo und die südlichen Philippinen —«
»Wer unterstützt die Mauren?« unterbrach ihn Phaulkon neugierig.
»Eine recht stattliche Gruppe. Der Schah von Persien in Isfahan, der Großmogul in Delhi und der türkische Herrscher in Istanbul.«
Phaulkon pfiff. »Könnten wir die Kompanie nicht dazu bringen, uns die Schiffe zu geben?«
George schüttelte traurig den Kopf. »Wir könnten, aber diese Einfaltspinsel in Madras sind so damit beschäftigt, in die eigenen Taschen zu wirtschaften, daß sie nicht mal Zeit haben, zu denken. Und sie haben die Hosen gestrichen voll bei dem Gedanken, einen Krieg mit Holland anzufangen, vor allem ohne Einwilligung Londons.«
»Warum haben die Portugiesen ihre Dienste nicht angeboten? Ich höre, es gibt noch etwa viertausend von ihnen in Siam.«
»Die Portugiesen sind ausgelaugt, mein Junge. Die haben keine Seemannsbeine mehr.« Er sah fast traurig aus. »Und wenn ich daran denke, daß sie einmal die besten Seefahrer der Welt waren... Diese armen Teufel oben in Siam sind mit Opium, Wein und dem Gesang der Sirenen vergiftet.«
Phaulkon grinste. »Man sagt, die Frauen seien die schönsten in Asien.«
»Die Frauen, mein Junge? Das sind die schönsten Geschöpfe auf Gottes Erdboden. Schlank, graziös, immer lächelnd.« Er drehte die Augen zum Himmel. Dann schloß er sie kurz und

rutschte tiefer in seinen Stuhl. Phaulkon fragte sich, ob er wohl von einer Begegnung mit den Damen träumte.

Ihm selbst schwirrte der Kopf: die Portugiesen, die Holländer, die Mauren, die Frauen Siams, der König und seine Flotte. Er hatte fasziniert die Berichte der frühen portugiesischen Reisenden gelesen. De Barros und De Couto hatten Siam als erste beschrieben und auch seine schöne Inselhauptstadt Ajuthia, eine Metropole größer als Paris. Ihr Labyrinth von Kanälen hatte ihr den Namen ›Venedig des Ostens‹ eingebracht, und ihre dreihundert goldenen Pagodentürme glänzten angeblich wie flammende Juwelen gegen den Himmel.

1511, als die Abgesandten von Don Alfonso d'Albuquerque das erste Mal von der portugiesischen Siedlung Malakka losgesegelt waren und Fuß auf siamesischen Boden gesetzt hatten, wurden sie von König Ramatipodi II. mit überschwenglicher Gastfreundschaft empfangen – und grenzenloser Neugier beim Anblick der ersten Europäer. Eine freundschaftliche und ertragreiche Beziehung war zwischen den beiden Ländern entstanden. Im Austausch für Handelsposten und einträgliche Konzessionen für Sapanholz, Blattgold, Salpeter, Büffelhäute, Vogelnester und Rhinozeroshörner dienten portugiesische Söldner in den Armeen Siams, als zweihundertfünfzigtausend Fußsoldaten und zwanzigtausend Kriegselefanten gegen den Erzfeind Burma marschierten.

Aber jetzt gab es nur noch in Goa, Macao und Timor portugiesische Gouverneure, und Portugal war nur noch ein Name, wenn auch ein glorreicher, in den Geschichtsbüchern: Sie hatten Kap Hoorn als erste umsegelt, ebenso das Kap der Guten Hoffnung, und hatten als erste den Erdball umkreist. Phaulkon mochte die Portugiesen. Er hatte Lissabon besucht und in Nordafrika mit ihnen gehandelt. Er hatte ihre Sprache studiert und sie in Asien vervollkommnet – es war immer noch die Lingua franca des asiatischen Handels –, und er bewunderte ihre Ritterlichkeit und Gutmütigkeit. Es waren ehrbare Leute, zumindest die meisten. Nach hundertfünfzig Jahren im Sattel klammerten sie sich verzweifelt an ihre Beziehung zur siame-

sischen Krone und versuchten mit allen Mitteln, das Vorrücken der Holländer aufzuhalten.
Wie vergänglich doch die Macht war, überlegte Phaulkon. Als Kind hatte er vom Ruhm des Griechenlands der Antike gehört, obwohl die Venezianer bereits seine Inselheimat regierten. Und jetzt war das glorreiche buddhistische Königreich Siam mit seinen vielen tributpflichtigen Staaten und dem ungeheuren Reichtum auf Gedeih und Verderb den neuen Invasoren ausgeliefert: den Mauren von innen und den Holländern von außen.
Aber wie konnte er Seiner Majestät eine Flotte bauen? Die Idee war brillant. Die Tatsache, daß man die Engländer gebeten hatte, in Siam zu handeln, zeigte, daß der kluge König Narai einen Puffer gegenüber den Holländern suchte. Wenn es den Engländern gelang, sich einzuschmeicheln und Kapital aus den unmittelbaren Bedürfnissen des Königs zu schlagen, lag es durchaus im Bereich des Möglichen, daß man sie bitten würde, für ihn eine Handelsflotte für die Bucht von Bengalen zu bauen und auch zu betreiben. Jemand mit Erfahrung im asiatischen Handel, der asiatische Sprachen beherrschte, könnte die Leitung übernehmen ...
Phaulkon richtete den Blick auf George. Der schlaue Teufel, er hat die Saat gepflanzt und überläßt mir das Verdauen. Typisch! So hatte der alte Mann es ihm beigebracht, und so hatte Phaulkon gelernt, Dinge für sich selbst zu durchdenken.
Aber Seiner Majestät eine Flotte zu bauen, ohne die Hilfe der Kompanie? George hatte deren Kooperation ausgeschlossen. »Verdammt«, platzte er heraus, »es war doch Madras, das dich ursprünglich nach Siam geschickt hat!«
»Ja, die wollten, daß ein alter Hund sein letztes Kunststück vollbringt.« Der alte Mann lächelte. »Aber mein Junge, ich werde mehr tun als das. Ich werde Madras umgehen und mich direkt zum Aufsichtsrat nach London begeben. Ich hab dort noch ein bißchen Einfluß, und der alte Sir Joshua setzt sich immer noch auf, wenn ich rede. Und ich werde, bevor ich in Pension gehe, dafür sorgen, daß Siam dem englischen Handel offensteht und daß *du* derjenige bist, der das überwacht.«

»Aber ... die Kompanie würde nie ... ich bin erst siebenundzwanzig, zu jung ...«

»Um Geschäftsführer zu werden?« unterbrach ihn George. »Das ist wohl wahr. Und ich würde auch nicht gut dastehen, wenn ich das vorschlage. Deshalb werde ich Richard Burnaby vorschlagen, mit dir als seinem Stellvertreter.« Er zwinkerte. »Du wirst mit ihm fertig werden.«

Phaulkon schwirrte der Kopf. Wenn einer das schaffen konnte, dann George.

»Vergiß nur eines nicht«, sagte George und betonte jedes Wort, »die Siamesen sind auf der Suche nach einem Gegengewicht zur Macht der Holländer. Dieses Gegengewicht müssen wir sein, weil die seelendurstigen Jesuiten bereits für Frankreich werben. ›La Grande Alliance‹ und all diese gallischen Extravaganzen. Und die raffinierten Jesuiten sind die einzigen, die diese Zungenbrechersprache beherrschen. Aber du mit deiner Sprachbegabung ...«

Phaulkon hatte schon lange den Wunsch, Siamesisch zu lernen, aber es war weder ein Lehrer noch ein Buch aufzutreiben gewesen. Je mehr Gerüchte er über die unerlernbare Sprache hörte, desto entschlossener war er, sie bei erstbester Gelegenheit zu lernen.

»Lerne sie schnell, Junge. Und dann bringe dir selber nagelneue Manieren bei. Vergiß die des englischen Adels, die ich dir so mühsam einzubläuen versucht habe, und eigne dir statt dessen die der siamesischen Aristokratie an. Du darfst nie auf den Kopf eines anderen zeigen, darfst ihn nie deine Fußsohlen sehen lassen oder eine Brücke überqueren, wenn zufällig ein Herr von Rang unten durchgeht.«

»Aber George, wirst du den Aufsichtsrat in London dazu kriegen, die Flotte zu finanzieren?«

»Nein«, erwiderte George streng. »Zuviel Papierkrieg. Es gibt eine bessere Möglichkeit. *Ich* werde dir dein erstes Schiff schicken, mit meinem Bruder Samuel als Kapitän. Er hat sich der Kompanie in Madras angeschlossen. Er wird sich irgendwo in einem Sturm in der Bucht von Bengalen verirren und Zuflucht in Mergui, an der Westküste Siams suchen. Du wirst eine Möglichkeit finden, die Fracht zu kaufen, um dieses Schiff zu füllen — wenn du erst einmal in Siam bist.«

»Und der Rest der Flotte?«

»Eine Ladung wird genügen, um dem siamesischen Schatzamt zu zeigen, wieviel die Mauren in die eigene Tasche stecken. Die Siamesen werden sich selbst darum bemühen, den Rest zu finanzieren. Du mußt lediglich kaufen — offiziell, natürlich, und vom siamesischen Schatzamt —, eine volle Schiffsladung Güter für Persien und diese auf Sams Schiff verladen. Dann segelst du nach Persien, und übergibst den halben Profit dieser Reise der siamesischen Krone.«

George erhob sich und ging zu Phaulkon. Er legte liebevoll einen Arm um ihn. »Ich möchte, daß meine Pläne für Asien mit dir weiterleben, mein Junge. Also mache dich für diese Siamesen genauso unentbehrlich, wie du es für mich all die Jahre gewesen bist —«

Unten auf der Straße entstand plötzlicher Aufruhr, und eine unüberhörbare Stimme rief herauf. »Ola, Señores!«

White und Phaulkon beugten sich über die Veranda. Ein großer Hut im spanischen Stil wurde gezogen, und ein breites Grinsen strahlte herauf zu ihnen.

»Das muß der Mann sein, dessen Vermittler mir die fünf Kanonen angeboten hat«, sagte George hastig. »Ich kenne ihn nicht, bin aber sehr gespannt. Ich habe ihn lieber hierher gebeten und nicht ins Büro.«

»Das ist der Aristokrat, dem es schlechtgeht?« flüsterte Phaulkon.

»Könnte jedem von uns passieren«, kicherte George.

Der große, einäugige Spanier stand unter der Veranda und schaute zu ihnen herauf. Außer einer schwarzen Augenklappe trug er einen mindestens eine Woche alten Bart, seine Haare waren ungepflegt und verfilzt. Seine gerüschte Spitzenbluse und die schwarzen Hosen waren staubig. Es fehlte nur noch die Totenkopfflagge, um das Bild eines Piraten zu vervollständigen.

»Kommt doch bitte herauf, Señor«, sagte George. »Ihr müßt der Marquis de Alcatraz sein.«
Der Spanier humpelte die Holztreppe zur Veranda hinauf. Ein Bein war deutlich kürzer, und er schien froh über den angebotenen Rattanstuhl. »Das ist einer meiner Namen, Señor«, sagte er grinsend. »Damit ist es einfacher, Leute kennenzulernen.« Er wischte sich die Stirn mit einem schmutzigen Taschentuch und schaute sich mit wichtiger Miene um. Sein Auge richtete sich gierig auf die halbleere Flasche Brandy, die auf einem Korbtisch stand.
»Ein Glas Brandy, Señor?« fragte George höflich.
»Warum nicht?«
George goß vorsichtig drei Gläser ein. Die Veranda war an drei Seiten offen, trotzdem war die Luft heiß und feucht. Ein Bambusdach schützte vor der Sonne, und nur wenige Strahlen durchdrangen das Flechtwerk. Fliegen summten, aber die Moskitos hatten sich glücklicherweise für den Tag zurückgezogen.
»*Salud*, Señores.« Der Spanier leerte sein Glas und reichte es George zum Nachfüllen. »Wir können uns glücklich schätzen, daß wir uns kennengelernt haben. Ihr seid bei der englischen Kompanie, nicht wahr?«
George nickte.
»Verzeiht, aber mein Englisch ist nicht so gut«, fuhr der Spanier fort.
»Ihr sprecht doch sehr gut, Señor. Übrigens, mein Name ist Constantine Phaulkon.«
Der Spanier beugte kurz den Kopf. »Don Pedro de Alcatraz y Mendoza steht zu Euren Diensten. Ah, Señores, mein Schicksal ist eine lange Geschichte.« Er breitete mit tragischer Geste die Arme gen Himmel, als wolle er ihn als Zeugen anrufen. »Ihr seht vor Euch einen Offizier der königlich-spanischen Marine. Ich habe auf dem großen Schiff SANTA CRUZ gedient, als wir Vermögen in Gold von Neuspanien nach Manila transportierten. Und jetzt ...« Er zeigte bedauernd auf sein Bein. »Ich bin, äh, wie man sagt, pensioniert, ja? Aber ich habe Verbindungen, Señores, viele Verbindungen —«

»Verbindungen zu speziellen Waren, wie ich höre«, half George nach.
»Ah, si, *muy especial.*« Er hielt wieder sein Glas hin, wartete, bis es gefüllt war, und kippte den Inhalt in einem Zug hinunter. »Ich habe zu verkaufen«, sagte er und beugte sich vertraulich zu ihnen, »fünf der besten holländischen Kanonen. Originale von de Groto.«
»Er muß de Groot meinen!« rief George, tief beeindruckt.
»Si, si, de Groto«, bestätigte der Spanier. »Wegen der speziellen Umstände kann ich zu speziellem Preis verkaufen.«
Phaulkon fragte sich, wie dieser Halsabschneider nur an so unbezahlbare Güter kommen konnte, diese Kanonen waren wahrscheinlich die besten der Welt. Und nicht nur eine, sondern fünf von ihnen!
»Wie seid Ihr an diese Kanonen gekommen?« fragte George.
»Ah, Señor, in meinem Geschäft ist Diskretion alles. Ich kann nicht sagen, wo ich gekauft, genausowenig wie ich sagen kann, wo ich verkaufe. Fair, ja?«
»Ich fürchte, wir sind nicht interessiert, Señor«, sagte George.
Der Spanier schwieg einen Augenblick. »Wenn ich Señor mehr sage, kann ich auf seine Diskretion zählen?«
»Möglicherweise«, erwiderte George.
»*Bueno.* Ich kaufe von Prinz Dai, bevor er nach Siam flieht. Seine Gefolgsleute erbeuten die Kanonen von den Holländern, aber als er flieht, er braucht Gold, nicht Kanonen.«
Es war schon denkbar, überlegte Phaulkon. Prinz Dai, Anführer der berüchtigten Makasaren, eines fanatischen Moslemstammes aus Celebes, die vor der Schlacht Opium schluckten und stets bis zum letzten Mann kämpften, war Gegenstand endloser Spekulationen in Bantam. Sein Volk war von den Holländern bei ihrem Vorrücken auf Celebes dahingeschlachtet worden, und der Prinz war schließlich ins Exil geflohen. Er war nach Siam gesegelt, wo der König angeblich stets bereit war, politischen oder religiösen Flüchtlingen Asyl zu gewähren.
Phaulkon wandte sich zu George und wechselte abrupt in ei-

nen schottischen Dialekt, den er in der Marine aufgeschnappt hatte. »Es gibt doch immer noch eine Anzahl Vasallenstaaten, die der siamesischen Krone tributpflichtig sind, nicht wahr?« Phaulkon sah an der verwirrten Miene des Spaniers, daß er den Akzent unverständlich fand.
»Ziemlich viele, Junge. Warum?«
»Befinden sich einige von ihnen momentan in Rebellion?«
George überlegte kurz. »Ich habe gehört, daß die Königin von Pattani sich feindselig zeigt, wenn sie auch noch nicht offen rebelliert. Ihre Untertanen sind Moslems, und sie sind in regelmäßigen Abständen über die Tributpflicht an einen buddhistischen König erbost.«
»Pattani ist einer der reicheren Vasallenstaaten, nicht wahr?«
»Und das nicht zu knapp. Das kleine Königreich Ihrer Majestät verfügt über große Zinnvorkommen.«
Phaulkon drehte sich zu dem Spanier um. »Wieviel für die Kanonen?« fragte er, jetzt wieder in normaler Sprache.
»Fünfzig Goldsovereigns. Eine echte Okkasion? Nein?«
»Ich gebe Euch zwanzig«, sagte Phaulkon. »Mit zwanzig Prozent Kommission. Wir können es teilen.« Er zwinkerte.»Wir Latiner müssen zusammenhalten. Der alte Mann hier ist der einzige, der zu kaufen befugt ist. Vielleicht kann ich ihn dazu überreden.«
»Ihr seid Portugiese?« fragte der Spanier mißtrauisch. Phaulkon nickte. Sie beäugten einander eine Weile, jeder schien den anderen abzuschätzen. Dann begann der ernsthafte Teil der Feilscherei.
George beobachtete fasziniert, wie sein Schützling alle Manieren vergaß und sich voller Lust der Feilscherei widmete. Ruinierte Familien, sterbende Mütter und brotlose Kinder spielten eine tragende Rolle. Die beiden Männer rauften sich das Haar, gestikulierten wild, riefen die Heilige Jungfrau an und schworen, sie wären ruiniert, der eine, weil er mehr bezahlte, als er sich leisten konnte, der andere, weil er weniger bekam, als er für die Kanonen bezahlt hatte. Schließlich einigten sie sich auf siebenundzwanzig Goldsovereigns und umarmten sich.

»Wir haben uns darauf geeinigt, die Ware heute abend nach Einbruch der Dunkelheit zu begutachten.« Phaulkon wandte sich an George.

George grinste übers ganze Gesicht.

»Was ist denn los?« fragte Phaulkon.

»Ach nichts, mein Junge. Ich glaube, du hast unserem Freund hier ganz schön mitgespielt. Warum zeigst du ihm nicht, wo er sich waschen kann. Er sieht aus, als könne er eine kleine Dusche vertragen.«

Als er dem Spanier aus dem Stuhl half, glaubte Phaulkon gesehen zu haben, wie George ihm zuzwinkerte. Der Spanier hinkte davon.

»Was war denn das für eine Vorstellung?« fragte George, sobald der Spanier außer Hörweite war.

»Siebenundzwanzig Goldsovereigns und zwei Kommissionen für mich. Das macht fünfundzwanzig«, strahlte Phaulkon. »Nur fünf Goldsovereigns pro Kanone. Wenn es wirklich echte de Groots sind, ist das der Handel des Jahrzehnts.«

»Und wie gedenkst du, sie zu bezahlen, mein Junge?«

»Aus Kompaniegeldern, George. Auf deine persönliche Verantwortung. Als Chefbuchhalter hier werde ich die Transaktion mit Freuden notieren.«

»Und warum sollte die Kompanie überhaupt Kanonen kaufen? Ganz zu schweigen von ausländischen Marken?«

»Zum Schutz der neuen Zweigstelle in Ajuthia. Sollten die siamesischen Behörden dazu Fragen stellen, wird man ihnen sagen, daß die Engländer immer Kanonen in ihren Einfriedungen aufstellen, als Symbol des Prestiges, das einer solch großen Nation gebührt. Natürlich ausschließlich für Verteidigungszwecke.«

George nickte anerkennend. »Das könnten sie schlucken«, stimmte er zu. »Aber holländische Kanonen? Seit wann sind denn die englischen Kanonen nicht mehr gut genug?«

»Wahr, George. Aber da die Holländer Siam bedrohen, was wäre denn, wenn wir einen rebellischen Vasall mit seinen eigenen Kanonen versorgen? Würde das nicht aussehen, als wür-

den die verräterischen Holländer die Rebellen bewaffnen? Und während die Kanonen wohl kaum ausreichen dürften, Siam auszulöschen, wäre der Verkaufserlös vielleicht gerade ausreichend, um Sams Schiff zu füllen.«
»Beim Jupiter, mein Junge, ich glaube, du bist bereit, Siam zu verwalten.« George schlug ihm liebevoll auf die Schulter. »Du bist schlau und mir viel zu ähnlich, als es gut ist. Deswegen hast du mir wahrscheinlich immer soviel bedeutet.«
»Und du mir, George. Aber wirst du mir helfen, die Signaturen auf diesen Kanonen zu lesen?«
»Ich hab sie schon gelesen, mein Junge. Es sind wirklich echte de Groots.«
»Was?«
»Und ich hab sie bereits gekauft. Mit derselben Idee wie du im Hinterkopf.«
Phaulkon war sprachlos.
»Es gibt nur ein Problem«, fuhr George fort. »Ich habe dreißig Goldsovereigns für sie geboten, und du hast dich auf fünfundzwanzig geeinigt.« Er brüllte vor Lachen.
Phaulkon hatte gerade seine Stimme wiedergefunden, als Don Pedro de Alcatraz y Mendoza wieder in der Tür erschien. Phaulkon blieb der Mund offenstehen. Verschwunden war die Augenklappe des Spaniers, sein Haar war ordentlich frisiert, die Hosen staubfrei. Eine hochgewachsene, stolze Gestalt stand vor ihm.
Er streckte George die Arme entgegen und sagte: »Wie wunderbar, dich nach all den Jahren wiederzusehen, mein Freund.« Sein Englisch war makellos.
»Zwölf Jahre ist es her, nicht wahr, Don Pedro? Ich bin sicher, Manila war danach nie wieder dasselbe.«
Phaulkon mußte erstaunt mitansehen, wie die beiden Männer sich herzlich umarmten.
Don Pedro wandte sich an Phaulkon. »Und die Moral von der Geschichte, Señor? Beurteile nie jemanden nach seinem Aussehen. Aber gestattet mir bitte.« Er umarmte Phaulkon ebenfalls.

»Habt Ihr immer zwei Identitäten, Señor?« fragte Phaulkon, der endlich seine Stimme wiedergefunden hatte.

»Solche Vorsichtsmaßnahmen sind notwendig, wenn man, äh, delikate Ware verkauft, Señor. Wenn die Holländer davon erfahren sollten, würden sie nach einem einäugigen Piraten suchen, nicht nach dem Marquis von Alcatraz, dem Freund des Gouverneurs. Ich bin auch ein Freund von Prinz Dai. Ich war es, der ihn überredet hat, nach Siam zu fliehen, um sein Volk vor dem Aussterben zu bewahren, und ich habe ihm die Kanonen abgekauft, damit er seine Überfahrt bezahlen konnte. Ihr versteht, daß sie für Prinz Dai nicht viel wert waren. Es ist für einen Makasarer keine Ehre, mit etwas anderem als einem Kris zu kämpfen. Aber die Kanonen sind Schönheiten. Wenn ich das Geld nicht bräuchte, würde ich sie mit nach Hause nehmen. Aber da ich meinen Besitz in Spanien verspielt habe, bin ich gezwungen, meinen Lebensunterhalt zu verdienen. Und, apropos Geld, Señor, Ihr seid ein gnadenloser Feilscher. Und das nicht einmal in der Muttersprache.«

»Danke. Aber mit portugiesischem Akzent.«

»Euer schottischer Dialekt ist perfekt.«

»Ihr Spanier seid unverbesserlich«, sagte George. »Dieselbe Ware zweimal verkaufen! Ich glaube, ich ziehe mein Angebot zurück.«

»Ah, aber ich ziehe dein Angebot dem deines Freundes vor, George.«

»Wie sollen wir das jetzt lösen?« fragte George.

»Es gibt nur eine faire Möglichkeit«, antwortete Phaulkon. »Wir zahlen siebenundzwanzigeinhalb Goldsovereigns dafür.«

»Ah, mein Freund, ich sehe, Ihr seid ein würdiger Nachfolger für den berühmten George White. Er hat absolut recht. Es ist mir eine Ehre, Eure Bekanntschaft zu machen, Sir.« Er schüttelte Phaulkon herzlich die Hand. »Und jetzt, Señores, betrachte ich es als meine Pflicht, euch eine Geschichte zu diesen Kanonen zu erzählen. Ihr müßt wissen, vor vielen Jahren hat mir in Sevilla eine Zigeunerin aus der Hand gelesen und mir gesagt, ich würde eines Tages Kriegswaffen an zwei Fremde in einem fernen Land verkaufen. Es war eine seltsame und unwahrscheinliche Prophezeiung. Aber das Interessante daran ist, daß sie betonte, daß nicht ich ein Vermögen durch diesen Verkauf machen würde, sondern der Käufer.«

»Darauf werde ich trinken«, sagte George. Er goß drei Gläser ein und hob seines hoch: »Auf den Falken von Siam!«

3

Phaulkon lag bäuchlings auf dem Boden und schaute voller Ehrfurcht zu dem mächtigen Mann auf, dem Mann, der ihn zerstören konnte. Es war der Erste Minister des Königs von Siam, Leiter des Schatzamtes und der Auslandspolitik und bei allen Ausländern als der Große Barcalon bekannt.

Der Barcalon ruhte auf einen Arm gestützt, beide Beine elegant zur Seite verschränkt, auf seiner erhöhten Plattform am Ende des holzgetäfelten Audienzsaales, in einem sänftenartigen Gehäuse aus schwarzem, lackiertem Holz mit durchbrochenem Dach.

Die Nägel seiner kleinen Finger waren noch nie geschnitten worden. Es war ein Erkennungsmerkmal der herrschenden Klasse und ein sichtbarer Beweis, daß er sich noch nie zu niedrigen Arbeiten herabgelassen hatte.

Der Große Barcalon hatte einen Leberfleck an der rechten Wange, aus dem ein einzelnes Haar hing, das ungehindert hatte wachsen dürfen. Seine Nase war gerade und aristokratisch und die Nasenflügel leicht gebläht. Sein Haar war dunkel und glänzend und seine Ohren größer als die eines Europäers. Seine Haut war glatt, haarlos, braun. Seine wachen Augen waren fiebrig glänzend auf Phaulkon gerichtet.

Er trug einen Panung, das knielange siamesische Baumwolltuch, das man zwischen den Schenkeln durchzog und vorn zusammenband. Darüber trug er einen dreiviertellangen, kragenlosen Mantel aus reichbesticktem Brokat, der mit Goldfiligranknöpfen versehen war.

Üppige persische Teppiche schmückten den Boden, und ein reichverzierter Messingspucknapf stand an seiner Seite. In einer Ecke des Raumes befand sich eine goldlackierte Manuskripttruhe.

In den Schatten hinter dem Barcalon kauerte erwartungsvoll ein Gefolge von Sklaven und lauerte auf ein Zeichen ihres Herrn. Es war drückend heiß, und wann immer der Barcalon die Hand hob, rutschten sie auf Knien und Ellenbogen vor und ließen mit langen, fächerförmigen Stöcken die Luft um ihn zirkulieren. Andere krochen mit seiner diamantbesetzten Betelnußschachtel auf ihn zu, und wieder andere brachten ihm seine hohe Messingwasserpfeife.

Phaulkon erschauderte unwillkürlich. In England wäre dieser Mann der Premierminister. Der Barcalon erstattete seiner Majestät zweimal täglich Bericht über Staatsangelegenheiten, bis ins letzte Detail. Er war unmittelbar verantwortlich für jeden Farang im Land, und eine Legion von Spionen berichtete ihm über die Aktivitäten jedes einzelnen, der von Bedeutung war.

Für den Augenblick war der schreckliche Verlust der fünf Kanonen vergessen, überschattet von der Angst vor der Gegenwart. Was, wenn eine der Kisten an Land geschwemmt worden war? Ohne die Spur einer Genehmigung für den Transport von Waffen in Siam würde das seinen sicheren Tod bedeuten.

An der Seite des Großen Barcalon saß im Schneidersitz ein dunkelhäutiger Farang-Priester – sicherlich ein Portugiese – in den fließenden Roben eines Jesuiten. Zur anderen Seite seiner Exzellenz lagen bäuchlings zwei muskulöse Gefolgsleute, nur mit Lendenschurz bekleidet, in Erwartung seines Befehls.

Der Barcalon erteilte einen Befehl, und die beiden Gefolgsmänner erhoben sich und schritten auf Phaulkon zu. Sie trugen die bedrohlichen Instrumente ihres Berufes: den Eisenring, der langsam die Schläfen zerquetschte, und die langen, rasiermesserscharfen Bambussplitter, die wie Nadeln in die empfindlichsten Stellen des Körpers gebohrt wurden. Sie stellten sich links und rechts von Phaulkon auf, und das Verhör begann, in siamesisch.

»Mister Phaulkon, Ihr seid der Kapitän der Dschunke ROYAL LOTUS, die die englische Handelskompanie am neunten Tag des abnehmenden Mondes, im elften Monat des Jahrs der Großen Stute, geordert hat, ist das richtig?« Die Stimme des Barcalon war tief und dröhnend. Die Stimme des jesuitischen Dolmetschers klang dagegen fast piepsig.

Phaulkon hörte sich sagen: »Das bin ich, Eure Exzellenz.«
»Und als solcher seid Ihr verantwortlich für die Fahrten? Und auch für die Fracht?«
»Das bin ich, Eure Exzellenz.«
»Was genau habt Ihr auf Eurem Schiff transportiert, als Ihr auf Grund gelaufen seid?«
»Tuch, Eure Exzellenz, für die malaiischen Staaten im Süden.« Phaulkons Stimme klang sogar in seinen Ohren hohl.
»In der Tat?« Der Barcalon wandte sich ab und nahm einen tiefen Zug aus seiner maurischen Wasserpfeife. »Wie ich höre, ist sie unweit von Pattani auf Grund gelaufen. Kennt Ihr Pattani, Mister Phaulkon?«
»Ich habe davon gehört, Eure Exzellenz. Ist der Herrscher dort nicht eine Königin?«
»Das ist sie, in der Tat. Eine ehrgeizige Dame mit zwei Leidenschaften: Farang-Männer und Farang-Kriegswaffen.« Der Barcalon grinste unvermittelt. »Sie würde für beide fürstlich bezahlen. Und wenn es ihr gelänge, beides gleichzeitig zu bekommen, würde ihre Großzügigkeit keine Grenzen kennen.«
»Ist das wahr, Eure Exzellenz?« erwiderte Phaulkon.
»Das ist es in der Tat, Mister Phaulkon. So wahr, daß wir, als einige unserer Fischer bei Ebbe mehrere angespülte Kisten vor der Küste von Ligor fanden, äußerst interessiert an ihrem Inhalt waren.« Phaulkon drehte sich der Magen um. »Wie es scheint, waren sie von Eurem Schiff, Mr. Phaulkon. Würdet Ihr uns verraten, welchen Inhalt sie hatten?«
Phaulkon schluckte. »Wenn die Kisten von unserem Schiff waren, Eure Exzellenz, kann nur Tuch in den Kisten gewesen sein.«
Der Barcalon musterte ihn unbewegt. »Versucht es noch einmal, Mister Phaulkon.«
»Ich kann nur wiederholen, Eure Exzellenz«, sagte Phaulkon bestimmt, »wenn sich etwas anderes als Tuch in den Kisten befand, waren sie nicht von meinem Schiff.«
Das glatte Gesicht des Barcalon verzog sich verärgert. »Ohne Zweifel hat das traumatische Erlebnis vorübergehend Euer Er-

innerungsvermögen beeinträchtigt.« Der Barcalon gab ein Zeichen, und die Folterknechte erwachten zum Leben. Nach Art der Buddhisten falteten sie die Hände vor ihrer Stirn und verbeugten sich vor Phaulkon, als wollten sie ihn um Verzeihung für den Schmerz bitten, den sie ihm zufügen würden. Einer von ihnen hielt Phaulkons Arme fest, während der andere ein Tuch entfaltete und eine Auswahl spitzer Bambussplitter auf dem persischen Teppich vor sich ausbreitete. Er wählte sorgsam einen aus und prüfte die Schärfe der Spitze. Dann erhob er sich und wandte sich Phaulkon zu.

Phaulkon schaute mit rasendem Puls zum Barcalon. Die Gestalt des Potentaten schien sich zu verzerren, näher zu kommen und sich dann wieder zu entfernen.

Der zweite Folterknecht kroch auf allen vieren zum Barcalon und präsentierte ihm den Bambussplitter zur Begutachtung. Der Barcalon prüfte die Spitze mit dem Finger und lächelte zustimmend. Hinter ihm reagierten die kauernden Sklaven auf das Stichwort ihres Herrn und lächelten ebenfalls, das Lächeln wurde zum Lachen und schließlich hallte der ganze Raum wider vor Gelächter.

Der Folterknecht kroch rückwärts zu Phaulkon zurück. Dann packte er mit einer Hand seinen Hals, durchbohrte die Haut im Nacken und zog die Bambusnadel langsam durch.

Obwohl Phaulkon sich daran erinnerte, daß George White ihm gesagt hatte, man dürfe in Siam unter der Folter nicht schreien, brüllte er laut.

Phaulkon schreckte hoch und blinzelte. Jeder Nerv seines Körpers war angespannt, der Schweiß lief ihm in Strömen über Hals und Gesicht. Die Gestalt seines Gegners zeichnete sich ab, es war ein junges Mädchen, das sich über ihn gebeugt hatte. Sie war jung, vielleicht sechzehn, mit einem hübschen Gesicht. Sie lächelte und zeigte ihre Zähne, die sehr schön und ebenmäßig waren, doch geschwärzt vom ständigen Betelnußkauen und dem Auftragen verbrannter Kokosnuß, durch das man zeigte, daß man den Tieren des Dschungels mit ihren weißen Hauern überlegen war. Ihr dickes schwarzes Haar war

nach Art der siamesischen Bauern kurz geschnitten. Ihre Haut hatte die schöne, warme Farbe von hellem Teakholz. Sie trug einen schlichten blauen Panung, und ihr Oberkörper war nackt bis auf eine grellbunte Schärpe.
Ihre langen, schlanken Finger berührten sanft seine Schultern und drückten ihn zurück in die Kissen. Sie begann, seinen feuchten Körper mit einem Schwamm abzureiben. Eine Woge der Erleichterung erfaßte ihn.
Aber schlagartig kehrten die Erinnerungen zurück. Er spürte, wie die Wellen ihn herumschleuderten, und er sah die Hände, die sich ihm entgegenstreckten.
Er richtete sich mühsam und unter Schmerzen auf und prüfte der Reihe nach seine Gliedmaßen. Wie durch ein Wunder war nichts gebrochen, trotz der vielen Blutergüsse und dem dumpfen Schmerz.
Das Mädchen deutete auf kleine Porzellantabletts mit Gemüse, gepökeltem Fisch und einer Auswahl frischer Früchte. Aber er schüttelte den Kopf und sah sich um.
Das Zimmer war sparsam möbliert: ein kleiner Bambusparavent, eine große irdene Wasserurne mit Drachenmuster, eine dünne Bastmatte und die Kissen, auf denen er lag. Die Wände waren aus Holz, und die beiden Paneele, die als Tür dienten, standen offen, um die angenehme Brise hereinzulassen. An einer Seite seiner Strohmatte waren frische Blumen, Gardenien, und ein kleiner Kranz aus Jasmin in einer eleganten weißen Vase arrangiert. Auf der anderen Seite stand ein Krug mit chinesischem Tee auf dem Boden, neben dem Essen.
Das Mädchen fächelte ihm mit einem Fächer aus Bambus und Reispapier zu, und er legte sich wieder hin, um seine Gedanken zu sammeln.
Er mußte unbedingt erfahren, ob die anderen überlebt hatten und was mit den Kanonen passiert war. Dann fiel ihm seine Verabredung mit Samuel White ein, und sein Herz wurde schwer. Wie sollte er jetzt die Waren beschaffen, um Sams Boot zu füllen? Das Treffen war bereits in drei Monaten, und er saß jetzt hier, ohne einen Penny, irgendwo in einem Provinznest,

und die Behörden warteten sicherlich schon darauf, ihn zu verhören. Er mußte unbedingt herausfinden, wo er war, wo die Kanonen waren und ob seine Freunde überlebt hatten.
Er wog die Alternativen ab. Die Malaien waren tot. Angenommen, er war jetzt in der Provinz von Ligor, wo sicher keiner ein Wort Englisch sprach, wäre es da besser, mit den Behörden auf siamesisch zu reden und zu riskieren, daß er peinliche Fragen beantworten mußte? Oder sollte er Unwissenheit vortäuschen und vielleicht belauschen können, wie die Behörden über sein Schicksal berieten? Die Siamesen unterhielten sich sehr offen vor Farangs, deren Unkenntnis ihrer Sprache sie voraussetzten. Er wäre vielleicht in einer besseren Position, etwas zu arrangieren, wenn er ihre Absichten erfahren würde. Außerdem würden die Siamesen ihn vielleicht nicht foltern, wenn sie die Sprache des Geständnisses nicht verstehen konnten!
Er machte dem Mädchen ein Zeichen. »Farang«, sagte er, deutete auf sich und beschrieb die Gestalten zweier weiterer Männer wie er mit den Händen. Sie erwiderte sein Lächeln. Dann zeigte sie auf ihn, wiederholte seine Geste und hob zwei Finger.
»Farang yu noon«, sagte sie. Er versuchte, verwirrt dreinzuschauen, aber sein Herz machte vor Freude einen Sprung. Sie waren *da drüben*, hatte sie gesagt. Sie deutete nach draußen und schloß dann die Augen, um zu zeigen, daß sie schliefen. Er lachte vor Erleichterung, und sie lachte ebenfalls.
Er richtete sich mühsam auf und schlurfte unter Schmerzen zur offenen Tür. Aber als er versuchte, nach draußen zu gehen, hielt sie ihn zurück, und als er es weiter versuchte, kam ein Gefolgsmann und versperrte ihm den Weg. Er lächelte höflich, zeigte aber auf Phaulkons Bett. *»Naj ja thong pai pop Puwa Rajatkan prungnee. Thong norn korn.«*
Phaulkon schüttelte verständnislos den Kopf. Er sollte sich hier ausruhen, bevor er morgen dem Gouverneur vorgeführt wurde. Ein guter Rat, dachte er. Er brauchte Zeit, um wieder zu Kräften zu kommen und um nachzudenken.
Er ging auf wackligen Beinen zurück zum Bett, aber nicht, ehe

er sich noch schnell das Szenario draußen eingeprägt hatte. Sein Zimmer führte auf einen kleinen grasbewachsenen Hof, der von einer dichten Bambushecke umgeben war. Ein Pfad schlängelte sich zu einem größeren Gebäude, dessen vielstufige orangegekachelte Dächer in der Ferne zu sehen waren. Wahrscheinlich der Palast des Gouverneurs. In der anderen Richtung funkelten grüne, unter Wasser stehende Reisfelder im Sonnenlicht, und dahinter war die Landschaft von üppigen Bananenbäumen und stattlichen Palmen übersät.

Er legte sich auf seine gesteppte Bastmatte zurück und bedeutete dem Mädchen, daß er Durst hatte. Sie lächelte freundlich und hob die Tasse mit lauwarmem Tee an seinen Mund. Das Gebräu war bitter, aber erfrischend, und er trank dankbar.

Phaulkon gestikulierte und tat so, als würde er sich das Gehirn nach dem siamesischen Namen für Ligor zermartern. »Nakorn ...?«

»Nakhon Si Thammarat«, rief sie, ganz aufgeregt, weil sie verstanden hatte, was er meinte. *»Ban pu Rajatkan.«*

Sie waren also im Gästehaus des Gouverneurs von Ligor. Rajatkan bezog sich auf Seine Exzellenz den Gouverneur. Namen waren in Siam von geringerer Bedeutung als der Rang. Deshalb war der Gouverneur nur mit seinem Rang und seinem Titel bekannt.

Das Mädchen mischte Pökelfisch mit etwas Reis und Gemüse, reichte ihm einen kleinen Muschellöffel und hielt ihm die Schale an den Mund. Sein Appetit kam mit dem ersten Bissen, und es gelang ihm, alles aufzuessen.

Er legte sich zufrieden, satt und schläfrig in die Kissen zurück. Das Geräusch spielender Kinder klang durch die offene Tür herein. Sie spielten wohl im Hof nebenan. Er schloß die Augen, und seine Gedanken wanderten zurück in die eigene Kindheit ...

Er war acht Jahre alt. Er lief aufgeregt auf den großen Felsen zu wie jeden Tag, soweit er sich zurückerinnern konnte. Er kletterte auf die Spitze und schaute hinaus auf die blaue Weite des Mittelmeers, die Hand als Schutz vor dem gleißenden

Licht über die Augen gelegt. Er wartete ängstlich. Dann öffnete sich langsam die gewaltige Seelandschaft, und Gruppen mythischer Inseln erhoben sich aus dem Ozean. Strände mit weißen maurischen Palästen, rote chinesische Pagoden und braune Festungen wuchsen vor seinen Augen. Schließlich verschwanden die Inseln wieder im Ozean, und das Meer war weit und leer wie zuvor. Erst morgen um die gleiche Zeit würden die Inseln sich wieder zeigen — nur ihm und seiner Phantasie.

Er kletterte den Fels wieder hinunter. Der Abend nahte, an dem die Seefahrer an Land kamen, um sich ihre Geschichten, bei zahlreichen Gläsern Ouzo, in der Taverne seines Vaters am Hafen zu erzählen. Er lauschte begierig, mit wachsender Überzeugung, daß das Leben weit weg von dieser kleinen Insel Kefalonia auf ihn wartete, die ihn bereits jetzt zu ersticken drohte. Er ging durch den Irrgarten schmaler, weißgetünchter Gassen, vorbei an schwarzverhüllten Großmüttern, die unaufhörlich tratschten. Am Hafen angelangt, blieb er einen Augenblick stehen und betrachtete die ordentliche kleine Reihe identischer, weißgetünchter Häuser, die den Hafen säumten. Dann schaute er hoch zu dem Zimmer über der Taverne, das er mit zwei Schwestern und seinem kleinen Bruder teilte, und seufzte. Aus den Augenwinkeln sah er einen bärtigen orthodoxen Priester in schwarzen, fließenden Roben. Hier veränderte sich nie etwas, nur die Jahreszeiten.

Es war herbstlich kühl, als er die Tür öffnete und vorsichtig die laute Taverne betrat. Er schaute sich ängstlich um. Sein Vater hatte ihm verboten, hier hereinzukommen, und er würde ihn kräftig verprügeln, wenn er ihn entdeckte. Eine zahnlose alte Frau im obligaten Schwarz und mit mehr Falten im Gesicht als ein Spinnennetz stand inmitten einer Gruppe und sagte die Zukunft voraus.

Eine Gruppe Stammkunden hatte den Jungen entdeckt. »He, schau, es ist der kleine Costas, der Sohn des alten Mannes. Die alte Krähe soll dem jungen Mann die Zukunft lesen.« Alle lachten.

»Na schön, Oma«, sagte ein bärtiger Matrose und ließ die anderen mit einer Handbewegung verstummen. »Sag dem Jungen, was die Welt für ihn bereithält. Aber mache was Ordentliches draus, weil wir alle zusammenlegen, um dich zu bezahlen.«

Costas schaute sich vergeblich nach einem Versteck um. Wenn seinem Vater das zu Ohren kommen sollte ... Plötzlich packte ihn eine Hand am Kragen. Aber es war nur der bärtige Matrose, der ihn auf einen Tisch in der Mitte des Raums stellte. »Macht Platz, klar Schiff«, brüllte er.

Krüge und Gläser wurden vom Tisch geräumt und Costas ließ sich widerwillig weiterschubsen. Die anderen Gäste verstummten, als die alte Zigeunerin seine zitternde Hand in ihre knochigen Finger nahm und sie einige Zeit eindringlich anstarrte. Dann holte sie tief Luft und zeichnete mit zitterndem Finger eine Linie darüber. Ihre schwarzen Augen wurden groß.

»Hört meine Worte«, begann sie mit hohler Stimme, »dieser Junge hat eine große Bestimmung, doch fern von diesen Küsten. Er wird eines Tages Staatschef eines fernen Landes werden und ungeheure Macht und Reichtum sein eigen nennen. Aber er muß auf der Hut sein ...«

Der Rest des Satzes ging im Gejohle der Männer unter, und Costas bekam rote Ohren. »Das war richtig gut!« schrie jemand. »Das war sein Geld wert!« rief ein anderer. »Lang lebe der kleine Costas, der Premierminister!« Die Menge stimmte in den Refrain ein und erhob immer und immer wieder das Glas auf den verlegen dastehenden Jungen ...

Phaulkon setzte sich auf, wütend über ihren Spott. Aber er war gar nicht in der Taverne. Statt dessen lächelte ihn ein schönes Mädchen an und reichte ihm noch mehr zu essen. Er lehnte ab und bedeutete ihr, daß ihn der Kiefer schmerzte.

Sie holte ein kleines Bambusfläschchen heraus und rieb die Salbe auf seine Blutergüsse. Es roch nach Kokosnuß und brannte ein bißchen, linderte aber den Schmerz. Die Siamesen besaßen, wie er wußte, erstaunliches Wissen über Heilkräuter. Sie rieb es sanft in seine Brust und seinen Bauch, dann wickelte

sie seinen Panung auf und salbte den Bereich um seine Genitalien. Er verspürte eine leichte Regung und grinste erleichtert. Er war auf dem Weg der Besserung. Sie lächelte kokett. *»Ik noi kong ja tham dai«*, sagte sie, in der Annahme, er könnte es nicht verstehen. »Bald wirst du es wieder genießen können.«
In diesem Augenblick beschloß er, daß er ganz bestimmt nicht zugeben würde, daß er Siamesisch verstand.

4

Und Ihr seid ganz sicher, Exzellenz, daß die Farangs keine Verbindung zueinander hatten?« fragte Joop van Risling, der holländische Teehändler in Ligor, zum zweitenmal. Er sprach malaiisch, das der junge, schmächtige malaiische Dolmetscher der holländischen Handelsniederlassung für den Gouverneur ins Siamesische übersetzte.

Die schwarzen Augenbrauen des molligen Mandarins hoben sich kaum merklich, und er versuchte, den Zorn in seiner Stimme zu unterdrücken. Man stellte einem Gouverneur der Provinz Ligor nicht einfach zweimal dieselbe Frage. Diese Farangs hatten vielleicht große Kriegsschiffe und mächtige Waffen, aber sie hatten keine Manieren, und Würde und Geduld waren ihnen ebenfalls fremd.

»Sie haben nicht miteinander gesprochen, Mr. Lidrim«, erwiderte der Mandarin höflich. Obwohl der Farang bereits elf Monate in der Provinz war, konnte er diesen unmöglichen Namen immer noch nicht aussprechen. Der Holländer ahnte nichts von der Verballhornung seines Namens. Bis der Dolmetscher es zurück ins Malaiische übersetzt hatte, klang es schon fast wieder richtig. Joop van Risling sprach perfekt Malaiisch. Er war als Händler in Batavia auf Java lange stationiert gewesen, ehe die Holländer Java kolonialisiert hatten.

»Sie sind in verschiedenen Häusern getrennt untergebracht, Mr. Lidrim«, fügte Seine Exzellenz hinzu.

»Und keiner von ihnen spricht Siamesisch?« fragte der Holländer noch einmal.

Der Mandarin musterte unauffällig die Ohren des Farangs. Wie häßlich und schändlich, so kleine Ohren zu haben. Seine Ohren waren von Natur aus groß, aber nicht von Kindheit an widernatürlich gestreckt, wie die der Laoten, deren Ohrläppchen oft bis auf die Schultern hingen. Seine Majestät persönlich hatte sich einmal lobend über seine Ohren geäußert.

»Ich habe gehört, einer von ihnen spricht Siamesisch«, sagte der Holländer.
Der Gouverneur, ein Mandarin ersten Grades, warf dem Farang einen kurzen Blick zu. Der große, rotgesichtige Holländer schwitzte heftig. Der Schweiß lief von seinem kahlen Schädel durch seinen orangefarbenen Bart in seine lächerliche Farang-Kleidung, bis in seine übelriechenden Socken. Wenn die Etikette es nicht verbieten würde, im Inneren eines Hauses Schuhe zu tragen, wäre es ihm fast lieber gewesen, wenn er diese Füße mit seinen seltsamen Stiefeln bedeckt hätte. Selbst ein Wasserbüffel nach einem harten Tag Arbeit verbreitete keinen so unangenehmen Geruch. Buddha gebührte Dank, daß er der einzige Farang in Ligor war.
Nein. Es gab noch einen, fiel ihm ein, einen Priester aus Portugal, der fast genauso übel roch. Aber gemäß Siams langer Tradition in religiöser Toleranz, gestattete der Gouverneur ihm, ungehindert seiner Arbeit nachzugehen, und er hatte nur wenig mit ihm zu tun.
»Meine weiblichen Sklaven haben mir berichtet, daß die Neuankömmlinge zusammen kaum drei Worte auf siamesisch verstehen«, erwiderte der Mandarin gnädig. Sie befanden sich im teakgetäfelten Audienzraum des Gouverneurspalastes, und der barbrüstige malaiische Dolmetscher, dessen Mutter Siamesin war, kauerte neben dem Chefadjutanten des Mandarins, dem Palat. Beide waren stets auf Ellenbogen und Knien zu Füßen des Gouverneurs präsent, während die Diener ärmlich in den Ecken hockten. Der Mandarin und der Holländer standen, ein Kompromiß, auf den man sich geeinigt hatte. Der Holländer fand es unbequem, über längere Zeit im Schneidersitz zu sitzen. Anstelle von Stühlen, die in Siam nicht benutzt wurden, enthielt der Audienzraum Strohmatten und Kissen sowie persische Teppiche.
Unter normalen Umständen wäre Seine Exzellenz bequem mit den Beinen zur Seite verschränkt gesessen, wie es einem Mann seines Ranges gebührte, während alle Anwesenden bäuchlings vor ihm lagen, die Köpfe tiefer als seiner. Aber jetzt

war er gezwungen, unbequem neben diesem übergroßen Farang zu stehen, der einen ganzen Kopf größer war als er. Was würden seine eigenen Leute denken? Der Kopf des Farang-Händlers dürfte sich nie höher als der seine befinden.
»Ich muß wiederholen, Eure Exzellenz, daß ich vor vier Tagen eine dringende Botschaft aus Ajuthia erhalten habe, in der man mich informiert, daß Mitglieder der englischen Handelskompanie die Großzügigkeit Eures gnädigen Königs schändlich mißbraucht haben ...«
Bei Erwähnung Seiner Majestät warf der Gouverneur sich zu Boden, und der Palat, der Dolmetscher und die Diener versuchten, sich noch tiefer zu ducken, während der Holländer irritiert wartete, bis der Gouverneur sich wieder erhoben hatte.
»... und, daß diese Engländer illegal Kanonen die Küste von Siam entlang transportiert haben«, schloß er.
»Wir würden nie die Richtigkeit Eurer Berichte anzweifeln, Mr. Lidrim«, erwiderte der Gouverneur liebenswürdig, »aber unglücklicherweise verlangen unsere Gesetze Beweise.«
»Aber ihr eigener Lagerverwalter hat gesehen, wie sie aufs Schiff geladen wurden!« rief der Holländer. Es gab keinen Zweifel an der Richtigkeit seines Berichts. Sein Vorgesetzter in Ajuthia hatte die Depesche unterschrieben, und sie war per Elefantenkurier geschickt worden. Darin stand, es wären Kanonen an Bord der englischen Dschunke, und sein Befehl lautete, das Schiff um jeden Preis vor der Küste von Ligor abzufangen und die Engländer als das bloßzustellen, was sie waren: Schwindler und Schmuggler. Van Risling ballte die Fäuste. Das war die Chance, die gottverdammten Engländer zu zerschmettern und aus Siam hinauszuwerfen.
»Aber, soviel ich weiß, Mr. Lidrim, steht das Boot, zusammen mit seiner Ladung, nicht mehr zur Inspektion zur Verfügung.«
Van Risling konnte sich nur mit Mühe beherrschen. »Ich werde den Beweis, den Ihr verlangt, finden, Eure Exzellenz, und wenn ich ihn habe, wird Euer Land froh sein, sich dieser englischen Verräter ein für allemal entledigen zu können. Und

was denjenigen betrifft, der fließend siamesisch spricht, ich habe eine Eildepesche an mein Hauptbüro mit der Bitte um eine genaue Beschreibung des Mannes geschickt. Der siamesische Lagerverwalter konnte keinen der Namen aussprechen. Ich erwarte innerhalb von drei Wochen die Antwort aus Ajuthia.«
»Gut, wir werden sie mit Interesse erwarten. Aber sagt mir eines, Mr. Lidrim. Wenn, wie Ihr behauptet, diese Kanonen an Bord waren, wohin glaubt Ihr, wollten sie sie bringen?«
»Es würde mich nicht überraschen, wenn sie für die Rebellen in Pattani bestimmt waren, Eure Exzellenz. Dort würden sie einen guten Preis bringen.«
»In der Tat, da bin ich mir sicher. Aber wären die Signaturen nicht zu leicht als englische zu identifizieren? Wäre das ein weiser Schritt von Seiten einer Nation, die versucht, die Handelsposten an unseren Küsten wieder einzurichten?«
In Wirklichkeit hatte der siamesische König die Engländer umworben. Aber die offizielle Politik verlangte, daß die Engländer die Bittsteller waren. Wenn die Engländer aber tatsächlich des Kanonenschmuggels schuldig waren, läge es innerhalb seiner Jurisdiktion als Gouverneur der Provinz, sie alle wegen Verrats hinrichten zu lassen. Wenn man sie schuldig sprach, würde er auch nicht zögern, genau das zu tun. Aber zuerst brauchte er Beweise.
Van Risling mußte zugeben, daß diese offensichtlich logische Überlegung ihm Rätsel aufgab. Warum sollten die Engländer ihren Empfang hier gefährden, indem sie die Rebellen mit Kanonen versorgten? Nicht einmal die Engländer waren so dumm. Er umging die Frage des Mandarins. »Nun, Eure Exzellenz, dann werden wir jetzt also unseren kleinen Plan in die Wege leiten, ja? Die drei Engländer werden hier in Eurem Audienzraum das erste Mal nach dem Unfall aufeinandertreffen. Sie werden sich viel zu sagen haben, und wir werden ohne Zweifel viel erfahren. Dann wird Ihr Stellvertreter sie mit gebührendem Ernst davon unterrichten, daß ein Teil der Ladung an Land gespült wurde ...« Der Holländer grinste voller Vor-

freude. Siamesische Häuser waren auf Teakholzstelzen gebaut, um eine Überflutung während der Monsunzeit zu vermeiden, und die unterste Ebene liegt etwa eineinhalb Meter über dem Boden. Es gab also reichlich Platz, um sich darunter zu verstecken.

»Ihr sprecht doch ihre Sprache, nicht wahr?« fragte der Mandarin höflich. Er überlegte, wieweit er der Übersetzung des Holländers vertrauen könnte. Aber es gab niemanden, der sie bestätigen konnte. Sein fähigster Spion, Snit, würde natürlich gut versteckt anwesend sein und die Reaktionen des Holländers beobachten.

»Gut genug für diesen Zweck«, erwiderte der Holländer. Er fragte sich ebenfalls, wie der Mandarin die Genauigkeit seiner Übersetzung prüfen wollte. »Und es wird ihnen erst nach dem Test erlaubt sein, ihre Häuser zu verlassen, Eure Exzellenz?«

»Richtig, Mr. Lidrim, sie werden bis dahin getrennt in ihren jeweiligen Gästehäusern bleiben. Bis morgen sollten sie sich ausreichend erholt haben. Es sind jetzt vier Tage seit dem Schiffbruch vergangen, und sie haben sich alle gut erholt, bis auf den Großen, sagt man mir. Er hat eine Fußverletzung.«

»Sehr gut. Ich werde morgen früh hier sein, Eure Exzellenz.« Van Risling verbeugte sich kurz.

Diese beiden Farang-Nationen waren sich wirklich nicht sehr wohlgesinnt, überlegte der Gouverneur. Deshalb mußte die Wahrheit genauestens gesucht werden, und er hatte dafür seine Methoden. Befanden sich ihre beiden Nationen vielleicht seit Jahrhunderten im Krieg wegen der Sklaven oder der weißen Elefanten des anderen oder sonst irgendeines Gutes, so wie die Burmesen und sein Land es gewesen waren? Die Wut des Holländers war offensichtlich. Zeigten alle Farangs ihre Gefühle mit so kindischer Offenheit? Er lachte. Man würde der Wahrheit ziemlich nahe kommen, wenn man sie nur beobachtete. Eines war jedenfalls sicher. Der holländische Farang war so wild entschlossen, die Engländer zu entlarven, damit sie aus Siam vertrieben würden, daß er alles daran gesetzt hatte, ihr Leben zu retten. Der Gouverneur bezweifelte sogar, ob sie über-

haupt überlebt hätten, wenn der rotbärtige Teufel die Rettung nicht vom Ufer aus organisiert hätte. Er hatte wohl mit der Ankunft des Bootes gerechnet.
»Kling!« rief der Mandarin. Der Stellvertreter rutschte auf Händen und Knien auf seinen Herrn zu.
»Mächtiger Fürst, der Staub Eurer Füße erwartet Eure Befehle«, tönte der Palat. Das war die vorgeschriebene Anredeform für einen Mandarin ersten Ranges.
»Schicke einen zuverlässigen Sklaven zum Boxplatz. Chai oder Wan. Ich möchte einen Bericht über seinen Zustand. Ich will genau wissen, wie naß der Boden ist und wie die Chancen stehen, das Turnier übermorgen abzuhalten.«
»Ich erhalte Eure Befehle, mächtiger Fürst.«
»Und, Kling, ich möchte eine genaue Untersuchung dieser Farangs. Insbesondere möchte ich genaue Informationen über ihre Fracht. Die Details überlasse ich dir, nachdem wir die Beweise des holländischen Farangs untersucht haben.«
»Mächtiger Fürst, ich empfange Eure Befehle.« Der Stellvertreter kroch rückwärts, um den Fürsten nicht mit dem Anblick seines Hinterteils zu beleidigen.

5

Der Palat betrat das kleine hölzerne Gästehaus, in dem Phaulkon noch immer wohnte. Er war barfuß, wie die meisten Siamesen. Nur Mandarine trugen gebogene moslemische Pantoffel, wenn sie aus dem Haus gingen. Er grüßte Phaulkon höflich, ein kurzes Kopfnicken mit aneinandergelegten Handflächen über der Stirn.

Phaulkon erwiderte den Gruß.

»Choen, chiao«, sagte der Palat höflich. Phaulkon machte eine verwirrte Miene. Der Palat gab ihm daraufhin ein Zeichen, ihm zu folgen.

Es war Nachmittag, aber Phaulkon wußte nicht, welcher Tag, er hatte soviel geschlafen, daß er den Überblick verloren hatte. Die Kräuter und Salben hatten Wunder gewirkt, und er fühlte sich gestärkt und wach. Man hatte ihm einen Panung gegeben, ein Musselinhemd und sogar einen festlichen Brokatmantel, obwohl nicht einsichtig war, zu welchem Anlaß. Er hatte inzwischen einige Male versucht, die anderen zu sehen und sich hinauszuschleichen, um am Strand nachzuschauen, ob Wrackteile ihres Schiffes angeschwemmt worden waren. Aber Wachen hatten ihm jedesmal den Weg versperrt. Er durfte den kleinen grasbewachsenen Hof vor seinem einstöckigen Gästehaus nicht verlassen.

Jetzt folgte er dem Palat durch eine Öffnung in der dichten Bambushecke, die seinen Hof umgab, und betrat einen anderen Hof, groß und rechteckig, in dessen Mitte ein prächtiger alter Feigenbaum stand, dessen riesiger Stamm von einem Gewirr kleinerer Stämme umschlungen war. Der Hof war grasbewachsen und außenherum mit immergrünen Gardenienbäumen bepflanzt, und es war angenehm kühl und schattig. Phaulkon wurde begrüßt vom fröhlichen Lärm nackter Kinder, braun wie Nüsse, die unter dem riesigen Baum spielten. Die meisten trugen silberne Arm- und Fußreifen, und die Gesichter der Jüngeren waren mit gelber Turmericpaste gegen

Moskitos und andere Insekten eingerieben. Die gutherzigen buddhistischen Siamesen puderten sogar Hunde und Katzen damit ein. Einige Kinder, kaum älter als sechs oder sieben Jahre, rauchten Tabak, der in riesige Palmblätter gewickelt war. Sie standen alle da und starrten ihn an. Offensichtlich war er viel interessanter als ihr Lieblingsfeigenbaum.
Phaulkon und sein Führer befanden sich jetzt im belebteren Bereich der Anlage. Barfüßige Diener im Lendenschurz eilten hin und her und verbeugten sich im Vorbeigehen tief vor ihnen.
Am rückwärtigen Bereich des Hofes war der Palast des Gouverneurs auf vierundzwanzig Säulen errichtet worden, anstatt der üblichen vier. Es war eine massive Konstruktion aus Teak- und Eisenholz, mit reizvollen, abgestuften Dächern, die an den Ecken zu Dreiecken aufgebogen waren. Das gesamte Gebäude ruhte auf einer Vielzahl von Stelzen, und eine Reihe Stufen, ähnlich einer breiten Leiter, führte zum Haupteingang, der aus zwei dicken Teakpaneelen bestand, die sich nach innen öffneten und als Tür dienten.
Sie stiegen die Stufen hinauf und betraten einen weitläufigen, holzgetäfelten Raum, der geschmackvoll mit japanischen Lackparavents, Ming-Vasen und Schalen, edlen persischen Teppichen und einem großen silbernen Spucknapf möbliert war. Plötzlich sprang eine Gestalt aus den Schatten am hinteren Ende des Zimmers hervor.
»Thomas!« rief Phaulkon und breitete entzückt die Arme aus, als er den kleinen Mann erkannte. Ivatt rannte los und landete in Phaulkons Armen.
»Du siehst wie neu aus«, sagte Phaulkon.
»Oh, wir haben im Theater immer Schiffsuntergänge simuliert«, erwiderte Ivatt. »Ich dachte, es ist bloß wieder eine Probe.«
»Warst du bei Bewußtsein, als du das Ufer erreicht hast? Hast du gesehen, was passiert ist?« fragte Phaulkon.
»Ich fürchte, ich war in anderen Gefilden«, erwiderte Ivatt.
»Das war ich auch.«

Der Palat hatte sich diskret zurückgezogen, und sie waren allein in dem großen Vorraum. Der Grieche legte einen Arm um Ivatt und führte ihn an einem goldlackierten Schrank der frühen Ajuthia-Periode vorbei zur anderen Seite des Zimmers. Er hatte diesen Mann liebgewonnen, der knapp einen Meter fünfzig groß war, also etwa so groß wie die meisten Siamesen.

»Paß auf, was du sagst«, flüsterte Phaulkon Ivatt ins Ohr. »Die Wände haben vielleicht Ohren. Hast du Richard gesehen?« fragte er dann in normalem Ton.

»Nein, aber meine Sklavin hat mir in Zeichensprache erklärt, daß es einen Riesen in der Nachbarschaft gibt. Das muß er sein.«

»Seid ihr auch getrennt untergebracht worden?«

Ivatt nickte. »Ich wohne allein mit meiner Sklavin.«

»Ich nehme an, du hast nicht zufällig gehört, ob etwas von unserem Tuch gerettet worden ist?«

»Nur etwa die Hälfte«, scherzte Ivatt und bereute es sofort, als er sah, wie Phaulkons Gesicht blaß wurde. »Verzeih mir, Constant. Ein schlechter Witz. Ich bin froh, daß ich noch am Leben bin.«

Phaulkon zwang sich ein Lächeln ab. In diesem Augenblick hörte man draußen jemanden humpeln, und sie drehten sich zur Tür um. Burnaby erschien im Türstock, auf eine Bambuskrücke gestützt.

»Richard!« riefen beide wie aus einem Mund und liefen zu ihm hin.

Sein linker Fuß war stark geschwollen und mit Baumwolltüchern bandagiert, die nach Kokosnußöl dufteten.

»Was ist denn mit deinem Fuß passiert?« fragte Phaulkon, während sie ein paar Kissen zurechtrückten und ihn vorsichtig darauf setzten.

»Ich glaube, er ist verstaucht. Ich muß gegen einen Felsen geprallt sein. Ich kann mich nicht so genau erinnern. Aber, Gott sei Dank, sind wir alle am Leben. Ich würde gerne zurück nach Ajuthia und den Fuß untersuchen lassen. Die verfluchten Ärzte hier haben versucht, irgendein Mittel aus Geier- oder Adlergalle darauf zu schmieren. Gott sei Dank hab ich sie aufhalten können und ihnen statt dessen gezeigt, wie man einen Verband anlegt.«

»Wie du schon sagtest, Richard, wir können froh sein, daß wir noch am Leben sind«, sagte Phaulkon, »und daß wir bei so liebenswürdigen Gastgebern gelandet sind. Zu schade, daß keiner von uns ihre Sprache spricht, um ihnen zu danken. Wir müssen uns eben, so gut es geht, mit Zeichensprache behelfen.«

»Bist du verrückt geworden? Wir müssen —«

»Ist wirklich komisch«, unterbrach Ivatt. »Ich weiß kaum noch etwas von unserem Schwimmausflug. Nur noch, daß ein rotbärtiges Monster mir die Arme vom Ufer entgegengestreckt hat.«

»Daran kann ich mich auch erinnern!« rief Phaulkon.

»Vielleicht hat man uns ans Ufer gezogen«, schlug Burnaby vor. »Du warst noch nicht unten und hast nachgeschaut, ob etwas von der Fracht angeschwemmt worden ist, oder, Constant?« Auch er hatte sein Zimmer nicht verlassen dürfen.

»Nein, aber ich bin mir sicher, daß wir das ganze Tuch verloren haben.«

»Es war ja deine Idee«, grunzte Burnaby. »Und was machen wir jetzt, Constant, hast du eine neue Idee?«

»Zuerst danken wir Gott, daß er uns am Leben gelassen hat«, erwiderte Phaulkon. »Und dann überprüfen wir unsere Situation.«

»Und wie, bitte, sollen wir das anstellen, wenn keiner von uns die Sprache spricht?« fragte Burnaby sarkastisch.

»Wir werden eine Möglichkeit finden, Richard. Und dann werden wir überlegen, wie wir Sams Boot anderweitig beladen können.«

»Wer ist dieser Sam überhaupt?« fragte Ivatt. »Kenne ich ihn?«

»Er wird in drei Monaten in Mergui erwartet, und wenn es so weitergeht, wird er ein sehr enttäuschter Mann sein«, antwortete Burnaby verbittert. »Wahrscheinlich schmoren wir dann noch im Gefängnis.«

»Aber wenigstens sind wir am Leben.« Ivatt war nicht so leicht

unterzukriegen. »Außerdem gefällt's mir hier. Das muß doch irgendeinem hohen Tier gehören, oder?«
Phaulkon lachte. »Ich glaube, es ist der Palast des Gouverneurs. Er ist wahrscheinlich ein Mandarin ersten Grades mit vielleicht acht- oder zehntausend *sakdina*.«
»Bitte, mit was?« rief Ivatt.
»Würdezeichen«, erwiderte Phaulkon. »Jeder Offizielle in Siam besitzt Würdezeichen, die zu seiner Stellung gehören. Übrigens, Thomas, was hast du mit deinen Haaren gemacht?«
Er bemerkte erst jetzt, daß Ivatts brauner Haarschopf stark glänzte.
»Meine Sklavin hat es mir geölt und parfümiert«, erwiderte Thomas.
»Du lügst, Thomas Ivatt. Keine siamesische Frau würde den Kopf eines Mannes berühren«, sagte Phaulkon.
»Warum nicht?« Ivatt lachte. »Alle anderen Teile hat sie doch auch angefaßt. Was ist denn so schlimm an meinem Kopf?«
»Es ist deine heilige Extremität, Thomas«, sagte Phaulkon und dachte: Wer immer dieses Gespräch belauscht, er wird kaum etwas von unseren Plänen erfahren.
»Meinst du, wir sehen den Gouverneur? Und wie müssen wir ihn ansprechen, wenn wir ihn sehen?« fragte Ivatt.
»Gar nicht. Du legst dich auf den Bauch und hältst den Mund.«
»Warum hat man uns erst nach so langer Zeit zueinander gelassen?« fragte Burnaby.
»Unsere Gastgeber sind offensichtlich sehr rücksichtsvolle Leute. Sie haben uns erst Zeit gegeben, uns zu erholen, bevor wir dem Gouverneur vorgestellt werden«, erwiderte Phaulkon. »Das ist doch sehr vernünftig.«
»Und wann wird der Empfang des Gouverneurs stattfinden?« fragte Burnaby trocken.
»Deiner Kleidung nach zu schließen, Richard, glaube ich, du bist gar nicht eingeladen«, neckte ihn Ivatt.
Phaulkon sah Burnaby an. Es stimmte. Er hatte nicht einmal ein Hemd bekommen, nur eine Schärpe um die Schultern,

eine, wie sie sonst von Frauen getragen wurde. Und dann begriff er. Burnaby war über einsachtzig groß, sie hatten einfach nichts gefunden, was für ihn groß genug war. »Keine Sorge«, sagte Phaulkon. »Wir nehmen dich mit. Wir werden erklären, daß dein Gepäck verlorengegangen ist.«

»Das wird eine festliche Angelegenheit«, sagte Ivatt. »Jemand hat mir einen goldbestickten Mantel geliehen. Der hat auch noch genau meine Größe. Ich muß mir seine Adresse besorgen. Ich würde ihn am liebsten gleich anziehen, aber meine Sklavin läßt mich nicht. Er muß für später aufgehoben werden ...« Er stand abrupt auf. »Ich muß vor lauter Gerede über Feste und Würdezeichen mal pinkeln. Wo, würdest du vorschlagen, soll ich das machen?« Phaulkon sah, wie er eine der Ming-Vasen des Gouverneurs anstarrte, und dirigierte ihn schnell nach draußen. Es waren immer noch keine Diener zu sehen.

Ivatt stieg die Treppe hinunter und ging, ohne sich bücken zu müssen, unter den Boden des Audienzraumes, in dem sie gesessen waren, und löste seinen Panung.

In diesem Moment schritt der Palat heran, begleitet von dem jungen malaiischen Dolmetscher. Er wollte gerade die Treppe hinaufsteigen, als er Ivatt unter den Bodenbrettern bemerkt, von der Taille abwärts nackt. Er beobachtete verwundert, wie der kleine Mann aufschaute, einen Satz machte und einen furchterregenden Schrei ausstieß. Innerhalb von Sekunden erschienen Diener aus den Holztäfelungen, Sklaven eilten in den Hof, und Phaulkon rannte die Treppe herunter und wäre fast mit dem Palat zusammengestoßen. Burnaby humpelte hinter ihm her.

Beim Anblick des Palats warfen sich die Diener und Sklaven zu Boden, und die Augen aller richteten sich auf Ivatt.

Der kleine Mann, immer noch halb nackt, deutete nach vorn und sagte immer wieder: »Es ist der rotbärtige Riese! Das Monster, das ich im Wasser mit ausgestreckten Armen gesehen habe!«

Ivatt sah sich um, bemerkte, daß alle Augen auf ihn gerichtet

waren, und versuchte hastig, seinen Panung zusammenzuraffen, während das Wesen mit dem roten Bart aus seinem Versteck kroch, offensichtlich sehr verlegen.
»Joop van Risling, Geschäftsführer der königlich-holländischen Kompanie in Ligor. Zu Euren Diensten, mijn Heeren«, sagte er, in schwer akzentuiertem Englisch. »Ich warte hier, bis ich an der Reihe bin, mit Seiner Exzellenz zu reden.«
Phaulkon lachte lauthals, der Palat schloß sich höflich an und die Sklaven ebenfalls. Ivatt war es endlich gelungen, seinen Panung wieder festzubinden.
In diesem Moment erschien der Fürst der Provinz, der Pu Samrec Rajakara Meuang, und mit Ausnahme des Holländers warfen sich alle, die noch standen, zu Boden.
Der Mandarin schaute sich langsam um und konzentrierte sich dann auf die Neuankömmlinge. Einer von ihnen lag in der korrekten Stellung auf dem Bauch mit der Stirn auf dem Boden. Er bemerkte auch, daß dieser Mann normales schwarzes Haar hatte. Ein anderer, ein älterer, gelbhaariger Riese, lag ebenfalls, aber etwas ungeschickter als der erste. Er war derjenige mit dem verletzten Fuß. Und ein dritter Mann, von normalem Wuchs, machte einen lächerlichen Versuch, sich einen schlichten Panung zu binden, und in der Eile, sich zu Boden zu werfen, hatte er sich das Stück Stoff wie eine Schärpe vor seine himmlischen Teile gebunden. Grotesk! Aber wenigstens versuchte er, Respekt zu zeigen.
Phaulkon hob den Kopf und sah, daß der Gouverneur sich sichtlich unwohl fühlte. Dann entdeckte er, daß der große Holländer immer noch stand und den Mandarin um Haupteslänge überragte. Es waren mehr Siamesen als Europäer im Hof, und ihre Mißbilligung über diese grobe Unhöflichkeit war fast greifbar.
Obwohl er wußte, daß er eigentlich nicht vor dem Fürsten der Provinz das Wort ergreifen sollte, beschloß Phaulkon, diese Verletzung des Protokolls zu riskieren. »Heer van Risling«, sagte er hastig auf holländisch, »meinem Chef, Mr. Burnaby von der englischen Ostindien-Kompanie, ist es eine große

Ehre, seinen holländischen Geschäftsfreund kennenzulernen. Unglücklicherweise hat er sich seinen Fuß verletzt und kann nicht stehen. Er wäre sehr dankbar, wenn Ihr Euch setzen und mit ihm sprechen würdet.« Ob es nun am schmeichelnden Ton Phaulkons oder seinem unerwartet fließenden Holländisch lag, jedenfalls setzte sich der Holländer neben Burnaby ins Gras, und sein Kopf befand sich endlich tiefer als der des Mandarins. Die Spannung im Hof löste sich.

Der Mandarin warf dem Farang mit den dunklen Haaren einen Blick zu und sah, daß er lächelte. Hatte dieser Farang, dessen Manieren so überraschend gut waren, Worte gesprochen, die den Rotbart dazu gebracht hatten, sich zu setzen?

»Kling!« wandte er sich an seinen liegenden Palat. »Erkläre, was passiert ist.«

»Mächtiger Fürst, ich empfange Eure Befehle. Der Farang, der seinen Panung nicht binden kann, ist einem natürlichen Bedürfnis gefolgt und hat den Rotbart dabei ertappt, wie er ihm nachspionierte. Er schrie auf —«

»Wir werden ihn den kurzen Farang nennen. Den mit den normalen Haaren nennen wir den mittleren Farang und den alten mit den langen Gliedmaßen den großen Farang. Was ist dann passiert?«

»Mächtiger Fürst, ich empfange Eure Befehle. Danach hat der kurze Farang den Grund vergessen, aus dem er nach draußen gegangen ist, und hat versucht, wegen den anderen, seinen Panung wieder zu binden. Die anderen haben seinen Schrei gehört und sich hier versammelt: der mittlere Farang, der große Farang, der Rotbart, der Staub zu Euren Füßen und der erhabene Fürst selbst sowie einige Sklaven.«

»Gut. Und wie steht es mit dem Geruch des kleinen, des mittleren und des großen Farangs? Ist er dem des Rotbarts ähnlich?«

»Ich, ein Haar von Eurem Haupt, finde ihn nicht so stark. Aber ich, ein Haar, glaube, daß die Sklaven des mächtigen Fürsten sie vielleicht erst vor kurzem abgerieben haben.«

»Gut, dann bringe sie alle in den Audienzsaal, solange sie noch

frisch sind. Wir brauchen den malaiischen Dolmetscher, Essen, Musikanten und Tänzer.«
»Mächtiger Fürst, ich empfange Eure Befehle.«
Der große Mandarin lächelte der Versammlung zu und schritt würdevoll davon. Alle erhoben sich, bis auf die Sklaven, die liegen bleiben mußten, solange der Palat noch anwesend war. Phaulkon waren alle Formen der Anrede vertraut gewesen. Und der Gouverneur hatte sich abfällig über den Holländer geäußert, und das war gut zu wissen. Wenn er nur noch Ivatt ein paar Lektionen in anständigem Benehmen erteilen könnte und dafür sorgen, daß die beiden sich häufiger wuschen ... Phaulkons Kenntnis der Etikette würde vielleicht bei den Siamesen Verdacht erregen, aber trotzdem hatten sie keinen Beweis, daß er ihre Sprache beherrschte.
Der Palat geleitete sie zur anderen Seite des Palastes, wo eine weitere Treppe zum Hauptaudienzsaal führte.

6

»Ihr sprecht also Holländisch«, sagte van Risling und betrachtete Phaulkon halb mißtrauisch, halb respektvoll. Sein Englisch war mangelhaft, und seine Unterhaltung mit dem englischen Geschäftsführer auf dem Weg zum Audienzsaal war kurz und mühsam gewesen.

»Ein bißchen«, erwiderte Phaulkon bescheiden. »Ich war zwei Jahre in Bantam, ehe ich nach Siam kam.«

Sie saßen auf dem Teakholzboden der Halle und warteten auf das Erscheinen des Gouverneurs und die Rückkehr des Palats und des Dolmetschers. Prächtige persische Teppiche bedeckten den Boden, bis zu den Teaksockeln des Raumes. Die vier Farangs waren allein, abgesehen von der üblichen Gruppe schweigender, kniender Diener. Der Holländer saß, etwas gequält, im Schneidersitz neben Phaulkon. Er war europäisch gekleidet, in Hose und Hemd, hatte aber mit Rücksicht auf die örtlichen Gebräuche seine hohen Stiefel draußen abgelegt. Phaulkon konnte gut verstehen, daß der Mandarin so besorgt wegen des Geruchs der Neuankömmlinge gewesen war. Die Siamesen waren ein geradezu besessen reinliches Volk, das mehrmals täglich badete, und er hatte sich schon oft für den üblen Geruch seiner europäischen Landsleute geschämt, deren Gewohnheit, sich nicht täglich zu waschen, im schwülen tropischen Klima besonders widerlich war. »Die Engländer hatten hier früher einen Handelsposten«, fügte er hinzu.

»Ich erinnere mich sehr wohl. Aber das waren die alten Zeiten. Jetzt gehört das ganze Gebiet natürlich Holland.« Van Risling lächelte selbstzufrieden.

»In der Tat, Ihr habt mit dem König in Bantam zuerst Handel getrieben, und ehe er sich's versah, war er dann plötzlich Euer Vasall.«

Das umfangreiche System holländischer Handelsposten war unübertroffen, und keine andere europäische Nation konnte mit ihnen konkurrieren. Die Spanier, geschwächt von Drakes

Sieg über ihre Armada, waren mit den Philippinen beschäftigt, die portugiesische Macht bröckelte langsam, die Engländer waren damit beschäftigt, den indischen Handel auszuweiten, und die Franzosen beschränkten ihre Bemühungen bis jetzt noch auf Afrika.

»Und habt Ihr auch malaiisch während Eures Aufenthalts dort gelernt?« fragte der Holländer, ohne näher auf Phaulkons spitze Bemerkung einzugehen.

»Kaum zwei Worte«, log Phaulkon. »Die meisten meiner Freunde waren Europäer.« Sobald der Mandarin erschien, würde das Gespräch von Malaiisch ins Siamesische übersetzt werden und wieder zurück, und Phaulkon wollte vorgeben, beides nicht zu können.

»Aber Ihr seid kein Engländer, nicht wahr, Herr, äh ... Phaulkon, glaube ich, sagtet Ihr.« Der Holländer musterte ihn. Er war mehr ein mediterraner Typ, vielleicht ein bißchen größer, als die Leute aus dem Süden waren. Der Bastard hatte ein sympathisches Lächeln, das mußte er zugeben.

»Nein, ich bin Grieche. Aber ich arbeite schon seit meinem neunten Lebensjahr für die Engländer, also bin ich ihnen wohl inzwischen ziemlich ähnlich.«

»Ein Grieche? Ihr seid der erste, den ich in diesem Teil der Welt antreffen. Und die anderen beiden? Sie sind beide Engländer?«

»Ja«, erwiderte Phaulkon. »Wir sind alle bei der East Indian Company, Herr van Risling.«

»Ihr meint, bei der englischen. Ihr solltet Euch deutlicher ausdrücken. Es gibt eine holländische Ostindische Kompanie und auch eine französische. In diesem Teil ist *die* Ostindische Kompanie die holländische. Schließlich und endlich ... drücken wir es mal so aus, das hier ist unser Handelsposten.«

»Im Augenblick vielleicht noch, mein Herr. Aber nichts dauert ewig. Schaut nur, wie es den Portugiesen ergangen ist. Wer hätte sie vor einhundertfünfzig Jahren nicht für unbesiegbar gehalten?«

Er hatte recht. Bis zum Jahre 1630 hatten die Holländer den

siamesischen Außenhandel praktisch völlig unter ihre Kontrolle gebracht, und die Portugiesen mußten sich mit der Rolle von Leibwächtern und Söldnern zufriedengeben.

»Wer sollte uns denn aufhalten«, erwiderte der Holländer bissig. »Ihr Engländer verschwendet eure Zeit in Siam. Ihr solltet besser nach Madras zurückgehen und mit den Indern handeln.«

»Seit wann habt Ihr denn das Handelsmonopol in Siam, mein Herr? Ihr tätet klug daran, Euch an unsere Präsenz zu gewöhnen.«

»Ich bezweifle, daß ihr lange genug hier sein werdet, um das notwendig werden zu lassen, Heer Phaulkon«, erwiderte der Holländer. »Die siamesischen Behörden tolerieren keine Konterbande.«

»Was soll das heißen?« fragte Phaulkon kühl.

»Das soll heißen, daß Waffentransporte ohne Genehmigung des Staates ein Verbrechen gegen den Staat sind. Und was die Versorgung von Rebellen mit Kanonen angeht, nun ja, die Behörden haben in solchen Fällen äußert interessante Formen der Bestrafung. Habt Ihr gewußt, daß bei Verbrechen mit Komplizen der weniger wichtige der beiden geköpft wird und dem noch lebenden Anführer der Kopf umgebunden wird, damit er seine Schuld in Ruhe genießen kann, wenn er ihn ein paar Tage herumträgt.« Der Holländer lachte. »Ich frage mich, wer von euch beiden wohl als Hauptverschwörer betrachtet werden wird, Ihr oder die Königin von Pattani? Und wenn man sich vorstellt, daß sie schon immer einen Farang um den Hals haben wollte. Ha, ha!« Van Risling schüttelte sich vor Lachen.

»Herr van Risling, ich fürchte, die Sonne hat Eurem Verstand übel mitgespielt«, bemerkte Phaulkon. Er überlegte fieberhaft. Wenn van Risling die nötigen Beweise hatte, warum hatte er dann versucht, zuvor ihr Gespräch zu belauschen? Aber, woher, zum Teufel, konnte er das mit der Königin wissen? Das Schwein von Lagerverwalter in Ajuthia hatte vielleicht die Anwesenheit der Kanonen verraten, aber er wußte nicht, für

wen sie bestimmt waren. Nur Phaulkon, Burnaby und Alvarez waren eingeweiht, und Alvarez war noch in Pattani. Van Risling hatte sicher nur geraten.
»Ihr überlegt vielleicht, welche Beweise ich habe, Heer Phaulkon? Keine Angst, sie sind unterwegs. Und in der Zwischenzeit wird man Euch und Eure Freunde hier festhalten.«
»Die siamesischen Behörden werden uns wohl kaum aufgrund einer Laune eines Holländers hier festhalten, wenn sie uns hierhergebeten haben, um genau dieser Arroganz Einhalt zu gebieten. Ihr müßt wissen, Heer van Risling, man hat uns hierhergebeten, um das Gleichgewicht der Macht wiederherzustellen.«
»Kommt Holland nicht in die Quere«, sagte der Holländer mit hochrotem Kopf und schlug mit der Faust auf den Boden.
»Euer Gespräch klingt ja nicht sehr freundschaftlich«, unterbrach Ivatt. Weder er noch Burnaby sprachen Holländisch.
»Ja, ja, nicht freundschaftlich«, sagte der Holländer in Englisch und drehte sich zu den beiden um. »Und Ihr«, er zeigte auf Burnaby, »warum Ihr Euch hinlegen für Eingeborene? Sie Oberkaufmann. Kein guter Eindruck. Farang muß bei die Siamesen stehen. Warum ihr verdomme Englesen kommen überhaupt nach Siam zurück?«
»Wir wollen die Holländer ablösen«, sagte Burnaby mit eisiger Stimme. »Zuerst war Portugal an der Reihe, dann ihr, jetzt sind wir dran. Jetzt gehört es uns.«
»Zwijn!« Der Holländer verlor die Beherrschung. In diesem Augenblick erschien der Fürst der Provinz an der Tür. Ihm schritten sein Schwertträger, sein Betelkästchenträger und vier halbnackte Sklaven voraus. »Ihr geht ins Gefängnis, ihr Englesen«, fuhr der Holländer unbeirrt fort, »und dann ins Grab, ihr werden schon sehen.«
Die Augen des Mandarins wurden schmal. Wer störte da durch schroffe Worte die Harmonie seines Haushalts? Es war wieder dieser holländische Farang. Er hatte jetzt eine Gesichtsfarbe, als ob er getrunken hätte.
Beim Anblick des Mandarins warf Phaulkon sich sofort zu Bo-

den. Burnaby und Ivatt folgten seinem Beispiel. Der Holländer blieb schwer atmend sitzen. Der Mandarin lächelte und setzte sich mit verschränkten Beinen. Eine Hand ruhte auf einem Schenkel, mit der anderen stützte er seinen Körper vom Boden ab. Der Bauch des Gouverneurs bauschte seine reichbestickte Kleidung auf, und er hatte nicht nur ein Doppelkinn. Er schien so um die Vierzig zu sein, aber Phaulkon versuchte schon lange nicht mehr, das Alter von Siamesen zu schätzen. Ihre Haut blieb viel länger glatt und faltenlos als die der Europäer.

Auf dem Kopf trug der Gouverneur einen konischen weißen Hut, der unter dem Kinn mit einer Schnur gebunden war. Dieser wurde nur zu Zeremonien oder offiziellen Anlässen getragen und nicht abgenommen. Er wurde von einem goldenen Ring gehalten, was den Rang eines Ersten Mandarin anzeigte. Im Mandarinat gab es fünf Ränge, der erste Grad war der höchste.

Es gab auch vier Klassen von Provinzen. Ligor war eine Provinz ersten Grades, und wahrscheinlich unterlagen einige andere Provinzen der hiesigen Jurisdiktion. Der Gouverneur von Ligor war zweifellos der wichtigste Siamese, dem Phaulkon je begegnet war.

Ein Diener tippelte nach vorn und stellte das Betelkästchen seines Herrn seitlich neben den Fürsten, und sein Schwertträger kniete hinter ihm.

Dann erschien der Palat mit dem malaiischen Dolmetscher des Holländers. Sie warfen sich direkt am Eingang auf den Boden und rutschten dann nach vorn.

Der Gouverneur eröffnete nun das Gespräch: »Es freut uns zu sehen, daß Ihr Zeit hattet, Euch kennenzulernen«, sagte er, und ein Anflug von Lächeln huschte über das Gesicht Seiner Exzellenz. »Wir heißen unsere Neuankömmlinge willkommen und danken Buddha, daß ihr Lebenskreis nicht verfrüht endete. Und wir danken natürlich Mr. Lidrim für seine Bemühungen bei ihrer Rettung.«

Ivatt hatte also recht gehabt, dachte Phaulkon.

Barmherziger Gott, mach, daß er eine kurze Rede hält, dachte Ivatt, der die anstrengende Position nicht gewohnt war. Er hatte Phaulkon alles nachgemacht und lag auf Händen und Knien, die Stirn knapp über dem Boden und die Hände wie zum Gebet gefaltet.

Burnaby fragte sich, wie schnell ihr Aufenthalt in Ligor vorüber wäre, um nach Ajuthia reisen zu können. Abgesehen von den Schmerzen in seinem Fuß wollte er so schnell wie möglich in die Sicherheit der englischen Handelsniederlassung zurückkehren. Was, wenn eine der Kisten plötzlich an Land geschwemmt würde? Er wünschte, er könnte verstehen, was da geredet wurde. Obwohl er schon über ein Jahr in Siam war, beherrschte er nur einige Wörter dieser Sprache. Er hatte seine Unwissenheit noch nie so sehr bedauert wie jetzt. Aber es war so verdammt schwer — dieser Singsang und all die feinen Nuancen.

Van Risling wirkte sehr selbstzufrieden. Er würde den Griechen entlarven. Der große Engländer war wohl offiziell der Leiter, aber er vermutete, daß der Grieche der wahre Kopf war.

Er wandte sich an Burnaby und übersetzte direkt vom Malaiischen ins Englische: »Seine Exzellenz sagt, ihr verdommed Glück gehabt, daß noch am Leben sein.«

»Sagt Seiner Exzellenz, das haben wir ihm und seinen Ärzten zu verdanken«, erwiderte Burnaby. »Bitte dankt ihm für seine großzügige Gastfreundschaft und sagt ihm, daß wir gesund genug sind, nach Ajuthia zu reisen. Wenn er noch einmal so liebenswürdig wäre und uns ein Boot mit Besatzung leihen würde, würden wir ihn bei unserer Rückkehr nach Ajuthia in voller Höhe entschädigen.«

»Das Oberhaupt der englischen Handelsniederlassung sagt, sie sind jetzt gesund. Sie wollen ein Boot, eine Mannschaft, Proviant und Geld«, übersetzte der Holländer.

Phaulkon packte die Wut, und der Mandarin blinzelte erstaunt, nachdem er die Übersetzung des Malaien gehört hatte. Hatte der große Farang das wirklich gesagt? Seiner Meinung nach hatte er viel mehr gesagt. Er wandte sich wieder an den Holländer.

»Sagt dem Oberhaupt der englischen Farangs, daß wir augenblicklich unglücklicherweise kein Boot zur Verfügung haben, aber sobald eines verfügbar ist, werden sie es bekommen.«

Phaulkon wußte, daß dies Unsinn war. Der Gouverneur konnte innerhalb von zehn Minuten beliebig viele Boote herbeischaffen.

Der Holländer übersetzte wieder. »Der Gouverneur sagt, kein Boot. Ihr hier bleiben, bis ihr gesteht.«

»Gesteht?« fragte Burnaby.

»Ja. Was für eine Fracht ihr habt. Besser jetzt gestehen. Jeder hier weiß es.«

Burnaby drehte sich der Magen um. »Weiß was?«

»Gesteht das mit den Kanonen, die vor mein Kontor angespült. An den Strand. Besser jetzt gestehen. Ich sag Mandarin kein Folter, gut?«

Burnaby stockte das Herz. Er schielte aus den Augenwinkeln zu Phaulkon. Aber der Grieche erwiderte seinen Blick teilnahmslos.

»Ich weiß nicht, wovon Ihr redet«, sagte Burnaby.

Hinter seiner teilnahmslosen Miene arbeitet Phaulkons Gehirn fieberhaft. Er wandte sich jetzt in einem Ton an den Holländer, der in den Ohren des Mandarins sehr höflich klingen würde. »Jetzt hör gut zu, Holländer. Offensichtlich hast du Todesangst vor den Engländern. Und das mit Recht. Wir sind klüger, ehrlicher, und wir sind bessere Händler als ihr.« Der Holländer lief rot an, aber Phaulkon lächelte ihm weiter liebenswürdig ins Gesicht. »Die englische Regierung hat die Absicht, jeden blutsaugenden, faulig stinkenden Sohn des Erasmus innerhalb von sechs Monaten aus Siam zu werfen. Und wir drei sind mit dieser Aufgabe betraut. Und was die Kanonen betrifft ... Ja, wir hatten Kanonen an Bord.« Er hielt inne.

Der Holländer verschluckte sich vor Schreck, sprang auf und plapperte auf malaiisch los.

»Er sagt, sie hatten Kanonen an Bord! Sagt es Seiner Exzellenz!

Er hat gestanden!« kreischte er und zeigte dabei auf Phaulkon. Burnaby und Ivatt waren vollkommen verwirrt.
Der Gouverneur war gezwungen, sich ebenfalls zu erheben. Nachdem der Dolmetscher zu Ende gesprochen hatte, wandte er sich direkt an Phaulkon. »Fragt den mittleren Farang, ob er Kanonen transportiert hat«, befahl er.
Der Dolmetscher übersetzte die Frage des Gouverneurs ins Malaiische, und der Holländer grinste Phaulkon schadenfroh an. »Habt Ihr auf der ROYAL LOTUS Kanonen transportiert« fragte er offiziell auf Holländisch.
Phaulkon schüttelte heftig den Kopf. »Absolut nicht«, sagte er. »Wie kommt Ihr denn darauf?«
Der Holländer stampfte wütend mit dem Fuß. »Verdomme, du zweigesichtiger Sohn einer griechischen Hure«, tobte er. »Du hast doch gerade zugegeben, daß du Kanonen an Bord gehabt hast. Ich werde dem Mandarin befehlen, dich in Ketten zu legen, bist du wiederholst, was du gesagt hast.«
»Ihr werdet dem Mandarin befehlen?« Phaulkon hätte einiges darum gegeben, das übersetzen zu dürfen. »Du benimmst dich so, als gehöre dir das alles hier, was, Holländer? Das ist siamesisches Territorium, und wir werden dafür sorgen, daß es auch so bleibt.«
Aber der Holländer hörte nicht zu. »*God verdomme*, du hast doch gerade zugegeben ...«
Der Mandarin wandte sich jetzt an den Übersetzer, offensichtlich sehr verärgert. »Würdest du mir erklären, was da los ist?«
»Mächtiger Fürst, ich spreche zwar ihre Sprache nicht, aber es scheint, Heer Risling glaubt, die ROYAL LOTUS hätte Kanonen transportiert, was ihr Anführer aber bestreitet.«
»Dann fragt den mittleren Farang, was er transportiert hat, was sein Bestimmungsort war und ob er irgendwelche Papiere hat, mit denen er das beweisen kann.«
Der Holländer übersetzte es Phaulkon.
»Wir haben englisches Tuch transportiert, Eure Exzellenz, in die malaiischen Staaten südlich Eurer Grenzen«, erwiderte Phaulkon mit liebenswürdigem Lächeln. »Unsere amtlichen

Papiere sind noch in der Eisenkassette für Wertsachen. Die Kassette ist praktisch wasserdicht, wenn das Wrack also gefunden werden könnte ...«

Der Gouverneur beobachtete Phaulkon, während er sich die Übersetzung anhörte. »Euer Schiff ist unglücklicherweise noch nicht gefunden worden, Mr. Forcon, aber unsere Küstenwache hält Ausschau nach Treibgut. Ihr könnt versichert sein, daß wir Euch auf dem laufenden halten.«

»Danke, Eure Exzellenz.«

Der Mandarin ließ Phaulkon nicht aus den Augen. Vielleicht sagst du die Wahrheit, dachte er. Vielleicht ist der Haß des holländischen Farangs auf eure Nation so groß, daß er euch um jeden Preis belasten will. Wir werden es herausfinden. Wenn Ajuthia bestätigt, daß du oder einer deiner Gruppe unsere Sprache spricht, dann wissen wir, daß du nicht die Wahrheit sagst, und dann wirst du so lange gefoltert, bis du die Wahrheit sagst. Aber du hast Manieren, mehr als ich einem Farang je zugetraut hätte.

Phaulkon wandte sich jetzt an Burnaby. »Richard, unglücklicherweise ist bis jetzt nichts von der Fracht der ROYAL LOTUS sichergestellt worden, aber Seine Exzellenz hat sich gütigerweise bereit erklärt, weiter nach ihr suchen zu lassen.«

Jetzt lächelte Burnaby zum erstenmal, während der Holländer erneut den Kopf schüttelte. »Zwijn, du hast doch gerade vorhin zugegeben ...«

»Vielleicht habe ich das«, sagte Phaulkon gelassen. »Aber an Ihrer Stelle würde ich das Wissen mit ins Grab nehmen. Weil die Kanonen nämlich alle holländisch waren, mijn Heer, und wenn man sie findet, hättet Ihr genausoviel zu erklären wie wir. Mr. Burnaby hat lediglich von eurem Kontor in Ajuthia eine hohe Summe bekommen, um *Ihre* Waffen auf einem Schiff mit englischem Eigner zu transportieren. Wie sollten die Engländer ansonsten in den Besitz holländischer Waffen kommen? Die Engländer haben selbst ausgezeichnete Kanonen.«

Der Holländer verlor endgültig die Fassung: »Du lügst! Und

du bist nicht einmal ein guter Lügner. Was ist mit Depeschen von meinem Hauptbüro, in denen mir befohlen wird, dich und deine Kanonen in Gewahrsam zu nehmen?«
»Das war nur eine Vorsichtsmaßnahme ihrerseits für den Fall, daß man uns erwischt. Dann würdet Ihr natürlich die Depeschen vorzeigen und behaupten, unsere Geschichte wäre erlogen.«
»Und was ist mit den Markierungen?«
»Die Siamesen können sie sowieso nicht lesen.«
Der Mandarin war mit seiner Geduld am Ende. Nicht nur, daß der Holländer immer noch stand, sein verachtenswerter Mangel an Selbstbeherrschung war einfach unerträglich. Der mittlere Farang dagegen hatte die ganze Zeit seine Beherrschung gewahrt. Er war offensichtlich der Anführer der Gruppe, nicht der Große. Er fragte sich, wie viele Würdezeichen der mittlere Farang wohl in seinem eigenen Land besaß. Und zum erstenmal überlegte er, ob es womöglich andere Farangs aus anderen Ländern geben könnte, die mehr Würde besaßen als die ungehobelten Vertreter, die entlang seiner Küsten handelten. Und wenn ja, könnten sie vielleicht ein Gegengewicht zur Macht der Holländer bilden und eine Wiederholung des schändlichen Tages verhindern, an dem die Holländer die Mündung des Menam Chao Phraya blockiert und das Monopol im Handel mit Häuten verlangt hatten. Obwohl Seine Majestät außer sich gewesen war, hatten die holländischen Kanonen ihn gezwungen, der Forderung nachzugeben. Nie zuvor hatte eine Farang-Macht es gewagt, den Herrscher von Siam herauszufordern.
»Kling! Hast du die Darbietungen vorbereitet?«
»Mächtiger Fürst, ich empfange Eure Befehle. Die Musikanten warten draußen.«
»Gut, wir werden essen und uns unterhalten lassen.«

7

Die Europäer wurden in ein angrenzendes Zimmer geführt und gebeten, sich im Schneidersitz auf die Bastmatten zu setzen. Der holzgetäfelte Raum war etwa genausogroß wie der Audienzsaal, nur bestand eine Hälfte davon aus einer etwa einen halben Meter hohen Plattform. Der Bereich, wo sie saßen, war mit persischen Teppichen und blauweißem Porzellan geschmückt, die andere Hälfte diente offensichtlich als Bühne. Im Augenblick wurde dort eine merkwürdige Ansammlung von Musikinstrumenten aufgestellt.

Ivatt hatte man wie einen Puffer zwischen Phaulkon und den Holländer gesetzt, wo er mit Erleichterung feststellte, daß der holländische Bär sich nur noch auf das Essen zu konzentrieren schien. Dadurch würde sich eine kleine Ruhepause ergeben. Burnaby saß auf der anderen Seite des Holländers und daneben der Mandarin.

Der Palat und der Dolmetscher waren ebenfalls anwesend. Sie kauerten zu Füßen ihres Herrn. Vor jeden Gast wurde ein runder, hölzerner Ständer gestellt, beladen mit goldenen Schüsseln, in die die Dienerinnen den Inhalt verschiedener dampfender Platten leerten. Neben jedem Gast kniete ein barbusiges junges Sklavenmädchen, das das Essen zubereitete und die Trinkschale füllte.

»Du wirst die Gäste über jedes Gericht informieren«, sagte der Gouverneur zum malaiischen Dolmetscher, der zu seinen Füßen lag. Der Dolmetscher leierte eine Litanei malaiischer Wörter herunter, und der Holländer mußte widerwillig übersetzen, obwohl er gerade eine riesige Garnele verschlungen hatte.

»Seine Exzellenz möchte, daß Ihr wißt, was Ihr eßt«, sagte er und zeigte hastig der Reihe nach auf die Schüsseln. »Das sind die Babyschildkröten, die Knoblauchaale, die Krokodileier, die Garnelen in Curry, die frische Flußfischsuppe mit Zitronengras, die gedämpften Eidechsen, die gebratenen Heuschrecken und die abgezogenen Fledermäuse.«

Die Farangs beobachteten, wie der Holländer die Ansammlung von Gerichten vor sich wieder in Angriff nahm und wahllos seinen Muschellöffel in das Essen tauchte. Nase, Kinn und Wangen waren bald mit Saucen verschmiert.
Ivatts Sklavin lächelte ihn schüchtern an und zeigte einladend auf seine Reisschüssel und ein kleines rundes Tellerchen mit einer übelriechenden, aber sehr geschmackvollen Sauce aus Fischrogen. Dann hob sie eine kleine Goldschale an seinen Mund und kippte ihm einen scharfen Reisschnaps in den Mund, der wie Feuer in seinen Eingeweiden brannte. Er wollte gerade das, was wie Krokodileier aussah, zur Seite schieben, als der Gouverneur die Geste bemerkte.
»Krokodileier werden sehr geschätzt«, sagte er und lächelte Ivatt liebenswürdig zu. »Und zwar deshalb, weil das Einsammeln so teuer ist. Schon viele Sammler mußten ihren Arm den Kiefern einer zornigen Mutter opfern. Die Männer, die zurückkehren, berichten alle von derselben Technik, mit der man die Eier erwischt und überlebt: ein schnelles Pferd, tiefes Bücken und exzellentes Gleichgewichtsgefühl. Aber wie ich sehe, hebt Ihr Euch diese große Delikatesse für zuletzt auf«, sagte er anerkennend zu Ivatt. »Mr. Lidrim«, er wandte sich an den Holländer, »Ihr müßt darauf bestehen, daß unser junger Freund die Eier zuerst probiert, bevor die Saucen seine Geschmacksnerven betäuben.«
Der Holländer drehte sich zu Ivatt. »Ihr müßt die Krokodileier jetzt essen. Befehl des Gouverneurs«, sagte er und hob kurz den Kopf.
Ivatt schaute zu Phaulkon hinüber, aber der Grieche schien lediglich amüsiert. Burnaby konnte sich das Grinsen auch kaum verkneifen. Selbst der Palat beobachtete ihn heimlich von seiner liegenden Position aus.
Ivatts Sklavin reichte ihm die seltene Delikatesse, und er sah sich mit einem großen rohen Ei konfrontiert. Sie teilte es in vier gleiche Teile und fügte eine dunkelbraune Sauce aus einem kleinen Tellerchen hinzu. Er schluckte und machte sich daran, seine erste Portion Krokodilei zu essen. Unter den Blicken des

Gouverneurs versuchte er, möglichst begeistert dreinzuschauen, und nachdem er das letzte Stück hinuntergeschluckt hatte, fragte er sich, ob Krokodileier wohl der Grund waren, weshalb die Siamesen die Hälfte der Zeit auf dem Bauch herumkrochen.

»Köstlich«, seufzte er, leckte sich die Lippen und spülte das schleimige geleeartige Zeug mit einem kräftigen Schluck Reisschnaps hinunter. Seltsamerweise schmeckte das andere Essen danach wesentlich besser.

Phaulkon beobachtete den Mandarin, der wohlwollend über den Tisch lächelte. Dieser Mann war von Kindheit an an Macht und Autorität gewöhnt, und Widerrede oder Diskussion waren ihm fremd. Ihm durfte man nicht in die Quere kommen, dachte Phaulkon. Wahrscheinlich war sein Amt erblich. Wenn die Wahrheit über die Aktivitäten der ROYAL LOTUS ans Licht käme, würde dieser scheinbar so liebenswürdige Mann zum unerbittlichen Feind werden.

Der Gedanke an die Entdeckung der Kanonen legte sich wie eine dunkle Wolke über Phaulkon und trübte die festliche Stimmung. Was hatte der Holländer damit gemeint, der Beweis wäre unterwegs? Welcher Beweis. Sie waren offensichtlich Gefangene, warum hätte der Gouverneur sonst Burnabys Bitte um ein Boot ablehnen sollen? Sie warteten auf etwas, soviel war klar. Er zwang sich, wieder an der allgemeinen Fröhlichkeit teilzunehmen.

»Ja, wir respektieren das Krokodil«, sagte der Gouverneur, »und wir lassen es in Ruhe, solange es nicht in unsere Dörfer kommt und Leute verschleppt. Dann halten wir eine spezielle Zeremonie ab, die von einem Krokodilbeschwörer überwacht wird, ein Mann, der große Erfahrung im Aufspüren solcher Missetäter hat. Er macht sich auf die Suche nach dem Tier, begleitet von einer Anzahl mit Speeren bewaffneter Männer in Booten. Wenn er das Krokodil entdeckt, springt er gewandt auf seinen Rücken und stößt ihm geschickt mit den Fingern in die Augen, während seine Helfer das Tier fesseln und ins Dorf zurückschleppen. Hier wird es zur Sühne für seine Verbrechen an eine der Säulen des Hauses des Dorfhäuptlings gebunden.«

»Ich habe gehört, daß sie in anderen Teilen des Landes das schuldige Krokodil mit Seilen fesseln und ein Stück des Schwanzes abschneiden. Dann erleidet es ein grausames Ende. Sie bohren einen langen, scharfen Bambussplitter vom abgeschnittenen Ende des Schwanzes bis in sein Gehirn, bis das Tier verendet.« Kurzes Schweigen legte sich über die Versammlung, und Phaulkon erschauderte.

An diesem Punkt der Geschichte biß Ivatt in eine gut kaschierte Chilischote. Er würgte und keuchte und wurde rot. Der Holländer schaute hoch, erkannte das Problem sofort und klatschte ihm mit seiner riesigen Hand auf den Rücken. Der kleine Kerl landete in einer Schüssel mit Curry.

»Haha, immer mitten rein ins Essen, was?« Der Holländer brüllte vor Lachen und schaute sich, Applaus heischend, im Raum um.

Phaulkon hatte während Ivatts kleinem Malheur den Mandarin beobachtet, der nicht amüsiert war, und sich selbst schnell das Lachen verkniffen. Die Siamesen lachten für ihr Leben gern, aber ihr Sinn für Humor entsprach nicht immer dem der Farangs. Er hatte gesehen, wie sie sich vor Lachen bogen, als französische Jesuiten versuchten, ihren Schülern die Klangunterschiede im Siamesischen beizubringen. Jeder Farang, der versuchte, Siamesisch zu lernen, bekam denselben Satz zum Üben: *»Khai khai kai khai na khai«*, was bedeutete: »Verkauft jemand Eier in der Stadt?« Für den Neuling klang das natürlich wie eine fünfmalige Wiederholung desselben Wortes, aber für siamesische Ohren änderte die richtige Betonung und Aussprache jedes Wortes die Bedeutung vollkommen.

Joop van Risling hatte sich wieder beruhigt. Während ein Sklave Ivatt den letzten Curry aus dem Gesicht wischte, wandte sich der Holländer an den Gouverneur. »Die Köche Eurer Exzellenz sind erstklassig.« Er kippte noch ein Glas Reisschnaps hinunter. »Und wie wär's jetzt mit den Tänzerinnen?«

Der Gouverneur beugte den Kopf und gab dem Palat einen Befehl. Die Diener begannen sofort, die kleinen Saucenschälchen abzuräumen und ersetzten sie mit einer herrlichen Auswahl von Früchten.

Phaulkon wandte sich zum Gouverneur und gab seiner Begeisterung durch Schmatzen und tiefes Verbeugen Ausdruck. Der Mandarin bedankte sich mit knappem Kopfnicken für das Kompliment, und unmittelbar darauf begannen die Tänze.

Die Tänzerinnen betraten graziös die Bühne. Zuerst spielten die Instrumente eine lange Einleitung, bei der jeder Musiker in einem Solo die speziellen Vorzüge seines Instruments vorführte. Da war einmal das Khong-Bong, ein halbrundes Xylophon; dann die Klui, eine wunderbare Nasenflöte, und die Takhe, ein gitarrenähnliches Instrument, das auf dem Boden stand und von einer Frau mit künstlichen Nägeln aus Kupfer gezupft wurde. Für westliche Ohren klang die Musik disharmonisch, sie war gelegentlich zittrig, dann wieder traurig.

Nach einem Crescendo des gesamten Orchesters kamen die Tänzerinnen hinter einem Vorhang hervor auf die Bühne. Sie trugen hohe, spitze Hüte, mit funkelndem Blattgold belegt, und Blumen im Haar. In ihren prächtigen Kostümen tanzten sie im Takt zur Musik. Ihre biegsamen Finger bogen sich bis auf das Handgelenk zurück, ihre Augen huschten kokett hin und her, ihre Hälse bogen sich wie verzauberte Kobras, und ihre Füße hoben sich nach hinten wie Vögel im Flug. Es war ein makelloses Spiel des Körpers.

Schon bald änderte sich das Tempo, und die Mädchen verschwanden hinter dem Vorhang. An ihrer Stelle kam ein Affenkrieger, der mit einem Trommelwirbel auf die Bühne sprang und die Hand an seine gräßliche Maske hielt, um im Wald Ausschau nach den Feinden der Prinzessin in Nöten zu halten. Phaulkon erkannte die Szenen aus dem klassischen Hindu-Epos, der Ramayana, alles war vertreten, Könige, Schurken und entführte Prinzessinnen. Dann wurde die Musik zärtlicher, und die wehmütige Nasenflöte dominierte, als die Prinzessin selbst auftrat. Das Mädchen war bildschön, deut-

lich größer als der Rest der Truppe, und sie zog sofort die Aufmerksamkeit aller auf sich.
Die hypnotisierenden Bewegungen ihrer Arme erinnerten an eine zum Leben erwachte hinduistische Götterstatue, und das rhythmische Flattern ihrer Augenlider, als sie schüchtern dem Affenkrieger für seine Hilfe dankte, bezauberte das Publikum. Ihre langen, schlanken Finger bogen sich so mühelos bis auf die Gelenke zurück, daß die Farangs nicht bemerkten, welche Anstrengung dafür nötig war. Gleichgültig, ob sie die Rolle des spielenden Rehs im Wald tanzte oder die einer Prinzessin, die vor der Zudringlichkeit des bösen Königs floh, ihre Bewegungen waren immer exquisit und präzise.
Die wehmütigen Töne des Orchesters wurden plötzlich von einem sehr unklassischen Geräusch gestört: ein lautes, unregelmäßiges Schnarchen. Van Risling schlief tief und fest, sein Kinn ruhte auf seiner Brust. Phaulkon sah kurz zum Mandarin hinüber, und ihre Blicke begegneten sich. Der Grieche schüttelte peinlich berührt den Kopf, und der Mandarin senkte die Lider zum Zeichen, daß er verstanden hatte. Phaulkon bemerkte, daß der Gouverneur keinen Reisschnaps trank.
Wieder steigerte sich das Tempo, eine irdene, mit Büffelhaut bespannte Trommel übernahm die Führung. Der Holländer schreckte kurz hoch, als zwei sehr gelenkige, muskulöse Männer, beide mit furchterregenden Masken, ein Affe und ein Teufel, auf die Bühne sprangen und sich in einem hektischen, akrobatischen Wirbel mit echten Schwertern duellierten, was ungeheure Präzision verlangte. Es schien wie ein Wunder, daß beide unverletzt blieben. Das war der berühmte Schwertertanz. Phaulkon hatte ihn schon einmal in Ajuthia gesehen, aber noch nie so gewagt wie hier.
Während die barbrüstigen, muskulösen Schwerttänzer über die Bühne wirbelten, unterhielt sich der Gouverneur das erstemal an diesem Abend mit seinem Stellvertreter. »Weißt du, Kling, der mittlere Farang ist gut gebaut. Ich glaube, er würde einen guten Boxer abgeben. Wie schade, daß Farangs nicht bo-

xen. Wäre es nicht aufregend, einen von ihnen zu trainieren und als Repräsentanten unserer Provinz durchs Land zu schicken? Was für eine Sensation!«

»Mein Fürst!« erwiderte der Palat. Eine einfache Wiederholung des Ehrentitels bedeutete Zustimmung. Es gab kein Wort für ›ja‹ im Siamesischen, noch eines für ›nein‹, da es als Beleidigung empfunden wurde, jemandem direkt zu widersprechen. Wenn es absolut notwendig war, daß der Palat eine Meinung äußerte, konnten Phrasen wie ›Ich glaube, es könnte vielleicht nicht so sein‹ verwendet werden, um eine Verneinung anzuzeigen.

»Glaubst du, der mittlere Farang ist schnell wie die Eidechse oder ungelenk und stark wie ein Büffel?« wollte der Gouverneur wissen.

»Mächtiger Fürst, ich empfange Eure Befehle. Ich, ein Haar, glaube, er wäre mehr wie der Tiger, sowohl schnell als auch stark. Aber, erhabener Fürst, wäre er denn nicht größer und schwerer als seine Gegner? Und wäre ein solcher Kampf fair?«

»Fügt der kleine Elefantenskorpion denn nicht dem mächtigen Dickhäuter unerträglichen Schmerz zu?« Der Elefantenskorpion war das größte Insekt aus der Skorpionfamilie. Sein Stich ließ Elefanten vor Schmerzen brüllen. Der Mandarin seufzte. »Wir werden es wohl nie erfahren.«

Phaulkon hatte die Bemerkungen des Gouverneurs sehr wohl verstanden. Er registrierte die Information und beobachtete, wie die exquisiten Tänzer zum Kostümwechsel die Bühne verließen.

Die Siamesen waren um so vieles graziöser als Europäer. Nicht nur im Tanz; selbst ihre Boxwettkämpfe waren eine Kunstform verglichen mit dem üblichen Schlagabtausch des Westens. Natürlich war ihr soziales und politisches System starr und festgefahren, aber das war durch andere Wesenszüge gemildert: Die Menschen selbst waren fröhlich, von buddhistischer Großzügigkeit erfüllt, eine Großzügigkeit, die sie dazu veranlaßte, Essen und Wasser vor ihre Häuser zu stellen, damit Passanten, ohne bitten zu müssen, etwas zu sich nehmen konnten.

Die buddhistische Ethik lehrte die Menschen nicht nur Großzügigkeit, sondern auch Demut. Selbst der allmächtige Gouverneur, dessen Äußerungen Gesetz waren, hatte wie jeder andere Mann im Land zu einer Zeit seines Lebens seinen Kopf rasiert, all seinen weltlichen Gütern entsagt und eine Weile als einfacher Mönch gelebt. Er hatte meditiert, war im Morgengrauen allein mit seiner leeren Bettelschale aufgebrochen und hatte von Mittag bis zum nächsten Sonnenaufgang keine Nahrung zu sich genommen. Hätte er die Bedeutung von Demut und Mildtätigkeit vergessen, wäre sie ihm wieder bewußt geworden, wenn ein großzügiges Volk, begierig darauf, sich durch gute Taten verdient zu machen, seine Schale mit Reis füllte. Und er hätte sich daran erinnert, daß alles im Leben vergänglich war, wie das Leben selbst.

Und das bedingte auch seine scheinbar unantastbare Autorität. Wer hätte gedacht, daß die Herrschaft dieses aristokratischen Despoten auch Unterdrückung und Kontrollen umfaßte? Der König, der ihn berufen hatte, spionierte ihm ebenfalls nach. Königliche Spione, handverlesen von Seiner Majestät, reisten in alle Provinzen, verkleidet als gewöhnliche Reisende. Wenn zu viele Klagen über den Gouverneur registriert wurden, hatte der Abgesandte die Macht, sich zu erkennen zu geben und den Gouverneur sofort vor Gericht zu stellen. In Extremfällen konnte er ihn sogar hinrichten lassen. Und der Himmel stehe dem Gouverneur bei, der nicht auf seinem Posten angetroffen wurde. Abgesehen von seiner zweimal jährlichen Berufung zum königlichen Hof, durfte kein Gouverneur ohne ausdrückliche Genehmigung des Königs seinen Posten verlassen. Denn der Gouverneur war der Diener des Königs, der von ihm aus den Mandarinen ausgewählt worden und ihm allein verantwortlich war.

Ein Grunzen des Holländers riß Phaulkon aus seinen Überlegungen. Er drehte sich um und sah, daß der Bär hellwach war, Reisschnaps in sich hineinkippte und daß sein Gesicht die Farbe einer reifen Tomate hatte. Er beäugte lüstern die Mädchen, die gerade als Reisfarmer verkleidet zurückkamen, für einen Tanz, der das Leben auf dem Land darstellte.

Die Große in der Mitte sah jetzt noch umwerfender aus. Ihre weiten, dreiviertellangen Hosen in der Farbe des tropischen Himmels, waren mit einer weißen Schärpe um ihre Taille gebunden, und ein kragenloses Baumwollhemd in passender Farbe schmiegte sich an die Konturen ihres wohlgeformten Körpers. Ein Silberanhänger in Form einer Birne baumelte von ihrem Hals. Phaulkon konnte sich gar nicht satt sehen an ihr. Und der Holländer auch nicht. Sie lächelte den beiden freundlich zu, und jeder glaubte, das Lächeln wäre nur für ihn bestimmt. Ivatt starrte ein kleines Mädchen an, das aussah, als sei sie höchstens dreizehn Jahre alt, und auch sie erwiderte sein Lächeln. Burnaby konnte sich nicht entschließen, welche er am meisten begehrte.
Die große Tänzerin, die wie sechzehn aussah, führte jetzt die anderen in rhythmischen Pantomimen an, die das Vorbereiten und Pflügen der Erde und das Pflanzen der Saat schilderten. Sie warf Phaulkon und van Risling feurige Blicke aus ihren schwarzen Augen zu. Phaulkons Puls beschleunigte, und er spürte eine unmißverständliche Regung in seinem Unterleib. Der Holländer begann, im Takt zu klatschen, und die anderen Farangs schlossen sich ihm an und klatschten überschwenglich.
Plötzlich sprang Ivatt auf und verkündete der kleinen Dreizehnjährigen: »Ich nehme dich mit zurück nach England. Du wirst Schauspielerin!« Phaulkon starrte ihn wütend an, aber Ivatt bedeutete ihm, er solle ihn in Ruhe lassen. Der Reisschnaps hatte seine Wirkung getan, und Phaulkon mußte hilflos mit ansehen, wie Ivatt auf die Bühne sprang und schrie: »Noch besser, wir werden den Gouverneur zusammen unterhalten!«
Die verwirrten Tänzer beendeten sofort ihren Tanz, und das kleine Mädchen konnte gerade noch Ivatts Zugriff entrinnen, als er sich vor dem Gouverneur verbeugte und mit einer Stegreifvorstellung in Bodenakrobatik begann, unterbrochen von Clowneinlagen, die er in den langen Jahren in der Menagerie gelernt hatte. Phaulkon beobachtete besorgt den Mandarin,

der aber keine Miene verzog. Er spürte, daß es wahrscheinlich sinnlos war, etwas gegen Ivatt zu unternehmen.
Ivatt gab schließlich auf, und eine weitere Runde Reisschnaps wurde gereicht. Der Holländer prostete der ohnehin beschämten Vortänzerin laut zu. »Proost!«
Den fünf Tänzern war die Aufmerksamkeit, die sie erregten, eher peinlich als willkommen. Sie wußten nicht, was sie tun sollten, und lächelten einfach alle an. Sie wollten so schnell wie möglich die Bühne verlassen, legten ihre gefalteten Hände an die Stirn und verbeugten sich tief vor dem Publikum. Das löste unbeabsichtigt eine Flut von Begeisterung bei den dankbaren Europäern aus. Sie erhoben sich und klatschten und jubelten ihnen zu.
Nachdem der Lärm sich endlich gelegt hatte, verkündete der Holländer auf englisch: »Die Große, die gehört mir!« Zur Betonung streckte er ihr die Arme entgegen. »Kom mijn Kleine, komm zu Onkel Joop.« In seinem Backsteinhaus im europäischen Stil, neben dem Kontor, dem einzigen Backsteinhaus der Provinz, lebten bereits zwei siamesische Mädchen.
Die Vortänzerin verbeugte sich und ging ehrfurchtsvoll hinter den Farangs vorbei, dann warf sie sich vor dem Gouverneur zu Boden. Seine Exzellenz murmelte dem Palat etwas zu, der seinerseits mit dem Mädchen redete. Sie nickte diskret in Richtung von Phaulkon. Er sah die kleine Geste und wandte sich dem Holländer zu. »Ich glaube«, sagte er auf holländisch, »die Dame, von der Ihr sprecht, ist bereits anderweitig vergeben.«
»Anderweitig? Wer sollte es wagen ...« Der Holländer sah ihn herausfordernd an. Die kleine Dreizehnjährige saß schüchtern neben Ivatt und eine andere, etwas ältere Tänzerin, saß neben Burnaby. God verdomme, dieser Speichellecker von Grieche meinte wohl sich selbst. Van Risling drehte sich erbost zu Phaulkon um. »Bist du blind? Hast du nicht gesehen, daß sie die ganze Zeit *mich* angelächelt hat?«
Phaulkon war in der Zwickmühle. Er konnte schlecht den Gouverneur in seinem eigenen Haus beleidigen, indem er sich auf einen Disput wegen seiner Vortänzerin einließ. Anderer-

seits würde er um keinen Preis dulden, daß dieser Holländer seinen Willen durchsetzte.
»Wir werden das draußen weiter besprechen«, sagte er auf holländisch und zwang sich zu lächeln.
»Es gibt nichts zu besprechen. Sie gehört mir.«
Phaulkons Verstand arbeitete fieberhaft. Die Frauen in Siam waren, obwohl es anders wirkte, erstaunlich unabhängig. Sie hatten die freie Wahl, sich für einen Mann zu entscheiden. Er sah die Tänzerin an. Er bezweifelte, daß sie gegen ihren Willen mit dem Holländer mitgehen würde, außer vielleicht, der Gouverneur würde sie darum bitten, was er für ziemlich unwahrscheinlich hielt. Er hatte gesehen, wie Seine Exzellenz ihr etwas mittels des Palats zugemurmelt hatte, aber er würde darauf zählen, daß das Mädchen auf seine Rechte pochte, ehe er eine Szene machte. Der Anstand mußte um jeden Preis gewahrt werden. Er würde erst einmal so tun, als würde er sich zurückziehen.
»Heer van Risling, ich trete zurück«, sagte er höflich in Holländisch mit einer Geste auf das Mädchen. Dann drehte er dem Holländer den Rücken zu, als würde er den Wettkampf aufgeben. Der Mandarin schien beeindruckt von der Geste und lächelte Phaulkon zu. Der Holländer dagegen betrachtete Phaulkons Rückzug als selbstverständlich. Van Risling ging auf das Mädchen zu, um seine Ansprüche geltend zu machen. Als er seine Hände auf ihre Schultern legte, schaute sie zuerst Phaulkon an, dann warf sie dem Palat einen flehenden Blick zu.
Phaulkon wollte sich erheben. Der Mandarin flüsterte dem Palat etwas ins Ohr, und dieser verließ eilends den Raum. Seine Exzellenz beugte sich höflich zu dem Holländer. »Mr. Lidrim, obwohl es klar ist, daß meine Vortänzerin Euch gerne begleiten möchte, ist es bei uns in Siam Brauch, wenn mehr als ein Gast den Preis begehrt, ein Glücksspiel darüber entscheiden zu lassen.« Phaulkon hatte noch nie etwas von so einem Brauch gehört. »Mr. Lidrim, nachdem Ihr der Ranghöhere seid, wäre es angebracht, wenn Ihr als erster ratet. Mein Palat hat ein merkwürdiges Geburtsmal. Eines seiner Ohren ist grö-

ßer als das andere. Er selbst glaubt, das wäre das Ergebnis einer Unentschlossenheit der Götter, die in letzter Minute nicht entscheiden konnten, ob er als Elefant oder als Mensch in diesem Zyklus zur Erde zurückkehren sollte. Und, Mr. Lidrim, habt Ihr vielleicht schon bemerkt, welches der Ohren meines Palats größer ist?«
Van Risling schüttelte irritiert den Kopf. »Nein? Dann ratet bitte, welches es ist, Mr. Lidrim.«
Der Holländer murmelte etwas über kindische Spielchen und erwiderte brüsk. »Das linke.« Der Gouverneur rief einen Sklaven und befahl ihm, den Palat zu holen. Peinliches Schweigen herrschte im Raum.
»Was geht hier vor?« fragte Ivatt.
»Der Palat hat anscheinend verschieden große Ohren. Wenn das linke größer ist, kriegt unser holländischer Freund die Tänzerin. Wenn nicht, ich«, erwiderte Phaulkon knapp.
In diesem Augenblick kehrte der Palat zurück, und alle starrten ihn an. Eines seiner Ohren war tatsächlich wesentlich größer als das andere ... Das rechte.
Van Risling fluchte.
»Mr. Lidrim«, sagte der Mandarin und tat so, als würde er nicht bemerken, wie verärgert der Holländer war, »ich hoffe, morgen die Schirmherrschaft über einen Boxkampf übernehmen zu können. Ich hoffe, Ihr gebt mir die Ehre, daran teilzunehmen.«
Der Holländer machte eine knappe Verbeugung und dankte dem Mandarin kurz für seine Gastfreundschaft. Dann warf er den anderen einen grimmigen Blick zu, drehte sich auf dem Absatz um und ging, begleitet von dem malaiischen Dolmetscher.
Die Vortänzerin verbeugte sich, kam zu Phaulkon und setzte sich mit einem schüchternen Lächeln neben ihn.
Phaulkon warf sich, begleitet von Ivatt und Burnaby, vor dem Mandarin zu Boden. Dieser lächelte höflich.
»Kling!«
»Mächtiger Fürst, Eure Fußsohle erwartet Eure Befehle.«

»Begleite die Farangs zurück in ihre Zimmer. Und morgen bei Tagesanbruch möchte ich, daß du den Zustand des Boxplatzes überprüfst. Wenn der Boden noch naß ist, denke daran, daß ein weiterer Tag Sonnenschein das regeln wird. Und lade die Farangs ein, mit dem Rotbart teilzunehmen. Mir scheint, sie sind ganz besondere Freunde geworden.«
»Mächtiger Fürst, ich empfange Eure Befehle.«

Die Kerzen flackerten, und das Blattgold des Lackkabinetts schimmerte sanft im künstlichen Licht. Frische Blumen und warmer chinesischer Tee standen zu beiden Seiten der gesteppten Bastmatratze. Die Seidendecken waren zurückgeschlagen.
Mit sanften Bewegungen und schüchternem Lächeln begann die Vortänzerin Phaulkon auszuziehen. Sie war erregt und ängstlich zugleich bei dem Gedanken, mit diesem Farang intim zu werden. Es war das erste Mal, das sie mit einem schlief. Seit er sie zuvor auf der Bühne angelächelt hatte, fühlte sie sich zu ihm hingezogen.
Sie streichelte seine Haut, während sie ihm das Hemd abstreifte. Er war so gut gebaut — so breite Schultern! Sein Lächeln war herzlich. Seine Augen waren voller Leidenschaft, die sich auf sie übertrug, und als er seine Hand behutsam auf ihren Panung legte, erschauderte sie. Sie sehnte sich danach, ihn einzuatmen, aber es war noch zu früh. Zuerst mußte sie ihn ölen und massieren, um ihn zu entspannen und auf die absoluten Zärtlichkeiten vorzubereiten. Sie hatte erstaunliche Gerüchte gehört. Angeblich atmeten die Farangs einander nicht ein, sondern sogen sich gegenseitig an den Lippen. Wie grotesk! Und wie traurig, die Ekstase nicht zu kennen, wenn man seine Nase an die Wange des Geliebten legte und die zarten Düfte seiner Haut einatmete. Wie sonst konnte man wirklich eins werden mit einer anderen Person? Sie hoffte, er würde nicht von ihr verlangen, daß sie ihren Mund auf seinen legte, denselben Mund, den Gott ihm gegeben hatte, um Essen zu schlucken!
Sie berührte seine Schulterblätter, schob ihn sanft auf die Matratze und schaute auf ihn hinunter. Er war nicht dick, aber

seine Knochen waren offensichtlich größer als die ihres Volkes. Er hatte ein paar Haare auf seiner Brust, was sie lieber nicht bemerkt hätte, aber er war ganz bestimmt kein solcher Affe wie der rote Teufelsfarang. Mit diesem Widerling hätte sie nie intim werden können. Er stank. Dieser hier war zumindest sauber — bis auf seinen Atem, der nach diesen schrecklichen berauschenden Getränken roch, die die Farangs tranken. Zu gerne hätte sie ihm erzählt, wie seine Exzellenz das Ratespiel manipuliert hatte. Die Ohren des Palats waren natürlich identisch, und der Sklave, der ihn geholt hatte, konnte ihm sagen, welches er mit dem falschen bedecken sollte. Sarit, der Maskenmacher, war ein wahrer Künstler.
Seine Exzellenz hatte offensichtlich Gefallen an diesem Farang gefunden. Sie hatte es bemerkt und auch gehört, wie er sagte, er würde einen großartigen Boxer abgeben. Man stelle sich vor, einen Farang im Ring! Sie mußte insgeheim lachen. Der mächtige Fürst war so erpicht auf diesen Sport, daß er sich alles vorstellen konnte.
Sie ließ die Schärpe, die lose um ihre Brust gewunden war, zu Boden sinken. Seine Augen verschlangen sie, und sie sah, wie sich sein Panung bewegte.
Er fragte sie jetzt etwas, zeigte auf sich und sagte etwas, was sie nicht verstand. Dann zeigte er mit einem fragenden Blick auf sie. Nach einem weiteren Versuch begriff sie, was er meinte.
»Sunida!« Sie strahlte. »Ich heiße Sunida!« Aber sein Name, wenn er das war, was er da ständig wiederholte, war unaussprechlich. Kosatanat oder so was.
Wie schade, daß er ihre Sprache nicht verstehen konnte. Es gab so vieles, was sie ihn gerne gefragt hätte. Er war höflich und hatte gute Manieren, und sie spürte, daß sie von diesem Farang nichts zu befürchten hatte. Sie öffnete ein kleines Bambusfläschchen, goß duftendes Öl über seine Brust und seinen Bauch und rieb ihn zärtlich damit ein. Sie wandte ihre aufreizendsten Griffe an, dann massierte und knetete sie mit ihren langen Fingern seinen Bauch. Danach strich sie sanft über seine Haut unter dem Panung. Und bemerkte mit Stolz, daß er

erregt war. Seine Lust stimulierte sie. Sie lächelte ihn liebevoll an, und ihre Berührung wurde noch sinnlicher. Sie konnte ihre Neugier kaum noch zurückhalten und löste seinen Panung. Sie erstarrte mit offenem Mund. Buddha rette uns! Waren alle Farangs so? Mehr wie ein Pferd als ein Mensch. Und so viele Haare überall! Sie fragte sich ängstlich, wie schmerzlich seine Liebeslanze sein würde, wenn er in sie eindrang, als vor der Tür plötzlich hektische Betriebsamkeit zu hören war und eine zitternde Stimme um Einlaß bat.

Sie hatte kaum Zeit, ihn zu bedecken, bevor die kleine Maew hereinstürmte, mit tränenüberströmtem Gesicht. »Ich konnte es einfach nicht, ältere Schwester«, schluchzte sie, die Bezeichnung war ein Ausdruck des Respekts gegenüber einem älteren Mädchen. Sunida war zwanzig. Die arme Maew, dachte Sunida. Sie war gerade erst vierzehn. Der andere Farang war zwar viel kleiner als dieser, aber vielleicht waren ihre Liebeslanzen alle gleich.

»Oh, ältere Schwester«, jammerte Maew. »Was wird der mächtige Fürst sagen, wenn er das herausfindet? Er wollte doch alles über ihre Liebeslanzen und ihre Liebesgewohnheiten wissen.«

»Ich werde dich vorbereiten, kleine Maus, keine Sorge. Du hörst nur zu und nickst und sagst, dein Erlebnis war genau wie meines.«

»Oh, danke, ältere Schwester«, erwiderte sie voller Dankbarkeit.

Ivatt erschien an der Tür. Er sah beschämt aus. Er wollte etwas sagen, aber Phaulkon unterbrach ihn.

»Keine Sorge, Thomas. Es liegt nicht daran, daß sie dich nicht mag. Du hast sie nur verschreckt, mehr nicht. Sie ist noch sehr jung.«

»Constant, sie hat richtig geschrien, als sie meinen Panung aufgemacht hat. Hast du eine Ahnung, wie ich mir vorgekommen bin? Man hätte meinen können, das Ding wäre eitrig und voller Maden.«

Phaulkon lachte und war froh, daß Ivatt seinen Sinn für Hu-

mor noch nicht verloren hatte.»Thomas, denk dir nichts, ich habe dasselbe Problem. Europäer sind einfach anders gebaut. Und wir sind viel haariger als die Siamesen. Ich muß sagen, ich kann es ihnen nicht verdenken. Geh jetzt zurück in dein Zimmer, und sei ganz sanft mit ihr. Zwing sie nicht, wenn sie nicht will. Sie wird sich an dich gewöhnen. Wenn's heute nicht klappt, dann morgen. Sie muß auf jeden Fall dem Gouverneur von deinen Vorzügen berichten.«
»Gütiger Gott!« rief Ivatt. »Für die Beschreibung allein könnte ich schon verhaftet werden!«
Phaulkon lachte. »Du stehst doch bereits unter Arrest, Thomas. Wir alle. Aber deine Strafe wird verdoppelt, das stimmt.«
»Na ja, es gibt wohl schlimmere Gefängnisse als dieses hier.«
Phaulkon lächelte Sunida zu, die sich leise mit Maew in der Ecke unterhielt. Er ging zu ihnen und legte den Arm um Ivatts verängstigtes Mädchen und drückte sie sanft gegen seine Schulter, bis sie schließlich aufhörte zu weinen. Sunida beobachtete ihn dankbar. Phaulkon nahm Maew am Arm und führte sie zu Ivatt. »Jetzt kümmere du dich um sie, Thomas.«
Phaulkon wandte sich von der Tür ab und Sunida stand vor ihm, mit ausgebreiteten Armen. Sie kam näher, preßte ihren Körper gegen seinen und kuschelte ihr Gesicht an seinen Hals. Er hielt sie lange fest an sich gedrückt und genoß es, dann führte er sie langsam zur Matratze zurück. Er legte sie an seine Seite und zog ihren Körper an sich, Leidenschaft wallte in ihm auf. Sie war groß für eine Siamesin, dachte er, mit langen Gliedmaßen und vollen Brüsten, fast wie eine Europäerin gebaut, doch reizvoller durch ihr feinknochiges Gesicht und die seidige Haut der Siamesen. Ihr Körper schmiegte sich an seinen, als hätte ein Bildhauer sie genau entsprechend seiner Größe gemeißelt. Langsam löste sie seinen Panung und als sie sah, wie groß sein Begehren war, legte sie einen Finger an den Mund und strahlte übers ganze Gesicht, als wolle sie versprechen, daß es diesmal kein Schreien geben würde.
Langsam, mit grenzenloser Zärtlichkeit, drang er behutsam in

sie ein, während sie ihre Finger in seinen Rücken bohrte, um sich vom Schmerz abzulenken. Als er dachte, er würde ihr zu sehr weh tun und sich zurückziehen wollte, schüttelte sie heftig den Kopf und drängte ihn mit den Augen weiterzumachen. Und dann war er endlich am Ziel, und sie schloß die Augen und ihre vollen Lippen umspielte ein erleichtertes Lächeln. Er legte seine Nase an ihre Wangen und atmete sie ein. Sie öffnete die Augen, die vor Dankbarkeit glänzten. Er ehrte ihre Bräuche.

Jetzt schob sie ihn auf den Rücken und setze sich, immer noch mit ihm verbunden, auf ihn. Sie hielt seine Arme über den Kopf und atmete lüstern sein Gesicht, seine Brust und seinen Bauch ein, bis die Hitze ihrer Leidenschaft durch seinen Körper brandete. Er gab sich ihrer Wärme vollkommen hin, bis er in der Anzahl der folgenden Explosionen erkannte, daß dies kein gewöhnliches Gefühl war. Die atemberaubende Tänzerin vom Hof von Ligor hatte sich in die innersten Nischen seiner Seele eingeschlichen.

8

Keine Wolke war am Himmel zu sehen, als die Prozession sich aus den Palasttoren schlängelte, entlang der schmalen Gassen — einige gepflastert, einige aus gebranntem Lehm —, die durch die Stadt zur Arena führten. Es war kurz nach dem Morgengrauen des ersten Tages im Dezember 1679, und die kühle, trockene Jahreszeit hatte sich nach dem unzeitgemäßen Monsun, der Phaulkon, Ivatt und Burnaby fast das Leben gekostet hätte, fest etabliert. Phaulkon atmete die angenehme, milde Luft ein und genoß sie.

Die Siamesen bezeichneten die kühle Saison nur als solche im Unterschied zu den schwülen, feuchten Tagen, die sich von März bis Mai erstreckten, bevor im Juni der Monsun wiederkehrte, um die ausgedörrte Erde abzukühlen und zu bewässern und die entleerten Wasserwege wieder zu füllen. Die kühle Jahreszeit war die angenehmste Zeit des Jahres, ähnlich einem europäischen Sommer ohne Regen.

Die goldene Sänfte des Gouverneurs wurde von acht bloßschultrigen Männern getragen, und weitere vier standen bereit, um sie abzulösen. Die Seidenvorhänge waren zurückgezogen und zeigten seine Exzellenz, der im Schneidersitz auf einem erhöhten Podest saß und interessiert die Menschenmassen beobachtete, die sich zur Arena drängten. Er trug eine goldene Brokatrobe und die gebogenen moslemischen Pantoffeln.

Neben ihm, aber ein Stück weiter hinten, ging der Palat. Hinter ihm, etwas rechts, marschierten drei altgediente Beamte, mit jeweils tausendsechshundert Würdezeichen. Sie leiteten den Hof und die militärischen und zivilen Abteilungen. Ihnen folgten acht Beamte mit jeweils tausendvierhundert Würdezeichen. Sie waren für die Verwaltung des Palastes des Gouverneurs zuständig und für die Überwachung des Stabes, des Haushaltspersonals und Hofstaats.

Zwölf Sklaven liefen vor der Prozession her, schoben die Menschen zur Seite, während die Farangs, jeder mit zwei Sklaven, sich um eine weitere Sänfte drängten, die die Nachhut bildete. Phaulkon ging vor dieser Sänfte, die viel kleiner war als die des Gouverneurs, und nur von vier Männern getragen wurde. In ihr saß Richard Burnaby, der wegen seines verletzten Fußes nicht gehen konnte. Ivatt trabte daneben her.

Hunderte von barfüßigen Bauern, nur mit Lendenschürzen bekleidet, drängten sich aus ihren kleinen Holzhäusern, die auf Stelzen gebaut waren, und machten sich auf den Weg durch die Stadt, zuerst durch die engen Gassen und dann durch die breiteren Alleen, bis zu den Außenbezirken der Stadt, wo sich die Arena befand.

Auch Frauen kamen, manche barbusig, manche mit Schärpen, einige mit Kindern, auf der Hüfte sitzend, und andere mit nackten Kindern an der Hand.

Sie hatten den Marktplatz passiert, der seltsam verlassen wirkte. Das emsige, geschäftliche Treiben hatte sich in die Nachbarschaft der Arena verlagert. Jeder dort würde Geld ausgeben. Die Leute auf dem Weg dorthin hatten Geld in der Tasche, zum Spielen und zum Essen, und später würden die Gewinner kommen und Opfergaben für den Tempel kaufen.

»Ich finde es toll, wie die Jungs uns den Weg freimachen«, rief Ivatt. »Ich komm mir wie ein richtiger Adeliger vor.«

Phaulkon lächelte etwas verkrampft. Wenn sie doch nur wirklich Adelige auf Besuch wären, Ehrengäste des Gouverneurs, anstatt Gefangene, über deren Köpfen das Todesurteil schwebte. Er mußte unbedingt einen Trumpf gegen den Gouverneur finden, etwas, was den Potentaten ihm gegenüber milde stimmen würde.

Er schaute an den niedrigeren Palastbeamten vorbei zu der Sänfte des Gouverneurs. Dünne Staubwolken stiegen zu beiden Seiten der Straße auf, wo die Leute sich flach zu Boden warfen, bis die Prozession vorbeigezogen war. Phaulkon spürte, daß zwischen dem Mandarin und ihm ein gewisses Verständnis existierte, und er war sich sicher, daß dies der Schlüssel zu ihrer Entlassung sein würde, vorausgesetzt, die Kanonen tauchten nicht auf.

Er war sich schmerzlich bewußt, daß er nach Ajuthia zurückkehren mußte, um so bald wie möglich die gewaltige Aufgabe beginnen zu können, eine andere Möglichkeit zu finden, Sam Whites Boot zu beladen. Gestern waren es noch neunzig Tage bis zu ihrem Treffen in Mergui gewesen. Heute waren es nur noch neunundachtzig, und Sams Boot würde nicht warten. Und es durfte auch nicht leer abfahren.
Phaulkon hatte versucht herauszufinden, ob Sunida in der Arena dabeisein würde, aber sie hatte nicht verstanden, was er meinte. Seines Wissens besuchten weibliche Zuschauer manchmal Boxkämpfe, sie durften aber nur in den Logen ganz hinten sitzen. Die Tradition verbat ihre Anwesenheit in der Nähe des Rings, damit die Kämpfer in ihrer Konzentration nicht gestört würden. Trotzdem hatte Phaulkon gehört, daß in einigen abgelegenen Provinzen Frauen selbst in den Ring stiegen und nach denselben Regeln kämpften wie die Männer und manchmal sogar ihre weiblichen Gegner bewußtlos schlugen. Er grinste. Sie waren wirklich etwas Besonderes, die Frauen von Siam, stolz und unabhängig und trotzdem loyal und feminin. Sie besaßen Häuser und Boote und Sklaven wie die Männer, sie ließen sich scheiden, sie trugen fast dieselbe Kleidung wie Männer, sie hatten dieselben gesetzlichen Rechte wie Männer, und selbst wenn ein reicher Mann mehr als eine Frau besaß, regierte eine Frau, die erste Ehefrau, die anderen, führte seinen Haushalt, Unterfrauen und Sklaven eingeschlossen. Auch in den einfachen Familien führten die Frauen die Geschäfte, wenn der Ehemann seinen jährlichen sechsmonatigen Pflichtdienst beim König absolvierte.
»Wie ist es dir denn mit deinem kleinen Mädchen ergangen, Thomas?« fragte Phaulkon.
»Ich hab deinen Rat befolgt, Constant, und es ist nicht besonders viel passiert.« Die Miene des kleinen Mannes war verzweifelt. »Sag mir, bin ich in diesem Land wegen der ungewöhnlichen Größe meiner Liebeslanze zu ewigem Zölibat verdammt?«
Phaulkon lachte. »Wir werden sicher jemanden finden, der dich befriedigen kann, Thomas. In Ajuthia vielleicht?«

»Und werden wir wirklich nach Ajuthia zurückkehren, Constant.«
»Ich bin fest entschlossen, das durchzusetzen, Thomas, besonders weil du von uns allen der unschuldigste Teilnehmer bist.« Phaulkon lächelte beschwichtigend und ging ein bißchen langsamer, bis Burnabys Sänfte ihn eingeholt hatte. »Wie geht's dem Bein, Richard?«
»Ist nicht allzu schlimm, danke. Ich bin aber froh, daß ich nicht zu Fuß gehen muß. Wann, glaubst du, kann ich meinen Arzt in Ajuthia aufsuchen?«
»Ich fürchte, das wird noch eine Weile dauern, Richard. Sie werden uns erst gehen lassen, wenn sie von unserer Unschuld überzeugt sind. Entspann dich einfach und amüsiere dich. Du bist sowieso nicht fähig zu reisen.«
»Wie soll ich mich entspannen, wenn ich weiß, daß wir hier festgehalten werden? Und warum halten sie uns überhaupt fest, wenn die Kanonen nicht entdeckt wurden?«
Phaulkon hatte Burnaby noch nichts von dem Beweis für ihre Schuld erzählt, der sich, laut dem Holländer, auf dem Weg zu ihnen befand. Burnaby würde sich nur Sorgen machen und ihn ständig fragen, was das wohl für ein Beweis sein könnte. »Sie halten uns wahrscheinlich fest, weil sie sich überzeugen wollen, daß wir unschuldig sind.«
»Und wie wollen sie das machen?«
»Abwarten. Wenn die Kanonen nicht auftauchen, haben sie keinen Grund, uns länger zu verdächtigen.«
»Und was, wenn sie auftauchen?«
»Wenn sie auftauchen, Richard, bekommen wir ganz schöne Probleme. Diese Brücke möchte ich erst überqueren, wenn wir sie erreicht haben. Wenn wir weiterhin die Gunst des Gouverneurs auf unserer Seite haben und ihn mit unseren guten Manieren beeindrucken — denk dran, Richard, Manieren sind für Siamesen das allerwichtigste —, glaube ich, können wir unsere Entlassung beschleunigen. Es hilft ganz bestimmt nicht, wenn du ständig bedrückt und besorgt dreinschaust, weißt du.«

»Machst du dir denn keine Sorgen, um Himmels willen?« fragte Burnaby gereizt.

»Natürlich mach ich mir Sorgen. Aber ich werde das bestimmt nicht zeigen.«

Die Boxarena kam in Sicht. Sie stand in der Mitte eines großen Feldes außerhalb der Stadt. Der Ring war etwas erhöht, und die Grenzen waren mit vier Bambuspfosten abgesteckt, die durch Seile aus Kokosrinde verbunden waren. Die Oberfläche bestand aus Gras, was bedeutete, daß es nach einem Sturm fünf Tage zum Trocknen brauchte, damit der Wettbewerb stattfinden konnte. In der Disziplin des Boxens war es nicht statthaft, Schlamm aufzuwühlen, der dem Gegner ins Gesicht spritzen konnte.

Die Arena war voll mit Zuschauern, die im Schneidersitz saßen, und der Holländer erwartete sie neben dem Podest, dem Ehrenplatz des Gouverneurs, über den Köpfen der Zuschauer. Er trat vor und begrüßte den Gouverneur. Dann wandte er sich zu Phaulkon und machte eine steife Verbeugung. »Ich hoffe, Ihr hattet einen angenehmen Abend mit der Tänzerin«, sagte er giftig.

»Sehr vergnüglich, danke der Nachfrage. Ehrlich gesagt, hat sie uns alle unterhalten«, sagte Phaulkon zweideutig. Er konnte einfach nicht widerstehen.

Der Holländer erstarrte und lief rot an. Aber bevor er etwas sagen konnte, ertönten die Zymbeln, ein Gong erklang, und alle verstummten schlagartig. Tausende ließen sich zu Boden fallen. Der Fürst der Provinz hatte sich dem Volk gezeigt und nahm seinen Platz auf dem thronähnlichen Stuhl ein.

Er forderte sein Gefolge auf, ihre rechtmäßigen Plätze, streng nach Rang abgestuft, an seiner Seite einzunehmen, und als sie alle saßen, durfte die Menge sich erheben.

Ein aufgeregtes Raunen ging durch die Versammlung, und Tausende von neugierigen Augen richteten sich auf van Risling, Phaulkon, Burnaby und Ivatt, als sie ihre Plätze einnahmen, im Schneidersitz, zur Linken und unterhalb des Gouverneurs. Farangs! Kaum einer hatte je Farangs zu Gesicht bekommen.

Mehrere Würdenträger, hochgestellte Beamte aus der Stadt, Steuereintreiber, Laienrichter und die Senioren der Boxkommission kamen, um dem Gouverneur zu huldigen, der kurz mit jedem plauderte. Inzwischen hatte der Holländer den anderen Farangs unmißverständlich den Rücken gekehrt und versuchte, so gut es ging, sie zu ignorieren.
Die Horden von Zuschauern, meist barbrüstig und barfuß, saßen in ordentlichen Reihen im Schneidersitz oder in der Hocke, tauschten Wetten und diskutierten die Vorteile der einzelnen Kämpfer. Verkäufer boten dampfende Nudeln, fritierte Insekten, Reisklößchen, Fische und Früchte an, die auf Palmblättern serviert wurden.
»Ist das, was ich da sehe, Geld?« fragte Ivatt. Er hatte beobachtet, wie einige zylindrische Objekte den Besitzer wechselten.
»Ja, das ist es«, erwiderte Phaulkon »und du wirst noch viele Kaurimuscheln sehen. Die dienen als Wechselgeld.«
In Siam waren fünf Arten von Silbergeld im Gebrauch. Der Tael war die größte Einheit. Der Baht oder Tical, ein zylindrisches Silberstück mit einer schmalen Furche in der Mitte und den doppelten Abdrücken eines Herzens und eines Kreises unter der Furche, waren ein Viertel Tael wert. Der Salung, etwas kleiner, war ein Viertel des Tical wert, der Fouang einen halben Salung und der Sompai einen halben Fouang. Kleingeld wurde mit Kaurimuscheln gezählt, eine kleine Meermuschel, von der achthundert Stück einen Fouang wert waren, ein Zeichen dafür, wie billig das Leben in Siam war, wo die Grundnahrungsmittel im Überfluß vorhanden waren.
»Sind die Wetteinsätze hoch?« fragte Ivatt.
»Hoch? Sie wetten weit über ihre Verhältnisse. Bis Sonnenuntergang werden sich die meisten der Kerle als Sklaven an ihre Gläubiger verpfändet haben. Und ihre Frauen und Familien geben sie oft noch als Dreingabe. Sie sind vergiftete Spieler.«
»Können sie sich auch wieder befreien?« Ivatt war offensichtlich sehr erstaunt.
»Sobald sie ihre Schulden bezahlt haben, ja. Es ist nicht so schlimm, wie es sich anhört, weißt du. Ein Sklave mit Rück-

kaufrecht behält fünf Würdenzeichen und die meisten seiner Rechte. Es wird nicht als Schande betrachtet. Er kann sogar heiraten und Kinder kriegen und sein zweites, viertes und alle anderen Kinder mit gerader Zahl gelten als freigeboren.«
»Was passiert mit den ungeraden Zahlen?«
»Das erste, dritte und fünfte wird Eigentum des Herrn, und da die meisten Siamesen sehr gut zu ihren Sklaven sind, sind sie bestens versorgt. Manche bleiben sogar freiwillig, wenn sie ihre Schulden abbezahlt haben, vor allem, weil die Sklaverei sie vom jährlichen sechsmonatigen Dienst beim König befreit.«
»Und können alle Sklaven zurückgekauft werden?«
»Nein, diejenigen nicht, die direkt gekauft oder die im Krieg gefangengenommen wurden. Im Gegensatz zu den Schuldsklaven bleiben sie und ihre Kinder Zeit ihres Lebens Sklaven und sind vom guten Willen ihres Herrn abhängig.«
»Wenn ich also gegen einen von diesen Kerlen wette und gewinne, kann ich ihn ein Leben lang behalten?«
»Wenn er seine Schuld nicht bezahlen kann, ja.« Phaulkon grinste. »Aber wenn du verlierst, hätte der arme Kerl dich für den Rest seines Lebens am Hals. Was für ein Schicksal! Sich mit einem so ungelehrigen Sklaven plagen zu müssen!«
Ivatt kicherte. »Das könnte eine neue Mode auslösen. Ich wünschte, wir könnten ein oder zwei Wetten abschließen«, fügte er mit sehnsüchtigem Blick hinzu, »aber ich habe keinen Penny.«
Ihre Unterhaltung wurde durch das Erscheinen eines untersetzten, kräftig gebauten Mannes mit kantigem Schädel und kurzgeschnittenen Haaren unterbrochen, der die Farangs unverschämt anstarrte und sich dann an ihnen vorbeidrängte. Es war selten, daß ein Siamese Fremden gegenüber unhöflich war, und Phaulkon war überrascht von diesem ungewöhnlichen Verhalten. Der Mann hatte eine bedrohliche Ausstrahlung, die dem Griechen unwillkürlich einen Schauder über den Rücken jagte. Der Mann war gebaut wie ein Bulle, mit dickem, kurzem Nacken und muskelbepackten Beinen. Einen Augenblick lang

schauten die schmalen bösartigen Augen direkt in die Phaulkons, und ein verächtliches Grinsen umspielte seine Lippen. Er schaute die anderen Farangs der Reihe nach an, dann richtete sich sein Blick wieder auf Phaulkon. Es war, als hätte er beschlossen, daß dieser seine Verachtung am meisten verdiente.

»Mit dem Bullen würde ich mich nur ungern einlassen«, bemerkte Ivatt. »Gott sei Dank hat er ein Auge auf dich geworfen und nicht auf mich. Const ...«

Der bullige Mann drehte sich mit einer so heftigen Bewegung zu Ivatt, daß die Worte im Mund des kleinen Mannes erstarben. Er sah sich betreten um und bekam plötzlich Angst, er wäre verstanden worden. Der Mann warf ihm einen letzten, bösen Blick zu, drehte sich auf dem Absatz um und schritt davon. Sie beobachteten schweigend, wie er langsam in der Menge verschwand.

»Was sollte denn das bedeuten?« fragte Ivatt, immer noch sichtlich mitgenommen.

»Vielleicht leitet er die Suche nach unserem Schiff«, schlug Burnaby vor, der ebenfalls ziemlich verängstigt schien.

»Hoffen wir, daß er nicht mehr auftaucht«, fügte Phaulkon hinzu. Er war froh, daß der Gong ertönte und er seine Aufmerksamkeit wieder auf die Arena richten konnte.

Ein kleines Orchester hatte angefangen zu spielen: eine javanische Flöte, zwei Trommeln mit verschiedenem Klang und ein Paar Messingzimbeln. Die Menge wurde merklich aufgeregter.

Auf ein Signal vom Stellvertreter des Gouverneurs hin stolzierten zwei athletisch aussehende Jünglinge in den Ring, und die Zuschauer verstummten. Die Männer waren barfuß, mit Lendenschürzen bekleidet, und beide hatten ein Stück Schnur um die Fäuste gewickelt. Sie duckten sich unter den Seilen hindurch und sprangen federnd in den Ring, dann warfen sie sich vor dem Gouverneur auf die Erde und blieben ein paar Augenblicke ergeben liegen. Dann drehten sie sich in Richtung ihrer Heimat oder ihres Geburtsortes, hoben ihre Hände vors Gesicht und berührten mit ihren Köpfen dreimal den Boden, als Huldigung für ihre Lehrer und Eltern, die ihnen ihre Kenntnisse vermittelt hatten. Nach einem kurzen Gebet kehrten sie in ihre Ecken zurück, um ihr Ritual vor dem Kampf zu absolvieren, einige Bewegungen in Zeitlupe, ähnlich einem Tanz, mit dem sie die Mächte anflehten, ihnen zu Hilfe zu kommen. Als nächstes schritten sie um den Ring herum und schauten sich herausfordernd um, während die Zimbeln und Trommeln zu einem Crescendo anschwollen. In jeder Ecke blieben sie stehen, neigten die Stirn auf die Seile und stampften wütend mit den Füßen, um die Geister zu vertreiben, die möglicherweise im Ring lauerten. Schließlich grüßten sie einander und kehrten in ihre Ecken zurück. Sobald sie sich hingehockt hatten, drängten sich einige Zuschauer um den Ring und schrien wütend auf die beiden Teilnehmer ein.

»Was geht da vor?« fragte Ivatt.

»Das gehört alles zum Wetten«, erklärte Phaulkon. »Die Zuschauer versprechen einem der Wettkämpfer einen Anteil an ihrem Gewinn, wenn er seinen Gegner schlägt. Sie hoffen, das stachelt ihn an. In manchen Fällen holen die Zuschauer sogar einen Zauberer, um den Gegner zu schwächen.«

Phaulkon gefiel der Sport, und er hatte in Ajuthia oft Kämpfe besucht. Er hatte Ivatt und Burnaby erklärt, daß beim siamesischen Boxen Schläge auf den Gegner erlaubt waren, auch Ellenbogen und Knie konnten eingesetzt und jeder Teil des Körpers angegriffen werden. Die mehrmals um die Hand gewickelte Schnur diente zum Schutz. Ansonsten war kein Schutz erlaubt, außer der Muschel über den Genitalien. Jedesmal, wenn ein Boxer irgendeinen Teil des Körpers seines Gegners berührte, bekam er einen Punkt. Der Kampf endete, wenn einer der Wettkämpfer bewußtlos geschlagen war oder einfach zusammenbrach. Heute saßen zwei Kampfrichter am Ring, um die Punkte zu zählen.

Ein Schiedsrichter, barfuß, nur mit Lendenschurz bekleidet, schritt jetzt in die Arena und führte die Wettkämpfer in die Mitte. Er erinnerte sie an die Regeln und ermahnte sie, vor dem Gouverneur ihr Bestes zu geben. Dann grüßte er sie und trat zurück.

Ein Gong ertönte, und die Kämpfer stürzten sich aufeinander. Sie schwangen ihre Beine hoch und versuchten, gegen den Kopf ihres Gegners oder in seinen Bauch zu treten. Die Musik änderte sich entsprechend der Aktionen im Ring.
Ivatt hatte viele Faustkämpfe in England gesehen, aber was er jetzt sah, war zwar auch ein Kampf bis zum Ende, aber zusätzlich eine künstlerische Darbietung aus Boxen und Akrobatik, die mehr Schnelligkeit und Geschick erforderte als schiere Muskelkraft. Dennoch waren die Beine der Boxer tödliche Waffen, konditioniert und gestählt durch monatelanges Treten gegen die Stämme von Bananenbäumen. Am Ende der Trainingszeit waren die Schienbeine und Riste der Kämpfer hart wie Stein.
Sie waren wirklich unglaublich schnell, und ihr Gleichgewichtssinn war bemerkenswert. Manchmal drehten sie sich auf einem Bein, manchmal befanden sich beide Füße in der Luft, wenn sie sich zu einem Schlag herumdrehten. Die Beine wurden häufiger eingesetzt als die Hände.
Ivatt sah sich um. Er fand die Zuschauer genauso faszinierend wie die Kämpfer. Sie brüllten jedesmal begeistert, wenn ein Treffer erfolgte und feuerten die Wettkämpfer mit Schreien und Ermahnungen an. Der Lärm war unglaublich, und Ivatt sah, wie das Geld ständig den Besitzer wechselte. Die Anregung hatte ihren Höhepunkt erreicht. Frauen, die in den hinteren Reihen hockten, schrien fast genauso laut wie die Männer, aber von den Tänzerinnen des Gouverneurs war keine Spur zu sehen.
Als sich schließlich einer der jungen Männer kaum noch auf den Beinen halten konnte, wurde sein Gegner zum Gewinner erklärt. Ein Aufschrei ertönte von denjenigen, die auf ihn gesetzt hatten, und alle anderen verstummten.
Drei weitere Wettkämpfe folgten, und Ivatt fing gerade an, die Raffinessen des Sports zu erkennen, als die Richter den letzten Kampf unterbrachen und die Köpfe zusammensteckten, um den Champion unter den Gewinnern der vier Kämpfe zu ermitteln. Dieser Champion mußte sich dann in die Mitte des

Rings stellen und jede Herausforderung annehmen. Aber wenn sich kein Herausforderer fand, würde er zum endgültigen Gewinner erklärt werden.
Die Richter wählten den Gewinner des dritten Kampfes, ein brillanter, stilvoller Kämpfer mit blitzartigen Reflexen, der seinen Gegner bewußtlos geschlagen hatte, und die Zuschauer brüllten vor Begeisterung. Er war unter dem Namen ›Der junge Löwe‹ bekannt. Er stand in der Mitte des Rings, grüßte die Menge in Anerkennung ihres begeisterten Jubels. Er wartete, aber keiner erhob sich, um ihn herauszufordern. Ivatt schaute in die Runde.
Der Gouverneur jubelte genauso begeistert wie sein gesamter Hofstaat, während Phaulkon wie im Traum dasaß. Etwas an seinem Gesichtsausdruck machte Ivatt Sorgen. Als Ivatt sich wieder dem Ring zuwandte, verstummte die Menge abrupt, und Grabesstille legte sich über die Arena.
Phaulkon hatte sein Hemd abgestreift und machte sich auf den Weg zum Ring. Ivatt und Burnaby sahen sich fassungslos an. Einen Augenblick später stieg Phaulkon über die Seile in den Ring. Der Champion starrte ihn entgeistert an, wußte nicht, wie er reagieren sollte. Dann drehte Phaulkon sich zum Schiedsrichter und legte unmißverständlich seine Hände über seine Genitalien. Er bat um den autorisierten Schutz. Der Schiedsrichter erwachte aus seiner Starre. Ein Raunen ging durch die Menge, als man allmählich begriff, was da tatsächlich passierte.
Der Schiedsrichter duckte sich unter den Seilen durch und griff in seinen Tuchbeutel, den er in der Obhut der Richter gelassen hatte. Einen Augenblick später brachte er eine angemessen große Muschel zum Vorschein und ein Stück Baumwolle mit einer Schnur. Er kehrte in die Arena zurück und reichte die Sachen Phaulkon. Dieser untersuchte die Muschel und schüttelte den Kopf. Dann zeigte er auf seinen Unterleib und beschrieb mit den Händen eine größere Muschel. Die Menge brüllte vor Lachen, und Phaulkon lächelte ihnen zu, während sie ihn laut anfeuerten. Der Gouverneur würde das genießen,

dachte Phaulkon befriedigt, und wenn ich dabei nicht umkomme, kann ich ihn sicherlich um den ein oder anderen Gefallen bitten.

Er fragte sich, ob ihm seine Kampferfahrung in der Marine gegen diese athletischen Zauberkünstler helfen würde. Natürlich hatte er einige Meisterschaften in der Handelsmarine gewonnen, aber das hier war etwas völlig anderes. Er war wesentlich größer und schwerer als sein Gegner, aber viel hing davon ab, ob er genügend kräftige Schläge landen konnte.

Der Schiedsrichter kehrte jetzt mit einer wesentlich größeren Muschel zurück, Phaulkon legte sie über seinen Unterleib und nickte zufrieden. Der Schiedsrichter bedeckte die Muschel mit dem Baumwolltuch und band sie mit einer Schnur fest. Dann wickelte er etwas Schnur um Phaulkons Handgelenke und zog sich mit einer respektvollen Verbeugung zurück.

Phaulkon hob seine Hände an die Stirn und warf sich vor dem Gouverneur auf siamesische Art zu Boden. Die Menge murmelte. Der Gouverneur legte die Hände an den Mund und erwiderte den Gruß, übers ganze Gesicht grinsend. Ivatt und Burnaby jubelten aus vollem Hals und winkten ihm zu, der Holländer schwieg beleidigt.

Phaulkon drehte sich den Zuschauern zu und grüßte in alle Richtungen. Sie reagierten voller Begeisterung, jubelten und stampften mit den Füßen. Dann registrierte er etwas Ungewöhnliches. Die Wetten waren eingestellt worden. Keiner wollte das riskieren. Er sah aus den Augenwinkeln, wie der Mandarin dem Palat etwas zumurmelte. Dieser ging zu den Farangs und drückte ihnen etwas in die Hand. Geld! Man gab ihnen Geld, um zu wetten! Auf wen werdet ihr setzen, ihr Bastarde? fragte er sich. Und du, van Risling? Ich wette, ich weiß, auf wen du setzt. Er sah, wie der Mandarin in seine Börse griff, dem Palat eine Handvoll Münzen in die Hand drückte und ihm etwas ins Ohr flüsterte. Phaulkon ging auf die Knie und bekreuzigte sich dreimal. Der junge Löwe, der schweigend in seiner Ecke gehockt war, ging jetzt sein eigenes Ritual noch einmal durch.

Nun brachte der Schiedsrichter die Kontrahenten in die Mitte des Rings, grüßte zu ihnen, ließ aber die üblichen Ermahnungen weg. Der Gong ertönte. Phaulkon drehte sich schier der Magen um. Die Versammlung verstummte.

Der Siamese näherte sich vorsichtig und tänzelte eine Weile um Phaulkon herum. Neben dem Farang wirkte er klein und drahtig, aber er war muskulös, und Phaulkon wußte, wie erschreckend agil er war. Sein nackter Torso glänzte vom Kokosnußöl. Sein schwarzes Haar war kurz geschoren, und er trug ein weißes Stirnband.

Phaulkon ließ ihn nicht aus den Augen und ließ seine Hände vor sich kreisen, der linke Arm führte den rechten. Das schien den Gegner zu verwirren, er beschloß anzugreifen und versuchte einen Treffer. Sein linkes Bein schnellte nach vorn. Phaulkon spürte die Härte des Fußes an seinen Rippen, aber der junge Löwe stieß nicht nach. Er hielt sich in gebührendem Abstand von Phaulkons Reichweite. Der Mann würde es schwer haben, ihn ins Gesicht zu treten, dachte Phaulkon, weil er die Größe nicht gewohnt war. Tatsächlich — der junge Löwe griff jetzt tiefer an. Er kickte kräftig mit dem linken Fuß und landete einen Treffer auf Phaulkons Schenkel. Phaulkon beobachtete ihn aufmerksam und wartete, bis er in Reichweite kam. Allmählich wurde der Siamese kühner. Diesmal kam er näher heran und landete mehrere Treffer nacheinander auf Phaulkons Beinen und Rippen. Phaulkon zeigte immer noch keine Reaktion.

Dann passierte es plötzlich. Der Siamese griff unvermittelt an und riß sein Knie hoch, um Phaulkon in den Solarplexus zu treffen. Aber Phaulkons Faust schoß nach vorn und traf mit einem soliden Geräusch das Kinn des Angreifers. Er wurde nach hinten geschleudert und landete im Gras. Phaulkon rang nach Luft, er hielt sich den Bauch. Plötzlich brach das Wettfieber wieder aus. Der Schiedsrichter befahl Phaulkon zurückzutreten, während sein benommener Gegner aufzustehen versuchte. Ein Zuschauer sprang in den Ring und bot sich an, Phaulkons Beine mit Kokosnußöl einzureiben. Dann

stürmte Ivatt herbei, riß dem verwirrten Mann das Fläschchen aus der Hand und begann selbst, Phaulkon einzureiben.
»Gut gemacht, Constant«, sagte er, »wir stehen hinter dir. Aber sei um Himmels willen vorsichtig. Wir haben Geld auf dich gesetzt. Der Gouverneur ist aufgeregt wie ein Kind im Bonbonladen.«
Der Schiedsrichter befahl Ivatt, den Ring zu verlassen, und Phaulkon rief ihm nach: »Ich werd ein oder zwei Treffer versuchen müssen. Um das Gesicht zu wahren. Laß nicht zu, daß sie lachen, wenn ich hinfalle.«
»Die knöpf ich mir selber vor, wenn sie das tun«, schrie Ivatt zurück.
Der junge Löwe stand auf, und die Musik schwoll zu einem Crescendo, als er von einem Fuß auf den anderen federte. Ohne Warnung schoß er wie eine Kugel los, in gebückter Haltung. Eine Serie von Treffern prasselte auf Phaulkon und Pfeile von Schmerz durchbohrten seinen Körper. Entschlossen, den Angriff aufzuhalten, holte Phaulkon mit seinem rechten Bein aus, verlor das Gleichgewicht und fiel auf den Hintern. Zuerst war das Publikum stumm, doch dann fingen ein paar an zu lachen, und in kürzester Zeit grölten alle vor Lachen. Aber kaum war Phaulkon wieder aufgestanden, feuerte ihn die Menge erneut an.
Junger Löwe stürzte sich wie der Blitz auf ihn, aber diesmal war Phaulkon nicht so dumm, seine Beine zu benützen. Der Mann arbeitete mit seinen Füßen statt mit den Händen, da Phaulkon die größere Reichweite hatte, und Phaulkon wußte, daß er ihn näher heranlocken mußte, wenn er eine Chance haben wollte. Junger Löwe drehte plötzlich seinen Körper, und in letzter Sekunde stieß er den Fuß nach vorn, direkt in Phaulkons Unterleib. Die Wucht des Schlages drückte die Muschel nach innen, so daß sie schmerzhaft zwischen Phaulkons Beine schnitt. Der Grieche wurde wütend.
Phaulkon gab alle Vorsicht auf und griff an. Er duckte sich, täuschte, schlug an der Deckung des Mannes vorbei zu. Ein

mächtiger linker Haken traf den Kopf des Gegners. Der Siamese taumelte zur Seite, und eine gewaltige Rechte fällte ihn. Er lag da, keuchend, nach Luft ringend, und versuchte vergeblich, sich aufzurichten.
Phaulkon stand über ihm, wie ein tobender Stier. Der Siamese machte einen letzten Versuch, seinen Kopf zu heben, und brach dann im Gras zusammen. Der Schiedsrichter beendete den Kampf und erklärte Phaulkon zum Gewinner.
Die Menge brüllte, und ein Zuschauer sprang in den Ring und legte Phaulkon einen Kranz aus Jasminblüten um. Größere Geldsummen wechselten eilig den Besitzer, die Leute beglichen ihre Schulden. Zwei Männer halfen, den benommenen, aber nicht bewußtlosen jungen Löwen aus dem Ring zu tragen.
Phaulkon stieg über die Seile und ging langsam durch die jubelnde Menge auf den Gouverneur zu. Er versuchte, nicht zu sehr zu triumphieren und die gebührende Bescheidenheit zu zeigen. Er blieb vor dem Gouverneur stehen und warf sich zu Boden. Der Mandarin sprudelte förmlich vor Erregung. Er lachte Phaulkon beglückt an und stellte ihm durch den Übersetzer und van Risling eine Menge Fragen. »Sagt dem Farang … erstaunlich. Hat er früher schon geboxt? In seinem eigenen Land? Hat er es dort gelernt? Ich hätte nie gedacht … was für eine Vorstellung!«
Phaulkon machte einen Schritt nach rechts und blieb vor dem Holländer stehen, als würde er auf die Übersetzung warten. »Seine Exzellenz sagt, es ist kein richtiges Boxen, wenn Ihr nicht die Füße benutzt. Er sagt, Ihr sitzen.« Van Risling sprach in Englisch, und Phaulkon lauschte höflich seinen Worten. »Aber zuvor werdet Ihr mir die Ehre geben, mein Herr?« fragte er und deutete lächelnd auf den Ring.
Bevor van Risling protestieren konnte, drehte Phaulkon sich zum Gouverneur und beschrieb ihm mit Gesten, was er vorhatte. Die Augen des Gouverneurs wurden groß, und dann strahlte er übers ganze Gesicht. Er nickte zustimmend und sah erwartungsvoll den Holländer an.

Dieser war rot geworden und stotterte: »Ich ... bin ... kein Boxer, Sir. Ich sag Euch doch, ich kann das nicht.«
»Aber Herr van Risling, Ihr werdet doch wohl unserem Gastgeber zeigen, wie tapfer die Holländer sind, keine solchen Feiglinge wie die Engländer. Seine Exzellenz betrachtet Euren Mut als selbstverständlich und drängt Euch, in den Ring zu steigen.«
Der Holländer vermied es, dem Gouverneur in die Augen zu sehen. Burnaby und Ivatt begannen zu spotten, und die Menge stimmte mit ein. Innerhalb kürzester Zeit pfiff die ganze Versammlung, und der Holländer senkte seinen Kopf und wartete, bis der Lärm sich gelegt hatte.
In diesem Augenblick schritt eine untersetzte Gestalt auf Phaulkon zu, grüßte höflich und zeigte auf ihn und dann auf den Ring. Die Bedeutung war unmißverständlich. Phaulkon warf einen Blick auf den Mann und wußte, daß dies Ärger geben würde. Mit derselben verächtlichen Miene wie vorhin, starrte der Siamese Phaulkon an, die Arme über der Brust verschränkt.
Er deutete noch einmal und drehte sich ungeduldig zum Ring. Einige der Zuschauer hatten die Herausforderung gesehen und schrien den beiden Aufmunterungen zu.
Der Holländer war sichtlich erleichtert. »Ich wette fünfzig Tical auf den Stier!« schrie er.
Der Stier ging voran in den Ring und begann ohne Umschweife mit seinem Ritual vor dem Kampf. Es war kürzer, als das seiner Vorgänger, so als könne er den Kampf kaum erwarten.
Phaulkon bekreuzigte sich erneut und betete diesmal inständiger als je zuvor. Seine Gedanken arbeiteten fieberhaft. Er konnte sich keine Niederlage erlauben. Aber dieser Schläger sah aus wie ein ernsthafter Boxer, und wenn er so schnell war wie kräftig, dann hatte Phaulkon nichts zu lachen.
Der Schiedsrichter führte sie in die Mitte des Rings und zwang sie, sich voreinander zu verbeugen. Einen Augenblick lang begegneten sich ihre Blicke, und Phaulkon erschauderte. Er sah

nur pure Wut im Gesicht des anderen. Der Stier kämpfte nicht nur um des Sportes willen. Seine Augen verrieten Haß auf alle Farangs. War dieser Siamese früher einmal von einem Ausländer beleidigt worden, oder haßte er die Versuche der Jesuiten, sein Volk von seinen religiösen Traditionen abzubringen? Es gab einige, wie Phaulkon wußte, denen die Liberalität des Königs von Siam gegenüber Ausländern zu weit ging.

Beim Ertönen des Gongs trennten sie sich. Der Stier rannte auf Phaulkon zu, sein Körper bäumte sich auf, um seinen Treffern Kraft zu verleihen. Jegliche Hoffnungen, der Mann könnte langsam vorgehen, waren bald zerstört. Er war flink wie ein Panther und bestand nur aus Muskeln. Er war zwar einen Kopf kleiner als Phaulkon, brachte aber mindestens dasselbe Gewicht auf die Waage. Kurz nach seinem ersten brutalen Angriff zielte er einen linken Treffer auf Phaulkon, dann einen rechten, und sein Körper wirbelte herum wie ein Degen.

Phaulkon, jede Faser seines Körpers angespannt, parierte den Hagel von Schlägen, nahm einige in Kauf, wich anderen aus. Obwohl Arme und Beine seines Angreifers in blitzschneller Folge zuschlugen, hatte Phaulkon die Verteidigung gut im Griff und verleitete seinen Gegner dazu, seine Kräfte zu verausgaben.

Als dieser erkannte, daß er mit Füßen und Armen allein den gewünschten Effekt nicht erzielen konnte, rückte der Stier näher, um Ellenbogen und Knie einsetzen zu können. Durch die kurze Reichweite und Schnelligkeit war der Ellbogenangriff am schwersten abzuwehren. Die Körper der Gegner verkeilten sich, und Phaulkon zuckte zusammen, als der Stier mehrmals mit seinen kräftigen Knien gegen seine Rippen hämmerte. Phaulkon packte einen Schenkel seines Angreifers und nahm ihm mit einem Ruck das Gleichgewicht. Der Stier fiel auf ein Knie, für einen Augenblick verwirrt, und Phaulkon griff an und landete einen heftigen rechten Schwinger im Gesicht des Mannes. Der Stier fiel nach hinten.

Er krümmte sich einen Augenblick lang am Boden, dann schüttelte er sich wie ein benommener Terrier und sprang wieder

auf die Füße. Er wischte sich kurz mit dem Arm über die Stirn, und seine schwarzen Augen glühten wie Kohlen. Dann griff er mit einem markerschütternden Schrei an. Er drehte den Körper nach links, in Vorbereitung für einen Treffer mit dem rechten Bein, wechselte in unnachahmlicher Weise die Richtung mitten im Sprung, und sein Fuß krachte gegen Phaulkons Schläfe. Es war der gefürchtete Sprungtreffer.
Phaulkon wurde schwarz vor Augen. Er wich instinktiv zurück, und der Nachschlag des Stiers verfehlte ihn knapp. Der Angreifer senkte unter der Wucht seines Schwungs den Kopf, und Phaulkon schmetterte den Ellenbogen gegen die Stirn und betäubte den Gegner.
Der Siamese taumelte vornüber und rang keuchend nach Luft. Obwohl Phaulkon wußte, daß er keine Sekunde verlieren durfte, spürte er, wie sein rechter Arm erschlaffte, er hatte keine Kraft mehr. Hastig rammte er seinen Fußballen gegen die Wirbelsäule des hingestreckten Stiers, der vor Schmerz schrie, sich dann aber geschickt außer Reichweite rollte. Phaulkon sprang hinterher, aber der Stier rollte bis in die Ecke, drehte sich, sprang plötzlich auf und stellte sich dem Griechen entgegen. Phaulkon warf sich auf ihn, der Siamese duckte sich, packte ihn am Hals und drückte ihn nach unten, bis sein Knie in Phaulkons Gesicht schlug. Ein lautes Knirschen, und Phaulkon fiel rückwärts ins Gras, die Hände vor dem Gesicht. Die Arena verschwand, und als er die Gestalt des Stieres wieder wahrnahm, stand er über dem Griechen, begierig, den Todesstoß auszuführen. Phaulkon sah, daß der Stier heftig aus der Nase blutete und sich ständig die Lippen leckte.
Mit ungeheurer Anstrengung gelang es ihm, seine Erschöpfung zu überwinden, und er rappelte sich schwankend auf. Im nächsten Augenblick rammte ein Ellenbogen gegen seinen Kiefer, und eine Serie von Treffern gegen Rippen und Nieren ließ seinen Körper vor Schmerzen erschaudern.
Alles verschwamm vor seinen Augen. Mit einer letzten Anstrengung zielte er wild in die Richtung der Schläge, ein paarmal traf er, aber meist schlug er ins Leere. Weit weg hörte er das

Brüllen der Menge. Er hatte nicht mehr die Kraft, seine Deckung gegen die Treffer und Ellbogenstöße, die aus allen Richtungen auf ihn einprasselten, zu halten. Dann raubte ihm ein Schlag gegen den Solarplexus den Atem. Die Arena verschwamm, und er ging zu Boden. Er hörte nicht mehr, wie der Schiedsrichter den Kampf beendete.

Ivatt und Burnaby eilten an Phaulkons Seite, und der Gouverneur befahl seinem persönlichen Arzt, sich sofort um ihn zu kümmern. Die beiden Engländer lauschten ängstlich der Übersetzung, als van Risling mit kaum verhohlener Schadenfreude verkündete, Phaulkon hätte schwere Blutergüsse, eine zerfetzte Lippe, zwei blaue Augen und einen verstauchten Ellenbogen. Träger legten ihn behutsam auf eine Bambusbahre und trugen ihn in den Palast. Burnaby und Ivatt folgten.

Der Stier ging zum Gouverneur und warf sich kurz zu Boden. Bevor Seine Exzellenz ihn fragen konnte, woher er gekommen war, war er im allgemeinen Durcheinander verschwunden.

Als die Bahre weggetragen wurde, begleitete sie der tosende Applaus der Menge, und der Holländer und der Gouverneur erhoben sich, der eine, um sich mit boshafter Freude an dem Anblick zu erfreuen, und der andere, um dem Farang zu huldigen, der wie ein Tiger gekämpft hatte.

9

Als Phaulkon erwachte, war um ihn herum alles stockfinster. Sein Körper schmerzte, sein Kopf dröhnte, und die geringste Bewegung verursachte ihm schreckliche Pein. Nachdem seine Augen sich etwas an die Dunkelheit gewöhnt hatten, erkannte er eine Silhouette am Ende der Strohmatte. Er konnte sich nicht daran erinnern, daß ein Möbelstück so nahe an seinem Bett stand, also war es wahrscheinlich ein Mensch, vielleicht ein Wächter oder ein Arzt, der eingeschlafen war. Er versuchte, sich zu konzentrieren. Stück für Stück kam die Erinnerung an die Ereignisse der letzten Stunden zurück. Die Boxarena, sein erster Sieg und dann die Niederlage gegen diesen Schläger.

Instinktiv wußte er, daß seine Bemühungen im Ring nicht umsonst gewesen waren. Er hatte die Freude in den Augen des Mandarins gesehen. Seine Vorstellung war sicher von Nutzen gewesen. Irgendwie mußte er sie zum Grund für seine Rückkehr nach Ajuthia machen. Wenn der Potentat den Fremden gegenüber jetzt freundlicher gestimmt war, würde er vielleicht sogar seine Zustimmung zu einer frühen Entlassung geben. Wenn Phaulkon diese erlangen konnte, war es nur noch ein kurzer Schritt zu irgendeiner Art Einführung — vielleicht sogar ein Empfehlungsschreiben — an die hohen Würdenträger in Ajuthia, die Freunde und Kollegen Seiner Exzellenz, an den Barcalon zum Beispiel.

Ein dünner Lichtstrahl tastete sich unter der Tür hindurch, und die Gestalt am Fuß des Bettes regte sich. Dann stützte sie sich auf etwas, das wohl der Ellenbogen war, und drehte sich zu ihm um. Im fahlen Licht des Morgengrauens erkannte Phaulkon das liebevolle Lächeln seiner Lieblingstänzerin Sunida.

Sie erhob sich langsam und ging zum Fenster. Sie schob den unteren Teil des hölzernen Ladens nach außen und befestigte ihn mit einem Bambusstock. Im Licht, das durch die Schlitze hereindrang, kehrte sie an seine Seite zurück und untersuchte die Ver-

letzungen. *»Pai ha mor«*, erklärte sie und deutete zuerst nach draußen und dann auf seine Blessuren. Sie erhob sich und rückte die Enden ihres Panungs zurecht, bevor sie grazil aus dem Zimmer glitt. Sie wollte also den Arzt holen. Er fragte sich etwas besorgt, welcher Behandlung man ihn wohl unterziehen würde. Die Siamesen besaßen zwar fundierte Kenntnisse von der Heilkraft der Kräuter, aber es gab Bereiche ihrer Medizin, die ausschließlich auf Mythen und Aberglauben basierten.
Wenn sie seinen geschwächten Zustand sahen, würden sie das sicher als Unausgewogenheit der vier Elemente, Feuer, Erde, Wind und Wasser, aus denen der menschliche Körper sich zusammensetzte, diagnostizieren. Denn Krankheit war immer eine Unausgeglichenheit in diesem prekären Gleichgewicht. Sein Fieber würde dem Überschuß von Feuer in seinem Körper zugeschrieben werden, und das Dröhnen in seinem Kopf einem exzessiven Wind, der nach oben blies.
Der runzlige, weißhaarige Arzt, der mit Sunida das Zimmer betrat, kniete sich neben ihn und öffnete eine große Reisetruhe. Seine Augen glänzten mitfühlend, als er behutsam Phaulkons Wunden abtastete. Er untersuchte sein geschwollenes Auge und verkündete, daß kein bleibender Schaden zu befürchten war. Aber als er den rechten Ellenbogen abtastete und den verrutschten Knochen ohne Warnung wieder einrenkte, schrie Phaulkon vor Schmerz, und Sunida schrie ebenfalls. Der Doktor erklärte ihr, der Ellenbogen wäre gebrochen und er hätte ihn jetzt eingerenkt, und der Arm des Patienten sollte einen festen Tuchverband bekommen. Die Blutergüsse würden mit der Zeit verschwinden. Er verschrieb eine Salbe auf der Basis von Zitronengras und Kokosnußöl und erklärte ihr, sie müßte die Wunden alle sechs Stunden vorsichtig damit einreiben. Schließlich bestätigte er, daß der Patient sich schwach fühlte, weil das Gleichgewicht der Bestandteile seines Körpers gestört war. Sunida mußte dafür sorgen, daß der Patient ständig frische Luft hatte, mit offenen Fenstern und ruhigem Fächeln, um den korrekten Anteil an Wind in seinem System wiederherzustellen.
Sunida dankte dem Arzt und flüsterte ihm etwas ins Ohr. Er

runzelte die Stirn und schüttelte den Kopf. »Ehrenwerter Doktor«, sagte sie ängstlich, »Seine Exzellenz und der gesamte Hof warten.« Der Arzt überlegte, schüttelte dann aber erneut den Kopf.

»Wenn du willst, daß er geheilt wird, darf er nicht bewegt werden. Außerdem wird ihm jede Bewegung große Schmerzen verursachen. Seine Exzellenz wird doch wohl verstehen, daß der Farang einfach zu krank ist?«

Sunida war offensichtlich sehr beunruhigt. »Ich stimme Euch ja zu, Doktor, aber Seine Exzellenz hat darauf gedrängt — sehr bestimmt —, daß der Farang teilnimmt. Schließlich wird das die Wahrheit über den Schiffbruch enthüllen.«

Phaulkon verstand, und sein Magen rebellierte. Natürlich. Was sonst könnte so dringend sein, daß er sofort bewegt werden mußte? Die ROYAL LOTUS war gefunden worden. Oder vielleicht die Kanonen. Oder beides. Er erschauderte. Ein schöner Zustand für weitere Verhöre.

Am besten, er brachte es so schnell wie möglich hinter sich. Verzögerungen würden den Gouverneur nur noch mehr verärgern. Er zwang sich aufzustehen. Und dann wurde ihm plötzlich übel. Der Doktor und Sunida eilten ihm zu Hilfe, aber er brach ohnmächtig auf seiner Strohmatte zusammen.

Der atemlose Bote warf sich am Eingang zum Hof zu Boden. Der Mann mit dem staubigen Lendenschurz blieb schweißüberströmt in kurzer Entfernung von den Füßen des Gouverneurs stehen. Der gesamte Hofstaat beugte sich erwartungsvoll vor, während die Bauern, deren Vorstellung gerade zu Ende war, auf ein Zeichen des Gouverneurs rückwärts aus dem Hof hinauskrochen. Burnaby und Ivatt sahen sich besorgt an. Das war doch sicher der Bote, der Nachricht von der Entdeckung der ROYAL LOTUS brachte.

»Oh, großer und mächtiger Fürst«, begann der Bote und rang nach Luft, »der Staub zu Euren Füßen bringt große Nachricht. Eure Exzellenz sind dreimal gesegnet. In den Wäldern im Süden haben die Bauern einen weißen Elefanten gefangen.« Er-

griffenes Schweigen herrschte, während der Bote erneut nach Luft schnappte. »Das edle Tier ist auf dem Weg hierher, mächtiger Fürst. Ruhm und Ehre werden Eurer Exzellenz zuteil.«
Ein freudiges Raunen ging durch die Versammlung, und der Gouverneur sah glücklich aus. Der Hofstaat verbeugte sich spontan in seine Richtung. Ivatt und Burnaby waren verwirrt, schlossen sich aber dem Beispiel der anderen an und verbeugten sich tief vor dem Mandarin. Dann erhoben sich alle und redeten heftig aufeinander ein. Der Gouverneur warf den Farangs einen kurzen Blick zu, als wünschte er, es gäbe eine Möglichkeit, ihnen die ungeheure Nachricht zu übermitteln, die er gerade erhalten hatte. In Abwesenheit des Holländers, der die Einladung zur Vorstellung der Bauern abgelehnt hatte, weil er angeblich indisponiert war, war der malaiische Dolmetscher nicht verfügbar. Mit resigniertem Achselzucken befahl der Gouverneur, die Farangs in ihr Quartier zu begleiten und zu versuchen, ihnen das wunderbare Ereignis klarzumachen.
Burnaby und Ivatt lugten vorsichtig durch das Fenster des Gästehauses, in dem Phaulkon sich aufhielt. Als sie sahen, daß er wach war, traten sie ein.
»Gott sei Dank, Jungs, ihr seid noch am Leben«, sagte Phaulkon erleichtert. »Ich dachte, wir werden zu unserer Hinrichtung gerufen.«
»Das dachten wir auch, Constant«, gab Burnaby zu. »Aber wie geht es dir denn?«
»Ich fühle mich, als wäre eine Herde Kühe über mich getrampelt, aber der Schmerz sagt mir, daß ich noch am Leben bin. Was ist denn da draußen passiert?«
»Im Hof ist eine seltsame Zeremonie von ungefähr dreißig Bauern abgehalten worden«, erklärte Burnaby. »Als sie sich verbeugt haben, hab ich gedacht, sie sind unsere Henker, aber dann haben sie sich in zwei Reihen aufgestellt, sich gegenseitig eine lange Hanfschnur um die Taille geschlungen und sich aneinander gebunden. Dann haben sie sich zur Seite gedreht und an den Händen gefaßt. Dann haben sie zwei Reihen von je fünf Metern gebildet, und der erste Mann in jeder Reihe hat seine

Hände nach uns ausgestreckt. Anscheinend wollten sie unsere Rettung aus Seenot zeigen.«
»Wirklich? Sehr anständig vom Gouverneur, sich die Mühe zu machen«, bemerkte Phaulkon. »Ich hoffe, ihr habt euch wenigstens bedankt.«
»Wir haben uns verbeugt und gelächelt, wenn du das meinst«, sagte Ivatt. »Aber den Teil haben wir wenigstens verstanden. Das nächste war dann total verwirrend. Ein Bote ist auf allen vieren hereingekrochen und hat etwas so Sensationelles erzählt, daß der ganze Hofstaat fast in Aufruhr geriet. Die haben alle ausgesehen, als ob sie gerade gestorben wären und den Schlüssel zum Himmel gekriegt hätten.«
»Der Gouverneur hat immer wieder zu uns geschaut, als wünschte er, er könnte es uns erklären«, sagte Burnaby. »Er wollte wirklich seine Freude mit uns teilen.«
»Was ist dann passiert?«
»Der plattnasige Palat hat uns nach Hause begleitet«, sagte Ivatt. »Unterwegs hat er uns einen Elefanten vorgeführt und dann auf Richards Arm gezeigt. Das hat er immer und immer wieder gemacht, so, als hätte er gerade entdeckt, daß die beiden verwandt sind.«
»Komisch, daß der Palat nur auf Richard gezeigt hat und nicht auf dich, Thomas.«
»Ich bin zu klein, um verwandt zu sein.«
»Psst. Still!« flüsterte Phaulkon. »Ich höre Stimmen.«
Ivatt und Burnaby verstummten, als sie sahen, wie Sunida und der Arzt sich dem Gästehaus näherten und sich aufgeregt unterhielten. Phaulkon gelang es zu hören, was Sunida sagte: »... keine Möglichkeit zu erklären. Und der Gouverneur möchte so gerne, daß sie es erfahren. Glaubt Ihr, da könnte eine Verbindung bestehen, ehrenwerter Doktor?«
»Zwischen den weißen Farangs und dem weißen Elefanten? Schon möglich. Buddha, unser Herr, gibt uns oft Zeichen. Es ist ohne Zweifel erstaunlich, daß die Farangs zu der Zeit auftauchten, als das edle Tier entdeckt wurde.«
Sie schauten vorsichtig um die Ecke und musterten Phaulkon.

Seine Augen waren geschlossen. Ivatt legte einen Finger auf den Mund, um zu zeigen, daß sie still hier sitzen wollten, bis Phaulkon erwachte. Der Doktor nickte und bedeutete Sunida, mit ihm zu gehen.

Sobald sie außer Hörweite waren, schlug Phaulkon die Augen auf. Ihm schwirrte der Kopf, aller Schmerz war vorübergehend vergessen.

»Was hast du gehört?« fragte Burnaby.

»Erleuchte uns, Orakel«, flehte Ivatt.

Phaulkon stützte sich mühsam auf einen Ellenbogen und sah seine Gefährten an. »Anscheinend haben sie einen seltenen weißen Elefanten in den Wäldern von Ligor gefunden«, begann er. »Es ist das denkbar günstigste Omen, das einem Monarchen während seiner Herrschaft passieren kann. Das Tier muß sofort dem König gebracht werden und bedeutet Ehre und Privilegien für die Provinz, in der es entdeckt wurde.«

»Und könnte uns das von Nutzen sein?« fragte Burnaby in einem seltenen Anfall von Optimismus.

»Wird es dem Gouverneur persönlich Ehre bringen?« fragte Ivatt.

»Das wird es in der Tat«, erwiderte Phaulkon. »Die Entdeckung wird ihm direkt zugeschrieben. Ihr habt keine Ahnung, wie ernst die Siamesen ein solches Ereignis nehmen. Die Größe eines Monarchen wird oft an der Anzahl der weißen Elefanten in seinen Stallungen bemessen. Ganze Kriege sind schon wegen dieser Tiere geführt worden. Sie sagen, die Seele eines früheren Prinzen wohnt in ihnen und sie wären eine der Inkarnationen des zukünftigen Buddha.«

»Wie selten sind sie?« fragte Ivatt. Er spielte mit dem Gedanken, einen weißen Elefanten in die Menagerie nach England zu bringen.

»Ich glaube, es gibt momentan nur ein solches Tier am Hof des Königs, und ich habe gehört, daß Tag und Nacht achtundvierzig Sklaven für ihn sorgen. Es ißt und trinkt nur aus Schüsseln von purem Gold.«

»Du lieber Himmel, mit dem würde ich jederzeit tauschen«, kicherte Ivatt. »Aber ist er wirklich weiß?«

»Ich glaube, es ist ein Albino.«
Burnaby war ungewöhnlich vergnügt. »Dann müßte ja der Mandarin bester Laune sein«, bemerkte er. »Ich glaube, das ist der richtige Moment, um ihn nach unserer Abreise zu fragen, Constant.«
»Da hast du recht, Richard.« Phaulkons Verstand arbeitete fieberhaft. Wenn er doch nur eine Verbindung zwischen ihrer Anwesenheit und der Entdeckung des weißen Elefanten finden könnte. »Waren in deiner Menagerie Elefanten, Thomas?«
»Ja, zwei aus Indien. Ein Männchen und ein Weibchen.«
»Und warst du an ihrer Dressur beteiligt?«
»Ich war Trapezkünstler. Aber ich hab viel Zeit bei den Dompteuren und den Tieren verbracht, besonders bei den Tieren, die mochten mich sehr gern.«
»Könntest du einen Elefanten dazu bringen, sich hinzuknien?«
»Ich denke schon, wenn er einigermaßen zahm ist. Aber das ist doch nicht etwa wieder ein Anflug von Größenwahn deinerseits, Constant, oder? Der große weiße Elefant kniet vor dem großen weißen Boxer!« Er lachte.
»Genau das ist es«, erwiderte Phaulkon. »Könntest du das schaffen?«
»Oh, mein Gott, nein!« stöhnte Ivatt. »Das meinst du doch nicht im Ernst?«
»Und ob ich das ernst meine«, erwiderte Phaulkon.

Es war früher Abend. Der Gouverneur hatte sein volles Zeremonienornat angelegt. Die Jacke war aus Goldbrokat mit weiten, fließenden Ärmeln, und er trug einen prächtigen Seidenpanung, der mit Gold gesäumt war. Er war aus dem wunderschönen, handbemalten indischen Stoff hergestellt, der unter dem Namen Chit von Masulipatam bekannt war. Seine Majestät der König hatte es ihm persönlich geschenkt, und es war ausschließlich zeremoniellen Anlässen vorbehalten. Sein Schwertträger trug das diamantenbesetzte Zeremonienschwert, ein anderer Sklave ein goldenes Betelkästchen.

Der Hofstaat war ebenso prächtig herausgeputzt. Zu dieser äußerst glücksträchtigen Gelegenheit erschienen zum erstenmal die Damen des Hofes, die Frauen, Töchter und Nichten der Palastbeamten und ihre weiblichen Sklaven, ihre Panungs waren etwas weiter geschnitten als die der Männer. Sunida war ebenfalls dabei, in einem schwarzen Panung, in dem sie umwerfend aussah. Schwarz, mit Silber oder Gold besetzt, war offensichtlich die dominierende Farbe bei Frauen. Im Gegensatz zu den Männern waren ihre Oberkörper nackt, nur eine Schärpe aus schlichtem weißem Musselin war lose um ihre Brüste drapiert. Von ihren Ohren baumelten birnenförmige Ohrringe aus Silber und Gold, und die letzten drei Finger jeder Hand waren mit juwelenbesetzten Ringen geschmückt. Ihre Fingernägel waren sehr lang, da sie nie geschnitten wurden, wie es Brauch bei den Aristokraten war, und der kleine Fingernagel jeder Hand war rot lackiert. Weiße Kalkzeichen über ihren Brüsten zeigten, daß sie an den langen Baderiten teilgenommen hatten. Sie waren von Kopf bis Fuß parfümiert und äußerst anziehend.

Ein beifälliges Raunen begrüßte die drei Farangs, als sie in ihren förmlichen Jacken aus Brokat den Hof betraten. Burnabys Jacke war lächerlich kurz für ihn, aber das schien keinen zu stören. Der Gouverneur winkte sie zu den Kissen neben dem Palat. Der Holländer glänzte durch Abwesenheit.

Sobald alle sich gesetzt hatten, wurden zwölf barbusige Mädchen in den Hof geführt und in die erste Reihe gestellt. Ihre schlichten weißen Panungs bildeten einen scharfen Kontrast zu der überwiegend schwarzen Kleidung der Damen des Hofes.

Eine Trompetenfanfare und das Klirren der Zimbeln kündigten die Ankunft des großen weißen Tieres vor den Palastmauern an. Die Tore wurden aufgerissen, die Wächter fielen zu Boden und das heilige Tier, mit Jasminkränzen geschmückt, geführt von sechs singenden, in Weiß gekleideten Brahmanenpriestern, betrat den Palasthof. Ein riesiger roter Sonnenschirm wurde schützend über das große Tier gehalten,

und vier Mahouts marschierten ehrfürchtig an seiner Seite, um es zu führen.
Phaulkon beobachtete aus dem Augenwinkel, wie die zwölf schönen Jungfrauen vortraten und sich vor ihm zu Boden warfen. Das Tier war etwa zwei Meter vierzig hoch, und seine Haut war cremeweiß, wodurch die Ränder seiner Ohren und die Zehennägel noch heller wirkten. Es blieb vor der schweigenden Ansammlung von Mädchen stehen und musterte sie mit rötlichen Augen. Die Jungfrauen erhoben sich und beugten erwartungsvoll die Köpfe. Plötzlich ging der Elefant zielsicher auf eine Hübsche in der Mitte zu und hob seinen Rüssel zu den nackten Brüsten.
Das junge Mädchen gab sich mit Freuden hin, hingerissen von der Ehre, die Auserwählte zu sein. Sie schloß die Augen und hob respektvoll die gefalteten Hände zur Stirn. Sie blieb reglos stehen, während der Rüssel ihre Brüste und ihren Nabel abtastete und dann an ihren nackten Schultern schnüffelte. Nach einer Weile warf das königliche Tier einen kurzen Blick auf die anderen Mädchen und ging dann an ihnen vorbei. Das glückliche Mädchen, das die Ehre gehabt hatte, von ihm liebkost zu werden, würde zur Gefährtin für Seine Majestät den König bestimmt werden.
Geführt von den Mahouts, ging der Elefant zum Gouverneur. Der kauernde Palat reichte seinem Herrn eine goldene Schüssel voller Zuckerrohr, Kuchen und Früchte. Der Gouverneur kniete sich persönlich vor den Elefanten und bot ihm die Gaben dar. Das Tier verschlang alles gierig mit zwei schnellen Bewegungen seines Rüssels, und die Schalen wurden von wartenden Sklaven sofort wieder gefüllt.
Der Gouverneur zog sich zurück. Jetzt war der Palat an der Reihe. Aber zum Entsetzten der Menge schlurfte Ivatt nach vorn, anscheinend wollte er die Ehre, die nächste Portion zu reichen, für sich selbst in Anspruch nehmen. Der verwirrte Palat sah sich hilfesuchend nach dem Gouverneur um, und zwei Wachen traten vor, alarmiert durch diese unerwartete Verletzung der Etikette. Alle Anwesenden hielten den Atem an.

Ivatt lächelte den Wachen beschwichtigend zu, dann warf er sich in Gebetsstellung vor dem Elefanten auf den Boden. Jetzt begann er, den Paarungsruf nachzuahmen, den er in der Menagerie so oft gehört hatte. Er rückte höflich die goldene Schüssel außer Reichweite des immer noch verwirrten Palats und kroch vorwärts, bis er sich unter dem Bauch des gewaltigen Tieres befand. Eine der Wachen zog sein Schwert und schritt auf Ivatt zu. Aber unglaublicherweise drehte sich der Elefant zu dem Wächter um, und der abergläubische Soldat blieb wie angewurzelt stehen, verwirrt und verunsichert. Der Gouverneur stand reglos da, die Augen starr auf Ivatt gerichtet.
Ivatt fing an, mit seiner freien Hand den Elefanten mit einem Stück Zuckerrohr in der rechten Kniekehle zu streicheln, mit der anderen hielt er ein Büschel Bananen so tief, daß der Elefant sich bücken mußte, um sie zu erwischen. Dann schlug er einmal kräftig mit dem Stück Zuckerrohr in die Kniekehle.
Genau aufs Stichwort trat Phaulkon vor. Er verbeugte sich vor dem Gouverneur und warf sich vor dem Elefanten auf den Boden, im königlichen Gruß. Genau in diesem Moment sank das Tier auf die Knie und packte das Büschel Bananen mit dem Rüssel. Ehrfürchtiges Schweigen senkte sich auf die abergläubischen Menschen, während Phaulkon und das königliche Tier sich offensichtlich gegenseitig huldigten.
Der Gouverneur versuchte, die Zeremonie wieder in die geregelten Bahnen zu leiten. Er machte Phaulkon und Ivatt ein Zeichen, ihre Plätze wieder einzunehmen. Seine Exzellenz ließ den jungen Bauern, der das Tier gefunden hatte, zu sich bringen. Nach uralter Tradition wurde der glückliche Bauer und seine gesamte Nachkommenschaft von allen Steuerpflichten gegenüber der Krone befreit. Zusätzlich erhielt er seinen Dispens vom sechsmonatigen Dienst für den König. Er hatte bereits einem anderen Fürsten gedient, der ihn aus dem Wald in eine komfortablere und angemessenere Umgebung gebracht hatte. Nach Erteilung dieser Ehren befahl Seine Exzellenz, die Straßen, auf denen der königliche Dickhäuter die Stadt verlassen würde, gründlich zu fegen und mit heiligem Wasser zu sprenkeln, und

verlieh einigen hochrangigen Personen das Privileg, ihm während der Nacht zuzufächeln. Schließlich gab er Befehl, den Elefanten im prunkvollsten Stall unterzubringen, wo Priester und Sklaven für sein Wohl sorgen sollten und ihn auf seine monatelange Reise in die Hauptstadt vorbereiten würden.
Bei dem Gedanken an die Ehre, die seiner Provinz zuteil geworden war, und an die Belohnungen, die er persönlich dafür erhalten würde, lächelte der Mandarin zufrieden. Seine Majestät würde ihm ohne Zweifel den Orden des Weißen Elefanten erster Klasse verleihen, und Ligor würde mit Sicherheit zur Provinz des Jahres erklärt. Vielleicht würde es sogar einen Zuwachs seiner *sakdina* geben. Mit zwölftausend Würdezeichen wäre er nicht nur der hochrangigste Provinzgouverneur, er wäre dann der zweithöchste Mann nach dem Barcalon im Königreich.
Trotz allem ging ihm aber der mittlere Farang nicht aus dem Kopf. Konnte es sein, daß dieser Mann aus einem fernen Land, der boxte und sich zu Boden warf und sich fast so würdevoll wie ein Siamese benahm, etwas mit diesen glücklichen Ereignissen zu tun hatte? War er eine Art Bote? Einen Augenblick lang hatte es tatsächlich so ausgesehen, als würden der Besucher und das große weiße Tier sich gegenseitig Ehrerbietung zollen.
Während er beobachtete, wie der königliche Elefant zum Stall geführt wurde und die Versammlung sich auflöste, beschloß er, seinen besten Astrologen zu konsultieren. Dann erteilte er Befehl, Phaulkon heute ruhen zu lassen und ihn am folgenden Abend in seinen Audienzsaal zu bringen.

Die letzten Strahlen der tropischen Sonne tanzten durch das Laubwerk des großen Feigenbaumes, und der Himmel strahlte im sanften Abendlicht, als Phaulkon dem Palat durch den Hof zum Audienzsaal des Gouverneurs folgte. Er hatte fast die ganze Nacht und den folgenden Tag geschlafen, und die Schmerzen waren zwar immer noch da, aber längst nicht mehr so heftig.

Er war allein zur Audienz gerufen worden. Die Siamesen waren wahrscheinlich vertrauter mit Elefanten als jede andere Nation, überlegte er, wahrscheinlich hatten sie Ivatts Trick mit dem Knie durchschaut. Andererseits kannte der siamesische Aberglauben keine Grenzen, wenn es um den legendären weißen Elefanten ging.
Während er mühsam durch den Hof des Gouverneurs humpelte, erinnerte sich Phaulkon daran, wie er eines Abends mit Père le Morin durch das portugiesische Viertel von Ajuthia gegangen war. Sie hatten gerade im Haus ihres gemeinsamen Freundes Mestre Phanik, dem japanischen Händler, diniert, und der kleine Jesuit referierte immer noch mit Feuereifer über das Thema, das das Gespräch bei Tisch dominiert hatte. »Mon cher Constance«, sagte er, »wie soll man einem Volk den Weg des Herrn lehren, das glaubt, die Wahrheit läge darin, einen Tempel zu betreten und die Fragen dem Abbild Buddhas zu stellen?« Der Pater schüttelte niedergeschlagen den Kopf. »Und wißt Ihr, wie man die Antwort bekommt? Man stellt einfach die Frage, betet einen Augenblick, geht dann nach draußen und lauscht den Worten des ersten Passanten, der einem begegnet. Und da hat man dann die Antwort auf seine Frage! Die Wahrheit!«
»Es ist absolut unmöglich, die Siamesen davon abzubringen. Dieser Aberglauben wird ihnen von frühester Kindheit an eingetrichtert.«
Phaulkon konnte den Jesuiten gut verstehen. Es war sicher nicht leicht für ihn. »Aber warum versuchte man überhaupt, dieses glückliche Volk zu bekehren?«
Ein junger Malaie erwartete Phaulkon am Eingang zum Audienzsaal des Gouverneurs. Der Junge verbeugte sich tief und begann in stockendem, aber verständlichem Holländisch: »Auf Bitten Seiner Exzellenz, des Gouverneurs, bin ich von der holländischen Handelsniederlassung hierherbefohlen worden, um Euch zu dolmetschen, Sir. Mein Herr, Mr. Joop, hat dem Gouverneur sein Bedauern ausgedrückt, daß er selbst nicht kommen kann, da er sich nicht so gut fühlt.« Der Junge

verbeugte sich erneut und führte dann Phaulkon in den Audienzsaal.
Phaulkon stieg die Außentreppe bis zur Tür hoch. Er holte tief Luft, verdrängte seine Schmerzen und trat ein. Er blieb mit offenem Mund in der Tür stehen. Der ganze Hofstaat war wieder versammelt, in vollem Zeremonienornat. Er entdeckte Sunida, die ihn voller Stolz ansah.
Phaulkon warf sich in der offenen Tür zu Boden und kroch mühsam auf Händen und Knien auf den Gouverneur zu, der, wie immer, höher als alle anderen saß und ihn eine Weile lang schweigend betrachtete und sich dann an den Dolmetscher wandte.
»Es ist unserer Aufmerksamkeit nicht entgangen, Herr Forcon, daß Euer Besuch hier der Provinz große Ehre gebracht hat. Des weiteren haben mir meine Astrologen ebenfalls versichert, daß Eure Ankunft hier kein bloßer Zufall war. Die Entdeckung des edelsten aller Tiere, kurz nachdem meine Leute Euch das Leben retteten, ist ein Omen, das nicht ignoriert werden darf.« Der Mandarin hielt inne. »Abgesehen von diesen glücklichen Umständen, hat Eure Tapferkeit im Ring mich persönlich sehr befriedigt. Eure Niederlage war keine Schande. Ihr habt Euch erstaunlich gut gegen einen der besten Boxer, den ich je gesehen habe, gehalten. Ich habe versucht festzustellen, wer er ist, aber er ist verschwunden. Er war nicht aus dieser Gegend. Wenn Ihr erlaubt, Ihr solltet Eure Schläge üben.«
Phaulkon wollte etwas sagen, aber der Gouverneur fuhr fort:
»Es steht in meiner Macht, die mit Ehren auszustatten, die meiner Provinz gut gedient haben. Und obwohl Ihr ein Farang seid, sehe ich keinen Grund, daß das Euch von solchen Ehren ausschließt. Ich habe heute eine Depesche an Seine Exzellenz den Pra Klang in Ajuthia vorbereitet, und ein ausführlicher Bericht über Eure Aktivitäten ist soeben zu ihm losgeschickt worden.«
Der Gouverneur unterbrach, damit der Malaie übersetzen konnte, aber Phaulkon hörte die Übersetzung gar nicht. Eine Depesche an den Barcalon! Eine Empfehlung an den vielleicht

höchsten Beamten im Land. Vielleicht hatte er seine Kanonen verloren, aber hatte man ihm da etwa eine andere Möglichkeit eröffnet, sein Ziel doch noch zu erreichen? Es blieben ihnen immer noch fast drei Monate. Die Stimme des Gouverneurs, noch förmlicher als sonst, unterbrach seine Gedanken.

»Kraft meines Amtes als Gouverneur und Hauptrepräsentant Seiner allergnädigsten Majestät in der königlichen Provinz erster Klasse, Nakhon Si Thammarat, verleihe ich hiermit Herrn Kosatanin Forcon den Orden des Weißen Elefanten dritter Klasse.«

Die Verkündung der Verleihung einer so außerordentlichen Ehre ließ ein Raunen durch den versammelten Hofstaat gehen. Phaulkon war sprachlos. Der Orden des Weißen Elefanten dritter Klasse! Das war die höchste Auszeichnung, die ein Provinzgouverneur verleihen konnte. Nur Seine Majestät selbst konnte den Orden erster und zweiter Klasse verleihen. Gab ihm das jetzt vielleicht das Prestige, direkt mit dem Barcalon zu verhandeln?

»Ich denke, es wäre angebracht, wenn Ihr und Eure Freunde einen Teil der Eskorte bildet, die den edlen weißen Elefanten auf seiner Reise nach Ajuthia begleitet. Unter normalen Umständen sollte er eigentlich sofort abreisen, aber ich bin bereit, seinen Aufbruch einen Tag hinauszuzögern, damit Ihr Euch von Euren Verletzungen erholen könnt.«

Phaulkon brauchte eine Weile, bis er seine Stimme wiederfand. »Die außerordentliche Ehre, die Eure Exzellenz diesem demütigen Diener hat zukommen lassen, überwältigt mich. Mein Herz ist erfüllt von Dankbarkeit, und meine übergroße Freude wird nur von meiner Trauer getrübt, daß ich die Provinz eines so ehrenwerten und aufgeklärten Gouverneurs verlassen muß.«

Der Mandarin neigte den Kopf, während der Dolmetscher Phaulkons Worte übersetzte und der Palat einen silbernen Anhänger um Phaulkons Hals legte, eine funkelnde Medaille, auf der ein weißer Elefant eingraviert war, mit dem Namen der Provinz in Goldlettern darunter.

Der Palat war eben an seinen Platz zu Füßen seines Herrn zurückgekehrt, als draußen Aufruhr zu hören war und alle Augen sich der Tür zuwandten. Ein verlegener Wächter warf sich im Eingang zu Boden.

»Mächtiger Fürst, ein Bote von der holländischen Handelsniederlassung hat sich Zugang zum Palast erzwungen. Er besteht darauf, Eure Exzellenz persönlich zu sehen. Die Wachen hätten ihn getötet, wenn er nicht immer wieder versichert hätte, daß die Botschaft von allergrößter Wichtigkeit für Eure Exzellenz sei.«

»Wo ist er jetzt?« fragte der Gouverneur irritiert.

»Mächtiger Fürst, er wird draußen festgehalten.«

»Schickt ihn herein!«

»Mächtiger Fürst, ich empfange Eure Befehle.«

Ein junger Bote, halb Holländer, halb Siamese, erschien in der Tür und blickte nervös auf die Versammlung. Seine strahlendblauen Augen bildeten einen starken Kontrast zu dem orientalischen Gesicht. Er warf sich vor dem Gouverneur auf den Boden und begann in fließendem Siamesisch zu sprechen.

»Mächtiger Fürst, mein Herr, Mr. Joop, hat mich gebeten, Eure Exzellenz darüber zu informieren, daß er einen wichtigen Brief aus Ajuthia erhalten hat. Leider fühlt er sich nicht wohl genug, selbst bei Eurer Exzellenz vorzusprechen, und bittet Euch, ihn dringend in dem holländischen Kontor zu besuchen. Es betrifft die englischen Farangs. Mein Herr hat jetzt alle Beweise, die Ihr verlangt habt.«

Phaulkon wurde flau im Magen. Würden seine Pläne noch in letzter Sekunde zunichte gemacht werden, wo er geglaubt hatte, alles würde sich zu seinen Gunsten wenden? Aber wie konnte ein Brief aus Ajuthia so schnell hierhergelangen? Selbst der schnellste Seetransport dauerte vierzehn Tage, und seit dem Schiffbruch waren erst neun vergangen. Oder war es vielleicht ein Brief, der vor dem Schiffbruch abgeschickt worden war und der irgendeine Information enthielt, die ihm schaden konnte?

Er bemerkte, wie der Gouverneur den Boten mißmutig ansah.

»Wir sind jetzt beschäftigt. Du wirst deinen Herrn informieren, daß wir versuchen werden, Ihn morgen früh zu besuchen.«

»Mächtiger Fürst, ich empfange Eure Befehle.«

Der Bote wollte gerade aufbrechen, als er den Orden an Phaulkons Hals entdeckte. Er erinnerte sich an die Botschaft, die sein Herr ihm für den Farang gegeben hatte, falls er ihm zufällig begegnen sollte. Er wandte sich an ihn und sagte: »Mein Herr weiß jetzt, daß Ihr derjenige seid, der perfekt Siamesisch spricht. Ich soll Euch ausrichten, daß Eure Zeit gekommen ist, Herr Phaulkon.«

Der Gouverneur entließ die Versammlung und verließ den Saal. Phaulkon blieb zurück, allein mit sich und dem Gedanken an die Wut des Mandarins, wenn er erfuhr, daß man ihn gründlich hintergangen hatte.

10

Van Rislings junger Sekretär, Pieter, derselbe eurasische Dolmetscher, der am Tag zuvor die Botschaft überbracht hatte, ging den kahlen Korridor des großen Backsteinhauses, in dem der Außenposten des holländischen Kontors in Ligor untergebracht war, entlang und klopfte an die Tür des Büros seines Chefs. Er war sichtlich erregt. Es passierte nicht jeden Tag, daß der Gouverneur der Provinz, der Pu Samrec Rajakara Meuang mit zehntausend Würdenzeichen, ihnen einen Besuch abstattete. Pieters Mutter, eine Siamesin aus dem Dorf Ban Seri in der Nähe von Ligor, hatte ihm von Kindesbeinen an Respekt vor der Hierarchie des Beamtentums eingeflößt. Voller Ehrfurcht hatte er bereits gestern, aufgrund der Unpäßlichkeit Hassans, des malaiischen Dolmetschers, seinen ersten Auftrag im Palast erledigt. Es erstaunte und verängstigte ihn, daß sein Herr, Heer Joop, ziemlich offen seine Verachtung für die Siamesen zeigte, selbst diesem mächtigen Gouverneur gegenüber, und Pieter hatte sich oft gefragt, ob sein eigener Vater, ein reisender holländischer Kaufmann, der starb, als er selbst noch ein Kind war, dieselbe Einstellung gehabt hatte. Er bezweifelte es. Er hatte noch nie jemanden erlebt, der sich wie Heer Joop benahm. Um ehrlich zu sein, die Manieren seines Herrn waren ein Skandal. Sogar die englischen Farangs benahmen sich würdevoller. Andererseits zahlte Heer Joop sehr gut, und mit dem Geld konnte Pieter seine Mutter, mit der er zusammenlebte, versorgen.

»Herein!« die schroffe Stimme seines Herrn unterbrach seine Gedanken.

In letzter Zeit war Herr Joop sehr einsilbig und reizbar gewesen. Es hatte bei dem Boxkampf begonnen, bei dem der Tiger-Farang sich profiliert hatte. Und seit gestern, nachdem er die Nachricht von der großen Ehre erhalten hatte, die dem kämpfenden Farang zuteil geworden war, war es noch schlimmer geworden. Heer Joop war explodiert, und Pieter hatte

durchs Schlüsselloch beobachtet, wie er schimpfend und fluchend im Büro auf und ab gelaufen war.
Er öffnete die große Holztür zum Büro seines Herrn und lugte vorsichtig hinein.
»Ja, was gibt's, Pieter?«
»Verzeiht die Störung, Sir, aber Seine Exzellenz der Gouverneur ist auf dem Weg. Ein Sklave hat gerade seine Ankunft gemeldet.«
Van Rislings finstere Miene klärte sich auf. Er trommelte aufgeregt mit den Fingern auf die lackierte Oberfläche seines Holzschreibtisches. »Gut. Sorg dafür, daß Seine Exzellenz mit allen Ehren empfangen wird, und verständige mich sofort, wenn er erscheint.« Der Holländer war hoch erfreut über den Besuch des Gouverneurs. Zumindest bewies der Gouverneur damit, daß ihn die Enthüllungen des Holländers genügend interessierten, daß er sich persönlich bemühte. Es wäre längst nicht so gut gewesen, wenn er selbst dem Gouverneur einen Besuch abgestattet hätte, also hatte er Unpäßlichkeit vorgetäuscht.
»Sehr wohl, Sir«, erwiderte Pieter. »Alle Angestellten liegen bereits zu beiden Seiten der Halle und erwarten die Ankunft Seiner Exzellenz.«
»Gut. Jetzt bring mir die weiße Brokatjacke, die offizielle«, befahl van Risling.
Draußen ertönte eine Trompete und Pieter verbeugte sich und verließ eilig das Zimmer.
Kurz darauf kehrte Pieter mit der offiziellen Jacke seines Herrn zurück. Seine Exzellenz der Gouverneur schritt majestätisch durch den Eingang des einzigen Ziegelgebäudes von Ligor, und die von Ehrfurcht überwältigten Angestellten preßten zu beiden Seiten des Wegs ihre Gesichter auf den Boden.
Der holländische Treuhänder schlüpfte hastig in die Ärmel seiner Jacke, erhob sich hinter seinem Schreibtisch und lächelte leutselig, als der Gouverneur in der Tür erschien. Dann verbeugte er sich tief.
»Pieter, den Stuhl!« befahl van Risling und richtete sich wieder

auf. Pieter zog einen Rattanstuhl heran und schob ihn vorsichtig hinter den Gouverneur.
»Die Kissen, Pieter. Bring noch mehr Kissen, du Idiot. Du weißt doch, daß seine Exzellenz höher als alle anderen sitzen will.«
Um ehrlich zu sein, haßte es Seine Exzellenz überhaupt, in diesen unbequemen Vorrichtungen zu sitzen, die die Farangs benutzten. Man konnte weder darauf hocken, noch im Schneidersitz sitzen, weil die Armstützen im Weg waren. Man war gezwungen, eine lächerliche Haltung einzunehmen, bei der die Beine vorn herunterbaumelten. Es war besonders schlimm, wenn der Sitz des Stuhls so hoch war, daß man mit den Füßen nicht auf den Boden reichte. Natürlich konnten die Farangs, mit ihren überlangen Beinen, bequem die Füße auf den Boden stellen.
Seine Exzellenz ließ sich angewidert auf dem Stuhl nieder, während sein Betelkästchenträger und der Palat sich links und rechts von ihm auf dem Boden hockten. In respektvollem Abstand kauerte ein halbes Dutzend Sklaven hinter ihrem Herrn. Sein Schwertträger glänzte durch Abwesenheit, ein Zeichen, daß seine Exzellenz die Visite als inoffiziellen Besuch betrachten wollte.
»Eure Exzellenz, willkommen in unserem bescheidenen Kontor«, sagte van Risling, ungewohnt unterwürfig. »Darf ich Euch eine Erfrischung anbieten?«
»Im Augenblick nicht, danke, Herr Lidrim.« Der Mandarin beobachtete den Holländer und fragte sich, warum er wohl so nervös war. »Ich bin sehr beschäftigt, und nur die Dringlichkeit Eurer Botschaft hat mich dazu veranlaßt, meine Verpflichtungen zu unterbrechen. Mein Besuch, fürchte ich, kann nur von sehr kurzer Dauer sein.«
»Natürlich, Eure Exzellenz, ich verstehe und werde sofort zur Sache kommen. Eure Exzellenz, es ist meine Pflicht, Euch zu informieren, daß, trotz gegenteiliger Behauptung, ein Mitglied der englischen Kompanie fließend Siamesisch spricht. Und jetzt wissen wir, wer es ist. Es schmerzt mich, solchen Verrat

enthüllen zu müssen, wo ich doch mit eigenen Augen gesehen habe, mit welcher Höflichkeit Eure Exzellenz diese Person empfangen hat.«

Der Gouverneur machte einen Schmollmund. »In der Tat? Und welchen Beweis habt Ihr für diese Beschuldigung, Mr. Lidrim?«

Der Holländer öffnete seine Schreibtischschublade und zog einen Brief heraus. Er trug das offizielle Siegel der holländischen Ostindischen Kompanie und war datiert: Ajuthia, den 4. Dezember 1679 — sechzehn Tage alt. Der Inhalt war in Holländisch abgefaßt. »Pieter«, sagte er zu dem jungen Sekretär, »würdest du das bitte für Seine Exzellenz übersetzen.«

Pieter griff mit zitternder Hand nach dem Brief. Auf Ellenbogen und Knien liegend, begann er mit der Übersetzung:

> Mein lieber van Risling,
> im Anschluß an meine kürzliche, dringende Depesche betreffs der geheimen Aktivitäten der englischen Kompanie habe ich jetzt die umfassenden Nachforschungen beendet und kann über jeden Zweifel bestätigen, daß einer ihrer Treuhänder ausgezeichnet Siamesisch spricht. Es ist ein junger Mann, mit Namen Thomas Ivatt, dessen profunde Kenntnisse der siamesischen Sprache von mehreren Quellen bestätigt wird: zwei französische Jesuiten, drei portugiesische Kaufleute, sein gesamtes Hauspersonal und ein hochrangiger Offizier des Handelsministeriums, Nai Prasert, mit dem Herr Ivatt Geschäfte getätigt hat, bestätigen das.
>
> Ihr werdet zweifelsohne diese Information an seine Exzellenz den Gouverneur von Ligor weiterleiten, der in seiner Weisheit sicher die entsprechenden Maßnahmen ergreifen wird. Herr Ivatt wird seine Kenntnis der Sprache vermutlich leugnen, aber ich bin mir sicher, Seiner Exzellenz wird es gelingen, die Wahrheit aus ihm herauszupressen.
>
> Wir wissen jetzt ohne jeden Zweifel, daß die Dschunke

Royal Lotus illegal Kanonen die Küste von Siam entlang transportierte, und wir sind der festen Überzeugung, daß diese Waffen für die Rebellen in Pattani bestimmt waren.
Es ist uns eine Genugtuung, daß wir diesen Akt des Verrats rechtzeitig entdeckt haben und Siam, unserem alten Freund und Verbündeten, einen Dienst erweisen können.
Ich bitte Euch hiermit, diese Information unverzüglich weiterzuleiten, und, falls nötig, seid Ihr befugt, diesen Brief mit unserem Amtssiegel Seiner Exzellenz, dessen Ruf als würdiger und fähiger Mann uns hinreichend bekannt ist, weiterzureichen.

Pieter hob den Kopf: »Der Brief ist unterzeichnet von Aarnout Faa, Geschäftsführer der ehrenwerten holländischen Ostindischen Kompanie in Ajuthia.«
Der Gouverneur hatte der Lesung des Briefes mit gleichbleibend ernster Miene gelauscht. »Und dieser Brief ist gerade eingetroffen? War es eine Antwort auf einen Brief von Euch, Herr Lidrim?«
»Nein, Eure Exzellenz«, erwiderte der Holländer. In diese Falle würde er nicht tappen. »Der Bericht, den ich nach dem Schiffbruch nach Ajuthia geschickt habe, kann ja noch gar nicht dort sein.«
»Darf ich den Brief sehen, Herr Lidrim?«
»Natürlich, Eure Exzellenz«, erwiderte van Risling. »Ich habe mir die Freiheit genommen, eine siamesische Übersetzung auf der Rückseite erstellen zu lassen. Diese wurde gerade von Pieter hier vorgelesen.« Er reichte dem Mandarin den Brief.
Der Gouverneur las den Brief durch und schaute ihn dann nachdenklich eine Weile an. »Ah, ja, ich erkenne das Siegel Eurer ehrenwerten Kompanie. Ich würde dieses Dokument gerne als Beweisstück mitnehmen, Herr Lidrim, natürlich nur mit Eurer Erlaubnis.«
Der Holländer strahlte. »Aber natürlich, Eure Exzellenz. Und

wenn ich Euch sonst noch irgendwie behilflich sein kann, zögert nicht, mich zu rufen.«

»Das werde ich, Herr Lidrim, das werde ich. In der Zwischenzeit wäre ich Euch sehr dankbar, wenn Ihr mir heute abend Euren Dolmetscher in den Palast schicktet.«

»Mit Vergnügen, Eure Exzellenz.«

»Nun gut. Ich werde Euch jetzt verlassen. Es war sehr lehrreich, Herr Lidrim. Danke.«

»Ich habe Eurer Exzellenz zu danken, daß Ihr Euch trotz Eurer vielen Verpflichtungen die Zeit genommen habt.«

Der Gouverneur erhob sich, und van Risling begleitete ihn mit einer tiefen Verbeugung zur Tür.

Als der Holländer einen Augenblick später an seinen Schreibtisch zurückkehrte, strahlte er vor Zufriedenheit. Der junge Mann, Ivatt, würde unter der Folter wesentlich schneller nachgeben als dieser Teufel Phaulkon.

Phaulkon lag auf dem Bett und versuchte, seine Gedanken zu ordnen. Was wußte dieser verfluchte Holländer wirklich? Eines war sicher, was für eine Information auch immer aus Ajuthia eingetroffen war, es konnte keine Antwort auf einen Brief van Rislings nach dem Schiffbruch sein.

Phaulkon wußte, daß der Gouverneur die Abreise des weißen Elefanten nicht mehr länger hinauszögern würde. Das königliche Tier hätte sofort nach seiner Gefangennahme zum König aufbrechen sollen. Morgen bei Sonnenaufgang würde die Prozession abreisen. Und er mußte dabeisein.

Sunida war bereits zweimal hereingeschlichen, um zu sehen, wie es ihm ging, und war auf Zehenspitzen wieder hinausgeschlichen, weil er sich schlafend gestellt hatte.

Sie hatte sich neben ihn gekniet, sanft seine Schläfen massiert und ihm zugeflüstert. »Wie mein Herz trauern wird, wenn du fort bist, mein schöner Farang. Werde ich dich jemals wiedersehen?« Nur zu gerne hätte er sie, so wie gestern, geliebt, aber er schlief ja angeblich. Die Trauer in ihrer Stimme hatte ihm in der Seele weh getan, und in diesem Augenblick hatte er die Entscheidung verflucht, ihre Sprache nicht sprechen zu können. Zu seinem Erstaunen mußte er feststellen, daß sein Wunsch, Ajuthia bald zu erreichen, tatsächlich von dem Gedanken, sie zurücklassen zu müssen, etwas getrübt wurde. Konnte er sie denn nicht mitnehmen, fragte er sich. Aber, stand es ihr denn überhaupt frei mitzugehen?

Er hob den Kopf aus den Kissen und schaute zum offenen Fenster. Die Tür stand ebenfalls offen, wahrscheinlich eine Anweisung des Arztes, damit das Gleichgewicht der Luft im Körper des Patienten wiederhergestellt werden konnte. Am Stand der Sonne sah er, daß es später Nachmittag war. Nur noch eine Nacht, dann war er auf dem Weg nach Ajuthia, in Sicherheit, zumindest vorübergehend. Für heute abend bereitete Ivatt eine akrobatische Abschiedsvorstellung zur Unterhaltung des Gouverneurs vor.

Phaulkon wurde übel, als ihm plötzlich ein Gedanke kam. Wie sollte er mit dem Barcalon siamesisch sprechen, nachdem er die ganze Zeit jegliche Kenntnis der Sprache abgestritten hatte? Aber die Frage war ohnehin nur theoretisch, das war Phaulkon klar. Nachdem er jetzt so bekannt war, würde sich der mächtige Barcalon sicherlich genauestens über ihn informieren, und mit seinen Scharen von Spionen würde es ihm sicher gelingen herauszufinden, daß der Farang seine Sprache beherrschte.

Sunida, in einem fließenden blauen Panung, lugte wieder zur Tür herein. Sie lächelte glücklich, als sie sah, daß er wach war, und ließ sich graziös neben ihm nieder.

Dann zog sie kichernd einen Brief aus ihrem Panung. Phaulkon nahm den Brief, tat so, als würde er die holländische Unterschrift lesen, und überflog rasch den siamesischen Text. Er las mit teilnahmsloser Miene die Einladung des Holländers, in der er sie bat, seine Geliebte zu werden und mit ihm in dem holländischen Kontor zu leben. Der Brief war siamesisch geschrieben, vermutlich von dem Dolmetscher, die Unterschrift war die van Rislings.

Er zeigte auf das große kindliche Gekritzel der Unterschrift und sagte lachend: »Herr Lidrim?« Sie nickte und versuchte,

ihm in Zeichensprache zu erklären, daß er sie gebeten hatte, seine Unterfrau zu werden. Dann schnitt sie eine angewiderte Grimasse und schüttelte heftig den Kopf.
Er lachte, aber innerlich war er wütend und fühlte den plötzlichen Drang in sich, sie zu besitzen und von hier wegzubringen. Er zeigte andeutungsweise in ihre Richtung, da es unhöflich war, auf jemanden direkt zu zeigen und sagte: »Du und ich, Ajuthia?«
Sie betrachtete ihn eine Weile schweigend und wiederholte dann: *»Nai leh dichan? Pai Ajuthia?«* Er nickte lächelnd, und sie strahlte übers ganze Gesicht. *»Pai! Pai duey!«* Ja, ja, ich werde mit dir gehen!
Er breitete instinktiv die Arme aus, aber die plötzliche Bewegung ließ ihn vor Schmerz zusammenzucken. Sie sah es und schob seine Arme wieder an seine Seite. Sie schaute ihn liebevoll an und legte einen Finger auf seine Lippen, damit er schwieg. Er lächelte, und genau in diesem Augenblick betrat ein Diener den Raum und kündete den Palat an.
Der Stellvertreter grüßte Phaulkon kurz von der Tür aus zu, dann wandte er sich an Sunida. »Seine Exzellenz will den Farang sofort sehen«, sagte er. Etwas am Ton des Palats jagte Phaulkon die Gänsehaut über den Rücken.

Phaulkon lag vor dem Gouverneur auf dem Boden. Seltsam, dachte er, daß kein Dolmetscher anwesend war. Der Mandarin begrüßte ihn knapp und wandte sich dann an den Palat. »Kling!«
»Mächtiger Fürst, ich empfange Eure Befehle.«
»Kling, wir haben überraschende Neuigkeiten erhalten. Die holländische Handelsniederlassung hat mir gerade unumstößliche Beweise geliefert, daß einer der Farangs — der kleine — unsere Sprache fließend spricht.« Der Mandarin holte einen gefalteten Brief aus seinem Tuchbeutel. »Wirklich sehr außergewöhnlich, daß er dieses Wissen die ganze Zeit geheimgehalten hat. Er muß etwas Wichtiges zu verstecken haben. Es wird deine Pflicht sein, Kling, herauszufinden, was genau das ist.«

»Mächtiger Fürst, ich empfange Eure Befehle.«

»Zuerst wirst du den kleinen Farang holen lassen und ihn in den Kerker bringen. Sorge dafür, daß die Tür gut verschlossen ist, du weißt, wie sehr ich solche Geräusche hasse.«

»Mächtiger Fürst, ich empfange Eure Befehle.«

»Du wirst den kleinen Farang auf siamesisch ansprechen, und wenn er sich nach einigen Versuchen noch weigert zu antworten, wirst du seine Zunge abschneiden als Belohnung für seine Unverschämtheit. Dann wirst du mir die Zunge bringen, damit wir sie seinem Freund hier zeigen können.« Der Gouverneur zeigte auf Phaulkon. »Vielleicht wird Herr Forcon hier uns dann erklären können, warum sein Freund die ganze Zeit versucht hat, uns zu täuschen. Geh jetzt, Kling. Und schick den Dolmetscher herein, damit ich mich in der Zwischenzeit mit Herrn Forcon unterhalten kann.«

»Mächtiger Fürst, ich empfange Eure Befehle.« Kling kroch rückwärts aus dem Zimmer.

Der Gouverneur wandte sich jetzt Phaulkon zu, liebenswürdig lächelnd. Phaulkon erwiderte das Lächeln mit großer Mühe. Armer Thomas! Er durfte nicht dulden, daß ihm das passierte. Aber wie sollte er es verhindern, ohne sich selbst bloßzustellen? Ihm schwirrte der Kopf. Selbst die dummen Holländer konnten nicht zu dem Schluß gekommen sein, daß ausgerechnet Ivatt Siamesisch sprach. Es war offensichtlich eine von van Risling gestellte Falle. Aber wenn der Gouverneur ihm glaubte, steckte Ivatt in schrecklichen Schwierigkeiten.

Der eurasische Dolmetscher kam ins Zimmer gekrochen und nahm seinen Platz neben dem Mandarin ein.

»Ich habe Euch gerufen, um mich nach Euren Verletzungen zu erkundigen«, ließ der Gouverneur durch den Dolmetscher übermitteln. »Glaubt Ihr, Ihr werdet morgen früh gesund genug sein, um zu reisen?«

»Ich denke schon, Eure Exzellenz, danke der Nachfrage. Es tut mir nur leid, daß ich die Vorstellung verpassen werde, die Mr. Ivatt für Eure Exzellenz vorbereitet hat. Die Kinder des Palasts sind gerade bei ihm und sehen verzückt den Proben zu.«

»Wie reizend, Herr Forcon. Ich freue mich schon auf die Vorstellung.« Der Mandarin hielt inne. »Übrigens, die holländische Handelsniederlassung hat erstaunliche Nachricht aus Ajuthia erhalten. Wie es scheint, spricht ein Mitglied der englischen Kompanie fließend unsere Sprache.« Er wedelte mit dem Brief.
»Eure Exzellenz, ich wünschte, dem wäre so. Unglücklicherweise schrecken die holländischen Farangs vor nichts zurück, um den Verdacht gegen uns, ihre Rivalen, zu schüren. Würden mir Eure Exzellenz gestatten, den Brief anzusehen?«
»Ich sehe keinen Grund, der dagegen spricht, Herr Forcon. In unserem Land hat der Angeklagte immer das Recht, für sich zu sprechen.« Der Mandarin lächelte freundlich, als ein Sklave Phaulkon den Brief überbrachte.
Plötzlich war ein Schrei von unten zu hören und das Geräusch einer zugeschlagenen Tür. Der Mandarin befahl: »Snit, sorge dafür, daß diese Geräusche nicht gehört werden können.«
»Mächtiger Fürst, ich empfange Eure Befehle.« Snit, der Sklave, kroch schnell rückwärts weg.
Schweißperlen bildeten sich auf Phaulkons Oberlippe. Es war alles vorbei. Er konnte nicht zulassen, daß sie Thomas das antaten.
Er warf einen Blick auf den Brief und wollte gerade mit seiner Beichte beginnen, als ihm etwas auffiel. Irgend etwas schien ihm daran seltsam oder gar vertraut. Und dann wußte er, was es war.
»Sunida! Holt mir Sunida!« Er schrie auf holländisch. »Eure Exzellenz, das sind Lügen, alles Lügen, und ich werde es beweisen.« Er klang so erbost, das sogar Seine Exzellenz es bemerkte. Oh, Thomas, Thomas, gib mir noch ein paar Augenblicke. Wehre dich, Thomas, wehre dich, bitte. Er hörte, wie der Gouverneur einen Befehl erteilte, und ein Sklave verschwand, um Sunida zu suchen.
»Eure Exzellenz«, fuhr Phaulkon fort und zwang sich, ruhig zu bleiben. »Ich habe Schreie gehört. Leidet jemand unter Schmerzen?«
»Ich habe es auch gehört«, erwiderte der Gouverneur, »und ich

habe Snit geschickt, um nachzuschauen. Aber Ihr sagtet, Herr Forcon, die holländischen Anklagen wären unbegründet, wenn ich recht verstanden habe?«

»Richtig, Eure Exzellenz. Und ich weiß, daß in Siam kein unschuldiger Mann ohne Beweis verurteilt wird. Dieser Brief kommt nicht aus Ajuthia, Eure Exzellenz. Er ist hier in Ligor geschrieben worden, und zwar von Herr van Risling selbst.«

»In der Tat? Und wie kommt Ihr darauf, Herr Forcon?«

»Ich werde es Eurer Exzellenz zeigen.« Wo, zum Teufel, blieb Sunida? Warum brauchte sie so lange? Und warum befahl der Gouverneur nicht, die Folter einzustellen? Phaulkon hätte am liebsten den Gouverneur angebrüllt. Aber genau in diesem Moment erschien Sunida in der Tür und warf sich zu Boden.

Der Mandarin drehte sich zu ihr. »Sunida, Herr Forcon hat um deine Anwesenheit gebeten. Wie es scheint, hat er dir etwas zu sagen.«

Sunida warf Phaulkon einen nervösen Blick zu und versuchte schüchtern zu lächeln.

Phaulkon begann mit Hilfe des Dolmetschers zu sprechen: »Du hast mir vorhin einen Brief gezeigt. Hast du ihn noch bei dir?«

»Ihr meint den Brief des holländischen Farangs?« fragte sie.

»Ja, ja«, sagte Phaulkon ungeduldig. »Bitte, zeig ihn mir.«

Damit hatte Sunida nicht gerechnet. Sie hatte ihm den Brief im Vertrauen gezeigt. Aber der Ausdruck auf Phaulkons Gesicht genügte. Sie zog den Brief aus ihrem Baumwollbeutel und reichte ihn ihm.

Er warf einen Blick auf den Brief, dann kroch er rasch zum Gouverneur. »Mit Eurer Erlaubnis, Eure Exzellenz.« Er breitete beide Briefe vor dem Gouverneur auf dem Boden aus. Obwohl der Brief aus Ajuthia mit Aarnout Faa unterschrieben war und Sunidas Brief mit ›Joop van Risling‹, stammten sie offensichtlich aus derselben Feder. Tinte und Kiel waren identisch, ebenso die kindliche Schrift. Selbst für den Gouverneur war es offensichtlich, daß der Brief nicht von Aarnout Faa, dem Chef der holländischen Kompanie in Ajuthia, stammte.

Der Gouverneur nickte zustimmend und schien fast erleichtert über diese Entdeckung. »Sehr überzeugend, Herr Forcon. Wie es scheint, hat Euch der holländische Farang übel mitgespielt. Derartige falsche Anschuldigungen werden nicht unbestraft bleiben. Ah, da kommt Kling.« Er wandte sich an den Palat, der soeben erschienen war. »Nun, Kling, habt Ihr das mit dem Gefangenen erledigt?«
»Mächtiger Fürst, das habe ich. Er ist wieder in seinem Quartier, und ich habe ihm eine junge Kokosnuß in den Mund getan, um die Blutung zu stoppen.«
»Gut. Das wäre dann alles.« Er wandte sich an den Dolmetscher. »Du kannst deinem Herrn ausrichten, daß er von mir hören wird. Ruht Euch gut aus, Herr Forcon.«
Phaulkon war wegen Ivatt so außer sich, daß er nicht einmal sah, wie enttäuscht Sunida ihn anschaute. Oh, Thomas, Thomas, was habe ich dir angetan. Das kann ich mir nie verzeihen. Wütend und zerknirscht stützte sich Phaulkon auf Sunidas dargebotenen Arm und humpelte rasch hinaus. Er mußte Ivatt so schnell wie möglich finden.
Das Geräusch lachender Kinder wurde immer lauter, als Phaulkon, außer Atem und unter schrecklichen Schmerzen, das Ende des Hofes vor Ivatts Haus erreicht hatte. Er blieb wie angewurzelt stehen und sah mit offenem Mund das Schauspiel an, das sich ihm bot.
Ivatt stand auf dem Kopf, umgeben von schreienden Kindern, die versuchten, auf seinen Fußsohlen zu balancieren. Als sie Phaulkon sahen, sprangen sie herunter, und Ivatt schlug einen Salto und landete auf seinen Füßen.
»Beeindruckt von meiner Vorstellung, was, Constant? Solltest du nicht eigentlich im Bett sein?«
»Thomas, deine Zunge ...«
»Was ist damit? Findest du, ich soll sie mir für die Vorstellung blau anmalen?«
Verflucht soll er sein, dieser hinterlistige Mandarin mit den drei Gesichtern, fluchte Phaulkon. Er vergrub sein Gesicht an Sunidas Schulter und brach zusammen.

11

Sie brachen im Morgengrauen auf. Insgesamt waren es sechzehn Elefanten und fünfzig Männer, drei Mann pro Tier, die Lasttiere nicht mitgezählt. Ein Mann saß auf dem Hals des Elefanten und lenkte ihn mit einem scharfen Eisenstachel, ein anderer auf seinem Hinterteil und ein dritter in der Mitte. Für die Farangs und den Nai, der die Expedition leitete, gab es Sänften. Phaulkons Howdah war ein breiter, reich geschnitzter Stuhl, der um den Bauch des Elefanten festgeschnallt war. Er hatte ein hölzernes Dach zum Schutz gegen die Sonne und gestattete einen ausgezeichneten Ausblick auf die Landschaft. Phaulkon war nie zuvor längere Zeit auf einem Elefanten geritten, und anfangs war der unregelmäßige Rhythmus unangenehm. Aber nach einiger Zeit gewöhnte er sich an die schwankenden Bewegungen. Die drei Farangs ritten jeder auf einem Tier, mit einem Mahout zwischen den riesigen Ohren, der das Tier lenkte. Die Tiere schritten im Gänsemarsch dahin.

Die Reise begann im flachen Küstenland, das Meer auf der einen Seite und leuchtend grüne Reisfelder auf der anderen. Die Straße aus tiefrotem Lehm führte direkt an den Reisfeldern entlang. Wasserbüffel starrten die Reisenden gelangweilt an, und kleine Kinder rannten aufgeregt auf sie zu. Sonnengebräunte Bauern mit runden, abgeschrägten Hüten schauten von ihren wassergetränkten Reisfeldern hoch und starrten der Prozession stumm hinterher. Dann fiel ihnen plötzlich der Grund dieser Prozession ein — die Nachricht vom Fund des weißen Elefanten hatte sich wie ein Lauffeuer ausgebreitet —, und sie warfen sich sofort in Demutsstellung in das Wasser ihrer Reisfelder.

Zwei der Elefanten waren schwer beladen mit großzügigen Geschenken des Gouverneurs für seine Majestät den König und seine Exzellenz den Barcalon: Rubine aus der Gegend, Gewürze aus dem holländisch regierten Batavia, juwelenbesetzte Krise aus den malaiischen Staaten weiter südlich und gut erhaltene chinesische Porzellangegenstände, die man kürzlich in der Nähe von Ligor ausgegraben hatte. Aber das prächtigste Geschenk war der weiße Elefant selbst, der ohne jede Last in der Mitte der Prozession dahinschritt, behütet von einem Dutzend Sklaven. Links und rechts von ihm ging jeweils ein Mahout, und eine junge weibliche Gespielin begleitete ihn.

Ein paar Wolken waren über den ansonsten klaren Himmel verteilt, und die Männer wickelten sich zum Schutz gegen die Sonne Tücher um den Kopf. Nur gelegentlich breitete ein Regenbaum seine schattigen Blätter über die Straße. Bambusdickichte und Bananenbäume zierten die Landschaft, und Palmen säumten das nahe Meeresufer.

Obgleich Phaulkon ungeheuer erleichtert war, ging ihm der gestrige Schrecken doch nicht aus dem Kopf, und die Abwesenheit Sunidas war wie ein schmerzender Dorn in seinem Fleisch. Einmal, als die Prozession kurz anhielt, war er abgestiegen und zu Ivatt gelaufen.

Einige der anderen Männer waren ebenfalls abgestiegen und gingen zur Spitze der Prozession, wo eine riesige Python ihnen den Weg versperrte. Sie hatte ein ganzes Schwein verschlungen, und die Umrisse des Tieres waren deutlich im Bauch der Schlange zu erkennen. Die Haut der Schlange war bis zum Platzen gespannt, und sie sah aus, als wäre sie unfähig, sich zu bewegen.

»Sie wird sehr böse werden, wenn man sie beim Verdauen stört«, bemerkte Phaulkon zu Ivatt. Beide Männer waren zur Spitze der Prozession gegangen, um zu sehen, was der Grund für den Aufruhr war.

»Genau wie mein Vater nach dem Sonntagsessen«, kicherte der kleine Mann.

»Steigt wieder auf eure Reittiere«, ertönte Burnabys Stimme von hinten. »Hier wimmelt es vor Skorpionen, und kleine Schlangen gibt es auch.«

»Tante Richard kann's nicht lassen«, bemerkte Ivatt.

»Aber er hat recht«, sagte Phaulkon. »Paß auf, wohin du trittst.«

Der Leitelefant kam zu Hilfe. Geführt von zwei Mahouts wickelte er seinen Rüssel um die zwanzig Fuß lange Python und hob sie wie ein Kran von der Straße. Die Python blieb reglos neben der Straße liegen und beobachtete mit wütendem Blick, wie die Prozession sich wieder in Bewegung setzte.
Vögel in den außergewöhnlichsten Farben — Goldgrün, Gelb und Rubinrot — schwirrten über ihren Köpfen, und Affen trieben ihren Schabernack mit ihnen. Sie passierten Reihen von Baumwollsträuchern, aus denen die Siamesen ihre Panungs herstellten. Baumwolle war der beliebteste Stoff, weil er, selbst wenn er schweißnaß war, nicht kalt wurde und wie Leinen oder Seide an der Haut klebte.
Phaulkon hatte am frühen Morgen beim Gouverneur vorgesprochen und um Erlaubnis gebeten, Sunida mitzunehmen. Der Mandarin hatte einen Boten zum holländischen Kontor geschickt, der den Dolmetscher holen sollte, aber er war nicht auffindbar gewesen. Phaulkon vermutete, daß van Risling, nachdem er von den gestrigen Ereignissen gehört hatte, dem Dolmetscher verboten hatte, in den Palast zurückzukehren.
In Abwesenheit des Dolmetschers war es schwer gewesen, die Gründe für die Ablehnung des Gouverneurs zu verstehen. Phaulkon war sich sicher, daß er seine Bitte verstanden hatte, da er zuerst gezögert hatte, als würde er überlegen, aber dann den Kopf schüttelte und so getan hatte, als würde er nichts verstehen.
Sunida war die ganze Nacht neben ihm gelegen und hatte sanft seine Stirn und seine Schläfen massiert. Er war sich sicher, daß sie nicht geschlafen hatte. Immer wieder hatte sie seine Wunden mit der Salbe, die der Arzt verschrieben hatte, eingerieben und ihm Tee eingeflößt. Beim Erwachen hatte er sie gründlich eingeatmet, und die sanften Berührungen und Liebkosungen hatten ihn erneut in Ekstase versetzt.
Bei Tagesanbruch hatte er versucht, sie dazu zu überreden, mit ihm zum Gouverneur zu gehen und ihn zu bitten, sie mit nach Ajuthia reisen zu lassen, aber sie hatte sich geweigert und darauf bestanden, daß er die Bitte vortrug. Vielleicht dachte sie, es

würde dann so aussehen, als käme die Bitte von ihm, nicht von ihr. Aber es war deutlich, wie gerne sie ihn begleitet hätte.
Als er zurückkehrte, um ihr von der Weigerung des Gouverneurs zu berichten, schlug sie traurig die Augen nieder und klammerte sich fest an seinen Arm. Er hatte ihr, so gut es ging, erklärt, daß er sie nicht vergessen und sobald als möglich zurückkehren würde, um sie zu holen.
Sie schien das zu begreifen und bedeutete ihm durch eine Reihe von Tanzbewegungen, daß sie hier auf ihn warten würde. Sie hatte ihn bis zum Stadtrand begleitet und stolz gelächelt, als ihm der Gouverneur in gebührender Form den Brief an den Barcalon überreichte.
Phaulkon dachte jetzt an den Brief in seiner Tasche und fragte sich, was er wohl beinhaltete. Ein Brief an den großen Barcalon! Das bedeutete noch eine Chance, das Ziel seines Lebens zu erreichen. Mit etwas Glück und sorgsam ausgewählten Worten könnte er den Barcalon vielleicht überreden, Sam Whites Boot mit Gütern aus der Schatzkammer zu füllen — auf Kredit. Er hatte kein Geld, sie zu kaufen. In einem Monat würde er in Ajuthia ankommen, und wenn man zwei Wochen für den Transport der Güter von Ajuthia zur Küste rechnete, blieben ihm nur eineinhalb Monate, um seine Mission zu erfüllen: die Mauren bloßzustellen und den Barcalon zu überzeugen. Es galt, keine Zeit zu verlieren.
Der Tag verging schnell. Die Landschaft wurde wilder, die Reisfelder wichen Gebüsch, und in der Ferne ragten Berge empor. Die Dämmerung nahte, und sie machten Rast und schlugen ihr Lager am Fuße einiger bewaldeter Gebirgsausläufer auf. Morgen würden sie den dichten Dschungel betreten, und die Reise würde wirklich beginnen.
Feuer wurden entzündet, ein großes in der Mitte des Lagers und drei weitere am Rand, um die wilden Tiere fernzuhalten. In dieser Gegend wimmelte es von Tigern und Nashörnern. Der Nai ließ den Farangs Matratzen bringen und dünne Netze, um die Moskitos fernzuhalten.
Die Köche begannen gerade, das Abendessen zuzubereiten, als

plötzlich in der Ferne Schreie zu hören waren, und eine Gruppe Reiter mit schweißnassen Pferden in Sicht kam. Es waren sechs an der Zahl, und sie führten drei Ersatzpferde mit sich. Die Reiter waren schwer bewaffnet mit Schwertern und gabelähnlichen, in Gift getauchten Harpunen, einer von ihnen trug eine Muskete.

Wie seltsam, Pferde an einem Ort wie diesem zu sehen, dachte Phaulkon. Die Tiere waren zwar in Siam sehr zahlreich, doch durch die Beschaffenheit des Terrains und des Klimas waren Elefanten wesentlich besser als Transportmittel geeignet. Nur sie hatten die Kraft, sich durch den dichten Dschungel zu kämpfen, der mehr als die Hälfte Siams bedeckte. Durch die große Hitze und den Mangel an Gras hielten die Pferde nicht lange durch und eigneten sich nur für kurze Strecken über offenes Gelände.

Die Reiter stiegen ab und grüßten den Führer der Expedition. Sie schauten kurz zu den Farangs, bevor sie sich vor dem weißen Elefanten zu Boden warfen. Die Reiter standen in einiger Entfernung, und Phaulkon konnte nicht hören, was sie sagten. Aber es sah aus, als hätten sie vor zu bleiben, da sie ihre Pferde anbanden und sich zum Nai ans Hauptfeuer gesellten.

Die Europäer waren steif und müde vom ungewohnten Ritt auf den Elefanten, und Phaulkons Blutergüsse und Burnabys Fuß waren längst noch nicht geheilt. Obwohl es sicher kaum sieben Uhr war, als sie ihren Reis, das Gemüse und den gepökelten Fisch mit Tee hinuntergespült hatten, waren sie bereits bettreif. Sogar das endlose Summen der Moskitos konnte sie nicht wach halten.

Phaulkon schlief während der Nacht sehr unruhig und wachte kurz vor dem Morgengrauen auf. Er mußte wieder an die Reiter denken. Warum waren sie nicht zu ihm gekommen und hatten ihn begrüßt, fragte er sich. Wußten sie denn nicht, daß er Träger der höchsten Ehre der Provinz war, des Ordens des Weißen Elefanten dritter Klasse. Vielleicht waren sie aber schüchtern und glaubten, daß sie sich nicht mit ihm verständigen konnten.

Er schaute sich um. Die ganze Truppe schlief, bis auf die Wächter, die das Feuer hüteten. Nachts war er mehrmals aufgewacht und hatte gesehen, wie die Reiter bis tief in die Nacht mit dem Nai geredet hatten. Er hatte versucht, etwas zu verstehen, aber die Geräusche des Dschungels und das Feuer hatten die Worte übertönt. Wenn er sich ihnen jetzt näherte, würden sie einfach aufhören zu reden, da war er sicher. Aber wie konnte er nur so mißtrauisch sein. Warum sollte die Ankunft dieser Reiter überhaupt etwas mit ihm zu tun haben? Es war doch nur normal, daß sie bewaffnet waren. Banditen und Räuber waren zwar in Siam rar, aber die wilden Tiere waren Grund genug, Waffen mitzuführen. Aber warum drei extra Pferde, fragte eine innere Stimme. Offensichtlich, um wechseln zu können, erwiderte eine andere.

Er döste wieder ein und wachte plötzlich instinktiv auf. Einer der Reiter war aufgestanden und zum Hauptfeuer gegangen. Er sagte etwas zu den Wächtern, und sie schauten in Phaulkons Richtung. Dieses Mal träumte er nicht. Er musterte sie durch halbgeschlossene Augen. Eines der Pferde wieherte. Und dann hörte er hinter sich ein Geräusch. Es war leise — ein Blätterrascheln und ein abgebrochener Zweig. Etwas näherte sich auch von der anderen Seite. Er sah kurz zu Ivatt und Burnaby. Sie schliefen tief und fest. Er blieb still liegen und versuchte, etwas in den Schatten zu erkennen. Er hielt die Luft an und horchte. Etwas bewegte sich da draußen. War es ein wildes Tier? Oder schlich sich jemand an ihn heran?

Er spähte in die Dunkelheit in die Richtung, aus der das Geräusch kam. Allmählich konnte er einen Umriß erkennen, ganz in der Nähe. Es war sehr groß — ein Baum. Und hinter dem Stamm bewegte sich etwas. Er starrte auf den Schatten. Er ging aufrecht. Ein menschliches Wesen, kein Tier.

Ein erstickter Schrei war aus der Richtung des Schattens zu hören. Phaulkon stützte sich auf einen Ellenbogen und konzentrierte sich auf das Geräusch — es war ein leises Stöhnen. Er konnte eine vornübergebeugte Gestalt erkennen, die mit beiden Händen einen Knöchel umklammerte. Die Gestalt schaute hoch. *»Maengpong!«* flüsterte sie verängstigt, nicht wissend, wer da nahte. Ein Skorpion, der arme Teufel, dachte Phaulkon.

Phaulkon drehte sich um, um einen Wachmann zu rufen, aber die Worte blieben ihm im Hals stecken. Burnaby saß aufrecht da und blinzelte. Einer der Reiter stand über ihm, mit gezogenem Schwert. Ivatt starrte in den Lauf einer Muskete. Drei weitere Männer hatten ihre giftigen Harpunen auf Phaulkon gerichtet. Am Himmel war der erste Schein der Morgendämmerung zu sehen. Das Lager erwachte.

»Sombat ist von einem Skorpion gestochen worden!« schrie jemand im Hintergrund.

»Ich glaube, er ist tot«, sagte ein anderer.

»Verbrennt ihn«, befahl der Führer der Reiter, die Muskete hatte er immer noch auf Ivatt gerichtet. Er zeigte auf die Kleiderbündel am Boden, die wenigen Kleidungsstücke, die der Gouverneur den Farangs auf ihre Reise mitgegeben hatte. »Heb sie auf«, befahl er und schaute Phaulkon an. Die Bedeutung der Worte war unmißverständlich.

Phaulkon sammelte sie langsam ein und beobachtete, wie die Leiche des Mannes zum Feuer gebracht wurde. Im Schein der Flammen begegnete Phaulkon dem Blick des Nai, aber der Führer wandte sich ab, ein stummes Eingeständnis seiner Mittäterschaft.

»Was, zum Teufel, geht hier vor, Constant?« fragte Burnaby.

»Sollen wir sie uns greifen, Constant?« rief Ivatt.

»Jetzt nicht«, erwiderte Phaulkon. »Sie sind in der Überzahl. Ich fürchte, der Hauptmann ist auch beteiligt.«

»Woran beteiligt?« fragte Burnaby.

»Ich hab keine Ahnung«, erwiderte Phaulkon. »Aber wenn diese Pferde aus Ligor kommen, hatten sie keine Schwierigkeiten, uns einzuholen, selbst wenn sie erst einen halben Tag nach uns aufgebrochen sind. Vielleicht ist van Risling wieder etwas Neues eingefallen.«

Einige Männer bedeuteten ihnen zu schweigen. Der Anführer der Reiter sang ein Gebet, dann wurde die Leiche seines Ge-

fährten in die Flammen geworfen. Alle beobachteten, wie das Feuer die Leiche verzehrte. Dann stieg der Anführer auf sein Pferd und machte den Farangs ein Zeichen, ihm zu folgen.
Phaulkon sah sich um. Alle waren wach und beobachteten ihr Schicksal mit seltsamer Gleichgültigkeit. Er warf noch einmal einen fragenden Blick zum Nai, aber der Hauptmann wandte sich ab. Die ganze Sache war offensichtlich geplant.
»Wohin bringen die uns?« fragte Burnaby. »Wir müssen eine Erklärung verlangen.«
»In welcher Sprache?« fragte Phaulkon.
»Warum hast du denn Siamesisch gelernt, wenn du es nie gebrauchst?« fragte Burnaby. »Ich begreife nicht, warum du es nicht von Anfang an benutzt hast. Hätte uns sicher einen Haufen Ärger erspart.«
»Constant ist bis jetzt ganz gut durchgekommen«, warf Ivatt ein. »Laßt uns erst einmal rausfinden, wohin wir gehen.«
Die Pferde begannen zu wiehern, als der Anführer sie losband. Die drei Reservetiere wurden zu den Farangs gebracht und man befahl ihnen aufzusitzen.
»Befolgt bis auf weiteres erst einmal die Befehle«, sagte Phaulkon zu den anderen. »Das halbe Lager ist bewaffnet.« Er hatte recht. Jeder zweite Mann trug eine Waffe gegen die wilden Tiere. Er und Ivatt halfen Burnaby auf sein kleines Pferd. Die Beine des hochaufgeschossenen Engländers reichten fast bis zum Boden.
Das ganze Lager stank nach verbranntem Fleisch, als sie in die Richtung losritten, aus der sie gekommen waren. Orangefarbene Streifen zogen sich über den Horizont, und der Morgenhimmel war durch die Lücken zwischen den Bäumen zu sehen. Der Anführer ritt mit einem seiner Gefährten voraus, und die anderen drei bildeten die Nachhut, mit den Farangs dazwischen. Der Tag wurde hell und sie ritten immer schneller, bis sie schließlich durch den Wald galoppierten.
Am Ende des Waldes empfing sie ein majestätischer orangefarbener Himmel, und sie zügelten ihre schwitzenden Pferde, um sie ausruhen zu lassen. Phaulkon sprach jetzt zum erstenmal, seit sie das Lager verlassen hatten.

»Wie es aussieht, kehren wir nach Ligor zurück. Meiner Meinung nach hat es wenig Sinn zu fliehen. Selbst wenn wir es schaffen, würden wir in unserem jetzigen Zustand nicht weit kommen. Ich glaube nicht, daß sie vorhaben, uns umzubringen, sonst hätten sie uns längst den wilden Tieren überlassen.«

»Ich wette, die verfluchten Holländer stecken dahinter«, murmelte Burnaby. »Karottenbart hat gesagt, wir würden noch von ihm hören.« Der frustrierte Holländer hatte, als er von ihrer Abreise hörte, einen entsprechenden Brief geschickt. Er hatte sich nicht persönlich von ihnen verabschiedet.

»Glaubst du, der Gouverneur steckt dahinter?« fragte Ivatt.

»Wer sonst«, erwiderte Phaulkon. »Diese Leute würden es nicht wagen, uns ohne Befehl zurück nach Ligor zu bringen.«

Gegen Mittag machten sie Rast im Schatten eines riesigen Feigenbaumes und stiegen ab. Die Reiter entzündeten ein Feuer und kochten etwas Reis in einem schwarzen Kessel. Sie bestreuten ihn mit Bambusschößlingen und boten etwas davon den Farangs an. Es gab keine Löffel, und sie aßen alle mit den Fingern.

Phaulkon hoffte, etwas durch ihre Unterhaltung zu erfahren, aber sie wechselten kaum ein Wort miteinander. Nach der Mahlzeit ruhten sie kurz, und als sie weiter ritten, stand die Sonne hoch am Himmel. Die Farangs wickelten sich zum Schutz Tücher um den Kopf.

Sie ritten schweigend weiter, bis sie an ein paar verstreut liegende Bauernhütten kamen, da wußten sie, daß sie sich der Stadt näherten.

In der Ferne waren drei Reiter zu erkennen, die die Straße mit ihren Pferden blockierten. Zwei der Reiter waren bis zur Taille nackt, aber der dritte trug ein weißes Hemd mit dreiviertellangen Ärmeln. Ein hoher Beamter mit zwei Sklaven, dachte Phaulkon. Keiner von ihnen schien bewaffnet zu sein.

Beim Näherkommen erkannten die Europäer den Mann im Hemd. Es war einer der Adjutanten des Gouverneurs, dem Palat unterstellt. Seine platte Nase war unverwechselbar.

Der Adjutant begrüßte die Farangs mit einem Minimum an Aufwand und gab der Eskorte einen Befehl. Die fünf Reiter übergaben Schwerter, Musketen und vergiftete Harpunen an die hemdlosen Neuankömmlinge, die damit wegritten. Dann machte der Adjutant des Gouverneurs den Farangs ein Zeichen, ihm zu folgen, und ihre ursprüngliche Eskorte fiel etwa fünfzig Schritt zurück. Sie folgten ihnen weiterhin in dieser Entfernung, während der Adjutant, allein mit den Farangs, eine umständliche Route wählte, die den Palast des Gouverneurs und die Stadtmitte umging.

Phaulkon kam der Gedanke, daß man wohl möglichst wenig Aufsehen erregen wollte. Sie bogen jetzt links in Richtung Meer ab und erreichten schon bald einen breiten Strand, der sich, so weit das Auge reichte, hinzog. Sie ritten schweigend in mäßigem Tempo die palmgesäumte Küste entlang, bis der Adjutant schließlich anhielt und auf einer hügeligen Sandbank abstieg, von der aus man gute Aussicht aufs Meer hatte. Er winkte den anderen zu, es ihm gleichzutun. Phaulkon schaute zurück und sah, daß die Eskorte ihnen immer noch in einiger Entfernung folgte. Der Adjutant legte eine Hand über die Augen und starrte hinaus aufs Meer. Sie folgten seinem Blick. Ein unschöner Verdacht beschlich Phaulkon. Mit wachsender Unruhe beobachteten alle das Meer und warteten. Es war Ebbe, und weit draußen brachen sich ein paar kleine Wellen.

Plötzlich sahen sie es. Einen Augenblick später war es wieder von einer heranrollenden Welle überspült, aber der Anblick verwandelte ihre Herzen in Eis. Sie starrten fassungslos auf die Stelle, in der Hoffnung, es wäre eine Illusion. Aber es tauchte wieder auf und war diesmal längere Zeit zu sehen.

Deutlich sichtbar ragte eine Kanonenmündung aus dem Meer. Eine der fünf des Meistergießers de Groot, mit denen sie bei der Rebellenkönigin von Pattani ein Vermögen hätten machen können.

12

Du, der Verbrecher, tritt vor!« Der Siamese war starr vor Angst und bewegte sich nicht. Er trug nur einen Lendenschurz, und auf seinem Arm war Hanuman eintätowiert, der Affengott.

»Vorwärts, hab ich gesagt!«

Der Gefangene rutschte einen Schritt nach vorn.

»Streck deine Zunge raus!«

Die Zunge rollte langsam hervor. Der Gefangene wurde von heftigen Krämpfen geschüttelt.

»Auf die Knie!« Der Gefangene sank zögernd zu Boden. Zwei kräftige Männer traten vor. Einer hielt den Kopf, der andere riß ihm den Kiefer auf und klemmte ein Bambusstöckchen senkrecht gegen den Gaumen, damit der Mund offenblieb.

Jetzt trat der Scharfrichter vor, mit einem spitzen Messer in der Hand. Mit einer ruckartigen Bewegung steckte er dem Opfer das Messer tief in den Mund, hinter den Bambusstock und durchtrennte mit einem schnellen Schnitt die Zunge.

Ein schriller, erstickter Schrei, dann hielt der Scharfrichter die Zunge kurz in Richtung des Palats und reichte sie anschließend einem kauernden Sklaven. Ein zweiter Sklave reichte ihm eine junge Kokosnuß, und er steckte sie in den Mund des Opfers. Die Blutung war vorübergehend gestillt, und der Mann wurde weggeführt.

Der drahtige Stellvertreter des Gouverneurs wandte jetzt seine Aufmerksamkeit den Farangs zu. Die drei waren so plaziert worden, daß sie das Geschehen gut verfolgen konnten. Er musterte jeden der drei, bis schließlich sein Blick auf Ivatt ruhte.

»Dieser zuerst!« befahl er.

Sie befanden sich im Hof des Gouverneurs, neben dem großen Feigenbaum. An jedem Ausgang waren bewaffnete Wachen postiert. Der Gouverneur selbst war noch nicht erschienen, und der Palat überwachte die Vollstreckung der Urteile. Abgesehen vom Scharfrichter und seinen Leuten waren nur zwei Assistenten des Palats und ein Dutzend Sklaven anwesend.

Ivatt wurde vor den großen Baum geführt. Muskulöse Hände hatten den Kopf des kleinen Mannes gepackt, sein Kiefer wurde aufgerissen und ein weiterer Bambusstock hineingesteckt. Ein kauernder Sklave hielt eine junge Kokosnuß bereit. Ivatt warf Phaulkon einen verzweifelten Blick zu.

Der Grieche konnte keinen klaren Gedanken fassen, und sein Körper war schweißüberströmt. Wenn Ivatt sich wehrte oder einer von ihnen zu fliehen versuchte, würde die Bestrafung doppelt so hart sein. Es galt als die größte Beleidigung, die Gerechtigkeit des Gouverneurs in Frage zu stellen. Außerdem hatten sie keine Chance, alle Türen waren blockiert, und die Wachen waren in der vierfachen Überzahl.

Der Ausdruck auf Ivatts Gesicht bohrte sich wie ein Messer in Phaulkons Herz. Der kleine Mann war inzwischen sein Freund geworden, und das erste Mal, seit Phaulkon ihn kannte, war kein Lächeln in seinen Augen zu sehen. Phaulkon hörte, wie Burnaby sich neben ihm übergab.

Die massiven Eichentüren des Audienzsaales schwangen auf, und der Gouverneur erschien in zeremonieller Kleidung. Dicht hinter ihm folgte Sunida, die elend und verzweifelt aussah.

Der Mandarin betrachtete das Szenario eine Weile lang vom oberen Treppenabsatz aus, die Hände über seinem stattlichen Bauch gefaltet. Von der üblichen Höflichkeit war nichts zu bemerken, und er musterte die Farangs mit eiskaltem Blick. Die Farangs sahen ihn zum erstenmal seit ihrer Rückkehr in Ligor vor etwa drei Stunden.

Der Gouverneur schritt die Treppe hinunter. »Entfernt seine Zunge!« dröhnte er.

Die beiden stämmigen Männer drückten Ivatt auf die Knie. Im Hof herrschte tödliche Stille. Der Scharfrichter trat vor. Er hob sein Messer.

»Yoooot! Mai tong!« Die Worte durchschnitten die Stille. Der Scharfrichter hielt mit dem Messer in der Luft inne. Phaulkon

warf sich dem Gouverneur zu Füßen. »Aufhören!« wiederholte er auf siamesisch. »Ich flehe Euch an, Eure Exzellenz, ich werde alles erklären. Tut diesem Mann nichts zuleide.« Die Form der Anrede war untadelig, das Siamesisch perfekt. Die Zuschauer und der Mandarin waren fassungslos.

»Ich bin ein Abgesandter Seiner gnadenreichen Majestät, des Königs.« Als der Name des Königs fiel, warf sich jeder Mann außer Burnaby zu Boden. Ivatt blieb auf den Knien.

In diesem Moment trat Joop van Risling, gefolgt von seinem malaiischen Dolmetscher, aus dem Audienzraum des Gouverneurs, keuchend vor Erregung. »Was habe ich Euch gesagt!« rief er triumphierend. »Ich hab gewußt, daß er es ist!« Er schaute schadenfroh von Phaulkon zum am Boden liegenden Gouverneur. Dann wandte er sich an den Dolmetscher. »Deine Dienste werden wir wohl im Augenblick nicht brauchen, was, Pieter? He, he!«

Der Gouverneur erhob sich als erster, und Phaulkon, immer noch auf den Boden liegend, wandte sich an ihn. »Ich, ein wertloser Sklave, bitte inständigst, allein mit Eurer Exzellenz sprechen zu dürfen.« Trotz seiner offensichtlichen Wut zögerte der Gouverneur nur den Bruchteil einer Sekunde, ehe er kurz nickte und in Richtung seines Audienzraumes ging. Oben an der Treppe entließ er Sunida und wandte sich an den Palat.

»Der Scharfrichter wird hier mit dem Gefangenen warten. Keiner verläßt den Hof, bis ich die Erlaubnis dazu gebe. Und sorgt dafür, daß der Dreck weggeputzt wird, den der große Farang gemacht hat.«

Phaulkon folgte dem Gouverneur die Treppe hinauf, dicht gefolgt von dem Holländer, der den malaiischen Dolmetscher hinter sich herschleifte. Am Eingang drehte Phaulkon sich um und sagte zu dem Holländer. »Eure Anwesenheit ist nicht vonnöten, van Risling, ich habe private Angelegenheiten mit Seiner Exzellenz zu besprechen.«

»Für wen haltet Ihr Euch denn, daß Ihr hier Befehle gebt!« brüllte der Holländer ihn an. »Bald wird Euch deshalb die Zunge fehlen.« Er drehte sich zu dem Dolmetscher. »Sag dem

Gouverneur, ich muß an diesem Treffen teilnehmen. Dem Teufel hier kann man nicht trauen.«
Noch ehe der Malaie das übersetzen konnte, sagte Phaulkon zum Gouverneur. »Eure Exzellenz, ich, ein Staubkorn, habe dem mächtigen Fürsten delikate Staatsangelegenheiten zu enthüllen. Sie sind nur für die Ohren Eurer Exzellenz bestimmt.«
Sie standen an der Schwelle des Audienzraumes, und der Gouverneur überlegte kurz, dann wandte er sich an den Dolmetscher.
»Bitte Mr. Lidrim, draußen zu warten.« Als die Worte übersetzt wurden, lief der Holländer rot an und stürmte, Flüche vor sich hin murmelnd, in den Hof hinaus. Über die Schulter warf er Phaulkon einen bösen Blick zu.
»Ich werde vielleicht nicht an diesem Treffen teilnehmen, aber eines versprech ich Euch, ich werde bei Eurer Beerdigung dabeisein!«
Phaulkon folgte dem Gouverneur in den Audienzsaal. Er warf sich auf den persischen Teppich, während der Gouverneur seinen Wachen befahl, sich draußen in voller Alarmbereitschaft aufzustellen. Er drehte sich voller Verachtung zu Phaulkon. »Ihr habt eine Menge zu erklären und nur wenig Zeit dafür. Beginnt.«
»Eure Exzellenz, ich, ein Haar, weiß, wie Euch zumute ist, und ich kann Euch gar nicht sagen, wie schwer mir das alles gefallen ist. Eure unvergleichliche Gastfreundschaft, Eure Großzügigkeit, Eure große Weisheit und Euer Sinn für Gerechtigkeit haben meine Aufgabe noch unangenehmer gemacht. Und wenn sie mir nicht durch den Fürsten des Lebens selbst auferlegt worden wären, mittels seines Pra Klang, hätte ich die Mission von vornherein abgelehnt.« Er hielt inne. »Ihr müßt wissen, Eure Exzellenz, man hat mich geschickt, Euch auszuspionieren.« Nach kurzem Schweigen fing der Mandarin an, schallend zu lachen.
»Wenn man bedenkt, wie wenig Zeit Euch bleibt, tätet Ihr gut daran, sie intelligenter zu nützen. Denn das hier ist wohl die

unverschämteste Unterstellung, die ich je gehört habe.« Seine Augen wurden schmal. »Und außerdem ist es Hochverrat.«
Trotz des bedrohlichen Tones, glaubte Phaulkon, ein winziges Zögern bemerkt zu haben. Er kämpfte um sein Leben, und egal, wie gering sie war, das hier war seine einzige Chance. Er würde sie bis zum Ende durchhalten müssen. »Ich wurde gewählt, Eure Exzellenz, weil keiner je einen Farang verdächtigen würde, die äh ... Rolle eines Kommissionärs zu spielen.«
Phaulkon hatte sich für den Fall, daß man ihn wegen der Sprache ertappte, diese Strategie zurechtgelegt, und er hatte sie Dutzende Male geübt. Sein Freund, Mestre Phanik, der mehr über die Machthierarchie in Siam wußte als jeder andere Außenseiter, hatte ihm einmal erzählt, die Angst vor königlichen Spionen wäre die Achillesferse jedes Provinzgouverneurs.
»Wenn Ihr mir verzeiht, Eure Exzellenz«, fuhr Phaulkon fort, »erwartet man von keinem Ausländer Kenntnis Eurer Sprache. Somit würde sich kein ehrenwerter Gouverneur in Gegenwart eines bloßen Haares wie mir in acht nehmen. Seine gnadenreiche Majestät selbst hat diesen Plan persönlich erdacht, und ich könnte für die Enthüllung hingerichtet werden.«
»Ihr verschwendet unser aller Zeit, auch die des Scharfrichters. Und was ist mit den Kanonen. Warum leugnet Ihr ihre Existenz?«
»Ich transportierte sie nach Songkhla, auf Befehl Seiner Exzellenz des Pra Klang«, erwiderte Phaulkon. »Ich habe einen Eid darauf geschworen, ihre Existenz nicht preiszugeben.«
»*Ihre* Existenz? Es waren mehr als eine?«
»Es waren fünf, Eure Exzellenz.«
»Und warum mußtet Ihr einen Eid leisten?«
»Um die völlige Überraschung zu sichern. Wie Eure Exzellenz weiß, sind die Leute von Songkhla treue Untertanen Seiner Majestät. Ich hatte Befehl, sie den Umgang mit Kanonen zu lehren, damit sie den Pattani-Rebellen, die es gewagt haben, sich gegen den Fürsten des Lebens zu stellen, einen schnellen Todesstoß versetzen können.«
»Ihr habt natürlich einen Brief, der das bestätigt?«

»Unglücklicherweise, Eure Exzellenz, liegt er auf dem Grund des Meeres.«
»Wie praktisch«, bemerkte der Gouverneur mit unverhohlenem Sarkasmus. Es war nicht gerade leicht für ihn gewesen, überlegte er, seit diese Fischer meldeten, daß ein seltsames Objekt aus dem Meer ragte. Wenn er den Mann hinrichten mußte, dem er gerade die höchste Würde der Provinz verliehen hatte, würde er sich zum Gespött aller machen. Das Volk konnte vielleicht eine Kanone nicht von einem Monokel unterscheiden, aber auch der letzte Bauer hatte sicher schon von den Ehren gehört, mit denen er den Farang überhäuft hatte. Und, noch schlimmer, er hatte einen überschwenglichen Bericht an den Pra Klang in Ajuthia geschickt und vorgeschlagen, daß die Regierung vielleicht eine Verwendung für die Dienste des Farang haben könnte. Verflucht sollte er sein, dieser redegewandte Farang mit den zwei Gesichtern. Allein die Vorstellung, daß er ihn wirklich gemocht hatte! Der Bericht war vor zwei Tagen per Elefantenkurier abgegangen, und es gab keine Möglichkeit, ihn zurückzuholen. Die ganze Affäre war ernsthaft peinlich und außerdem möglicherweise gefährlich für ihn. Wie konnte er erwarten, daß er seine Position als Gouverneur halten könnte, wenn der Pra Klang entdeckte, daß er die höchste Würde seiner Provinz an einen Schmuggler verliehen hatte? Selbst wenn er versuchte, die Nachricht zu unterdrücken, würde der Holländer sicher auf die Kanonen aufmerksam machen und die Nachricht in ganz Ajuthia verbreiten.
Er hatte bereits die Eskorte, die die Farangs zurück nach Ligor gebracht hatte, entwaffnen müssen, aus Angst, das könnte Gerüchte in Gang setzen. Alle Wachen waren bei Androhung der Todesstrafe für sie und ihre Familien zum Schweigen verpflichtet worden. Jetzt waren noch zusätzlich die Fragen derer zu klären, die den Farang im Hof siamesisch hatten sprechen hören. Auch sie mußten zum Schweigen gebracht werden.
Bestand denn überhaupt die Möglichkeit, daß die phantastische Geschichte des Farangs ein Fünkchen Wahrheit enthielt? Ein Farang, der in der inneren Sicherheit arbeitet? Seine Maje-

stät würde sich nie zu so etwas herablassen, selbst wenn dieser Farang Siamesisch wie ein Eingeborener sprach. Obwohl das an sich, das mußte er zugeben, erstaunlich war.
Der Farang schien seine Gedanken zu lesen. »Eure Exzellenz, ich, ein Staubkorn, verstehe sehr wohl die Gründe, warum ihr meine Erklärungen anzweifelt. Ich habe kein Berechtigungsschreiben für die Kanonen und kann mich nicht als Kommissionär ausweisen. Es gibt aber vielleicht eine Möglichkeit, meine Unschuld zu beweisen, obwohl es sicher schwierig werden wird, das später Seiner Exzellenz, dem Pra Klang, zu erklären.« Er zögerte kurz. »Eure Exzellenz, ich werde in Eurer Obhut bleiben, während Ihr nach Ajuthia um die Bestätigung meiner Mission schickt. Ich möchte Euch aber inständig bitten, die Nachfrage nur auf die Kanonen zu beschränken, denn wenn bekannt wird, daß ich meine Rolle als Kommissionär enthüllt habe, werde ich sicher hingerichtet. Vielleicht, Eure Exzellenz, wenn die Wahrheit über die Kanonen bestätigt wird, werdet Ihr auch die Wahrheit, was meine Rolle betrifft, akzeptieren.« Phaulkon war sich sehr wohl bewußt, welches ungeheure Risiko er damit einging, aber er mußte vor allem Zeit gewinnen.
Der Gouverneur lächelte etwas gequält. »Also, wenn ich Euch recht verstanden habe, Herr Forcon, hattet Ihr Befehl, die Kanonen nach Songkhla zu liefern, das zwei Tagesreisen weiter südlich liegt, und dabei solltet Ihr gleichzeitig mich ausspionieren? Ihr seid wirklich ein bemerkenswerter Mann.«
»Eure Exzellenz, ich sollte in Ligor zum Proviantnehmen auf dem Weg nach Songkhla anlegen. Was könnte natürlicher sein? Und ich sollte ein paar Tage hierbleiben, um meinen Bericht zu machen. Falls Ihr darauf bestanden hättet, meine Fracht zu durchsuchen, wären meine Dokumente völlig in Ordnung gewesen. Ich darf hinzufügen, daß mein Bericht nur Lob für Eure weise und gerechte Regierung enthalten hätte.«
Wieder wurde das Gesicht des Gouverneurs zu einer undurchschaubaren Maske. Der Vorschlag des Farangs, in Ligor als Geisel zu bleiben, könnte mehr nützen, als nur den Kopf des Man-

nes noch eine Weile auf seinen Schultern zu halten, überlegte er. Es würde auch ihm, dem Gouverneur, eine Möglichkeit geben, sein Gesicht zu wahren. Er konnte den großen und den kleinen Farang nach Ajuthia schicken, um neue Dokumente zu besorgen — falls sie existierten —, und den Boxer als Geisel hierbehalten. Es würde nicht aussehen, als würde jemand gefangengehalten. Er würde eine plausible, öffentliche Entschuldigung für die längere Anwesenheit des Boxers in seiner Provinz finden, als sein Gast natürlich. Er würde die anderen beiden per Boot schicken. Die Farangs waren fürchterlich krank geworden, weil sie das Reisen mit Elefanten nicht gewohnt waren. Gleichzeitig würde er eine neue Depesche an den Pra Klang schicken und ihn von dem Fund der Kanonen unterrichten, um Bestätigung der Geschichte des mittleren Farangs bitten und seine eigenen Vorsichtsmaßnahmen, nämlich ihn als Geisel zu behalten, erklären. Er sah Phaulkon an und lächelte jetzt zum erstenmal wieder.
»Euer Vorschlag scheint mir sehr vernünftig, Herr Forcon. Ich werde Eure Freunde per Boot nach Ajuthia zurückschicken. Ihr dürft keine Verbindung mit ihnen aufnehmen, bis sie mit den Dokumenten zurückkehren, die Euren Status bestätigen. Bis dahin werdet Ihr mein Gast bleiben, und ein Quartier wird im Haupthaus für Euch bereitgestellt. Sunida kann Euch Gesellschaft leisten, wenn Ihr es wünscht.« Es würde sehr nützlich sein, dieses loyale, wache Mädchen als Spion zu haben, jetzt, wo sie sich miteinander unterhalten konnten. »Ah, und noch eines. Der Bericht, den Ihr über meine Provinz vorbereitet habt. Könntet Ihr ihn bis zum Morgengrauen fertigstellen? Wir werden ihn mit demselben Boot nach Ajuthia abschicken.«
»Natürlich, Eure Exzellenz«, erwiderte Phaulkon.
Der Gouverneur erhob sich. »Kling!« rief er. Der Palat kroch geräuschlos aus dem Nebenzimmer herein. »Ich möchte, daß mir jeder Mann im Hof hier vorgeführt wird, auch der allerletzte Sklave, der Zeuge der Ereignisse war. Und schicke die anderen Farangs zurück in ihre Quartiere. Der Boxer wird im

Haupthaus bleiben. Er hat keine Erlaubnis, sich mit den anderen in Verbindung zu setzen.«
»Mächtiger Fürst, ich empfange Eure Befehle.«

Die Abendsonne schien durch das offene Fenster auf den niedrigen Tisch, an dem Phaulkon schrieb. Er befand sich im Hauptpalast und schrieb seinen Bericht an den Pra Klang, den großen Barcalon, dem er noch nie begegnet war. Das einzige, worüber er sich sicher war, war die Form der Anrede. Der Rest würde, ob frei- oder unfreiwillig, mit Hilfe Sunidas zusammengereimt werden. Aber was, wenn der Bericht wirklich an den Barcalon geschickt wurde? Er schob nur den Zeitpunkt seiner Hinrichtung auf, das wußte er. Aber wenn er den Bericht nicht schrieb, würde er sein Täuschungsmanöver eingestehen. Besser, später hingerichtet zu werden als jetzt. Es blieb immer noch die Hoffnung, daß der Bericht, wenn er ihn perfekt formulierte, den Barcalon nicht erreichen würde.
Er spürte Sunidas Präsenz im Zimmer, obwohl er mit dem Rücken zu ihr saß. Sie hüstelte, und er schaute sich um. »Sunida! Was für eine Freude, dich zu sehen!«
»Mein Fürst«, erwiderte sie schlicht. Sie hockte sich auf ihre Fersen. »Verzeiht«, begann sie vorsichtig, »aber warum hat mein Fürst mir nicht gesagt, daß er unsere Sprache spricht?«
Phaulkon hatte mit dieser Frage gerechnet. »Ich fürchte, ich bin nicht befugt, dir das zu erklären. Ich kann nur soviel sagen, es hat nichts mit dem großen Respekt zu tun, den ich für dich empfinde.«
Sunida neigte den Kopf. »Vielleicht wollte mein Fürst Dinge entdecken, die er ansonsten nicht erfahren hätte?« Phaulkon ignorierte die Bemerkung, war aber beeindruckt von ihrer Intuition.
»Ich habe um Erlaubnis ersucht, dich mitnehmen zu dürfen, Sunida. Ich hätte siamesisch mit dir gesprochen, sobald wir Ajuthia erreicht hätten.«
Das schien Sunida etwas aufzuheitern. »Seine Exzellenz hat mich gefragt, ob ich mit Euch gegangen wäre. Ich habe natürlich gesagt, das hätte Seine Exzellenz zu entscheiden.«

»Weil Seine Exzellenz dein Beschützer ist?«
Sunida zögerte. »Weil Seine Exzellenz mein Onkel ist.«
Phaulkon war überrascht. »Dein Onkel?«
Sunida nickte. »Er ist der jüngere Bruder meines Vaters, der von den holländischen Farangs während der Blockade von Menam Chao Phraya getötet wurde.«
»Du meinst, vor zwanzig Jahren, als die Holländer eine Blockade am Fluß errichteten, um Konzessionen zu fordern?«
»Das ist richtig, mein Fürst.« Sie senkte traurig den Kopf. »Ich war gerade erst geboren, und mein ehrenwerter Vater war der Kommandierende General unserer Truppen.«
»Wie furchtbar. Du mußt die Holländer und wohl auch alle anderen Farangs hassen«, sagte Phaulkon erbost.
»Ich hasse niemanden, mein Fürst. Es gibt überall gute und schlechte Menschen, auch in meinem Land.«
»Und deine Mutter, Sunida, was ist mit ihr passiert?«
»Sie hat wieder geheiratet, einen burmesischen Mandarin, als ich noch sehr jung war. Mein Onkel wollte nicht, daß ich in Ava aufwachse, unter den Burmesen — sie sind unsere Rivalen, wißt Ihr —, also hat er mich hierbehalten. Die Frau meines Onkels starb im Kindbett, also war ich wie eine Tochter für ihn. Hinter seinem strengen Äußeren ist er ein sehr gütiger und großzügiger Mann.«
»Und auch ein glücklicher, Sunida, weil er dich hat.« Angesichts dieser Enthüllungen wollte Phaulkon sie fragen, warum ihr Onkel ihr überhaupt erlaubt hatte, bei ihm zu sein, ausgerechnet bei einem Farang, er hielt die Frage aber zu diesem Zeitpunkt für unangebracht.
Sunida sah ihm direkt in die Augen. »Falls mein Fürst sich wundert, wieso Seine Exzellenz mir erlaubt hat, Zeit mit Euch zu verbringen, er hat es erlaubt, weil er Euch persönlich sehr liebgewonnen hat. Die Holländer sind ihm ein Greuel, und er hofft inständig, daß vielleicht Ihr und Eure Landsleute uns helfen könnten, unsere Vorherrschaft wieder zu etablieren.«
»Und hat Seine Exzellenz einen Grund dafür genannt, warum

er sich weigerte, dir die Erlaubnis zu geben, mich zu begleiten?« fragte Phaulkon.
»Seine Exzellenz sagte, ich wäre in der Tanztruppe unersetzlich.«
Und auch in seinem Herzen, wollte Phaulkon schon fast sagen. Er sah sie an. Sie war unermeßlich schön und auch klug. Er spürte, daß sich hinter ihrer Schüchternheit und äußerlichen Unterwürfigkeit ein starker Wille verbarg. Er fragte sich, ob man sie wohl geschickt hatte, um ihn auszuspionieren. Warum sonst sollte der Gouverneur erlauben, daß sie ihm Gesellschaft leistete? Er würde auf der Hut sein müssen, aber er brauchte trotzdem noch mehr Informationen für seinen Bericht.
Und er genoß es, mit ihr zusammenzusein.
Er beobachtete sie wortlos. Würde dieses sanfte, sensible Geschöpf ihn wirklich verraten? Irgendwie mußte es ihm gelingen, von hier zu fliehen, und der Gouverneur, ihr Onkel, würde sie nie fortgehen lassen. Der Gedanke, daß er ihr sicherlich weh getan hatte, indem er ihr seine Sprachkenntnisse verschwiegen hatte, machte ihn traurig. Er sehnte sich danach, sie in den Arm zu nehmen — und sich für alles bei ihr zu entschuldigen. »Es tut mir leid, daß du heute so schreckliche Dinge mit ansehen mußtest«, sagte er reumütig.
»Ich hatte große Angst, mein Fürst. Um den kleinen Farang und um Euch.« Sie zögerte. »Seine Exzellenz hat mir befohlen, alles, was ich heute gehört und gesehen habe, zu vergessen und nie wieder darüber zu reden. Ich muß gehorchen.«
»Es war ein schreckliches Mißverständnis«, sagte Phaulkon.
Sie hob den Kopf. »Wird mein Fürst länger hierbleiben?« Hoffnung aber auch Angst schwang in ihrer Stimme.
Phaulkon zögerte. »Eine Weile sicherlich. Ich habe noch einiges mit Seiner Exzellenz zu besprechen.« Er schien darüber nachzudenken. »Seine Exzellenz ist ein so guter Mann. Ich kann mir denken, daß er in seiner Provinz sehr beliebt ist.«
»Oh, ja, mein Fürst. Er ist gerecht, und das Volk liebt ihn. Ich habe gehört, daß das in anderen Provinzen oft nicht der Fall ist.«

»Hast du je andere Provinzen besucht?« fragte Phaulkon.
»O nein, mein Fürst. Aber vielleicht werde ich eines Tages Ajuthia sehen. Sie sagen, es ist die prächtigste Stadt der Welt.«
»Das ist sie wirklich, Sunida, es gibt keinen wunderbareren Ort. Aber erzähle mir mehr von dieser herrlichen Provinz und ihrem gütigen und gerechten Gouverneur. Ich muß doch meinen Freunden etwas berichten können, wenn ich heimkehre.«
Sunida überlegte einen Augenblick. »Ich weiß nicht, ob ich Euch das erzählen sollte. Es ist wirklich ein Geheimnis. Aber ich möchte so gerne, daß Seine Exzellenz und Ihr ... keine ›Mißverständnisse‹ mehr habt.« Sie hielt inne. »Ihr müßt wissen, Seine Exzellenz liebt Euch wirklich. Es war er, der Euch gerettet hat.«
»Was meinst du damit?«
»Während des Sturms sind ein paar Fischer gekommen und haben Seine Exzellenz informiert, daß ein Schiff in Seenot ist. Seine Exzellenz ist mit dem Großauge ans Ufer gegangen.«
»Dem Großauge?«
»Ja, Ihr wißt schon, das Ding, das sich die Holländer ans Auge halten, damit alles größer aussieht.«
»Ein Teleskop«, murmelte Phaulkon in Englisch.
»Nun, die Holländer haben Seiner Exzellenz das Großauge zum Geburtstag geschenkt. Als Seine Exzellenz am Ufer anlangte, schaute der Holländer bereits durch sein eigenes Großauge. Er sagte Seiner Exzellenz, das Boot hätte eine englische Flagge und daß er einen Bericht erhalte hätte, wonach es Schmuggelware transportierte. Er sollte es mit allen Männern sinken lassen.«
»Woher weißt du das alles?« fragte Phaulkon überrascht.
»Der Palat ...« Sie zögerte. »Er war interessiert an mir.«
Phaulkon verspürte ganz unerwartet Eifersucht. »Und er hat dir all das erzählt, um dich zu beeindrucken?«
Sunida neigte den Kopf. »Mein Fürst.«
»Erzähl weiter«, sagte Phaulkon, und seine Stimme war plötzlich barsch. Er wußte, daß er nicht der erste Mann in Sunidas Leben war, aber es war das erste Mal, daß es ihn störte.

»Seine Exzellenz brauchte die Spezialschnur, die die holländischen Farangs in ihrem Lager aufbewahren. Mein Onkel ist ein gläubiger Buddhist, der großen Respekt vor dem menschlichen Leben hat. Er hat den holländischen Farang davon überzeugt, wenn er helfen würde, das englische Schiff zu retten, und wenn wirklich Schmuggelware an Bord wäre, würden alle Engländer gebeten werden, Siam zu verlassen. Danach konnte der Holländer gar nicht genug tun, um die ertrinkenden Männer zu retten.«

Phaulkon hörte nur mit halbem Ohr zu. Er mußte immer wieder an den Palat denken. Was hatte Sunida gemeint, als sie sagte, er hätte sich für sie interessiert? Bedeutete das ... Seine Augen wurden schmal. Warum machte ihm das so zu schaffen? Er konnte sich nicht daran erinnern, daß seine Gefühle je so mit ihm durchgegangen waren. Dann sah er den Ausdruck auf ihrem Gesicht, und sein Herz schmolz dahin.

Er nahm sie in die Arme. Diskret atmete er den Duft ihrer Wangen und Schultern ein. Er zog sie auf die Matratze, sie glitt aus ihrem Panung und legte sich neben ihn. Er nahm sie und liebte sie, mit mehr Zärtlichkeit und sanfter Leidenschaft, als er es je in seinem Leben gekannt hatte.

Der Palat überreichte in Demutsstellung dem Gouverneur Phaulkons Bericht.

»Du bist sicher, daß er wieder versiegelt werden kann, ohne daß es auffällt?« erkundigte sich Seine Exzellenz.

»Ganz sicher, Eure Exzellenz.«

»Gut, du kannst jetzt gehen.«

»Mächtiger Fürst, ich empfange Eure Befehle«, sagte Kling und kroch rückwärts aus dem Raum.

An dem Bericht war ein Empfehlungsschreiben auf Reispergament angebracht. Der Gouverneur las es, und seine Augen wurden mit jeder Zeile größer. Es war an »Seine erhabenste Exzellenz, den Pra Klang, königlicher Minister für Ausländische Angelegenheiten und Finanzen in Ajuthia« gerichtet und auf diesen zwölften Monat am zwanzigsten Tag nach dem Vollmond im Jahr der Großen Stute datiert. Der Bericht war mit dem Vermerk ›vertraulich‹ versehen.

Eure Exzellenz, ich, ein Haar, habe die Ehre, den Bericht über meine Entdeckungen in der königlichen Provinz von Ligor vorzutragen.
Ich, ein Staubkorn, muß bedauerlicherweise damit beginnen, daß der Gouverneur dieser Provinz es auf Grund eines unglücklichen Mißverständnisses für nötig hält, mich hier festzuhalten, so daß es mir nicht möglich sein wird, meine Pflichten im Ministerium wiederaufzunehmen, bis Eure Exzellenz die Güte haben, meine Reverenzen zu bestätigen. Ich, der Staub zu Euren Füßen, bedauere diese erzwungene Abwesenheit.
Aufgrund der unmißverständlichen Anweisungen Eurer Exzellenz habe ich die Existenz der Kanonen nach dem Schiffbruch geleugnet. Aber nach ihrer darauffolgenden Entdeckung wird Eure Exzellenz verstehen, daß mir keine andere Wahl blieb, als die Wahrheit zu enthüllen. Trotz meines Eingeständnisses und abgesehen von der Tatsache, daß er mir gerade die höchste Würde seiner Provinz verliehen hatte, war der Gouverneur nicht geneigt, mir zu glauben.

Der Gouverneur wurde zusehends blasser, las aber weiter.

Der ehrenwerte Gouverneur ist in jeder anderen Hinsicht ein so weiser und gütiger Herrscher, daß ich gestehen muß, daß eine solch eklatante Fehlentscheidung mich sehr verwundert. Trotz meiner Gefangenschaft hege ich aber keinen Groll gegen den Gouverneur, und wenn Eure Exzellenz die Voreiligkeit dieses Sklaven vergeben wollt, habe ich sogar schon in Betracht gezogen, dem Gouverneur die Kanonen als Geschenk zu überreichen. Das wird Eure Exzellenz, meiner Meinung nach, aus zwei Gründen befürworten. Erstens würden die Ka-

nonen für mich allein nicht genügen, um die Pattani-Rebellen zu vernichten, und zweitens, wenn wir sie dem Gouverneur als Geschenk der englischen Kompanie überreichen würden, könnte das den über die Maßen arroganten Holländern eine Lektion sein.
Zuletzt, Eure Exzellenz, füge ich, das Staubkorn auf Eurem Fuß, einen Bericht meiner Forschungen in dieser Provinz bei, wobei ich Eurer Exzellenz nochmals versichern möchte, daß es mein vorrangigstes Begehren ist, so schnell wie möglich auf meinen Posten zurückzukehren. Mögen Buddha und Eure Erhabenste Exzellenz dem Gouverneur seinen Fehler verzeihen.

Der Gouverneur war sichtlich erregt. Die Anredeform eines so Hochrangigen war makellos. Wie konnte ein Farang damit vertraut sein, wenn er nicht tatsächlich ständig mit ihm in Verbindung stand, fragte er sich beunruhigt. Er wandte sich jetzt dem eigentlichen Bericht zu. Er enthielt eine Schilderung des Schiffbruchs und die Entdeckung der Kanonen, gefolgt von einer bemerkenswert detaillierten Beschreibung von allem, das der Farang seit seiner Ankunft gesehen hatte: die Zufriedenheit der Bevölkerung, der Zustand des Marktplatzes, das Ausmaß von Glücksspiel beim Boxkampf und der allgemeine Respekt für den Gouverneur.
Der Mandarin las den vorhergehenden Absatz noch einmal durch. O Buddha, war es dem Farang auf irgendeine Weise gelungen, diese Information vom Palat zu bekommen? Weil diese Dinge nur der Palat wußte. Aber wie?
Nach einer Beschreibung der Zeremonie, bei der die Fischer die Rettung der Farangs nachgespielt hatten, folgte eine genaue Beschreibung des Streites zwischen dem Holländer und dem Gouverneur über das Schicksal der Engländer. Der Holländer hatte dafür plädiert, sie ertrinken zu lassen, und der Gouverneur hatte sich dem entgegengestellt. Der Bericht enthüllte unmißverständlich, daß es der Gouverneur war, der darauf bestanden hatte, das Leben der englischen Farangs zu retten. Er-

staunlich. Zum erstenmal begann der Gouverneur ernsthaft, Phaulkons Geschichte zu glauben. »Kling!« rief er.
Der Palat kam auf allen vieren herein. »Mächtiger Fürst, ich empfange Eure Befehle.«
»Hast du mit dem Farang gesprochen, der unsere Sprache spricht?«
»Ich, ein Haar, hatte keine Gelegenheit, mit ihm zu reden, seit seine Kenntnis unserer Sprache entdeckt wurde, Eure Exzellenz.«
»Woher kennt er dann die Einzelheiten der Rettung am Strand?« Der Gouverneur klopfte mit seinem Finger auf den Bericht.
Der Palat sah verlegen drein. »Ich, ein Staubkrümel, kann das nicht erklären, mächtiger Fürst.«
Der Gouverneur grunzte unzufrieden vor sich hin und reichte den Brief dem Palat. »Sorge dafür, daß er wieder richtig versiegelt wird, und verwahre ihn an einem sicheren Ort. Schicke den Farang sofort zu mir!«

Die beiden Männer saßen einander gegenüber. »Also, Herr Forcon, Ihr habt Euren Bericht fertiggestellt. Er wird in Kürze mit Euren Freunden auf den Weg geschickt. Ihr werdet in meiner Obhut bleiben. Und Eure Kanonen ebenfalls.«
Auf dieses Stichwort hatte Phaulkon gewartet. Der Gouverneur hatte seinen Bericht natürlich gelesen, obwohl er das nie zugeben würde. »Ich bitte um die Ehre, Eurer Exzellenz diese Kanonen als Geschenk der englischen Kompanie überreichen zu dürfen. Wenn Ihr mir gestattet, das zu sagen, sie würden prächtig im Hof Eures Palastes aussehen.«
»Und Ihr könntet sie dorthin bringen?«
»Das dürfte möglich sein, Eure Exzellenz. Dennoch, während ich den Bericht an den Pra Klang schrieb, konnte ich nicht umhin, daran zu denken, wie wütend der erhabene Minister sein wird, weil ich nicht sofort nach Ajuthia zurückgekehrt bin, um den Verlust der Kanonen zu melden. Er wird sicher andere Maßnahmen ergreifen wollen, um die Rebellen in Pattani niederzuschmettern.«

»All das wird in meinem Bericht stehen, Herr Forcon, also wird Seine Exzellenz ausreichend informiert sein.«
»Natürlich, Eure Exzellenz. Aber ich werde nicht dort sein, um seine Fragen persönlich zu beantworten und Befehle entgegenzunehmen. Angenommen, der königliche Minister will mich sofort mit neuen Plänen nach Songkhla zurückschicken?«
»Worauf wollt Ihr hinaus, Herr Forcon?«
»Nur, daß ich finde, daß ich entlastet werden sollte. Ich bitte untertänigst darum, daß Ihr einen Brief schreibt, in dem ihr meine Situation erklärt: daß ich auf Euren Befehl hier festgehalten werde und daß meine Bitten, mich zur persönlichen Berichterstattung nach Ajuthia zu entlassen, verweigert wurden.«
Der Gouverneur gab sich Mühe, nicht zu zeigen, wie beunruhigt er war. Was, wenn durch irgendeinen Zufall die Mission dieses Farangs wirklich echt war? Die Rebellen in Pattani hatten sich tatsächlich erhoben, und Ajuthia bereitete sich darauf vor, sie zu bekämpfen, das wußte er. Ajuthia wollte sicher um jeden Preis die Holländer dabei raushalten. Aber andererseits, was, wenn der Farang ein Betrüger war? Gab es eine Alternative, eine Möglichkeit, sich wieder einmal alle Optionen offenzuhalten? Er hatte eine Idee.
»Ihr seid nicht selbst der Oberste der englischen Kompanie, nicht wahr, Herr Forcon?«
»Nein, Eure Exzellenz, das ist Mr. Burnaby.«
»Hmm. Vielleicht wäre es angebrachter, wenn der Direktor der Station hier als Geisel zurückbliebe und nicht sein Stellvertreter.«
Phaulkons Herz machte einen Satz, obwohl er deutlich Burnabys entsetztes Gesicht vor sich sah. Aber er war auf jeden Fall derjenige, der eine wesentlich größere Chance hatte, sie in Ajuthia aus dieser Misere zu befreien. »Wie Ihr befehlt, Eure Exzellenz. Aber könnte ich darum bitten, daß Mr. Ivatt mit mir reist? Seine Anwesenheit in der englischen Handelsniederlassung ist dringend erforderlich.«

»Ich glaube, Mr. Burnaby bedarf seiner Gesellschaft während dieser Zeit mehr als Ihr«, sagte der Mandarin listig.

»Wie Ihr wünscht, Eure Exzellenz«, sagte Phaulkon. »Dürfte ich Euch dann darum bitten, daß Ihr mir freundlicherweise die Kopie meines Berichts an Seine Exzellenz den Pra Klang zurückgebt. Ich werde ihn brauchen, um ihn bei meiner Ankunft dem königlichen Minister zu übergeben.«

»Darum braucht Ihr Euch keine Sorgen zu machen, Herr Forcon. Der Bericht wird mit Spezialkurier vorausgeschickt.«

Phaulkon schwieg einen Augenblick. Verdammt. Er hätte wissen müssen, daß der hinterlistige Gouverneur ihn nicht zurückgeben würde. Aber würde er ihn wirklich vorausschicken? »Und wie lange werden meine Freunde hierbleiben, Eure Exzellenz?«

»Bis ihre Abreise von Ajuthia genehmigt wird.«

»Und darf ich sie sehen, bevor ich abreise?«

»Es wird kein Treffen geben.«

»Darf Sunida mich begleiten?«

»Jetzt nicht. Vielleicht später, wenn der Staub sich gelegt hat.«

»Darf ich sofort abreisen?«

»Sobald wir die Kanonen in den Palast gebracht haben.«

»Eure Exzellenz sind sehr gnädig.«

Die beiden Männer verbeugten sich tief voreinander, die Hände respektvoll vor der Stirn gefaltet. Phaulkon wußte, daß der Handel praktisch besiegelt war, wenn man sich mündlich geeinigt hatte.

An diesem Nachmittag, bei Ebbe, mit Hilfe von drei Elefantenbullen und sechs Längen doppelt dicker Schnur aus der grünen Rinde der Kokospalme und einer Armee von Bauern mit Schaufeln und Gebeten, wurde die Kanone aus dem Meer gezogen und auf einen Karren mit Wasserbüffeln im Joch gehoben. In einer großen Zeremonie, in Anwesenheit des gesamten Hofstaats und jedes Würdenträgers der Stadt, wurde die Kanone an Seine Exzellenz, den Gouverneur, offiziell von Constantine Phaulkon im Namen der englischen Kompanie überreicht. Die Dienste der beiden malaiischen Dolmetscher wurden während der ganzen Zeremonie in Anspruch genommen. Es wurde erklärt, daß Burnaby und Ivatt auf Grund einer Unpäßlichkeit nicht teilnehmen konnten. Sie waren nach dem Elefantenritt ernsthaft erkrankt und konnten in nächster Zeit nicht nach Ajuthia reisen. Ebenso unpäßlich war der Holländer. In Wirklichkeit war er sehr damit beschäftigt, einen wütenden Brief an seinen Vorgesetzten in Ajuthia zu schreiben. In diesem empfahl er nachdrücklich, eine Depesche an das englische Hauptquartier in Madras zu schicken, mit allen Details über die heimlichen Aktivitäten ihrer Abgesandten in Siam. Er endete mit der dringenden Empfehlung, sie sofort aus dem Land zu weisen.

Der Gouverneur und der Hofstaat hatten Phaulkon zum Pier begleitet, um ihn zu verabschieden. Das Boot des Gouverneurs, an dem stolz die blauweiße Flagge Ligors wehte, schaukelte sanft, während Sklaven mit Proviantsäcken geschickt die steilen Bambusstufen zum Deck hinaufbalancierten.

Die Ereignisse des gestrigen Tages waren sorgsam totgeschwiegen worden, und die Nachricht von Phaulkons Abreise hatte jeden von Bedeutung zum Hafen gelockt, mit Geschenken für Seine Exzellenz, den Pra Klang. Der geehrte Farang, Empfänger des Ordens des Weißen Elefanten dritter Klasse, verließ die Provinz. Es ging außerdem das Gerücht, daß er eine Empfehlung an den erhabenen Pra Klang von ihrem edlen Gouverneur bei sich trug.

Die Damen des Hofstaates waren überraschenderweise auch anwesend. Sunida, wie immer strahlend, versuchte, Phaulkons Blick zu erhaschen. Sie hatten die letzte Nacht zusammen verbracht, beide mit schwerem Herzen wegen des bevorstehenden Abschieds. Die Blicke, die sie tauschten, sagten mehr als alle Worte. »Ich werde zurückkommen und dich holen«, sagten seine. »Und ich werde dich erwarten«, erwiderten ihre.

Phaulkon war jede weitere Kommunikation mit Burnaby verboten worden, also waren ihm seine Vorwürfe erspart geblieben. Phaulkon bedauerte, daß er keine Gelegenheit gehabt hatte, ihm und Ivatt zu versichern, daß ihre Entlassung aus Ligor sein Hauptanliegen in Ajuthia sein würde. Er war überzeugt, Ivatt wußte das, aber Burnabys Ängste würden ihm vielleicht den Blick trüben.

Der Gouverneur näherte sich ihm mit seinem Dolmetscher. Es war wieder Pieter, und Phaulkon lächelte ihn an, weil er instinktiv wußte, daß der junge Mann ihn mochte. Phaulkon würde nie vergessen, wie der junge Mann gestern für ihn übersetzt hatte, Wort für Wort, gleichgültig, wie wenig schmeichelhaft es für die Holländer gewesen war. Der junge Mann musterte bewundernd den Orden an Phaulkons Hals. Vielleicht war sein eigener Vater so ein Farang gewesen.

»Also, Herr Forcon«, sagte der Mandarin durch den Dolmetscher, »Euer Aufenthalt bei uns ist nun zu Ende. Es war ein sehr fruchtbarer und ereignisreicher, und Euer Besuch war uns eine Ehre. Ich könnte noch hinzufügen, daß unsere Boxer hier neue Techniken in Vorbereitung Eurer Rückkehr studieren werden.« Die Menge quittierte das mit höflichem Lachen. »Wir hoffen, daß Ihr bald zurückkehrt«, betonte er. »Inzwischen möge Buddha Euch sicher auf dieser Reise geleiten.«

Phaulkon warf sich ein letztes Mal zu Boden. »Die Gastfreundschaft Eurer Exzellenz war überschwenglich, und es tut mir leid, daß ich sie noch länger mit der Unpäßlichkeit meiner Begleiter strapazieren muß. Ich hoffe, sie können die Reise bald antreten.«

Das große Fledermaussegel wurde gehißt, die Holzanker eingeholt, und Phaulkon kletterte an Bord und warf einen letzten Blick auf Sunida. Dann steuerte die Dschunke hinaus in die blauen Gewässer des Golfes von Siam.

13

Das kleine Sklavenmädchen Lek saß im Schneidersitz in der königlichen Küche und beendete gerade ihre Morgenmahlzeit aus Reis und Fisch. Sie hielt in einer Hand die Schüssel und löffelte den Inhalt mit Daumen und Zeigefinger in ihren Mund.

Sie war umgeben von vielen anderen Sklaven, die ebenfalls aßen. Alle saßen im Schneidersitz an einem Ende der weitläufigen Küche, während am anderen Ende Köche mit weißen Handschuhen eifrig Hühner rupften und sie in dampfende schwarze Kessel warfen. Die Handschuhe bedeuteten, daß die Hühner für die königlichen Gemächer bestimmt waren, denn kein Essen, das für den königlichen Gaumen zubereitet wurde, durfte von menschlicher Hand berührt werden. Lek stellte die Schüssel in ein großes Becken mit Wasser, grüßte in Richtung der Köche und ging.

Tief geduckt ging sie so unauffällig wie möglich die stetig ansteigenden Korridore zu den Gemächern ihrer Herrin hinauf, der Prinzessin-Königin. Am Ende jedes Gangs stieg sie eine weitere Treppe zur nächsten Ebene hinauf, denn es gab sieben Ebenen von Gängen im Inneren Palast. Die Gemächer der Prinzessin-Königin lagen auf der sechsten Ebene, und nur der Fürst des Lebens selbst wohnte höher.

Sie hatte die fünfte Erhebung erreicht, und schon wurden die Gänge geräumiger und das Dekor ehrfurchtgebietender. Hier waren die Holzstatuen der niedrigeren Korridore aus weißblauem Porzellan, und der Holzboden war mit weichen persischen Teppichen bedeckt, die die Geräusche der Äußeren Pagen, Sklaven und Eunuchen dämpften. Ein gelegentliches Fenster blickte auf die funkelnden Bäche und Teiche unten in den gepflegten Gärten.

Noch eine Treppe, dann hatte sie den sechsten Korridor erreicht, zu dessen beiden Seiten sich die weitläufigen Gemächer der Prinzessin-Königin erstreckten. Lek klopfte das Herz immer bis zum Hals, wenn sie diese ehrwürdige Umgebung betrat. Die Prinzessin-Königin war streng und anspruchsvoll, in letzter Zeit ganz besonders, denn sie verzehrte sich vor Liebe zu Prinz Chao Fa Noi, dem jüngeren Bruder des Fürsten des Lebens. Sie war sehr launisch und wandte sich mehr denn je ihren Büchern zu.

Lek war die Hauptvorleserin der Prinzessin-Königin, und obwohl sie wußte, daß sie ihre Aufgabe sehr gut machte, konnte Lek sich immer erst entspannen, wenn sie sah, daß ihre Herrin ganz in den Text vertieft war.

Das Sklavenmädchen öffnete behutsam die geschnitzten Teakholzpaneele der ersten Tür rechts und betrat das Vorzimmer. Sie schaute hinauf zu dem großen vergoldeten Spiegel, den die Farang-Priester ihrer Herrin geschenkt hatten. Er stand über der alten Manuskripttruhe, die die kleine Lek ein Stück überragte. Sie stellte sich kurz auf die Zehenspitzen, um ihr Spiegelbild zu betrachten — ein schlichtes braunes Gesicht, umrahmt von kurzgeschnittenen schwarzen Haaren. Was für ein Unterschied zum gepflegten Gesicht der Prinzessin-Königin, überlegte sie, mit den großen schwarzen Augen und den feingeölten und parfümierten, glatten schwarzen Haaren, die Lippen mit weißer Pomade bemalt, und den funkelnden Rubinen, die an den Ohren baumelten. Die große, imposante Prinzessin-Königin brauchte sich nicht auf die Zehenspitzen zu stellen, um in den Spiegel zu schauen. Aber in ihren Adern floß auch das edelste Blut des Landes, denn ihre Mutter, die verstorbene Königin Achamalisee, war schließlich die leibliche Schwester ihres Vaters gewesen. Seit dem Tod der Königin hatte es der Fürst des Lebens als angemessen betrachtet, sie in den Rang einer Prinzessin-Königin zu erheben, wodurch sie alle Pflichten ihrer verstorbenen Mutter übernehmen mußte. Also war die einzige Tochter des Königs mit einundzwanzig Jahren regierende Königin, Herrscherin über die fünfhundert Frauen des Palastes — Gemahlinnen, Eunuchen und Sklaven —, und sie begleitete sogar manchmal den Fürsten des Lebens auf seinen Reisen.

Es war die Pflicht Ihrer Majestät, Strafen über diejenigen zu verhängen, die es verdienten, einigen den Kopf zu scheren, anderen die Lippen spalten zu lassen. Das Mädchen erzitterte bei der Erinnerung an ihren Bruder Tawee ... Leks Herrin war in letzter Zeit sehr nervös gewesen, und das Sklavenmädchen fürchtete, das Urteilsvermögen der Prinzessin wäre beeinträchtigt. Die Prinzessin-Königin hatte sich in den falschen ihrer beiden Onkel verliebt, denn Chao Fa Noi war der jüngere der beiden Brüder des Fürsten des Lebens, und es war der ältere, nämlich Chao Fa Apai Tot, der altersmäßig dem Regenten am nächsten stand und der traditionsgemäß die Thronfolge antreten würde. Der Fürst des Lebens erwartete, daß seine Tochter seinen rechtmäßigen Nachfolger heiraten und die Tradition aufrechterhalten würde.

Lek erschauderte unwillkürlich, als sie das Vorzimmer durchquerte und sich der Tür zum Gemach ihrer Herrin näherte. Es war sehr leicht geworden, der Herrin zu mißfallen. Leks Freundin Kalaya, ebenfalls eine Sklavin, die die Nägel des fünften Fingers rot färbte und den königlichen Hals mit aromatischem Parfüm aus Aloeholz betupfte, war soeben bestraft worden, weil sie verräterischen Klatsch verbreitet hatte, und alle Sklavinnen hatten der Bestrafung beiwohnen müssen.

Die tapfere Kalaya hatte nicht geschrien, aber ihr Gesicht war vor Angst und Schmerz verzerrt gewesen, als man ihr den Mund als Symbol des Schweigens von einem Ende zum anderen zugenäht hatte. Natürlich war Kalaya eine Klatschtante. Aber hatte sie wirklich die Lieblingskonkubine des Fürsten des Lebens der Liebe mit einem Farang beschuldigt? Wie konnte das sein, wo doch keine Konkubine den Palast verlassen und kein Farang ihn betreten durfte?

»Lek, bist du das?« Die strenge Stimme ertönte von der anderen Seite der Tür. »Worauf wartest du? Komm sofort herein.«

Prinzessin Yotatep legte ihre Lieblingsepisode der Ramajana beiseite und stieß, genau wie ihre Heldin Sita vor ihr, einen langen Seufzer aus. Wer hätte je gedacht, daß die einzige Tochter des großen Königs Narai sich so elend fühlen könnte? Denn ausgerechnet sie, sie, die sie nach dem Tod ihrer Mutter in den Rang einer Prinzessin-Königin erhoben worden war und die mit »Eure Majestät« tituliert wurde – sie war, schlicht gesagt, liebeskrank.

»Lies weiter und hör nicht auf, bis ich es dir sage«, befahl Yotatep und reichte Lek vorsichtig den großen Folianten, den ihre Großmutter ihr auf dem Totenbett vermacht hatte. Es wäre sicher leichter, ihre verworrenen Gedanken vor dem Hintergrund der beruhigenden Stimme Leks zu ordnen. Das kleine Mädchen war ein Naturtalent im Vorlesen. Sie blieb unermüdlich auf Knien und Händen liegen und konnte drei bis vier Stunden ohne Pause vortragen.

Sie wußte auch, daß Lek bemüht war, ihrer Herrin zu gefallen, besonders seit der Geschichte mit ihrem Bruder. Tawee, einer der Äußeren Pagen Seiner Majestät, hatte Schande über die Familie gebracht, indem er mit dem Finger auf ein üppiges Gericht gezeigt hatte, als es aus der königlichen Küche zum Tisch des Fürsten des Lebens getragen wurde. Der anstößige Finger war natürlich abgehackt worden.

Die Prinzessin warf einen Blick auf Lek und lächelte. Die Lektion, die man ihrem Bruder erteilt hatte, würde dafür sorgen, daß sie zumindest nicht direkt mit dem Finger auf irgend etwas zeigte, das der Prinzessin-Königin gehörte, oder es in die Hand nahm, wie diese Närrin Som es getan hatte. Man stelle sich die Unverschämtheit vor, sie hatte den Elfenbeinkamm direkt in ihre königlichen Hände gelegt, ohne ihn zuerst in die Schale mit dem goldenen Griff zu geben.

Yotatep seufzte, und Leks Stimme rezitierte weiter die vertrauten Geschichten. Für Yotatep war es immer ein Trost, die Reinheit ihrer Blutlinie nachzuvollziehen. Als Tochter der leiblichen Schwester ihres Vaters hatte sie einen makellosen, allgemein anerkannten Stammbaum, durch ein königliches Vorrecht. Inzest war natürlich beim gemeinen Volk nicht gestattet. Gleichgültig, welchen ihrer Verwandten sie heiratete, überlegte die Prinzessin, der Anspruch ihres Ehemannes würde durch die Verbindung mit ihr noch mehr gefestigt. Unvermeidlich wandten sich ihre Gedanken Prinz Chao Fa Noi zu. Wenn doch nur ihr Vater nicht so konservativ wäre, ein Charaktermerkmal, das immer deutlicher hervortrat, je älter er wurde. Mit Vierundfünfzig hatte er schon fast seinen vierten Zyklus abgeschlossen. Sollte sie es wagen und ihn fragen, wie schon so oft? Sie betete ihren Vater an. Sie respektierte seinen Intellekt und bewunderte seinen Gerechtigkeitssinn. Trotz der ungeheuren Last der Staatsangelegenheiten, fand er immer Zeit für sie. Sie hatten zusammen entschieden, welche Mädchen sich am besten für das Palastleben eigneten, denn sobald sie einmal rekrutiert worden waren, durften sie die Mauern des Palastes nicht mehr verlassen. Dennoch gestattete ihr Vater es immer wieder, daß einige von ihren Eltern ausgelöst wurden und nach Hause zurückkehrten. Es war eine wirklich bequeme Methode, Steuern zu erheben.

Sollte sie sich an ihren Vater wenden? Nein, dazu hatte sie nicht den Mut. Allein der Gedanke machte ihr angst, ihm vorzuschlagen, sich gegen die Gesetze der Nachfolge zu stellen. Sie wußte, wie zornig er sein konnte, wenn man sich ihm entgegenstellte. Aber wie konnte sie den Bruder des Mannes, den sie liebte, heiraten? Ihr Vater hatte ihr einmal erzählt, die Nachfolger der Könige Europas wären ihre Söhne anstatt ihre Brüder, aber das war ja absurd. Ein königlicher Sohn war zu jung und unweigerlich unreif. Nur in Ermangelung eines Bruders sollte der Sohn als Nachfolger für den Thron erwogen werden.

Was für seltsame Kreaturen doch diese Farangs waren. Sie fand es höchst erstaunlich, daß der König von Frankreich, den ihr Vater als großen Monarchen bezeichnete, nur eine einzige Frau hatte und anscheinend keinen einzigen Elefanten! Es gab Dinge im Leben, die schwer zu verstehen waren, nicht zuletzt die Tatsache, daß ihr Vater, den die ganze Welt verehrte, insgeheim einen anderen bewunderte: genau diesen Farang-König. Sie hatte ihn dabei ertappt, wie er das Porträt des Farangs – Rouii der Vierzehnte oder so ähnlich – betrachtete, das die französischen Jesuiten ihm geschenkt hatten.

Yotatep wurde noch schwermütiger bei dem Gedanken, daß ihr Geliebter in einen Samtsack genäht und zu Tode geprügelt werden könnte, auf die königliche Art, denn kein Tropfen königlichen Blutes durfte den Boden berühren. In längst vergangener Zeit und bis heute hatten die meisten regierenden Monarchen alle lebenden männlichen Verwandten des vorigen Königs umgebracht und jede seiner weiblichen Verwandten geheiratet, um den Thron zu sichern. Chao Fa Apai Tot, der diese berauschenden Getränke trank, die sein ohnehin leicht aufbrausendes Temperament noch unberechenbarer machten, würde sicher seinen Bruder umbringen.

Chao Fa Apai Tot war alt und verkrüppelt, und er würde sie schlagen, wenn sie ihm mißfiel, was sicher passieren würde, denn schon sein bloßer Anblick widerte sie an. Dieser Gedanke riß sie aus ihrer Lethargie. Wenn sie schon nicht riskieren konnte, selbst mit ihrem Vater zu reden, so würde sie doch wenigstens seine Gefühle über eine andere Quelle ausloten lassen. Sie beschloß, bei Yupin Rat zu suchen, vielleicht sogar vorzuschlagen, daß sie die Sache — egal wie verschlüsselt — dem König vortrug.

Von all den Frauen im Harem ihres Vaters war Yupin die sinnlichste. Sie war eine Schwester General Petrajas, dem Befehlshaber des königlichen Elefantenregiments. Sie war so klug, wie sie schön war, und der König hörte auf sie wie auf keine andere Konkubine. Sie war aber auch eine geschätzte Freundin der Prinzessin-Königin. Ja, Yupin mußte ihr helfen.

Sie schickte Lek ganz unvermittelt aus dem Zimmer. Als das Mädchen gegangen war, rückte die Prinzessin ihren Goldbrokatpanung zurecht und schloß die beiden Filigranknöpfe ihrer weißen Seidenbluse. Dann machte sie sich auf den Weg in die Frauengemächer, um Yupin zu suchen.

Langsam, mit hocherhobenem Haupt, schritt die Prinzessin in die unteren Gemächer hinab, in denen die Konkubinen, Sklaven und Eunuchen untergebracht waren. Die nackten Füße der Prinzessin glitten lautlos über weiche persische Teppiche, während links und rechts von ihr Sklaven und Eunuchen, die wie Frauen gekleidet waren, flach auf dem Boden lagen. Schließlich ging sie die letzte Treppe zur untersten Ebene hinunter und betrat die Gemächer der Konkubinen. Hier waren die Zimmer schlicht und sparsam möbliert — ein paar Kissen, ein oder zwei burmesische Stickereien, ein lackierter Schrank, ein Wasserbehälter und ein oder zwei Abbildungen Buddhas in Holz oder Bronze.

Während sie sich der Tür Yupins näherte, überlegte die Prinzessin, wie sie wohl am besten vorgehen sollte. Sie würde höflich aber streng sein. Wie absurd, dachte sie, daß die einzige Tochter des Königs so leiden mußte, sich nicht einmal sicher war, daß ihre Liebe erwidert wurde.

An der Tür zu Yupins Zimmer warf sich ihr eine junge Sklavin nervös zu Füßen.

»Ich bin gekommen, um deine Herrin zu besuchen, kleine Maus.« Die Prinzessin benutzte das Wort *»Noo«*, kleine Maus, die angemessene Form der Anrede für ein junges Mädchen von niedrigem Rang.

Das Sklavenmädchen zitterte vor Angst. »Große Majestät, ich erhalte Eure Befehle. Meine Herrin ist vom Fürst des Lebens persönlich gerufen worden.«

»Sag deiner Herrin, ich wünsche sie in einer dringenden Sache zu sehen, kleine Maus. Sie soll in meine Gemächer kommen, sobald sie zurückkehrt.« Die Prinzessin drehte sich um und ging.

Die Lieblingskonkubine König Narais des Großen verließ das Gemach des Fürsten des Lebens in bester Laune. Das waren tatsächlich völlig neue und aufregende Aussichten. Aber wie enttäuschend, daß sie zur Geheimhaltung verpflichtet worden war. Mit dieser Geschichte hätte sie jeden Tribut von den klatschhungrigen Kurtisanen fordern können. So etwas hatte es nicht mehr gegeben, seit die Konkubine aus Persien den elf Jahre alten Zweiten Pagen des königlichen Schlafgemachs verführt hatte und beide für ihre Mühe verbrannt worden waren.

Die Befriedigung, die Yupin von den Blicken der Frauen, an

denen sie vorbeiging, erhielt, war ihr im Lauf der Jahre nicht langweilig geworden. Mit zweiunddreißig Jahren wußte sie, daß es kaum eine Frau im Palast gab, die nicht ihre kostbarsten Schätze opfern würde, um das Lager mit ihr zu teilen. Während sie in Richtung ihres Quartiers ging, strich sie mit der Hand über ihre schmale Taille und dachte über ihre neue Aufgabe nach.

Eine ungeheure Ehre hatte Seine Majestät ihr da zuteil werden lassen: Sie sollte eine Frau in den Künsten der Liebe unterrichten, sie die Vollendung exquisiter Manieren lehren und die feineren Techniken der Verführung. Ihre Gedanken kehrten zurück zum königlichen Gemach, wo sie, am Boden liegend, den königlichen Befehl empfangen hatte.

»Man sagt uns, das Mädchen hat natürliche Grazie und Feuer. Aber sie ist aus den südlichen Provinzen und hat die Regeln der Großstadt nie kennengelernt. Du wirst dein ganzes Wissen mit ihr teilen und sie alles lehren, was du weißt. Der Mann, dem sie sich zuwendet, muß in einem Netz gefangen werden, aus dem es kein Entrinnen gibt.« Der Fürst des Lebens hielt kurz inne. »Wie Wir selbst, als du Uns das erste Mal begegnetest, Yupin.«

Es stimmte, überlegte sie, als sie den letzten Wachposten der Eunuchen am Eingang der königlichen Gemächer passierte. Sie, Yupin, hatte keine Rivalin. Es war eine beachtliche Leistung, Favoritin des Fürsten des Lebens zu werden und diese Position fast zwanzig Jahre lang zu halten, und das nicht nur gegen die vielen Frauen edlen Geblüts, die ihm aus den fünfzehn Hauptprovinzen und den vierunddreißig Nebenprovinzen zugeschickt wurden, sondern auch gegen all die Sirenen aus Queda und Jambi und Laos und Pattani und Kambodscha und den zahlreichen Vasallenstaaten, deren Prinzen ihm einen Gefallen tun wollten. Genau wie sie selbst es von Anfang an versucht hatte. Natürlich war sie mit außergewöhnlichen Attributen gesegnet gewesen. Ihr Gesicht, mit den hohen Backenknochen und der zarten Nase, war von vollkommener Symmetrie, und die dunklen, verführerischen Augen versprachen eine Welt des Genusses.

Mit ihrem faltenlosen Gesicht und straffen Busen wußte Yupin sehr wohl, daß sie trotz ihres Alters, in dem man die meisten Frauen als alt bezeichnen würde, immer noch schneller einem Mann den Kopf verdrehen konnte als die jungen Kätzchen, die glaubten, die Welt gehöre ihnen allein. Seine Majestät ließ sie immer noch regelmäßig zu sich bringen, obwohl oft, das mußte sie zugeben, wohl eher, um mit ihr über Hofpolitik oder andere interessante Angelegenheiten zu diskutieren.
Dann hatte Seine Majestät den erstaunlichsten Teil ihrer Mission enthüllt. Diese unerwartete Wendung hatte der ganzen Sache eine besondere Würze gegeben. »Und, Yupin, sei besonders vorsichtig. Das Mädchen, das du ausbilden wirst, ist bestimmt, einem Farang zu dienen. Diese Information wirst du für dich behalten. Aber du wirst versuchen herauszufinden, ob diese Europäer irgendwelche besonderen Neigungen haben.«
Ein Farang, dachte Yupin und war sehr erstaunt. Wer, in aller Welt, konnte das sein? Und warum? Das hatte es noch nie gegeben! Selbst wenn ein Farang wichtig genug war, daß man ihm nachspionierte, wie sollte jemand eine solche Mission ausführen, wenn er nicht einmal die Sprache beherrschte?
Als sie sich ihrem Quartier näherte, kam ihr die kleine Sklavin Nong entgegengelaufen und warf sich im Gang ihr zu Füßen. »Verzeiht Eurer kleinen Maus, Herrin, aber Ihre Majestät, die Prinzessin-Königin, war persönlich hier. Sie will Euch dringend sprechen.«
Yupins Puls beschleunigte. »Sah sie aus, als würde sie etwas brauchen? Einen Dienst vielleicht oder eine Gunst?« Das war vielleicht der Augenblick, auf den sie gewartet hatte.
»Herrin, Ihre Majestät schien sehr nervös.«
»Dann geh und hol ein scharfes Messer aus der Küche, Nong. Und dann komm schnell in mein Gemach. Kein Wort zu irgend jemandem.«
O nein, dachte kleine Maus und rannte los. Nicht schon wieder. Wie ich das hasse. Es sind schon Monate her, seit ... und ich dachte, die Herrin hätte damit aufgehört... Zitternd

schlich sie sich in die Küche, paßte einen Moment ab, in dem die Köche ihr den Rücken zudrehten, griff sich ein Messer und ließ es in den Falten ihres Panung verschwinden. Dann kehrte sie in die Gemächer ihrer Herrin zurück. Yupin hatte bereits ihren Panung über das Knie hochgestreift und saß mit verschränkten Beinen da, das linke Knie hielt sie mit beiden Händen fest.

»Bring das Messer«, befahl sie. Vorsichtig näherte sich Nong.

»So, kleine Maus, bereite mir nicht mehr Schmerzen als nötig. Denk daran, einen tiefen Schnitt beim erstenmal, dann mußt du es nicht noch einmal machen. Und schneide auf demselben Fleck wie das letzte Mal.«

»Ja, Herrin«, wimmerte Nong. Sie sah vage, daß der alte Schnitt fast völlig verheilt war. Dann setzte sie das Messer an der Narbe direkt unterhalb des Knies an und zog die Klinge zur Seite.

Ein spitzer Schrei, und Blut lief aus der offenen Wunde, Yupins Bein hinab und über ihren Fuß. In Sekundenschnelle breitete sich eine Lache auf dem Holzboden aus.

»Schnell, das Tuch«, rief Yupin. Nong eilte los, um ein Tuch von der Bambusstange an der Wand zu holen. Mit zitternden Fingern band sie es um das Knie ihrer Gebieterin. Das Tuch war sofort blutgetränkt, und Nong lief, ein weiteres holen, aber auch das war in kurzer Zeit scharlachrot. Erst nachdem sie sechs von ihnen festgebunden hatte, kam die Blutung zum Stillstand. Nong war ganz schlecht, und sie mußte sich sehr zusammennehmen, um sich nicht in Gegenwart ihrer Herrin zu übergeben.

»Danke, kleine Maus. Ich weiß, es ist nicht angenehm für dich, aber ich vertraue sonst keinem. Vergiß einfach, was du gesehen hast, und du wirst gut belohnt werden. Ich werde jetzt die Prinzessin besuchen.« Yupin verließ das verängstigte Mädchen, das den Boden putzte, und humpelte in Richtung der Gemächer der Prinzessin-Königin los. Sie lächelte. Es gab nur wenige im Palast, die sich nicht an Yupin wandten, wenn es um Probleme des Herzens ging — oder des Körpers.

An der prachtvoll geschnitzten Tür zu den Gemächern der Prinzessin erkannte sie der Eunuch, verbeugte sich und begleitete sie ins Vorzimmer. Der Äußere Palast wurde zwar von bewaffneten Soldaten bewacht, aber im Inneren wurde keiner geduldet, an ihrer Stelle wachten unbewaffnete Eunuchen.
Die Gemächer der Prinzessin-Königin waren sehr luxuriös, geschmückt mit bunten persischen Teppichen, Ming-Vasen und japanischen Seidenparavents. Im Vorraum, in den man Yupin führte, standen goldlackierte Truhen und ein Bücherregal mit buddhistischer Literatur und mehrere niedere, ovale Tische, die von den besten Handwerkern Ajuthias geschnitzt waren.
Nach kurzer Zeit kam die Prinzessin ins Zimmer, und Yupin warf sich sofort zu Boden. Die Prinzessin musterte sie einen Augenblick. Sie war, wie immer, beeindruckt vom Aussehen dieser Konkubine, die sie längere Zeit nicht gesehen hatte. »Ich freue mich, dich zu sehen, Pi«, sagte die Prinzessin lächelnd. Sie hatte zwar einen höheren Rang, aber Yupin war älter, und deshalb redete sie sie höflich mit »Pi«, ältere Schwester, an. »Aber was ist denn mit deinem Knie passiert?« fragte sie entsetzt. »Bist du schwer verletzt?« Blut tropfte aus der Wunde und lief Yupins wohlgeformtes Bein hinunter.
»Es ist nichts, Hoheit. Ich bin im Garten gestolpert und gegen einen spitzen Stein gefallen. Ich wollte gerade einen Arzt holen, als ich von der Aufforderung Eurer Hoheit erfuhr.«
Yotatep drehte sich rasch zu einer Dienerin, die im Gang kauerte. »Plern, hole mir sofort etwas Kokosnußbalsam und ein sauberes Tuch. Schnell!«
»Ich, ein Staubkorn, empfange Eure Befehle, Große Majestät.« Plern kroch eilends rückwärts davon.
»Ich werde dich nicht lange aufhalten, ältere Schwester. Wie ich höre, warst du beim Fürsten des Lebens. Wie geht es meinem verehrten Vater?«
»Der Gebieter des Lebens gehabt sich wohl, Eure Hoheit. Und er war wie immer sehr gnädig zu mir, seiner wertlosen Sklavin.«
Die Prinzessin lächelte. Es stimmte. Ihr Vater war wirklich gnädig.

»Ich weiß, daß du seine liebste Gespielin bist, Yupin. Und das mit Recht.« Ihr Tonfall hatte genau die richtige Nuance Schmeichelei. »Ich weiß auch, daß er dir mehr anvertraut als allen anderen.« Yupin schwieg. »Hat Seine Majestät irgendwelche Hochzeitspläne für seinen Nachfolger erwähnt?«

»Hochzeitspläne für den Nachfolger des Fürstens des Lebens, Eure Königliche Hoheit? Ich, ein Haar, habe angenommen, daß Eure Königliche Hoheit den Nachfolger Seiner Majestät heiraten werden. Wer sonst könnte Eurer würdig sein?«

War Chao Fa Noi wirklich in die Prinzessin verliebt, fragte sich Yupin. Was diese Frage anging, war der Palast in zwei Lager gespalten. Einige meinten, der junge Prinz wäre nur aus politischen Gründen an einer Hochzeit interessiert, da es seinem Anspruch auf den Thron sehr förderlich wäre, insbesondere auf Grund des schlechten Gesundheitszustandes seines Bruders. Andere behaupteten steif und fest, er hätte sich mit der legitimen Nachfolge seines älteren Bruders abgefunden und wäre wirklich in die Prinzessin verliebt. Yupin sah sich die Prinzessin genauer an. Man konnte sie wirklich nicht als schön bezeichnen. Sie war zu groß, geradezu ungelenk, und ihre Schultern waren nach vorn gebogen. Aber sie besaß den Charme ihres Vaters, und man konnte wohl kaum behaupten, daß es ihr an Rang und Reichtum fehlte. Yupin hatte Chao Fa Noi nur einmal gesehen, als er gerade aus den Gemächern Seiner Majestät kam. Er sah recht gut aus und hatte — erwartungsgemäß — auf ihren Anblick reagiert.

»In der Tat«, erwiderte Yotatep, »aber hat Seine Majestät nicht eben Chao Fa Apai Tot verboten, den königlichen Palast zu verlassen, auf Grund seiner Rüpelhaftigkeit und seines liederlichen Verhaltens? Und erwartet mein Vater immer noch, daß so ein Mann sein Nachfolger wird?«

Ehe Yupin antworten konnte, kehrte Plern mit der Salbe und einem sauberen Tuch zurück. Die Prinzessin schickte sie weg und sagte, sie würde die Wunde selbst verbinden. Sie löste den Verband von Yupins Knie und zuckte beim Anblick des tiefen Schnittes zusammen. Vielleicht war es übereilt gewesen, ihre

Dienste anzubieten. Die Wunde sah wirklich böse aus. Auf jeden Fall brauchte man dafür einen Arzt.
Yupins Gesicht verzog sich vor Schmerz, als Yotatep die Salbe auftrug, und die Prinzessin beschloß — mit großem Bedauern —, die Audienz zu verschieben, bis sie den Palastarzt gerufen hatte. Aber Yupin kam ihr zuvor.
»Ich weiß, daß der Fürst des Lebens sehr unglücklich ist über den Gesundheitszustand seines rechtmäßigen Erben und auch über sein unziemliches Verhalten. Er wird die Situation sorgfältig abwägen, da bin ich mir sicher. In seiner Weisheit wird er es vielleicht als notwendig empfinden, mit der Tradition zu brechen und seinen jüngsten Bruder Chao Fa Noi zum Nachfolger bestimmen. Natürlich«, fügte sie hinterlistig hinzu, »wird Chao Fa Nois Wahl einer Ehefrau auch Einfluß auf seinen Anspruch haben.«
Yotateps Herz machte einen Satz, obwohl sie sich redlich Mühe gab, eine Reaktion zu unterdrücken. »Ich glaube, Pi, für das Wohl des Landes werde ich Chao Fa Nois Ehefrau werden.«
»Wenn Ihr gestattet, Königliche Hoheit, ich halte das für eine absolute Notwendigkeit, was das Wohl des Landes betrifft.«
»Würdest du dann diese Ansicht vor Seiner Majestät kundtun, Pi?« fragte sie und versuchte, ihre Erregung nicht zu zeigen.
»Es wäre mir eine Ehre«, erwiderte Yupin. »Vielleicht werde ich die Sache zur Sprache bringen, wenn der Fürst des Lebens mich gnädigerweise das nächste Mal rufen läßt.« Yupin zuckte zusammen und hielt sich das Knie. »Wenn doch nur meine Wunde bald heilen würde. In diesem Zustand kann ich doch nicht vor Seine Majestät treten.«
»Laßt mich sofort den Palastarzt rufen.«
»Eure Königliche Hoheit, ich kenne den Palastarzt. Er ist natürlich ein sehr guter Mann, aber ...«
»Ich weiß, was du meinst«, unterbrach sie Yotatep voller Mitgefühl, »aber er ist der Beste, den wir haben. Außer, du möchtest lieber einen von diesen Farang-Jesuiten holen lassen.«
»Ich habe da eine andere Idee, Eure Hoheit. Ich weiß von ei-

nem holländischen Arzt. Eine der Palastwachen hat mir von ihm erzählt. Wie es scheint, ist er ein Experte für das schnelle Heilen von Schnittwunden, mit Hilfe einiger neuer Kräuter. Es ist wirklich schade, daß mir nicht erlaubt ist, den Palast zu verlassen ... natürlich könnte Eure Hoheit eine Ausnahme machen und den Wachen befehlen, mir einen kurzen Besuch bei ihm zu gestatten. Dann wäre ich sofort nach meiner Rückkehr bereit, zu Seiner Majestät zu gehen ...«

Die Begeisterung der Prinzessin ließ sie ihre Sorge um die strikten Regeln des Palastes vergessen. »Ich werde Hauptmann Somsak instruieren, dir zwei Ausflüge zu gestatten«, sagte sie mit einem verschwörerischen Lächeln. »Vielleicht mußt du den Arzt noch einmal aufsuchen.«

»Oh, ich danke Euch, Eure Hoheit«, sagte Yupin. Sie warf sich auf den Boden und bestand darauf, rückwärts hinauszukriechen.

Später an diesem Tag überreichte eine hinkende Yupin dem überraschten Hauptmann der Wache einen Brief, versehen mit dem königlichen Siegel Ihrer Majestät der Prinzessin-Königin. Einen Augenblick später humpelte sie aus dem Haupttor in Richtung des holländischen Viertels. Sobald sie außer Sicht war, wurde das Hinken merklich besser, und sie wechselte die Richtung. Mit pochendem Herzen wandte sie sich dem portugiesischen Viertel zu, das außerhalb der Stadtmauern lag. Sie fragte sich, wieviel von ihrer Erregung der Angst zuzuschreiben war und wieviel brennender Leidenschaft. Es war schon so lange her, seit sie ihn gesehen hatte — seit der alte Hauptmann der Wache wegen Annahme von Bestechungsgeldern entlassen worden war. Und jetzt wurde erzählt, ihr Geliebter wäre wieder da. Sie betete inbrünstig, die Gerüchte mögen wahr sein.

Nach schier endlosen Gassen und verwinkelten Sträßchen betrat sie eine Seitenstraße, in der alle Häuser aus Ziegelsteinen bestanden, in dieser seltsamen Farang-Architektur. Sie kam näher und sah, daß Licht im Haus brannte. Mit schmerzenden Gliedern klopfte sie gegen die Tür des Hauses ihres Geliebten.

Tausend Gedanken schossen ihr durch den Kopf, während sie ungeduldig vor der Tür wartete. Dafür konnte man sie den Tigern vorwerfen. Nein, das war die Strafe für königliche Konkubinen, die mit Siamesen Ehebruch begingen. Der Palast hatte für jedes Vergehen eine besondere Strafe. Sie war einmal Zeuge beim Tod durch einen Tiger gewesen, eine Strafe, die den schlimmsten Verbrechern vorbehalten war. Die Wachen hatten die Gefangenen an Stangen auf freiem Feld gefesselt, und die hungrigen Bestien tagelang ohne Futter in Käfigen gehalten. Die ausgehungerten Tiere hatten die ganze Nacht gebrüllt, halb verrückt vom Geruch der Beute. Dann, bei Tagesanbruch, hatten die Wachen sie losgelassen, an Ketten, die gerade so lang waren, daß sie die Extremitäten der Gefangenen erreichen konnten. Die halb verhungerten Bestien hatten zuerst die Hände und Füße der Gefangenen verschlungen, dann hatte man die Ketten immer ein Stück verlängert, bis sie schließlich alle bei lebendigem Leib aufgefressen hatten. Für Ehebruch mit einem Farang gab es sicherlich keinen Präzedenzfall. Vielleicht würden sie sie aufspießen und mit ihrem Geliebten langsam über dem Feuer rösten. War es das wirklich wert? O ja, das mußte sie zugeben. Nie in ihrem Leben hatte sie solche Wonnen erlebt wie mit diesem brutalen Kerl. Sie quälte sich ein zynisches Lachen ab. Der Fürst des Lebens hatte ihr ja schließlich auch befohlen, Informationen über Farangs einzuholen. Wenn sie überlebte, könnte sie diesem Mädchen aus dem Süden — wie war noch ihr Name? Sunida, hatte der Fürst des Lebens gesagt — aus erster Hand von ihren erotischen Gelüsten berichten.

Dann hörte sie eine tiefe, vertraute Stimme. Es war wahr, ihr Kapitän Alvarez war aus Pattani zurück!

14

Im Morgengrauen des elften Tages fuhr das Schiff des Gouverneurs von Ligor in die Mündung des Menam ein, Menam bedeutete Fluß, wörtlich: Mutter des Wassers, und er war an dieser Stelle volle drei Meilen breit, von Küste zu Küste. Phaulkon beugte sich hingerissen über die Reling und genoß die berauschende Aussicht. Das Boot segelte in den östlichen und am besten schiffbaren Arm der drei Mündungsströme, direkt auf das Herz von Siam zu. Zehn Tage lang waren sie der Küste des schmalen südlichen Isthmus von Ligor gefolgt, jetzt fuhren sie in das weite Land ein, das sich in Richtung Norden nach China und Laos erstreckte, westlich nach Ava und Pegu und östlich nach Kambodscha und Cochin-China.

Das Fünfzigtonnenschiff hatte keine Schwierigkeiten, die Sandbank zu überwinden, die unter dem Namen Schranke bekannt und kaum vier Meter tief war, im Gegensatz zu den großen Schiffen, die auf die Flut warten mußten, um in die Mündung einzufahren. Aber wenn die Flut günstig stand, konnten vierhundert Tonnen schwere Handelsschiffe den ganzen Fluß bis Ajuthia hinauffahren, etwa sechzig Meilen von der Flußmündung entfernt.

Als das Boot in den eigentlichen Menam einbog, beschleunigte Phaulkons Pulsschlag. Das war der Kern des Landes, das er kannte und liebte, ein Königreich so groß wie Frankreich und England zusammen.

Der Fluß war riesig, und wenn die jährlichen Regenfälle kamen, überflutete er das ganze Land, tötete Schädlinge und düngte es. Der Reis gedieh im Übermaß, und das reiche Land produzierte soviel, daß man sogar exportieren konnte.

Entlang der Ufer kamen jetzt Häuser in Sicht, alle auf Stelzen und von gleicher hölzerner Konstruktion. Abgesehen von den gekachelten Dächern, sahen sie genauso aus wie die Häuser in Ligor. Phaulkon mußte lächeln, als er sich daran erinnerte, daß

die Häuser nur einstöckig sein durften, aus Ehrerbietung gegenüber den königlichen Barken.
Vor jedem Haus war ein kanuähnliches Boot angebunden, und man sah, wie die Männer bequem von ihren Türschwellen aus angelten. Insbesondere in der Regenzeit, von Mai bis Oktober, waren die Fische so zahlreich, daß ein Mann mit einem halben Morgen Arbeit seine Familie eine Woche lang ernähren konnte, ohne sich von seinem Haus wegzubewegen. Ein Gewirr von Kanälen und Zuflüssen durchkreuzte die zentrale Ebene, die Reisschüssel, wo der Hauptteil der Bevölkerung lebte.
Das Wasser wurde trüber, ein schneller hellbrauner Strom. Kinder sprangen fröhlich von den Türschwellen ins Wasser, kreischend vor Vergnügen. Die Männer und Frauen badeten zusammen, alle mit bloßem Oberkörper, nur mit Panungs um den Unterleib. Sie badeten drei- oder viermal täglich, trotz des gefährlichen Mondfisches, der sich rund wie ein Ball aufblies und, obwohl zahnlos, seinen Kiefer in die Schenkel und Waden ahnungsloser Badender vergrub und große Stücke Fleisch herausriß.
Das Boot hatte den kleinen holländischen Außenposten Klein-Amsterdam mit seinen Ziegelhäusern passiert, wo die Holländer eine weitere Handelsniederlassung unterhielten und mehrere ihrer Landsleute wohnten. Dort wurden die vollbeladenen Schiffe aus ihrer Kolonie in Batavia gelöscht und mit Reis und Holz, Wachs und Bambus für die Rückreise beladen, und sie mußten in beiden Richtungen ihre Abgaben an die siamesische Krone entrichten.
Bald würden sie den kleinen Hafen Bangkok passieren, mit seinem Holzfort, berühmt für seine Vielfalt an Obstgärten, die entlang der Küste zu sehen waren: Bananenplantagen, Mangos, Papaya, Guava, die stark riechenden Durian, Tamarinden, Zuckerrohr, Ananas- und Kokospalmenhaine.
Phaulkon hatte Siam vom ersten Augenblick an geliebt. Er hatte das Gefühl, es aus einem anderen Leben zu kennen, so seltsam vertraut war es ihm. In Ajuthia hatte er seine ersten sechs Monate damit verbracht, die schwierige Sprache zu erler-

nen. Er hatte sich mit Händlern von überallher getroffen und mit ihnen geredet, eine diskrete Absatzmöglichkeit für seine unbezahlbaren Kanonen gesucht und Burnaby geholfen, die englische Station neuzugründen. George White hatte ihm nicht die ganze Wahrheit über die Präsenz der Engländer in Siam enthüllt. Es war ein Kompaniegeheimnis. Ein englisches Kontor hatte tatsächlich existiert, aber im Lauf der Jahre unter so dubiosen Umständen wieder auf- und zugemacht, daß die vielen Vorfälle einfach beschönigt und praktischerweise die Existenz des Kontors »vergessen« wurde. Jetzt waren die listigen Siamesen darauf erpicht, die Engländer wieder zurückzuholen, und diplomatisch hatten sie die Vergangenheit übersehen und die Kompanie eingeladen, »einen Posten in Siam zu errichten«.

Es war im fünften Monat nach seiner Ankunft, kurz nachdem sein Freund Pedro Alvarez abgereist war, um eine vielversprechende Absatzmöglichkeit für die Kanonen in Pattani auszukundschaften, da wäre es zwischen Phaulkon und seinem Chef Burnaby fast zu Handgreiflichkeiten gekommen. Burnaby hatte Phaulkon im Wohnzimmer seines Hauses empfangen, in dem der Engländer versucht hatte, einen Salon wie den in seiner Cottage in Hampshire zu schaffen, mit Tischen, Stühlen und Chintzvorhängen. Phaulkon, der sich von Anfang an für die siamesische Lebensart entschieden hatte, hatte sich bemüht, die völlig unpassende Möblierung zu ignorieren und war direkt zur Sache gekommen. Burnaby hatte ihn stumm vor Entsetzen angehört.

»Du möchtest Urlaub, um in einen buddhistischen Tempel zu gehen?« hatte er ihn schließlich fassungslos gefragt. »Wofür denn das, in aller Welt?«

»Richard, ich muß mich mehr wie ein Siamese fühlen. Es ist eine spirituelle Erfahrung.«

»Du bist Angestellter der Ostindischen Kompanie, Constant, und man bezahlt dich nicht dafür, daß du deine Zeit mit spirituellem Kram vergeudest. Wie, glaubst du, soll ich deine Abwesenheit in Madras erklären?«

»Ich werde nur drei Monate fort sein, und ich verspreche dir, daß es viel Gewinn abwerfen wird.«
»Willst du etwa behaupten, daß es von bleibendem Wert für die Kompanie sein wird, wenn du dir den Kopf rasierst und eine gelbe Robe anziehst?« höhnte Burnaby. »Reicht es nicht, daß du dir schon drei Sklaven gekauft hast und einen Harem unterhältst wie ein Mandarin? Wie siamesisch willst du denn noch werden?«
Es stimmte, daß Phaulkons Kauf von Nid und Ud und Noi ziemlichen Wirbel in der Ausländerkolonie verursacht hatte. Aber der Handel war legal gewesen — und relativ billig.
»Das sind materielle Fragen, Richard. Ich muß wissen, wie ihr Verstand von Kindheit an geformt wird. Alles Leben beginnt im Tempel. Er dient als Schule und als spirituelles Zuhause. Es gibt keine andere Ausbildung. In drei Monaten werde ich mehr über Siam wissen als jeder andere Farang vor mir. Und das kann der Kompanie nur nützen.«
Burnaby gab nicht nach. »Nein, Constant, tut mir leid, du wirst auf deinem Posten bleiben.«
»In dem Fall, Richard, läßt du mir keine andere Wahl. Ich muß kündigen.«
Burnaby war sprachlos. »Du willst deinen englischen Auftrag kündigen, um in irgendein ausländisches Kloster einzutreten? Constant... schlaf erst einmal darüber, und morgen früh reden wir weiter.«
Sie hatten es dabei bewenden lassen, aber am Morgen hatte Phaulkon seine Meinung nicht geändert gehabt, und Burnaby tobte, wurde rot im Gesicht und drohte ihm, seine Gehaltszahlung auszusetzen, woraufhin Phaulkon ihm zustimmte und meinte, das wäre nur fair. Am Ende mußte ein widerwilliger Burnaby zugeben, es wäre besser, Phaulkon in drei Monaten wiederzuhaben als nicht mehr.
»Aber was passiert mit Kapitän Alvarez und seinen Kanonen?« hatte er gefragt.
»Ich werde zurück sein, ehe Alvarez aus Pattani zurückkehrt, das verspreche ich. Er wird gute drei Monate brauchen, um seine Mission zu beenden.«

Burnaby hatte ihm drei Monate unbezahlten Urlaub genehmigt, und sie einigten sich, daß Phaulkon sich offiziell von einem schweren Malariaanfall an einem sicheren Ort auf dem Land erholte.

Bei der Erinnerung an diese Zeit mußte Phaulkon lächeln. Was für wunderbare drei Monate das doch gewesen waren!

Es war nur zum Teil wahr, daß er sich dem so absolut siamesischen Erlebnis, Mönch zu werden, unterwerfen wollte. Er fühlte, daß sein Schicksal mit diesem Land untrennbar verbunden war, und außerdem hatte er noch einige andere Gründe, diesen Plan auszuführen. Er mußte die Bali-Sprache studieren, die uralte Sprache, die ihren Ursprung im Sanskrit hatte und sich entscheidend vom Siamesischen unterschied, aber in allen buddhistischen Tempeln gesprochen wurde. Die Bali-Sprache hatte viele gemeinsame Wurzeln mit dem königlichen Siamesisch, der Hochsprache des Hofs. Seine Majestät der König durfte nur in dieser Sprache angesprochen werden, und bisher beherrschte sie noch kein Farang.

Phaulkon hatte ein Boot in Richtung Norden bestiegen. Er war weit in die Provinzen hineingereist und hatte sich schließlich vor der Stadtmauer von Kamphaeng Phet niedergelassen, wo es ein kleines Kloster gab, das durch seinen gelehrten Abt berühmt geworden war. Der gütige Abt hatte ihn freundlich aufgenommen, er war scheinbar genauso daran interessiert, die Lebensart der Farangs kennenzulernen wie Phaulkon die der Siamesen. Er hatte drei unvergeßliche Monate in Gesellschaft dieses weisen und gelehrten Mannes verbracht.

Phaulkon war als Novize aufgenommen worden und hatte geschworen, die zehn Gebote zu achten, die sich nur wenig von den christlichen unterschieden, aber auch Verbote enthielten, die das Töten jedes Tieres oder Insekts verbaten und das Trinken berauschender Getränke. Und er wurde, sobald er die gelbe Robe angelegt hatte, streng davor gewarnt, Beziehungen zu einer Frau zu haben, dieses Verbrechen wurde mit langsamem Rösten auf einem Spieß geahndet. Er hatte einen siamesischen Namen erhalten, Pra Somboon, hatte sich den Kopf rasiert und war nachts auf dem harten Boden gelegen, war jeden Morgen mit dem Läuten der Großen Glocke aufgestanden und losgegangen, um sich sein Essen zu erbetteln. Er hatte zwischen Mittag und dem Sonnenaufgang des nächsten Tages nichts gegessen und seinen Tee mit einem Tuchsieb bedeckt, um das Töten allerkleinster Insekten zu vermeiden. Er hatte Demut gelernt und Wohltätigkeit, und er hatte die Großzügigkeit der Siamesen kennengelernt. Er hatte in der schlichtesten Zelle aus Bambus und Blättern gelebt und gelernt, Almosen für heute entgegenzunehmen, ohne etwas für morgen aufzubewahren.

Im zweiten Monat hatte er gelernt, Arzneimittel zuzubereiten, und im dritten und letzten Monat hatte er das Geheimnis gelernt, durch intensive Meditation versteckte Gegenstände zu finden.

Schließlich hatte er, nach täglich mehreren Stunden Studium mit seinem großen *Acharn* oder Meister, sein höchstes Ziel erreicht: Er konnte fließend königliches Siamesisch sprechen, die Pflichtsprache bei Hof, mit der kaum jemand außerhalb des Hofstaats vertraut war.

»Du bittest darum, auch noch die königliche Sprache zu lernen?« Der Abt hatte erstaunt seine rasierten Augenbrauen hochgezogen. Es war der erste Tag seiner Lehrzeit, und sie saßen im Schneidersitz in der Empfangshalle des Klosters, ein kahles, hölzernes Gebäude mit sechs Säulen und einem Dach aus orangefarbenen Ziegeln. Es war umgeben von grasbewachsenen Höfen und Fischteichen und grenzte an den Haupttempel, dessen goldene Stupas und glitzernde Statuen einen seltsamen Kontrast zur spartanischen Strenge der Klostergebäude bildeten.

Entlang des Tempels standen zwei Reihen kistenähnlicher Mönchszellen. Der gesamte Bereich war von einer dicken Bambushecke umgeben, hinter der Urwald lag. Dorthin zogen sich die »Eremiten«-Mönche einen Monat im Jahr zurück, um allein zu meditieren.

Phaulkon schwieg, den Kopf respektvoll gesenkt.

»Du bist sehr ehrgeizig für einen Novizen«, sagte der heilige Mönch. »Was kann dir solches Wissen nützen? Du rechnest doch nicht etwa damit, ein Gespräch mit Seiner Majestät dem König zu führen?«

Phaulkons Puls beschleunigte. »Jeder Aspekt dieses Landes interessiert mich, Eure Heiligkeit, und ich bin mir sicher, ein kurzes Studium der königlichen Sprache sollte dazugehören.«

Der Abt musterte den Farang nachdenklich. »Du bist doch nicht etwa einer dieser christlichen Priester in Verkleidung?« fragte er halb scherzhaft. »Ich höre, sie sind begierig darauf, Seiner Majestät den ›wahren Weg‹ zu zeigen. Vielleicht, indem sie die königliche Sprache lernen ...«

Phaulkon lachte. »Nein, Eure Heiligkeit. Mein Leben war alles andere als tugendhaft. Ich würde keinen guten Priester abgeben.«

»Und trotzdem lernst du, ein buddhistischer Mönch zu sein. Ist unser Standard denn so viel niedriger?«

»Ganz im Gegenteil, Eure Heiligkeit. In Eurer Weisheit erlaubt Ihr Außenseitern, in Eure Tempel einzutreten und dort zu bleiben, um sich zu bessern. Ich nutze einfach diesen weisen und großzügigen Brauch.«

»Und aus diesem Grund wird Eure christliche Religion in diesem Land nie Fuß fassen«, bemerkte der Abt. »Ihr seid zu dogmatisch und zu selbstherrlich. Und«, er lächelte, »zu genau. Ihr definiert Euren Gott und gebt seinem Sohn Namen. Wir können etwas so Ungeheures nicht definieren, etwas so ... Undurchschaubares. Deswegen ist Buddha hier nur ein Führer, ein Lehrer, der den rechten Weg zeigt. Denn es gibt viele Wege zu Gott, mein Sohn.«

»Aber ist das, was Ihr lehrt, Eure Heiligkeit, nicht die absolute Ablehnung. Die Vernichtung von Emotionen und Gefühlen, eine Flucht aus dem Rad des Lebens?«

»Ja, aber es wird Millionen von Zyklen brauchen, um dieses Ziel zu erreichen, und nur wenige Auserwählte werden es erreichen. Nirvana ist der absolute Zustand der Gelöstheit des Menschen.«

»Aber, ist es nicht menschliche Arroganz zu glauben, wir würden ständig wiedergeboren? Sind wir denn so wichtig, Eure Heiligkeit?«

»Wir sind nur von minderer Bedeutung, mein Sohn, denn das Leben ist nur ein endloser Zyklus. Alles wird geboren und stirbt und wird wiedergeboren. Schau dir die Blumen und Bäume an und alles, was dich umgibt. Warum sollten wir anders sein? Nein, menschliche Arroganz ist es zu glauben, daß ein kurzes Leben eine Ewigkeit beenden kann! Das ist es, was unsere Leute in euren Doktrinen niemals akzeptieren können. Denn es ist nicht tröstlich zu glauben, daß wir nur eine einzige Chance bekommen. Aber du, mein Sohn«, sagte der Abt und erhob sich plötzlich, »behinderst mich auf meinem Weg zur Gelöstheit mit deinem sehr interessanten Geschwätz. Aber hier gibt es einen alten ehrwürdigen Mönch, der dem früheren König sehr nahestand. Er beherrscht natürlich die königliche Sprache perfekt. Ich werde sehen, was ich tun kann ...«

Lautes Gebrüll riß Phaulkon aus seinen Träumen. Sie hatten gerade eine Flußbiegung mit einer bewaldeten Insel in der Mitte umrundet. Der Lärm wurde lauter, und zahlreiche Menschen hatten sich am Ufer versammelt, es wurden immer mehr, je weiter sie segelten. Dann begannen die Leute, sie unmißverständlich ans Ufer zu winken. Als der Grund für die Aufregung sichtbar wurde, steuerte der Kapitän aus Ligor das Schiff schnell aus der Mitte des Flusses.

Fünf schlanke Rennboote rasten auf sie zu. Angetrieben von je sechzig Ruderern, rauschten die Boote zum Klang der Trommeln und wilder Anfeuerungsrufe der Zuschauer in ihre Richtung. Die Ruderer, jede Mannschaft in einer anderen Farbe gekleidet, tauchten ihre Ruder zum Takt eines langen Bambusstockes ein. Der Kapitän, der als einziger stand, schrie Befehle vom Heck, im Takt mit dem Klopfen seines Stockes. Die Schreie wurden noch heftiger, als zwei Boote sich von den anderen absetzten, Bug an Bug. In allerletzter Sekunde schnellte eines der beiden vorwärts, zwischen den beiden großen Kanus hindurch, in denen die Preisrichter saßen. Die Menschen brüllten aus vollem Hals. Sekunden später tauchten kleine Kanus auf und ruderten in die Mitte des Stromes hinaus, um die Gewinner mit Blütenkränzen zu schmücken und den Wettkampfteilnehmern Erfrischungen zu reichen. Es war eines der großen Bootsrennen, ein beliebtes Wettereignis, das unweigerlich zu jedem Festival oder Feiertag gehörte.

Da das Rennen vorbei war, wandten die Einwohner ihr Interesse Phaulkon zu. Sie sammelten sich, heftig gestikulierend und schreiend, um sein Schiff. Er mußte auch wirklich ein seltsamer Anblick sein, da er nur mit dem Panung bekleidet war, den der Gouverneur ihm geschenkt hatte. Von Farangs erwartete man, daß sie Farang-Kleider trugen. Die Siamesen warfen Jasmin und Tuberosen auf das Deck, und das Schiff segelte wieder los, gefolgt von Dutzenden von Kanus, die sie an den Rennbooten vorbei eskortierten.

Während die Reise jetzt wieder ihren normalen Verlauf nahm, wurde Phaulkon erneut von Ängsten gepackt, was auch unterwegs in periodischen Abständen passiert war. Er hatte nur gelegentlich dem Kapitän und seinen zwei dunkelhäutigen Matrosen zugelächelt, und sie hatten ihn seinen Gedanken überlassen, da keiner wußte, daß er ihre Sprache beherrschte. Er hatte allein gegessen und stundenlang an Deck vor sich hin gebrütet oder sich in seiner kistenähnlichen Kabine versteckt.

Er machte sich ständig Sorgen um Burnaby und Ivatt, und er machte sich bittere Vorwürfe, weil er keine Gelegenheit gehabt hatte, ihnen seine Abreise zu erklären. Wie sollte er je ihre Freilassung bewerkstelligen, wenn sie als Geiseln für Dokumente gehalten wurden, die gar nicht existierten? Und Sunida — sie fehlte ihm so sehr.

Er spürte, daß er nie zuvor so sehr von seinem Ziel entfernt gewesen war. Zu wissen, daß alles, wofür er gearbeitet hatte, die Jahre der Planung, die Erfolge und die Rückschläge, in den nächsten paar Tagen zerstört werden könnte, erfüllte ihn mit Angst. Einerseits freute er sich, sein geliebtes Ajuthia wieder zu sehen, andererseits fürchtete er den Empfang, den die Stadt ihm bereiten würde.

Eine einzige Sache gab ihm Auftrieb. Soweit er feststellen konnte, hatte der Mandarin keine Depeschen mit dem Boot mitgeschickt. Phaulkon hatte sorgfältig jeden Schritt des Kapitäns am Kai in Ligor beobachtet, und es waren ihm keine Dokumente überreicht worden. Erst gestern hatte er zufällig gehört, wie die Mannschaft sich beklagte, weil sie in Ajuthia nicht einmal Zeit hätten, von Bord zu gehen. Sie hatten Befehl, unverzüglich die Heimreise anzutreten. Was war also mit der angedrohten Überreichung seines ›Berichts‹ an den Pra Klang? Der Gouverneur hatte gesagt, er würde mit Spezialkurier vorausgeschickt werden. Aber der schnellste Weg nach Ajuthia führte übers Meer. Der Gouverneur besaß zwar mehrere kleine Boote, aber soweit Phaulkon das beurteilen konnte, gab es nur ein Boot, das kräftig genug war, die lange Küstenreise zur Hauptstadt zu machen, und das war dasjenige, auf dem er sich befand. Sunida hatte ihm verraten, daß seine Exzellenz keinen Grund hatte, öfter als zweimal jährlich nach Ajuthia zu fahren, wo er Bericht über seine Provinz erstattete und das Lebenswasser mit dem König trank.

Aber was, wenn sein ›Bericht‹ zusammen mit einem neuen Brief an den Barcalon per Elefantenkurier losgeschickt worden war? Er würde Ajuthia vielleicht erst nach ihm erreichen, aber das war ein schwacher Trost. Er würde zweifelsohne wegen Hochverrats hingerichtet werden, sobald der Barcalon von seiner unverschämten Behauptung, ein Spion zu sein, erfuhr.

In den Momenten tiefster Verzweiflung hatte Phaulkon sich gezwungen, an den ursprünglichen, so überschwenglichen Bericht zu denken — den der Gouverneur nicht mehr abfangen konnte —, den der Mandarin an den Pra Klang geschrieben hatte, bevor die Kanonen auftauchten, in dem er Phaulkons Vorstellung beim Boxkampf beschrieben hatte, die Entdeckung des weißen Elefanten und die Verleihung des Ordens.

Aber auch, wenn er nicht verurteilt werden würde, jetzt, wo

die Kanonen im Meer versunken waren, welche Chance blieb ihm da noch, Sam Whites Boot zu füllen? Es waren noch neunundsiebzig Tage bis zum Treffen, seiner Rechnung nach, obwohl es unmöglich war, das genau festzustellen. Sams Schiff konnte ein paar Tage zu früh oder zu spät dran sein, je nach den Gezeiten. Der einzige Mann, der noch rechtzeitig eine Fracht beschaffen konnte, war derselbe, der höchstwahrscheinlich Phaulkons Hinrichtung befehlen würde — der Barcalon. Irgendwie mußte Phaulkon es fertigbringen, den wahrscheinlich klügsten Mann des Königreiches zu überlisten.

Das Boot hatte eine weitere Biegung genommen, und in der Ferne erhoben sich, wie in einem majestätischen Märchenland, die Türme Ajuthias. Dreihundert goldene Spitzen funkelten im Sonnenlicht. Von aller Schönheit, die Phaulkon in seinem Leben gesehen hatte, war nichts mit dieser Pracht zu vergleichen. Ajuthia, Stadt des Paradieses! Wie passend der Name doch war, dachte er.

Die Inselhauptstadt war eine genauso große Metropolis wie London und sogar größer als Paris. Die Ziegelmauern, die sie umgaben, waren sechs Meilen lang, mit mächtigen Zinnen, die ab und zu von bewachten Toren unterbrochen waren, dort, wo die Kanäle der Stadt in den Hauptfluß mündeten. Die ganze Stadt war umgeben vom Menam, der sich von hier aus in den Golf von Siam ergoß. Auf der Inselstadt selbst führten breite, baumbestandene, mit Ziegel gepflasterte Straßen an den endlosen Kanälen mit den geschwungenen Brücken entlang. Nicht umsonst hatten die Portugiesen es das Venedig des Ostens getauft. Er hatte Venedig als junger Mann besucht, und genau wie damals beim Anblick Venedigs hatte es ihm auch hier den Atem verschlagen. Hier erblickte er statt der Gondeln vergoldete Barken, die von scharlachrot gekleideten Ruderern durch die Kanäle gesteuert wurden, und überall ragten Tempel und Türme, anstelle der Kuppeln und Glockentürme, in den strahlendblauen Himmel.

Phaulkon liebte den Kontrast der glitzernden Pagoden zu den schlichten Holzhäusern auf Stelzen, in denen die Menschen wohnten, und genoß die Geschäftigkeit und die Gerüche der Märkte. Im Norden der Stadt lag eine weitere, von einer Mauer umgebene Stadt, eine Stadt innerhalb der Stadt, etwa vierzehn Morgen groß, aus der sich die prächtigsten Türme erhoben, die des Großen Palastes — wo Seine Majestät und der Hofstaat residierten und in die, bei Todesstrafe, kein einfacher Sterblicher Zutritt hatte.

Und wie er da so allein auf Deck stand, packte ihn erneut die Begierde, Macht in dieser Stadt zu haben, Ajuthia, wie das Venedig seiner Jugend, zum größten Handelszentrum der Welt zu machen. Denn im Augenblick diente es nur als Brücke, als eine Zwischenstation zwischen dem Nahen und dem Fernen Osten, wohin chinesische und japanische Händler Tee, Porzellan und Seide transportierten und Vogelnester, Pfeffer und Dufthölzer mit zurückbrachten. Die Siamesen verkauften mittels der Mauren diesen Tee, das Porzellan und die Seidenstoffe an die indischen und persischen Händler, die sie ihrerseits nach Westen in ihre früheren Heimatländer verschifften.

Warum, fragte Phaulkon sich wie schon so oft, sollten alle Güter von Außenstehenden transportiert werden? Mit einer eigenen Handelsflotte könnte der König von Siam seine Einnahmen verdoppeln. Und weil andere im Namen des Königs Handel trieben, hatte die Krone eine Pflichtoption eingeführt. Wann immer ein Handelsschiff in Ajuthia anlegte, kamen zuerst die Offiziere des Königs an Bord mit der Option, alle Güter an Bord zu kaufen — zu Preisen, die die Krone bestimmte. Nur was übrigblieb, durfte auf dem freien Markt weiterverkauft werden. Auch wenn die staatlichen Geldtruhen zeitweise überquollen, wurde durch dieses Vorgehen die Anzahl der Schiffe, die in Ajuthia anlegten, ständig weniger.

Es war später Nachmittag, als sie im Hafen anlegten, ein breites Becken außerhalb der Stadt. In diesem Viertel außerhalb der Stadt wurden alle Ausländer in Lagern oder Vororten untergebracht, denn abends wurden die Stadttore geschlossen, und kein Ausländer durfte innerhalb der Stadtmauern wohnen. Das winzige englische Viertel, in dem Phaulkon gelebt hatte, lag unmittelbar neben dem weitläufigen portugiesischen und direkt am Hafen. Phaulkon grüßte den Kapitän und die Mannschaft, sammelte seine wenigen Habseligkeiten ein und kletterte über die Reihen vertäuter Boote, die eine Brücke zum Land bildeten.

Schon nach wenigen Metern befand er sich im europäischen Sektor, wo die meisten Häuser aus Ziegel gebaut waren, mit weitläufigen Gärten und breiten Alleen, die einen Sektor mit dem anderen verbanden. Als er durch das Tor zum portugiesischen Viertel schritt, bewunderte Phaulkon erneut die Klugheit des siamesischen Systems und des Monarchen, der es konzipiert hatte. Indem er den Ausländern verboten hatte, in der Stadt zu wohnen, hatte er dafür gesorgt, daß der Umgang mit ihnen eingeschränkt war und sie sein Volk nicht mit ihrer Lebensweise korrumpieren konnten. Indem er ihnen gestattete, sich selbst zu regieren, hatte er keine Last damit. Somit war jeder Nation erlaubt, ihre eigene Religion zu praktizieren und nach ihren eigenen Bräuchen zu leben, vorausgesetzt, diese widersprachen nicht siamesischen Gesetzen. Jedem Sektor war ein siamesischer Mandarin zugeteilt. Die Position war reine Protokollsache, obwohl er angeblich im Namen der Krone die Herrschaft über den Sektor hatte. Alle wichtigen Angelegenheiten wurden dem Barcalon vorgelegt, denn dieser mächtigste Minister war verantwortlich für alle Ausländer im Land, und ohne seine Zustimmung konnte keiner das Königreich betreten oder verlassen.

Phaulkons Puls beschleunigte, als er in der Ferne sein Haus sah. Es war in siamesischem Stil gebaut, aus Holz, einstöckig und auf Stelzen. Es war in drei geräumige Zimmer aufgeteilt, ein Empfangsraum und zwei Schlafzimmer. In einem kleinen Nebengebäude lebten eine Köchin, eine Dienerin und die drei weiblichen Sklaven, die er auf Lebenszeit gekauft hatte. Ein kleiner Garten trennte das Haus von der Straße, und ein hölzernes Tor bildete den Eingang.

Sorn, die Köchin, bemerkte ihn als erste. Sie rief aufgeregt nach den anderen, und innerhalb kurzer Zeit tönten die Rufe

»Der Herr ist zurück, der Herr ist zurück« durchs ganze Haus. Die Diener liefen die Treppe herunter und warfen sich im Rasen vor dem Tor auf den Boden, Sorn, Tip, die Dienerin, und Nid, Ut und Noi, die Sklavinnen, die er wegen ihrer speziellen Massagekenntnisse gewählt hatte.

»Herr Gebieter, wir dachten, Ihr würdet nie mehr zurückkehren«, sagte Sorn. »Ein Monat ist viel zu lange.«

»Wie hätte ich nicht zurückkehren können, wo ich doch wußte, daß ihr in meiner Abwesenheit faul werden würdet«, scherzte Phaulkon. »Ich sehne mich nach einem Festmahl, einem guten Bad und einer endlosen Massage. Ich hoffe, ihr habt nichts verlernt.«

»Wir haben Euch jeden Tag erwartet, Herr und Gebieter«, sagte Sorn. »In der letzten Woche hat dreimal ein Bote nachgefragt, ob Ihr schon zurück seid. Er hat einen Brief hinterlassen. Tip, hol ihn für den Herrn Gebieter.«

Tip rannte los und kam kurz darauf mit einem Blatt Reispapier zurück. Phaulkon öffnete es und begann zu lächeln. Was für ein glücklicher Zufall, daß er heute zurückgekehrt war. Er hatte ohnehin geplant, so schnell wie möglich bei Mestre Phanik vorzusprechen. Es gab nur wenige Leute, die mehr über siamesische Politik wußten als der »Doutor«, wie ihn jeder im portugiesischen Sektor nannte. Und jetzt, genau heute abend, war er zu einem Fest zu Ehren von Mestre Phaniks Nichte Maria eingeladen. Sie feierte ihren sechzehnten Geburtstag.

»Was ist sonst noch in meiner Abwesenheit passiert?« fragte Phaulkon.

»Nicht sehr viel, Gebieter, außer daß Ihr uns allen gefehlt habt«, erwiderte Sorn, eine dicke, fröhliche Frau.

»Und ihr habt mir gefehlt«, sagte Phaulkon voller Herzlichkeit und stieg die Treppe zum Haus hinauf. Er betrat das Wohnzimmer, in dem sich ein Sammelsurium von Kunstgegenständen aus der frühen Ajuthia-Periode fand: Manuskripttruhen, Bücherschränke, ein Tempelgong, hölzerne Votivtafeln mit Blattgold belegt, antike Musikinstrumente und eine Halskette aus Bronzeglocken für einen Pferdehals.

Er warf sich auf einen Stapel Kissen in der Ecke und schloß die Augen. Er hatte gerade Zeit genug für ein Bad und eine gute Massage, bevor er zu Mestre Phaniks Haus aufbrechen würde. Der Gedanke war noch kaum zu Ende gedacht, als Nid schon schweigend auftauchte, seinen Panung abwickelte, und Uts geschickte Finger von hinten beruhigend seine Schläfen massierten.

Wie gut sie doch seine Bedürfnisse kannten, dachte er. Und wie gut, wieder hier zu sein.

15

Mestre Phaniks Haus lag im Herzen des portugiesischen Viertels, in dem etwa viertausend Portugiesen wohnten. Mestre Phaniks Haus war im Gegensatz zu denen seiner Nachbarn im siamesischen Stil, auf Stelzen, mit einem geschwungenen, dreieckigen Dach gebaut worden.
Phaulkon zog seine Sandalen aus und stieg die Treppe zur Eingangstür hinauf. Ein livrierter Diener verbeugte sich, und Phaulkon wurde in einen Vorraum geführt, der mit hölzernen Kreuzen behängt war, mit einem schönen japanischen Lackschirm in einer Ecke.
Mestre Phanik erschien persönlich, um ihn zu begrüßen, jovial wie immer. Sein rundes japanisches Gesicht, mit einem Hauch Europäer darin, strahlte, als er seinen Freund erblickte. Einer seiner Ahnen war der erste Japaner gewesen, den St. Francis 1549 in Japan getauft hatte. Im Kielwasser der Welle von Fremdenhaß, die kurz danach über Japan geschlagen war, wurden Tausende von Konvertierten verbrannt. Aber der Mut, mit dem diese Märtyrer, unter anderem Phaniks Urgroßvater, sich in ihr Schicksal gefügt und sich bis in den Tod geweigert hatten, ihren angenommenen Glauben zu widerrufen, hatte nur dazu gedient, neue Konvertierte anzulocken.
Nach dem Edikt des Kaisers von 1614, in dem er alle Christen aus Japan verbannte und ihren Besitz konfiszierte, waren seine Großeltern nach Nagasaki deportiert worden. In einem Land, in dem die Tapferen rituellen Selbstmord begingen, löste die öffentliche Folter der Männer und Frauen, die sich abzuschwören weigerten, eine Welle des Mitgefühls aus. Also wurde bestimmt, alle ins Exil Verbannten in Säcke zu nähen, damit sie nicht von der Reisladung zu unterscheiden waren und die Bevölkerung nicht aufhetzen konnten. Dann transportierte man sie zum nächstgelegenen Hafen. Phaniks Großeltern waren nach Nagasaki gebracht worden, und nach einem Aufenthalt

in China, über den nur wenig bekannt war, hatten sie sich in Siam angesiedelt. Und seither beschäftigte sich die Familie mit dem Handel in den Fernen Osten. Die gelbe Pest hatte Phaniks Bruder dahingerafft, als Maria erst zwei Jahre alt gewesen war, und Phanik hatte sie adoptiert und die portugiesischen Jesuiten gebeten, sie zu taufen und ihr einen portugiesischen Name zu geben. Phaulkon war ihr erst einmal kurz begegnet, als sie in der Klosterschule Ferien hatte, aber das lebhafte Kind hatte ihn durch seine eigenwilligen Ansichten beeindruckt.

»Senhor Constant, que prazer«, sagte Mestre Phanik hoch erfreut und umarmte seinen Freund. *»Tudo bom?«*

»Tudo bom,« erwiderte Phaulkon auf portugiesisch. Mestre Phanik war ihm sehr ans Herz gewachsen, und er hatte größten Respekt vor seinem Intellekt. Er war Anfang Vierzig, gute zehn Jahre älter als Phaulkon.

»Was für ein Glück, daß Ihr zurück seid. Ihr habt mir sehr gefehlt! Aber kommt hier entlang, Amigo, Ihr müßt ein paar von meinen Freunden kennenlernen. Oh, nein, zuerst bringe ich Euch zu Maria. Sie hat mich nach Euch gefragt.« Er nahm Phaulkon beim Arm und führte ihn durch das große Wohnzimmer, an Gruppen von Gästen vorbei, die alle im Schneidersitz auf Kissen saßen. Phaulkon musterte sorgfältig alle Gesichter und fragte sich, welche Berühmtheiten wohl anwesend wären — Phanik hatte als oberster Berater des Schatzamtes gute Verbindungen. Plötzlich verschlug es ihm den Atem. Konnte diese reife Schönheit, die da auf ihn zukam, tatsächlich dasselbe Mädchen sein, das er vor kaum einem Jahr noch wie ein Kind umarmt hatte?

Sie schenkte ihm ein strahlendes Lächeln, schlang die Arme um seinen Hals und rief: »Onkel Constant, wie wunderbar, Euch zu sehen! Ich hab meinem Onkel gesagt, daß Ihr kommen würdet!«

»Und wie wunderbar, Euch zu einem so glücklichen Anlaß zu sehen, meine Liebe«, sagte Phaulkon auf portugiesisch und erwiderte etwas verlegen ihre Umarmung. Sie bezeichnete ihn zwar als Onkel, aber die Gefühle, die sie in ihm auslöste, waren gar nicht verwandtschaftlich. »Ihr werdet also heute volljährig. Kein Wunder, so wie Ihr ausseht.« Sie war wirklich atemberaubend. Sie hatte helle Haut wie die Japaner, ein schöner Kontrast zu ihren schwarzen Haaren, die sie, im Gegensatz zu den einheimischen Frauen, lang wachsen lassen und zu einem Chignon hochgesteckt hatte. Sie war zierlich, aber rundlicher als viele Siamesinnen. Ihre Augen waren groß und dunkel, leicht schräggestellt, und ihre üppige Figur war perfekt proportioniert, bis hin zu den exquisit geformten Füßen.

Maria trug einen schmeichelhaften dunkelblauen Panung und eine schöne türkisfarbene Bluse mit Mandarinkragen, die bis zum Hals zugeknöpft war. Ihre gesamte Person strahlte Temperament und Entschlossenheit aus.

»Aber, wie ich sehe, möchte mein Onkel Euch gerne weiter herumzeigen«, sagte sie und klimperte kokett mit den Wimpern, »also werde ich Euch nicht länger aufhalten, Onkel Constant. Aber ich erwarte, daß Ihr wieder zu mir zurückkommt, wenn die anderen Gäste Euch genügend gelangweilt haben.«

»Das werde ich«, sagte Phaulkon, höchst erstaunt von der Selbstsicherheit einer so jungen Person. »Außerdem habe ich Euch noch nicht einmal meine Glückwünsche zum Geburtstag ausgesprochen.« Er erwiderte ihr Lächeln.

Mestre Phanik nahm ihn wieder beim Arm und führte ihn quer durchs Zimmer. »Mein kleines Mädchen wird mir noch einiges Kopfzerbrechen bereiten. Ich bekam bereits mindestens sechs Heiratsanträge für sie, seit sie vorigen Monat aus der Klosterschule entlassen wurde. Und sie ist noch ein Kind!«

»Ein sehr reifes, so wie's aussieht, Doutor. Ich würde sagen, da kommt ein Haufen Ärger auf Euch zu«, sagte Phaulkon ehrlich.

»Glaubt Ihr wirklich? Na ja, irgendwann mußte es ja passieren«, bemerkte er reumütig. »Aber kommt, ich muß Euch den Ehrengast vorstellen. Und wagt nicht, früher zu gehen. Wenn die Siamesen sich als erste verabschieden, wie gewöhnlich, haben wir Zeit, uns lange und ungestört zu unterhalten.«

»Und ich habe viel mit Euch zu besprechen, Doutor.« Er konnte Mestre Phanik natürlich nicht von den Kanonen erzählen, aber er hatte vor, ihm zu erklären, seine Freunde würden wegen mangelnder Dokumente in Ligor festgehalten. Er brauchte Phaniks Wissen, und vor allem mußte er soviel wie möglich über den Barcalon in Erfahrung bringen.
Sein Gastgeber führte ihn auf eine Terrasse über einem schönen Garten, der von einer Bambushecke umfriedet war. Die gelben Gladiolen und der grüne Rasen waren von Messinglaternen beleuchtet. Gruppen von Siamesen begrüßten sich schweigend, mit gefalteten Händen vor der Stirn. Die meisten Gäste trugen kragenlose Blusen mit Puffärmeln, ein paar waren auch bis zur Taille nackt.
Ein Kellner kroch auf Knien herein. Er balancierte auf einer Hand ein Tablett mit Getränken und bot es Phaulkon unterwürfig an. Es gab *lau*, einen Reisschnaps, spanischen Rotwein, Wasser oder frischen Limonensaft. Die Siamesen waren im allgemeinen, aus Rücksicht auf die buddhistische Tradition, abstinent, aber Phaulkon nahm sich ein Glas perlenden spanischen Wein. Die spanischen Galleonen liefen auf ihrer Route nach Manila oft Ajuthia an, und die Offiziere der siamesischen Krone kauften nur selten den Wein, der den königlichen Gaumen nicht interessierte.
Mestre Phanik und Phaulkon stiegen einige Holzstufen, mit reich geschnitzten Balustraden, hinunter in den Garten. Phanik führte seinen Freund zu einem distinguiert aussehenden siamesischen Mann mit dichten, kurzgeschorenen grauen Haaren, der mit den Beinen zur Seite verschränkt dasaß. Er war umgeben von einer Gruppe Bewunderer, die gebannt jedem seiner Worte lauschten. Phanik schloß sich dem Kreis an und warf sich vor dem Redner zu Boden. Phaulkon folgte seinem Beispiel. Der grauhaarige Mann lächelte seinen Gastgeber huldvoll an.
»Eure Exzellenz«, sagte Phanik, »erlaubt mir, Euch einen alten Freund vorzustellen, der sich in Euer Land verliebt hat und die Sprache besser beherrscht als ich.« Das war in der Tat ein über-

schwengliches Kompliment, da Mestre Phanik in Siam geboren war und Siamesisch genauso seine Muttersprache war wie Portugiesisch, Japanisch oder Latein. »Herr Constantine Phaulkon. Seine Exzellenz, General Petraja.«
Phaulkon war beeindruckt. General Petraja war der Held des burmesischen Feldzugs, Oberkommandierender des Elefantenregiments Seiner Majestät, mit zwanzigtausend Kriegselefanten unter seinem Kommando und erst vor kurzem zum Vorsitzenden des Kabinetts Seiner Majestät berufen. Phaulkon verharrte in der Demutsstellung.
Petraja lächelte leutselig. Er war ein gutaussehender Mann, kräftig und von bester Gesundheit. Keiner hätte geahnt, daß sich in diesem athletischen Körper ein Mann von fünfzig Jahren verbarg. »Es ist mir eine Ehre zu hören, daß Ihr meine Sprache gemeistert habt, Herr. Das können nur wenige Ausländer von sich behaupten«, bemerkte er.
»Eure Exzellenz sind zu gütig«, erwiderte Phaulkon. »Die Bemühungen dieses demütigen Dieners, Eure Sprache zu sprechen, sind von dem Wunsch beseelt, mit den sehr gütigen und gastfreundlichen Bewohnern Eures Landes zu sprechen.«
»Und welcher glücklicher Zufall hat Euch zu uns geführt, Herr?« fragte der General, offensichtlich sehr interessiert.
»Ich stehen in den Diensten der englischen Handelskompanie, Eure Exzellenz, und hoffe auf das Privileg, Siam eines Tages auch einen Dienst erweisen zu können.«
»Siam hat Ausländer immer willkommen geheißen und sie gut für ihre Dienste entlohnt«, verkündete der General. »Aber wehe denen, die unsere Großzügigkeit mißverstehen und unsere selbstverständliche Gastfreundschaft für Schwäche halten. Wir waren immer frei, und wir werden eine freie Nation bleiben.«
Phaulkon nahm an, das wäre eine Anspielung auf die Holländer und wollte gerade zustimmen, als dem alten Soldaten plötzlich etwas einfiel.
»Und was hält Eure englische Majestät von den Holländern, Herr?« fragte der General.

»Eure Exzellenz, wir mißtrauen ihren Absichten, ihren, äh ... Zielen.«
Der General nickte. »Was genau will Seine englische Majestät dagegen unternehmen?«
»Die englische Kompanie hat vor, ihre Macht unter Kontrolle zu halten, Eure Exzellenz, durch enge Zusammenarbeit mit der Regierung Seiner siamesischen Majestät.«
»So daß jeder entstehende Konflikt sich bis an unsere Küsten ausweiten könnte?« Der General beäugte Phaulkon mißtrauisch.
»Das wäre nicht das Ziel, Eure Exzellenz. Wir wollen nur versuchen, das Gleichgewicht der Macht zu erhalten. Und natürlich nur, wenn uns die Regierung Eurer großen, souveränen Nation darum bitten würde.«
Der General war sehr an diesem Thema interessiert und auch sichtlich von Phaulkons fließendem Siamesisch beeindruckt. »Wir müssen uns eingehend über diese Angelegenheit unterhalten. Beherrscht Ihr die Jagd auf Elefanten?«
Das Jagdgeschick des Generals war legendär, aber diese siamesische Kunst hatte Phaulkon bis jetzt noch nicht zu lernen versucht.
»Ich hatte noch nie das Vergnügen, Eure Exzellenz.«
»Dann werde ich Euch eine Einladung zukommen lassen, als Zuschauer natürlich.«
»Dieser Sklave kann sich keine größere Ehre vorstellen, als seine erste Jagd in Anwesenheit des größten Experten auf diesem Gebiet zu erleben.«
Der General beugte bescheiden den Kopf. »Es ist wahr. Ich habe in den letzten vierzig Jahren viel über Elefanten gelernt.«
Der Ruf des Generals als Krieger war legendär. Als die Armeen von Burma und Siam aufeinanderprallten, mit jeweils zwanzigtausend Elefanten und je drei Mann pro Tier, hätte man erwarten können, daß bis zur Abenddämmerung Tausende tot auf dem Schlachtfeld liegen würden. Aber beide Protagonisten waren Buddhisten, und ihr Hauptziel war nicht das Töten, sondern die Gefangennahme von Sklaven. Es war das Geschick

beim Manövrieren der großen Tiere, das letztendlich über den Sieg entschied.

»Es ist höchste Zeit, daß diese alten Knochen sich zur Ruhe begeben«, sagte der General und erhob sich, während die ehrerbietigen Zuschauer in Demutsstellung verharrten. Er warf einen Blick zu Phaulkon hinunter. »Ich habe unsere kleine Unterhaltung genossen. Ich werde dafür sorgen, daß Euch eine Einladung zur königlichen Jagd des nächsten Monats in die englische Kompanie geschickt wird.«

»Eure Exzellenz sind zu gütig«, erwiderte Phaulkon, innerlich sehr erregt. Die Begleiter des Generals erhoben sich jetzt ebenfalls und folgten ihm in gebückter Haltung. Petraja bedankte sich leutselig bei seinem Gastgeber, nickte Maria zu, als er ihr auf der Treppe begegnete.

Phanik ging sofort zu Phaulkon. »Ein beeindruckender Mann, was? Er ist schlau wie ein Fuchs und ein echter Patriot.« Er senkte die Stimme. »Das bleibt unter uns. Ich glaube, er mag Farangs nicht. Aber ich muß dir das Neueste erzählen.« Mestre Phanik führte Phaulkon in eine ruhigere Ecke des Gartens. »Die Schwester des Generals ist die Hauptkonkubine Seiner Majestät. Sie ist seit Jahren die Doyenne des königlichen Harems. Ihr Name ist Yupin, und sie hat sich mit einem portugiesischen Offizier direkt hier im portugiesischen Quartier vergnügt. Kannst du dir das vorstellen, eine königliche Konkubine? Warte, wenn der General das herausfindet... Aber da kommt Rashid«, Phanik wechselte schnell das Thema, als ein großer, indisch aussehender Mann mit dichtem schwarzem Bart sich ihnen näherte. »Ich hätte ihn nicht eingeladen, aber diese Mauren sind etwas zu mächtig geworden, um sie zu ignorieren.«

»Mestre Phanik, was für ein bezaubernder Abend«, sagte Rashid in siamesisch. Seine dunklen Augen musterten seinen Gastgeber und Phaulkon.

»Ihr seid zu gütig«, erwiderte Phanik. »Aber erlaubt mir, Euch einen alten Freund vorzustellen, Herrn Constantine Phaulkon. Das ist Luang Mohammed Rashid. Es ist gefährlich,

Luang Mohammed einzuladen, denn er ist der Chef der Bankettabteilung Seiner Majestät und kann nur zu gut die Qualität der Küche eines Gastgebers beurteilen.« Rashid lachte. »Luang«, das wußte Phaulkon, war ein Adelstitel wie Lord, den nur der König verleihen konnte.

Rashid war bei weitem nicht der einzige Maure, dem diese Ehre zuteil geworden war. Diese Muslims, deren Namen sich vom portugiesischen ›Mouros‹ ableitete, die Rechtgläubigen der Barbary-Küste, welche die südliche Iberische Halbinsel jahrhundertelang besetzt gehalten hatten, die Erbauer der Alhambra, hatten ihren festen Platz in allen Regierungsbereichen. Einige von ihnen lebten sogar als Berater des Königs innerhalb der Palastmauern. Es gab etwa an die viertausend Mauren hier, sie hatten keinen eigenen Vorort wie die Portugiesen oder Japaner oder Malaien.

»Ich versichere Euch, Doutor, Ihr habt nichts zu befürchten. Einer der Gründe, warum ich so freudig Eure Einladung annahm, war, daß ich die Hoffnung hatte, einen Eurer Köche zu stehlen. Insbesondere weil wir Nachricht erhalten haben, daß ein ehrenwerter Botschafter aus der Großen Sofia erwartet wird.«

Phaulkon schaute etwas verwirrt drein, und der gelehrte Doutor kam ihm zu Hilfe. »Ihr kennt ihn natürlich als Schah von Persien. Sofia ist eine Verballhornung des Wortes Sufi, der großen Dynastie, die in Persien seit zwanzig Jahren regiert.«

»Ich erinnere mich, als ich in Indien war, bezeichnete man den König von Delhi als Großmogul«, bemerkte Phaulkon und setzte die Unterhaltung in siamesisch fort.

»Genau. Und wir haben den Sultan der Türkei, der als Großer Türke bezeichnet wird«, sagte Rashid.

»Wenn doch nur der Große König von Siam sich auch noch den Reihen der Gläubigen anschließen würde«, bemerkte ein kleiner Mann, der sich gerade zu ihnen gesellt hatte. Er sah aus wie ein Südinder, dunkler als jeder Siamese und mit Doppelkinn. »Dann würde sich das Wort des Herrn vom Mittelmeer bis zum Chinesischen Meer erstrecken. Möge Allah

Seine Majestät segnen und ihn in die Arme des Islam geleiten.«
»Erlaubt mir, Herrn Abbas Malipatam vorzustellen«, sagte Luang. »Ich habe mir die Freiheit genommen, ihn mitzubringen. Er ist mein neuer Assistent in der Abteilung des königlichen Banketts. Das ist der Gastgeber, Mestre Phanik, und Herr Constantine Phaulkon.« Der Neuankömmling hob die Hand zum Herzen, der moslemische Gruß, und Phaulkon machte eine Verbeugung nach Art der Siamesen.
Über die Schulter des kleinen Mannes hinweg entdeckte Phaulkon die unverkennbare Hakennase und die Windmühlenarme seines Freundes Pater le Morin. Der kleine französische Jesuit hielt offensichtlich wild gestikulierend einen seiner Monologe. Er hatte Phaulkon noch nicht gesehen.
»Nun denn, meine Herren«, sagte Phanik, »wie es scheint, ist die Bankettabteilung Seiner Majestät heute abend in voller Zahl erschienen. Ihr beschämt mich.« Als wolle er diese Behauptung auf die Probe stellen, erschien in diesem Augenblick ein livrierter Diener vornübergebeugt mit einem silbernen Tablett, das mit kleinen Delikatessen beladen war: Knoblauchkrabben und kleines portugiesisches Gebäck, das bei den siamesischen Aristokraten sehr beliebt war.
»Köstlich«, bemerkte Luang Rashid, nachdem er davon gekostet hatte.
»Wann wird denn Seine Exzellenz, der persische Botschafter, erwartet?« fragte Phaulkon. War der Besuch des Botschafters ein Teil des großen moslemischen Plans, den siamesischen König zu Allah zu bekehren, fragte er sich. Oder hatte König Narai ihn als Zeichen asiatischer Solidarität gegen die holländische Expansion eingeladen?
»Wir erwarten ihn täglich«, erwiderte Rashid. In diesem Augenblick entdeckte Pater le Morin Phaulkon und stürzte sich mit einem Entzückensschrei auf ihn. »Mein lieber Constant«, rief er und umarmte Phaulkon herzlich. »Ihr seid also von Eurer Reise zurück. Wir müssen unsere Missionierungsversuche fortsetzen und Euch zum alten Glauben bekehren.« Seit eini-

ger Zeit schon versuchten die Jesuiten, Phaulkon wieder zum katholischen Glauben seiner Kindheit zu bekehren, obwohl seine Gleichgültigkeit gegenüber religiösen Theorien nur wenig Ansatz dazu gab. Trotzdem mochte Phaulkon sie, vor allem den kleinen Jesuiten, der vor ihm stand.
Phanik stellte Pater le Morin in der Runde vor, und dann sagte er mit boshaftem Grinsen in portugiesisch zu dem Priester: »Diese Herren haben gerade ihre Hoffnung zum Ausdruck gebracht, daß Allah Seiner Majestät bald die wahre Erleuchtung schenken wird.« Wie erwartet, wandte sich der Jesuit mit kriegerischer Miene den Mauren zu und begann in stark akzentuiertem Siamesisch: »Meine Herren, ich muß Sie informieren, daß der Bischof von Beryte, dem erst vor kurzem eine Audienz bei Seiner Majestät gestattet wurde, uns die freudige Nachricht überbrachte, daß Seine Majestät von Siam dem christlichen Glauben sehr zugetan ist.«
»Das ist wirklich ein Rätsel«, erwiderte Luang mit verächtlichem Blick auf le Morin, »soweit wir informiert sind, ist Seine Majestät dem Islam sehr zugetan. Er hat sogar dem Großen Schah Suleiman geschrieben, der als Antwort seinen Botschafter schickte. Der erlauchte Gesandte ist bereits unterwegs, und ich, mein Herr, habe die Ehre, die Oberaufsicht über seine Begrüßungsfeierlichkeiten innezuhaben. Ich bereite einen Empfang vor, wie er sonst nur den Gesandten des Kaisers von China zuteil wird.« Kein anderer wurde mit solchen Ehren empfangen wie die Botschafter aus dem Reich der Mitte im Norden.
»Die Gastfreundschaft Seiner Majestät ist sprichwörtlich«, erwiderte der Jesuit mit einer kleinen Verbeugung. »Es wird Euch vielleicht interessieren, daß ein Porträt Seiner Majestät König Ludwigs XIV. von Frankreich, Verteidiger des katholischen Glaubens, in den Privatgemächern Seiner Majestät hängt. Seine Majestät ist ein großer Bewunderer unseres edlen Königs.«
»Wie lange seid Ihr schon in unserem Land?« erkundigte sich Abbas bei dem Priester.

»Sechs Jahre, Herr.«
»Dann kann es Euch ja nicht entgangen sein, daß die Verwaltung dieses Landes in Händen der Gläubigen Allahs liegt. Seine Majestät hat es in seiner Weisheit für richtig befunden, die wahren Gläubigen in verantwortungsvolle Positionen im ganzen Land zu berufen. Die Anhänger Christi sind, wie ich höre, mehr profitorientiert.«
Der Jesuit errötete vor Zorn. »Eure Leute haben sich schon lange hier eingenistet«, sagte er, »aber das wahre Wort Gottes verbreitet sich trotzdem.«
»Meine Herren«, unterbrach Mestre Phanik, »leider muß ich mich von dieser faszinierenden Diskussion trennen. Aber wie es scheint, verabschieden sich einige meiner Gäste.«
»Wir werden auch gehen«, sagte Luang Rashid. Die beiden Mauren grüßten Phaulkon höflich und nickten dem Priester kurz zu.
»Eine sehr aufschlußreiche Unterhaltung, Pater«, sagte Phaulkon in portugiesisch. Le Morin sprach fließend Französisch und Portugiesisch. »Ist es wahr, was Ihr über das Porträt von Ludwig XIV. erzählt habt?«
»In der Tat ist es das. Seine Majestät von Frankreich ist auf einem Pferd dargestellt. Unglücklicherweise darf ich nicht verraten, woher ich vom großen Interesse Seiner Majestät an unserem Sonnenkönig weiß. Wir Jesuiten haben eben unsere Quellen«, sagte Le Morin stolz.
Sie waren, wie Phaulkon wußte, ein erstaunlich fähiger Orden. In den hundertfünfzig Jahren seit ihrer Gründung durch St. Ignatius von Loyola und ihre Genehmigung durch den Papst, hatten die Jesuiten den größten Missionsorden der Welt aufgebaut. Die rigorose und gründliche Ausbildung ihrer Anhänger hatte einige der diszipliniertesten, entschlossensten und intellektuell fähigsten Köpfe im Dienste Gottes hervorgebracht. Le Morin hatte neun Jahre humanitäre Wissenschaften und die Schriften studiert, ehe er seine Gelübde von Gehorsam, Keuschheit und Armut abgelegt hatte. Nach seiner Ordination hatte er drei Jahre lang in einem kleinen Dorf als Schul-

lehrer gearbeitet. Schließlich hatte er ein Jahr in völliger Isolation verbracht und über alle spirituellen Fragen meditiert.
In Siam studierten er und seine Jesuitenkollegen die Sprache, verbreiteten den Glauben, lehrten das Evangelium im Seminar und betätigten sich als Ärzte und sogar als Ingenieure. Sie trösteten gefolterte Gefangene in ihren Zellen und retteten kränkliche Babys vor einem frühen Tod. Sie kleideten sich schlicht und lehnten Titel und Ehren ab.
Jetzt, nach sechs Jahren in Siam, war Pater le Morin nur noch von einem Ehrgeiz getrieben: den großen König Narai von Siam zu bekehren.
»Aber, erzählt mir, Constant, Maria hat mich informiert, daß sie glaubt, ihr hättet Eurem katholischen Glauben für immer abgeschworen?«
»Ich fürchte, sie hat recht, Pater. Ich wurde als junger Knabe auf See Protestant. Meine englischen Herren haben mich überredet, ihren Glauben anzunehmen.«
»Nun ja, glücklicherweise ist es noch nicht zu spät, die Sache wieder in Ordnung zu bringen. Ich hoffe, Ihr kommt und besprecht das mit mir. Maria hat mich extra darauf angesprochen.«
»Welche Fortschritte macht denn ihre Ausbildung?« fragte Phaulkon.
Le Morin überlegte kurz. »Sie ist natürlich hochintelligent, aber keinesfalls bereit, alles, was wir lehren, zu akzeptieren. Sie verlangt für alles Gründe und Erklärungen, und sie müssen sie zufriedenstellen. Es ist ohne Zweifel eine Herausforderung, sie zu unterrichten. Ihr wißt, daß wir Jesuiten in der Regel keine Frauen unterrichten, aber der Bischof hat uns einen speziellen Dispens erteilt.«
Phaulkon bemerkte, daß die meisten Siamesen gegangen waren. Er entdeckte Mestre Phanik am oberen Treppenabsatz, wo er sich von scheidenden Gästen verabschiedete. General Petraja war offensichtlich der wichtigste fast gewesen.
Ein großer, grobschlächtiger französischer Kaufmann mit unangenehmem Körpergeruch gesellte sich zu ihnen und stellte

sich Pater le Morin vor, Phaulkon wich bewußt einer Vorstellung aus, dankbar, daß er ein paar Minuten für sich hatte. Er sah sich um. Mehrere junge siamesische Mädchen – denn in der strikt Männern vorbehaltenen Geschäftswelt Ajuthias wurden keine Farang-Frauen geduldet – plauderten aufgeregt mit Maria in einer Ecke des großen Gartens. Nicht weit von ihnen stand eine rüpelhafte Gruppe Farang-Kaufleute, lachend und laut diskutierend, manche von ihnen waren schon recht wacklig auf den Beinen.

Phaulkon bemerkte einen Farang, offensichtlich ein Neuling im Land, der einem verwirrten Siamesen eine Hand zum Gruß reichte. Es galt als unhöflich, nur eine Hand zu reichen, als wolle man nur einen Teil von sich geben, so daß der Siamese den Gruß erwiderte, indem er seine beiden Hände unter die des Farangs legte.

»Farangs, Farangs! Du kannst später mit ihnen reden.« Mestre Phanik war zu Phaulkon zurückgekehrt. »Wir werden sie nie los, bis der letzte Tropfen Brandy getrunken ist. Ich hab versucht, alle loszuwerden, so daß wir Zeit für ein langes Gespräch haben. Ich kann es kaum erwarten, alles über Eure Reisen zu erfahren. Warum verschwinden wir nicht einfach in meinem Arbeitszimmer?« Sie gingen nach oben und machten es sich in zwei Sesseln bequem.

»Maria hat mich gebeten, dafür zu sorgen, daß Ihr nicht geht«, sagte Phanik zu Phaulkon. »Sie wird sich uns in Kürze anschließen.«

»Erst einmal müßt Ihr wissen, daß unser Schiff vor der Küste von Ligor auf Grund gelaufen ist«, sagte Phaulkon, »daß ich dort einen Boxkampf bestritten habe und daß der sportliebende Gouverneur mir den Orden des Weißen Elefanten dritter Klasse verliehen hat.«

Der Doutor wollte ihm zuerst nicht glauben, als er aber sah, daß sein Freund es ernst meinte, klatschte er in die Hände und brüllte vor Vergnügen. »Das ist die beste Nachricht, die ich dieses Jahr gehört habe. Und Ihr habt Euch wirklich den besten Gouverneur ausgesucht. Er ist einer der Lieblinge des Königs.

Zeigt mir die Medaille.« Phaulkon holte sie aus einem Lederbeutel um seinen Hals. Der Doutor betrachtete sie voller Ehrfurcht. Dann erzählte Phaulkon ihm die ganze Geschichte, nur die Sache mit den Kanonen ließ er aus, und Mestre Phanik schüttelte immer wieder den Kopf. »Das ist der Stoff, aus dem Legenden gemacht werden«, wiederholte er. »Was jetzt, mein Freund?«

»In die Dienste der Regierung, hoffe ich«, erwiderte Phaulkon. »Ich habe das Gefühl, der Barcalon wird mich bald rufen lassen.«

»Soso, der Barcalon.« Phanik pfiff durch die Zähne. »Wo sollten sie denn einen Farang einsetzen? Mit Euren Sprachkenntnissen müßte es das Handelsministerium sein. Das ist es, bei Jupiter.« Der Doutor schlug sich auf die Knie. »Ihr sprecht die Hälfte aller Handelssprachen in Ajuthia.«

»Was für Chancen hätte ich, die korrupten Methoden der Mauren zu enthüllen?« fragte Phaulkon. »Zum Beispiel im Handel? Wir kennen ihre Methoden.«

»Wir kennen sie, ja, aber sie enthüllen?« Der Doutor war entsetzt. »Das meint Ihr doch nicht im Ernst? Es stimmt, daß sie seit dem Tod von Aqa Muhammad ohne einen wirklichen Anführer sind. Aber Ihr müßtet sehr behutsam vorgehen. Euer Leben wäre in Gottes Hand.« Aqa Muhammad war der vorige Barcalon, ein Maure persischer Herkunft, dessen Familie seit dem vierzehnten Jahrhundert in Siam ansässig ist. Durch andere Mauren in hohen Positionen hatte er eine moslemische Machtelite geschaffen, die die siamesischen Mandarine jetzt angeblich auflösen wollten. Aber das mußte mit aller Vorsicht geschehen.

»Der jetzige Barcalon ist rein siamesischer Herkunft, nicht wahr?« fragte Phaulkon. »Genau wie alle anderen vor ihm, mit Ausnahme des Aqa. Und obwohl ich mir sicher bin, daß Ihr die Unterstützung des neuen Barcalon gewinnen könntet, weiß ich nicht, inwieweit Euch das vor maurischen Attentätern schützen kann. Warum wolltet Ihr sie denn überhaupt entlarven?«

»Weil ich selbst eine Handelsmission nach Persien durchführen will, und sie haben das Monopol. Wenn man mir die Gelegenheit gibt, kann ich die Einkünfte des siamesischen Schatzamtes um das Dreifache steigern, da bin ich mir sicher. Ich brauche nur Gelegenheit, um ihre Unterschlagungen nachweisen zu können.«
Phanik wurde nachdenklich. »Euer einziger Vorteil ist, daß sie aus Mangel an Beaufsichtigung faul geworden sind, seit ihre maurischen Kollegen selbst die Überwachung übernommen haben. Ihre Preise sind bereits routinemäßig überhöht, und man könnte sie überführen.«
»Ihr meint, auf anderen Gebieten, abgesehen vom persischen Handel?«
»O ja. Bei den Banketts zum Beispiel. Sie haben das Monopol für alle königlichen Banketts. Rashid hat das in der Hand. Glaubt Ihr etwa, der fälscht die Rechnungen nicht? Und das nicht zu knapp, möchte ich wetten.«
»Warum unternimmt niemand etwas dagegen?«
»Weil in Siam Autorität respektiert wird. Aber es gibt keinen Zweifel, daß den siamesischen Mandarins der Betrug der mächtigen Mauren sauer aufstößt, und sie suchen nur nach einer Entschuldigung, um sie aus ihren Machtpositionen zu verdrängen. Die Beweise liegen direkt vor unserer Nase, da bin ich mir sicher; begraben in dem Gewirr von Akten des Handelsministeriums. Aber wie soll man sie ausgraben, das ist die Frage.«
»Es gibt nur eine Möglichkeit«, sagte Phaulkon bestimmt. »nämlich dort einen Posten zu bekommen und dann die Akten durcharbeiten, bis man etwas findet.«
»Aber das könnte ein Leben lang dauern, Constant. Und selbst wenn Ihr den Job an Land bekommt, wie würde Burnaby darauf reagieren, daß ihr bei den Siamesen angestellt seid?«
Da Phaulkon nicht bereit war, die Sache mit den Kanonen preiszugeben, mußte er behaupten, daß Burnaby und Ivatt freigelassen würden, sobald das Ministerium eine Kopie ihrer ursprünglichen Handelsgenehmigung mit den malaiischen Staaten nach Ligor geschickt hatte. Somit ahnte der Doutor nichts von Phaulkons augenblicklicher mißlicher Lage.

»Burnaby wird wie immer nörgeln«, erwiderte Phaulkon, »bis ich ihm zeige, welche Vorteile jemand bringt, der sich im Herzen des Ministeriums des Landes, in dem wir dienen, eingenistet hat.«
»Aber ist es nicht genau das, was der Barcalon vermuten wird? Wem würde Eure Loyalität gehören?«
»Ich bräuchte natürlich Zeit, um zu beweisen, daß sie Siam gehört. Seid Ihr dem Barcalon je begegnet?«
»Einmal«, sagte Phanik langsam. »Ich kann Euch nur eines sagen: Er ist der klügste Mann, der mir je begegnet ist. Wie die meisten Siamesen ist er tadellos höflich, währenddessen er damit beschäftigt ist, einen einzuschätzen. Er stellt einem kleine Fallen, und ehe man sich's versieht, hat er genau das herausgefunden, was er wissen will.«
»Aber glaubt Ihr, er wäre prinzipiell dagegen, einen Farang in seinem Ministerium zu beschäftigen?«
»Wahrscheinlich nicht, obwohl es das noch nie gegeben hat. Den Siamesen ist es egal, wer man ist, solange man seine Arbeit gut macht. Schaut Euch nur die Mauren an. Sie sind genausowenig Siamesen wie ich. Trotzdem haben sie alle möglichen Regierungsjobs. Es ist eher eine Frage des Loyalitätsbeweises. Anfangs wäret Ihr natürlich im Nachteil, weil Ihr für die Farangs gearbeitet habt. Zumindest haben die Mauren immer für Siam gearbeitet — und in ihre eigenen Taschen.« Phanik überlegte. »Wie kommt Ihr darauf, daß man Euch überhaupt dort einen Job anbieten könnte?«
»Ich werde um eine Arbeit ohne Bezahlung bitten. Zumindest bis mein neuer Arbeitgeber sich versichert hat, daß meine Absichten ehrlich sind.«
»Ohne Bezahlung, was? Das klingt sehr verlockend. Aber wovon würdet Ihr leben?«
»Ich werde Burnaby dazu überreden, mir meinen Lohn weiterzuzahlen, während ich ihm aus dem Herzen des siamesischen Ministeriums Informationen zuspiele.«
Phanik brüllte vor Lachen. »Wenn ich Euch nicht besser kennen würde, Constant, würde ich sagen, Ihr seid ein gewissen-

loser Schurke. Wie es aussieht, seid Ihr wahrscheinlich bestenfalls einer mit Gewissen.«

»Was hecken meine zwei bösen Onkels da wieder aus?« Beide Männer drehten sich zur Tür. Dort stand Maria und sah ganz bezaubernd aus. Phaulkon musterte sie neugierig. Wie selbstsicher sie doch plötzlich geworden war. Die Schüchternheit von letztem Jahr war völlig verschwunden.

»Wir diskutierten über Mohammedaner und Christen und den König von Siam, mein Schatz«, sagte Phanik.

Sie setzte sich in einen Stuhl neben ihren Onkel. »Unglücklicherweise wird der König von Siam nie den christlichen Glauben annehmen«, sagte sie.

»Warum sagst du das, meine Liebe?« fragte Phanik.

»Warum sollte er dem Glauben abschwören, dem seine Ahnen seit zweitausend Jahren gedient haben. Um ein paar Jesuiten auf der Durchreise einen Gefallen zu tun? Würde der König von Frankreich seinem Glauben auf Bitten einer buddhistischen Delegation in Versailles abschwören?«

»Meine Liebe, du darfst keine so frivolen Bemerkungen machen«, sagte Phanik. »Bedenke, was unsere Ahnen erleiden mußten.«

»Sie haben für ihren Glauben tapfer gelitten, Onkel, aber das war in Japan, wo ihnen das Recht auf ihren Glauben verweigert wurde. In Siam steht es uns frei anzubeten, wen wir wollen.«

»Aber du bist doch gläubig oder etwa nicht, mein Kind?« Der Doutor klang besorgt.

»Aber natürlich bin ich das, Onkel. Aber das sollte mich nicht blind machen, wenn es um die Wahrheit geht.«

»Was, wenn seine Bekehrung zum Glauben bedeuten könnte, daß sein Königreich aus den Klauen der Holländer befreit wird?« fragte Phaulkon, um sie auf die Probe zu stellen.

»Das wäre eine politische Bekehrung und hätte keinen spirituellen Wert«, erwiderte Maria. »Und außerdem ist der König von Siam viel zu gescheit, um so etwas zu machen. Er würde einfach so tun, als würde er sich auf die Bekehrung vorbereiten. Aber er würde das niemals vollenden. Aber wie auch immer, laßt uns nicht über Religion reden. Das hab ich den ganzen Tag.« Sie lachte. »Wie wär's mit einem aufregenden Thema wie Luang Sorasak zum Beispiel.« Sie warf ihrem Onkel einen boshaften Blick zu.

»Dieser unverschämte Taugenichts, warte, wenn ich den in die Finger kriege«, schimpfte der Doutor.

»Du würdest ihn genauso höflich und herzlich behandeln wie alle anderen, Onkel«, neckte ihn Maria. »Aber darf ich es Onkel Constant erzählen?«

»Ich denke, schon«, antwortete Phanik widerwillig.

»Also«, begann sie fröhlich: »Luang Sorasak — kein anderer als der Sohn des Generals Petraja — hat meinem Onkel aus dem Palast einen Brief geschrieben und mir die Position einer Gemahlin in seinem Harem angeboten. Ihr hättet Onkels Gesicht sehen sollen! Die wenigen Haare auf seinem Kopf standen alle zu Berge.«

Phaulkon lachte. Er war sehr angetan von Marias erstaunlicher Kombination von Lebhaftigkeit und genauer Beobachtungsgabe. »Wo habt Ihr diesen Luang Sorasak kennengelernt?« fragte er.

»Das ist ja das Seltsame. Anscheinend hat er mich bei einem Empfang entdeckt, zu dem ich meinen Onkel begleitet habe.«

»Sie genießt es, mich zu veralbern«, sagte Mestre Phanik. »Aber ich war wirklich ganz außer mir.«

»Du bist ein richtiger Spielverderber, Onkel.« Sie drehte sich zu Phaulkon. »Bei allen anderen ist er so jovial und liberal«, klagte sie, »aber was seine kleine Nichte angeht ... für die arme kleine Maria gelten andere Gesetze als für den Rest der Welt.«

Phaulkon war ebenfalls aufgefallen, wie sehr sich sein Freund veränderte, sobald es um Maria ging.

»Onkel«, fuhr sie hartnäckig fort, »du mußt doch zugeben, daß sein Antrag wirklich ehrenhaft gemeint war? Schließlich hat man in Siam als Unterfrau eine sehr respektable Position.

Und wie ich höre, müssen alle Unterfrauen gleich behandelt werden. Die Wahrheit ist«, sie drehte sich wieder zu Phaulkon hin, »daß mein Onkel nur wütend ist, weil Luang Sorasak mir nicht die Position der Hauptfrau angeboten hat.«
Beide Männer lachten. »Wie habt Ihr denn seinen Antrag abgelehnt?« fragte Phaulkon.
Sie lächelte listig. »Das habe ich noch nicht.«
Es war schon spät, und Phaulkon erhob sich, um sich zu verabschieden. Dabei spürte er, wie Maria ihn beobachtete. Sie hatte offensichtlich von ihrem Onkel sehr viel gelernt, sich aber selbst sehr eigenwillige Meinungen bewahrt. Er nahm sich vor, die beiden bald wiederzusehen.
Maria beobachtete ihrerseits Phaulkon mit großer Neugier. Jetzt wußte sie, warum sein Bild sie seit ihrem ersten Treffen ständig verfolgte. Er begriff, genau wie sie, beide Seiten der Welt, den Westen und den Osten. Er war von Natur aus unkonventionell und ehrgeizig, genau wie sie. Und er sah sehr gut aus. Sie schenkte ihm ein herzliches Lächeln und spürte, wie in ihr die Erregung für diesen Mann wuchs. Heute war sie sechzehn und endlich eine Frau geworden. Maria fühlte, daß sie am Beginn einer wundervollen Entwicklung stand.

16

Zum zweiten Mal innerhalb von zwei Tagen präsentierte Yupin ihren Passierschein und hinkte an den überraschten Palastwachen vorbei. Sie steckte dem Hauptmann ein paar Kaurimuscheln zu und sah, wie er lächelte. Es konnte nie schaden, sich Freunde zu machen.

Schon nach kurzer Zeit durchschritt sie den Bogen, der den Eingang zum portugiesischen Viertel markierte. Ihre Gedanken waren erfüllt von der Begierde nach Pedro Alvarez, und ihr Körper sehnte sich nach seinen brutalen Umarmungen. In diesem muskulösen portugiesischen Offizier hatte sie sexuell ihren Meister gefunden.

Ihr Puls beschleunigte bei dem Gedanken an die gestrige Begegnung. Die beiden hatten kaum Zeit, sich zu begrüßen, dann packte er sie und trug sie in sein Schlafzimmer, wo sie ihm genauso willig seinen Rock vom Leibe gerissen hatte. Sie hatte sich an seinem kräftigen Körper bis zur Ekstase ergötzt, bis sie es nicht mehr aushalten konnte und seine riesige Liebeslanze tief in sich hineinrammte, trotz des unvermeidlichen Schmerzes. Sie hatte das Gefühl, als würde ihr Körper entzweigerissen, bis sie nicht mehr wußte, was besser war: die Lust oder der Schmerz.

Während sie mit einladend schwingenden Hüften durch die schmalen, gepflasterten Gassen der portugiesischen Siedlung mit ihren seltsamen, weißgetünchten Häusern ohne Stelzen ging, bemerkte sie mit Stolz, daß jeder Passant ihr nachschaute. War es nur ihre Schönheit? Oder hatte ihr überschwenglicher Geliebter mit seiner Eroberung der königlichen Konkubine geprahlt, obwohl er selbst ihr Schicksal teilen würde, wenn man sie erwischte?

Sie bog um die Ecke, in die schmale Reihe von Häusern, in denen ihr Geliebter wohnte. Und erstarrte. Einen Augenblick lang blieb sie wie gelähmt stehen. Direkt vor der Tür des Kapitäns standen zwei Männer in den roten Uniformen der Palastwache. Sie unterhielten sich angeregt mit seinem Diener. Sie wich zurück und versuchte, so normal wie möglich zu gehen. Dann, an der ersten Ecke, begann sie zu laufen. Sie rannte ohne Rücksicht auf die Richtung und den Schmerz in ihrem Bein, bis sie sich total verirrt hatte. Schließlich wurde ihr klar, wieviel Aufmerksamkeit sie erregte, und verlangsamte ihr Tempo. Sie bog in eine breite Seitengasse ein, wo sie sicher war, daß sie noch keiner gesehen hatte.

Die Gasse war von Bäumen gesäumt, und zu beiden Seiten standen große, geräumige Backsteinhäuser mit von Bambushecken umschlossenen Gärten. Offensichtlich war das ein Wohnviertel der Reichen. Ein Haus war im siamesischen Stil gebaut, aus Holz, mit einem großen, geschwungenen, orangefarben gekachelten Dach. Seine Bewohner würden sicher siamesisch sprechen.

Sie stieg die Holztreppe hinauf, zog an der Klingelschnur und wartete heftig atmend. Ein Diener öffnete die Tür, und Yupin fragte nach der Dame des Hauses. Sie keuchte immer noch, und der Diener beäugte sie mißtrauisch. Er war sehr dunkel, mit indischen Gesichtszügen.

»Erwartet meine Herrin Euch?« fragte er in schwer akzentuiertem Siamesisch.

»Bitte sagt ihr, ich muß sie sehen. Es ist dringend. Ich bin Christin«, log sie. Man konnte wohl davon ausgehen, daß im portugiesischen Viertel die Dame des Hauses Christin war.

Der Diener zögerte. »Wartet hier bitte«, sagte er und schloß die Tür vor ihrer Nase. Yupin blieb draußen und schaute ängstlich die Straße entlang. Sie konnte keinen klaren Gedanken fassen. Sie suchten nach ihr, das war klar. Jemand mußte sie gestern gesehen haben.

Sie wich erschrocken zurück, als plötzlich die Tür aufging. Dann sagte eine sanfte Stimme: »Kommt bitte herein und setzt Euch. Ihr seht mitgenommen aus. Wie kann ich Euch zu Diensten sein?«

Yupin glitt schnell durch die Tür, aber nicht ohne verstohlen ihre potentielle Retterin zu begutachten. Es war eine junge

Frau, wahrscheinlich nicht älter als sechzehn oder siebzehn. Sie sah nicht portugiesisch aus, aber auch nicht siamesisch, trug aber siamesische Kleidung und sprach fließend siamesisch. Auf jeden Fall war sie wirklich hübsch und wirkte sehr selbstsicher und entschlossen. Yupin mußte sie irgendwie dazu bringen, den holländischen Arzt hierherzuholen. Es war ihre einzige Hoffnung. Nur er konnte sie zurück zum Palast bringen. Sie hatte seine Dienste schon zweimal in Anspruch genommen, kurz bevor ihr Liebhaber nach Pattani aufgebrochen war, und sie wußte, daß er für Bestechung empfänglich war. Sie folgte der Dame in das Vorzimmer und setzte sich in den angebotenen Stuhl.

»Ihr seht verängstigt aus, Pi. Ihr solltet Euch ein bißchen ausruhen«, sagte die Dame des Hauses.

»Ich hatte einen Unfall, meine Dame. Ich bin auf einen scharfen Stein gefallen.«

»Ihr solltet einen Arzt konsultieren.«

»Das werde ich, meine Dame. Bitte bemüht Euch nicht.«

»Laßt mich ein paar Erfrischungen kommen lassen.«

»Danke, meine Dame.« Yupin warf einen verlegenen Blick auf ihre Kleider. Ihre weiße Bluse war verschwitzt und klebte an ihrer Haut, und die Enden ihres Panung hatten sich gelöst. Sie stand auf und rückte ihn zurecht. Dann lächelte sie das Mädchen an, das gerade von der Bestellung der Erfrischungen zurückkam.

»Soll ich Euch saubere Kleider bringen lassen?« fragte die Gastgeberin. »Ich glaube, ich habe etwas, was Euch passen könnte.«

»Das ist sehr gütig. Ich werde das mit Freuden annehmen. Es ist so heiß draußen«, erklärte Yupin. Sie brauchte Zeit zum Nachdenken.

»Natürlich, Pi. Ich bin gleich wieder zurück.«

Yupin sah der jungen Frau nach, wie sie das Zimmer verließ. Wie sollte sie sich an das Mädchen heranmachen? Mit Schmeichelei? Einem Anflug von Reue, die die Christen anscheinend so schätzten?

Ein Diener brachte die Erfrischungen, Tee und die berühmten portugiesischen Kanom-Kuchen, die bei den Siamesen so beliebt waren. Yupin hatte zwar kaum Appetit, aber sie sollte wohl etwas essen, um ihre Gastgeberin zu befriedigen.
Das Mädchen kam mit einer sauberen Bluse und einem frischen Panung zurück. Yupin dankte ihr und streifte langsam die Schärpe von ihren Schultern und enthüllte ihre schön geformten Brüste. Zu ihrem Erstaunen schlug das Mädchen die Augen nieder. Wie köstlich, dachte Yupin. Sie mußte im Grunde ihres Herzens eine Farang sein. Nur Farangs fanden Brüste beschämend. Das Mädchen zeigte auf einen japanischen Paravent am Ende des Raumes, als hätte sie Angst, Yupin könnte vor ihr auch noch ihren Panung ablegen. »Ihr könnt Euch dort umziehen, Pi«, sagte sie.
»Danke, meine Dame.« Als Yupin das Zimmer durchquerte, fiel ihr Blick auf ein hölzernes Kruzifix an der Wand. Sie beschloß, sich diesem jungen Ding anzuvertrauen, ihre Sünden ganz reumütig zu beichten und sie anzuflehen, nichts davon verlauten zu lassen. Sie wußte von ihrem Liebhaber, daß die Christen das machten, wenn sie ihren Priestern beichteten. Yupin ging lächelnd hinter den Paravent und zog sich um. Es war wohl das beste, wenn sie alles tat, was das Mädchen wollte, besonders wenn sie sie dazu bringen wollte, Dr. Daniel zu holen.
»Wie kann ich Euch helfen?« fragte ihre Gastgeberin, als Yupin sich wieder in den Stuhl gegenüber setzte.
Yupin zögerte scheinbar. »Ich sehe, daß Ihr eine gute Christin seid, meine Dame. Und ich habe schrecklich gesündigt. Ich weiß nicht, ob Gott mir je verzeihen wird.«
»Es gibt nichts, was der allmächtige Gott dem wahrhaft Reumütigen nicht verzeihen würde«, erwiderte das Mädchen, offensichtlich sehr überzeugt.
»Aber selbst wenn Gott mir vergeben würde, bezweifle ich, daß der Scharfrichter des Palastes das tun würde.« Yupin fing leise an zu schluchzen.
Das Mädchen stand auf und legte ihr tröstend die Hand auf die Schulter. »Arbeitet Ihr denn im Palast?«

»Ja, meine Dame, das tue ich. Darf ich Euch etwas absolut Vertrauliches gestehen?«

»Das kommt darauf an, was Ihr mir zu erzählen habt.«

Das war nicht ganz die Antwort, die Yupin erwartet hatte. Trotzdem war es jetzt zu spät, die Taktik zu ändern. »Ich liebe einen portugiesischen Kapitän, und ich bin geflohen, um bei ihm zu sein. Die Palastwachen suchen mich. Mein Schicksal ist in Eurer Hand, meine Dame.«

Das Mädchen sah sie schweigend an. »Was für eine Position habt Ihr im Palast?« fragte sie.

»Ich bin eine der Konkubinen Seiner Majestät.«

Das Mädchen erstarrte. »Und wie ist Euer Name?«

»Yupin, meine Dame.«

Das Mädchen musterte sie mit wachsender Neugier. »Und ich heiße Maria de Giumar.« Jetzt erinnerte sich Maria. Natürlich, Yupin. Gerüchte von dieser skandalösen Affäre kursierten seit einiger Zeit im portugiesischen Viertel. Vor ein paar Monaten war ihr Name in aller Munde gewesen. Dann waren die Gerüchte plötzlich verstummt. Man nahm an, sie wäre hingerichtet worden. Aber sie war jetzt hier. Die ganze Affäre zeigte ihrer Meinung nach wieder einmal mehr, welche Kluft zwischen der siamesischen und der portugiesischen Bevölkerung bestand. Seine Majestät wußte offensichtlich nichts vom Verhalten seiner Konkubine. Aber was, wenn man sie in diesem Haus entdeckte? Maria war beunruhigt. Yupin hatte Glück, daß ihr Onkel Phanik nicht zu Hause war. Er hätte sie ohne viel Federlesens mit einer Eskorte in den Palast zurückgeschickt. Eine innere Stimme sagte Maria, sie täte gut daran, dasselbe zu tun.

»Solltet Ihr nicht besser in den Palast zurückkehren, bevor man Euch hier entdeckt?« fragte sie.

»Das würde ich ja gerne, meine Dame, aber es ist zu gefährlich. Die Wachen suchen bereits nach mir. Ich habe sie vor ein paar Minuten gesehen, vor Kapitän Alvarez' Haus.«

»Seid Ihr sicher, daß sie Euch nicht hier haben hereingehen sehen?«

»Ganz sicher, meine Dame.«
»Dann ist es wohl besser, wenn Ihr eine Weile hierbleibt. Ich möchte alles über Euer Leben im Palast erfahren. Wie lange seid Ihr schon eine königliche Gespielin?«
»Mein ganzes erwachsenes Leben, seit meinem vierzehnten Geburtstag.«
»Und wann habt Ihr angefangen, Euch mit diesem Kapitän zu treffen?«
»Ich habe ihn vor fast einem Jahr kennengelernt, meine Dame, aber ich habe ihn nur etwa ein halbes dutzendmal getroffen. Es ist sehr schwierig, den Palast zu verlassen.«
»Ich dachte, königliche Gespielinnen dürfen den Palast nie verlassen?«
»Offiziell nicht«, sagte Yupin lächelnd. »Aber ein paar von uns schaffen es immer wieder.« Plötzlich fiel ihr ihre Strategie wieder ein, und sie setzte sofort ein reumütiges Gesicht auf. »Ich werde mich nie wieder mit ihm treffen, meine Dame, ich möchte mich bessern. Werdet Ihr dieser Sünderin eine Chance geben?«
Maria lächelte. Wollte die Frau sie zum Narren halten? Sie dachte überhaupt nicht daran, sich zu bessern. »Vielleicht werde ich das, Pi, wenn Ihr mir alles erzählt, was ich wissen will. Für den Anfang könnt Ihr mir erst einmal alles erzählen, was Ihr über Luang Sorasak wißt. Wer ist er, und sieht er gut aus?«
Yupin zögerte. »Er ist ... mein Neffe, meine Dame. Ich fürchte, man kann ihn wohl kaum als gutaussehend bezeichnen.« Yupin entschied sich, keine weiteren Details zu nennen. Es war wohl nicht der richtige Zeitpunkt, um von seinem bösen, rachsüchtigen Charakter zu sprechen oder seiner Gier nach Macht und seinen geheimen Boxtourneen durch die Lande.
Marias Augen wurden groß. »Ihr seid mit General Petraja verwandt?« Das wurde ja immer interessanter.
»Er ist mein Bruder, meine Dame.«
Lieber Himmel, dachte Maria. Wenn die Liederschreiber im portugiesischen Viertel das erfahren würden! Wenn man sich

vorstellte, daß sie die ganze Zeit Verse über eine schlichte Palastkonkubine gedichtet hatten. Sie wandte sich zu Yupin. »Wo lebt Luang Sorasak?«

»In einem Flügel des Palastes, meine Dame.«

»Im Palast?« Das hatte Maria nicht gewußt. Sich vorzustellen, daß sie, genau wie Yupin, mit den übrigen dort eingesperrt sein könnte, nie wieder die Welt draußen sehen sollte. Natürlich hätte sie Sorasaks Antrag ohnehin nie angenommen. Kein Wunder, daß ihr Onkel so erbost über den Vorschlag gewesen war. »Im Palast!« wiederholte sie. »Aber wie kommt es, daß er dort lebt?«

Yupin zögerte. Es wäre Hochverrat, solche Palastgeheimnisse weiterzuerzählen. Aber wenn dieses Mädchen diese Enthüllungen so spannend fand, wie es aussah, würde sie ihr vielleicht eher helfen, Dr. Daniel zu rufen.

»Luang Sorasak, meine Dame, ist offiziell mein Neffe. Aber in Wahrheit ist er ein Sohn des Fürsten des Lebens selbst, von einer Frau aus dem Norden, die das Lager Seiner Majestät während der burmesischen Kampagne teilte. Sie war von zu niedriger Geburt, um sie als Mutter anzuerkennen, also wurde das Kind meinem Bruder übergeben, damit er es wie sein eigenes aufzog. Ihr müßt wissen, daß ich Euch das unter dem Siegel der Verschwiegenheit berichte. Ich könnte für diese Enthüllungen hingerichtet werden.«

»In dieser Hinsicht könnt Ihr ganz beruhigt sein, Pi. Ich werde nichts verraten.« Maria grinste Yupin an. Was für ein interessanter Nachmittag. Es war fast eine Entschädigung für all die monotonen Tage im Kloster. Sie betete, daß ihr Onkel nicht zurückkehrte und alles verderben würde. »Aber, sagt mir, Pi, wie verbringt Ihr Eure Tage im Palast?«

Yupin überlegte kurz. Sollte sie ihren Auftrag, Sunida auszubilden, verraten? Sie entschied sich dagegen. Sie stand schließlich unter Eid, nichts von ihrem Auftrag zu verraten.

Maria bemerkte, daß sie zögerte. »Noch eine Information«, bettelte sie, »und Ihr habt mein Wort, daß ich Euch helfen werde.«

»Werdet Ihr Dr. Daniel hierherbringen lassen, wenn ich es Euch erzähle?«
»Den holländischen Arzt?«
»Ja, er ist befugt, meine Wunde zu verbinden, und ich habe einen Passierschein vom Palast, der mir erlaubt, ihn zu konsultieren. Es wäre gefährlich für mich, dieses Haus ohne ihn zu verlassen.«
»Gut, Pi, ich werde das tun. Aber Ihr müßt sagen, Ihr hättet Euch verlaufen und bei mir geklopft, um nach dem Weg zu fragen. Dr. Daniel ist ein Freund der Familie, und er wird sich wundern, wie Ihr in dieses Haus kommt. Ich werde sofort einen Boten zu ihm schicken.«
»Oh, ich danke Euch, meine Dame. Ich stehe tief in Eurer Schuld.«
Während Marias Diener in Demutsstellung seinen Auftrag entgegennahm, überlegte Yupin noch einmal, ob sie wirklich ihren Auftrag, Sunida auszubilden, verraten sollte. Aber sie bezweifelte, daß ihr so schnell eine neue Geschichte einfallen würde, und offensichtlich war das genau die Art von Geheimnis, die das Mädchen genießen würde. Außerdem, wenn sie keine Namen nannte, war die Information ohnehin harmlos.
»So und jetzt erzählt, Pi«, sagte Maria begierig, sobald der Diener das Zimmer verlassen hatte, »welche finstere Intrige werdet Ihr enthüllen?«
»Ich bin auserwählt worden, ein neues Mädchen in den Künsten der Verführung zu unterrichten.«
»Wirklich? Wie macht Ihr das?«
Yupin musterte sie. »Ah, meine Dame, so etwas kann man nicht mit Worten erklären. Das muß man erleben. Vielleicht bei einer anderen Gelegenheit. Ich könnte —«
Maria unterbrach sie hastig. »Aber ich will alles wissen. Wen solltet Ihr ausbilden? Ist sie schön? Woher kommt sie?« Es war genau so, wie sie immer vermutet hatte. Selbst das Leben in der Abgeschlossenheit des Harems war aufregender als ihres.
»Sie ist noch nicht eingetroffen. Aber ich weiß, daß sie aus dem Süden kommt und außergewöhnlich schön sein soll.«

»Ist sie für den Harem Seiner Majestät bestimmt?«
»Nein, meine Dame. Seltsamerweise ist sie für einen Farang bestimmt. Um ihn auszuspionieren. Es ist sehr ungewöhnlich.«
»Einen Farang? Wirklich seltsam. Ich frage mich, wer das sein könnte?« Er muß sehr wichtig für den Palast sein, wenn sie ihn ausspionieren wollen, dachte Maria. »Ich würde gerne den Namen dieses Farangs erfahren. Könnt Ihr das für mich herausfinden?«
»Ich werde mein Bestes versuchen.«
»Und wie ist der Name dieses Mädchens, das Ihr ausbilden sollt?«
Yupin zögerte. Das ging zu weit. »Ich weiß es nicht, meine Dame.«
»Habt Ihr gehört, wie im Palast von anderen Farangs gesprochen wurde?«
»Ich habe gehört, wie der Fürst des Lebens mit meinem Bruder, General Petraja, über einen Farang gesprochen hat, der vom Gouverneur einer der ... südlichen Provinzen glaube ich, geehrt wurde.«
»Nakhon Si Thammarat?« warf Maria ein. Ihr Onkel hatte ihr verraten, welch große Ehre Constant durch den Gouverneur verliehen worden war.
»Das ist es!« rief Yupin. »Ich glaube, Ihr habt recht.«
»Und was hat der Fürst des Lebens über ihn gesagt?«
»Ich habe nur Bruchstücke des Gesprächs gehört, meine Dame, aber ich hörte Seine Majestät sagen, daß er dem Barcalon befehlen würde, diesen Farang zu einer Audienz zu bitten.«
»Versprecht Ihr mir, daß Ihr mich auf dem laufenden haltet? Dieser Farang ist ein Freund der Familie und seine Fortschritte interessieren uns.«
»Natürlich, meine Dame. Jetzt, da ich von Eurem Interesse weiß, werde ich alles über ihn herausfinden.«
Draußen ertönte eine Glocke, und Maria und Yupin erhoben sich erwartungsvoll. Das war sicher Dr. Daniel. Die Tür schwang auf und Mestre Phanik kam herein.
»Hallo, wen haben wir denn da?« fragte er freundlich auf por-

tugiesisch, umarmte Maria und wandte sich dann fragend an Yupin.
Die Kurtisane setzte ihr verführerischstes Lächeln auf.
»Äh, diese Dame, Onkel hat sich auf der Suche nach Dr. Daniel verirrt. Also habe ich Kowit geschickt, ihn zu holen. Ich hoffe, du hast nichts dagegen?«
»Aber nein. Du hast genau richtig gehandelt.« Mestre Phanik wandte sich in siamesisch an Yupin. »Darf ich fragen, wo Ihr wohnt, Madame?«
»In der Nähe des Palasts, mein Herr, aber ich fürchte, ich kenne mich im europäischen Viertel nicht sehr gut aus.«
Phanik sah das verbundene Knie der Besucherin. »Seid Ihr schwer verletzt, Madame?«
»Nur ein kleiner Sturz, mein Herr, aber Dr. Daniel wird es schon heilen können.«
»Ja, er ist ein sehr fähiger Mann. Kennt Ihr ihn denn?«
»Ich bin ihm einmal begegnet«, erwiderte Yupin mit ernstem Gesicht. Phanik musterte sie neugierig.
»Ist das nicht die Bluse meiner Nichte, die Ihr da tragt?« fragte er.
»Das ist sie in der Tat«, erwiderte Yupin. »Diese gütige Dame hat sie mir geliehen, weil ich nach meinem langen Irrweg sehr verschwitzt war.« Bevor Maria oder ihr Onkel etwas dagegen tun konnten, hatte Yupin die Bluse ausgezogen. Sie wandten sich beide ab.
Die Türglocke schellte erneut, und Yupin wandte sich schnell an Maria. »Ich muß jetzt gehen. Ich habe mich sehr verspätet. Danke für all Eure Güte, meine Dame.« Sie grüßte Mestre Phanik zu und ging dann in Richtung Tür.
»Oh, bittet doch Dr. Daniel für einen Augenblick herein, wenn er es ist«, sagte Phanik.
»Aber Onkel, die Dame hat es eilig«, sagte Maria, die eine Konfrontation unter allen Umständen vermeiden wollte.
Bevor Yupin aus der Tür gehen konnte, hatte ein Diener Dr. Daniel hereingeführt. Er zog seinen Hut, darunter wurde eine blonde Mähne und ein von der tropischen Sonne gerötetes Gesicht sichtbar.

»Bom dia«, sagte er in schwer akzentuiertem Portugiesisch. Dann entdeckte er Yupin und starrte sie einen Augenblick lang verwirrt an. *»God verdomme«,* murmelte er auf holländisch.
Phanik schaute neugierig von ihr zu ihm. »Sie beide kennen sich?« fragte er den Arzt auf portugiesisch.
Yupin verstand zwar keine Farang-Sprachen, aber an ihren Mienen war deutlich zu erkennen, daß sie in Schwierigkeiten war. Der Arzt wollte gerade antworten, als sie ein Stück Papier aus einem kleinen Stoffbeutel holte und es Maria reichte. »Bitte informiert den Arzt, daß ich die Genehmigung habe, ihn zu konsultieren.« Sie zeigte auf ihr Knie. »Könntet Ihr ihn bitten, mich sobald als möglich zu untersuchen, ich muß vor Sonnenuntergang zurück sein. Es ist schon spät.«
Maria übersetzte das Dokument ins Portugiesische für den Arzt, der fast kein Siamesisch sprach. Sie ließ nur aus, daß der Befehl aus dem Palast kam.
»Laß mich das Papier sehen«, sagte Phanik, als er die hochgestochenen Phrasen des königlichen Siamesisch in der Übersetzung erkannte. Bevor Maria es verhindern konnte, hatte er ihr das Papier entwunden und las es durch. »Ich dachte, die Dame hätte gesagt, sie lebte in der Nähe des Palastes, nicht in ihm«, sagte er und wandte sich mißtrauisch Maria zu.
»Das hatte ich auch verstanden, Onkel. Vielleicht wollte sie uns nicht einschüchtern.«
Phanik schien das nicht zu beruhigen. Maria betete, daß er Yupins Namen nicht erkennen würde. Er wandte sich Dr. Daniel zu. »Der Befehl ist persönlich von Ihrer Königlichen Hoheit, der Prinzessin Yotatep unterzeichnet«, sagte er mit hochgezogenen Augenbrauen.
Als Yupin Yotateps Namen hörte, zog sie zwei Goldmünzen aus ihrer Börse, die sie für diese Gelegenheit vorbereitet hatte. »Ihre Königliche Hoheit hat mich gebeten, diese dem ehrenwerten Doktor für seine Dienste zu geben«, erklärte sie Maria.
Der Arzt beäugte gierig die Münzen, während er der Übersetzung lauschte. Es war wesentlich mehr, als die Untersuchung

kostete. Er machte Yupin ein Zeichen, ihm zu folgen. »Wir müssen uns auf den Weg machen, wenn wir es bis Sonnenuntergang schaffen wollen«, sagte er und verbeugte sich hastig vor Maria und Mestre Phanik. Yupin machte eine tiefe Verbeugung vor Maria und folgte dem Arzt nach draußen. Mestre Phanik blieb irritiert zurück.

Der junge Wachmann am Palasttor entdeckte sie zuerst. »Herr Hauptmann«, rief er aufgeregt. »ich sehe eine Dame kommen. Ein Farang ist bei ihr. Das muß sie sein.« Der Hauptmann kam angelaufen.

»Du hast recht. Da ist sie. Geh und hole sie.«

Der junge Wachmann lief los und stellte Yupin.

»Ist etwas passiert?« fragte sie und versuchte, ihre Angst nicht zu zeigen.

»Das kann Euch der Herr Hauptmann besser erklären, meine Dame. Folgt mir bitte.« Yupin drehte sich schnell zu dem Arzt um und machte eine Verbeugung.

Der Arzt schritt davon, froh, sie wieder los zu sein. Er hatte die Wunde gesäubert, sie verbunden und hatte geschworen, trotz der Goldmünzen, daß es seine letzte Begegnung mit Yupin sein würde. Das Risiko war einfach zu groß.

Der Hauptmann der Wache erwartete Yupin am Tor. Er verbeugte sich vor ihr. »Der Fürst des Lebens hat befohlen, daß Ihr Euch sofort zu den königlichen Gemächern begebt. Boten haben schon zweimal nach Euch gesucht«, fügte er drohend hinzu.

Yupin kostete es einige Anstrengung, aber sie ging hocherhobenen Hauptes durch die zahllosen Höfe, die zu den königlichen Gemächern führten. Wie übel ihr doch das Schicksal mitgespielt hatte, gerade als sie dachte, sie hätte es sicher nach Hause geschafft.

Sie blieb stehen. Sie hatte fast ihr ganzes Leben als oberste Kurtisane am Hofe König Narais verbracht, und sie würde bis zum Ende dieser Rolle gerecht werden. Sie änderte die Richtung und ging statt dessen in ihre Gemächer, um sich ihre schönsten

Kleider für die letzte Begegnung mit dem Gebieter des Lebens anzulegen.

Ein königlicher Page in einer roten Uniform hielt Yupin am Eingang zu den königlichen Gemächern auf und informierte sie, daß seine Majestät damit beschäftigt wäre, einen Poesiewettbewerb auszuwerten und sie erst später empfangen würde. Sie sollte inzwischen ihren Pflichten nachgehen. Im Vorzimmer würde eine junge Dame auf sie warten.
Der Page öffnete ihr eine Tür und ließ sie eintreten. Yupin blieb starr vor Staunen an der Tür stehen. Denn dort, vor dem Fenster, stand eine Vision weiblicher Perfektion, wie sie sie in den letzten zwanzig Jahren ihres Dienstes im Palast nicht gesehen hatte. Das Mädchen war für eine Siamesin ungewöhnlich groß und langgliedrig, und sie hatte riesige Mandelaugen und ein Gesicht von atemberaubender Schönheit. Sie lächelte Yupin schüchtern an.
»Ehrenwerte Lehrerin?« fragte sie bescheiden, und nachdem die sprachlose Yupin nichts erwiderte, warf sie sich graziös zu Boden.
»Wie heißt du?« fragte Yupin.
»Sunida, ehrenwerte Lehrerin. Der Göttliche Fürst des Lebens hat mir befohlen, hier auf Euch zu warten. Die Boten Seiner grenzenlosen Majestät haben überall nach Euch gesucht. Ich wollte kein Anlaß für Ärger sein«, sagte sie mit ängstlichem Blick.
Eine Woge der Hoffnung ergriff Yupin. War das vielleicht der Grund gewesen für den königlichen Befehl? Das Mädchen aus dem Süden war eingetroffen. Yupin wurden die Knie vor Erleichterung weich. Sie lehnte sich an die Tür.
Sunida war besorgt. »Fühlt Ihr Euch nicht wohl, ehrenwerte Lehrerin?«
»Mir geht es gut, danke. Es ist nur die Hitze, und ich habe einen erschöpfenden Tag hinter mir.«
Über ihnen raschelte etwas. Es schien irgendwo ganz oben aus der getäfelten Wand links zu kommen. Yupin fragte sich, ob es

einer der Spione Seiner Majestät war, oder vielleicht der Herr des Lebens selbst, der sie durch ein Guckloch beobachtete. Von Anfang an hatte der Gebieter des Lebens außergewöhnliches Interesse an der ganzen Geschichte gezeigt.

Sie nahm sich mit einiger Mühe zusammen. »Sunida, du bist für eine königliche Mission auserwählt worden«, begann sie. »Der Fürst des Lebens selbst, der größte König dieser Erde, hat darum gebeten, über alle Details informiert zu werden. Ich brauche wohl kaum zu sagen, welche Ehre dir zuteil geworden ist.«

Sunidas Stimme zitterte. »Der Fürst des Lebens hat dieses Staubkorn selbst angesprochen, ehrenwerte Lehrerin. Seine grenzenlose Majestät hat mir gesagt, ich wäre auserwählt, der Nation zu dienen. Bitte nehmt zur Kenntnis, ehrenwerte Lehrerin, daß mein Leben, meine Loyalität und meine Liebe meinem Lehensfürsten gehören.«

Yupin lächelte und ging zu ihr. »Dann komm, kleine Maus«, sagte sie und nahm sie an der Hand, »laß uns eine Kurtisane aus dir machen.«

17

Es war warm im Zimmer, und das Wasser schimmerte im Licht des offenen Fensters, als Yupin den Deckel von dem großen, irdenen Gefäß nahm, sich bückte, eine Silberschale ergriff, Wasser herausschöpfte und sich damit übergoß. Sie seufzte genüßlich, als die Flüssigkeit über ihren nackten Körper lief. Volle zehn Minuten lang säuberte sie sich, dann rieb sie ihre Haut mit duftenden Ölen ein.

Aus dem Augenwinkel beobachtete sie Sunida, die neben einem Lackschränkchen am hinteren Ende des Zimmers stand und sich schüchtern von dem Alkoven abwandte, der als Badebereich diente.

»Komm, kleine Maus, jetzt bist du an der Reihe. Du mußt lernen, wie man einen Mann badet. Männer lieben es, verwöhnt zu werden, weißt du.« Sunida kam schüchtern näher. Sie stellte sich in ihrem Panung neben das Gefäß und fragte sich, wann Yupin endlich weggehen würde, damit sie sich ungestört entkleiden konnte. Die unteren, geheimen Regionen sollten immer unter dem Panung verborgen bleiben, selbst beim Baden. Außer natürlich, man war ganz allein. Die Keuschheit eines Mädchens lag in den unteren Regionen.

»Zieh deinen Panung aus, kleine Maus. Du darfst dich nicht vor deiner Lehrerin genieren. Wir werden noch sehr viel gemeinsam erleben.« Yupin lächelte und beobachtete, wie Sunida folgsam ihren Panung ablegte, bis sie schließlich nackt mit gesenktem Kopf vor ihr stand.

»Du mußt lernen, Schüchternheit nur als Waffe einzusetzen, kleine Maus. In Augenblicken der Intimität liebt es ein Mann, wenn die Frau ohne Scham ist.«

Yupin konnte sich nach Herzenslust an ihr satt sehen. Sunida war ein perfektes Exemplar von Frau, makellos und einladend. Yupin erregte der Gedanke an die Tage der Ausbildung, die unter ihrem Kommando folgen würden. Sie hatte Sunida in der ersten Nacht nach ihrer langen Reise ruhen lassen. Aber heute

würde die Ausbildung ernsthaft beginnen. Sie hatte Sunida kurz nach Tagesanbruch aus dem kleinen Zimmer neben dem ihren holen lassen. Später, wenn die Ausbildung fortgeschritten war, würde Sunida ihr Quartier mit ihr teilen, die letzte Vorbereitung auf den Farang, für den sie bestimmt war.
Ihre Schülerin trat vorsichtig in die kleine Waschkabine und begann, sich mit Wasser zu begießen. Nach einer Weile hatte sie sich an Yupins Blicke gewöhnt, und ihre Gedanken fingen an zu wandern. Sie dachte erneut an ihr Schicksal. Man stelle sich vor, der Fürst des Lebens hatte tatsächlich mit ihr geredet! Was für seltsame, aufregende Dinge sie erlebt hatte, seit der Mann aus einer anderen Welt kurz in ihr Leben getreten war. Sie fragte sich, ob sie ihn je wiedersehen würde. Sie dachte daran, wie ihr Onkel sie zu sich befohlen hatte, sofort nachdem ihr geliebter Farang abgereist war, und an die heimliche Reise nach Ajuthia mit Eskorte und an ihre Angst, als sie in Demutsstellung die königliche Audienz über sich hatte ergehen lassen. Und diese Lehrerin hier machte ihr auch ein bißchen angst. Für wen wurde sie denn ausgebildet, fragte sie sich. Sie, eine bescheidene Dienerin, sollte der Nation dienen. Und warum so weit von ihrer Heimat entfernt? Es stand ihr nicht zu, Fragen zu stellen, sagte sie sich. Es genügte, daß es der Fürst des Lebens befohlen hatte.
Sie nahm eine Flasche duftendes Öl aus dem Regal. Sie wollte sich gerade damit einreiben, als eine Hand sie ihr abnahm.
Einen Augenblick später umfaßten zwei Hände sie von hinten und rieben sanft mit kreisförmigen Bewegungen das Öl in ihre Haut ein, zuerst im Nacken, dann an den Schultern, langsam die Wirbelsäule hinunter, mit einem Umweg über die Rippen und die Taille. Sie spürte zwar die Präsenz der Lehrerin hinter sich, aber nur ihre Fingerspitzen berührten sie. Sunida erschauderte, als die Finger tiefer glitten, über ihre Pobacken strichen und die Innenseiten ihrer Schenkel abtasteten. Dann bewegten sie sich von hinten an den Knöcheln langsam wieder nach oben. Sie spürte Yupins Atem auf ihrer Haut, ein Hauch warmer Luft, der wunderbar ihren Körper hochstrich und ihn vor Lust erzittern ließ.
Dann plötzlich spürte sie Yupins Körper, und die harten Brust-

warzen ihrer Lehrerin an ihrem Rücken. Streichelnde Hände umfingen ihre Brüste und liebkosten sie sinnlich.
Zu Sunidas Beschämung erigierten auch ihre Brustwarzen. Aber im nächsten Augenblick hatte ihre Lehrerin die Hände und ihren Körper zurückgezogen. Plötzlich war sie fort, und Sunida hörte, wie die Tür des Zimmers sich hinter ihr schloß. Sie fühlte sich seltsam verlassen — und betrogen. Sie hatte Sehnsucht nach ihrem Geliebten.
Traurig nahm sie das Stoffhandtuch vom Regal über sich und begann sich abzutrocknen. Dann widerstand sie dem Drang, ihren Panung wieder anzulegen, und legte sich nackt auf ihre dünnen Bastmatten und dachte über ihre Lehrerin nach. Warum war sie so plötzlich gegangen, ohne ein Wort?
Der Fürst des Lebens hatte ihr gesagt, sie dürfte es nicht als Schande empfinden, von einer Frau unterrichtet zu werden, und die Dame Yupin wäre die beste Lehrerin, die es gäbe. Es war schwierig, keine Scham zu empfinden, besonders als ihr klar wurde, daß sie nicht wollte, daß die Lehrerin aufhörte. Besser, wenn sie solche Überlegungen gar nicht erst anstellte. Sie schaute sich um, wieder beeindruckt vom Dekor. Das Zimmer ihrer Lehrerin war fast so prächtig wie das Vorzimmer des Gouverneurs von Ligor! Und was den Audienzsaal des Fürsten des Lebens anging ... sie zitterte bei dem Gedanken daran. Sie hatte sich nicht träumen lassen, daß so etwas Schönes existieren könnte. Sie hatte zwar ihren Kopf in den weichen Teppichen begraben, kaum gewagt, ihn zu heben, hatte aber aus dem Augenwinkel die schönen, getäfelten Wände mit den glitzernden roten und goldenen Lackstreifen und die Reihen goldener Schirme gesehen.
Die Tür ging auf, und instinktiv bedeckte Sunida sich mit den Händen. Ihre Lehrerin kam mit einer Auswahl von Salben und Flüssigkeiten herein. In einer Hand trug sie auch noch drei Bambusstäbe, an deren Enden Federn von verschiedener Form und Größe befestigt waren.
Yupin lächelte sie gütig an. »Bleib, wo du bist, kleine Maus. Was immer auch passiert, ich möchte, daß du dich entspannst. Nichts wird dir weh tun. Im Gegenteil ...« Yupin kniete sich

neben sie, nackt bis auf ihren Panung. »Hast du Erfahrung mit Männern, kleine Maus?«
Sunida zögerte. »Habe ich, ehrenwerte Lehrerin.«
»Nur mit einem, kleine Maus?«
»Mit zweien, ehrenwerte Lehrerin.«
»Und wer war der erste, der deinen himmlischen Garten betrat?«
»Es ... es war der Palat, ehrenwerte Lehrerin. Der Stellvertreter des Gouverneurs.«
»Und hast du bei ihm Lust erfahren, kleine Maus?«
Sunida schüttelte den Kopf. »Es war nicht nach meinem Willen, ehrenwerte Lehrerin.«
»Und wie oft hat er deinen himmlischen Gang betreten?«
»Nur ein paarmal, ehrenwerte Lehrerin. Er hat mich bald in Ruhe gelassen, nachdem er einsah, daß meine Zurückhaltung sich nicht geben würde.«
»Ich verstehe«, sagte Yupin mitfühlend. »Und hast du je die Sehnsucht kennengelernt, mein Kind?«
Sunida schwieg einen Augenblick. »Ja, ehrenwerte Lehrerin«, sagte sie.
»Mit dem zweiten Mann?«
Sunida nickte. »Nur mit ihm.«
»Und war das so, kleine Maus?« Drei weiche Federn begannen, Sunida an verschiedenen Stellen zu liebkosen und Schauder des Entzückens auf ihrer Haut auszulösen. Yupin hielt alle drei Stöcke mit einer Hand, mit der anderen glitt sie die Innenseite von Sunidas Schenkeln entlang und drückte ihr sanft die Beine auseinander. Instinktiv spannte sich der Körper des Mädchens an.
»Du mußt lernen, dich zu entspannen, kleine Maus. Es ist eines der Hindernisse, die dein Vergnügen und das deines Liebhabers beeinträchtigen werden.«
Sunida entspannte sich, und Yupin führte sofort geschickt zwei Murmeln in ihren himmlischen Gang ein. »Zieh einfach, während ich rede, rhythmisch deine Muskeln zusammen, kleine Maus. Zuerst wirst du nicht viel spüren, aber bald ... jetzt erzähl mir von dem zweiten Mann. Wer war er?«
Sunida zögerte. Sie fühlte die Hände ihrer Lehrerin auf ihren Brü-

sten, sie rieb sie mit einer Flüssigkeit ein. Es war ein warmes, brennendes Gefühl, und dann begannen die Federn erneut ihr Spiel und lenkten sie von dem Brennen ab. Das abwechselnde Gefühl von kalt und warm war köstlich. »Er ... er war ein Farang, ehrenwerte Lehrerin. Ich habe im Palast des Gouverneurs für ihn getanzt. Und dann ...« Sie verstummte.

»Du kannst es mir ein anderes Mal erzählen, wenn dir das lieber ist.« Sie würde sich diesen Leckerbissen für später aufheben. Ein Farang! Yupin war fassungslos. Wo konnte ein Mädchen wie sie einem Farang begegnen? Und sich vorzustellen, daß sie jetzt für einen bestimmt war. Das Leben war wirklich voller Überraschungen!

»Dreh dich um und leg dich auf den Bauch, kleine Maus.« Die Federn tanzten jetzt über ihren Rücken, kitzelten gar köstlich ihren Hals und ihre Ohren und tauchten zwischen ihre Pobacken. Und während die Muskeln sich immer wieder zusammenzogen und entspannten, begannen die Murmeln allmählich ihre Wirkung zu tun. Sunida stöhnte, und wie auf ein Stichwort überquerten Yupins erfahrene Finger den Körper des jungen Mädchens, zeichneten die sinnlichste Gestalt nach, die sie — abgesehen von ihrer eigenen — je berührt hatte. »Wisse, daß der Körper eines Mannes und einer Frau sich in ihrer Reaktion auf Berührung nicht unterscheiden.«

Sunidas Kopf bewegte sich hin und her. Sie sah mit Entsetzen, daß die Lehrerin sich jetzt selbst mit den Federn bearbeitete. Sunida spürte, wie ihre Beine erneut gespreizt wurden und eine weiche Salbe um ihren himmlischen Garten gerieben wurde. Federn kitzelten sie wunderbar an ihren sensibelsten Stellen, und als sie ihre innersten Ränder berührten, fühlte sie den Drang, vor Lust zu schreien.

Plötzlich lag ihre Lehrerin neben ihr, mit erregten Brüsten und warmem Atem. »So, kleine Maus, jetzt werden wir sehen, wieviel du gelernt hast. Stell dir einfach vor, ich wäre der Farang, von dem du mir erzählt hast.«

»Ja, ehrenwerte Lehrerin.« Sunida schloß die Augen und dachte an Phaulkon. Und alles war wunderbar.

18

Bitte, setzt Euch, Herr Forcon.« Der Barcalon lächelte huldvoll und zeigte auf einen schlichten Bambusstuhl, dem einzigen im Raum, der offensichtlich für ausländische Besucher bereitgestellt war. Der Stuhl, umgeben von kompliziert bemalten japanischen Paravents, üppigen persischen Teppichen und schwarz-goldenen Lacktruhen der frühen Ajuthia-Periode, paßte so gar nicht in die erhabene Pracht des getäfelten Audienzsaals. Der Erste Minister selbst ruhte auf einer Seidencouch am hinteren Ende des Zimmers und war durch den Rauch seiner Hookah verborgen.

Die Aufforderung war im Morgengrauen gekommen, genau eine Woche nach Mestre Phaniks Fest, und der Bote hatte vor Phaulkons Haus gewartet, denn er hatte Befehl, den Farang persönlich direkt in das Büro Seiner Exzellenz zu bringen. Für Phaulkon war es eine Erleichterung, daß die Aufforderung endlich eingetroffen war, zugleich ergriff ihn aber die Angst.

Phaulkon ignorierte die Aufforderung, sich zu setzen, und warf sich statt dessen auf den Boden, er blieb auf den Knien und Ellenbogen, mit der Stirn nahe am Boden und den Händen vor der Stirn gefaltet. Er postierte sich so, daß er durch seine Finger den Barcalon beobachten konnte, ohne daß sein Gesicht für den Barcalon zu sehen war. Jeder Nerv Phaulkons war bis zum Zerreißen gespannt. Er wußte, daß dieses Gespräch entscheidend für sein Schicksal war, für das seiner Gefährten und das fragile Gerüst jahrelanger Planung.

Der Barcalon war von molliger Gestalt, anscheinend ziemlich klein, und seine feisten, gedrungenen Beine schienen unter den Kissen, die ihn umgaben, zu verschwinden. Er trug den traditionellen cremefarbenen Panung aus bedrucktem Stoff und eine prächtige Jacke aus beigefarbener Seide, deren Mandarinkragen und Ärmelkanten reich mit Gold bestickt waren. Er war von rein siamesischem Geblüt, hatte kurzgeschorenes schwarzes Haar und olivfarbene Haut. Seine Nase war gebogen und endete in

zwei geblähten Flügeln, seine dunklen, wachen Augen beobachteten Phaulkon sehr genau.
»Wie ich sehe, seid Ihr mit unseren Bräuchen gut vertraut, Herr Forcon. Wir haben viel zu besprechen, und ich bin mir sicher, Euer Körper ist nicht an langes Verharren in Demutsstellung gewöhnt. Es wäre das beste, wenn Ihr Euch nach Eurer Sitte in den Stuhl setzt.« Wieder zeigte er auf den Bambusstuhl.
Phaulkon bewegte sich nicht. »Mächtiger Fürst, ich empfange Eure Befehle. Aber ich, ein bloßes Haar, würde mich in keiner anderen Stellung vor dem großen Pra Klang wohl fühlen.«
Es war der erste Satz, den Phaulkon gesprochen hatte, in perfektem Siamesisch. Die Augenbrauen des Potentaten hoben sich kaum merklich, als er sich abwandte, um die roten Säfte der Betelnuß in einen Kupferspucknapf zu spucken. Zu seinen Füßen rutschte ein Schatten nach vorn, ein diskreter Arm streckte sich aus und ersetzte den Spucknapf durch einen neuen.
»In der Tat bemerkenswert, wie Ihr unsere Sprache beherrscht, Herr Forcon. Praktisch ohne Akzent. Wie Ihr sicher wißt, ist unsere Sprache tonal, und eine kleine Betonung ändert die Bedeutung eines Wortes. Eure Missionarspriester verkünden oft die seltsamsten Dinge. Unser Volk hat sich sehr über einen Eurer heiligen Männer amüsiert, der immer das Wort für Wasserbüffel mit dem des männlichen Fortpflanzungsorgans verwechselt.« Die Augen des Barcalon funkelten vergnügt, und als Phaulkon lachte, stimmte er mit ein. »Aber, sagt mir, Herr Forcon, wie habt Ihr unsere Sprache gelernt? Schließlich seid Ihr ja erst ... ein Jahr und elf Tage hier, wie ich glaube?«
Phaulkon hatte sich durch die Leutseligkeit des Barcalon etwas entwaffnen lassen, aber jetzt wurde er unliebsam durch diese präzisen Fakten an dessen Macht erinnert. »Ich habe sie hauptsächlich durch Hören gelernt, mächtiger Fürst, und mit einiger Hilfe einer Grammatik, die die Jesuiten niedergeschrieben haben.«
»Ah ja, die portugiesischen Männer Gottes sind schon lange hier. Sie waren die ersten Farangs, die unsere Küste besucht haben. Aber wie es scheint, ist die Macht ihrer Nation im Schwinden, und die Holländer haben sie ersetzt.« Er lächelte. »Wußtet Ihr,

Herr Forcon, daß wir zu Zeiten meines Großvaters tatsächlich geglaubt haben, die Holländer wären Seepiraten ohne festen Wohnsitz? Ihr müßt wissen, die Portugiesen hatten Angst, ihren Einfluß hier zu verlieren, und sie redeten uns ein, die Holländer wären ein nomadischer Stamm. Erst vor siebzig Jahren setzte die erste siamesische Delegation Fuß auf europäischen Boden. Könnt Ihr Euch vorstellen, Herr Forcon, wie überrascht sie waren, als sie entdeckten, daß die Holländer tatsächlich ein eigenes Heimatland besaßen? Und daß die Stadt Amsterdam genauso groß war wie Ajuthia und ein geschäftiges Zentrum der Künste und auch der Wissenschaften.« Er hielt inne und fügte dann beiläufig hinzu: »Mit exquisiten Gemälden und herrlich gegossenen Kanonen.«

In der anschließenden Stille fragte Phaulkon sich, ob das Pochen seines Herzens am anderen Ende des Raumes zu hören war. War das das Zeichen für den Beginn des Verhörs? Während der langen Woche, als er auf die Aufforderung des Barcalons gewartet hatte, war er jedes erdenkliche Szenario durchgegangen und hatte die Antworten zu einer Unmenge von Fragen geübt.

»Aber Ihr selbst arbeitet für die Engländer, glaube ich, Herr Forcon?«

»Mächtiger Fürst, ich, der Staub zu Euren Füßen, stehe seit meiner Kindheit in den Diensten der englischen Kompanie.«

»Und gehört Eure Loyalität ihr oder dem Land Eurer Geburt?«

»Ich habe den Kontakt zu meinem Land verloren, Eure Exzellenz. Ich habe jetzt einen neuen Herrn.«

»Welche Erfahrungen habt Ihr mit den Holländern?«

»Sehr viele, Eure Exzellenz. Ich war zwei Jahre in Bantam. Und ich spreche ihre Sprache.«

»Ah, Bantam, ja. Eine traurige Erfahrung für uns und eine bittere Lektion.« Der Barcalon wurde nachdenklich, und als er wieder anfing zu reden, war sein Ton barsch. »Vor nicht allzulanger Zeit haben die Holländer eine zweite siamesische Delegation eingeladen, Holland zu besuchen. Zu diesem Anlaß schickten wir zwanzig Würdenträger nach Bantam, die dann auf einem holländischen Schiff weiter nach Amsterdam segeln sollten. Der holländische Gouverneur von Bantam, ein, na, sagen wir einmal, sparsamer Mann, beschloß, daß zwanzig von uns zu viele Unkosten machen würden. Also ließ er, in dem Glauben, daß es nur unangenehme Erklärungen erfordern würde, wenn er einen Teil unserer Delegation nach Hause schickte, siebzehn Mitglieder derselben auf der Stelle hinrichten. Erst Jahre später, als die anderen drei aus Holland zurückkehrten, erfuhren wir die Wahrheit.«

»Wie furchtbar, Eure Exzellenz. Ich hoffe doch, Ihr habt Vergeltungsmaßnahmen eingeleitet.«

»Wir sind von Natur aus kein gewalttätiges Volk, Herr Forcon. Das ist nicht der buddhistische Weg. Natürlich verlangten wir Entschuldigungen und Wiedergutmachung — aber welche Summe wird schon einem solchen Verlust gerecht? Uns wurde versichert, der Gouverneur wäre inzwischen abgesetzt. Aber das wichtigste, Herr Forcon, war, daß wir unsere Lektion über die Farangs gelernt haben. Sagt mir, Herr Forcon, wie empfinden die Engländer gegenüber den Holländern?«

»Wir sind Rivalen, Eure Exzellenz. Nach außen hin begrüßen wir uns als Freunde, aber innerlich versuchen wir, Fuß auf Neuland zu fassen, ehe es die anderen tun.«

»Wie zu Beispiel in Siam?«

Phaulkon überlegte fieberhaft. Hier war vielleicht der Einstieg, auf den er gehofft hatte. »Ich, ein Haar, glaube, daß den Engländern hauptsächlich der Handel am Herzen liegt, Eure Exzellenz. Was die Holländer betrifft, die neuere Geschichte Ostindiens spricht für sich selbst: Ambon, Celebes, Bantam, Batavia, Malakka — die Liste ist lang.«

»Ihr wollt vielleicht andeuten«, bemerkte der Barcalon amüsiert, »daß man den Engländern trauen kann, den Holländern aber nicht?«

»Nur insofern, als die Engländer einen Puffer gegen die holländische Expansion bilden könnten, Eure Exzellenz.«

»Und wie soll das aussehen?«

»Ich, der Staub zu Euren Füßen, glaube, wenn Eure Exzellenz den Engländern weiterhin kleine Konzessionen zugestehen wird, werden die Holländer versuchen, sie zu vertreiben. Und die Engländer betrachten die Konzessionen vielleicht als zu klein, um für sie zu kämpfen. Ich, ein unwissender Sklave, bitte um Verzeihung, wenn ich mir das herausnehme. Aber wenn Eure Exzellenz sich öffentlich mit den Engländern verbünden und ihnen größere Konzessionen zugestehen würde, würden sie ihrerseits alles tun, was in ihrer Macht steht, um diese Interessen zu schützen. Und die Holländer würden vielleicht zögern, mit ihnen einen Krieg anzufangen, der sich bis nach Europa ausdehnen könnte.«

»Was genau sind diese ›großen Konzessionen‹, von denen Ihr redet?«

»Eine weithin öffentlich propagierte Allianz und vielleicht eine Basis in Eurem Land mit einem guten Hafen, in dem die Schiffe überholt werden könnten, Mergui zum Beispiel, an Eurer westlichen Küste. Es liegt am Golf von Bengalen, direkt gegenüber des Hauptquartiers in Madras und würde große Flexibilität im Golf geben.«

»Und wenn sie diese Machtbefugnisse erhält, würde die englische Kompanie natürlich nie Ansprüche auf Siam entwickeln?« Ein Lächeln umspielte den Mund des Barcalons.

»Nicht, wenn die Mehrzahl der Handelsschiffe aus Mergui unter der Flagge von Siam segeln würde und nur die Kapitäne englisch wären, Eure Exzellenz.«

Einen kurzen Augenblick lang war der Barcalon sprachlos. Dann fragte er beiläufig: »Ihr meint, solche siamesischen Handelsschiffe würden von englischen Kapitänen in unseren Diensten befehligt?«

»Genau, Eure Exzellenz. Nachdem die Allianz verkündet ist, würden die Engländer von ihrer Basis in Madras Siam mit einer neuen Flotte ausstatten. Im Gegenzug könntet Ihr ihnen die Hafeneinrichtungen in Mergui anbieten, wo sowohl sie als auch Ihr handeln könntet. Ihr würdet nicht nur über Nacht die Einkünfte des Schatzministeriums verdoppeln, sondern könntet auch noch die ehrgeizigen Holländer in Schach halten.«

Der Barcalon sog an seiner Wasserpfeife. »Wo würde die Loyalität dieser englischen Kapitäne liegen? Bei Siam oder bei England?«

»Zu allererst bei sich selbst, Eure Exzellenz. Englische Seeleute in Asien sind hier, um sich die Taschen zu füllen. Aber solange es Euren Zwecken dient...«
»Ihr seid ein kluger Mann, Herr Forcon. Und sehr überzeugend, wie unser Gouverneur in Nakhon Si Thammarat berichtet. Er war sogar entzückt von Euch. Übrigens, ich hatte noch gar nicht Gelegenheit, Euch zu Eurem Orden zu gratulieren. Wirklich eine seltene Ehre für einen Außenseiter.«
»Eure Exzellenz sind zu gütig.«
»Aber sagt mir, Herr Forcon, wie ich höre, haben Euch Eure Freunde nicht auf der Rückreise aus dem Süden begleitet?« Der Tonfall des Barcalons hatte sich plötzlich geändert. »Sind sie nicht gesund?«
Phaulkon zog sich der Magen zusammen. Der plötzliche Wechsel hatte ihn total unvorbereitet getroffen. Wieviel wußte der Barcalon wirklich? Er überlegte fieberhaft: Der ursprüngliche Elefantenkurier war offensichtlich eingetroffen und hatte den Barcalon von Phaulkons Orden berichtet. Der weiße Elefant mit seiner Prozession hatte Ajuthia noch nicht erreicht. Der Kapitän des Schiffes, mit dem Phaulkon gereist war, hatte anscheinend keine Depeschen für den Barcalon transportiert, aber war in der Zwischenzeit ein zweiter Elefantenkurier eingetroffen? Und wenn ja, wieviel hatte der Gouverneur in diesen neuen Depeschen verraten? Es war wohl sicherer, davon auszugehen, daß der Gouverneur den Barcalon von der Entdeckung der Kanonen informiert hatte, und in diesem Fall hatte er wohl auch die Festsetzung von Burnaby und Ivatt als Geiseln erklärt.
»Sie blieben auf Bitten des Gouverneurs zurück, Eure Exzellenz«, erwiderte Phaulkon.
»Gab es dafür einen speziellen Grund, Herr Forcon?«
»Ich glaube, Seine Exzellenz der Gouverneur tat nur seine Pflicht, als er unseren Geschäftsführer gefangennahm, da all unsere Papiere mit unserem Schiff untergegangen waren, Eure Exzellenz.«
»Und würdet Ihr sagen, daß Eure Kollegen auf irgendeine

Weise versucht haben, sagen wir mal, die Denkweise des Gouverneurs zu beeinflussen? Mit Geschenken, zum Beispiel?«

Jetzt war die Katze aus dem Sack. Er mußte über die Kanonen Bescheid wissen. Was sonst sollte er damit meinen? »Geschenke, Eure Exzellenz? All unser Besitz liegt auf dem Grund des Meeresbodens.«

»*Aller,* Herr Forcon?«

»Aller, Eure Exzellenz. Außer natürlich, Ihr meint die Kanone. Aber die habe ich nicht als Geschenk betrachtet, weil der Gouverneur sie praktisch requiriert hat und uns kaum eine andere Wahl blieb, als sie ihm zu schenken.«

»Sie, Herr Forcon? Es gab nur eine Kanone?«

»Nur eine, die wir schenkten, Eure Exzellenz. Die anderen vier befinden sich auf dem Meeresgrund.«

Der Barcalon runzelte die Stirn. »Ich verstehe. Unglücklicherweise haben wir keine Unterlagen darüber, daß solche Kanonen in unser Land eingeführt wurden. Ein seltsamer Umstand, wenn man bedenkt, daß alle Kriegswaffen bei Ankunft deklariert werden müssen. Vielleicht können Sie, Herr Forcon, etwas Licht in diese Angelegenheit bringen?«

»Eure Exzellenz, Ihr müßt wissen, die Kanonen gehörten nicht uns. Sie gehörten Holland. Eine prächtige Arbeit aus Amsterdam.«

»Und wie kamen sie auf das Schiff der englischen Kompanie?«

Phaulkon zögerte scheinbar. »Das ist eine sehr komplizierte Geschichte. Und ich möchte nur ungern das wahre Ausmaß der Intrigen zwischen unseren beiden Farang-Mächten enthüllen.«

»Versucht es trotzdem.«

»Die Holländer haben uns reichlich dafür entlohnt, die Kanonen nach Pattani zu transportieren. Sie wollten nicht selbst beim Transport erwischt werden.«

»Ihr habt also Geld von den Holländern angenommen, um Waffen zu einem rebellischen Vasallen zu transportieren? Zur Verwendung gegen siamesische Truppen?« Der Barcalon klang erbost, aber auch ungläubig.

Phaulkon schien sehr indigniert. »Wenn Ihr verzeiht, Eure Exzellenz, die Wirklichkeit sah anders aus. Es war nur eine List. Sobald die Kanonen in Pattani abgeladen waren, wollte unser Geschäftsführer, Mr. Burnaby, Eure Exzellenz informieren, und die holländische Unterstützung der Rebellen wäre enthüllt worden. Ein endgültiger, unbestreitbarer Beweis ihres Plans, Siam zu übernehmen.«
Der Barcalon schien nicht überzeugt. »Eine interessante Geschichte, Herr Forcon, aber warum sollten die Holländer, Eure Rivalen, diese ziemlich offensichtliche List nicht durchschauen?«
»Mächtiger Fürst, ich glaube, sie haben uns die Kanonen nur gegeben, weil sie glaubten, ein englisches Schiff würde nicht durchsucht werden, nachdem man uns so gnädig wieder zum Handel in Siam eingeladen hatte. Und was irgendwelche Machenschaften unsererseits in Pattani betrifft, die Holländer hätten einfach jede Beteiligung an dem Plan abgestritten.«
»Welchen Beweis hättet Ihr denn dagegengesetzt? Welchen Beweis ihrer Komplizenschaft habt Ihr jetzt, Herr Forcon?«
»Mächtiger Fürst, vier der Kanonen sind auf dem Meeresgrund begraben, aber die fünfte steht im Vorhof des Palasts des Gouverneurs von Nakhon Si Thammarat. Ihre holländischen Markierungen sind ein deutlicher Beweis ihres Ursprungs. Wir Engländer haben sehr gute eigene Kanonen.«
»Ja, aber wie hätten die Holländer selbst diese Markierungen erklärt, wenn Ihr angeblich die Ankunft der Kanonen in Pattani gemeldet hättet?«
»Sie hätten zweifelsohne behauptet, daß wir sie gestohlen haben, Eure Exzellenz.«
Der Barcalon schüttelte den Kopf. »Die Geschichte wird immer verworrener, Herr Forcon, die Logik dagegen unglücklicherweise immer fadenscheiniger. Aber sagt mir lieber, warum Ihr dem Gouverneur erzählt habt, daß ich selbst die ganze Expedition angeordnet hatte. Ihr habt wirklich Phantasie, das muß ich schon sagen.«
»Mächtiger Fürst. Nach Entdeckung der Kanonen hätte Seine

Exzellenz der Gouverneur uns sicher eingesperrt, wenn wir ihm nicht versichert hätten, daß Eure Exzellenz hinter dieser Mission stecken würde. Wir mußten um jeden Preis Zeit gewinnen. Zumindest einer von uns mußte auf freiem Fuß bleiben, um nach Ajuthia zurückzukehren und die ganze Wahrheit Eurer Exzellenz vorzutragen.« Phaulkon schien noch tiefer in den Teppich zu versinken. »Es war furchtbar, daß ich so etwas sagen mußte, und nur die absolute Dringlichkeit konnte mich dazu zwingen, das versichere ich Euch.«

»Nicht furchtbar, Herr Forcon. Verbrecherisch.« Die Stimme des Barcalon war eisig, und in der Pause, die folgte, mußte Phaulkon an die Folter denken. Die Siamesen hatten hinlänglich erprobte Methoden, Verbrechern Informationen zu entlocken, indem sie sie in der Abenddämmerung nackt an einen Pfosten in einem Sumpfgebiet banden. Die Schwärme blutrünstiger Moskitos brauchten in der Regel die ganze Nacht, um dem Opfer das Blut auszusaugen. Im Lauf einer solchen Nacht gab es nur wenige, die nicht darum bettelten, gestehen zu dürfen.

»Und warum habt Ihr Eure Kenntnis der siamesischen Sprache vor dem Gouverneur verborgen?«

»Eine rein instinktive Vorsichtsmaßnahme, Eure Exzellenz. Um unsere Position besser abschätzen zu können.«

»Und warum habt Ihr überhaupt unsere Sprache gelernt, Herr Forcon? Keiner der anderen Händler hat es der Mühe für wert befunden.« Er schaute Phaulkon direkt in die Augen. »Ihr seid nicht etwa ein Spion?«

Phaulkon stockte das Herz. War das eine Anspielung auf seine angebliche Spionagetätigkeit für den König. Er war praktisch schon tot, wenn der Gouverneur diesen Teil der Geschichte weitergegeben hatte. Es wäre Majestätsbeleidigung, die mit langer Folter und Tod bestraft wurde.

»Ich habe Siamesisch gelernt, Eure Exzellenz, weil ich mich zu Eurem Land hingezogen fühle, wie nie zuvor zu einem anderen. Und ich hoffe inständig, daß ich ihm eines Tages dienen kann.«

»Aber Ihr dient doch schon den Engländern?«
»Mächtiger Fürst, nur England hat bisher um meine Dienste gebeten.«
»Auf welche Art und Weise wollt Ihr diesem Land dienen, Herr Forcon?«
»Indem ich dafür sorge, daß die siamesische Flagge vom Indischen Ozean bis zum Chinesischen Meer bekannt und gefürchtet ist.«
»Obwohl Ihr selbst kein Siamese seid?«
»Das sind die Mauren auch nicht, Eure Exzellenz. Und trotzdem dienen sie Eurem Land.«
»Das ist eine uralte Tradition.«
»Die hatte auch einmal ihren Anfang, mächtiger Fürst. Und neues Blut belebt. Wenn Eure Exzellenz mir die Chance dazu geben würden, könnte ich mit einer Fracht die Schatztruhen Eures Schatzamtes reichlicher füllen, als die Mauren es in all den Jahren getan haben.«
»Also Ihr, ein Grieche in den Diensten Englands, würdet uns eine neue Flotte bauen und uns zu einer gefürchteten Handelsmacht machen?« Der Tonfall des Barcalons war sarkastisch. »Ihr seid wirklich sehr freizügig mit Eurer Loyalität, Herr Forcon. Zuerst ist es Griechenland, dann England und jetzt ist es plötzlich Siam.«
»Ich war neun Jahre alt, als ich Griechenland verließ, Eure Exzellenz. Es war keine Frage der Loyalität. Ich wollte die Welt sehen, und England hatte die Schiffe dazu.«
»Und was hat Siam heute?«
»Ungeheure Möglichkeiten und einen festen Platz in meinem Herzen, Eure Exzellenz. Es ist doch wohl möglich, einen anderen zu schätzen, ohne daß man gleich als unloyal abgestempelt wird.« Er unterbrach kurz. »Seine Große Majestät von Siam hält doch auch große Stücke auf König Ludwig von Frankreich?« Angstvoll lugte Phaulkon zum Barcalon. Er hatte sich auf gefährliches Gebiet begeben, das wußte er. Und diesmal sah er, ohne jeden Zweifel, wie der Barcalon zusammenzuckte.
»Ihr seid ein Mann von großer Überredungskunst, Herr For-

con. Und, um die Wahrheit zu sagen, hätte ich Euch lieber auf meiner Seite, als Euch hinrichten zu müssen.«

»Ich ... ich verstehe nicht ganz, Eure Exzellenz.«

»Bevor er starb, wurde Euer Freund, Kapitän Alvarez, sehr gesprächig.«

Phaulkon wurde aschfahl. Mein Gott, Alvarez! Der arme Teufel! Damit hatte er nicht gerechnet. Phaulkon war erst vor drei Tagen zu seinem Haus gegangen, nachdem er erfahren hatte, daß der Kapitän angeblich den Klauen der Königin von Pattani entwischt sei, aber seine Diener sagten, der Kapitän wäre nur kurz dagewesen und gleich wieder verschwunden. Phaulkon hatte angenommen, er würde sich verstecken oder er wäre wieder bei irgendeiner Frau. Aber wenn die Siamesen ihn erwischt und verhört hatten ... Phaulkon merkte, daß der Barcalon ihn wie ein Adler beobachtete.

»Bevor Ihr Euch noch weiter belastet, Herr Forcon, muß ich Euch darüber informieren, daß meine Spione Kapitän Alvarez' Anwesenheit in Pattani bestätigt haben. Bei seiner Rückkehr nach Ajuthia wurden Palastwachen geschickt, die ihn in seinem Haus verhörten. Als wir ihn verhaften ließen, stritt er zuerst alles ab, aber durch die Folter konnten wir seine Zunge bald lösen. Der Verkauf der Kanonen hätte Euch natürlich ein kleines Vermögen eingebracht. Es wäre das Risiko wert gewesen, möchte ich meinen. Es tut mir nur leid, daß unsere Folterknechte etwas ... sagen wir mal, übereifrig gewesen sind und Kapitän Alvarez starb, ehe das Verhör zu Ende war. Ich hätte das Geständnis gerne aus seinem eigenen Mund gehört. Obwohl mit dem Stückchen Zunge, das noch übrig war, seine Aussprache natürlich etwas undeutlich war. Meine Folterknechte sind jetzt ganz wild darauf, Euch zu verhören, Herr Forcon, zur Vervollständigung ihrer Akten.«

Phaulkon verkrampfte sich der Magen. Armer Alvarez, er konnte sich vorstellen, was sie ihm angetan hatten. Er versuchte ein letztes Mal, seine Stimme unter Kontrolle zu bringen. Jetzt galt es, alles zu riskieren. »Was Eure Verhörer nicht von Kapitän Alvarez erfahren konnten, Eure Exzellenz — aus dem einfachen Grund, weil er es nicht wußte —, war, daß der Verkauf der Kanonen durch die englische Kompanie an die Rebellenkönigin nur dazu dienen sollte, genug Geld zu machen, um eine Schiffsladung Güter von Eurem Schatzamt zu erwerben. Für eine volle Fracht nach Persien. Um Eurer Exzellenz zu zeigen, wie die Mauren Euch betrügen.«

Der Barcalon zuckte zusammen. »Eure Unverschämtheit ist grenzenlos, Herr Forcon. Aber ich muß Euren Mut angesichts des Verrats bewundern.«

»Mächtiger Fürst, Ihr könnt mich foltern und hinrichten lassen. Aber das wird die Wahrheit nicht ändern. Es stimmt, daß die Königin die Kanonen für eine große Summe von uns kaufen sollte. Aber Alvarez wußte nichts von unseren anderen Motiven. Er kassierte nur eine Kommission vom Verkauf der Kanonen.« Phaulkon dankte seinen Sternen, daß er Alvarez nicht die ganze Geschichte anvertraut hatte.

Der Barcalon ließ Phaulkon nicht aus den Augen. »Eure Geschichte, Herr Forcon, begann damit, daß die Kanonen für die Holländer an Pattani geliefert werden sollten. Jetzt hat sie sich zu einem Verkauf an Pattani entwickelt, dessen Profit an die Engländer geht. Ich bin neugierig. Wie wird sie sich weiterentwickeln?«

»Ihr wißt jetzt die volle Wahrheit, Eure Exzellenz. Wir hatten vor, das Geld vom Verkauf einzustecken *und* die Holländer zu belasten.«

Der Barcalon schüttelte den Kopf. »Herr Forcon, bitte. Wenn die Holländer eine Schenkung der Kanonen an die Königin von Pattani arrangiert hätten, warum sollte sie die Engländer dann dafür bezahlen?«

»Wir hatten einen Brief der holländischen Kompanie gefälscht, in dem die Königin gebeten wurde, Zahlungen an eine dritte Partei — Alvarez — zu leisten. Er war mit der Königin intim, Eure Exzellenz. Sie hätte die Bitte nie in Frage gestellt. Ich spreche und schreibe fließend holländisch.«

»Dessen bin ich mir bewußt, Herr Forcon. Es steht im Bericht des Gouverneurs. Wie viele Sprachen sprecht Ihr denn eigentlich, nur aus Interesse?«

»Sieben fließend, Eure Exzellenz. Und weitere fünf passabel.«
»Habt Ihr Erfahrung in der Buchhaltung?«
Ein Hoffnungsschimmer regte sich in Phaulkon. »Ja, Eure Exzellenz. Ich habe zwei Jahre lang in dem englischen Handelskontor in Bantam die Buchführung geleitet. Ich war Lagerverwalter und Buchhalter.«
»Und könntet Ihr Bücher sowohl in siamesisch als auch in malaiisch begutachten und prüfen?«
»Selbstverständlich, mächtiger Fürst, und auch in fünf weiteren Sprachen.«
»Seht, Herr Forcon, unsere Gesellschaft ist landwirtschaftlich orientiert. Unser Volk hat weder den Verstand noch die Lust für geschäftliche Unternehmungen. Deswegen haben wir Außenstehende, zum Großteil Mauren, die eine Reihe von Verwaltungsposten innehaben.«
»Aber sind sie loyale Diener Seiner Majestät?« fragte Phaulkon.
Der Barcalon lächelte ironisch. »Sagen wir mal, sie sind es genauso, wie Eure Ostindische Kompanie ein loyaler Diener des englischen Königs ist.«
Alles drehte sich um ihn. Er durfte um keinen Preis zusammenbrechen, dachte Phaulkon.
Der Barcalon musterte Phaulkon lange und eindringlich. Dieser raffinierte Farang kniete immer noch in Demutsstellung, und er hatte dieses Verhör erstaunlich hartnäckig und selbstsicher durchgestanden. Ein bemerkenswerter Mann, dachte der Barcalon. Und was für ein Dossier: drei Monate in einem buddhistischen Kloster, wo er nicht nur die Schriften studiert hatte, sondern auch königliches Siamesisch. Erstaunlich! Was hatte er vor? Konnte Siam eine Kraft wie diese einspannen und sie zu seinem Vorteil nutzen? Der Mann konnte schließlich mit fast allen großen Handelsnationen in ihrer Muttersprache verhandeln. Vorausgesetzt natürlich, daß man sich auf seine Loyalität verlassen konnte. Das war das Problem. Wie weit konnte man einem Mann wie ihm vertrauen? Er war zweifellos darauf aus, sich selbst zu bereichern, aber seine Pläne für Siam,

mit einigen Änderungen und unter starker Kontrolle, könnten vielleicht Erfolg haben. Die holländische Gefahr war echt und unmittelbar und die Köpfe der Mauren von Macht geschwollen.

Es würde sicher sehr schwer sein, den Geist dieses Mannes zu brechen, überlegte der Barcalon. Natürlich könnte er ihn jetzt brechen, wenn er wollte. Er mußte ihm nur ein paar Zeilen aus dem eigenen Bericht des Farangs über seine Entdeckungen in der Provinz Ligor vorlesen. Und was für ein brillanter Bericht das war. Er bezweifelte, daß es mehr als eine Handvoll seiner besten Männer gab, die einen solchen Bericht hätten schreiben können. Ein königlicher Spion! Der Kühnheit dieser Idee kam nur noch die Brillanz seines Planes gleich. Nein, entschied der Barcalon. Er würde diesen Farang nicht vernichten. Soviel Geist und Energie mußte man sich irgendwie zunutze machen — unter strengster Kontrolle natürlich —, zum Dienste Siams. Er würde den Bericht des Farangs nicht zitieren, denn wenn er seine Kenntnis davon eingestand, mußte er ihn hinrichten.

Es gab einige schwere Ungereimtheiten in der Geschichte des Farangs, aber nichts, was ihn dazu zwang, ihn hinzurichten. Das war eine gewisse Erleichterung für den Barcalon. In Phaulkons Dossier stand, daß seine Lebensweise grundsätzlich siamesisch wäre. Und alle Siamesen, die ihn kannten, bestätigten das. Welcher Farang war je Mönch geworden und hatte sich drei Konkubinen auf Lebenszeit gekauft? Er war auf jeden Fall anders, und alle Beweise deuteten daraufhin, daß dieser Mann Siam und sein Volk wirklich liebte.

Der Gouverneur von Nakhon schätzte ihn offensichtlich sehr. Natürlich hatte der Gouverneur nicht soviel Erfahrung mit Ausländern wie er, aber seine Menschenkenntnis war sehr gut. Er hatte dem Farang Charme, Mut und Tatfreudigkeit zugestanden. Der kluge Gouverneur hatte in weiser Voraussicht seine Nichte zusammen mit der letzten Depesche nach Ajuthia geschickt. Der Farang war offensichtlich sehr angetan von ihr, und der Gouverneur hielt sie für die perfekte Person zur Überwachung seines Hauses, falls Ajuthia die Tätigkeiten des

Farangs aus erster Hand erfahren wollte. Das Mädchen war bereits im Palast und wurde in dieser Minute zur Spionin ausgebildet.
In Wirklichkeit hatte Phaulkon bis jetzt nur einer Nation gedient, überlegte der Barcalon. England. Man konnte nicht behaupten, daß er seinem Geburtsland gegenüber unloyal gewesen wäre. Wie konnte man einem neunjährigen Jungen einen Vorwurf daraus machen, daß er die Welt sehen wollte? Und was Siam und dessen Loyalität ihm gegenüber betraf, das würde nur die Zeit zeigen.
Es stimmte natürlich, was er über die Mauren sagte. Sie betrogen das Schatzamt. Er hatte sich schon längst um die Sache kümmern wollen, aber irgendwie hatte er nie die Zeit dazu gefunden, und es gab auch niemanden, mit dem man die Mauren hätte ersetzen können. Der Barcalon mußte lächeln. Vielleicht könnte man die Farangs erst einmal dazu benutzen, die Macht der Mauren zu unterwandern. Mit einigem Geschick könnte er den Haß der Mauren über verlorene Positionen auf die Farangs abwälzen, weg von sich.
Er schaute noch einmal zu dem Farang in Demutsstellung. Wenn je die Zeit reif gewesen war für die Dienste eines solchen Mannes, dann jetzt. Wenn sein Leben und das seiner Freunde in der Schwebe hing, würde der Mann doch sicher sein Bestes geben.
»Herr Forcon, Eure Geschichte ist sehr fadenscheinig, mit sicherlich ein oder zwei ehrlichen Ansätzen. Aber zum Glück für Euch glauben wir in Siam nicht daran, Leute ohne ausreichenden Beweis zu bestrafen. Ich werde Euch deshalb die Chance geben, Euch durch harte Arbeit und Beweise der Loyalität zu rehabilitieren.« Er hielt inne. Die Gestalt vor ihm bewegte sich nicht. »Ihr werdet für das Handelsministerium arbeiten. Kost und Logis werden geregelt sein. Euer Auftrag ist streng vertraulich, und Ihr werdet allein mir Bericht erstatten. Wenn Ihr irgend jemandem Einzelheiten Eurer Arbeit verratet, werdet Ihr umgehend hingerichtet. Eure Kollegen werden im Süden als Geißeln verbleiben, bis ich mich zu meiner vol-

len Zufriedenheit von Euren wahren Absichten gegenüber meinem Land und den Erfolgen Eurer Arbeit überzeugt habe. Eure Auszeichnung mit dem Orden des Weißen Elefanten wird ein streng gehütetes Geheimnis bleiben. Abends dürft Ihr in Euer Haus zurückkehren. Aber Ihr werdet jeden Morgen als erstes mir oder einem meiner Assistenten Bericht erstatten.«

Phaulkon sagte nichts. Er hatte zwar die Worte des Barcalon gehört, aber ihm war so schwindlig, daß er noch nicht fähig war zu reagieren. Langsam bekam sein Gesicht wieder etwas Farbe.

»Ich werde das Vertrauen Eurer Exzellenz über alle Erwartungen hinaus erfüllen.«

Der Barcalon neigte kurz den Kopf, und Phaulkon kroch langsam rückwärts, voller Angst, sein Körper könnte ihm den Dienst versagen, ehe er die Tür erreicht hatte.

19

Sunida schlich auf Zehenspitzen die endlosen Korridore entlang, ihr Herz klopfte bis zum Hals. Selbst nach einem Monat im Großen Palast erfüllten die getäfelten Wände, die schönen Porzellanfiguren und die Legionen von Sklaven sie immer noch mit Ehrfurcht. Sie ging tief gebückt, um sich nicht durch ihre Größe zu verraten, und außerdem war es Palastgesetz, daß man innerhalb seiner Mauern nur aufrecht sein durfte, wenn man ging.

Obwohl ihre Lehrerin und die beiden Sklavinnen, die man ihr zugeteilt hatte, sehr lieb waren, fehlte ihr doch das Tanzen sehr und die Freiheit, sich ohne die Einschränkungen im Palast normal bewegen zu können. Das Neue an ihrer Situation war auch nicht mehr so spannend, denn im Grunde ihres Herzens war sie ein Mädchen vom Land, ein freier Geist, dem man die Flügel gestutzt hatte. Aber sie würde wieder fliegen, dazu war sie fest entschlossen, und wenn sie das tat, würde sie den Mann suchen, den sie liebte. Er fehlte ihr schrecklich, und er hatte sie täglich begleitet, in Gestalt von Yupin, durch die ganze Ausbildung und bei ihren Liebesspielen. Wenn es ihr gelänge, ihn zu finden, würde er in den Genuß all ihrer neuerworbenen Talente kommen.

Ihr Herz klopfte heftiger, als sie nach links in einen Flügel des Palastes abbog. Sie war hier noch nie gewesen, und ihr Auftrag erfüllte sie mit Schrecken. Wenn es nicht ein direkter Befehl vom Fürsten des Lebens persönlich gewesen wäre, hätte sie vielleicht versucht, nicht zu gehorchen, aber ihre erste Pflicht war Seine Majestät.

Im Lauf des vergangenen Tages hatte sie so viele diskrete Nachfragen wie möglich angestellt, und mit jeder Antwort war ihre Angst noch größer geworden. Es gab keinen, der etwas Nettes über den Mann zu sagen wußte. Warum hatte man sie ausgerechnet ihm zugeteilt? Zuerst hatte sie Yupin angefleht, sie von dieser Prüfung zu befreien, aber ihre Lehrerin war hart

geblieben. Nur wenn er brutal wurde, dürfte sie sich wehren.
»Kleine Maus, der Fürst des Lebens hat bestimmt, daß das dein Abschlußtest ist. Wenn du den bestehst, bist du für deine wahre Mission bereit.«
In Wahrheit war Yupin selbst — ohne daß Sunida es ahnte — genauso ängstlich wie sie wegen dieses Arrangements. Aber wenn es um Sorasak ging, war das sonst so klare Urteilsvermögen des Fürsten des Lebens getrübt. Seine Majestät war so unparteiisch und vernünftig in jeder anderen Hinsicht, daß sie seine Haltung gegenüber Sorasak nur mit den Schuldgefühlen erklären konnte, die er hatte, weil er ihn nicht offiziell anerkannt hatte. Er war schließlich sein eigen Fleisch und Blut, sein einziger Sohn. Sie war sich sicher, daß Sorasak nur so ein Sadist und Schurke war, weil er nicht anerkannt wurde. Denn Yupin glaubte, daß keiner von Natur aus vollkommen böse sein konnte. Sie war sicher, daß er die Wahrheit über seine Herkunft kannte. Es war das schlechtgehütetste Geheimnis des Palastes. Sorasak nutzte Seiner Majestät Nachsichtigkeit ihm gegenüber aus, terrorisierte den Palastharem, lockte die Ahnungslosen in seine Räume, entführte diejenigen, die sich seinen Anträgen widersetzten und zwang sie, die schrecklichsten Qualen zu erdulden. Die Mädchen, die wimmernd aus diesem berüchtigten Flügel des Palastes zurückkehrten, waren im allgemeinen nicht bereit, über das zu reden, was sie erduldet hatten, aber die Narben und Striemen waren Beweis genug. Seine Majestät hatte ihn nur ein einziges Mal wirklich bestrafen lassen, seine Schultern bekamen die Bastinade mit einem Rattanstock.
Yupin verfluchte den unglücklichen Zufall, durch den Sorasak auf Sunida aufmerksam geworden war. Diese hinterlistige Kai, die gehofft hatte, Sorasak von sich selbst abzulenken, hatte bereitwillig seine Fragen über Neuzugänge im Harem beantwortet. Sie hatte von der Ankunft eines Mädchens aus dem Süden berichtet, das praktisch versteckt gehalten wurde und das, dem Gerücht nach, von Yupin persönlich zum Vergnügen Seiner

Majestät ausgebildet wurde. Sorasaks Neugier war geweckt, und er hatte Sunida von einem seiner Pagen beobachten lassen. Nachdem er erfahren hatte, zu welcher Tageszeit sie mit seiner Tante Yupin im Garten spazierenging, hatte er sich in einem Baum versteckt und ihr aufgelauert. Obwohl er nur einen kurzen Blick auf sie erhaschen konnte, wußte er sofort, daß er sie besitzen mußte. Er hatte sich entgegen seiner üblichen Taktiken sofort an den König gewandt und Seine Majestät so lange schikaniert, bis er ihm aufgrund seines nahen Geburtstages erlaubte, eine Nacht mit ihr zu verbringen. Der Fürst des Lebens hatte Sorasak aber gewarnt, daß dem Mädchen kein Leid geschehen dürfte.

Yupin wußte all das, denn sie persönlich hatte sich beim König für Sunida eingesetzt. Und sie hätte ihn sicher auch umgestimmt, wenn da nicht die Sache mit Sorasaks Geburtstag gewesen wäre. Seine Majestät hatte, weil er den wahren Grund für sein Einverständnis nicht preisgeben wollte, Yupin gesagt, Sunidas Nacht mit Sorasak wäre die Abschlußprüfung, um zu sehen, ob sie für ihre Mission bereit wäre.

Yupin hatte versucht, die Gefahr für Sunida so gering wie möglich zu halten und sie darauf vorbereitet, auf der Hut zu sein. »Denk daran, was ich dir gesagt habe. Verweigere dich ihm nicht. Er wird nur böse, wenn man sich ihm entgegenstellt. Gebrauche einfach die Künste, die ich dich gelehrt habe, und er wird wie ein Baby in deinen Armen sein.«

Trotz Yupins Aufmunterung, hatte Sunida schreckliche Angst. Es ging das Gerücht, Sorasak würde Sodomie praktizieren, und seine sadistische Grausamkeit hatte manch eines seiner Opfer fürs Leben gezeichnet. Angeblich war er stark wie ein Ochse, sein Körper durch ständigen Sport gestählt, besonders durch Boxen. Sie hatte sogar gehört, daß er oft wochenlang auf dem Land verschwand, den Boxturnieren folgte und dann in den Ring sprang, um den Gewinner herauszufordern.

Als sie in Sorasaks Flügel des Palastes einbog, begegneten ihr einige Sklavinnen, die sie neugierig musterten. Hatten sie Mitleid mit ihr?

Mit zitterndem Herzen blieb sie vor der Tür mit dem Zeichen des Bullen stehen und klopfte schüchtern.

Sorasak beherrschte sich mit Mühe. Wie konnte sein Vater so ruhig bleiben? Der stiernackige Boxer beobachtete den General mit zusammengekniffenen Augen.

Sie befanden sich in General Petrajas Gemächern, ein paar Türen neben Sorasaks eigenem Quartier, im selben Flügel des Palastes. Im Gegensatz zu Sorasaks spartanischen Gemächern waren die Wände des Generals mit juwelenbesetzten Dolchen und Schwertern geschmückt, da hingen Bilder von Kriegselefanten in der Schlacht, von Hofkünstlern gezeichnet. In jeder Ecke des Zimmers stand ein Goldkästchen, in dem eine Vielzahl von Medaillen und Orden ausgestellt waren.

Der drahtige General betrachtete seinen Adoptivsohn gelassen, versuchte, seine Ungeduld nicht zu zeigen. Schließlich war heute der Geburtstag des Jungen.

»Aber wo soll das enden, Vater? Jetzt ist sogar einer dieser Farangs im Handelsministerium angestellt! Haben wir denn nichts aus unseren Erfahrungen mit den Holländern gelernt, ihrer Blockade des Menam, ihren Eroberungen im Süden? Ich kann es immer noch nicht glauben, daß der Pra Klang es duldet, daß die Farangs einen ihrer Spione in das Ministerium einschleusen. Und noch dazu konnte das nicht ohne Genehmigung Seiner Majestät geschehen.«

Wenn er König wäre, überlegte Sorasak, würde es so etwas nicht geben. Und er würde eines Tages König werden, das hatte er sich geschworen, wenn sein echter Vater endlich den Anstand besitzen würde, seinen Namen zu ehren und seine rechtmäßige Vaterschaft zu verkünden. Es waren sicher nur die Brüder des Königs, die Seine Majestät zwangen, Sorasaks wahre Identität vor der Welt geheimzuhalten, diese hinterlistigen Onkel, die nur Angst davor hatten, ihren eigenen Anspruch zu verlieren. Sie wußten, daß sie ihm nicht gewachsen waren, weder geistig noch körperlich. Sie konnten nicht jagen oder boxen oder die Farang-Eindringlinge überlisten so wie er. Seine

Onkel! Der eine ein Krüppel und ein Säufer und der andere ein weibischer Eunuch, der sich an Yotateps Panung klammerte in der Hoffnung, seinen Anspruch zu festigen. Nein, wenn er König war, würde er jeden einzelnen Farang aus dem Land werfen.

»Natürlich ist das mit Genehmigung Seiner Majestät geschehen, mein Sohn«, bestätigte der General. »Die Farangs sind eine Bedrohung, weil sie wissenschaftlich weiter entwickelt sind als wir. Wir müssen diese Gefahr abwenden, indem wir das, was sie am besten können, von ihnen lernen, und wie könnte man das besser machen, als einen von ihnen in unserer Mitte zu haben und seine Methoden zu beobachten?«

»Aber warum können sie nicht in ihren eigenen Ländern bleiben?« fragte Sorasak. »Ist das Leben denn dort nicht angenehm genug? Schicken wir vielleicht unsere Mönche los, um ihr Volk zum Buddhismus zu bekehren?«

»Nein«, erwiderte der General. »Weil wir toleranter sind. Wir akzeptieren, daß es viele Wege zu Gott gibt, wohingegen sie glauben, daß es nur einen wahren Weg gibt. Sie sind uns in Dingen des Geistes unterlegen. Nur in der Wissenschaft leisten sie Ausgezeichnetes. Und da müssen wir aufholen. Zum Beispiel bei den Kriegswaffen.«

»Genau«, sagte Sorasak, »und schaut Euch an, wie sie vorgehen. Sie schicken ihre dreckigen Priester und Kaufleute, damit sie das Land unterwandern, und wenn sie die Bereiche unseres Landes ausgekundschaftet haben, geben sie ihren Armeen ein Signal, wann die Zeit reif ist. So haben diese fauligen Holländer ihr Imperium im Süden aufgebaut. Seht Ihr denn nicht, daß Siam als nächstes dran ist, Vater?« Was für ein schrecklicher Fehler des Königs es doch war, dachte Sorasak, daß er diese Priester so freizügig empfing. Es wäre viel besser gewesen, wenn er ihnen den Zugang von Anfang an verwehrt hätte. Es war immer noch nicht zu spät. Seine Majestät wurde allmählich alt, und wenn er, Sorasak, der rechtmäßige Erbe des Landes, bald den Thron besteigen könnte, wäre es vielleicht noch nicht zu spät, die notwendigen Veränderungen durchzuführen.

»Siam mag ja vielleicht auf *ihrem* Plan als nächstes dran sein, Sorasak, aber wer sagt, daß unsere Seite nicht gegen sie gerüstet sein wird?« Mehr als du wissen kannst, Junge, dachte der General. Er hatte im geheimen mit Prinz Dai verhandelt, dem Makasaren-Regenten der besten Kampftruppe in Siam, der sein Land an die Holländer verloren hatte. Zwei private spanische Händler waren gerade nach Bantam aufgebrochen, um holländische Kanonen zu kaufen, die angeblich für die spanischen Garnisonen auf den Philippinen bestimmt waren. Sobald die Kanonen heimlich nach Siam transportiert waren, würden die Spanier seine besten Hauptmänner im Umgang mit ihnen schulen. Mit den Kanonen und den furchtlosen Makasaren konnten sich die Holländer auf eine Überraschung gefaßt machen.
Aber Sorasak konnte man so etwas nicht erzählen, selbst an seinem achtundzwanzigsten Geburtstag nicht. Er war zu hitzig und unberechenbar.
»Wie sind wir für sie bereit, Vater?« fragte Sorasak. »Pfeil und Bogen gegen ihre Kanonen?«
»Mit größerer Streitmacht und größerer List, mein Sohn«, erwiderte der General geduldig. Wie oft hatte Petraja sich gewünscht, diesen Sohn öffentlich verstoßen zu können. Seine notorischen Streifzüge warfen auf ihn als Vater ein schlechtes Licht und würden ihn bei seinem eigenen Streben nach dem Thron schwer behindern. Aber es war ein Versprechen, das er dem König vor langer Zeit gegeben hatte, und es war nicht rückgängig zu machen.
Sorasak las des Generals Gedanken. Warum wollte Seine Majestät ihn nicht anerkennen? Nur weil seine Mutter eine Bäuerin gewesen war? Würde Seine Majestät sich wenigstens an seinen heutigen Geburtstag erinnern? Dieses Fest war für Sorasak immer ein dunkler, vergifteter Tag, zu schändlich, um sich daran zu erinnern, geschweige denn ihn zu feiern. Plötzlich überkam ihn Traurigkeit, ein schreckliches Gefühl von Isolation, bei dem Gedanken an die Dutzende von Kindern, die jährlich in den Palast aufgenommen wurden, die von devoten Untertanen geschickt wurden, um in königlicher Obhut auf-

gezogen zu werden. Diese Kinder mußten nur eines tun, wenn sie Seine Majestät zum erstenmal sahen: lächeln. Und damit verdienten sie sich das Privileg, die ersten sieben Jahre ihres Lebens im Palast zu verbringen, in der gütigen Obhut der königlichen Kinderfrauen. Nur wenn sie weinten, wurden sie wieder nach Hause zurückgeschickt. Alle Geburtstage der Glücklichen, die zuerst gelächelt hatten, wurden mit großem Pomp gefeiert, während sein eigener, der des Königs Fleisch und Blut, vergraben und vergessen wurde. Eines dieser Kinder hatte Seine Majestät so lieb gewonnen, daß er es nicht an seinem siebten Geburtstag nach Hause geschickt, sondern wie sein eigenes aufgezogen hatte. Er war inzwischen bereits zwanzig. Bei dem Gedanken an Pra Piya ballte Sorasak seine Hände zu Fäusten.
»Aber, sage mir«, fragte der General freundlich, »was hättest du denn an diesem Glückstag gerne zum Geschenk?«
Sorasak überlegte einen Moment. Am liebsten würde er sich an diesen verhaßten Farang-Priestern rächen, diesen hinterlistigen Spionen, die dieses hübsche japanische Mädchen daran hinderten, sich seinem Harem anzuschließen. Diese Beleidigung würde er nie vergessen. Dieses japanische oder portugiesische Mädchen hatte den zarten Körperbau einer Siamesin, aber zusätzlich diese weiße Farang-Haut, die so entzückend war. »Vater, ich möchte, daß Ihr Euren Einfluß geltend macht, damit mir dieses portugiesische Mädchen, von dem ich Euch erzählt habe, als Gemahlin zugeführt wird. Ihr Name ist Maria.«
»Du meinst die Nichte Phaniks, des Händlers? Aber ich dachte, du hättest ihr geschrieben und sie hätte das Angebot abgelehnt?«
»Aber wenn Ihr es dem Onkel mit etwas ... Nachdruck nahelegt?«
Petraja runzelte die Stirn. »Sie sind Katholiken, Sorasak, deswegen hat sie dich auch sicher abgewiesen. Ansonsten wäre es eine Ehre für die Familie gewesen, da bin ich mir sicher.« Und eine furchtbare Tragödie für sie, dachte der General, eingedenk der graziösen jungen Schönheit, die er bei Mestre Phaniks Empfang kennengelernt hatte.

»Aber wenn Ihr den Onkel unter Druck setzen würdet, Vater —«
»Ich kann niemanden zwingen, gegen seine religiöse Überzeugung zu heiraten. Unser Land war immer stolz auf seine Toleranz gegenüber anderen Religionen.«
Sorasak spürte, wie sein Ärger wuchs. »Aber es sind doch nur diese fanatischen Priester, die ihr eingeredet haben, daß sie einen Mann nicht mit anderen Frauen teilen kann. Schließlich ist sie doch nur die Nichte eines Kaufmanns, während ich der Sohn ...« er zögerte, »der Sohn des höchstdekorierten Helden dieses Landes bin. Wie kann sie es wagen, mich abzuweisen? Und warum fragt Ihr mich, was ich mir wünsche, Vater, wenn Ihr nicht bereit seid, es mir zu gewähren?«
»Weil ich erwarte, daß deine Wünsche vernünftig sind«, erwiderte Petraja mit unterdrückter Wut.
»Vernünftig?« platzte Sorasak heraus. »Was ist denn unvernünftig daran, der Nichte eines Kaufmanns einen Platz im Palast anzubieten? Sie sollte sich geehrt fühlen, es ist mein Geburtstag, und wenn Ihr wirklich mein Vater wäret, würde Euch mehr an meinem Glück liegen.« Er sah den General herausfordernd an. »Aber Ihr seid ja nicht mein Vater, nicht wahr? Glaubt Ihr etwa, ich weiß das nicht?«
Wut packte den General, und er versetzte Sorasak einen Hieb gegen den Hals.
»Wage nie wieder, so mit mir zu reden, du undankbarer Hund.«
Sorasak hielt sich wütend den Hals, sein muskulöser Körper zitterte vor unterdrücktem Zorn. Er drehte sich um und verließ das Zimmer. Verdammt sollte er sein, sein sogenannter Vater, schwor er und ging den Korridor zu seinem Quartier hinunter. Dieser verdammte Hypokrit. Wie oft hatte er den General sagen hören, wenn man diesen Priestern nicht Einhalt geböte, würden sie Seiner Majestät bald erklären, daß er nur eine Frau haben durfte. Er wußte, daß der General die Farangs als Bedrohung betrachtete, die man loswerden sollte. Warum bekannte er sich nicht öffentlich zu seiner Meinung? Worauf wartete er?

Sorasak spürte, wie sein Körper danach lechzte, sich auszutoben. Zu Zeiten wie diesen war es für ihn das schönste, aufs Land zu verschwinden und seinem Lieblingssport Boxen zu frönen. Er würde morgen früh aufbrechen, beschloß er, aber zuerst würde er in sein Zimmer gehen und nachschauen, ob der König nicht vergessen hatte, ihm die atemberaubende neue Konkubine zum Geburtstag zu schicken.

Wütend und gereizt öffnete Sorasak die Tür zu seinen Gemächern.

Sunida kauerte atemlos in einer Ecke. Das Zimmer war sparsam möbliert. Über der Tür hing etwas, das aussah wie die Robe eines Farang-Priesters. Hoch oben an einer Wand war ein Fenster, aber es war geschlossen, und die Hitze war erdrückend. Draußen dämmerte der Abend, und zwei Kerzen erleuchteten die bedrohlichen Schatten des Raumes nur spärlich.

Plötzlich wurde die Tür aufgerissen, und Sorasak stand da, die Arme vor der Brust verschränkt. Die Muskeln an seinen Armen und Beinen waren geradezu erschreckend, und sein großer, eckiger Kopf saß wie ein Felsblock auf seinen Schultern. Er grinste übers ganze Gesicht, als er ihrer ansichtig wurde.

»Du bist also das Mädchen aus Nakhon?«

Sunida nickte ihm zu und lächelte tapfer.»Ja, mein Gebieter.«

Er schloß die Tür und verriegelte sie. Dann nahm er die Jesuitenrobe vom Haken über der Tür. »Zieh dich aus«, befahl er und hielt ihr das Kleidungsstück hin, »und zieh das an.«

Sunida starrte das Gewand ängstlich an, es war ihr nicht wohl bei dem Gedanken, ein religiöses Kleidungsstück anzuziehen.

»Ich hab gesagt, zieh es an.« Seine Stimme war barsch, der Ton bedrohlich.

Er beobachtete interessiert, wie sie zuerst die Schärpe von ihrem Busen nahm, sich dann zur Wand drehte und den Panung löste.

»Dreh dich zu mir«, befahl er. Sie drehte sich vorsichtig um und streifte sich schnell die Robe über. Er betrachtete sie eine

Weile abschätzend, und sein Grinsen wurde noch breiter. Sie sah perfekt aus in der braunen Robe, ihre langen, schlanken Finger ragten aus den Ärmeln, und die Kurve ihrer üppigen Brüste war deutlich unter den oberen Falten erkennbar. »Löse dein Haar und zieh die Schnur fester«, sagte er.

Sie löste den Knoten, und ihr dichtes dunkles Haar fiel über ihre Schultern. Dann zog sie die braune Schnur fester um ihre Taille.

Er sah sie bewundernd an. »Von diesem Augenblick an wirst du ein Farang-Priester sein.« Er hielt inne. »Ich bin gekommen, um getauft zu werden, Pater. Und Ihr müßt mich vorbereiten.«

Sunida schaute hoch zu Sorasak. Warum diese Blasphemie gegen die Farang-Priester? Abergläubische Angst packte sie, aber sie war in der Gewalt dieses Mannes, und es war wohl das beste, wenn sie mitspielte. »Ihr wünscht, ein Christ zu werden, mein Sohn?« fragte sie und hoffte, die Farang-Götter würden ihr vergeben.

»Ja, Pater. Mein Bruder wurde letztes Jahr bekehrt. Soll ich mich jetzt entkleiden, damit Ihr meinen Körper mit heiligem Wasser waschen könnt?«

»Legt Euch auf die Matte da drüben.« Sie improvisierte und zeigte auf den Boden in der Nähe der Tür. Es war am besten, wenn man in der Nähe des Ausgangs war, hatte Yupin ihr einmal geraten. Man konnte nie wissen, wofür es gut war.

Sorasak nahm seinen Panung ab und legte sich auf dem Rücken auf die Matte. Sie ergriff ein Tuch und tauchte es in den großen Wasserbehälter im Badebereich. Dann wusch sie ihn mit langsamen sinnlichen Bewegungen, wie Yupin es sie gelehrt hatte. Sie mußte dieses Ungeheuer unter allen Umständen unter Kontrolle halten, das wußte sie, als sie sah, wie seine Liebeslanze sich schnell aufrichtete und er die Augen schloß.

»Ihr müßt ein hochrangiger Priester sein, Pater«, bemerkte er.

Sunida konnte nicht fassen, daß jemand die Priester so haßte, daß er eine solche Blasphemie wagte. »Ich habe schon viele bekehrt, das ist wahr, mein Sohn«, sagte sie.

Er grinste boshaft. »Mein Bruder hat mir erzählt, daß Euer heiliges Buch vom Himmel auf Erden spricht und daß es die Pflicht des Priester ist zu zeigen, was das bedeutet. Werdet Ihr mich einweisen, Pater, wenn ich getauft bin?«

Sorasak war jetzt sehr erregt. Was für eine Art Einweisung meinte er denn? »Natürlich«, erwiderte sie nervös.

»Wo ist der Wein, Pater?« fragte er. »Habt Ihr ihn mitgebracht?«

Sie zögerte.

»Aber ich habe welchen, Pater. Dort drüben in der Ecke.« Er zeigte auf einen Krug, der auf einem niedrigen Tisch stand. »Hol ihn.«

Sunida erhob sich und brachte ihn. Er setzte sich auf und nahm einen kräftigen Zug aus dem Krug. »Mein Bruder hat mir gesagt, daß es das Blut unseres Herrn ist. Ihr müßt auch davon trinken, Pater.« Er reichte ihr den Krug.

Sunida war zutiefst schockiert. Sie hielt den Krug an ihren Mund, entschlossen, nicht davon zu trinken. Das war die Religion des Mannes, den sie liebte, und sie würde nicht an blasphemischen Verhöhnungen teilhaben.

»Ihr trinkt ja nicht«, sagte er und seine Augen wurden schmal.

Sie tat so, als würde sie den Krug heben. Der Wein lief über ihr Kinn hinunter.

Jetzt wurde er wütend. »Was für ein Priester seid Ihr denn?« brüllte er. »Gebt mir die Robe, ich zeig's Euch.« Er stand auf, riß ihr die Robe vom Leib und befahl ihr, sich nackt vor ihm hinzuknien. Er streifte sich das Gewand über und faltete die Hände wie zum Gebet. »Ich werde jetzt der Priester sein, und du wirst mir gehorchen«, sagte er. »Schau mich an.«

»Ja, Pater«, sagte sie und hob den Kopf. Sie sah eine Stahlklinge hinter ihm im Regal aufblitzen.

»Hast du schon einmal Verkehr mit einem von uns gehabt, mein Kind?«

»Nein, Pater.«

»Aber du hast dich immer danach gesehnt, da bin ich mir

sicher.« Er grinste vor Freude, und Schweiß lief ihm übers Gesicht. »Du wirst deine Chance bekommen, Kind.« Sorasak weidete sich am Anblick ihrer verkrampften, üppigen Gestalt, die vor Schweiß glänzte. Dann kniete er sich neben sie. »Laß uns beten«, sagte er, und seine Stimme war nur noch ein hektisches Flüstern, »Laß uns beten, daß dein Priester dir Gewalt antun möge.«

»Nehmt mich«, stammelte sie. »Liebt mich.«

»Lauter!« schimpfte er. »Und nenne mich Pater!«

»Tut mir Gewalt an, Pater«, sagte sie lauter. »Ich flehe Euch an.« Bevor sie sich bewegen konnte, hatte er sie mit seinen kräftigen Händen um ihre zarte Taille gepackt, hob sie hoch und trug sie zu dem Bett aus Bastmatten. Er warf sie grob auf die Matten. Sie fiel mit dem Kopf gegen den Boden, Sunidas Augen schlossen sich, und ihr Körper wurde schlaff.

»Verdammt!« fluchte er, kniete sich zu ihr und schlug ihr ins Gesicht. Vergeblich, sie zeigte keine Reaktion. »Und du sollst auch verdammt sein, Eure Majestät«, murmelte er. »Du kriegst immer das Beste, während ich, dein einziger Sohn, nur eine Nacht mit einer halb ohnmächtigen Konkubine bekomme. Mögest du bald tot sein, Majestät, damit ich meinen rechtmäßigen Platz einnehmen kann. Aber in der Zwischenzeit werde ich mir deine kleine Konkubine vornehmen, auch wenn sie bewußtlos ist.«

Sunida lag reglos da und lauschte schockiert den Worten. Wie konnte es jemand wagen, so vom Fürsten des Lebens zu sprechen? Wut packte sie, als sie seinen heißen Atem und seine groben Hände auf ihrer Haut fühlte. Er kniff sie in ihre Brüste, um zu sehen, ob sie simulierte, aber sie biß die Zähne zusammen und zwang sich, weiter die Ohnmächtige zu spielen.

»Verdammt«, fluchte er wieder, »ich wollte, daß du dich an diese Nacht erinnerst. Ich werde dir die Nippel versengen, du kleines Luder, dann hast du etwas, woran du dich erinnern kannst, wenn du aufwachst.«

Sorasak stand auf, um die Kerze aus der Ecke des Zimmers zu holen, und Sunida wartete, bis er ihr den Rücken zugedreht

hatte. Dann sprang sie, so schnell sie konnte, auf und griff verzweifelt nach dem Messer im Regal. Er hörte die Bewegung und wirbelte herum, die Kerze in der Hand. Sunida rannte verzweifelt zur Tür, griff unterwegs nach ihrem Panung. Sie sah kurz den wahnsinnigen Ausdruck in seinem Gesicht, bevor die Kerze zu Boden fiel und er sich auf sie stürzte.
Sie spürte, wie seine Hand ihren Fuß packte, abrutschte und statt dessen ihren Panung ergriff. Sunida ließ ihn los und erreichte die Tür kurz vor ihm. Sie riß die Paneele auf und stürmte nackt in den Korridor hinaus.
Sunida rannte, ohne eine Ahnung wohin, los, überall öffneten sich die Türen und erstaunte Sklaven, die von Sorasaks lauten Wutschreien angelockt wurden, bedeckten bei ihrem Anblick ihre Gesichter. Sorasak zögerte an der Tür, er war sich nicht sicher, ob er ihr folgen sollte. Aber seine eigene Nacktheit und sein verletzter Stolz zwangen ihn, seine Wut zu unterdrücken. Er knallte die Tür hinter sich zu.
Sunida blieb erst stehen, als sie vor Yupins Tür angelangt war, und brach in den Armen ihrer Lehrerin zusammen. »Ehrenwerte Lehrerin«, keuchte sie. »Haltet diesen Mann von mir fern, und laßt das meine einzige Prüfung sein.«

20

Es war früh am Morgen. Phaulkon betrat den geschäftigen Marktplatz in der Mitte der Stadt, mit seinen bunten Schirmen, mit einem so vollkommenen Gefühl der Bestimmung, daß es fast greifbar war. Er steuerte jetzt sein Lebensschiff selbst, als alleiniger Befehlshaber, und er wußte, welchen Kurs er nehmen mußte. Es lag in seinen Händen, seine Freunde in Ligor zu befreien und unermüdlich zu arbeiten, um die Gunst des Barcalon zu verdienen. Denn die Zeit lief ihm davon. Es waren nur noch einundfünfzig Tage bis zur Ankunft von Sams Schiff.

Die Frauen richteten zu dieser Stunde ihre Stände ein, und er schlängelte sich durch die betriebsamen Menschen. Die Bauersfrauen Siams entzückten ihn immer wieder aufs neue. Mit ihren lächelnden Gesichtern und der Zufriedenheit, die sie ausstrahlten, vermittelten sie Freude am Leben. Selbst die Ärmsten lächelten und fügten sich mit Stolz und Würde in ihr Los.

Auf dem Markt wurden Früchte und Gemüse im Überfluß angeboten, kleine Vögel, die als Delikatesse galten, getrockneter Fisch, Süßwasserfische, Reis, Hühner und Eier, und die Luft duftete nach Dutzenden von verschiedenen Gewürzen: Pfeffer, Ingwer, Zimt, Nelken, Knoblauch und Muskat.

Phaulkon schlängelte sich durch die dichtgedrängten Menschen, vorbei an den barbusigen Verkäuferinnen, deren kleine, runde Brüste in perfekter Proportion zu ihren schlanken Körpern standen. Er wußte, daß die Haut der Siamesinnen erst spät im Leben Falten bekam.

Er freute sich darauf, Sri an ihrem Stand zu besuchen. Sie war eine herzliche, mollige Bäuerin mit strahlendem Lächeln und einem ansteckenden Lachen. Sri verkaufte Gemüse und Früchte am Morgenmarkt, und ihre größte Freude war das Feilschen. Phaulkon faszinierte ihr scheinbar so unkompliziertes Leben.

Sri war damit beschäftigt, Heuschrecken und Kastanien zum sofortigen Verzehr zu rösten, und sie kochte Reis in einer hohlen Kokosnußschale. Sie schaute auf, als Phaulkon sich näherte, und strahlte ihn an. »Herzlich willkommen, Herr. Aber wo seid Ihr denn so lange gewesen? Wie konntet Ihr uns so lange im Stich lassen? Wir hatten schon fast vergessen, wie ein Farang aussieht.« Er war einer der wenigen Farangs, die den Markt besuchten, das wußte er. Sie grinste übers ganze Gesicht und zeigte ihre Zähne, die vom Kauen der Betelnuß rot verfärbt waren.

»Ich war auf Reisen, Mutter. Was sonst hätte mich von dir fernhalten können?« Er benutzte das liebevolle »Mutter« für jemanden, der älter war und ihm sehr am Herzen lag.

»Ihr seht dünn und unterernährt aus. Setzt Euch, Herr, füllt Euch den Bauch mit anständigem Essen, Sri erweckt Euch wieder zum Leben.«

Die Stände zu beiden Seiten füllten sich rasch. Sri und der gutaussehende Farang waren immer ungeheuer unterhaltsam.

»Mutter, ich bin direkt vom Schiff hierhergeeilt. Glaubst du, ich kann noch gerettet werden?«

Sie beäugte ihn zweifelnd. »Ihr werdet große Mengen von meinem Essen kaufen müssen, um wieder gesund zu werden.« Sie zeigte mit einer theatralischen Geste auf ihre Waren.

Phaulkon sah pflichtschuldigst besorgt drein. »Dann reserviere mir den ganzen Stand.«

»Für wie viele Wochen, Herr. Ich muß ein Schild aufhängen.«

Rundherum war unterdrücktes Kichern zu hören.

»Für einen Tag, Mutter, oder für so lange, wie ich mir den Preis leisten kann.«

»Hier, fangt damit an. Das kostet nichts.« Sie reichte ihm eine geröstete Kastanie auf einem kleinen Tellerchen aus Bananenblatt und seufzte zufrieden. »Es ist schön, daß Ihr wieder hier seid, Herr. Wir haben Euch vermißt, wißt ihr. So, was wollt Ihr denn heute morgen wirklich kaufen? Für Euch nur das Beste zu Preisen, die so niedrig sind, daß sie ein armes Marktmädchen ruinieren.«

»Ich bin eigentlich nicht wegen des Essens hier, sondern um deine Gunst zu erbitten«, sagte Phaulkon grinsend.

Sie warf die Arme in die Luft. »Oh, Buddha steh uns bei gegen diese unersättlichen Ausländer! Unsere weibliche Bevölkerung ist nirgends sicher.« Das war eine Anspielung auf Phaulkons Sklavinnen, die Sri ihm alle drei vermittelt hatte.

Phaulkon lachte. »Nein, nein, Mutter, in dieser Hinsicht bin ich gut versorgt, danke dir. Ich bin gekommen, um den grenzenlosen Brunnen deines Wissens anzuzapfen.«

»Der Herr verhöhnt mich. Was kann eine einfache Frau einem so erfahrenen Mann wie Euch schon beibringen«, sagte sie kichernd. Phaulkon lachte. Sie war wesentlich unterhaltsamer als die meisten Europäer, die er kannte. Sie war George Whites Haushälterin gewesen, ehe er nach England abreiste. George hatte ihr diesen kleinen Marktstand gekauft. Er hatte Phaulkon gebeten, ab und zu nach ihr zu sehen, und was als Gefallen für George begonnen hatte, war zu echter Freundschaft geworden. Sri hatte ein bemerkenswertes Gedächtnis für Fakten und Zahlen, und diesen großen Fundus wollte er jetzt anzapfen. Er senkte die Stimme.

»Mutter, nehmen wir einmal an, ich wäre ein reicher Mandarin und du ein ehrlicher Verkäufer und ich hätte im letzten Jahr jede Woche ein Bankett gegeben und du hättest für jede Lieferung einen fairen Preis verlangt. Könntest du mir den Preis nennen, Posten für Posten, für das ganze letzte Jahr?«

Sie beäugte ihn mißtrauisch. »Das könnte ich schon, Herr, aber wenn das ein Trick ist, um alles für den Preis von letztem Jahr zu kriegen —«

»Keine Angst, das ist es nicht, Mutter«, unterbrach Phaulkon sie lachend. »Aber wenn du mir eine genaue Liste anfertigst, mit jedem Preisanstieg und Preissturz auf dem Markt, werde ich so dankbar sein, daß du von mir für das, was ich diese Woche kaufe, die Preise für nächstes Jahr verlangen kannst. Mutter, könntest du die Liste bis morgen fertigstellen? Ich habe es sehr eilig.

Und es besteht kein Anlaß, dem Rest der Welt von meiner Bitte zu erzählen. Das bleibt nur zwischen uns — und allen Nachbarständen natürlich. Hast du verstanden?«

»Wie der Herr befiehlt. Aber die Liste kann nur in meinem Kopf sein, weil ich nicht schreiben kann. Und ich muß vielleicht ein paar andere Verkäufer um Preise für Lebensmittel fragen, mit denen ich nicht handle. Aber keine Sorge, ich weiß, wem ich vertrauen kann, Herr.«
»Das geht schon in Ordnung, solange du ihnen keinen Grund dafür angibst.«
»Ich kenne den Grund nicht, Herr, also seid Ihr hier sicher. Und sie werden nie erraten, für wen das ist. Schließlich kommen ja täglich viele Farangs, die solche Fragen stellen. Ich werde morgen um diese Zeit die Liste haben.«
»Dann werde ich morgen zu dieser Stunde wiederkommen, Mutter. Und danke. Du wirst in deinem nächsten Leben für so gute Taten belohnt werden.«
»Ich habe es verdient, als Prinzessin wiedergeboren zu werden und einen gutaussehenden Farang zu heiraten.«
»Ich werde mich nach einem für dich umsehen«, sagte Phaulkon. »Und in der Zwischenzeit, nimm das.« Er zog ein Päckchen aus seiner Tasche und reichte es ihr. Es war eine Schachtel Zimtbonbons, eine Delikatesse aus dem Süden, die er für sie mitgebracht hatte. Als er wegging, hörte er, wie sie lautstark ihren Nachbarn klagte, wie traurig es doch wäre, daß ein so galanter Mann als Farang auf der falschen Seite des Ozeans geboren worden war.

Phaulkon saß an seinem neuen Arbeitsplatz. Man konnte es kaum als Büro bezeichnen — diesen kleinen unmöblierten Raum mit Sperrholzwänden, einem Lehmboden und einem Loch als Fenster. Es lag abseits vom Hauptbetrieb des Handelsministeriums, ein Beweis für seinen vertraulichen Auftrag. Er hatte um einen Stuhl und einen Tisch gebeten, und man hatte, aus Rücksicht auf die seltsamen Bräuche der Farangs, das Gewünschte aus einem Lager geholt, in dem unbrauchbare Überbleibsel, meist Geschenke der Jesuiten, verstaubten. Die Siamesen hockten beim Schreiben auf dem Boden.

Man hatte ihm diese Stelle im Handelsministerium zugeteilt, angeblich auf Grund seines Geschicks als Buchhalter, und ihn gebeten, eine Inventur der Besitztümer des Königs in den königlichen Lagerräumen zu erstellen und den Irrgarten von Bewirtschaftungsquittungen zu durchforsten, die dem Schatzamt von den Mauren gestellt worden waren. Wann immer eine große asiatische Botschaft Siam besuchte, scheute Seine Majestät, gemäß uralter Traditionen, keine Unkosten und empfing die Besucher luxuriös. Ebenfalls gemäß alter Traditionen hatten die Mauren die Oberaufsicht für die Bankettarrangements.

Getrieben von gnadenlosem Ehrgeiz und unterstützt von einem ungeheuren Gedächtnis für Details machte sich Phaulkon an die Arbeit. Er lehnte alle Einladungen ab und arbeitete bis spät in die Nacht, durchforstete die Berge Papierkram, ordnete die Rechnungen in chronologischer Reihenfolge und übersetzte die moslemischen Daten in buddhistische. Er notierte sich die Preise aller ständig vertretenen Posten und verglich sie zuerst miteinander und dann mit den Daten, an denen sie gekauft worden waren, und schließlich mit den Zahlen, die er auswendig gelernt hatte.

Es war das Ende seiner vierten Arbeitswoche. Er hatte den Markt inzwischen noch zweimal besucht, obwohl er wußte, daß er beschattet wurde. Es war jedesmal ein anderer Mann aus dem Ministerium, der den Markt kurz nach ihm betrat und so tat, als würde er sich die Waren an den Ständen um den Sris anschauen. Andere folgten ihm abends nach Hause, und immer lauerte irgendwo eine Gestalt, wenn er morgens zur Arbeit ging.

Sri hatte ihn nicht im Stich gelassen. Wie versprochen hatte sie ihm eine detaillierte Liste von Lebensmittelpreisen und ihren häufigen Schwankungen im vergangen Jahr verschafft — er hatte mit Federkiel und Reispapier zwei lange Sitzungen bei ihr gehabt und jede Zahl notiert, die sie diktiert hatte. Dann war er nach der Arbeit nach Hause gegangen und hatte die Liste auswendiggelernt. Es wäre sicher beeindruckender, wenn er

dem Barcalon die Zahlen ohne Hilfe seiner Notizen vortragen könnte.
Der Zeitdruck und der Gedanke an seine Gefährten, die in Ligor gefangengehalten wurden, zerrten ernsthaft an seinen Nerven. Es blieb jetzt nur noch ein Monat bis zum Treffen mit Sam White in Mergui.
Phaulkon betrachtete den Stapel Dokumente auf seinem Schreibtisch. Das war jetzt der siebenundzwanzigste Stapel, den er mühsam in ebenso vielen Tagen durchgearbeitet hatte — und das vergeblich. Es gab anscheinend keine auffälligen Diskrepanzen bei den Zahlen. Er band die Schnur los, die die Rechnungen zusammenhielt, und machte sich an die Arbeit.
Und dann stockte ihm fast das Herz. Er rechnete die Zahlen noch einmal durch, betete, daß er nicht einfach übermüdet war. Nein, die Beträge stimmten nicht. Jetzt bemerkte er eine kleine Notiz am Rand einer Rechnung. Sie war kaum lesbar, aber es genügte, um zu erkennen, daß sie malaiisch war, nicht siamesisch. Phaulkon konnte zwar Malaiisch fließend schreiben und sprechen, aber die Zeichen waren zu blaß, er konnte sie nicht dechiffrieren. Die Notiz war genau an der Stelle, an der die Zahlen nicht stimmten. Angetrieben von fieberhafter Hoffnung, bearbeitete er den restlichen Stapel und öffnete dann einen weiteren. Es dauerte mehrere Stunden, bis er die nächste Diskrepanz entdeckte. Auch hier war etwas am Rand notiert.
Die nächste, die er fand, verwirrte ihn. Der Betrag, der für Mangos berechnet war, schien nicht überhöht. Aber dann sah er das Datum: 12. Dezember. Mangos im Dezember? Es war eine Sommerfrucht, die in der heißen Jahreszeit reifte und seines Wissens nach im Dezember nicht verfügbar war. Aber er mußte Sri noch einmal fragen, um ganz sicherzugehen.
Nach dem ersten Fund war es relativ einfach — wenn auch mühsam —, weitere Unstimmigkeiten zu finden. Sechs Tage später hatte Phaulkon genug Material zusammengetragen, um die Mauren zweifelsfrei zu belasten. Er sammelte sorgsam die Beweise und bereitete alles vor, um sie dem Barcalon bei ihrem

nächsten, zweimal wöchentlichen Treffen vorzulegen, das in zwei Tagen stattfinden sollte. Es blieb ihm noch genug Zeit, die Sache mit den Mangos zu überprüfen. Er konnte sich bei seinen Beschuldigungen keinen einzigen Fehler erlauben.

Es war kurz vor Mittag, und die sengende Sonne hatte ihren höchsten Punkt erreicht. Auf dem Markt herrschte, trotz der vielen Schirme, drückende Schwüle, und die feuchte Luft durchnäßte die Panungs der Händler und nahm ihnen die Energie. Buddha sei Dank, es war endlich Zeit, den Stand einzupacken und nach Hause zu gehen und sich auszuruhen, dachte Sri dankbar. Es war bereits Mitte Februar, und die Tage wurden immer drückender. Drei oder vier Monate davon mußte sie noch über sich ergehen lassen, bis der Regen Linderung bringen würde. Aber es hatte natürlich auch seine Vorteile, die Erde würde ihre reichsten Früchte hervorbringen.

Sri sammelte ihre unverkaufte Ware in einen Korb, lächelte ihren Nachbarn zu und ging in Richtung Fluß. Dort band sie ihr kleines Kanu los und hockte sich in das Heck, dann ruderte sie mit dem kleinen Paddel nahe am Ufer entlang, zu ihrem kleinen Haus auf Stelzen.

Als sie um die Biegung steuerte, nach der ihr Haus in Sicht kommen würde, hörte sie auf zu paddeln und schaute überrascht nach vorn. In den letzten drei oder vier Wochen, seit der charmante Farang sie am Markt besucht hatte, war ihr aufgefallen, daß Fremde sich um ihren Stand herumtrieben. Sie fragten sie nie nach Preisen, und auch keiner der anderen Verkäufer hatte sie je zuvor gesehen. Jetzt war ein fremdes Boot vor ihrem Haus vertäut. Es war groß, mit einem prächtigen schwanenähnlichen Bug. Kein Boot aus dieser Gegend. Zwei Männer standen darauf. »Welches ist das Haus von Sri, der Marktfrau?« hörte sie einen von ihnen sagen. Ihr Instinkt sagte ihr, daß das dieselben Männer waren, die sich an ihrem Stand herumgetrieben hatten.

Ihr Ton gefiel ihr nicht. Sie näherte sich vorsichtig, und ihre Gesichter gefielen ihr auch nicht. Etwas an ihrer Haltung verriet, daß sie für die Regierung arbeiteten. Sie mischten sich in die Angelegenheiten der Menschen ein und verlangten Schmiergelder. Sie zermarterte sich den Kopf, was sie wohl falsch gemacht haben könnte, aber es fiel ihr nichts ein. Sie nahm ihren Mut zusammen und steuerte ihr kleines Boot zu dem Anlegeplatz an einer der Säulen, die ihr Haus stützten.

»Eure Exzellenzen, Ihr sucht Sri, die Verkäuferin?« fragte sie lächelnd, um ihre Angst zu kaschieren. »Ich bin hier, Eure Sklavin.« Sie band das Boot fest und machte eine höfliche Verbeugung. »Wollen die Herren einen Spezialpreis aushandeln, ehe morgen der Markt öffnet?« fragte sie nervös kichernd. Sie waren bestimmt von der Regierung, ihre Gesichter waren ernst und arrogant.

»Genau deshalb wollen wir mit Euch reden«, erwiderte der strengere von beiden, offensichtlich der ältere. Er hatte eine große Warze am Nasenende. Der andere Mann war mager und klein und so unauffällig, daß man ihn kaum registrierte.

»Wenn Euch die Armut meines bescheidenen Heimes nicht zuwider ist, meine Herren, seid Ihr willkommen einzutreten.«

»Wir sind gekommen, um einen Spezialauftrag für einen großen Edelmann auszuhandeln.« Der strenge Mann mit der Warze sprach wieder, und seine Stimme war laut genug, daß alle Nachbarn sie hören konnten. »Aus Gründen, die ich nicht befugt bin zu enthüllen, möchte unser Herr anonym bleiben.«

Sri kroch tief gebückt die leiterähnliche Treppe zur Eingangstür hinauf. Die Wände und Türen des Hauses waren aus geflochtenem Bambus, und die sechs Fenster wurden mit Stöcken offengehalten. Beim Überqueren der Schwelle war ihr schmerzlich bewußt, wie armselig ihre Wohnung war: ein plumper, irdener Krug zum Waschen, eine Bastmatte als Bett und ein Bambusparavent, in dem sich ihr bescheidener Vorrat an Panungs befand, alles in einem Zimmer.

Kaum waren sie im Haus, zog der ältere Mann ein Goldsiegel aus seiner Börse und bedeutete ihr, still zu sein. Sie erschau-

derte, als sie das königliche Emblem sah. Gütiger Buddha, Beamte aus dem Palast! Sie warf sich spontan zu Boden.
»Was ich dir jetzt sagen werde, ist streng vertraulich«, flüsterte der Mann, »und wenn du je etwas von diesem Gespräch weitergibst, wirst du strengstens bestraft werden, auf Befehl Seiner Majestät des Königs.«
Sri sah aus dem Augenwinkel, wie beide Männer sich beim Namen des Fürsten des Lebens zu Boden warfen.
»Ist dir das klar?« Jetzt sprach der unscheinbare Mann, und seine Stimme war unterwürfig.
»Meine Herren, Ihr könnt versichert sein, daß nichts von diesem Gespräch je verraten werden wird, auf jeden Fall nicht von mir.«
»Du kennst einen gewissen Constantine Phaulkon, einen Farang, nicht wahr?« fragte der erste Mann.
»Das ist richtig, mein Herr. Er kommt ab und zu zum Markt, um etwas von meinen Waren zu kaufen.«
»Und du hast, wie ich höre, ihm in der Vergangenheit einige Sklaven vermittelt?«
»Nun ja ...« Sie zögerte. »Ich habe nicht direkt —«
»Das ist schon in Ordnung. Das ist kein Verbrechen. Im Gegenteil, wir möchten, daß du es wieder tust.«
Der ältere Mann nickte jetzt seinem Assistenten zu, und dieser holte ein Päckchen aus seinem Hemd und öffnete es auf dem Boden vor Sri. Es war ein wunderschönes Batiktuch aus dem Süden, mit grünen und braunen Rauten, eher wie ein malaiischer Sarong als ein Panung und ganz bestimmt nicht etwas, was sie oder ihre Freundinnen besitzen würden.
»Mit Empfehlung des Palastes«, sagte der erste Mann. »Du sollst es morgen zum Markt tragen. Wenn jemand dich fragt, sagst du, du hättest es von einer Kusine aus dem Süden des Landes geschenkt bekommen. Ein Mädchen wird dich morgen an deinem Stand besuchen. Sie wird dich an diesem Sarong erkennen. Sie wird sich umschauen und deine Waren begutachten. Du wirst ein Gespräch mit ihr anfangen und ihr Interesse wecken, damit sie bei dir bleibt. Dein Ruf als Märchenerzäh-

lerin ist hinreichend bekannt, Sri, also wirst du keine Schwierigkeiten haben, etwaige Zuschauer davon zu überzeugen, daß euer Treffen rein zufällig war.« Er hielt inne. »Wie du siehst, haben wir Erkundigungen über dich eingezogen.« Jetzt lächelte er zum erstenmal. »Es wird erzählt, daß du sogar einem christlichen Priester eine Saffranrobe verkaufen könntest.« Beide Männer lachten, und sogar Sri wagte ein kleines Lächeln. Vielleicht konnte sie das irgendwie zu ihrem Vorteil nutzen.

Die Miene des älteren Mannes wurde wieder ernst. »Der Farang mit dem Namen Phaulkon wird ohne Zweifel in den nächsten Tagen deinen Stand besuchen und dem Mädchen zufällig begegnen. Du wirst ihm zureden, sie auf Dauer in seinen Haushalt aufzunehmen.«

Sri runzelte die Stirn. »Aber angenommen, sie gefällt ihm nicht? Dieser Farang ist sehr eigenwillig.«

»Das Mädchen ist sorgfältig ausgewählt worden, so daß kein Widerspruch in Frage kommt. Außerdem kennen sie sich bereits.«

»Sie kennen sich schon? Wozu braucht ihr dann mich?« fragte Sri verwirrt.

»Weil du unsere Schleuse sein wirst.«

»Eure was, meine Herren?«

»Du wirst uns alle Informationen weiterleiten, die dieses Mädchen dir bringt. Regelmäßig. Du wirst dich mit ihr befreunden, und sie wird dich häufig auf dem Markt besuchen. Ihr Name ist Sunida. Wir werden dich hier zu Hause besuchen und hören, was sie dir erzählt hat.«

Oh, Großer Buddha, jammerte Sri innerlich. Palastbeamte, Spione, Konkubinen! Was für eine Wende hatte ihr unkompliziertes Leben nur genommen. Außerdem erfaßte sie Trauer bei dem Gedanken, über die Aktivitäten ihres Lieblings-Farangs berichten zu müssen, der sie außerdem an Mr. George erinnerte, den Herrn, den sie geliebt hatte, dieser Mr. Constant, den sie so gerne hatte. Was mochte er bloß angestellt haben, um so wichtig zu werden?

»Unter keinen Umständen darf der Farang vermuten, was für

eine Rolle du oder das Mädchen spielt. Selbst *sie* weiß den Namen des Mannes noch nicht, für den sie bestimmt ist. Oder daß er ein Farang ist. Denke daran, der Fürst des Lebens selbst hat dich für diese wichtige Mission auserwählt. Nur wenige Marktverkäufer haben Gelegenheit, für den größeren Ruhm Siams zu arbeiten.«

Sri kauerte sich noch mehr an die Bodenbretter, und erneut lief ein Schauder über ihren Rücken. Jeder reumütige Gedanke verflog. Schließlich gab es auf dieser Welt keine größere Ehre, als dem Fürsten des Lebens selbst zu dienen, dem Nachkommen der Götter.

Sunida kämpfte sich atemlos auf den Marktplatz zu, begleitet von einer Palastwache in Zivil. Ajuthia! Es war das erste Mal, daß sie sich bei Tag außerhalb der doppelten Ziegelmauern des Palastes aufhielt. Sie schaute sich ehrfürchtig um. Zur Linken, nahe dem Flußufer, entdeckte sie die riesigen Gebäude, in denen die fünfhundert königlichen Barken untergebracht waren, und rechts war die gigantische Brücke, auf der die Menschen den Fluß zu Fuß überqueren konnten. Wie schön waren die baumbestandenen Alleen, die geschwungenen Brücken über die Kanäle und die weiten, offenen Plätze der Stadt. Und wie exotisch ihre Einwohner: die Tonkinesen mit ihren langen Gewändern, die hellhäutigen Cochin-Chinesen, die stolzen Kambodschaner, die Makasaren mit ihren Turbanen und die großen Frauen aus den nördlichen Vasallenkönigreichen Nanchao und Laos.

Sie trug einen schönen türkisfarbenen Panung mit passender Schärpe, die sie lose um Brust und Schultern drapiert hatte, und ging barfuß. Ihr Haar, geölt und parfümiert, war zu einem ordentlichen Knoten oben am Kopf gewunden. Ihr Monat der Ausbildung bei Yupin hatte sie gelehrt, ihres eigenen Körpers sehr bewußt zu sein. Sie schwang aufreizend die Hüften und bemerkte, daß viele Passanten ihr bewundernd nachschauten.

Wie aufregend und beängstigend das alles war. Und jetzt, nach der schrecklichen Begegnung mit Sorasak, hatte sie ihr natürlicher Optimismus davon überzeugt, daß ein solcher Alptraum sich nicht wiederholen würde. Ihre ehrenwerte Lehrerin hatte ihr versichert, daß der König jedes weitere Treffen mit dem widerlichen Kerl untersagt hatte, obwohl er sich wiederholt nach ihr erkundigt hatte. Es waren sogar Eunuchen vor ihrer Tür postiert worden.

Sie würde den Mann, für den sie bestimmt war, in einer Woche kennenlernen, hatte ihre Lehrerin sie heute morgen schließlich informiert. Sie wußte, daß sie diesem Mann dienen und tief in sein Herz eindringen mußte, denn nur dann könnte sie die Aufgaben für den Fürsten des Lebens zufriedenstellend erledigen. Und es war ihre Pflicht, ihm nachzuspionieren.

Sie bogen um eine Ecke, in eine große Straße mit Bäumen, die mit Ziegeln gepflastert war und wo sich zu beiden Seiten Reihen von Geschäften drängten. Der Wachmann zeigte auf einen offenen Bogengang zur Linken, der auf den großen Marktplatz führte, und verabschiedete sich, nachdem er sie kurz erinnert hatte, spätestens bei Sonnenuntergang zurück zu sein. Die Verkäuferin, die sie kennenlernen sollte, hatte Anweisung, sie bis zum Palasttor zu begleiten.

Der Wachmann ging, und Sunida war zum erstenmal allein in den Menschenmassen, die sich um die Stände drängten — allein sollte sie eine unbekannte Frau in einem Sarong aus dem Süden ausfindig machen. Sie blieb unentschlossen vor der niedrigen Steinmauer stehen, die den Marktplatz eingrenzte. Sie fühlte sich schrecklich verlassen und musterte ängstlich das Gedränge auf dem Marktplatz. Heimweh packte sie plötzlich, und am liebsten hätte sie losgeweint.

Erinnerungen an ihre Kindheit kehrten zurück, und der vage Gedanke daran, wie verlassen sie sich nach dem plötzlichen Verschwinden ihrer Mutter gefühlt hatte. Ihr Onkel war zwar noch viel netter zu ihr gewesen als vorher und auch die Höflinge, aber sie hatte das Gefühl gehaßt, sie könnten das nur aus Mitleid tun. Als sie eines Tages bemerkte, wie die Dorfkinder sich von ihr abwandten und sich zuflüsterten: »Das ist die Nichte des Gouverneurs, deren Mutter weggelaufen ist«, hatte sie sich hinter einem Baum versteckt und stundenlang geweint.

Sie merkte, daß die Leute sie anstarrten. Eine gütige alte Frau kam auf sie zu und fragte sie, ob sie sich nicht wohl fühlte. Sie lächelte und zwang sich, sich wieder auf ihre Aufgabe zu konzentrieren. Sie schritt in die Menge und schlängelte sich mit großen Augen von Stand zu Stand, fasziniert von der Auswahl an Früchten und Gemüsen, Fischen und Vögeln, Gewürzen und Kuchen. Ein kleiner Menschenauflauf um einen Stand, an dem aufgeregte Feilscherei im Gange war, lockte sie an. Die Verkäuferin, eine mollige, lustige Frau mittleren Alters, die aussah und redete wie ein echter Veteran, lockte die meisten Schaulustigen an, aber die Kundin, eine winzige vogelähnliche Kreatur mit schriller Stimme, schlug sich auch nicht schlecht. Sunida schloß sich dem Kreis an.

»Ein billigeres Angebot findet ihr in ganz China nicht«, sagte die Veteranin und hielt eine reife Gurke von bemerkenswerter Größe hoch.

»Es würde mich wahrscheinlich weniger kosten, wenn ich dorthin fahre, um mir eine zu kaufen«, zwitscherte die alte Frau.

»Nicht bei den heutigen Transportpreisen«, konterte die Veteranin.

Jetzt bemerkte Sunida den Sarong der Verkäuferin. Er war braun und grün, und das Muster war im südlichen Stil gehalten. Sie überlegte, wie sie sich bemerkbar machen sollte, als zu ihrer Verwirrung die Händlerin sie selbst ansprach. »Ihr da, junge Dame, Ihr seht aus, als hättet Ihr ein gutes Urteilsvermögen. Für einen halben Tical, ist da diese Gurke nicht praktisch ein Tempelopfer?« Tempelopfer waren natürlich umsonst.

Die Menge wandte sich zu Sunida. Verwirrt stammelte sie etwas Unverständliches. »Seht ihr«, rief Sri, »der geringe Preis macht sie sprachlos.« Die Menge brüllte vor Vergnügen, als Sunida bis unter die Haarspitzen errötete.

Bald darauf bekam die vogelähnliche Kreatur die Gurke zu einem wesentlich niedrigeren Preis, als sie erwartet hatte. Sri hatte erraten, wer Sunida war, und wollte die Sache so schnell wie möglich abschließen.

Die Menge zerstreute sich, und Sri winkte Sunida zu sich. »Komm hierher, mein Kind. Hab ich dich erschreckt?« Sie senkte die Stimme. »Ich hab dich zuerst nicht erkannt. Ich habe dich schon erwartet. Ich heiße Sri.«

»Danke, Pi Sri.«

»Ich weiß alles über dich, also kannst du ganz offen mit mir sein, Kind. Schau dich einfach im Stand um und versuche, dich möglichst natürlich zu geben. Das soll ja ein zufälliges Treffen sein.«

»Ist das denn dein eigener Stand?« fragte Sunida und nahm ein paar Rettiche in die Hand.

»Das ist er in der Tat. Ein Farang hat ihn mir gekauft.«

Sunida schien nachdenklich. »Warum, hat er dich geliebt?«

Sri war überrascht von dieser direkten Frage. »Ja, ich glaube, das hat er.« Sie lachte. »Er war so alt, daß er mich für ein junges Mädchen hielt. Es war sehr schmeichelhaft.«

Sunida lachte. »Du bist sehr komisch, Pi Sri. Darf ich mich neben dich setzen. Die vielen Leute machen mir Kopfweh. Und wo ist dein Farang jetzt?« fragte sie und mußte natürlich an Phaulkon denken.

»Er ist in sein Land zurückgegangen. Am Ende machen sie das alle. Hier, etwas heißen Tee?«

»Danke, Pi Sri.« Nach einer kurzen Pause fragte sie ängstlich: »Kennst du den Mann, für den ich bestimmt bin?«

Sri räusperte sich. »Nein, aber wie ich höre, wird er sich uns nächste Woche zu erkennen geben«, sagte sie und zwinkerte ihr zu. »Dann werden wir schon Freunde sein, du und ich. Und du kannst mich hier besuchen, so oft du willst, weißt du?«

Sunida hatte Sri sofort ins Herz geschlossen. Sie erinnerte sie sehr an Prateep, die gutmütige, dicke Haushälterin im Palast des Gouverneurs, die Sunida unter ihre Fittiche genommen hatte und wie eine Mutter zu ihr gewesen war. Es war der traurigste Tag ihres Lebens gewesen, als Prateep starb. Sie war erst fünfzehn gewesen. Vielleicht würde diese neue Freundin, die ein Teil des großen Plans des Königs war, eine enge Vertraute werden.

»Die Leute werden sich daran gewöhnen, uns zusammen zu sehen. Hier wirst du deine Berichte abliefern, und jedesmal, wenn du kommst, kannst du deine Einkäufe an meinem Stand machen. Dann wird sich niemand etwas dabei denken.« Sie musterte sie abschätzig. »Bist du reich?«

»O nein, Pi. Ich bin nur eine Tänzerin. Aber vielleicht ist der Mann, für den ich bestimmt bin, reich, und dann kann ich dir viel abkaufen. Aber Pi Sri, wenn du nicht weißt, wer der Mann ist, wie soll ich ihn dann kennenlernen?«

»Du wirst ihn in einer Woche hier auf dem Markt treffen. Es wird eine zufällige Begegnung sein. Ich kann dir nur soviel sagen: Er ist ein hochrangiger Mandarin«, sagte Sri, wie man es ihr befohlen hatte. »Man wird ihn hier an meinen Stand bringen. Ich werde es vorher erfahren, und du wirst ihn hier erwarten.«

»Und dieser Mandarin weiß von alledem nichts?«

»Nichts. Er wird dir zufällig begegnen, von dir entzückt sein und dich um ein Wiedersehen bitten. Der Rest bleibt dann dir überlassen.«

»Und angenommen, er mag mich nicht? Wird der Palast mir die Schuld daran geben?« fragte Sunida ängstlich.

»Er *wird* dich mögen, Kind. Keine Sorge.« Es stimmte, was sie gesagt hatten, dachte Sri. Dieses Mädchen war absolut atemberaubend. Außerdem war sie liebenswürdig und entzückend unverdorben. Welcher Mann sollte ihr widerstehen?

»Und ich werde alles, was er sagt, dir hier berichten?«

»Das ist richtig, meine Liebe, alles.«

»Pi Sri«, sagte Sunida plötzlich voller Übermut, »das ist mein erster freier Tag in Ajuthia. Kommst du mit mir, und zeigst mir die Stadt? Ich möchte so gerne alles sehen.«

Sri wollte ihr gerade erklären, daß sie es sich nicht leisten konnte, von ihrem Stand wegzugehen, aber dann sah sie Suni-

das erwartungsvolles Gesicht. Sri hatte nicht das Herz, ihr die Bitte abzuschlagen.
»Das mach ich gerne, meine Liebe«, sagte Sri, erhob sich und bat widerwillig einen Nachbarn, ihren Stand im Auge zu behalten.

Phaulkon ging, in Gedanken versunken, auf den Marktplatz zu. Das Gedränge um sich herum bemerkte er kaum. Er hatte genug Beweise, um die Mauren zu belasten. Jetzt brauchte er nur noch von Sri die Bestätigung, daß keine Mangos — nicht einmal importierte — im Dezember auf irgendeinem Marktplatz zu finden waren.
Er ging zu ihrem Stand und mußte zu seiner Überraschung feststellen, daß er leer war. Es sah ihr nicht ähnlich, ihren Stand unbeaufsichtigt zu lassen. Er ging zu einem ihrer Nachbarn, eine gutmütige Frau namens Maew, deren eine Gesichtshälfte von Pocken zerstört war. Er hatte sich bei seinen Besuchen bei Sri oft mit ihr unterhalten. »Wo ist Pi Sri?« fragte er.
»Ihr habt sie gerade verpaßt, Herr. Sie zeigt einer Besucherin Ajuthia. Einem sehr hübschen Mädchen.«
Phaulkon lächelte, obwohl er enttäuscht über Sris Abwesenheit war. Er fragte sich, wie Sri wohl dazu kam, um diese Stunde jemandem die Stadt zu zeigen. Vielleicht war unerwartet eine Verwandte zu Besuch gekommen. »Sag mir, Maew, gibt es im Dezember Mangos?«
Maew schien überrascht von dieser Frage. Das sollte der Herr doch wirklich wissen. »Im Dezember? O nein, Herr, niemals. Mangos reifen in der heißen Jahreszeit. Nicht vor Mai.«
Phaulkon dankte ihr und ging wieder zurück zum Ministerium. Morgen war sein entscheidendes Treffen mit dem Barcalon. Er mußte gründlich vorbereitet sein.

21

Der Barcalon nahm einen tiefen Zug aus seiner gurgelnden Wasserpfeife und betrachtete Phaulkon vom Ende der langen, getäfelten Audienzhalle des Ministeriums aus. Es war früh am Morgen, und die Sonne strömte durch die beiden großen offenen Fenster an der einen Seite des Zimmers. Später, wenn die Hitze drückender wurde, würde man die Fenster mit Tüchern verhängen, die luftdurchlässig waren, aber kein Sonnenlicht hereinließen. Sklaven mit langen Bambusfächern hielten dann die Luft in Bewegung.

»Und, was habt Ihr heute morgen zu berichten, Herr Forcon? Etwas Neues, hoffe ich?« Der Ton des Barcalon war etwas sarkastisch. Trotz der Tatsache, daß der Farang, wie er von seinen Spionen wußte, fast einen Monat lang bis tief in die Nacht hinein gearbeitet hatte, war es ihm nicht gelungen, etwas zu finden.

Phaulkon freute sich insgeheim über die Überraschung, die er ihm bereiten würde. Trotzdem würde er versuchen, keinerlei Schadenfreude zu zeigen. »Mächtiger Fürst, dieser wertlose Sklave bittet darum, Eurer Exzellenz seine bescheidenen Beweise für die Vergehen der Mauren vorlegen zu dürfen.«

Die Augenbrauen des Barcalon hoben sich. »In der Tat? Fahrt fort, Herr Forcon.«

»Mächtiger Fürst, dieser wertlose Sklave begehrt, Seiner Exzellenz' Aufmerksamkeit auf ein paar Dokumente zu lenken, die ich hier habe.«

»Ihr dürft Euch nähern.«

Phaulkon kroch auf Knien und Ellbogen vor, mit einem Stapel Papiere, den er auf den Handflächen balancierte. Er hatte das zu Hause mit Hilfe seiner Sklaven am Abend vorher geübt. Er kam zwar nur langsam voran, aber mit angemessener Würde.

»Ich, der Staub zu Euren Füßen, bitte, Eurer Exzellenz zwei Dinge vorlegen zu dürfen. Erstens eine Liste der höchsten Preise, die die Mauren für Lebensmittel, die sie gekauft haben, einreichten, zweitens eine Liste der Höchstpreise, die für dieselben Waren auf dem Morgenmarkt erzielt wurden. In jedem Fall sind die Preise der Mauren höher, und zwar entscheidend. Ihr werdet bemerken, Eure Exzellenz, daß die Rechnungen in ausgewählten Zeitabständen überhöht sind, um nicht so leicht entdeckt werden zu können, und daß die Diskrepanzen außerdem zusammenfallen mit gewissen obskuren Randbemerkungen. Sie sind zwar unleserlich, aber offensichtlich in malaiischer Schrift.«

Ein Sklave kroch mit einem goldenen Tablett nach vorn und befreite Phaulkon von seinem Bündel. Der Barcalon nahm die Papiere und blätterte sie durch.

»Ich habe mir die Freiheit genommen, Exzellenz, Papierstreifen vor die entscheidenden Seiten zu legen«, erklärte Phaulkon.

Der Barcalon studierte die Papiere einige Zeit sehr genau. Dann verlangte er einen Federkiel und Reispapier und machte sich umfangreiche Notizen. Schließlich sonderte er die Rechnungen aus, in denen die Preise die größten Diskrepanzen aufwiesen. Beachtliche Zeit verging, bis der Barcalon wieder etwas sagte. »Wie ich sehe, ist es den Mauren tatsächlich gelungen, im Dezember Mangos zu züchten. Eine bemerkenswerte Leistung«, sagte er trocken. Er drehte sich zu seiner Wasserpfeife und machte ein paar hastige Züge, als wolle er damit seine aufsteigende Wut besänftigen. Dann schaute er zu Phaulkon. »Ich muß Euch gratulieren, Herr Forcon. Ich bin mir bewußt, daß dies die Frucht zahlloser Arbeitsstunden ist, in jedem Fall ein langweiliges Unterfangen. Ihr erwartet doch sicher irgendeine Art der Belohnung.«

»Ich verlange nicht mehr, Eure Exzellenz, als dieser großen Nation weiter dienen zu können.«

»Und ich zweifle nicht daran, Herr Forcon, daß Ihr auch schon einen bestimmten Bereich im Sinn habt.«

Phaulkon lächelte nervös. Nicht nur, daß der Barcalon sicher schon wußte, worum er bitten wollte, er hatte ohne Zweifel auch bereits entschieden, ob er es genehmigen würde. Seine Exzellenz konnte nichts von Sam Whites Schiff wissen, oder daß Phaulkon nur noch siebenundzwanzig Tage blieben, um eine Fracht für Persien aufzutreiben. Es würde allein zwölf Tage dauern, die Güter von Ajuthia nach Mergui zu transportieren, also blieben nur noch fünfzehn. Er brauchte Burnaby und Ivatt in Ajuthia, um die Geschäfte der englischen Kompanie leiten zu können, während er in Persien war. Es würde mindestens zehn Tage dauern, bis der Entlassungsbefehl in Ligor eintraf und weitere zehn für ihre Rückreise, vorausgesetzt, der Gouverneur würde ihnen sein Boot zur Verfügung stellen und ihre sofortige Abreise genehmigen.

Er wandte sich an den Barcalon. »Ich, ein Haar, möchte darum bitten, Eurer Exzellenz zeigen zu dürfen, wo die Mauren Eure Regierung am ernsthaftesten übervorteilen, Eure Nachsicht ausnutzen —«

»Ihr meint«, unterbrach der Barcalon »sie ziehen uns das letzte Hemd aus?«

»Wenn Ihr es so ausdrücken wollt, Eure Exzellenz. Es ist meine bescheidene Meinung, daß das der Fall ist.«

»Und welches Gebiet der Unterschlagung wollt Ihr Euch als nächstes vornehmen?«

»Eure Exzellenz, ich bitte um Erlaubnis, eine Handelsmission nach Persien führen zu dürfen. Ich brauche wohl nicht zu sagen, daß der gesamte Profit an die Krone gehen wird. Ich selbst will nichts, außer die Gelegenheit zu zeigen, wieviel Profit die Mauren machen.«

Der Barcalon betrachtete ihn schweigend. »Heißt das, die englische Kompanie ersucht um offizielle Genehmigung, Waren von unserem Schatzamt zu kaufen?«

»Ich, ein Haar, muß in dieser Angelegenheit Eurer Exzellenz mein Herz öffnen. Es gibt ein kleines Problem. Wenn die Güter offiziell von der Kompanie gekauft würden, dann würde Madras erwarten, daß die Gewinne aus dem Verkauf ihre eigenen Schatztruhen bereicherten. Dagegen ist es mein ernsthafter Wunsch, daß allein das Schatzamt Eurer Exzellenz diese Profite machen sollte.«

»Ihr meint, Ihr wollt die Güter persönlich kaufen, Herr Forcon, anstelle der englischen Kompanie?«
Phaulkon lugte diskret zum Barcalon hoch. Ein Lächeln umspielte den Mund des Potentaten.
»Eure Exzellenz, ich, ein Haar, bin nur ein bescheidener Angestellter der Kompanie. Als solcher, fürchte ich, bin ich nicht im Besitz derartiger Mittel, die ein so wichtiger Kauf erfordert.«
»Was schwebt Euch denn vor, Herr Forcon?«
Phaulkon zögerte kurz. »Ich, der bloße Staub an Euren Fußsohlen, möchte Eure Exzellenz bitten, mir die entsprechenden Güter auf Kommission zu überlassen. Nur dieses eine Mal. Wenn Eure Exzellenz mir eine Ladung auf Kredit geben, garantiere ich Euch den dreifachen Wert der Waren als Gewinn für das Schatzamt.«
»Und welche Garantien würdet Ihr uns dafür geben, Herr Forcon?«
»Meine Kollegen, die Herren Burnaby und Ivatt, wären sicher gerne bereit, hier als Geiseln bis zur sicheren Rückkehr des Schiffes zu bleiben.«
»Ich war mir nicht bewußt, daß ihr augenblicklicher Status sich von dem einer Geisel unterscheidet, Herr Forcon.«
»Ich hatte gehofft, es wäre genügend Zeit verstrichen, um Eure Exzellenz von meinen ehrlichen Absichten zu überzeugen und Ihr würdet meine Kollegen aus ihrer mißlichen Lage befreien. Denn mit jedem Tag, an dem sie nicht auf ihrem Posten sind, verliert die englische Kompanie wertvollen Boden an die Holländer.«
Der Barcalon ignorierte das. »Aber angenommen, Herr Forcon, Euer Schiff würde in einem Sturm verlorengehen und nie wieder den Weg an unsere Küsten finden, angefüllt mit unserer unbezahlten Ware?«
»Die englische Kompanie würde natürlich Euer Schatzamt gegen solche Naturkatastrophen versichern, Eure Exzellenz. Aber entsprechende Dokumente müßten natürlich vom Chef der Station, Herrn Burnaby, aufgesetzt und unterschrieben werden.«

»Eine unglückselige Forderung angesichts Mr. Burnabys augenblicklicher Unpäßlichkeit, würde ich sagen.«
Phaulkon wurde das Herz schwer. Wie lange wollte der Barcalon die beiden noch gefangenhalten? »In diesem Fall wäre es Eurer Exzellenz vielleicht lieber, eines seiner eigenen Schiffe zu benutzen, mit einer Mannschaft Eurer Wahl? Es wäre mir eine Freude, als Kapitän dienen zu dürfen und die Handelsangelegenheiten in die Hände eines Mannes ihrer Wahl zu legen. Mein einziges Ziel ist es, wie ich schon sagte, die betrügerischen Praktiken der Mauren zu entlarven.«
»Aber da unsere Mannschaften sich zum Großteil aus Mauren zusammensetzen, würde das nicht die ganze Sache zunichte machen?«
»Das ist wohl wahr, Eure Exzellenz. Aber ich habe eine bessere Idee. Wenn Mr. Burnaby eines Eurer Schiffe befehligen und seine eigene Mannschaft aussuchen würde, wäre ich gern bereit, hier als Geisel für ihre sichere Rückkehr zu bleiben. Man würde mich erst entlassen, wenn Mr. Burnaby den vollen Gewinn der Expedition dem Schatzamt Eurer Exzellenz übergeben hat.« Wenn ihm der Barcalon ein Schiff zur Verfügung stellte, war noch nicht alles verloren. Es war eine machbare Alternative zu Sam Whites Schiff, falls die Fracht nicht rechtzeitig in Mergui eintraf, was immer wahrscheinlicher wurde.
»Ich war mir nicht bewußt, daß Ihr augenblicklich etwas anderes seid als eine Geisel, Herr Forcon. Könnt Ihr denn mit Eurer Freiheit feilschen?« Der Barcalon lächelte freundlich, zog eine Nuß aus seinem diamantenbesetzten Betelkästchen und begann nachdenklich zu kauen. Er war sehr daran interessiert, den Plan des Farangs auszuprobieren, obwohl er sich keine Begeisterung anmerken lassen würde. Es war offensichtlich in Phaulkons Interesse, daß der englische Kapitän mit den Gewinnen zurückkehrte. Die Mauren wären dann bloßgestellt, und jemand müßte ihren Platz einnehmen. Aber kein siamesisches Schiff durfte an einer derartigen Aktion beteiligt sein. Es durfte nicht so aussehen, als hätte die Regierung die Mauren absichtlich in die Falle gelockt. Es mußte zufällig passieren.

Phaulkon mußte gesehen werden, wie er die Güter im Auftrag der Engländer, zum Export zu ihrem Handelsposten in Madras einkaufte. Niemals für Persien. Es würde das Problem des Farangs sein, ein Schiff zu finden. Wenn er seinen Plan durchsetzen wollte, mußte er ein englisches Schiff benutzen und dies alles irgendwie seiner Kompanie verständlich machen. Und wenn die Mauren entdeckten, daß sich die Engländer unrechtmäßig auf ihren traditionellen Handelsrouten bewegten, sollten sie es doch mit den Engländern ausfechten. Es wäre sicherlich im Interesse Siams, die Hände in den Schoß zu legen und zuzusehen, wie die Macht der Mauren allmählich beschnitten wurde. Und was die anderen Farangs, die in Ligor gefangengehalten wurden, betraf, hatte er bereits ihre Entlassung aus politischen Gründen angeordnet. Seine Regierung hatte schließlich die englische Kompanie eingeladen, wieder in Siam zu handeln, und es wäre sehr ungehörig, ihren Geschäftsführer ohne offizielle Anklage festzuhalten.

»Herr Forcon, ich werde Euch eine Ladung zur Verfügung stellen, unter der Bedingung, daß sie offiziell für den Export nach Madras eingekauft wird. Offiziell in Siam, aber ohne daß Madras unbedingt informiert werden muß, wenn Ihr wißt, was ich meine. Außerdem darf es keine offiziellen Verlautbarungen über Kreditbedingungen geben. Ich bin auch bereit, Eure Kollegen zu entlassen und sie zurück nach Ajuthia bringen zu lassen, wo sie unter ständiger Beobachtung stehen werden. Aber unter keinen Umständen werde ich Euch ein Schiff zur Verfügung stellen. Die siamesische Regierung wird keinerlei Beteiligung an diesen Transaktionen eingestehen. Habe ich mich klar ausgedrückt, Herr Forcon?«

»Vollkommen klar, Eure Exzellenz.« Phaulkon schwirrte der Kopf. Burnaby mußte zurück in Ajuthia sein, um die Kaufvereinbarung und die Garantien zu unterschreiben, bevor die Ware nach Mergui transportiert werden könnte. Dafür brauchte er mindestens zwanzig Tage. Dann, wenn alles gut verlief, würde es weitere zwölf Tage dauern, um die Güter über Land nach Mergui zu transportieren. Das wären bereits

zweiunddreißig Tage, ohne jeden Spielraum für Zwischenfälle irgendwelcher Art. Es war zu spät — außer natürlich, Sam Whites Boot hatte Verspätung. Aber damit konnte er nicht rechnen. Sein Magen spielte verrückt. Eine Gelegenheit wie diese gab es womöglich nie wieder.
Am schlimmsten war der Gedanke, Samuel White könnte in Mergui landen, dort niemanden vorfinden und nach ein oder zwei Tagen wieder in See stechen. Er sollte dort seine Fracht löschen und sich sofort auf den Rückweg machen. Er müßte sich nach den Gezeiten im Golf richten und hätte keine Genehmigung von der englischen Kompanie, sich länger, als zum Löschen der Ladung nötig war, aufzuhalten.
Es war mit George vereinbart, daß entweder Phaulkon oder einer seiner Männer ein paar Tage vor der geschätzten Ankunftszeit des Schiffes in Mergui warten würde. Jemand mußte da sein, um Samuel zu empfangen. In Abwesenheit von Burnaby und Ivatt kam nur er dafür in Frage.
»Nun gut«, sagte der Barcalon. »Sobald Ihr das Schiff beschafft habt, wird Mr. Burnaby die Genehmigung erhalten, das Schiff zu befehligen, und die Ware wird Euch ausgehändigt. Ihr selbst werdet während der gesamten Expedition in Ajuthia bleiben, unter meiner persönlichen Aufsicht. Aber, Herr Forcon, Ihr habt viele mühsame Stunden damit verbracht, komplizierte Zahlen zu durchforsten. Es ist wohl selbstverständlich, daß Ihr dafür angemessen entschädigt werdet. Ich übertrage Euch hiermit die Leitung über die Bankettarrangements für die erwartete Gesandtschaft des Kaisers von China. Sie wird nächsten Monat eintreffen. Die gesamte Bewirtschaftung wird Eurer Verantwortung unterliegen. Ich werde Luang Rashid erklären, daß wir unser Menü um einige Farang-Spezialitäten erweitern wollen, was die Überraschung für Eure unerwartete Berufung verringern dürfte.«
»Eure Exzellenz sind zu gütig.« Phaulkon wurde schwer ums Herz. Wie konnte er nach Mergui reisen, wenn die Chinesen in weniger als dreißig Tagen erwartet wurden und es allein zwanzig bedurfte, um nach Mergui hin- und zurückzureisen?

Er hätte es wissen müssen. Es steckte immer Methode hinter siamesischen Überlegungen. Es war von entscheidender Bedeutung, daß er ein Bankett mit dem erwarteten kulinarischen Standard lieferte und das zu einem deutlich reduzierten Preis. Er würde viel Hilfe von der alten Mutter Sri brauchen.
Außerdem konnte er sich in diesem Stadium keine Konfrontation mit den Mauren leisten. Er war nicht stark genug, um ihre Feindschaft riskieren zu können. Selbst wenn Sam Whites Boot je beladen werden würde, mußte sein wahres Ziel, Persien, geheim bleiben. Die Ware mußte diskret verladen werden, von neugierigen Blicken geschützt. Mergui und die angrenzende Provinz Tenasserim waren fast ausschließlich maurische Enklaven. Selbst der Gouverneur war ein Maure. Und was Phaulkons Berufung als Bankettveranstalter betraf, so mußte er sich in acht nehmen und Luang Rashid nicht allzusehr auf die Zehen treten. Aber wie?
»Und, Herr Forcon«, fügte der Barcalon höflich hinzu, »General Petraja hat mich gebeten, die versprochene Einladung zur königlichen Elefantenjagd nächste Woche in Louvo auszusprechen. Es wird eine prachtvolle Angelegenheit werden, zu Ehren der unmittelbar bevorstehenden Ankunft des weißen Elefanten. Er hat erst diese Woche die Außenbezirke der Stadt erreicht, da die Reise immer wieder unterbrochen werden mußte. Seine Majestät der König wird persönlich anwesend sein.«
Die königliche Jagd? Nächste Woche? Damit waren alle Pläne, die Phaulkon hatte, nach Mergui zu reisen, hinfällig. Aber er würde zum erstenmal Seine Majestät den König sehen. Sein Puls beschleunigte. Und was für eine Ehre, zu dieser königlichen Jagd eingeladen zu werden. Unter überschwenglichen Dankesbezeugungen kroch Phaulkon rückwärts aus dem Raum.

Tief in Gedanken versunken passierte Phaulkon das große Bogentor, das zum Marktplatz führte. Es war später Vormittag, und die sengende Sonne stand schon hoch am Himmel. Obwohl er sich im Schatten der Alleen gehalten hatte, waren sein Hemd und sein Panung bereits schweißnaß. Die schwüle Hitze der heißen Jahreszeit Siams war körperlicher Anstrengung nicht gerade zuträglich.

Phaulkon wäre schon früher aufgebrochen, aber der Barcalon hatte ihn gebeten, zuerst ins Ministerium zu gehen und jeden Stapel der Rechnungen zu markieren, den er bereits kontrolliert hatte, damit einer der loyalsten Assistenten Seiner Exzellenz seine Arbeit fortsetzen und das Gewirr von Zahlen nach Randbemerkungen absuchen konnte. Phaulkon hatte jetzt ein bißchen mehr Bewegungsfreiheit, aber man hatte ihn gewarnt: Er durfte Ajuthia unter keinen Umständen verlassen. Jede Hoffnung, nach Mergui zu gelangen, war offensichtlich zerschlagen, und es war tragisch, daß er keinen an seiner Stelle hinschicken konnte.

Phaulkon hatte überlegt, seine Karten offen vor dem Barcalon auf den Tisch zu legen, in der Hoffnung, er würde ihn unterstützen, damit Sam eine Nachricht zugestellt werden konnte. Aber das war Irrsinn. Wie konnte er dem Ersten Minister von Siam sagen, daß ein Schiff der Ostindischen Kompanie durch einen »Eindringling« requiriert und auf eine illegale Handelsreise nach Persien geschickt werden sollte, um dann in die Luft gesprengt zu werden, damit alle Beweise vernichtet würden? Wie konnte er ihm auch nur einen Teil davon erzählen, wenn Siam gerade der englischen Kompanie freundschaftliche Avancen machte? Wenn er ihm statt dessen sagen würde, daß die Mission offiziell von der Kompanie abgesegnet war, warum sollte der Barcalon die Ware überhaupt freigeben, wenn der Großteil des zu erwartenden Profits offensichtlich in die Taschen der Kompanie fließen würde?

Es mußte eine Lösung geben, redete Phaulkon sich immer wieder ein, aber er war am Ende seiner Ideen. Er war jetzt hier, um mit Sri die Bankette für die Gesandtschaft aus dem Reich der Mitte zu besprechen. Vielleicht könnte Sri —

Er blieb wie angewurzelt stehen. Hatte er den Verstand verloren? Er starrte fassungslos das bezaubernde Geschöpf an, das züchtig neben Sri hockte. Sunida! Wie war das möglich? Es mußte eine Doppelgängerin sein, und dann würde er sich sicher noch einmal verlieben. Sie sah absolut hinreißend aus, in ihrem türkisfarbenen Panung mit der passenden Schärpe und dem ordentlichen Knoten. Er näherte sich vorsichtig, ließ sie nicht aus den Augen, so als könne sie jeden Moment wieder verschwinden. Keine Frage. Es war wirklich Sunida. Aber woher kannte sie Sri? Und was hatte sie überhaupt in Ajuthia zu suchen?

Er näherte sich dem Stand und blieb davor stehen, sein Herz klopfte bis zum Hals. In diesem Moment drehte Sunida den Kopf und sah ihn. Ihre Augen wurden groß, und sie starrte ihn fassungslos an. Dann leuchteten ihre Augen plötzlich vor Zärtlichkeit und Dankbarkeit. »Mein Farang.« Sie machte ein tiefe Verbeugung.

»Sunida!« rief Phaulkon. »Was machst du hier in Ajuthia? Seit wann bist du hier?«

»Ich habe von Euch geträumt, mein Gebieter. Und wie es scheint, ist mein Traum jetzt wahr geworden. Seid Ihr es wirklich?«

»Ignoriert mich einfach, Herr. Ich bin bloß eine neue Sorte Gemüse«, sagte Sri gespielt vorwurfsvoll, weil Phaulkon sie nicht einmal begrüßt hatte.

»Ach, komm schon, Mutter. Ich habe gerade die größte Überraschung meines Lebens erlebt. Woher kennt ihr beiden euch denn?«

»Wir haben uns gerade vorhin kennengelernt«, erwiderte Sri ganz beiläufig. »Das arme Mädchen wollte Obst bei meinem Nachbarn kaufen. Ich mußte sie ein bißchen aufklären, vor allem, nachdem sie mir erzählt hat, sie würde jetzt Stammkunde werden.«

»Wirst du das?« Phaulkon drehte sich zu Sunida.

Sunida senkte den Kopf und schwieg.

»Sunida, du hast keine meiner Fragen beantwortet. Was machst du hier?«

»Ich... ich werde jetzt in Ajuthia leben, mein Gebieter. Ich freue mich so, Euch wiederzusehen.«

»Und ich mich auch, Sunida. Wo wohnst du?«
Sunida zögerte. »Verzeiht, mein Gebieter, aber ich ... ich darf das nicht sagen.«
»Was soll das heißen? Das versteh ich nicht.« Ihm wurde plötzlich flau im Magen. War sie vielleicht schon kurz nach seiner Abreise vergeben worden?
»Aber, Herr«, kam Sri Sunida zu Hilfe, »Ihr seid wirklich sehr indiskret, einer Dame solch peinliche Fragen zu stellen. Seht Ihr denn nicht, wie sie das aufregt?« Ein feister Kunde stapfte an den Stand, um ein paar Gewürze zu kaufen, und Sri war gezwungen, ihre Aufmerksamkeit ihm zuzuwenden.
Sunida war zutiefst beschämt. Wie konnte sie dem Mann, den sie liebte, erzählen, daß sie für einen anderen bestimmt war? Was für eine Qual. Und doch wollte sie ihm gegenüber unbedingt ehrlich sein und ihm erklären, daß sie nur ihn liebte, egal, was passierte.
»Sunida, was soll denn diese Geheimnistuerei? Mir solltest du nichts verschweigen«, sagte Phaulkon. Die plötzliche Melancholie in ihren Mandelaugen zerriß ihm das Herz. Hatte er sie verloren? War irgendeine schreckliche Tragödie passiert, die sie für immer trennen würde? Seit er Ligor verlassen hatte, hatte er daran gedacht, nach ihr schicken zu lassen, sobald sich Gelegenheit dazu bot. Aber die Zeit und die Umstände hatten ihn daran gehindert, schnell zu handeln.
Sunida sah die Qualen in seinem Gesicht. Es war wohl das beste, ihm die Wahrheit zu erzählen, soweit sie die kannte, ohne ihr Versprechen zu brechen. Aber hier, auf dem Marktplatz? Ihr blieb kaum eine andere Wahl. Sie konnte nicht weggehen, ohne daß die Palastwache sie sehen würde. Sie schluckte. »Mein Gebieter, ich habe geschworen, meinen Aufenthaltsort nicht zu verraten. Und obwohl ich Euch liebe und nur von Euch träume, bin ich einem anderen versprochen. Er ist ein ... Mandarin aus Ajuthia.«
Phaulkon war wie betäubt. Ein anderer Mann? Ein Mandarin? Er sah an Sunidas Miene, daß es wahr war. Das konnte er nicht zulassen.

»Wer ist dieser Mann, Sunida? Wo hast du ihn kennengelernt?«
»Es wurde arrangiert, mein Gebieter. Es war der Wunsch meines Onkels. Ich kann mich dem nicht widersetzen. Bitte, versucht zu verstehen, mein Gebieter.«
»Ich versuche es ja, Sunida, aber du bist mir keine Hilfe dabei. Du willst mir damit sagen, sofort nach meiner Abreise hätte der Gouverneur dich mit einem Mandarin aus Ajuthia verlobt? Bist du schon mit ihm verheiratet?« Ängstlich erwartete er ihre Antwort.
»Noch nicht, mein Gebieter«, erwiderte Sunida und äußerte sich nicht weiter.
»Und warum hat dein Onkel das so plötzlich arrangiert?«
»Mein Gebieter, ich werde Euch die Wahrheit sagen. Mein Onkel wußte um meine Gefühle für Euch, und eingedenk des Todes seines Bruders ... durch die Farangs, dachte er, es würde das Andenken an meinen Vater schänden, wenn Ihr und ich ... unsere Beziehung fortsetzen würden. Er war sich sicher, daß wir versuchen würden, uns wiederzusehen. Also hat er mich nach Ajuthia geschickt, um mich in Etikette unterrichten zu lassen und mich auf die Verlobung mit einem anderen vorzubereiten.« Sie zögerte, ehe sie die Worte ihres Onkels wiederholte: »Mit einem von unserem Blut.«
Sunida war erleichtert, daß sie Phaulkon die Wahrheit gesagt hatte, Wort für Wort, genau wie ihr Onkel es gesagt hatte. Sie hatte keine Ahnung, daß das ein Teil des Plans des Gouverneurs war, um ihre Situation für Phaulkon noch überzeugender zu machen.
»Aber, wo wohnst du jetzt?« fragte Phaulkon niedergeschmettert.
»Ich habe geschworen, mein Gebieter, das nicht zu verraten.«
Er wußte nicht, wo ihm der Kopf stand. »Komm in mein Haus, Sunida. Hier ist nicht der rechte Ort.« Der feiste Kunde hatte gerade bezahlt und schickte sich an zu gehen.
»Das kann ich nicht, mein Gebieter. Ich werde beschattet, wohin ich auch gehe.«

»Aber Herr, Ihr belästigt ja dieses arme Mädchen.« Sri wollte sich nicht weiter aus dem Gespräch ausschließen lassen.
Phaulkon ignorierte sie. »Wenn der Haupteingang bewacht ist, könnten wir doch durch einen anderen Ausgang verschwinden.«
Sunida zögerte, hin und her gerissen zwischen Sehnsucht und Pflichtbewußtsein. Sie sehnte sich nach ein paar Augenblicken allein mit Phaulkon, aber sie konnte schlecht versuchen, dem Wachmann zu entwischen.
Aber vielleicht morgen. Eine Woge der Hoffnung umfing sie. Sie würde Yupin bitten, ihr zu helfen, die Erlaubnis, einen alten Freund zu besuchen zu bekommen.
»Mein Gebieter, ich muß gehen. Sie erwarten mich.«
»Nur einen Moment noch, Sunida. Wann werde ich dich wiedersehen? Morgen? Hier am Stand? Zur selben Stunde?«
»Ich werde es versuchen, mein Gebieter.«
»Das genügt nicht. Du mußt es versprechen.«
»Ich ... ich verspreche es, mein Gebieter.« Es müßte möglich sein, dachte sie. Schließlich war ihr ja erlaubt, Sri zu besuchen.
»Darf ich dich morgen wieder besuchen, Pi Sri?« fragte sie höflich und drehte sich der Verkäuferin zu. »Du warst so gütig.«
»Natürlich, meine Liebe. Und du kannst sogar den Herrn mitbringen, wenn er verspricht, dich nicht zu belästigen.«
Sunida ging zuerst, Phaulkon kehrte einen Augenblick später sehr beunruhigt in das Ministerium zurück.

22

Phaulkon machte sich am nächsten Morgen, lange vor der verabredeten Zeit, auf den Weg zum Marktplatz. Er wollte sich zuerst mit Sri über die Bankettarrangements für die Würdenträger aus dem Reich der Mitte unterhalten, aber vor allem wollte er sich ihre Unterstützung sichern. Sie sollte Sunida überreden, seinem Plan zuzustimmen. Er hatte fast die ganze Nacht mit dem Entwurf desselben zugebracht und war mehr denn je entschlossen, sie nicht zu verlieren.

Er hatte die Reaktion ihres Onkels auf Farangs — und damit auf sich selbst — weder vorausgesehen noch vermutet, aber je mehr er darüber nachdachte, desto besser konnte er die Gefühle des Gouverneurs verstehen. Es war kaum zu erwarten, daß der Mann den Farangs wohlgesonnen war, da die Holländer seinen eigenen Bruder ermordet hatten. Unter den gegebenen Umständen, das mußte Phaulkon zugeben, hatte seine Exzellenz sich während seines Aufenthalts in Ligor sehr höflich und korrekt benommen. Aber natürlich hatte alles seine Grenzen.

Wenn Sunida diesen Mandarin erst einmal geheiratet hatte, würde es sehr schwer sein, die Sache wieder rückgängig zu machen. Wer konnte schon sagen, was für ein Mandarin das war? Wenn etwas passieren konnte, dann jetzt. Er hatte noch nie im Leben solche Gefühle für eine Frau empfunden. Der Gedanke, daß sie irgendwo in dieser Metropole eingesperrt werden könnte, ohne Hoffnung für ihn, sie je wiederzusehen, war unerträglich.

Er sehnte sich danach, sie in der Sicherheit seines Hauses zu wissen. Aber da würden ihr Onkel — und vielleicht auch dieser andere Mandarin — zuerst nach ihr suchen lassen. Er hatte sich alles lange überlegt und dann einen Plan gefaßt. Er würde vorschlagen, daß sie für einen Monat nach Mergui ging. Dort würde sie keiner suchen. Wenn sie dann nach einem Monat nach Ajuthia zurückkehrte, hätten ihre Verfolger es sicher aufgegeben, sein Haus zu durchsuchen, und sie könnte dort relativ sicher wohnen. Außerdem könnte sie, während sie sich in Mergui aufhielt, Sam eine Botschaft schicken. Der Plan war gut, egal von welchem Gesichtspunkt aus man ihn auch betrachtete. Aber, würde sie zustimmen? Phaulkon wußte, daß sie durch ihre siamesische Erziehung nur wenig Anstalten machen würde, seinen Lebensstil zu ändern. Sie würde nicht einmal erwarten, daß er sie heiratete, da ihr Volk solche Angelegenheiten wesentlich liberaler handhabte als die Europäer. Man würde sie ohnehin als seine Frau betrachten, weil sie bei ihm lebte.

Er murmelte immer noch vor sich hin, als er an Sris Stand angelangt war. Die übliche überschwengliche Begrüßung erwartete ihn.

»Was für eine Freude, Euch ganz für mich zu haben, Herr. Vielleicht wechselt Ihr heute ein Wort mit mir. Gestern war ich offensichtlich überflüssig.«

»Ich war nur überrascht, einer alten Freundin zu begegnen, Mutter.«

»Eine alte Freundin, soso«, schmollte Sri. »Wenn nicht fünfhundert Leute dagewesen wären, der Himmel weiß, was Ihr ihr dann angetan hättet. Wer ist dieses Mädchen überhaupt?«

»Willst du damit sagen, daß du sie erst gestern kennengelernt hast?« Phaulkon ließ sie nicht aus den Augen. Anfänglich war er sehr mißtrauisch gewesen.

»Ja, Herr, mein Wort darauf.«

»Ihr Name ist Sunida. Ich habe sie im Süden kennengelernt. Was hältst du von ihr, Mutter?«

»Na ja, ich denke, sie ist ziemlich hübsch und graziös und charmant und intelligent und«, sie grinste, »bis über beide Ohren in Euch verliebt, Herr. Und ich muß sagen, so liebeskrank hab ich Euch auch noch nie erlebt. Was werdet Ihr dagegen tun?«

»Euch um Hilfe bitten, Mutter.«

Sri runzelte die Stirn. »Euch helfen? Und mir den Zorn irgendeines Mandarin zuziehen, der mir meine Verkäuferlizenz wegnehmen läßt? Nein Herr, das müßt Ihr allein durchstehen.«

»Aber *du* kannst ihr helfen zu fliehen. Anscheinend ist es ihr erlaubt, dich zu besuchen.«

»Keine Rücksicht auf die Sicherheit der armen alten Sri, was?« Sie überlegte. »Was ist für mich drin? Und ich möchte ein bißchen mehr als nur Dankbarkeit, Herr. Das wird ein höchst gefährliches Unterfangen.«

»Zwanzig Silbertael, Mutter. Das sind achtzig Tical, genauer gesagt.«

Sris Augen wurden groß. Das war mehr Geld, als sie in einem Jahr verdiente. »Aber dafür mußt du aufpassen, daß sie sicher nach Mergui abreist«, fügte Phaulkon lächelnd hinzu.

»Mergui? Das ist doch auf der anderen Seite der Welt, Herr. Was wollt Ihr denn dort mit ihr? Sie an die Piraten verkaufen? Ich werde keinen Anteil an der Zerstörung eines solchen Engels nehmen.«

»Aber du wirst sie retten, Mutter, vor einem Mann, den sie nicht liebt. Außerdem wird sie dort in guten Händen sein. Ich werde ihr einen Brief an einen Freund mitgeben.«

»Und welche Garantie habe ich, daß Ihr sie gut behandeln werdet?« fragte Sri. »Wäre sie denn zumindest das Oberhaupt Eures Haushalts?« Sri amüsierte sich königlich. Wie wunderbar, den Herrn so verliebt zu sehen! Geschah ihm ganz recht, so viele Herzen, wie er schon gebrochen hatte.

»Natürlich werde ich sie gut behandeln, Mutter«, erwiderte Phaulkon irritiert. »Wie kannst du so etwas fragen?«

»Na, dann laßt mich mal überlegen. Es ist nicht nur das Geld, versteht Ihr. Wie weit müßte ich auf der Straße nach Mergui mitreisen, wenn ich akzeptiere? Und wer wird sich in meiner Abwesenheit um den Stand kümmern? Die Konkurrenz wird mich überholen.«

Phaulkon lachte. »Du müßtest höchstens bis zur Stadtgrenze mitkommen, Mutter. Ich möchte mich nur vergewissern, daß sie sicher abreist. Das Geld wird Führer und Träger bezahlen und eine Sänfte, und es wird immer noch genug für dich bleiben. Also, wirst du mir helfen?«

»Ich werde drüber nachdenken, Herr. Es steht sehr viel auf

dem Spiel. Und ich würde auch gerne wissen, wie *sie* darüber denkt.«
Phaulkon schaute hinauf in den Himmel. Sunida hätte längst hier sein müssen. Was konnte sie aufgehalten haben? Er versuchte, nicht mehr an sie zu denken, und brachte jetzt das Thema der Banketts vor. In der nächsten Stunde fertigten sie eine Liste der verschiedenen Lebensmittel an, entschieden, welches Dorf die besten Spezialitäten liefern könnte, wie lange vorher man bestellen mußte und so weiter. Phaulkon wurde von Minute zu Minute besorgter, weil Sunida immer noch nicht erschienen war. Sie setzten die Diskussion fort, bis Phaulkon unfähig war, sich länger zu konzentrieren.
»Aber, was kann ihr denn passiert sein?« fragte er verzweifelt. »Sie hat versprochen zu kommen.«
»Vielleicht hat der Mandarin ihr heute nicht erlaubt auszugehen.«
Phaulkon sah völlig niedergeschlagen aus. »Aber sie hat gesagt, sie lebt nicht in seinem Haus.«
»Wenn ich mich recht erinnere, hat sie nur gesagt, sie sei noch nicht verheiratet und könnte ihren Aufenthaltsort nicht preisgeben. Aber Herr, ihr seht ja richtig krank aus. Ich bin sicher, sie schaut ein anderes Mal wieder vorbei. Ich werde ihr sagen, daß Ihr gewartet habt.«
Phaulkon warf ihr einen vernichtenden Blick zu. »Ich kann nicht mehr länger warten, ich muß zurück ins Ministerium.« Er suchte in seiner Tasche und gab ihr fünf Tael. »Das ist die Anzahlung, Mutter. Der Rest kommt, wenn du sie sicher auf den Weg nach Mergui gebracht hast.«
»Ich werde sehen, was ich tun kann, Herr. Das heißt, wenn sie überhaupt kommt«, fügte sie erbarmungslos hinzu.
»Ich werde dich gleich morgen früh besuchen«, sagte Phaulkon niedergeschlagen und erhob sich.
Sri hatte ihn noch nie so erlebt. Er war immer so voller Freude und Begeisterung und manchmal auch zornig, aber bedrückt und liebeskrank? Nie. Sie lächelte. Wie klug vom Palast, Sunida heute zu verbieten zu kommen. »Der Farang soll begrei-

fen«, hatte der ältere Beamte mit den moslemischen Schuhen ihr gestern abend in ihrem Haus gesagt, »daß es für Sunida nicht leicht ist, ihn zu treffen, und daß er sie für immer verlieren könnte, wenn er nicht bald etwas unternimmt.«

Ein kurzer Anflug von Reue überkam sie, als sie die Münzen betastete, die ihr der Herr gegeben hatte. Zwanzig Tical! Wirklich ein kleines Vermögen. Aber schließlich bezahlte ihr ja der Palast nichts für ihre Mühe. Es war ihre Pflicht zu gehorchen. Sie versuchte, ihr Gewissen zu erleichtern. Sie würde den beiden Turteltauben ein schönes Geschenk kaufen, zur Feier ihrer Vereinigung.

Sunida lugte vorsichtig um die erste Reihe der Stände. Es war schwer, etwas zu sehen, wenn so viele Leute unterwegs waren. Sie näherte sich vorsichtig und spähte noch einmal um die Ecke. Dank Buddha, Sri war allein. Sunida hatte sehr lange gewartet, sie wollte auf keinen Fall Phaulkon begegnen. Noch nie hatte sie so lange, quälende Stunden warten müssen. Seit sie vom Palast die Anweisung bekommen hatte, unter keinen Umständen zum Rendezvous zu erscheinen, hatte sie sich unablässig den Kopf zermartert. Was würde er denken? Daß sie ihn nicht liebte? Daß sie ihn nicht mehr sehen wollte? Wie konnte man ihr das antun? Wie konnte man sie zwingen, ihn so leiden zu lassen? Sie betete, daß er annehmen würde, etwas außerhalb ihrer Macht hätte sie gehindert zu kommen.

Sie ging jetzt auf Sris Stand zu. »Pi Sri, Pi Sri«, stammelte sie, »war der Gebieter hier?«

»Natürlich war er da. Beruhige dich, meine Liebe.«

Sunida versuchte, sich zu fassen. »Und was hat er gesagt? War er wütend?«

»Er war nicht wütend, meine Liebe. Eher verzweifelt, würde ich sagen.«

»Oh, Pi Sri, ich bin auch verzweifelt. Ich hätte trotzdem kommen sollen. Ich hätte nicht gehorchen sollen. Wird er wiederkommen?«

Sri hatte Mitleid mit diesem schönen, unschuldigen Kind.

»Wenn du dich beruhigst, meine Liebe, habe ich gute Nachrichten für dich.« Sunida war sofort ganz Ohr. Sri beugte sich vor und flüsterte ihr zu: »Dieser Mann, für den man dich als Spion ausgebildet hat, kennst du ihn? Es ist jemand, den du bereits kennst — und liebst.«

»Was willst du damit sagen?«

»Es ist der Gebieter, Kind. Dein Lieblings-Farang. Er ist es, den du ausspionieren sollst. Es gibt keinen Mandarin.«

»Du scherzt doch mit mir, Pi Sri?«

»Natürlich nicht, mein Kind«, erwiderte die Verkäuferin und war gerührt vom strahlenden Gesicht des Mädchens.

»Man hat mich ausgebildet, um dem Mann zu dienen, den ich liebe. Meinem eigenen Farang zu dienen«, murmelte Sunida vor sich hin. Dann verdüsterte sich plötzlich ihre Miene. »Aber muß ich ihm wirklich nachspionieren?«

»Ich fürchte, ja, Kind. Glück hat immer seinen Preis.«

»Dann werde ich Buddha anflehen, daß ich nicht gezwungen sein werde, belastende Beweise über meinen Herrn an den Palast weiterzugeben.«

»Und ich werde auch darum beten«, stimmte Sri im Brustton der Überzeugung zu. »Denn diese Informationen werden durch mich weitergeleitet.«

»Was für ein schreckliches Schicksal, seinen Geliebten ausspionieren zu müssen«, murmelte Sunida.

»Doch wenn er unser Land liebt, Kind, werden wir nichts zu befürchten haben.«

Sunida starrte Sri eindringlich an. »Du hast es die ganze Zeit gewußt, nicht wahr, Pi Sri? Daß er derjenige ist, für den ich bestimmt bin?«

Sri nickte. »Es mußte wie ein Zufall aussehen, mein Kind. Du hättest deine Rolle nie so überzeugend spielen können, wenn du die Wahrheit gekannt hättest.«

Sunida war plötzlich in Gedanken weit weg: »Aber selbst wenn mein Onkel ...« begann sie und verstummte. Er hatte ohne Zweifel gute Gründe gehabt, redete sie sich ein.

»Deine Mission beginnt früher als du denkst, mein Kind. Ich

werde dich so bald wie möglich nach Mergui schicken müssen.«
»Nach Mergui? Aber das ist ja noch weiter als Nakhon Si Thammarat. Wird der Gebieter auch mitkommen?«
»Ich fürchte, nein. Aber du wirst einen Brief für den Herrn dorthin bringen. Der Palast wird ihn natürlich zuerst lesen wollen. Aber nur Mut, wenn du zurückkehrst, ist genug Zeit verstrichen und dein fiktiver Mandarin wird aufgehört haben, dich zu suchen, dann kannst du direkt in das Haus des Gebieters ziehen.«
Der Gedanke gab Sunida Auftrieb. »Werde ich ihn sehen können, bevor ich abreise?«
»Es wäre nicht ratsam, meine Liebe.«
»Ich hoffe, es steht nichts Schlimmes in dem Brief, Pi Sri.«
»Das hoffe ich auch, meine Liebe. Aber vergiß nicht, wenn du zurückkehrst, darfst du ihm nie die Wahrheit enthüllen, gleichgültig, wie sehr du ihn liebst.«
»Ich weiß, Pi Sri, der Fürst des Lebens hat es befohlen«, sagte sie tapfer.

23

Kapitän Samuel White von der Ostindischen Kompanie drehte sich um, um einen letzten Blick auf den bezaubernden Hafen zu werfen, wo er sich die letzten zwei Tage wie zu Hause gefühlt hatte. Mergui — der größte Hafen nördlich von Malakka, ein Juwel an der westlichen Küste des Golfes von Bengalen, das Tor zu Indien und dem Westen —, seit den Anfängen der Geschichte begehrt von Burmesen, Peruanern, Siamesen und Portugiesen und jetzt wieder einmal fest in siamesischer Hand. Was würden die Engländer nicht alles geben, um hier Fuß fassen zu können, dachte er. Mit Madras im Osten und Mergui im Westen würde ihnen praktisch der ganze Golf gehören.

Wie verdammt lästig, daß keiner hiergewesen war, um ihn zu begrüßen. Er hatte jetzt zwei volle Tage gewartet und konnte sich nicht erlauben, noch länger zu zögern. Natürlich war er eine Woche vor dem geplanten Termin erschienen, aber sein Bruder George hatte ihm zu verstehen gegeben, daß jemand — entweder der Grieche oder einer seiner Handlanger — früher da sein würde, für alle Fälle. Jeder Seemann, der etwas taugte, wußte, daß es unmöglich war, die kapriziösen Winde des Golfs genau vorherzusagen. Eines war aber gewiß. Die Gezeiten hatten ihren genauen Ablauf, und er konnte es sich nicht leisten, auf der falschen Seite der Bucht zu sein, wenn die falschen Winde herrschten, nicht, wenn er die Bucht überqueren wollte, die Spitze Indiens umfahren und den persischen Golf hin- und wieder zurücksegeln, bevor die Monsunwinde einsetzten.

Er wischte sich seine strohfarbenen Haare aus der Stirn. Wenn schon keiner da war, um ihn zu treffen, mußte er eben schnell nach Ajuthia reisen, um die Lage auszuloten. Wenn Phaulkon dort auch nicht war oder die Ware nicht bereit, würde er umkehren und keinen Gedanken mehr daran verschwenden. Er würde höchstens sein Pech verfluchen und den Griechen, auf den sein Bruder so große Stücke hielt.

Kapitän Whites Schiff lag angeblich wegen dringender Reparaturen im Hafen fest, und er hatte seinen Offizieren zu verstehen gegeben, daß er eine wichtige Mission durchzuführen hätte, die drei Wochen in Anspruch nehmen könnte. Er hatte sich versichert, daß eine Hin- und Rückreise in die Hauptstadt mindestens so lange dauern würde. In der Zwischenzeit sollten sie den Mythos von der Schiffsreparatur aufrechterhalten und sich sehr beschäftigt geben. Da war auch noch die Frage zu klären, wie die Ladung Opium und feines indisches Tuch diskret abgeladen und auf dem hiesigen Markt verkauft werden könnte. Die Männer, die ihren Skipper offensichtlich sehr mochten, versprachen mit lautem Gelächter, sich um beides zu kümmern.

Im Morgengrauen des heutigen Tages war Samuel auf die elftägige Überlandreise nach Ajuthia aufgebrochen. Er hatte vier Einbaumkanus angeheuert, mehrere Träger, um die Kisten mit Geschenken zu tragen, und einen indischen Mischling, der ein bißchen Englisch konnte und zumindest die Kulis in ihrer eigenen Sprache anreden konnte.

Das war sie also, überlegte Samuel, die berühmte Überlandroute per Fluß und Dschungel, der entlang der meiste Handel zwischen Indien und Persien über Ajuthia ablief. Dadurch sparte man Wochen mühsamster Seereise ein. Die oft gefährliche Route über den Isthmus verband den Golf von Bengalen mit dem von Siam, und dadurch vermied man den langen Umweg um die Landzunge von Singapur und den östlichen Teil der malaiischen Halbinsel, hoch in den Golf von Siam und die Mündung des Menam. Man sparte zwei Monate und vermied außerdem die von Piraten verpesteten Gewässer der Meerenge von Malakka.

Die Route führte zwar durch scheinbar undurchdringlichen Urwald, Malariasümpfe und Dschungel, in dem Tiger, Elefanten und Rhinozerosse lauerten, war aber in der trockenen Jahreszeit von November bis Mai begehbar. Während des übrigen Jahres jedoch, wenn der Monsun tobte, kam der Handel praktisch zum Stillstand. Die Flüsse schwollen zu ungeheuren

Strömen an, die Moskitos vermehrten sich hundertfach, und Legionen von Blutegeln machten sich auf die Suche nach Opfern. Die Reise war zu dieser Zeit ein Kampf ums Überleben.

Ab Jelinga, sechs Tage stromaufwärts von Mergui, war der Tenasserim-Fluß nicht mehr schiffbar, und der Reisende mußte Elefanten, Ochsenkarren und Sänften anheuern, um den holprigen Dschungelpfad zu bewältigen, der drei Tage später Phriphri am Golf von Siam erreichte. Von hier aus konnte man Boote nach Ajuthia mieten.

Als Samuel an diesem Morgen auf dem Tenasserim-Fluß aufbrach, war die Strömung reißender, als er erwartet hatte, und wann immer der Wind es erlaubte, und sie die kleinen Segel der Kanus setzten, war er überzeugt, sie würden an den Felsen zerschellen. Aber die siamesischen Ruderer manövrierten geschickt um die Felsen herum.

Allmählich wichen die Mangrovensümpfe entlang der Ufer dichtem Dschungel. Die Landschaft wurde stündlich anders, sonnenüberflutete Reisfelder wechselten sich mit dichtem Wald ab und kündeten ummauerte Dörfer am Ufer an.

Sie sahen Dschungelvögel mit atemberaubend buntem Gefieder, und für die Unterhaltung sorgten zahlreiche Affen, die entlang des Ufers spielten. Gefleckte Rehe beäugten sie mißtrauisch vom Ufer aus. In der Abenddämmerung ankerten sie in der Mitte des Flusses im Schutz einiger Felsen. Der Fluß sollte bei Tag wie bei Nacht zu ihrer Heimat werden, sie kochten und schliefen an Bord der kleinen Boote.

Samuel lag auf dem Rücken, den Kopf auf einen Arm gebettet, starrte in den tropischen Nachthimmel und konzentrierte sich auf seine Mission. Nach kurzer Zeit konnte nicht einmal mehr der Chor der Frösche, Grashüpfer und Zikaden ihn von seinen Gedanken ablenken.

War das die sprichwörtliche, einmalige Gelegenheit, der Augenblick, auf den er gewartet hatte? Auf seiner Seite war alles bereit. Der Rest hing von einem Mann ab, dem er noch nie begegnet war, ein Grieche, der im Dienst der Engländer in Ajuthia stand. Sein Bruder George hatte nur Gutes über den Mann berichtet, also war Samuel optimistisch, was die Vorbereitungen seinerseits anging. Aber warum hatte ihn niemand in Mergui erwartet? Vielleicht waren sie jetzt auf dem Weg hierher, und er würde ihnen hier auf diesem Fluß begegnen. Er hatte sich versichert, daß es nur eine befahrbare Route über den Isthmus gab, also war es unwahrscheinlich, daß zwei Gruppen, die in entgegengesetzter Richtung reisten, sich verfehlten.

Einmal war ein schönes Mädchen, ein recht ungewöhnlicher Anblick in diesem Dschungel, in entgegengesetzter Richtung vorbeigefahren, umgeben von einer Truppe von Kulis und Führern. Sie hatten sich im Vorbeifahren kurz angelächelt.

Verdammt, fluchte er, die Fracht mußte einfach bereitliegen. Er konnte nicht mehr als ein oder zwei Tage in Ajuthia bleiben, ohne daß seine Anwesenheit bemerkt würde. Die Kompanie in Madras könnte sonst später unangenehme Fragen stellen. Er sollte ja schließlich in Mergui sein und den Verkauf der Fracht von Opium und indischem Tuch beaufsichtigen, ehe er zur Basis nach Madras zurückkehrte. Seine weiteren Instruktionen aus Madras lauteten, die Lage in Mergui sorgsam zu studieren, besonders die Hafeneinrichtungen. Madras, das wußte er, nutzte die siamesische Angst vor den Holländern aus und plante irgendeine Avance an die siamesische Regierung, bei der Konzessionen in Mergui anscheinend eine Rolle spielen würden.

Nach monatelangem Werben war es ihm endlich gelungen, eine Mannschaft zusammenzustellen, der er vertraute, und eine Gruppe Offiziere, die seine Freunde in der Kompanie waren und alle dieselbe Geschichte beschwören würden — daß die CORNWALL beim Verlassen von Mergui im Golf vom Kurs abgetrieben war und Zuflucht auf den Andaman-Inseln hatte suchen müssen. Das allein würde das Mitleid jeder Untersuchungskommission in Madras erregen. Die Kannibalen der Andamans waren der Schrecken eines jeden Seefahrers im Golf.

Seine beiden Maate, Jackson und Hayes, die auf dem Weg nach Mergui an Dysenterie gestorben waren, hatten unfreiwillig die zwei Toten geliefert, die man den menschenfressenden Wilden der Andamans anlasten konnte. Der Rest der Crew hätte sich angeblich in Bächen versteckt, bis der Sturm sich gelegt hatte, und hätte sich dann in Rettungsbooten aufs Meer gerettet und die kenternde CORNWALL, die angeblich auf ein Riff gelaufen war, zurückgelassen. In dieser primitiven Umgebung war es besser, sich der offenen See anzuvertrauen, als zu riskieren, im Topf eines Eingeborenenkochs zu enden. Nachdem sie einige Tage in zwei Rettungsbooten dahingetrieben und ihre mageren Rationen fast erschöpft waren, würden die sechzehn Überlebenden, Offiziere und Matrosen, der CORNWALL von einer siamesischen Dschunke entdeckt und gerettet werden.

In Wahrheit würden sie, wenn alles nach Plan lief und Phaulkon die Fracht in Ajuthia bereitgestellt hatte, sofort nach Mergui aufbrechen und die CORNWALL schleunigst beladen. Sie würde nach Persien segeln, ihre neuerworbene Fracht verkaufen und so schnell wie möglich zu einem Treffpunkt auf See vor Mergui zurückreisen. Dort, im tiefen Wasser, würden sie die CORNWALL versenken und an Bord der Dschunke gehen, die Phaulkon für sie bereitgestellt hatte.

George hatte seinem Bruder versichert, wenn er rechtzeitig Ende Februar oder Anfang März 1680 in Ajuthia einträfe, hätte Phaulkon ein ganzes Jahr Zeit gehabt, die kostbaren Waren zusammenzutragen, auf die die Mauren angeblich ein Monopol beanspruchten: Rohseide, Tee, Porzellan aus China und Gewürze, Juwelen und aromatische Hölzer aus Südostasien — die Art Fracht, mit der sie in Persien ein Vermögen verdienen konnten. Die Mannschaft und die Offiziere der CORNWALL würden einen kleinen Anteil des Gewinns bekommen, damit sie die Andaman-Geschichte bestätigten, und sich dann wieder auf den Weg nach Madras machen. Samuel würde entweder mit ihnen zurückkehren oder in die Dienste des Königs von Siam treten, wenn, wie sein Bruder vorgeschlagen hatte, der Erfolg der persischen Expedition Seine siamesische Majestät dazu verleiten würde, seine Flotte zu vergrößern und erfahrene englische Kapitäne anzuheuern, die seine Schiffe befehligten.

Phaulkon, so nahm er an, hatte sich wohl auch um diesen Aspekt des Unternehmens gekümmert.

Samuel war achtundzwanzig, überzeugt von seiner Bestimmung, und sein Gewissen war durch zwei Jahre in der Geschäftswelt des südlichen Asien günstigerweise etwas träge geworden. Selbstbereicherung um praktisch jeden Preis war die *raison d'être* der Mehrzahl seiner Kollegen im Handel, und die Devise lautete schlicht und einfach: sich nicht erwischen lassen. Aber das hier war seine große Chance. Nicht daß er bis jetzt schlecht abgeschnitten hätte, überlegte er, wenn auch vielleicht nicht so gut wie mancher andere. Nicht wie dieser verdammte Yale auf jeden Fall. Dem Gerücht nach war dieser Teufel schon wieder für eine Beförderung fällig. Vizepräsident des Hauptquartiers der ehrenwerten Kompanie in Madras, diesesmal! Und der Amerikaner prahlte ganz öffentlich mit dem Vermögen, das er mit privatem Handel gemacht hatte, und gab mit einer höheren Schule an, die er in seinem Heimatstaat New England gründen wollte. Nein, überlegte Samuel, er wollte sich nur einen Landsitz mit Ländereien kaufen und das angenehme Leben eines Gentleman im guten alten England genießen.

Ein bildschöner Mond war inzwischen aufgegangen. Sanuel schaute sich um und sah, daß die Mannschaft in drei Booten zusammengedrängt war, während er, Samuel White, Esquire von Pottersby Hall, Northamptonshire, Kapitän (im Ruhestand) der Ostindienflotte Seiner Majestät, ein Boot für sich ganz allein hatte, wie es einem Offizier und Gentleman ziemte. Die monotonen Geräusche des nächtlichen Dschungels hüllten ihn ein, und nach kurzer Zeit schlief er tief und fest.

24

Die Spannung war beinahe greifbar. Die Zuschauer hockten auf erhöhten Erdterrassen, die die beiden Seiten des weitläufigen Feldes säumten. Zwei riesige Regenbäume überschatteten die königliche Enklave, während der Rest des Platzes, bis auf einen ehrwürdigen alten Feigenbaum im letzten Viereck, von aller Vegetation befreit worden war. Hinter der großen Lichtung waren auf drei Seiten Wälder und Dschungel, auf der vierten führte eine Lehmstraße zur nahegelegenen Stadt Louvo, Sitz des Sommerpalastes Seiner Majestät.

In der Mitte des Feldes standen zwei sich langsam verjüngende Reihen dicker Holzpfosten, die fest im Boden verankert waren, in jeweils einem halben Meter Abstand. Der Gang zwischen den Pfosten war gerade so breit, daß Elefanten vorwärts gehen konnten, die Zwischenräume an den Seiten aber so eng, daß sie seitlich nicht ausweichen konnten. Geschickte Männer dagegen konnten zwischen den Pfosten hindurchschlüpfen, den Elefanten reizen und anstacheln und wieder hinausschlüpfen, ehe das wütende Tier sie zertrampeln konnte.

Der schmaler werdende Gang führte in eine eckige Arena von der Größe eines Hofes. Er war von denselben Pfosten umgeben. Ziel der Jagd war es, den Elefanten durch geschickte Manöver in diese letzte Umfriedung zu locken, wo saftiges Zuckerrohr und beruhigende weibliche Elefanten das aufgeregte Tier allmählich zähmen würden. Einige der Tiere unterwarfen sich leichter als andere, einige dickköpfige leisteten erbitterten Widerstand. Aber am Ende verließ auch der Widerspenstigste unter ihnen zahm und bereit, König und Land zu dienen, die Umfriedung. Sie arbeiteten dann im Teakwald und würden in den besten Regimentern des Landes dem Feind in der Schlacht gegenübertreten.

Mahouts, geschickt mit Dschungellaub getarnt, waren bereits auf zahmen Weibchen in die umliegenden Wälder losgeritten,

auf der Suche nach abenteuerlustigen Bullen. Die Brunftrufe ihrer Reittiere schrillten durch den Dschungel. Die Jagd hatte begonnen.
Phaulkon sah aus dem Augenwinkel in die Richtung der königlichen Umfriedung. Das Gefolge Seiner Majestät hatte gerade die Grenze des Feldes erreicht, und alle Anwesenden hatten sich zu Boden geworfen. Seine Majestät überragte alles auf einem prächtig geschmückten Tier und sah sich hocherhobenen Hauptes um. Einen Augenblick schien sein Blick auf Phaulkon zu ruhen, dann wandte er seine Aufmerksamkeit wieder der Arena zu.
Phaulkons Puls beschleunigte. Hatte Seine Majestät ihn bemerkt? Es war das erste Mal, daß er den Fürsten des Lebens zu Gesicht bekam, wenn auch nur aus der Ferne. Das Gefolge von dreihundert Mandarins, Palastbeamten und Sklaven nahm seine vorgesehenen Plätze, streng nach Rang, in der königlichen Umfriedung ein. Der Platz des Barcalon, als Erster Minister des Landes, befand sich direkt zur Rechten Seiner Majestät, General Petraja, als Vorsitzender des Kabinetts, saß zu seiner Linken. Phaulkon hatte Gerüchte gehört, daß Seine Majestät die lockeren Formen des relativ kleinen Gefolges in Louvo sehr genoß und daß seine Leidenschaft für die Jagd ihn dazu verleitete, noch mehr Zeit hier in diesem Palast zu verbringen, der nur sechs Stunden flußaufwärts von Ajuthia lag. Hier konnte er sogar ein paar Worte mit einem einfachen Mann wechseln, ohne ihn vorher adeln zu müssen, wie die Etikette in Ajuthia es verlangt hätte.
In Louvo war die Jagd unvergleichlich gut. Zahllose wilde Elefanten lebten hier in den Wäldern, wesentlich mehr als in Ajuthia. Heute sollte die begrenzte Anzahl von Geladenen mit einer Mutprobe von Luang Sorasak, dem Sohn General Petrajas, unterhalten werden. Wie sein Vater, hatte Sorasak den Ruf, einer der geschicktesten Elefantenreiter des Landes zu sein und einer der wenigen, denen es gelungen war, einen jungen Bullen zu reiten und dies zu überleben. Diese Bullen liefen Amok, wenn man sie bestieg, und rasten in halsbrecherischem Tempo

auf den nächsten Wald zu, nur darauf bedacht, den lästigen Reiter am nächsten Ast zu köpfen.
Phaulkon hatte sich eingehend mit Elefanten beschäftigt, und je tiefer er in die Materie eintauchte, desto mehr faszinierten ihn die Tiere. Für ihn stand außer Zweifel, daß diese Kreaturen hochintelligent waren. In der Schlacht konnte ein guttrainierter Elefant seinen gefallenen Reiter mit dem Rüssel hochheben und wieder auf seinen Rücken setzen oder einen feindlichen Reiter hochschleudern und ihn zu Tode trampeln.
Seine Majestät verehrte, wie alle seine königlichen Vorgänger, die Tiere und benutzte sie häufig zur Verurteilung Krimineller, ein Tribut an ihre Intuition und ihren Instinkt. Ein Elefant vollstreckte sein eigenes Urteil, indem er den Angeklagten zu Tode trampelte oder einfach mit dem Rüssel herumschleuderte, wenn die Strafe nicht so schwer ausfallen sollte. Wenn zwei solche Richter den Angeklagten zwischen sich hin und her warfen und ihn behutsam in der Biegung ihrer Stoßzähne auffingen, wurde das Verbrechen als nicht sonderlich ernst betrachtet. Wenn sie den Angeklagten total ignorierten, wurde er sofort in die Freiheit entlassen.
Phaulkon war mit zwei Assistenten des Barcalon nach Louvo gereist. Sie hatten ihm seinen zugewiesenen Platz gezeigt und verlauten lassen, General Petraja, der ihn durch den Barcalon zur Jagd hatte eingeladen lassen, würde gerne nach der Vorstellung ein bißchen mit ihm plaudern. Phaulkon saß in der ersten Reihe der Umfriedung für Nichtadelige, in Gesellschaft von etwa fünfzig Höflingen der unteren Klasse. Sie alle trugen, wie er auch, weiße Leinenhemden und schwarze Panungs, zu Ehren der Anwesenheit Seiner Majestät. Soweit er sehen konnte, war er der einzige Farang. Die königliche Umfriedung nahm fast die ganze Länge dieser Seite der Arena ein, wohingegen die Gegenseite für Bauern und einfache Leute im Lendenschurz reserviert war. Diese wurden turnusmäßig zu solch ehrwürdigen Anlässen eingeladen. Jeder Mann und jede Frau bekam die Chance, zumindest einmal im Leben eine königliche Jagd zu erleben.

»So treffen wir uns also wieder, Heer Phaulkon.« Die gutturalen Töne waren seltsam vertraut, und Phaulkon drehte sich rasch um. Die Menge machte Platz für zwei Neuankömmlinge. Der dickere der beiden erregte besonderes Interesse.
»Herr van Risling, was für eine unerwartete Überraschung!« rief Phaulkon auf holländisch. »Ich wußte nicht, daß Ihr ein Freund der Jagd seid.«
Der Holländer, der heftig unter der Last seiner europäischen Kleidung und seines Gewichts schwitzte, schnitt eine angewiderte Grimasse. »Ich bin aus Ligor gekommen, um gewisse Angelegenheiten zu regeln, die direkt mit Euch in Zusammenhang stehen, Heer Phaulkon.«
»Und darf ich fragen, ob Ihr meine Freunde, die Herren Burnaby und Ivatt, gesehen habt?« fragte Phaulkon.
»Wir verkehren nicht in denselben Kreisen«, erwiderte van Risling hochmütig. »Sie sind Gefangene, soviel ich weiß.« Er drehte sich zu seinem Begleiter, ein großer grauhaariger Mann mit gutgeschnittenem Gesicht und freundlichem Lächeln. »Darf ich Euch Heern Aarnout Faa vorstellen, unseren ehrwürdigen Direktor in Ajuthia. Heer Constantine Phaulkon.«
Beide Männer verbeugten sich höflich, und Phaulkon betrachtete interessiert den Geschäftsführer der Vereinigten Ostindischen Companie, die schlicht unter VOC bekannt war. Er war der hochrangigste Holländer in Siam.
Aarnout Faa, der residierende Direktor, beschäftigte über vierzig Mann Personal, in klar definierten Positionen geordnet. Sein Hauptquartier in Ajuthia, ein mächtiges Backsteingebäude auf der anderen Seite des Flusses, war der Neid jedes Händlers in Siam. Faa war nur dem Gouverneur-General in Batavia, Java, verantwortlich. Er war ein Mann, den man nicht übergehen konnte.
»Ich habe in letzter Zeit sehr viel über Euch gehört, Heer Phaulkon.« Sein Englisch war perfekt. Er hatte an der Universität von Amsterdam sowohl in Sprachen als auch in Literatur promoviert und reichlich Gelegenheit gehabt, seine Talente zu praktizieren. Die Handelswelt des südlichen Asiens war voller

englischer Piraten. »Wie es scheint, habt Ihr ziemlichen Eindruck in unserer kleinen Zweigstelle in Ligor gemacht.« Faa lächelte und zeigte in Richtung von van Risling.

Van Risling trat verlegen von einem Fuß auf den anderen. Er hatte Schwierigkeiten, dem fließenden Englisch seines Vorgesetzten zu folgen.

Phaulkon verbeugte sich. »Das beruht ganz auf Gegenseitigkeit.«

»Heer van Risling ist gerade aus Ligor eingetroffen«, fuhr der Direktor fort, jetzt auf holländisch aus Rücksicht auf seinen Begleiter, »und wir hatten eigentlich vor, Euch morgen in Ajuthia einen Besuch abzustatten. Dieses zufällige Treffen könnte den Besuch überflüssig machen. Ich bin sehr daran interessiert, die Angelegenheit einer gewissen Kanone mit Euch zu besprechen. Ich hörte mit Erstaunen, daß Ihr Waffen holländischer Herkunft transportiert habt. Sehr eigenartig, Heer Phaulkon, wenn man bedenkt, wie stolz die Engländer auf ihre eigenen Waffenschmiede sind.«

»Unsere Handelspraktiken, Herr Faa, sind Angelegenheiten, die nur uns etwas angehen.«

»Ich kann Euren Widerwillen, dieses Thema zu besprechen, sehr gut verstehen, Heer Phaulkon. Insbesondere, da Ihr, wie ich glaube, versucht habt, die Rebellen in Pattani mit holländischen Kanonen zu versorgen. Ich habe natürlich meine Ansichten zu dieser Sache Seiner Exzellenz, dem Barcalon, vorgetragen. Wie Ihr wißt, ist unsere holländische Kompanie seit fast einem Jahrhundert in diesem Land tätig, und wir haben ausgezeichnete Beziehungen zur siamesischen Regierung.«

»Es überrascht mich, das zu hören, Herr Faa. Ich sehe die Situation völlig anders. Und ich wage es zu behaupten, die siamesische Regierung ebenfalls. Vielleicht seid Ihr nicht ganz auf dem laufenden, mein Herr. Natürlich«, fügte Phaulkon trocken hinzu, »ist es sehr schwierig, Kontakt zu halten, wenn man die Sprache nicht versteht.«

Van Risling keuchte wütend, während der Direktor sich nicht aus der Ruhe bringen ließ. »Wie ich schon sagte, es interessiert mich sehr zu erfahren, wie Ihr diese Kanonen erworben habt, Heer Phaulkon. Habt Ihr auf eigene Faust gehandelt, oder ist das Teil eines großen englischen Planes, um uns in Mißkredit zu bringen?«

»Die Siamesen und die Engländer arbeiten gemeinsam daran, euch in Mißkredit zu bringen, Herr Faa. Und um euch zu ersetzen. Deshalb sind die Engländer wieder eingeladen worden, hier zu handeln. Und deshalb habe ich, ein Mitglied der englischen Kompanie, eine Stellung im Handelsministerium bekommen. Die Ziele der Engländer und der Siamesen sind jetzt unzertrennlich.«

»Ha! Ha! Das ist ja ein starkes Stück!« Van Risling lachte höhnisch. »Die Siamesen liefern also jetzt Kanonen an ihre eigenen Rebellen in Pattani.«

Phaulkon ignorierte diesen Ausbruch. Hoffentlich schluckte der Direktor diesen Köder, dachte er. Dann wäre er, Phaulkon, seinem Ziel einen Schritt näher.

Sunida war sicher schon fast in Mergui angekommen. Wenn es ihr gelang, rechtzeitig mit Samuel Verbindung aufzunehmen und die Fahrt nach Persien ein Erfolg war, dann wären die Siamesen sicher eher geneigt, seinem Plan, einer siamesischen Flotte zuzustimmen, befehligt von englischen Kapitänen in den Diensten Siams.

Und je mehr die Holländer Siam brüskierten, desto eher könnte man ihn beauftragen, den Plan durchzuführen. Phaulkon hoffte, Aarnout würde seine Worte wortwörtlich in das berühmte Tagesregister eintragen und damit einen Vergeltungsschlag der Holländer gegen die Siamesen provozieren. Das Register oder tägliche Journal, beneidetes Symbol holländischer Gründlichkeit, begleitete jedes Schiff, das nach Batavia zurückkehrte. Es enthielt die vollständigen Zahlen der Handelstransaktionen, politische und wirtschaftliche Trends, Niederschriften wichtiger Gespräche und jede Art von Information, die eine spezielle Filiale betrafen. Kein Detail war zu gering, um es nicht in das Register einzutragen. Die Informationen im Register waren die Stütze der holländischen Vorherrschaft. Der Gouverneur-General wußte dadurch, welche Geschenke er welchem Beamten in welchem Land machen mußte und wann, und das bloße Volumen der holländischen Schiffahrt, die ihre kostbaren Journale transportierte, sorgte dafür, daß Batavia lange vor der Konkurrenz über alle Ereignisse informiert war.

Was Ajuthia anging, Batavia war nur fünfundzwanzig Segeltage entfernt, und die weitreichende Macht des Gouverneur-Generals machte ihn mühelos zum praktischsten Farang-Herrscher für Verhandlungen. Sowohl der siamesische Monarch als auch der Pra Klang korrespondierten regelmäßig mit ihm. Nachdem Briefe nach England und Europa sieben Monate benötigten — wenn sie überhaupt ihr Ziel erreichten —, war das VOC in Batavia befugt, selbst Verträge zu schließen, Truppen aufzustellen, Festungen zu bauen und Beamte im Namen der holländischen Regierung zu ernennen. Seit 1650 waren keine neuen Direktiven vom States General, der Regierung Hollands, gekommen, dreißig lange Jahre nicht. Die VOC war praktisch ein Königreich für sich und der Gouverneur-General dessen ungekrönter König. Phaulkon mußte innerlich grinsen. Obwohl Holland vom States General regiert wurde, hatte man den Prinz von Oranien dazu überredet, den Titel eines Königs anzunehmen, wann immer er eine Delegation aus Siam empfing oder einen ihrer Briefe beantwortete. Der Gouverneur-General ließ es nicht zu, daß sein Land in den Augen der Besucher als minderwertig dastand. Für die Siamesen war es unvorstellbar, daß ein Land, das etwas auf sich hielt, keinen König an seiner Spitze hatte.

Der Direktor warf Phaulkon einen scharfen Blick zu. »In jedem Fall, Heer Phaulkon, wurde eine Depesche mit einer Beschreibung Ihrer Aktivitäten an Seine Exzellenz Heern Rijcklof van Goens geschickt, mit meinen Kommentaren dazu. Der Gouverneur-General respektiert im allgemeinen meine Vorschläge, und da das Register vor einem Monat losgeschickt wurde, hat Seine Exzellenz ohne Zweifel inzwischen mit Ihrer englischen Kompanie in Bantam gesprochen. Euer Büro hier ist, wenn ich recht informiert bin, Bantam unterstellt? Angesichts der Verhaltensregeln, die zwischen unseren Regierungen vereinbart wurden, habe ich nachdrücklich empfohlen, Ihr Büro hier in Siam zu schließen.« Seine Augen wurden schmal, als er noch hinzufügte: »Unter Androhung strenger Vergeltungsschläge unsererseits. Ich bin mir sicher, Heer Phaulkon, daß wir uns unter den gegebenen Umständen bald von Euch verabschieden werden.«

Phaulkon sagte höhnisch: »Bantam ist nicht befugt, solche Entscheidungen zu treffen, Herr Faa. Die Befehle kommen von höherer Stelle.«

»Aus Madras?« fragte Faa.

Eine Reihe lauter Brunftschreie ertönte aus den angrenzenden Wäldern. Phaulkon drehte sich in die Richtung, aus der das Geräusch kam. »Genießt Ihr die Jagd, Heer Faa?« fragte er höflich.

»God verdomme!« platzte van Risling heraus. »Ihr werdet Heern Faa antworten, wenn er Euch eine Frage stellt. Sein Rang ist höher als Eurer!«

»Ich bin kein Holländer, Herr van Risling, also interessiert mich sein Rang nicht.«

»Um ehrlich zu sein, ich genieße die Jagd wirklich«, erwiderte Aarnout Faa ausgesucht höflich. »Sowohl die Elefanten- als auch die Tigerjagd und manchmal«, er lächelte gequält, »auch die auf Ameisen, die es wagen, sich gegen die VOC zu stellen. Ich genieße es, mit anzusehen, wie sie zerquetscht werden.«

Der holländische Direktor wandte sich jetzt ab und konzentrierte sich auf die Arena. Van Risling hatte recht, dachte er. Dieser Phaulkon war unverschämt und selbstsicher, wenn auch ohne Zweifel ein Mann, mit dem man rechnen mußte, weit mehr als sein rückgratloser Vorgesetzter, dieser Burnaby. Aber warum war dieser Mann so selbstsicher? Was hoffte er zu erreichen? Südostasien war eine holländische Enklave. Und was Ajuthia betraf, die VOC exportierte Sapanholz, Bauholz und Blei nach Formosa, Wachs und Kokosöl nach Malakka, Zucker, Zinn und Pfeffer nach Indien. Für Japan, den lukrativsten Markt, hatte die VOC ein Monopol — vertraglich garantiert — für den Export von Hirschhäuten. Das gab ihnen die Kontrolle über den lukra-

tivsten Posten des gesamten Exporthandels Ajuthias. Allein dieses Jahr rechnete er erstmalig mit dem Export von hunderttausend Hirschhäuten nach Japan — außer, die buddhistischen Priester baten um einen weiteren Aufschub beim Abschlachten der Hirsche, was turnusmäßig passierte, oder die angebliche Präsenz eines weißen Elefanten in den Wäldern hatte ein generelles Jagdverbot für das ganze Gebiet zur Folge.
Der Gouverneur stöhnte innerlich vor Vorfreude. Die Zeit war gekommen, seine Position auszunutzen, so gut es ging, und die Belohnung für jahrelangen, ergebenen Dienst zu ernten. Nachdem der neue Gouverneur-General seinen Ratschlag befolgt hatte und die Entscheidung, die Häute zuerst nach Batavia zu transportieren, rückgängig gemacht hatte, konnte er sie direkt nach Japan exportieren. Er hatte dem Gouverneur erklärt, wie gefährlich es wäre, die Häute in Java einzulagern, da das feuchte Klima den Wurmbefall förderte, und tatsächlich, die beiden ersten Ladungen waren fast gänzlich von Würmern zerstört worden, als sie in Batavia auf den Weitertransport warteten. Die angeborene Zurückhaltung der Japaner bei Importen machte sie zu sehr schwierigen Kunden. Die Häute mußten von bester Qualität sein. Und jetzt, wo er allein exportierte, wer würde da schon eine Diskrepanz von ein oder zwei Prozent bemerken, bei einer Ladung von hunderttausend Häuten? Und die Japaner zahlten in Silber, ein sehr begehrter Rohstoff in Ajuthia. Sein Lebensstil würde sich schon bald entscheidend verbessern.
Was aber waren Phaulkons Motive? Er oder die Engländer konnten doch nicht ernsthaft hoffen, die VOC ersetzen zu können. Von Batavia aus versorgte der Gouverneur-General den siamesischen König regelmäßig mit Kanonieren, Pulvermachern, Goldschmieden, Doktoren und Zimmerleuten. Was würde Seine Majestät ohne sie tun? Oder ohne seine Uhren und Teleskope? Zusätzlich konnte er auch noch seinen Reisüberschuß im holländisch regierten Java absetzen.
Außerdem leistete das ortsansässige Büro pflichtschuldigst seinen Beitrag zu den Verbrennungszeremonien der obersten sia-

mesischen Beamten und ließ die VOC an allen siamesischen Festen teilnehmen. Sie wußten, wann und wie man Geschenke verteilte. Die Engländer waren schlecht organisiert, mit ihren Angelegenheiten auf dem Subkontinent beschäftigt und, trotz ihres regionalen Hauptquartiers in Madras, peinlich wenig mit dem Gebiet vertraut. Es gab nur wenige …

Lautes Geschrei unterbrach seine Gedanken.

Wildes Trompeten und das Krachen von niedergetrampeltem Unterholz kündete das Erscheinen eines Bullen an, der brüllend hinter zwei Weibchen aus dem Wald stürmte. Die Weibchen mit ihren getarnten Mahouts, die verzweifelt versuchten, sie anzutreiben, wirkten im Vergleich zu ihm winzig, als sie auf die lange Allee von Pfosten zustürmten. Um Haaresbreite gelang es ihnen, die Allee zu erreichen, bevor sie der Riese auf offenem Feld stellen konnte. Das Männchen stürzte sich hinterher in den schmalen Gang, bog den Rüssel hoch und trompetete ohrenbetäubend. Jetzt rannten einige flinke Siamesen zu Fuß herbei, sie huschten zwischen den Pfosten durch und versuchten, das Tier mit spitzen Stöcken zu provozieren.

Der Bulle setzte zum Angriff gegen sie an, aber sie konnten sich immer wieder durch die schmalen Lücken in den Pfosten retten, so daß die Stoßzähne an den Pfosten abprallten.

Während diese Männer damit beschäftigt waren, den Elefanten zu ermüden, warfen andere mit bemerkenswertem Geschick Schlingen dicker Seile um seine Hinterbeine und zogen sie fest. Sie konnten sie allerdings nicht halten, ohne selbst mitgezerrt zu werden, und mußten loslassen, so daß das Tier die Leinen hinter sich herschleifte.

Ein lauter Schrei ging durch die Menge. Die Männer zu Fuß liefen in Windeseile auseinander, und ein getarnter Reiter auf einem weiteren Weibchen betrat hinter dem Koloß den Gang. Es war Sorasak. Er war zwar persönlich nicht sehr beliebt, aber seinem Geschick bei der Jagd zollten alle widerwillig Respekt. Die Menge wartete mit angehaltenem Atem auf seine Vorstellung. Sie wußten, daß er das wilde Tier in die Umfriedung am Ende des Gangs locken mußte, wo weitere Männer die gefähr-

liche Aufgabe hatten, die losen Seile an den dicken Stämmen des Feigenbaumes zu befestigen. Währenddessen würde der Reiter des weiblichen Elefanten versuchen, das riesige Tier mit dem Seil einzufangen, und die beiden Tiere, den wilden und den zahmen Elefanten, aneinanderfesseln.
Sorasak nutzte die kurze Atempause, als der Koloß wegen der Brunftschreie des Weibchens ruhiger wurde, sprang auf den Rücken des wilden Elefanten und klammerte sich an die Ohren. Mit ohrenbetäubendem Brüllen warf der Elefant seinen Rüssel in die Luft und stieg vorn hoch, um den lästigen Zwerg abzuschütteln. Aber Sorasak klemmte sich mit den Knien fest, beugte sich nach vorn und klammerte sich an seinen Rücken, bis das tobende Tier seine Taktik änderte und mit aller Macht gegen einen der Pfosten rannte. Der Pfosten wurde bis in sein Fundament erschüttert, hielt aber stand. Sorasak ließ ebenfalls nicht locker, und das wütende Tier ging ein paar Schritte zurück und griff erneut an. Diesmal wurde der Pfosten fast herausgerissen, und beim dritten Anlauf neigte er sich zur Seite, und der Schwung und das Gewicht des Elefanten schoben ihn durch die Öffnung.
Panik brach aus. Ein wütender Elefantenbulle, abnorm groß, stürmte auf die Zuschauer los. Sorasak klammerte sich immer noch am Hals des Tieres fest und versuchte verzweifelt, mit einem scharfen Stachel das Tier dazu zu bewegen, die Richtung zu ändern. In allerletzter Sekunde, während die Menge nach allen Seiten auseinanderstob, schwenkte das Tier plötzlich nach links und rannte auf die Grenze der königlichen Umfriedung zu. Auf den letzten zwanzig Metern lief es direkt auf Phaulkon zu.
Phaulkon warf sich zur Seite, während vor ihm zwei Zuschauer niedergetrampelt wurden. Er sah, wie van Risling zu Boden geschleudert wurde. Zwei weitere Siamesen, seine Nachbarn während der Vorstellung, schrien wie am Spieß, bevor sie in einer Wolke von Staub verschwanden. Phaulkon sah kaum, wie der Elefant in wenigen Zentimetern Abstand an ihm vorbeiraste, er fühlte es mehr.
Das tobsüchtige Tier steuerte auf den Wald zu, alles niedertrampelnd, was sich ihm in den Weg stellte. Alle wußten, daß

es sofortige Enthauptung bedeutete, wenn man auf einem angreifenden Bullen in den Wald hineinritt. Sorasak mußte sich mit einem Sprung retten, bevor er das Unterholz erreicht hatte, und so geschickt landen, daß er sich nicht alle Knochen brach. Er wartete bis zum letzten Augenblick, um sicherzugehen, daß der Elefant, von seinem eigenen Schwung getragen, so weit in den Wald hineinlief, daß er nicht mehr umkehren würde, um ihn zu suchen. Die Menschen stöhnten, als Sorasak einen dramatischen Sprung in die Luft machte und sich ein paarmal überschlug. Mit angehaltenem Atem warteten sie, ob der Koloß zurückkehren würde. Dann rannten sie los, um zu sehen, wie schwer verletzt der Reiter war.

Der kühne Reiter war verletzt, Blut tropfte aus einer Wunde auf seiner Stirn. Eine Bambustrage wurde geholt, und Sorasak wurde zum König getragen, der sich fürsorglich nach seinem Befinden erkundigte und dann befahl, ihn sofort in die Obhut seiner Ärzte zu bringen. Aufgeregte Menschen liefen umher und versuchten, die Verwundeten zu versorgen. Van Rislings feister Körper wurde von Krämpfen geschüttelt und Faa, schockiert, aber unverletzt, kümmerte sich um ihn.

Phaulkon hatte sich halb aufgerichtet und stützte sich benommen auf ein Knie, als Sorasaks Bahre direkt vor ihm vorbeigetragen wurde. Einen Augenblick lang begegneten sich die Blicke der beiden Männer. Und Phaulkon sah den vertrauten, unverkennbar verächtlichen Blick. Er würde ihn nie vergessen. Der Boxer aus Ligor!

Von dunklen Vorahnungen, daß dies nicht ihre letzte Begegnung gewesen war, getrieben, folgte Phaulkons Blick der Trage, bis sie außer Sichtweite war. Dann zwang er sich nachzusehen, wie es um van Risling stand. Faa hatte eine weitere Bahre holen lassen, und gemeinsam hoben sie den schweren Mann darauf. Van Rislings rechtes Bein schien schlimm gebrochen, und er zuckte vor Schmerz.

Zum erstenmal, seit er ihn kannte, empfand Phaulkon Mitleid mit dem Mann. Sie folgten den anderen Bahren in Richtung Stadt.

25

Der Diener kam herein, um die Ankunft eines Farang-Besuchers zu melden. Der Diener, indischer Herkunft, sprach ein paar Brocken Englisch, was ihm eine sofortige Anstellung bei seinem Herrn eingebracht hatte, weil dieser sich ansonsten nicht mit der übrigen Welt verständigen konnte.

Burnaby saß in einem Sessel in seinem Salon im englischen Landhausstil und fragte nach dem Namen des Besuchers. Aber das war zuviel verlangt. Der Besucher war ein Farang, und Ananda wußte aus Erfahrung, daß alle Farangs unaussprechliche Namen hatten. Burnaby bat Ananda, den Besucher hereinzuführen.

»Thomas«, rief Burnaby, »wir haben Besuch. Ein Europäer.«

»Ist Constant zurück?« rief Ivatt aufgeregt und kam aus dem Nebenzimmer angelaufen, wo er alte Zaubertricks geübt hatte. Er war entschlossen, für sein Debüt im Palast gut vorbereitet zu sein. Seine Vorstellungen waren eine Attraktion im Haus des Gouverneurs von Ligor gewesen. Jetzt würde man ihn vielleicht auf Grund einer Empfehlung des Gouverneurs darum bitten, vor den königlichen Kindern im Palast aufzutreten.

»Nein, Constant kann es nicht sein. Selbst mein Idiot von Diener würde ihn erkennen.«

Sie waren gestern abend mit dem Boot des Gouverneurs aus Ligor angekommen und waren direkt zu Phaulkons Haus gegangen, wo sie aber erfahren mußten, daß er abwesend war. Ivatt, der mit großem Eifer Siamesisch lernte, glaubte, er hätte verstanden, daß Phaulkon in Louvo auf irgendeiner Elefantenjagd sei. Was hatte Constant nur wieder alles angestellt, fragte er sich. Waren nicht die Elefantenjagden in Ligor königliche Ereignisse?

Der Besucher wurde jetzt in den Salon geführt. Beide Männer musterten ihn neugierig. Er war der Inbegriff des Asien-Abenteurers, ein Gentleman-Pirat, gutaussehend, Ende Zwanzig, mit Augen von der Farbe einer Lagune und einer blonden

Mähne, die von der Sonne fast weiß gebleicht war. Sein Gesicht war tief gebräunt, und er wirkte sehr selbstsicher, nahezu arrogant.

»Samuel White, zu Euren Diensten.« Er grinste sie freundlich an.

Beide Männer erhoben sich, um ihn zu begrüßen. »Ich bin Richard Burnaby, und das ist mein Assistent, Thomas Ivatt. Willkommen in Ajuthia, Mr. White.«

»Danke, Sir. Euer Name ist mir bekannt. Mein Bruder George hat oft sehr schmeichelhaft über Euch gesprochen.«

»Danke, Sir«, strahlte Burnaby, aber dann wich seine Freude der Besorgnis. »Wir haben Euch erwartet.«

Samuel registrierte den niedergeschlagenen Ton. Sein Lächeln wich einer besorgten Miene. »Ich wurde zu Mr. Phaulkons Haus durch einen Diener Eures Kontors gebracht, aber ich hatte Schwierigkeiten, mich verständlich zu machen. Schließlich hat man mich hierhergeführt. Ich hoffe, Ihr verzeiht mir, wenn ich direkt zur Sache komme! Ich muß so schnell wie möglich nach Mergui zurückkehren. Ist die Ladung für Persien bereit?«

»Wir hatten einige unerwartete Rückschläge«, versuchte Burnaby zu erklären.

Zornesröte schoß in Whites Gesicht. Unfähige Idioten, schien er zu sagen. »Wenn ich Euch recht verstehe, habt Ihr die Ware nicht«, sagte er mit eisiger Stimme.

»Einen Moment«, unterbrach ihn Ivatt, »wir wollen doch fair bleiben. Wir haben noch nicht einmal mit Constant geredet. Ich bin sicher, er ist nicht untätig herumgesessen.«

Samuel wandte sich abrupt dem kleinen Mann zu. »Entweder Ihr habt die Ware, oder Ihr habt sie nicht, Sir.«

»Mr. White, wir haben Mr. Phaulkon seit über einen Monat nicht gesehen«, erkläre Ivatt. »Noch hatten wir eine Möglichkeit, mit ihm Verbindung aufzunehmen. Wir waren im Süden, müßt Ihr wissen, und ich finde, wir sollten mit unserem Urteil abwarten, bis wir mit Constant geredet haben.«

»Und wann wird das sein, Sir?« fragte Samuel.

»Er ist in Louvo und nimmt an einer königlichen Jagd teil.«
Es schien White zu beruhigen, daß Phaulkon sich anscheinend in den richtigen Kreisen bewegte. »Wann wird er zurück sein, Sir?« fragte er.
»Wir sind uns nicht sicher, Mr. White«, sagte Burnaby. »Wir haben vor kaum einem Monat die Mittel zum Kauf der Ware für Persien verloren, und ich glaube, nicht einmal Constant kann es schaffen, in so kurzer Zeit die Lage zu ändern.«
»Du bist so ein Pessimist, Richard«, sagte Ivatt verärgert.
»Ich bin kein Pessimist, Ivatt. Ich bin ein Realist. Es ist nicht fair, Mr. White etwas vorzugaukeln oder seine Zeit zu verschwenden.«
»Ich fürchte, Gentlemen, meine Zeit ist wirklich knapp. Sollte keine ernsthafte Möglichkeit bestehen, daß Mr. Phaulkon die Ware hat — was anscheinend nicht der Fall ist —, kann ich nicht bleiben. Meine Mannschaft erwartet mich in Mergui, und mein Schiff wird Ende des Monats in Madras erwartet. Ich bin nicht sonderlich erpicht darauf, gleich wieder aufzubrechen, eingedenk der mühsamen Reise hierher, aber mir bleibt kaum eine andere Wahl. Ich habe drei meiner Männer durch Tiger verloren und bin selbst von Moskitos fast bei lebendigem Leib aufgefressen worden. Also mache ich mich am besten wieder auf den Weg.«
»Könntet Ihr nicht wenigstens eine Nacht warten, Mr. White?« flehte ihn Ivatt an. »Es ist doch eine Schande, wenn Ihr so weit reist und dann nicht einmal mit Mr. Phaulkon redet. Ihr könntet die Nacht in seinem Haus verbringen. Wie man hört, gibt es dort die beste Massage in der Stadt. Ihr würdet Euch wie neu geboren fühlen.«
White zog eine Augenbraue hoch. »Weibliche Masseure?« fragte er.
»Drei an der Zahl.« Ivatt zwinkerte. »Im Himmel ausgebildet.«
White schwankte offensichtlich. »Na schön, ich werde Euer Angebot, mich eine Nacht auszuruhen, annehmen. Ich werde bei Tagesanbruch abreisen. Wäre einer von Euch so gut, mich zu Phaulkons Haus zu begleiten?«

»Gestattet«, bot Ivatt sich an. »Mit deiner Erlaubnis, Richard?«
»Natürlich. Ich selbst muß ins Kontor. Du kannst dann zu mir kommen, Thomas, sobald du Mr. White abgeliefert hast. Es war mir ein Vergnügen, Eure Bekanntschaft zu machen, Mr. White. Es tut mir nur leid, daß ich keine bessere Botschaft für Euch hatte.«
»Mir ebenfalls, Sir. Offen gesagt, es war eine herbe Enttäuschung.« Er verbeugte sich und verließ mit Ivatt das Haus.

Phaulkon kehrte nach Einbruch der Dunkelheit nach Ajuthia zurück. Van Risling hatte zu große Schmerzen, um reisen zu können und war mit Faa in Louvo geblieben. Er hatte sich hartnäckig geweigert, einen der Ärzte des Ortes zu konsultieren, eingeschlossen derjenigen, die Seine Majestät der König offerierte, und darauf bestanden zu warten, bis er den holländischen Arzt in Ajuthia aufsuchen konnte. Aarnout Faa hatte sich schließlich einverstanden erklärt, die Nacht in Louvo zu verbringen, in der Hoffnung, van Risling könnte am Morgen die Reise antreten. Phaulkon hatte das letzte Boot an diesem Abend genommen. Es war fast neun Uhr abends, als er zu Hause war.
Sorn und Tip erwarteten ihn am Fuß der Treppe und berichteten aufgeregt, ein Farang-Besucher würde im Wohnzimmer liegen und sich massieren lassen. Tip mußte immer wieder hinter vorgehaltener Hand kichern und nach einigem Hin und Her erfuhr Phaulkon, daß der Farang vollkommen nackt wäre und die Gesellschaft der drei Sklavinnen des Gebieters sehr genoß. Sie wußten nichts, außer daß der kleine Farang ihn hergebracht hatte.
»Der kleine Farang?« rief Phaulkon erstaunt. »Ist er hier?«
»Ja, Gebieter«, erwiderte Sorn. »Er und der große Farang sind gestern angekommen. Sie wollten Euch besuchen und haben gefragt, wo Ihr seid.«
Erstaunlich, dachte Phaulkon. Wie waren sie so schnell hierhergekommen? Der Barcalon hatte ihrer Entlassung erst vor einer Woche zugestimmt.

Die Mädchen kicherten wie Kinder. Der kleine Farang hätte Siamesisch gelernt, sagten sie, und wenn sie ihn richtig verstanden hätten, hatte er befohlen, den Farang zu unterhalten, bis dieser keine Lust mehr hatte abzureisen. Er war schon seit Sonnenuntergang hier.

»Mein Gott, aber das sind ja schon drei Stunden!« rief Phaulkon. »Tip, lauf und hol den großen und den kleinen Farang-Herrn. Sie sollen sofort hierherkommen.« Tip warf sich zu Boden und kroch rückwärts davon. »Und Sorn, mach uns etwas zu essen, ich bin am Verhungern. Hat der Besucher schon gegessen?«

»Noch nicht, Herr«, erwiderte Sorn. »Er war zu beschäftigt.«

»Dann mach besser vier Portionen.«

Sorn verbeugte sich und zog sich zurück.

Phaulkon eilte die Treppe hinauf und blieb an der Tür zum Wohnraum stehen. Er hörte von drinnen unterdrücktes Kichern, das von einer tiefen Stimme unterbrochen wurde. Er verstand einige englische Worte: »Immer ran, meine Schönen ... tiefer jetzt.«

Phaulkon riß die Tür auf. Die Mädchen warfen sich vor ihm zu Boden, und Ut warf schnell einen Panung über den Farang, um seine Blöße zu bedecken. Samuel White schaute etwas benommen drein, aber dann sprang er auf und ging grinsend auf Phaulkon zu. Er hatte anscheinend vergessen, daß er pudelnackt war.

»Ihr, Sir, müßt der berühmte Mr. Phaulkon sein, von dem mein Bruder George so herzlich gesprochen hat.« Er verbeugte sich. »Samuel White zu Euren Diensten. Es ist wirklich eine Ehre, Euch kennenzulernen, Sir.«

»Die Freude ist ganz meinerseits«, erwiderte Phaulkon überrascht. »Und ich bin entzückt, daß Ihr Euch bereits wie zu Hause fühlt, Sir.«

Samuel warf einen etwas beschämten Blick auf seine Blöße. Die drei Mädchen, ebenfalls nackt, lagen immer noch auf dem Boden. Samuel ging zu seinem Kleiderstapel. »Euer Kollege hat vorgeschlagen, ich solle die Annehmlichkeiten genießen, also habe ich —«

»Gut gehandelt, Mr. White«, sagte Phaulkon. »Es gibt keinen Mann, den ich mehr achte als Euren Bruder George. Mädchen, ihr könnt jetzt gehen.«

Samuel zog sich an. Er beobachtete fasziniert, wie die drei Sklavinnen ehrfürchtig rückwärts aus dem Zimmer krochen und dabei ihre Panungs einsammelten.

»Ich wähnte Euch in Mergui, Mr. White. Ich habe einen Boten mit einem Brief dorthin geschickt.«

»Ich bin früher angekommen, Sir, also habe ich mich entschlossen, hierher zu reisen.«

Arme Sunida, dachte Phaulkon. Sie würde ihn jetzt sicher überall suchen. »Euch ist unterwegs kein Bote begegnet? Der Kurier war eine junge Frau, begleitet von einem halben Dutzend Führer und Träger.«

»Eine Frau, sagt Ihr? Wir sind an einer Frau vorbeigefahren, aber sie sah eher aus wie eine Prinzessin aus dem Märchen.«

»Eure Beschreibung trifft genau auf meinen Kurier zu«, unterbrach ihn Phaulkon lächelnd. »Sie war diejenige, Sir.«

Samuel White pfiff durch die Zähne. Die Geschichte hier wurde zusehends faszinierender. So ein verfluchtes Pech mit der Ladung. Er würde gerne ein bißchen länger hier bleiben, da die Kuriere wie Göttinnen aussahen und es Masseusen gab, die mit ihren Lilienfingern einem Mann den Himmel auf Erden bereiten konnten. »Euer Kurier wird keine Schwierigkeiten haben, die CORNWALL ausfindig zu machen, Sir«, sagte er. »Sie war die einzige größere Fregatte im Hafen, als ich abreiste.« Er runzelte die Stirn. »Aber, wie ich höre, wird die CORNWALL ohne Fracht nach Persien ablegen?«

»Woher habt Ihr diese Information?«

Wie eine Antwort auf die Frage erschien Tip in der Tür. »Der große und der kleine Farang-Herr sind hier, Gebieter.«

»Gut, führ sie herein.«

Burnaby und Ivatt erschienen lächelnd in der Tür. »Constant!« riefen beide und umarmten ihn. Phaulkon erwiderte ihre überschwenglichen Umarmungen und wandte sich dann an White.

»Sollte das Eure unfehlbare Informationsquelle sein?«
»Das ist sie in der Tat, Sir«, Samuel nickte.
»Dann willkommen daheim in Ajuthia, ihr Kleingläubigen«, sagte Phaulkon zu den anderen beiden. Er drehte sich zu White. »Entgegen dem, was ihr vielleicht gehört habt, habe ich Eure Fracht. Es tut mir nur leid, daß Ihr nach Eurer so mühseligen Reise mit so schlechten Nachrichten empfangen wurdet.«
White war schlagartig wie ausgewechselt. »Ich hab's ja immer gewußt«, rief er triumphierend, »daß Euer Ruf bei meinem Bruder George begründet ist. Ihr sagt, die Fracht steht tatsächlich bereit?«
»Praktisch ja, Mr. White. Ich brauche nur noch ein oder zwei Tage für die abschließenden Formalitäten.«
»Nennt mich Samuel, bitte.«
»Gut. Aber sagt mir, was hört Ihr von Eurem geschätzten Bruder?«
»Ich habe nichts mehr von ihm gehört, Sir, seit er in Madras auf dem Weg nach England angelegt hatte. Dabei hat er mich von Zweck und Datum der Mission nach Mergui unterrichtet. Er war so zuversichtlich, daß Ihr Erfolg haben würdet, Sir, daß ich die Reise ohne weitere Bestätigung antrat. Ihr müßt die anfänglichen Zweifel entschuldigen, Sir, aber Mr. Burnaby hier hat angedeutet ...«
»Mr. Burnaby hat seine Informationen zweifellos auf dem Marktplatz in Ligor gefunden«, unterbrach ihn Phaulkon trocken. Der Chef der Station sah bemerkenswert betreten aus. Ivatt war auch ziemlich beschämt, aber White beeilte sich, ihn zu entlasten.
»Glücklicherweise hat Mr. Ivatt hier meine Hoffnungen am Leben gehalten und darauf bestanden, daß ich erst mit Euch rede«, sagte er zu Phaulkon.
»Constant, bitte.« Er wandte sich an Ivatt. »Danke, Thomas. Das werde ich dir nicht vergessen.«
»Wie ... wie hast du es geschafft, die Fracht zu bekommen, Constant?« fragte Burnaby schüchtern.

Phaulkon tat so, als hätte er die Frage nicht gehört, und wandte sich wieder an White. »Wann müßt Ihr nach Mergui aufbrechen, Samuel? Ich kann mir vorstellen, daß Eure Zeit knapp ist.«

»Das ist sie, in der Tat, Constant. Die CORNWALL soll nach Madras zurückkehren, sobald sie ihre Ladung von Opium und Tuch in Mergui verkauft hat. Ich möchte nicht, daß die lange Abwesenheit ihres Kapitäns entdeckt und nach Madras berichtet wird. Die Anwesenheit der CORNWALL hat bereits einiges Aufsehen, um nicht zu sagen Mißtrauen, erregt, also habe ich verbreiten lassen, das Schiff bedürfe größerer Reparaturen. Wenn mein Schiff Madras nicht innerhalb der vorgegebenen Zeit erreicht, werden Untersuchungen eingeleitet und eine Suchmannschaft losgeschickt werden. Es wäre sicherlich fatal, wenn man entdecken würde, daß die CORNWALL noch in Mergui ist, wo sie doch eigentlich bei einem Sturm vor den Andaman-Inseln in Seenot geraten sein soll.«

Ivatt stöhnte. »O nein, Ring frei zur nächsten Runde.«

»Thomas hat sich noch nicht so richtig an unsere Vorgehensweise gewöhnt«, erklärte Phaulkon.

Thomas wandte sich an White. »Ich habe eine respektable Arbeit im Dienste der Handelsflotte Seiner englischen Majestät angenommen, Sir, und eh ich mich's versehe, hab ich mich mit dem größten Haufen Halsabschneider östlich von Dover eingelassen. Ich war einmal Trapezkünstler, Mr. White. Ein relativ sicherer Beruf, möchte ich hinzufügen.«

White lachte. »Die Gefahren des Hochseils sind schnell vorbei, aber unsere dauern etwas länger. Werdet Ihr Euch unserer kleinen Truppe nach Persien anschließen, Mr. Ivatt?«

»Ich war mir nicht bewußt, daß ich eingeladen bin?«

»Ich glaube, du hast dir deinen Einsatz verdient, Thomas, findest du nicht auch, Burnaby.«

Burnaby war sichtlich erleichtert, daß auch er wieder ins Gespräch miteinbezogen wurde. »Aber natürlich, Constant.«

Phaulkon legte dem kleinen Mann einen Arm um die Schulter. »Wir hätten uns keinen besseren Waffenkameraden wünschen können. Welchen Einsatz willst du?«

»Bei den üblichen Risiken sollte ich mich wohl besser mit fünfzig Prozent absichern.«
White schien verwirrt. »Fünfzig Prozent?«
Phaulkon lachte. »Mr. Ivatt beurteilt die Sache nach dem, was er bis jetzt vom Dienst in der Kompanie gesehen hat.«
White war gerne bereit, das Spiel mitzuspielen. »Ich hätte gedacht, die wirkliche Gefahr läge darin, soviel Waren zu besitzen«, bemerkte er. »Wenn meine Mannschaft das rausfindet, wäre Mr. Ivatts Leben nicht mehr wert, als das eines schiffbrüchigen Matrosen bei den Andamans.«
»Bei den Kannibalen?« fragte Ivatt. White nickte. »Gut, dann werde ich meinen Einsatz verringern. Und außerdem muß ich vielleicht die Reise ganz absagen. Ich bin dem Palast verpflichtet.«
»Wovon redest du überhaupt?« fragte Phaulkon.
»Es stimmt«, bestätigte Burnaby. »Der Gouverneur in Ligor hat ihn überredet, in deine Fußstapfen im Boxring zu treten. Thomas ist durch die Arena gerannt und hat so erstaunliche akrobatische Übungen gemacht, daß sein Gegner ihn nicht erwischen konnte. Die Menge, einschließlich dem Gouverneur, hat vor Vergnügen getobt. Thomas hier wurde zu einer Attraktion am Hofe des Gouverneurs und hat täglich Vorstellungen für die Kinder gegeben. Der Hof war jedesmal bis auf den letzten Platz besetzt. Und der Gouverneur hat ihm eine Empfehlung mitgegeben. Er soll vor den Palastkindern auftreten.«
»Ich weiß, wie wild du darauf bist, Seine Majestät kennenzulernen, Constant. Ich werde sehen, ob ich ein gutes Wort für dich einlegen kann«, scherzte Ivatt.
»Zu gütig, Thomas. Aber, wie geht es deinem Fuß, Richard? Mr. Burnaby hatte im Süden einen Unfall«, fügte er als Erklärung für White hinzu.
»Er ist fast verheilt, danke Constant. Aber ich kann es gar nicht erwarten, mehr über die Fracht zu hören.«
Phaulkon sah sich in der Runde um. »Am besten, ich erkläre Euch auch gleich, wie sich das alles entwickelt hat, Samuel. Ich stehe augenblicklich in Diensten des siamesischen Handelsmi-

nisteriums. Ich wurde vom Barcalon befragt, der mindestens genauso klug ist, wie man berichtet. Ich glaube, er hat einen starken Verdacht, was unsere jüngsten Aktivitäten betrifft, aber er ist bereit, ein Auge zuzudrücken, da wir ihm lebendig mehr nutzen als tot. Bisher habe ich die betrügerischen Machenschaften der Mauren aufdecken können und eine prinzipielle Zustimmung seiner Exzellenz erpreßt, Güter auf Kredit für die Reise nach Persien zu erwerben. Bedingung für diese Vereinbarung ist, daß wir ein eigenes Schiff bereitstellen. Mr. Whites rechtzeitige Ankunft wird diese Bedingung erfüllen. Aber, wie es scheint, wollen die Siamesen offiziell nichts damit zu tun haben.«

»Und ist die Untersuchung in Ligor schon abgeschlossen?« fragte Burnaby.

»Meinem Gefühl nach wird man uns weiterhin damit drohen, bis wir gezeigt haben, daß wir unser Geld wert sind.« Er wandte sich an White. »Welche Entschädigung erhält Eure Mannschaft? Kann man sich auf ihr Schweigen verlassen?«

»Ich mußte ihnen zehn Prozent vom Gewinn versprechen, das wird dann unter ihnen aufgeteilt. Das ist immer noch mehr als ein Jahreslohn. Die Mauren müssen ein Vermögen verdienen. Die Mannschaft erwartet natürlich, daß die Offiziere weitere zehn Prozent unter sich aufteilen, und ich habe ihnen erklärt, daß der Rest an die Investoren zurückgeht, die das Geld vorgestreckt haben.«

»Das hört sich vernünftig an. Und Ihr glaubt, das sichert uns ihr Schweigen?«

»Sobald sie das Geld in der Tasche haben, wird keiner mehr reden, besonders wenn sie mitschuldig am Versenken eines Schiffes des guten König Charles sind. Die einzige Schwierigkeit, die ich sehe, ist, daß der Gewinn nicht so hoch wie erwartet ausfallen wird.«

»Was für Waren hast du denn bereitgestellt, Constant?« erkundigte sich Burnaby.

»Tee, chinesische Rohseide, Satin und Damast, Porzellan, Sapanholz, Elefantenzähne, Zinn, Häute. Genau wie du vorgeschlagen hast, Richard«, sagte Phaulkon trocken.

»Ausgezeichnet«, erwiderte Burnaby im zufriedenen Tonfall ei-

nes Direktors, dessen Helfer in seiner Abwesenheit gute Arbeit geleistet haben.
»Wann können wir mit dem Verladen beginnen?« fragte Samuel.
»Die Zeit ist knapp. Diesmal miete ich nur Elefanten. Die verdammten Ochsen waren wie ein Magnet für jeden Tiger im Umkreis von hundert Meilen.«
»Es sollte uns möglich sein, die Ware innerhalb der nächsten zwei bis drei Tage zu verpacken. Ich spreche gleich morgen früh mit dem Barcalon.«
»Mr. Phaulkon«, Whites Tonfall war honigsüß, »es ist schon lange her, seit mein Bruder das angesprochen hat, aber wenn diese Reise einmal vorbei ist, was für Chancen hätte dann einer wie ich, in Siam eine Anstellung zu finden?«
»Viel wird vom Erfolg dieser Reise abhängen. Ihr müßt wissen, Samuel, mein Endziel ist es, die Möglichkeit zu haben, Engländer in Machtpositionen in der Provinz Tenasserim einzusetzen, von wo aus sie die Handelsrouten über den Golf von Bengalen kontrollieren könnten.«
»Die Kompanie hat doch seit Jahren ein Auge auf Mergui geworfen«, sagte White.
»Ich denke dabei nicht an die Kompanie, sondern an die siamesische Krone, in deren Diensten dann Engländer stehen würden — in Machtpositionen. Das wäre dann eine Möglichkeit für Euch, Samuel.«
»Engländer, die für Siam arbeiten?« wiederholte Burnaby überrascht.
»Ja, Richard, aber als Verbündete ihres Landes«, erklärte Phaulkon.
»Mir soll's recht sein«, sagte White. »Ich würde alles drum geben, den Elefantenhandel in meine Finger zu kriegen. Da ist ein Vermögen zu machen. Ich hab noch nie so viele gesehen wie auf dem Weg von Mergui hierher. Und die Siamesen wissen, wie man sie fängt. In Indien besteht ein unerschöpflicher Bedarf. Die kampflustigen Prinzen liegen ständig im Krieg miteinander.«
»Aber was ist mit den Schiffen?« fragte Burnaby. »Benötigen sie nicht spezielle Frachträume?«

»Die können in Madapollam gebaut werden. Sie sind dort auf solche Dinge spezialisiert. Wenn es entsprechend verstärkt ist, kann ein Schiff bis zu zwanzig Elefanten transportieren.«
»Thomas kann die Leitung über diesen Handel übernehmen«, sagte Phaulkon lachend. »Er hat Erfahrung aus der Menagerie.«
White sah nachdenklich aus. »Aber wie werden die Mauren einen so offensichtlichen Eingriff in ihre traditionellen Handelsbereiche aufnehmen? Ihnen unterliegt schließlich der Handel in Mergui.«
»Sie werden ihre Machtposition sicher nicht freiwillig aufgeben«, erwiderte Phaulkon. »Aber wenn ich erst einmal das volle Ausmaß ihrer Unterschlagungen aufgedeckt habe — und ich rechne damit, daß mir das mit dieser einen Schiffsladung gelingt —, sind die Siamesen vielleicht bereit, eine Veränderung in Betracht zu ziehen. Deshalb ist es so wichtig, daß der volle Profit dieser Expedition an das Schatzamt geht.«
»Ich verstehe, und Ihr habt meine volle Unterstützung.«
»Wie ist denn die Lage in Madras?« fragte Burnaby. »Ich höre ständig Gerüchte, daß gegen Eindringlinge härtere Maßnahmen ergriffen werden.«
»Ah«, White machte eine abfällige Handbewegung. »Das passiert jedesmal, wenn ein neuer Chef oder ein neuer Stellvertreter berufen wird. Sie machen viel Lärm und verhaften erst einmal ein paar Sündenböcke. Aber sie werden den Privathandel nie unterbinden können, und das wissen sie auch. Die meisten von ihnen wären ohne ihn nicht da, wo sie heute sind. Nehmen wir mal Yale als Beispiel. Er ist gerade zum Vizepräsidenten des Hauptquartiers ernannt worden. Ein frecherer Eindringling als jeder, mit dem ich bisher gesegelt bin. Ich würde mir über derartige Gerüchte keine Sorgen machen, Mr. Burnaby.«
»Euer Bruder«, bemerkte Phaulkon, »sieht ein, daß es unmöglich ist, ein königliches Monopol in einem Gebiet, das zweihundertmal so groß ist wie England, zu halten. Das Monopol macht die Privathändler zu Gesetzesbrechern.« Er schaute sich in der Runde um. »Wir sind Gesetzesbrecher, jeder einzelne von uns.«

»Ja, dann machen wir doch einfach das Beste daraus, bis wir Vizepräsidenten werden«, sagte Ivatt. Alle lachten.

»Was mir viel mehr Sorgen bereitet, ist eine andere Sache, die die Behörden in Betracht ziehen, etwas, das für uns alle ernsthafte Probleme bringen könnte. Sie wollen jedem Mitglied der Kompanie verbieten, in die Dienste eines ausländischen Potentaten einzutreten, selbst wenn sie zuerst ihren Abschied nehmen.«

Phaulkon spitzte die Ohren. »Was uns daran hindern würde, für den König von Siam zu arbeiten.«

»Genau«, sagte White. »Sie könnten uns hier draußen natürlich nichts anhaben, aber ein Mann könnte verhaftet werden, sobald er britischen Boden betritt.«

»Ich denke, man könnte mich dazu überreden, in Siam meine Tage zu fristen, wenn man mir genug Sklavinnen gibt«, bemerkte Ivatt.

»Diese Hürde müssen wir alle nehmen, wenn wir sie einmal erreicht haben«, bemerkte Burnaby fröhlich. »Ich für meinen Teil würde mich gerne hier ansiedeln.«

»Nichts für ungut«, fügte Ivatt hinzu, »aber du solltest wirklich ein bißchen Siamesisch lernen, Richard. Du brauchst ja schon einen Palast, um deine Dolmetscher alle unterzubringen.«

»Ich freue mich auf einen baldigen Ruhestand in England. Ich möchte auf dem Land leben«, sagte White nachdenklich. »Und was ist mit dir, Constant?«

»Mein Schicksal liegt in Siam, Samuel. Das habe ich vom ersten Augenblick an, als ich hier landete, gespürt. Und nun, Samuel, würdet Ihr uns Euren Plan erklären?«

»Selbstverständlich. Nachdem wir die Waren in Mergui an Bord genommen haben, werde ich sofort nach Ormuz in Persien in See stechen. Sobald wir außer Sichtweite der Küste sind, werde ich die französische Flagge hissen, und mein Schiff in AUXERRE umtaufen und hoffen, daß uns keine französischen Schiffe begegnen. Wenn ich Glück habe, kann ich die Waren direkt im Hafen von Ormuz verkaufen und muß nicht nach Isfahan reisen. Der luxuriöse Hof von Schah Suleiman und seine Adeligen sind, wie mir zu Ohren gekommen ist, sehr interessiert an chinesischen Seiden und Satin, und es dürfte reichlich Mittelsmänner in Ormuz geben, die bereit sind, einen stattlichen Preis für die gesamte Fracht zu zahlen.«

»Hast du das gehört, Kapitän Beurnabbé?« sagte Phaulkon. »Ach, das hätte ich fast vergessen, Richard, der Barcalon hat dich zum Leiter dieser Expedition ernannt. Jetzt bin ich an der Reihe, als Geisel zurückzubleiben.«

»Dann übe mal auch noch kräftig Französisch, Richard«, neckte ihn Ivatt. »Es muß mindestens so gut sein wie dein Siamesisch.«

»Mr. Burnaby soll also die Leitung dieser Expedition übernehmen?« fragte White.

»Ja, Samuel, auf Befehl des Barcalon. Er ist der Erste Minister Siams, wie Ihr wahrscheinlich wißt. Er möchte, daß es wie eine offizielle englische Handelsmission aus Siam aussieht. Eure Männer werden doch keine Schwierigkeiten haben, einen neuen Befehlshaber zu akzeptieren, hoffe ich?«

»Nicht, wenn ich es Ihnen befehle«, sagte White zuversichtlich.

»Also gut«, meinte Phaulkon. »Ich werde Thomas nach Mergui schicken, wo er Eure Rückkehr zur verabredeten Zeit erwarten wird, das heißt, wenn er sich von seinen Pflichten im Palast losreißen kann. Sagen wir — in drei Monaten?«

White nickte. »Das sollte möglich sein. Ich werde ein kleines Boot vorausschicken, um ihn zu informieren. Die AUXERRE muß natürlich außer Sichtweite der Küste bleiben.«

»Abgemacht. Thomas wird eine siamesische Küstendschunke befehligen, die groß genug ist, Eure Mannschaft aufzunehmen, wenn Ihr sinkt.«

Schweigend versuchte jeder für sich, den Plan zu überdenken.

»Nun denn, Gentlemen«, schloß Phaulkon. »Ich glaube, das war's. Ich möchte jetzt einen Trinkspruch auf den Erfolg der Expedition aussprechen.« Er ging zu einem Lackkästchen und holte eine Flasche Wein und vier Gläser heraus. Einen Augenblick später erhoben sie alle ihr Glas mit spanischem Rotwein auf die sichere Rückkehr der AUXERRE unter dem Kommando von *Capitaine Beurnabbé.*

26

Der Jesuitenpriester in dem langen braunen Gewand kletterte aus dem Boot, gefolgt von seinem Diener, der das Gepäck trug. Auf dem Weg, entlang des geschäftigen Hafens, zu der kleinen portugiesischen Mission, schaute er sich um. Wie gut, wieder im schönen Mergui zu sein. Er ließ den Blick über die grünen Hügel hinunter bis zur Bucht schweifen, wo sich der Fluß Tenasserim in sie ergoß, und weiter zu einer Gruppe bewaldeter Inseln im Westen des prachtvollen Hafens. Sie waren als Mergui-Archipel bekannt.

Während er an der lauten Hafenstraße entlangging und den vertrauten Rufen der Verkäufer lauschte, bemerkte er einige Europäer, die am Dock standen und hinaus aufs Meer starrten. Eine Barke mit mindestens einem Dutzend Männern an Bord näherte sich. Die Reflektion der Sonnenstrahlen auf einer Reihe metallischer Objekte zeigte, daß die Mannschaft der Barke bewaffnet war. Er eilte weiter.

Das Boot fuhr längsseits am Dock. Keiner beachtete ihn, als er sich näherte. Große Holzkisten waren am Dock aufgereiht, und im Vorbeigehen las er die Beschriftung. »Ajuthia — For Export Only« stand sowohl in Englisch als auch in Siamesisch darauf. Er sah, daß die Männer in der Barke tatsächlich schwer bewaffnet waren und ihr Anführer eine Marineuniform mit den Insignien der englischen Kompanie trug. Draußen in der Bucht lag ein dreimastiges Handelsschiff vor Anker.

»Guten Morgen, Pater«, sagte eine Stimme. Der Priester zog sich die Kapuze tiefer ins Gesicht und nickte kurz. Dann wandte er sich ab und ging schnell weiter. Er eilte ans Ende des Hafens, stieg ein paar Treppen bis zu einem kleinen Haus neben einer Kapelle hinauf. Ein großes hölzernes Kreuz befand sich auf dem Dach. Er klopfte an die Tür und wurde von einem Diener eingelassen. Ein rundlicher Mann von kleinem Wuchs mit einem strahlenden Gesicht begrüßte ihn.

»Dom Francisco, ich freue mich, Euch wiederzusehen«, sagte der Priester auf siamesisch.
Dom Francisco schaute den Neuankömmling fragend an, musterte ihn von allen Seiten und quiekte dann plötzlich vor Überraschung. *»Não é possivel, não é possivel.* Luang Aziz! Aber das kann nicht sein. Seit wann habt Ihr Euch unseren Reihen angeschlossen?«
Der Neuankömmling legte seine Kapuze ab. Darunter kam ein braunes indisches Gesicht zum Vorschein, mit einem dicken schwarzen Schnurrbart. »Nein, Dom Francisco. Ich habe mich nicht Euren Reihen angeschlossen. Ich bin inkognito hier. Ich habe dringende Angelegenheiten mit Euch zu besprechen.«

Die Mitglieder des Rates von Tenasserim nahmen, mit verschränkten Beinen, ihre Plätze ein, in der Audienzhalle ihres ehrenwerten Führers, Oc-Ya Mohammed Said. Das Dekor war vorwiegend persisch, mit Mosaiktischen und prachtvollen Messinggefäßen. Oc-Ya Mohammed war besser unter seinem Titel Oc-Ya Tannaw bekannt, Leiter der Kommission von Tannaw. Die Stadt Tenasserim, Tannaw für die Siamesen, hatte den Rang einer Stadt zweiter Klasse, eine wichtige Stellung in der nationalen Hierarchie der sechs Rangstufen von Städten. Tenasserim war auch der Name der Provinz mit dem wichtigen Hafen Mergui.
Oc-Ya Tannaw nahm seinen Platz am Kopf der Ratsversammlung ein. Er sah sich seine Kollegen an. Alle trugen Bärte, alle waren Händler und Moslems. Offiziell waren sie Verbündete der siamesischen Krone, und sie lebten von ihrem Land und profitierten von dem Handel. Aber ihr Blut war das ihrer Vorväter auf der anderen Seite des Golfs, aus den großen Ländern der Mogule und der Scheichs. Und in ihrem Herzen waren sie überzeugt, daß es nur einen Gott gab, nämlich Allah.
»Brüder«, begann Oc-Ya Tannaw, »ihr alle wißt, warum ich euch gerufen habe. Mir gefallen gewisse Entwicklungen nicht. Erst bekommt dieser Farang einen Posten im Handelsministerium, und als nächstes hören wir, daß unser Bruder, Luang Ra-

shid, als Leiter des Bankettressorts abgelöst wird. Und wer übernimmt seinen Posten? Kein anderer als dieser Phaulkon. Dann kommt ein englisches Schiff aus Madras. Der Kapitän reist allein nach Ajuthia, um diesen Phaulkon zu treffen. In den letzten drei Tagen, Brüder, trafen in beängstigendem Tempo Kisten aus Ajuthia ein, die über Land nach Mergui transportiert worden waren. Unseren Spionen in der Hauptstadt ist es nicht gelungen, den Inhalt dieser Kisten festzustellen. Aber das Interessante daran ist, daß sie in den königlichen Lagerhäusern gepackt wurden und nicht in dem englischen Kontor und daß diese Kisten im Augenblick in Mergui auf ein großes englisches Handelsschiff verladen werden. Was hat das eurer Meinung nach zu bedeuten?«
Farouk Radwan, ein kleiner, untersetzter Mann mit dichtem Haarwuchs auf den Armen, kratzte nachdenklich seinen Bart. »Offensichtlich, Euer Ehren, sind das Güter des Schatzamtes, die von den Engländern abtransportiert werden. Vielleicht hat man sie vom Schatzamt für das Kontor in Madras gekauft oder ...«
»Oder?« fragte Oc-Ya Tannaw.
»Oder sie sind für einen anderen Ort bestimmt.«
»Wie Persien, zum Beispiel?«
»Möglicherweise.« Es war Fawzi Ali, der antwortete und seine Lippen von der Hookah-Pfeife löste. »Obwohl ich bezweifle, daß die siamesische Regierung so etwas tun würde, ohne uns vorher zu informieren.«
»Warum nicht?« fragte Oc-Ya Tannaw.
»Weil der Handel mit Persien von dieser Provinz aus seit Menschengedenken in unserer Hand ist. Welchen Grund hätten sie, die Tradition zu brechen?«
»Auch das Bankettressort ist seit Menschengedenken in maurischer Hand und seht nur, wer den Posten bekommen hat.«
»Den Gerüchten nach will Seine Majestät die chinesischen Gesandten mit einigen Farang-Spezialitäten überraschen und den berauschenden Getränken, die man braucht, um solche Exkremente hinunterzuspülen«, warf Faisal Sidiq ein. Seine Familie lebte bereits seit fast zwei Jahrhunderten in Siam.

Der Oc-Ya tat das mit einer ungeduldigen Handbewegung ab. »Das ist eine Entschuldigung, kein Gerücht. Ich habe den Eindruck, Brüder, daß wir einer Prüfung unterzogen werden. Die gesamte moslemische Bruderschaft. Wir müssen herausfinden, was in diesen Kisten ist, und vor allem, wohin sie gehen.«
»Aziz ist heute morgen nach Mergui aufgebrochen, Euer Ehren. Er will die Unterstützung der portugiesischen Mission sichern. Er hat sich verkleidet.« Iqbal Sind ergriff als letzter des Rates das Wort. Seine große, gebogene Nase ragte wie der Schnabel eines Raubvogels aus seinem Gesicht.
»Kann man den Portugiesen vertrauen?« fragte Oc-Ya Tannaw. »Sie sind auch Farangs.«
»Ja, Euer Ehren«, erwiderte Iqbal Sind verlegen. »Aber die Portugiesen sind katholische Christen, und die Engländer gehören irgendeiner anderen Sekte an. Außerdem will der dicke Priester der Portugiesen dringend seine Kirche renovieren, und seine Vorgesetzten in Goa waren in letzter Zeit nicht sehr großzügig. Also haben wir Aziz befugt, ihn mit einer gewissen Summe zu unterstützen, natürlich nur, wenn die Informationen unsere Großzügigkeit rechtfertigen«, stammelte Iqbal.
Der Oc-Ya Tannaw grunzte. »Moslems, die Geld für den Aufbau christlicher Kirchen spenden? Möge Allah uns solche Sünden vergeben. Und möge er wenigstens wissen, daß alles nur zum Schutze der Gläubigen geschieht. Allah Akbar.«
»Allah Akbar«, ertönte es im Chor. »Gott ist groß.«
»Nun denn, Brüder, ich habe eure Ansichten gehört. Ich beschließe hiermit, für den Fall, daß der Priester der Christen uns berichtet, daß die Waren für den Export nach Persien bestimmt sind, unsere traditionelle Domäne, muß dieser Mann Phaulkon eliminiert werden. Wir werden ihn durch die Makasaren ermorden lassen. Prinz Dais Leibwache wird den Auftrag mit Freuden erledigen.«

Luang Aziz beugte sich vor. »Wie ich schon sagte, Dom Francisco. Eure Kirche kann vom Gewinn völlig neu aufgebaut werden.«

Die Augen des Priesters glänzten. »Ich habe Euer Wort als Mitglied des Rates?« fragte er.
»Das habt Ihr.«
»Und ich muß nur herausfinden, welches Ziel dieses Schiff da draußen hat? Aber warum sollten sie mir nicht sagen, wohin es fährt?«
»Sie geben Euch vielleicht ein Ziel an, aber nicht unbedingt das richtige.«
»Und woher soll ich wissen, ob es das richtige ist oder nicht?«
Er wischte sich einen Schweißtropfen von der Stirn. Er war begierig darauf, seine Kirche neu aufzubauen. Er hatte zweimal nach Goa geschrieben und einmal sogar dem Bischof in Makao, und jedesmal hatte man ihm versprochen, die Sache würde geprüft werden. Er schaute den Inder an. Welche Ironie, daß die Hilfe ausgerechnet von den Moslems kommen sollte.
»Euch wird schon etwas einfallen, Dom Francisco. Ihr müßt sie ertappen.« Aziz lächelte ermutigend.
»Aber warum ich? Habt Ihr denn sonst niemanden, der Euch die Information beschaffen kann? Jemand, der besser dafür geeignet ist?« Er machte eine letzte Anstrengung, sich des Auftrags zu entledigen. Da steckte sicher mehr dahinter, davon war er überzeugt. Etwas, was er bereuen könnte.
»Diese Männer da draußen sind englische Kaufleute, Dom Francisco. Wir Moslems sind auch Kaufleute. Wir mißtrauen uns gegenseitig. Aber Ihr seid ein Priester und kein Rivale von ihnen. Sie werden Euch sagen, was sie uns verschweigen. Der Bestimmungsort eines Schiffes ist nur ein kleines Geschäftsgeheimnis, aber eines, das Eure Kirche wieder aufbauen wird. Ihr werdet den Betrag morgen bekommen, Dom Francisco, in Silber.«
Die Zweifel des Priesters waren wie weggewischt. Morgen? Morgen konnte er die Arbeiter anheuern, und mit fünfzehn Tael hätte er in zwei Wochen eine neue Kirche. Wie sollte er denn die Eingeborenen bekehren, wenn die Wände seiner Kirche bröckelten?
»Ich werde es tun. Überlaßt es mir.«

Luang Aziz lächelte. »Ich wußte, daß ich auf Euch zählen kann, Dom Francisco. Ich komme morgen zur selben Stunde wieder.«

»Kleines Boot, ahoi!« rief der Mann vom Ausguck. In Abwesenheit von Kapitän White holte der Matrose den Ersten Maat und informierte ihn von der Ankunft eines Besuchers. Es war ein Priester in einem Ruderboot, der darum bat, den Kapitän unter vier Augen sprechen zu dürfen.
»Und, Simmons, habt Ihr ihm gesagt, daß der Kapitän nicht an Bord ist? Der Pater wird ihn an Land suchen müssen.«
»Aye, Sir, aber verzeiht, er hat gesagt, er würde mit jedem Offizier sprechen, der an Bord ist.«
Der Erste Maat beugte sich über die Reling und schaute auf das kleine Boot hinunter. Der Priester war ganz allein hierhergerudert, ohne die Hilfe eines Ruderers. »Na schön, Simmons, bring ihn zu mir.« Was hatte denn einer dieser katholischen Priester mit dem Kapitän zu reden, fragte sich John Ferries, der Erste Maat.
»Guten Morgen, Kapitän«, sagte der Priester. Er keuchte vor Anstrengung. Seine braune Kutte war von Schweiß durchnäßt. Er hielt ein kleines Päckchen in der Hand. »Gott sei mit Euch, Senhor.« Sein Englisch hatte einen starken Akzent.
»Ich bin nicht der Kapitän, Pater. Aber seid trotzdem willkommen. Hier, folgt mir.« Ferries führte ihn in eine kleine Kabine unter Deck und bot ihm einen Stuhl an. »Also, was kann ich für Euch tun, Pater?«
»Ich habe gehört, daß Ihr nach Madras segelt, Senhor. Meine Schwester ist dort Nonne. Ich frage mich, ob Ihr wohl so gütig wäret, Ihr dieses Päckchen zu bringen.«
Der Erste Maat wollte ihm gerade sagen, daß sie gar nicht nach Madras fuhren, aber er beherrschte sich gerade noch. Er nahm das Päckchen. »Aber gerne«, sagte er. Die arme Nonne konnte lange auf ihr Päckchen warten.
»Danke, Senhor, Gott segne Euch. Nachdem ich schon mal den weiten Weg hierher gemacht habe, Senhor, frage ich mich,

ob ich nicht vielleicht den Goanesen hier an Bord die Sakramente erteilen sollte. Mit Eurer Genehmigung natürlich.« Er zwinkerte freundlich. »Sie arbeiten immer besser, wenn sie das Wort Gottes gehört haben.« Es waren sicher Matrosen aus Goa an Bord. In Goa waren portugiesische Arbeitskräfte billig, und die Männer waren gute Seeleute.

»Mestizos? Wir haben ein paar. Wir haben auch einen Iren und ein paar katholische Schotten, wenn Ihr Euch gleich den ganzen Haufen vornehmen wollt, Padre. Wartet hier. Ich werde sie zusammentrommeln lassen.«

Nach kurzer Zeit war eine der seltsamsten Mannschaften versammelt, die er je gesehen hatte. Ein großer, spindeldürrer Ire mit schwarzem Bart, zwei sommersprossige Schotten, einer mit roten Haaren und der andere mit blondem und zwei kleine, olivhäutige portugiesische Inder, alle Katholiken. Sie murmelten unverständliche Begrüßungen auf englisch und portugiesisch und traten verlegen von einem Bein aufs andere.

»Ich freue mich, euch zu sehen, aber zuerst muß ich euch fragen, wieso ihr nicht an Land zur Kirche gegangen seid. Ich habe keinen von euch dort gesehen.« Er redete zuerst in englisch und dann in portugiesisch. Sie wurden noch verlegener. Dann meldete sich einer der Mestizos zu Wort.

»Wir ... wir hatten keine Erlaubnis, an Land zu gehen, Reverend Padre.«

»Keine Erlaubnis«, sagte Pater Francisco ungläubig. »Aber ihr seid doch schon fast einen Monat hier. Ich habe mehrere Männer von diesem Schiff in der Stadt gesehen.«

»Das sind Offiziere, Padre.«

»Was hat er gesagt, Pater?« fragte der blonde Schotte mit besorgtem Gesicht.

»Er sagt, sie haben keine Erlaubnis, an Land zu gehen.«

Der Schotte warf dem Portugiesen einen zornigen Blick zu. »Hört nicht auf ihn, Pater. Er lügt immer.« Er drehte sich zu dem Mestizo. »Du hältst deine Klappe, Rodriguez, hast du gehört?«

»He, Sandy, mach mal halblang!« sagte der schlaksige Ire. »Du redest vor dem heiligen Pater.«

Der Schotte wandte sich beschämt dem Priester zu. »Bitte um Entschuldigung, Pater. Aber das Plappermaul hat uns schon ein paarmal Ärger eingehandelt. Hauptsache, Ihr hört nicht auf das, was er sagt.«
»Keine Angst, mein Sohn. Was immer hier gesagt wird, wird nicht weitergegeben. Ich bin ein Priester, vergiß das nicht.«
»Ist das wie im Beichtstuhl, Pater?« Diesmal war es der rothaarige Schotte.
Pater Francisco gefiel die Frage nicht. »Es ist nicht wie eine Beichte, aber ich bin trotzdem Priester«, sagte er, ohne sich festzulegen. Dann redete er in portugiesisch weiter. »Meine Kinder, ich werde euch jetzt den Segen für eine sichere Reise nach Madras erteilen.« Einer nach dem anderen sank auf die Knie, und er schlug das Kreuz über ihnen und fing an, in Latein zu beten. Er sah, daß einer der Mestizos sehr besorgt aussah. Es war derselbe, der vorhin geredet hatte. »Ehrwürdiger Pater«, platzte der Portugiese plötzlich heraus, »werdet Ihr ein Gebet sprechen für all unsere zukünftigen Reisen, gleichgültig, wohin wir fahren? Für unsere Reise nach Madras und nach ...« er zögerte, »... nach Persien, falls wir dorthin fahren, bevor wir Euch wiedersehen?«
»Persien«, brüllte Sandy und sprang auf, »hat er Persien gesagt? Ich bring ihn um.«
Dom Francisco war entsetzt. »Wir wollen gerade das Gebet beginnen, mein Sohn. Beruhige dich, oder der Zorn Gottes wird über dich kommen.«
»Ja und über uns alle, dank dir, Sandy«, sagte der Ire grimmig. »Wir hängen da alle mit drin, weißt du.«
»Was geht hier vor? Und wer hat da so geschrien?« Der Erste Maat erschien in der Kajütentür. »Hier geht es ja zu wie in einer Taverne, Pater. Was geht hier vor?«
»Tut mir leid, Senhor«, sagte der Priester. »Die Männer haben darum gebeten, sie für die Reise nach Madras zu segnen. Einer hat etwas von Persien gesagt, aber die anderen haben gesagt, daß sie da nicht hinfahren werden.«
»Natürlich fahren sie nicht nach Persien«, brüllte der Erste Maat. »Welcher Idiot hat das gesagt? Warst du das, Sandy?«

»Sir, es war der Mischling dort«, sagte Sandy und zeigte auf Rodriguez.
»Ich glaube, Ihr solltet jetzt besser an Land gehen, Pater. So habe ich mir Euren Segen nicht vorgestellt.«
»Ich verstehe, Senhor. Bitte verzeiht. Meine Söhne, der Offizier will, daß ich jetzt gehe. Aber ich werde euch in meine Gebete einschließen. Und Gott wird euch schützen.«
»Ihr seid alle entlassen«, sagte der Erste Maat entschlossen. Er zwang sich ein Lächeln für den Priester ab. »Vielleicht, Pater, wenn wir aus Madras zurückkehren ...«
Der Priester schlug noch einmal das Kreuz und ging.

Dom Francisco betrachtete lange Zeit schweigend den Ozean. Immer und immer wieder richtete er den Blick zum Himmel und betete zu Gott um Erleuchtung. Er war sich jetzt absolut sicher, daß das Schiff nach Persien fahren würde. Aber was hatte das Schiff geladen, daß es sein wahres Ziel verheimlichen mußte? Würde er Leid oder Gewalt verursachen, indem er dies verriet? Doch das war noch nicht seine größte Sorge. Am meisten machte ihm die Heiligkeit der Beichte zu schaffen. Er hatte seine Antworten durch List und Täuschung bekommen. Ich bin trotzdem ein Priester, hatte er gesagt. Und wem sollten diese armen Kerle denn trauen, wenn nicht einem Mann Gottes?
Eine Bewegung zu seiner Linken störte seine Gedanken. Er drehte den Kopf und sah die kleine Gestalt Luang Aziz', in einer Priesterrobe verkleidet, wie er den Pfad zu ihm heraufkam. Er richtete den Blick auf seine verfallene Kirche. Noch so ein Sturm wie der letzte, und sie würde einstürzen.
Aziz hatte den Priester erreicht und schaute sich vorsichtig um. Als er sich versichert hatte, daß sie allein waren, nahm er die Kapuze ab. »Friede sei mit Euch, Dom Francisco.«
»Und mit Euch, mein Sohn«, erwiderte der Priester.
»Ein schöner Tag, nicht wahr.« Er hielt ihm einen kleinen Beutel unter die Nase. »Ich habe das Geld gebracht.«
»Und ich habe herausgefunden, was Ihr wissen wollt, Luang Aziz.«

»Freut mich, das zu hören. Und seid Ihr Euch sicher, daß es die richtige Information ist?«
»Ganz sicher.«
Aziz setzte sich mit verschränkten Beinen ins Gras. »Und wie lautet die Antwort?«
»Sie segelt nach Madras.«
»Oh? Und wie seid Ihr zu diesem Schluß gekommen?«
»Ich bin heute früh an Bord gegangen. Ich bin selbst dorthin gerudert. Ich habe ein Päckchen für meine Schwester in Madras abgegeben, und einer der Offiziere hat versprochen, es ihr zu bringen. Dann habe ich für die Katholiken an Bord die Messe gelesen. Es waren fünf. Alle haben den Zielhafen bestätigt. Es sind einfache Leute, die einen Priester nicht anlügen würden.«
»Gut gemacht, Dom Francisco. Oc-Ya Tannaw wird sehr zufrieden sein. Ihr müßt verstehen, wir müssen unsere Handelsinteressen wahren. Die meisten Gebiete am Golf sind unsere Monopole. Madras gehört nicht dazu. Hier ist Euer Geld.« Er reichte ihm den Beutel. »Ich werde mich nicht aufhalten, denn ich muß die Nachricht unserem Führer bringen.«
Der Maure wandte sich gerade zum Gehen, als die Silhouette einer großen Frau in Sicht kam, die den Weg zur Kirche emporkam.
»Eine Eurer Bekehrten, Dom Francisco?« sagte der Maure.
Der Padre blinzelte kurzsichtig. »Ich glaube nicht, Luang Aziz.«
Die Frau hatte die beiden erreicht. »Guten Morgen, Pater«, sagte sie auf siamesisch und lächelte sie beide freundlich an. »Wer von Euch ist Pater Francisco?« Sie war eine schöne junge Frau mit einem offenen, gewinnenden Lächeln.
»Ich bin es, mein Kind«, erwiderte Dom Francisco freundlich. »Und wie kann ich Euch zu Diensten sein?«
Das Mädchen holte einen Brief aus einem kleinen Stoffbeutel. »Herr Constantine Phaulkon hat mich gebeten, das zu Euch zu bringen, Pater. Er war ein Freund von Kapitän Alvarez.«
»Natürlich«, sagte Dom Francisco. »Ich habe schon von Herrn Phaulkon gehört. Armer Alvarez«, fügte er noch hinzu und

schlug ein Kreuz. »Möge seine Seele in Frieden ruhen.« Er las den Brief und schaute dann zu der Frau hoch. »Ich soll Euch jede Unterstützung geben«, sagte er.
»Danke, Pater. Ich muß mit dem Kapitän des Schiffes in der Bucht sprechen«, sagte sie und zeigte auf das große Handelsschiff, das in der Ferne ankerte. »Ich dachte, vielleicht könntet Ihr mir helfen, zu ihm zu kommen.«
Luang Aziz hatte sie aufmerksam beobachtet. »Und was hast du mit dem Kapitän zu schaffen, mein Kind?« fragte er.
»Ich soll ihm eine Botschaft überbringen, Pater.«
»Ich kenne den Kapitän«, sagte Luang Aziz mit einem kurzen, warnenden Blick zu Dom Francisco. »Vielleicht kann ich ihm die Botschaft für dich übergeben?«
»Das ist sehr freundlich von Euch, Pater. Aber ich muß die Botschaft persönlich überbringen. Sie verlangt eine Antwort, versteht Ihr?«
»In diesem Fall erlaube mir, daß ich dich dorthin begleite.« Luang Aziz sah sie fürsorglich an. »Aber du mußt ja erschöpft sein, mein Kind. Du bist wahrscheinlich den weiten Weg von der Hauptstadt hierher gereist.«
Sunida nickte. »Das bin ich. Und ich will meine Mission so schnell wie möglich erledigen und zurückkehren.«
»Natürlich. Es muß wichtig sein, ohne Zweifel.«
»Und ich werde Euch auch begleiten, mein Kind«, sagte Dom Francisco.
»Das wird nicht nötig sein, Dom Francisco«, unterbrach ihn der Maure. »Ich werde mich um die Dame kümmern.« Er wandte sich dem Mädchen zu und bedeutete ihr höflich lächelnd, ihm zu folgen.
Sunida zögerte einen Augenblick. Zwischen den beiden Priestern gab es irgendeinen Konflikt. Aber sie mußte ihren Auftrag erledigen, alles andere war unwichtig.
Dom Francisco schaute den beiden mit ängstlichem Blick nach, bis sie am Weg, der zum Hafen führte, außer Sichtweite waren. Er beschloß, ihnen in sicherem Abstand zu folgen.

27

Das Leben im Palast war für Yupin trübselig geworden. Sie hatte keine Sunida mehr, die sie erotisch erziehen konnte, und den Palast durfte sie auch nicht verlassen. Sie fühlte sich wirklich wie eine Gefangene. Sie hatte Berichte über den grausigen Tod ihres Geliebten, Kapitän Alvarez, gehört, und einige Zeit erwartete sie mit Schaudern, daß auch sie abgeholt würde. Zu ihrer Überraschung passierte aber nichts. Einige Tage später erfuhr sie, daß seine Verbrechen politischer Natur gewesen waren und nichts mit ihren heimlichen Schäferstündchen zu tun hatten.

Einige Zeit quälte sie die Sehnsucht nach dem Körper ihres Geliebten. Was für ein Mann! Selbst unter extremer Folter hatte er sich geweigert, ihren Namen zu verraten. Yupin seufzte. Die Konkubinen im Palastharem, die sich so willig anboten, ihre Melancholie zu lindern, langweilten sie. Nichts machte mehr Spaß. Kein Mann hatte Zutritt zum Frauenquartier, abgesehen von einem Mönch und dem jungen Prinzen Chao Fa Noi. Die Mönche hatten natürlich Keuschheit geschworen. Und was Chao Fa Noi betraf, der jüngste Bruder des Königs war anscheinend glücklichst verlobt mit der Tochter Seiner Majestät, Yotatep.

Yupin hatte ihr Versprechen gegenüber der Prinzessin-Königin gehalten und mit dem König geredet, sobald sich eine günstige Gelegenheit geboten hatte. Der Fürst des Lebens hatte ihr die Sache sehr erleichtert, als er Yupin seine Besorgnis über das Verhalten seines Erben und seine Gesundheit schilderte, was sich beides anscheinend rapide verschlechterte. Als Yupin andeutete, die Prinzessin-Königin könnte eine Heirat mit Chao Fa Noi in Betracht ziehen, war der König zwar anfänglich schockiert, hatte sich dann aber die Information gründlich überlegt. Sollte er gezwungen sein, seinen jüngsten Bruder als Nachfolger zu benennen, auf Grund der Unfähigkeit oder des schändlichen Lebenswandels von Chao Fa Apai Tot, was immer wahrscheinlicher wurde, dann wäre der Anspruch seines jüngsten Bruders auf den Thron durch eine Heirat mit Yotatep entscheidend gefestigt. Und wenn es auch noch als Liebesheirat hingestellt würde, wäre der Traditionsbruch vielleicht besser zu akzeptieren.

Die Prinzessin-Königin hatte Yupin reichlich für ihre Bemühungen belohnt, und jetzt wartete das Königreich darauf, daß der Astrologe ein günstiges Datum für die Hochzeit bestimmte. Trotzdem fragte sich Yupin, ob die Seligkeit des Prinzen nicht mehr der Thron war als seine zukünftige Frau.

Yupin seufzte erneut. In ihrem melancholischen Zustand zog immer wieder das Bild Chao Fa Nois an ihrem inneren Auge vorbei. Sollte sie ihr Leben aufs Spiel setzen und die Eifersucht Yotateps riskieren? Ihr Körper sehnte sich nach der Wärme eines Mannes. Eines Tages schlug sie einen anderen Weg durch die Gänge ein.

Prinz Chao Fa Noi war sehr zufrieden damit, wie die Dinge sich entwickelten. Sein ältester Bruder, der König, hatte seiner Heirat mit Yotatep zugestimmt. Sein älterer Bruder, Apai Tot, war zwar der erste in der Erbfolge, aber er verfiel immer mehr dem Alkohol und wurde oft in Gesellschaft Sorasaks gesehen. Eine Gesichtshälfte Apai Tots zeigte inzwischen ein nervöses Zucken und zwang ihn, das linke Auge zuzukneifen. Und wann immer er wütend wurde, tropfte Speichel aus seinem Mundwinkel und lief ihm übers Kinn. Kein Arzt konnte ein Mittel gegen seine plötzlichen Krampfanfälle finden.

Der Gedanke, eines Tages dieses schöne Land regieren zu können, stimmte Chao Fa Noi sehr zufrieden. Denn sobald Apai Tot vollkommen gelähmt war, wäre sein Anspruch gesichert. Als Frau konnte Yotatep die Thronfolge nicht antreten, und dieser brutale Kerl Sorasak hatte anscheinend keine Ambitionen, außer die Befriedigung seiner Wollust.

Nein, dachte der junge Prinz zufrieden, der einzige Anwärter auf den Thron war er als Yotateps Ehemann. Er könnte vielleicht sogar den Thron ohne das traditionelle Blutbad besteigen, das den Tod jedes Monarchen begleitete. Es erleichterte ihn auch sehr, daß General Petraja, den er anfänglich verdächtigt hatte, selbst Ambitionen auf den Thron zu haben, ihm öffentlich als nächstem Erben huldigte. Der General hatte ohne Zweifel erkannt, daß er bereit war, die Politik seines Bruders Narai fortzuführen — der Prinz bewunderte seine brillanten Manöver und seine Selbstsicherheit —, und er unterschied sich nur in einem entscheidenden Punkt vom Monarchen, einem Punkt, der Petraja sehr am Herzen lag. Er würde die Abhängigkeit des Landes von den Mauren und Farangs reduzieren und mehr eingeborene Siamesen für Regierungspositionen ausbilden. Es würde zum Beispiel keine Farangs mehr geben, die im Handelsministerium einen Posten bekleideten.

Der Prinz machte sich auf den Weg in seine Gemächer, die in dem Bereich des Palastes direkt unterhalb den Gemächern der Prinzessin-Königin lagen. Er fragte sich, wie viele Menschen, abgesehen natürlich von den Frauen, die Seine Majestät begattet hatte, sich bewußt waren, daß der König, sein Bruder, auffallend klein war. Dank des Systems verschiedener Ebenen, sah man seinen Bruder nur in erhöhter Position.

Chao Fa Noi hob den Kopf. Eine Konkubine näherte sich mit sehr aufreizendem Gang. Ihre Hüften schwangen verführerisch hin und her und lenkten die Aufmerksamkeit auf ihre perfekt proportionierte Figur. Sie verbeugte sich respektvoll im Vorbeigehen und schenkte ihm ein lüsternes Lächeln, begleitet von einem trägen Flattern der Augenlider. Yupin! Er hatte die berühmte Kurtisane schon öfter in den Gemächern seines Bruders gesehen. Was hatte sie vor? Er dachte kurz über die Begegnung nach. Seine Verlobte, Yotatep, sagte ihm ständig, wie attraktiv er wäre, also war es nur natürlich, wenn eine Frau aus dem Harem mit ihm flirtete. Er kicherte innerlich. Wenn Yotatep das gesehen hätte. Sie war sehr eifersüchtig. Sie quälte der Gedanke, daß er sie nur heiratete, weil sie die Tochter des Königs war. Er hatte ihr natürlich Gegenteiliges versichert. Aber durch ihre ständigen Fragen, ob er sie tatsächlich liebe, fragte er sich allmählich, ob er sie wirklich heiraten würde, wenn sie nicht die Tochter des Königs wäre. Um ehrlich zu sein, er würde es nicht.

Am Tag nach seiner Begegnung mit Yupin war der Prinz besonders guter Laune. Er hatte gerade die Gemächer der Prinzessin-Königin verlassen, wo Yotatep ihm aufgeregt anvertraut hatte, die Astrologen hätten sich endlich auf ein günstiges Datum für die Hochzeit geeinigt. Sie sollte in knapp einem Monat stattfinden. Er spazierte durch die weitläufigen, gepflegten Gärten, die die Gemächer der Prinzessin-Königin einrahmten, und träumte von seiner Krönung.

Am Ende des Gartens lagen die königlichen Stallungen, in denen der große weiße Elefant aus dem Süden einen Ehrenplatz erhalten hatte. »Juwel des Universums«, wie man das weiße Tier in einer großen Zeremonie getauft hatte, war in einem luxuriösen Stall neben den königlichen Gemächern untergebracht.

Hunderte von Höflingen, Pagen, Eunuchen und Sklaven hatten bereits den Stall besucht, um dem königlichen Tier zu huldigen, und einige taten das in diesem Moment, auch Yupin war unter ihnen. Sie kam aus dem Stall, gerade als der junge Prinz draußen im Garten vorbeiging. Sie flirtete so auffällig mit ihm, daß diesmal kein Zweifel über ihre Absicht bestand. Sie sah hinreißend aus. Ihr Haar war frisch geölt, und sie hatte ihren vollen Mund mit weißer Pomade geschminkt. Im Vorbeigehen löste sich wie durch Zufall ihre blaßbraune Schärpe und gab den Blick auf eine ihrer Brüste frei. Sie war fest, spitz und einladend. Bevor er etwas dagegen tun konnte, hatte Chao Fa Noi ihr Lächeln erwidert. Er sah, wie ihre Augen triumphierend blitzten, und dann war sie verschwunden.

In dieser Nacht, während er auf seinem Lager ruhte, verfolgte ihn ihr Lächeln, das grenzenlose Lust versprach. Er hatte Gerüchte über Yupins Eskapaden gehört. Es wurde sogar erzählt, wenn ein Mann — oder eine Frau — die Zärtlichkeit ihrer Hände gefühlt hätte, könnte er nie mehr anderswo Befriedigung finden. Konnte das wahr sein, fragte er sich. Vielleicht, wenn er nur einmal... er erstarrte. War das ein Kratzen, was er an der Tür zu hören war? Er lauschte, wagte kaum zu atmen. Dann wiederholte sich das Kratzen. Er stand leise auf und schlich auf Zehenspitzen zur Tür. Er legte sein Ohr an das Paneel. Wie konnte es jemandem gelingen, an den Wachen vorbeizukommen, fragte er sich. Durch Bestechung, ohne Zweifel. Er öffnete die Paneele ein Stück und lugte hinaus. Yupins wohlgeformte Gestalt stand im Gang. Wellen dunkler Haare umspielten locker ihre Schultern, bis zum Ansatz ihrer Brüste, und ihre großen Augen starrten ihn an, rehgleich in ihrer gespielten Unschuld. Eine Welle der Erregung packte ihn, und er schob die Paneele weiter auseinander, dann schaute er vorsichtig von einem Ende des Korridors zum anderen. Sie legte ihre schlanken Hände aneinander und grüßte, er wich ins Zimmer zurück. Sie folgte ihm stumm. Die Paneele schlossen sich hinter ihr, und sie schob den Riegel vor. Dann legte sie ihre Fingerspitzen an seine Schultern und schob ihn sanft auf sein Lager. Er wollte etwas sagen, aber sie ließ ihn mit einem Finger auf dem Mund verstummen. Dann kniete sie sich über ihn und fing langsam an, ihn auszuziehen, wobei sie jeden Zentimeter seines Körpers streichelte. Sie ließ ihre Finger behutsam über seine Augen gleiten und schloß sie. Dann fühlte er, wie ihre harten, parfümierten Brustwarzen sinnlich über seine Lippen strichen, und er öffnete den Mund, um sie zu empfangen. Ihre Hände erforschten lustvoll die Innenseiten seiner Schenkel. Er gab sich der Ekstase ihrer Berührung hin. Sie war abwechselnd sanft und grob, wild und süß, grausam und hingebungsvoll. Und als seine Erregung keine Grenzen mehr kannte, holte sie ein kleines Fläschchen aus ihrer Tasche und begann, seinen ganzen Körper mit parfümiertem Öl einzureiben. Mit ungemeinem Geschick massierte sie seinen Genitalbereich und reizte seine Liebeslanze, bis er glaubte zu explodieren. Nie hatte der junge Prinz etwas Vergleichbares erlebt. Als sie ihn schließlich in sich hineinschob, ihr sinnlicher Körper noch über ihm kauerte, explodierte seine Liebeslanze sofort. Aber

sie war bereit für ihn, und das Entzücken auf ihrem Gesicht war seine größte Belohnung.
Schweigend erhob sie sich, wand ihren Panung um ihre Hüften und sagte ihren ersten Satz. »Mein Prinz, ich werde wiederkommen.«
Der Prinz fand lange keine Ruhe. Erst kurz vor dem Morgengrauen verfiel er in unruhigen Schlaf.

Yupin war blendender Laune. Sie hatte wieder einen Liebhaber, wenn auch nur einen heimlichen, dessen Entdeckung ihren sofortigen Tod zur Folge haben würde. Jetzt fühlte sie sich wieder lebendig und genoß die Gefahr und Erregung, nach der sie sich immer sehnte. Er war attraktiv, der junge Prinz, bereit, geformt zu werden, wie es ihr beliebte. Sie hatte sich seit einer Woche jede Nacht in seine Gemächer geschlichen, und sie war sich bewußt, daß dies, was als schlichte Neugier seinerseits begonnen hatte, sich zu einer verzehrenden Besessenheit entwickelt hatte. Es würde natürlich schwieriger werden, wenn er mit der Prinzessin-Königin verheiratet war, überlegte sie, aber gemeinsam würden sie schon eine Lösung finden. Inzwischen war er es, der das Schweigen der Wachen mit Geld erkaufte.
Sie überquerte den letzten der drei weitläufigen Höfe, die zu den königlichen Gemächern führten. Es war ein wundervoller, angenehmer Abend, ungewöhnlich kühl, und zahlreiche Sklaven bereiteten die Elefanten vor, die auserwählt worden waren, bei der Parade für die Gesandtschaft aus China Wache zu stehen. Bei einem so wichtigen Anlaß würden über hundert Tiere die Ehre haben, einige mit goldenem Zaumzeug, andere mit Diamanten, Perlen, Rubinen und Smaragden geschmückt zu werden.
Die Wachen kannten Yupin alle, und keiner stellte ihre Anwesenheit in Frage, als sie am Vorzimmer vorbeiging, das zu Seiner Majestät führte. Hier wurden alle Besucher bis zur Taille ausgezogen, bevor sie den königlichen Wohnbereich betraten. Es war eine Sicherheitsmaßnahme, damit keiner Waffen in das Privatquartier des Königs mitbringen konnte. Beim Näherkommen er-

kannte sie die Jacke ihres Liebhabers und seinen konischen Hut mit dem goldenen Reif auf einem Rattanregal. Er war wohl beim Fürsten des Lebens zu Besuch. Sie wartete einen Moment ab, in dem die Wachen ihr den Rücken zudrehten, steckte beides schnell unter die Falten ihres Panungs und eilte davon. Sie stellte sich vor, er würde sie sofort verdächtigen und in ihren Gemächern nach ihr suchen. Sie würde ihn erwarten…

Chao Fa Noi verließ die königlichen Gemächer in schlechter Stimmung. Seine Bitte, beim Empfang der Chinesen den Ehrenplatz unterhalb der rechten Hand Seiner Majestät einnehmen zu dürfen, war abgelehnt worden. Er würde zur Linken sitzen müssen, während sein Bruder, Apai Tot, als älterer von beiden, den Ehrenplatz bekam.

Der Prinz unterdrückte seine Wut, verließ die Gemächer und suchte seine Jacke. Wo hatte er sie gelassen? Vielleicht hatte sie jemand aufgehängt. »Wache!« brüllte er.

Zwei Soldaten der Elitetruppe Seiner Majestät, mit dem traditionellen roten Band um die Arme gemalt, kamen ins Vorzimmer gelaufen und warfen sich zu Boden.

»Wo ist meine Jacke? Und mein Hut? Ich habe sie hier im Regal gelassen.«

Die beiden Wachen schauten sich verwirrt um. »Eure königliche Hoheit, wir, zwei Staubkörner, erinnern uns, wie Eure Hoheit sie abgelegt und hiergelassen haben.«

»Wer könnte es wagen, sie wegzunehmen?« In seiner Wut kam dem Prinzen gar nicht der Gedanke, was die Wahrheit sein könnte. Er stürmte zurück in die Gemächer Seiner Majestät. Sein Bruder würde sofort unterrichtet werden, daß es in seinem eigenen Vorzimmer Diebe gab! Wer immer das getan hatte, würde hingerichtet werden, schwor es sich. Es war eine Schande.

Yupin hockte vor einem Spiegel und untersuchte sich sorgfältig. Ein Lächeln zog über ihr Gesicht. Ihr Spiegelbild zeigte keine einzige Falte. Sehr zufriedenstellend für zweiunddreißig

Jahre, überlegte sie. Sie trug noch etwas weiße Pomade auf ihre Lippen auf und schaute dann aus dem Fenster. Das Licht wurde schwächer, es war schon bald abend. Was hielt den Prinzen so lange auf? Es waren bereits Stunden seit ihrer Rückkehr in ihr Zimmer, mit dem Hut und der Jacke, vergangen. Sie lagen immer noch auf dem Bett, wo sie diese hingeworfen hatte. Wie sie sich danach sehnte, sein Gesicht zu sehen, wenn er ihr Zimmer betrat und sie dort liegen sah. Würde er lachen oder schimpfen, ehe er in ihre Arme sank? Vielleicht hatte er viele dringende Dinge mit Seiner Majestät zu besprechen, überlegte sie. Der Palast war geschäftig wie ein Bienenkorb, weil die Ankunft der chinesischen Delegation unmittelbar bevorstand. Das Reich der Mitte war das wichtigste Königreich der Welt, sogar wichtiger als Siam, behaupteten manche. Sie hatte gehört, daß sogar einige Farang-Gerichte in die Speisenfolge aufgenommen worden waren, und zwar unter Aufsicht desselben Farang, für den sie Sunida als Spionin ausgebildet hatte. Sein Name war Forcon oder so ähnlich. Sunida hatte ihr eine heimliche Nachricht geschickt, daß sein Name in der Farang-Sprache Raubvogel bedeutete. Ihre Gedanken wurden durch einen Wortwechsel vor ihrer Tür unterbrochen. Sie stand auf, um nachzusehen, was los war.

Sie war schon fast an der Tür, als diese plötzlich aufflog. Zwei Leibwächter Seiner Majestät, die Roten Arme, standen an der Schwelle und sahen sich im Zimmer um. Hinter ihnen kauerte eine von Yupins Sklavinnen, mit vor Angst weitaufgerissenen Augen.

»Da sind sie!« rief der größere der beiden Wachen, als sein Blick auf das Bett fiel. Sein jüngerer Gefährte grinste erleichtert. Der Fürst des Lebens würde sich jetzt beruhigen. Wenn sich die göttliche Wut gelegt hatte, würden sie beide vielleicht für ihren Fund belohnt, obwohl es eine der Sklavinnen gewesen war, die sie hierhergeführt hatte. Der junge Leibwächter zitterte bei der Erinnerung an den Zorn Seiner Majestät. Wie seine Stimme gedonnert hatte! Er hatte befohlen, den Missetäter vor Sonnenuntergang zu finden und zu ihm zu bringen.

Nach einer vergeblichen Suche, hatte Seine Majestät befohlen, auch die Frauengemächer zu durchsuchen. Und dann hatte diese zitternde Sklavin, die zum Gefolge der Dame Yupin gehörte, alles preisgegeben.
»Würdet Ihr uns bitte hier entlang folgen, edle Dame.«
»Warum? Was ist passiert?« fragte Yupin, die Furchtbares ahnte.
»Befehl vom Fürsten des Lebens, edle Dame.«
Sie gehorchte stolz erhobenen Hauptes und lief die Gänge zu den königlichen Gemächern entlang, ohne die tausend Augen, die ihr nachstarrten, eines Blickes zu würdigen.
Im Vorzimmer Seiner Majestät wartete ihr Geliebter. Sie las Entsetzen und Zorn in seinen Augen. Er nahm seine Jacke und seinen Hut von einem der Leibwächter entgegen und wandte sich zum Gehen. Sie klopfte an die Tür Seiner Majestät.

Yupin erwachte schreiend. Fauchende, ausgehungerte Tiger hatten nach ihren Extremitäten geschnappt, zuerst ihre Zehen verschlungen, dann ihre Finger und schließlich ihre Brüste und ihre Nase. Aber es war ein Traum gewesen. Trotz ihrer Erschöpfung versuchte sie, wach zu bleiben. Sie erschauderte und wickelte sich fester in die dünne Decke. Wie kalt es unter der Erde war. Sie erinnerte sich an den langen Abstieg die gewundene Treppe hinunter, in Bereiche des Palasts, die sie bis jetzt nur dem Namen nach kannte. Wie konnte ein so unschuldiger Spaß sich zu einer solchen Katastrophe entwickeln? Aber nein, der Spaß war es nicht gewesen, es war die lange Liste von Untreue gegenüber dem Fürsten des Lebens, für ihre Täuschung des Herrn, dem sie geschworen hatte, ihn zu ehren und ihm zu gehorchen. Welchen Schmerz hatte sie diesem Gebieter zugefügt, ihm, der ihr vertraute und sie mit großer Güte behandelt hatte. Eine Träne rollte über ihr Gesicht. Die Ungeheuerlichkeit ihres Verbrechens packte sie mit der Kraft eines Taifuns.
Der Riegel glitt beiseite, und ein muskulöser Leibwächter in roter Jacke stand an der Tür. Das Licht von seiner flackernden Fackel warf vage Schatten über die feuchte Zelle. Er stellte eine Schüssel Reis und Suppe vor sie hin.

»Welche Zeit des Tages haben wir, und wie lange bin ich schon hier?«
»Es ist der Abend des zweiten Tages, edle Dame. Ihr schreit sehr viel im Schlaf.« Dann fügte er als Trost hinzu: »Es wird bald vorbei sein.«
»Was... was soll denn mein Schicksal sein? Hast du etwas gehört?«
Der Leibwächter zögerte. Sollte er ihr erzählen, was er wußte? Es gab nicht viele Geheimnisse im Palast. Auch wenn es nur wenigen gestattet war, die Welt draußen zu besuchen, um die Nachrichten zu verbreiten, diejenigen innerhalb der dicken Mauern sorgten dafür, daß der Klatsch auch den allerletzten Winkel erreichte. Ja, er würde es ihr sagen. Sie war schließlich die leibhaftige Schwester des Generals Petraja und, wer weiß, wenn sie begnadet würde, könnte ihre Gunst vielleicht nicht schaden.
»Seine Majestät hat es abgelehnt, über seinen Bruder zu Gericht zu sitzen, nachdem er sich als nicht unparteiisch betrachtet. Er hat Seine Exzellenz General Petraja gebeten, als Richter zu fungieren. Auch über Euch, edle Dame.«
Yupins Herz machte einen Satz. Petraja, ihr eigen Fleisch und Blut! Er würde es nicht dulden, daß seine eigene Schwester von Tigern verschlungen wurde. Und wie oft hatte sie bei Seiner Majestät ein gutes Wort für ihn eingelegt, bis er schließlich Vorsitzender des Kabinetts wurde!
»Seine Exzellenz der General hat bereits das Todesurteil für Seine Königliche Hoheit ausgesprochen.« Der Wächter hielt inne. »Durch Knüppel natürlich.« Er würde in einen scharlachroten Samtsack eingenäht werden, wie die Tradition es verlangte, und mit Sandelholzknüppeln zu Tode geprügelt werden. Yupins Hoffnungen verflogen. Warum hatte ihr Bruder den schönen jungen Prinzen zum Tode verurteilt? Wer sollte jetzt die Thronfolge übernehmen? Sein trunkener, verkrüppelter Bruder? Dann kam wieder dieser nagende Gedanke. Er hat Absichten auf den Thron, mein ehrgeiziger Bruder. Warum sonst sollte er den rechtmäßigen Erben vernichten? Der selbst-

süchtige, machthungrige Hund. Er würde sein Land und seine Schwester seinen Zwecken opfern. Sie würde sicherlich mit großem Pomp in aller Öffentlichkeit hingerichtet werden, um der Welt seine Loyalität zur Krone und seine Gerechtigkeitsliebe zu demonstrieren. Yupin brach in Tränen aus. »Kann ich eine dickere Decke haben?« schluchzte sie.

»Ich bringe Euch eine, edle Dame.« Der Riegel wurde wieder vorgeschoben.

Yupin wischte sich die Tränen ab und verfluchte ihre Schwäche. Sie würde ihrem Bruder die Befriedigung nicht gönnen, sie zeremoniell hinrichten zu lassen. Als der Wächter mit der Decke zurückkehrte, hatte sie bereits einen Plan. Es gab einen Menschen auf dieser Welt, der ihr helfen oder ihr zumindest einen schnellen Tod bereiten könnte.

»Ich bringe Euch eine Decke und weitere Neuigkeiten, edle Dame. Seine barmherzige Majestät hat seinen Bruder begnadigt. Seine Königliche Hoheit wird von General Petraja im Großen Hof öffentlich ausgepeitscht werden.«

Yupins Herz machte einen Satz. »Und welche Nachricht habt Ihr über mein Schicksal?«

Der Wächter zögerte. »General Petraja hat Euch dazu verurteilt, von den Tigern verschlungen zu werden. Und Ihre Königliche Hoheit, die Prinzessin-Königin, weigert sich hartnäckig, das Urteil aufzuheben. Ich bin befugt, Eure Bitte für den üblichen letzten Wunsch des Verurteilten zu empfangen.«

Wieder öffnete sich die Zellentür, und der Wächter spähte herein. »Und, edle Dame, habt Ihr Euch Euren letzten Wunsch überlegt? Er muß noch genehmigt werden.«

Yupin gab keine Antwort. Sie lehnte an der Wand, und ihr Kopf neigte sich schlaff zur Seite. Sie schien zu schlafen.

Der Wächter bückte sich, um die Schüssel Reis neben sie zu stellen. Er wollte sich gerade aufrichten, als sich eine Hand von hinten auf seinen nackten Schenkel legte. Er erstarrte, als sie langsam begann, ihn zu streicheln. Die Finger spielten mit seiner Haut und glitten dann geschickt unter seinen Lenden-

schurz. Die schmetterlingsgleiche Berührung der Gefangenen war wunderbar. Er stand wie angewurzelt da und stöhnte vor Wonne.
Tausend Gedanken wirbelten durch seinen Kopf. Schenkte ihm diese berühmte königliche Konkubine tatsächlich ihre Gunst — ihm, einem einfachen Wächter? Sein Freund und Kollege Thongchai würde ihm das nie glauben. Sie hatte inzwischen seinen Lendenschurz aufgebunden, und nur seine Jacke hing noch lose über die Genitalien. Sie zog ihn zu sich und hob die Jacke. Er stöhnte noch lauter, als sie seine schwellende Liebeslanze in den Mund nahm. Dann zog sie sich plötzlich zurück.
»Mein schöner Wächter«, sagte sie, »du weißt doch, warum ich hier bin, nicht wahr? Man sagt mir nach, ich wäre unvergleichlich.«
»Warum habt Ihr aufgehört?« fragte er barsch.
»Weil ich möchte, daß du zuerst einen kleinen Botendienst für mich erledigst, und wenn du zurückkommst, werde ich von vorn anfangen und nicht mehr aufhören, bist du mich darum bittest. Das ist ein Versprechen.«
»Was für einen Botendienst?« fragte er mißtrauisch.
»Du mußt nur einen kleinen Brief für mich überbringen. Einer Dame im portugiesischen Viertel. Nichts, was dich in Schwierigkeiten bringt. Du kannst ihn selbst zuerst lesen. Es ist mein letzter Wunsch. Sie war einmal sehr gut zu mir. Die Antwort, die du mir bringst, wird bestätigen, daß du deinen Auftrag erledigt hast, und die Ekstase, zu der ich dich bringen werde, ist der Beweis für meine Dankbarkeit. Und dann ist da noch etwas, was du sie fragen mußt. Es wird nicht im Brief stehen.«
»Laßt mich zuerst den Brief sehen.«
»Dann bring mir etwas zu schreiben.«

28

Am vierten Tag des abnehmenden Mondes, im dritten Monat des Jahres des Affen, wurde in der Hauptstadt die Ankunft der großen Gesandtschaft aus China gemeldet. Zwei Schiffe warteten auf die Erlaubnis, in die Mündung des Menam einfahren zu dürfen. Keine Gesandtschaft, nicht einmal die vom Hofe des Herrschers des Himmels, konnte die Hauptstadt vor dem Tag der königlichen Audienz betreten. Nur der Pra Klang und einige Mandarine wußten, daß dieser speziellen Delegation wahrscheinlich eine frühere Anhörung genehmigt würde, mit einer minimalen Wartezeit, um dem Stolz des Regenten von Siam Genüge zu tun. Siam konnte nicht riskieren, das größte Königreich auf Erden zu brüskieren. Es war sogar eine der ersten Pflichten jedes siamesischen Königs, bei der Thronbesteigung eine Gesandtschaft an den kaiserlichen Hof in China zu schicken. Siam war zwar China nicht tributpflichtig, aber es war notwendig, dem Koloß des Nordens Respekt zu zollen.

Innerhalb weniger Stunden waren die Staatsbarken auf dem Weg zur Flußmündung, um die Schiffe der Delegation zu empfangen und nach Ajuthia zu begleiten. Hundert funkelnde Barken, den Bug in der Form von Garuda-Vögeln, Drachen und Seepferden gebaut, trugen ebenso viele Mandarine des Königreichs zum verabredeten Treffpunkt. Zu beiden Seiten des Mandarins lagen seine Ehrenwaffen: Schwerter, Säbel und Wurfpfeile. Für den Kenner erzählte jede Barke ihre eigene Geschichte. Der genaue Rang eines Mandarins und die exakte Anzahl seiner Würdenzeichen ließen sich daran ablesen, ob die Barken halb oder ganz vergoldet oder bemalt waren, ob sie fünfzig oder achtzig Ruderer hatten, ob der mittlere Thronsitz, auf dem der Mandarin saß, in einer Pyramide endete, und daran, wie hoch die Plattform des Throns war, wie die Mannschaft gekleidet war und ob die Ruder ganz oder nur teilweise vergoldet waren.

Die königliche Barke war höher und prachtvoller als alle übrigen, der ausladende Bug hatte die Form eines Naga-Schlangenkopfes, der erhöhte, pyramidenförmige Thron war aus purem Gold und der Rumpf bis an die Wasserlinie vergoldet. Der Thron war leer, der Sitz reserviert für den einzigen Gegenstand, der es wert war, Seiner Majestät Platz einzunehmen: den Brief des Kaisers von China, der auf ein Goldblech geschrieben war.

Zu beiden Seiten des Menam-Flusses lag das Volk in Demutsstellung, Zehntausende von Menschen mit dem Gesicht am Boden, die dem vorbeitreibenden Brief auf dem goldenen Thron ihre Reverenz erwiesen.

Nach ihrer Ankunft in Ajuthia bewegte sich die Delegation in feierlicher Prozession zum Palast. Der Brief wurde auf einen pyramidenförmigen Thron in des Königs persönlichen Streitwagen gelegt. Der Botschafter selbst wurde in einer Sänfte getragen. Die Spitze der Gruppe bildeten Leibwächter mit Blasrohren. Die Mandarine des Königreichs, angetan mit ihren prächtigsten Gewändern, jeder mit seinem Gefolge von Sklaven, schritten vor dem Botschafter und wiesen ihm den Weg zur kaiserlichen Audienzhalle.

Bewaffnete Soldaten und prächtig geschmückte Elefanten säumten die Straße bis zum Haupttor des Palastes. Im ersten Hof saßen tausend bewaffnete Männer, ihnen gegenüber standen drei Dutzend Elefanten mit scharlachrotem Geschirr. Im zweiten Hof saßen fünf Dutzend Mauren kerzengerade auf ihren Pferden, die Lanzen starr mit der rechten Hand umklammert. Im dritten Hof waren sechzig Kriegselefanten mit diamantbesetzten Geschirren aufgestellt und zweihundert Mann von Seiner Majestät Elitetruppe hockten am Boden, die goldenen Schwerter zwischen ihren gefalteten Händen.

Im vierten und letzten Hof, dessen Boden mit feinen persischen Teppichen bedeckt war und den nur der Botschafter mit seinem Gefolge betreten durfte, lagen alle Mandarine dritten, vierten und fünften Ranges in Demutsstellung und in ein paar Meter Abstand diejenigen des zweiten Ranges.

Hinter dem letzten Hof befand sich eine Treppe, an deren Fuß zwei Elefanten in komplettem Goldgeschirr standen und zwei Pferde, deren Zaumzeug mit Diamanten, Perlen und Rubinen besetzt war. Hier fiel der Botschafter, gefolgt von seinem Dolmetscher, auf die Knie, legte seine Hände auf den Kopf und erwartete die Aufforderung, sich in die Nähe Seiner Majestät zu begeben. Nachdem der Zeremonienmeister die Aufforderung ausgesprochen hatte, hob der Botschafter seine fließenden schwarzgoldenen Roben über die Knie und kroch die Treppe zur getäfelten Audienzhalle hinauf. Hier wurde er den höchsten Würdenträgern im Land vorgestellt, den Prinzen, Ministern und den Mandarinen ersten Ranges, dann erwarteten alle in absolutem Stillschweigen die Ankunft des Königs, in Demutsstellung, in Sechserreihen, links und rechts von dem erhöhten Balkon, auf dem der König erscheinen würde.
Der Botschafter kroch nach vorn vor einen Tisch, auf dem der Brief des Kaisers und die verschiedenen Geschenke für Seine Majestät von Siam in einer riesigen Goldschale lagen. Zum Klang von Trompeten und Zymbeln erschien der Fürst des Lebens auf einem Balkon, der etwa drei Meter über dem Boden der Audienzhalle lag. Die Mandarine erhoben sich auf ein Knie, berührten mit der Stirn den Boden, insgesamt dreimal. Dann las der Assistent des Barcalon eine siamesische Übersetzung des Briefs vor, der Seine Majestät und der Hofstaat schweigend lauschten.
Der Brief sprach von der große Freundschaft, die den Kaiser mit seinem Cousin im Süden verband, und warnte vor dem Ehrgeiz und dem bösen Einfluß der Ausländer, die versuchten, in beiden uralten Königreichen Fuß zu fassen. Der Kaiser versprach seinem geschätzten Cousin Unterstützung und bat ihn, angesichts widriger Umstände standhaft zu bleiben. Weiterhin bat der Kaiser Seine Majestät von Siam, ihm Boten zu schicken, die ihm von den neuesten Entwicklungen in seinem Land berichten sollten.
Nach Abschluß der Lesung befahl Seine Majestät, den Brief im königlichen Archiv zu verwahren, dann wandte er sich an den

Barcalon und erbat höflich einen Bericht über die Gesundheit Seiner Majestät und die der verschiedenen Mitglieder seiner Familie. Der Barcalon richtete die Fragen an den Dolmetscher, der sie dem Botschafter vortrug. Auf dieselbe Art wurden noch verschiedene Fragen und Antworten getauscht.
Danach überreichte Seine Majestät dem Botschafter ein goldenes Betelkästchen und eine Brokatjacke von feinster Qualität. Dann zog sich der König, wiederum von Trompeten und Zymbeln begleitet, zurück, die versammelten Männer krochen ehrfürchtig rückwärts und zerstreuten sich.

Die Gäste saßen mit verschränkten Beinen vor kleinen, niedrigen Tischen, jedes mit einem silbernen Gefäß voller Blumen geschmückt. Phaulkon war auf der Suche nach Mestre Phanik, der ihn vorhin per Boten gebeten hatte, sich beim Bankett zu ihm zu setzen. Dem Himmel sei Dank für das siamesische Rangordnungssystem, dachte Phaulkon, als er vornübergebeugt den Hof überquerte, zu Mestre Phanik, der bei den anderen ausländischen Gästen saß. Dank der herrschenden Hierarchie kannte jeder Gast seinen rechtmäßigen Platz.
Weder Seine Majestät noch Prinzessin Yotatep, die Prinzessin-Königin, waren anwesend. Ersterer, weil Könige nicht an offiziellen Anlässen teilnahmen, wo es für den König schwierig wäre, in erhöhter Position zu essen und mindestens genauso mühsam für die Gäste, das in Demutsstellung zu tun; und die Prinzessin nicht, weil Königinnen sich nicht in der Öffentlichkeit zeigten. Chao Fa Apai Tot hatte den Vorsitz über das Bankett; gelegentlich zuckte sein linkes Auge, und ab und zu verzog sich sein Gesicht zu einer gräßlichen Fratze, wenn er versuchte zu lächeln. Zu seiner Rechten saß der Botschafter, zu seiner Linken der Pra Klang. Dann folgten die verschiedenen königlichen Prinzen der Vasallenstaaten.
Jeder besaß seine eigenen Tassen aus Gold und Silber, Geschenke des Königs und Zeichen der erhabenen Stellung des Besitzers, und jeder stellte sie auf den Tisch vor sich. Dann folgten die fünf Ränge der Mandarine, nach Position geordnet.

Mestre Phanik saß neben seiner Nichte Maria. Sie sah wunderbar aus, in einem fröhlich azurblauen japanischen Kimono und blumengeschmücktem Haarknoten. Abgesehen von den zahllosen Dienerinnen, war Maria eine der wenigen Frauen, die an diesem Bankett teilnahmen.
Der erste der sechzehn Gänge, Vogelnestersuppe, eine Lieblingsdelikatesse der Chinesen, wurde von barbusigen Sklavinnen auf die Tische gestellt.
»Eine wirklich treffende Wahl, mein lieber Freund«, sagte Mestre Phanik mit einem Blick auf die Suppe, als er Phaulkon begrüßte. »Wir exportieren so viel von dem Zeug nach China, aber sie haben nie die Gelegenheit, sie frisch an der Quelle zu probieren. Wie geschickt von Euch. Aber, wie geht es Euch, mein lieber Freund? Setzt Euch und ruht Euch von Euren Pflichten aus.«
Phaulkon lächelte und verbeugte sich vor Maria. »Ihr seht bezaubernd aus, meine Liebe.« Ihr Lächeln war kühl, und er fragte sich, warum?
»Ihr habt uns vernachlässigt, Constant«, sagte sie.
»Aber, aber, Liebes, laß doch Onkel Constant in Ruhe. Glaubst du, das läßt sich im Handumdrehen vorbereiten?« Er zeigte auf die riesige Bankettballe. Wie wahr, dachte Phaulkon. Er hatte Tage in Gesellschaft von Sri zugebracht und die frischesten und besten Produkte zu vernünftigen Preisen ausgesucht. Er hatte nicht versucht, an Qualität zu sparen, trotzdem war der Preis entscheidend niedriger als für jedes vorhergehende Bankett.
Aber sein größter Coup war, so hoffte er zumindest, daß es ihm gelungen war, Pater le Morin, seinen jesuitischen Freund und leidenschaftlichen Amateurkoch, einzuspannen. Phaulkon hatte für ihn einen Dispens erwirkt, damit er als Priester die königliche Küche betreten durfte. Le Morin hatte die Zubereitung fünfhundert junger Rebhühner aus der Provinz Pitsanuloke, gebraten nach Pariser Art, überwacht, und Phaulkon hoffte, diese Delikatesse würde den anderen fünfzehn Gängen einen exotischen Hauch verleihen und die Besucher aus

China durch die kosmopolitische Lebensart des siamesischen Hofes beeindrucken.
»Ihr habt recht geraten, Mestre Phanik«, sagte Phaulkon, als jedem Gast zwei Wachteleier in einer kleinen goldenen Schale serviert wurden. »Ich habe oft an Sie beide gedacht, aber ich bin jeden Abend so erschöpft nach Hause gekommen, daß meine Diener mich manchmal sogar im Schlaf ausziehen mußten.«
Aber du hättest sicher die Zeit finden können, uns wenigstens einmal zu besuchen, egal wie kurz, dachte Maria verbittert und wünschte, sie könnte ihm einfach die Sache mit Sunida an den Kopf werfen.
»Hört nicht auf Maria, Constant. Sie ist noch jung und glaubt, die ganze Welt dreht sich nur um sie.« Er beugte sich nach hinten und flüsterte Phaulkon ins Ohr: »Habt Ihr die Abwesenheit von Chao Fa Noi bemerkt? Ich habe gehört, daß General Petraja ihn fast zu Tode peitschen ließ, und keiner weiß, ob er das überleben wird. Ich habe schon immer vermutet, daß der General selbst Ambitionen auf den Thron hat. Und Prinzessin Yotatep, die zuerst die Todesstrafe für den jungen Prinzen forderte, ist jetzt untröstlich, weil er vielleicht stirbt.«
Es war das erste Mal, das Phaulkon davon hörte, aber das mit Prinzessin Yotatep wußte er bereits von Vater le Morin, der davon in der Küche gehört hatte. Wie es schien, hatte die Prinzessin seit drei Tagen nichts mehr gegessen.
»Nun, Onkel Constant, nachdem das Bankett ja in Kürze vorbei sein wird und, wie ich sehe, ein rauschender Erfolg ist, werden wir Euch vielleicht wieder öfter bei uns begrüßen dürfen?« sagte Maria.
»Wenn Ihr versprecht, mich nicht Onkel zu nennen, ja. Ich komme mir sonst so alt vor.«
»Aber Ihr seid doch alt, Onkel. Mindestens doppelt so alt wie ich.«
»Das reicht jetzt, meine Liebe«, sagte Mestre Phanik mit vorwurfsvollem Blick.
Sklaven füllten hauchdünne blauweiße Tassen mit chinesi-

schem Tee, und Phaulkon ließ sich ein Glas perlenden roten Wein bringen.

»Sie ist eine Frau, Doutor, und hat ihren eigenen Kopf«, sagte Phaulkon. Er war ebenfalls etwas schockiert über ihre unerwartete Aggressivität. Vielleicht werde ich tatsächlich *alt*, dachte er, obwohl er sich nicht so fühlte. Er war endlich auf dem richtigen Weg, davon war er überzeugt. Burnaby und White waren nach Mergui aufgebrochen, mit einer bis zum Bersten gefüllten Barke mit feinsten Waren. Der Erfolg der persischen Expedition würde ihn berühmt machen. Er zählte die Tage bis zu ihrer Rückkehr. Außerdem war er um Sunidas Sicherheit besorgt und betete um ihre baldige Rückkehr. Der Anblick Aarnout Faas, des örtlichen Direktors der VOC, der holländischen Ostindischen Kompanie, riß ihn aus seinen Gedanken. Er saß an der hinteren Wand des Hofes. Phaulkon schaute ihn an und verbeugte sich. Der Holländer erwiderte seinen Gruß mit einen Nicken. »Entschuldigt Ihr mich für einen Moment«, sagte Phaulkon und erhob sich.

Phaulkon ging zu Faa, verbeugte sich erneut und erkundigte sich höflich nach van Rislings Zustand. »Es geht ihm besser, Heer Phaulkon. Der Arzt hat ihm zwei gebrochene Knochen eingerichtet, und er lernt langsam, mit Hilfe eines Stockes zu gehen. Ich muß Euch zu dem Bankett gratulieren. Meisterhaft organisiert. Sie sind ein Mann von beachtlichen Talenten, Heer Phaulkon. Nur zu schade, daß nicht alle für den richtigen Zweck eingesetzt werden. Wie gefällt Euch Eure neue Position im Ministerium. Ich hoffe doch, Ihr könnt erfolgreich für die Engländer spionieren?«

»O ja, Herr Faa. Und gleichzeitig fördere ich interessante Informationen über die Mauren zu Tage. Wie es scheint, haben sie ähnliche Methoden wie Ihr.«

»Oh, wie das? Ich bin neugierig.«

»Die Information ist unglücklicherweise vertraulich, mein Herr, aber es steht alles in den Berichten, die ich nach Madras geschickt habe.«

»Zweifelsohne wird man diese Berichte als das, was sie sind, betrachten. Nämlich ein Versuch, von unseren Anklagen gegen Euer Verhalten abzulenken, Heer Phaulkon«, erwiderte der Chef der VOC lächelnd.

»Ihr vergeßt, daß die englische Kompanie Euch nicht gerade gnädig gesonnen ist, Herr Faa.«

»Ah, aber Ihr betrachtet das vom Standpunkt der Untergebenen in Siam aus, Heer Phaulkon. Unterschätzt nicht das bessere Urteilsvermögen der Direktoren in Madras.«

»Keinesfalls, Herr Faa, deshalb habe ich auch keine Angst.« Mit ein bißchen Glück und einer erfolgreichen Expedition nach Persien bin ich diesen englischen Direktoren bald keine Rechenschaft mehr schuldig, dachte Phaulkon. »Aber wenn Ihr mich jetzt bitte entschuldigt, ich muß zurück an meinen Platz.«

»Mein Onkel hat mich wegen meines Benehmens Euch gegenüber getadelt, Constant«, sagte Maria, als Phaulkon an seinen Platz zurückkehrte. »Sollte ich Euch um Verzeihung bitten?«

»Das habt Ihr bereits, indem Ihr den Onkel weggelassen habt. Von diesem Augenblick an werde ich Euch nie wieder als Kind betrachten.«

»Das freut mich. Sonst tut es auch keiner. Mein Onkel ist der einzige, der das noch glaubt.«

»Das war nicht anders zu erwarten, meine Liebe. Ihr werdet immer seine kleine Nichte sein, egal, wie alt Ihr seid. Er könnte Euch nie als etwas anderes sehen.«

»Aber könntet Ihr das?« fragte sie kokett.

»Das würde ich nicht wagen«, erwiderte Phaulkon grinsend.

»Und wie Ihr Euch irren würdet«, sagte sie. An ihrem Ton war nur schwer zu erkennen, ob sie das ernst meinte oder im Scherz. »Aber erzählt mir doch, Constant«, sagte sie, »wie geht es Sunida?« Sie beugte sich etwas näher zu ihm. »Diejenige, die Euch der Palast geschickt hat, um Euch auszuspionieren.«

Phaulkon war sprachlos.

Maria beobachtete zufrieden die Wirkung ihrer Worte. Was für eine kluge Botschaft Yupin doch geschickt hatte, dachte sie, um so mehr, weil sie für den Wächter sicher unverständlich war. »Der Mann, nach dem Ihr mich gefragt habt, ist ein Raubvogel in Eurer Sprache«, war in dem Brief gestanden. Es hatte nicht lange gedauert, bis Maria das Rätsel gelöst hatte: Geier, Habicht, Falken, Phaulkon! Ihr geliebter Constant war also derjenige, für den man Sunida als Spion ausgebildet hatte. Wirklich ehrenhaft, daß Yupin ihr Versprechen gehalten hatte und es Maria wissen ließ. Aber als der Bote um Gift gebeten hatte, damit man die Ratten in Yupins Zelle töten könnte, war Maria erstaunt gewesen. *Zelle?* Maria wußte um die strikten Gesetze im Palast und die brutale Bestrafung derer, die sie übertreten hatten, und ihr war klar, daß Yupin sich mit dem Gift das Leben nehmen wollte. Sie hatte die Bitte abgelehnt. Als Christin konnte sie keinen Selbstmord unterstützen, gleichgültig, welche Qualen Yupin erdulden mußte. Maria hatte das goldene Kruzifix von ihrem Hals genommen, es dem Wächter gegeben und ihm gesagt, daß die Freundin damit beten sollte.

Phaulkon hatte seine Stimme wiedergefunden. »Wovon redet Ihr überhaupt, Maria?«

Maria schüttelte den Kopf. »Wie leicht es doch für eine Frau ist, einem Mann den Kopf zu verdrehen. Die schöne Sunida, die ja so sehr in ihren Constant verliebt ist. Und ständig jede seiner Aktivitäten dem Palast meldet.«

Phaulkon stand unter Schock. Das Getöse des Banketts dröhnte in seinen Ohren, und alles verschwamm um ihn herum. Aber ehe ihm eine Antwort einfiel, kam Mestre Phanik ihm zu Hilfe.

»Maria, dein Benehmen heute abend ist unentschuldbar. Ich bin zutiefst beschämt. Würdest du bitte erklären, was los ist, und dich sofort bei Constant entschuldigen.«

»Ich entschuldige mich mit Freuden, Onkel, obwohl es mir nur um Constant geht. Der Palast hat einen Spion in seinen Haushalt eingeschleust, und offensichtlich weiß er nichts davon. Natürlich hat der Palast eine sehr kluge Wahl getroffen«, fügte sie hinzu, als wolle sie seine Erniedrigung mildern. »Ihr Name ist Sunida, und sie ist von keiner Geringeren als Yupin, deren Affären in unserem portugiesischen

Viertel Legende sind, in der Kunst der Liebe unterrichtet worden.«

»Woher hast du diese phantasievolle Information? Ich will es sofort wissen.«

Maria zögerte. »Darf ich das später erklären, Onkel. Im Augenblick will ich nur Constants Interessen schützen. Er ist offensichtlich in Gefahr.«

Phaulkons Gesicht war aschfahl. In Gedanken ließ er jedes Detail seiner zufälligen Begegnung mit Sunida auf dem Markt vorüberziehen. Es war nicht schwer, Zufall mit Absicht zu ersetzen. Für jeden, der mit Phaulkons Gewohnheiten vertraut war, wäre es nicht schwierig festzustellen, daß er häufig zum Markt ging und daß Sri eine Freundin von ihm war. Wahrscheinlich war sie der Mittelsmann für Sunidas Botschaften. Ihr Stand war der ideale Platz, um ein *zufälliges* Treffen zu arrangieren. Wie hatte er diesen Zufall so einfach akzeptieren können? War er so überwältigt von dem Wiedersehen mit Sunida gewesen? Hatte die Geschichte über den Mandarin ihn so eifersüchtig gemacht — obwohl diese wahrscheinlich gar nicht existierte? Er spürte den nagenden Schmerz der Täuschung und die Wunde verletzten Stolzes. War ihre Liebe zu ihm nur vorgetäuscht?

Maria und Mestre Phanik unterhielten sich leise, scheinbar in ihr eigenes Gespräch vertieft. Sie hatten sich wahrscheinlich abgesprochen, so zu tun, um ihm zu ermöglichen, alles allein durchzudenken. Wie in weiter Ferne hörte er Mestre Phanik sagen: »Was? Du willst damit sagen, das war dieselbe Yupin, die in unser Haus gekommen ist? Lieber Himmel!«

Phaulkon fing sich allmählich wieder. Sein angeborener Optimismus, der ihm sein Leben lang geholfen hatte, regte sich und verdrängte seine Traurigkeit. Er erinnerte sich, wie der Gouverneur anfänglich scheinbar gezögert hatte, als er darum gebeten hatte, Sunida mit nach Ajuthia nehmen zu dürfen. Hatte er damals schon die Idee gehabt, sie als Spionin einzusetzen? Hatte der Gouverneur womöglich in einer seiner Depeschen an den Barcalon Sunida als perfekte Spionin empfohlen, nach-

dem er vorgeschlagen hatte, ihn in den Dienst der Regierung aufzunehmen? Mit Hilfe des Palastes wäre es ein leichtes gewesen, Sunida schnellstens nach Ajuthia zu bringen und sie hier auszubilden. Und wer war dafür besser geeignet als Yupin, sicherlich die einzige Frau im Palast, die Erfahrung mit Ausländern hatte? Er wußte einiges über Yupin von seinem Freund Kapitän Alvarez.
Er versuchte, sich für einen Augenblick in Sunidas Lage zu versetzen: ein junges Mädchen aus der Provinz, dem plötzlich befohlen wurde, dem großen Hof in Ajuthia einen Dienst zu erweisen, möglicherweise dem Fürsten des Lebens persönlich, dessen Gottesähnlichkeit jedem Kind mit der Muttermilch eingeflößt wurde. Was für eine Ehre für eine junge Tänzerin aus Ligor. Wie könnte sie diese Pflicht in Frage stellen, geschweige denn sich weigern, ihr nachzukommen? Er fühlte sich bereits viel besser. Und es schloß auch nicht aus, daß sie ihn liebte, fand er. Aber wie hatte Maria das herausgefunden?
Knoblauchaale auf einem Bett von Wasserkastanien, fritierte Krabben in Kokosnußschalen und die gekochten Stiele von neun Sorten Lotus waren serviert und gegessen worden, ohne daß Phaulkon etwas davon bemerkte. Aber als dann die prachtvolle Auswahl von Früchten aufgetragen wurde, zeigte Phaulkons Gesicht bereits wieder unverkennbare Lachfalten, die allmählich zu einem breiten Grinsen wurden. Soeben hatte er begriffen, welch grenzenlose Möglichkeiten sich eröffnen würden, wenn er dem Palast wünschenswerte Informationen durch eine ahnungslose Sunida vermitteln lassen würde.

Sunida lehnte sich genüßlich in die Kissen auf dem Boot zurück und ließ sich vom ruhigen, rhythmischen Klatschen der Ruder beruhigen. Sie war auf dem Rückweg nach Ajuthia zu ihrem geliebten Phaulkon, zufrieden und stolz über das, was sie in Mergui erreicht hatte, sowohl für den König als auch für den Mann, den sie liebte.
Ihre Gedanken wanderten zurück zu dem unheimlichen Priester, der sie von der Kirche aus begleitet hatte, und zu der Angst,

die sie empfunden hatte, als er sich ihr plötzlich in den Weg stellte. »Wir müssen uns ein bißchen unterhalten, mein Kind.« Er hatte sie vom Weg weg auf eine kleine Lichtung geführt, hinter der sich dicht bewaldete Hänge erhoben. Die kleine Kirche war außer Sichtweite, und unter ihnen waren die Menschen im Hafen zu sehen, aber sie waren sicherlich außer Hörweite.

»Worüber wollt Ihr denn mit mir reden, Pater?« fragte Sunida.

»Der Kapitän, den du zu sehen wünschst, ist nicht hier«, erwiderte Luang Aziz. »Er ist nach Ajuthia gereist und wird erst in einigen Tagen zurückkehren. Du übergibst den Brief besser mir. Bei mir ist er sicher.«

Sunida war überrascht. Warum hatte er vorhin vor dem anderen Priester nichts von der Abwesenheit des Farang-Kapitäns gesagt? Warum hatte er angeboten, sie zu begleiten? Und warum hatte er mit der Nachricht gewartet, bis sie hier an dieser einsamen Stelle waren? »Ich danke Euch für Euer Angebot, Pater, aber ich habe strikte Anweisung, den Brief persönlich zu übergeben.«

Die Augen des Priesters funkelten wütend. »Der Gouverneur dieser Provinz hat mich beauftragt, den Inhalt des Schiffes festzustellen, dessen Kapitän Ihr sucht. Wir Priester erhalten gelegentlich den Auftrag, unserer Nation einen Dienst zu erweisen. Deswegen ist es für mich wichtig, den Inhalt dieses Briefes zu erfahren.« Er streckte die Hand aus.

Sunida wich einen Schritt zurück. »Ich habe Euch bereits erklärt, Pater, daß meine Mission vertraulich ist. Laßt uns bitte zum Hafen gehen. In Abwesenheit des Kapitäns werde ich den Brief dem diensthabenden Offizier übergeben. Mein Auftrag kommt von allerhöchster Stelle«, fügte sie hinzu, in der Hoffnung, ihn beeindrucken zu können, »und ich müßte jeden Versuch, mich daran zu hindern, melden.«

Der Priester wurde zornesrot. »Gib mir den Brief«, sagte er und trat auf sie zu. Die Maske der Höflichkeit hatte er jetzt endgültig abgestreift. Sie wich bis zum Rand der Lichtung zurück. Zu ihrem Entsetzen hob er den Arm. Würde er sie tatsächlich schlagen?

»Na schön«, sagte sie. »Dann nehmt den Brief.« Sie öffnete ihren kleinen Beutel und holte ein abgegriffenes Stück Reispapier heraus. Der Priester riß es ihr aus der Hand und überflog den Inhalt. »Verdammt«, hörte sie ihn leise fluchen. Er war in der Farang-Sprache geschrieben. Vielleicht konnte er es nicht lesen, dachte sie.

»Darf ich ihn jetzt zurückhaben?« bat Sunida.

»Nein. Ich hab dir bereits gesagt, daß ich ihn selbst zum Schiff bringen werde. Du solltest dich jetzt besser auf den Weg machen. Ich habe zu tun.«

Sie wollte gerade in den Weg zum Hafen einbiegen, als sie Dom Francisco aus der anderen Richtung auf sie zueilen sah. Aber der zweite Priester hielt ihn auf, packte ihn grob am Arm und zerrte ihn wieder hinauf zu der kleinen Kapelle auf dem Hügel. Ohne Zweifel brauchte dieser Priester mit den schlechten Manieren Dom Francisco zum Übersetzen des Briefes.

Sie ging den gewundenen Pfad zum Hafen hinunter. Sie würde jetzt den richtigen Brief auf dem Schiff abgeben. Wenn der Kapitän tatsächlich abwesend war, würde sie ihn seinem ranghöchsten Offizier übergeben, wie Phaulkon ihr durch Sri befohlen hatte.

Sunida war ziemlich stolz auf sich selbst. Am meisten freute es sie, daß die Idee mit den zwei Briefen von ihr stammte. Sie erinnerte sich, wie sie in Demutsstellung zitternd in der königlichen Audienzhalle zugehört hatte, wie der jesuitische Priester Phaulkons Brief für Seine Exzellenz den Pra Klang und den Fürsten des Lebens ins Siamesische übersetzt hatte. Sie war fast gestorben vor Angst, der Brief ihres Geliebten an den englischen Kapitän in Mergui könnte Vorschläge enthalten, die dem Wohl Siams schaden könnten. Aber die Übersetzung ergab lediglich, daß der englische Kapitän gebeten wurde, noch ein paar Tage in Mergui zu warten, damit die Vorbereitungen für die Reise nach Persien abgeschlossen werden konnten.

Und dann war die Stimme des Fürsten des Lebens von oben ertönt. Er verlangte Sicherheitsvorkehrungen, um zu vermeiden, daß der Brief in falsche Hände geriet. Sie hatte schüchtern

vorgeschlagen, einen zweiten Brief als Ablenkungsmanöver mitzunehmen, den könnte sie dann im Notfall überreichen. Zu ihrer Überraschung und Freude hatten der Fürst des Lebens und der Pra Klang den Vorschlag begeistert aufgenommen und einen zweiten Brief in englisch von dem Jesuiten anfertigen lassen.
Seine Exzellenz der Pra Klang hatte sie dann angewiesen, im Falle eines Überfalls den zweiten Brief herauszugeben, aber nur nach heftiger Gegenwehr. Er erklärte ihr, daß in diesem zweiten Brief stand, Phaulkon hätte versucht, vom siamesischen Schatzamt Waren für den Export nach Persien zu kaufen. Der Pra Klang hätte diese Bitte abgelehnt und sich nur unter der Bedingung, daß die Ware für den Export nach Madras bestimmt war, bereit erklärt, sie an die englische Kompanie zu verkaufen. Weiterhin stand noch in dem Brief, daß der Fürst des Lebens tief in der Schuld der Mauren stünde, aufgrund ihres langen und loyalen Dienstes für die Krone.
Sunida merkte, daß sie anfing, ihre neue Rolle zu genießen und betete, Phaulkon würde nur für den Ruhm Siams arbeiten, denn dann wäre ihr Glück vollkommen.

29

Samuel Potts wischte sich den Schweiß von seiner Halbglatze und folgte dem Wachmann in ein geräumiges Büro, an dessen Wänden Karten mit Seerouten, Monsunrichtungen und Gezeitenbewegungen hingen. Rote Tintenpunkte, weit über das Land verstreut, zeigten die Macht und die Ausdehnung des holländischen Handelsimperiums. Die Flagge Hollands stand auf dem massiven, mit Intarsien verzierten Schreibtisch, hinter dem sich Aarnout Faa erhob, um ihn zu begrüßen.

»Mr. Potts, wie ich annehmen darf«, sagte er in englisch. »Willkommen in Ajuthia. Ich hoffe, Ihr hattet eine angenehme Reise.«

»Ich kann nicht klagen, Mr. Faa«, erwiderte Samuel Potts, sehr erleichtert, weil das Englisch seines Gesprächspartners so gut war. Er selbst beherrschte kaum fünf Worte Holländisch. »Ich habe mich in Klein-Amsterdam, an der Mündung des Menam, ausgeruht, während Eure Repräsentanten dort für mich die notwendigen Formalitäten bei den siamesischen Behörden erledigt haben.«

Der Engländer war im Besitz eines Briefes von keinem Geringeren als Seiner Exzellenz Heern Rijcklof van Goes, dem Gouverneur-General in Batavia, eine Kopie war Faa per Kurier zugegangen. Er wies das holländische Personal in Siam an, Mr. Samuel Potts, Sonderbeauftragter der englischen Ostindienkompanie in Bantam, jede Unterstützung zu gewähren. Mr. Potts war mit allen Machtbefugnissen ausgestattet, die holländischen Beschuldigungen zu untersuchen, in denen behauptet wurde, die englischen Treuhänder in Siam würden Waffen schmuggeln, gestohlene holländische Kanonen absetzen und Geschäfte in die eigene Tasche machen. In einem privaten Kurzbrief, neben den Anweisungen für Faa, hatte van Goens ihn davon in Kenntnis gesetzt, daß die Engländer die Anschuldigungen des VOC in Ajuthia so ernst genommen hätten, daß sie Mr. Potts angewiesen hatten, sich mit den Er-

gebnissen der Untersuchung unverzüglich nach Madras zu begeben.
»Mr. Faa«, sagte Samuel Potts, setzte sich in einen Stuhl und nahm dankbar die angebotene Tasse Tee. »Ich war so frei, direkt zu Euch zu kommen, bevor ich das englische Kontor hier besuche. Ich hoffe, ich kann mit Eurer Diskretion rechnen, was diese Verletzung der Etikette betrifft?«
»Das könnt Ihr in der Tat, Mr. Potts. Ich soll Euch unterstützen, soweit es in meinen Kräften steht.«
»Könnten wir dann die Fakten besprechen, Sir, von Eurem Standpunkt aus gesehen. Obwohl ich die Übersetzung Eures Briefes mehrmals gelesen habe, wäre es doch eine große Hilfe, wenn wir die Vorfälle, die Ihr schildert, Schritt für Schritt besprechen würden, damit ich jeweils Fragen dazu stellen kann.«
»Natürlich, Mr. Potts. Ich habe unseren Repräsentanten in Ligor hierhergebeten, damit sie ihn direkt befragen können.« Faa erhob sich und betätigte einen imposanten Messinggong, der neben seinem Schreibtisch stand. »Ich fürchte, Heer van Rislings Englisch ist nicht das beste, aber ich werde gerne dolmetschen, wenn Ihr es wünscht. Ich sollte noch hinzufügen, daß Heer van Risling vor kurzem einen kleinen Unfall bei der königlichen Elefantenjagd in Luovo erlitten hat.«
»Tut mir leid, das zu hören.«
Einen Augenblick später humpelte van Risling herein, mit einer Hand auf einen Stock gestützt, mit der anderen auf Pieter, den jungen eurasischen Dolmetscher, der ihn aus Ligor hierherbegleitet hatte. Pieter half dem älteren Mann auf einen Stuhl und zog sich zurück. In den nächsten zwei Stunden beschrieben die beiden Holländer sehr detailliert die Ereignisse, die mit dem Schiffbruch in Ligor begonnen hatten, immer wieder unterbrochen von Fragen des Engländers, der sich dabei Notizen machte.
Es war bereits kurz vor Sonnenuntergang, als Potts, begleitet von einem siamesischen Führer, zum großen englischen Lagerhaus aufbrach, das ein paar hundert Meter weiter am Flußufer lag.

Samuel Potts schob das Glas beiseite, erhob sich und schritt im Zimmer auf und ab. Je mehr er versuchte, sich zu beruhigen, desto wütender wurde er.

Er war außer sich gewesen, als der indische Wachmann am Tor des englischen Kontors ihm den Zutritt verweigert hatte. Er hatte den Mann beschimpft, aber dadurch war er noch hartnäckiger geworden. Der heidnische Teufel hatte in gebrochenem Englisch gemurmelt, daß ohnehin keiner im Kontor wäre. Keiner da? In der holländischen Niederlassung hatte noch rege Geschäftigkeit geherrscht, als er sie verlassen hatte. Zugegeben, diese Karikatur von einem Lagerhaus war höchstens ein Zehntel so groß wie das holländische Kontor, aber trotzdem wurden Leute bezahlt, um darin zu arbeiten. Wo waren die Repräsentanten? Angeblich standen auf der Gehaltsliste der Kompanie zwei Engländer und ein Grieche, sowie ein halbes Dutzend eingeborener Assistenten, und keiner von ihnen war an seinem Arbeitsplatz.

Potts goß sich ein weiteres Glas Brandy ein. Es war ihm schließlich gelungen, den Wachmann dazu zu überreden, dem Führer zu erklären, wo sich das Haus von Richard Burnaby, dem Direktor, befand war. Und wieder war er losgelaufen, nur um feststellen zu müssen, daß Burnaby unauffindbar war. Die Dienerschaft hatte absurderweise auf den Horizont gedeutet, als wäre ihr Herr in ein fernes Land abgereist. Diese verfluchte unverständliche Sprache. Diese verfluchte Hitze und die Fliegen! Er hämmerte auf den Tisch. Die Tür ging auf, und dasselbe Eingeborenenmädchen, das ihm den Brandy serviert hatte, lugte herein. Sie war hübsch für eine Eingeborene, das mußte er zugeben. Aber sie war auch nicht intelligenter als die übrigen.

Er drehte sich um. »Wann kommt dein Herr nach Hause, hm? Wieviel Uhr?« wiederholte er irritiert, auch wenn ihm klar war, daß es vergeblich war. Sie lächelte bloß. Warum lächelten denn diese Eingeborenen dauernd?

In Burnabys Haus hatte er eine der Dienerinnen, die nicht ganz so beschränkt zu sein schien wie die anderen, dazu bewegt, ihm den Weg zum Haus des Griechen zu zeigen. Den

Namen Phaulkon hatten diese Holzköpfe anscheinend verstanden, denn zumindest dieses eine Mädchen hatte angedeutet, sie hätte begriffen. Er hatte schon bald feststellen müssen, daß auch Phaulkon nirgends zu finden war, aber seine attraktive Haushälterin hatte zumindest etwas Initiative gezeigt. Sie hatte ihn in ein Zimmer geführt und ihm ein Lager angeboten. Aber er war nicht müde. Anscheinend hatte sie das begriffen und ihm statt dessen einen Stuhl im Wohnzimmer angeboten. Dann hatte sie ein kaltes Tuch für seine Stirn geholt und die Flasche Brandy. Nachdem sie sein Gesicht gewaschen hatte, rief sie ein anderes Mädchen, das ihm Nacken und Schultern massierte, woraufhin er sich eine Weile besser gefühlt hatte. Aber dann hatte er sich ein weiteres Glas Brandy eingegossen und angefangen nachzudenken und dann noch einen und noch einen, und seine Wut war mit jedem Glas gewachsen. Jetzt war er tobsüchtig.

Potts verschränkte die Hände auf dem kleinen Tisch vor sich und ließ für einen Moment seinen Kopf darauf sinken. Innerhalb von Sekunden schnarchte er laut. Sunida schlich sich herein und legte ein Kissen auf seine Stuhllehne, nahm ihn sanft bei den Schultern und schob ihn auf die Kissen. »Diese Farangs«, murmelte sie verächtlich. Sie erinnerte sich an die Schiffsoffiziere in Mergui, die genauso berauscht gewesen waren, als sie unangemeldet an Bord kam. Wie lächerlich sie ausgesehen hatten, als sie versuchten, galant zu sein, obwohl sie kaum stehen konnten. Einer der Offiziere hatte lange versucht, den Brief, den sie ihm gab, zu lesen, hatte aber dann aufgegeben. Es würde sie nicht überraschen, wenn er den Brief immer noch in seiner Tasche hätte. Dank, Buddha, daß Constant nicht so wie die anderen war. Sie würde die Ankunft dieses Mannes Sri melden müssen. Dann mußte sie herausfinden, wer er war und was der Zweck seines Besuches war.

Phaulkon war bester Laune, als er entlang des Flusses vom Ministerium aus nach Hause ging. Das Bankett für den chinesischen Botschafter war ein rauschender Erfolg gewesen. Bei der

Abschiedsaudienz, eine fast so aufwendige Angelegenheit wie die Begrüßungszeremonie, hatte der Diplomat es Seiner Majestät gegenüber lobend erwähnt: Nie zuvor hätte der Botschafter des himmlischen Kaisers während seiner häufigen Reisen ein Bankett mehr genossen oder an einem teilgenommen, bei dem solche Liebe zum Detail gezeigt worden war.
Seit er von Sunidas Rolle als Spionin erfahren hatte, hatte er sich darauf vorbereitet, ihr ständig Informationen unterzuschieben, die für den Barcalon schmeichelhaft waren und Seiner Majestät gegenüber ehrfürchtig. Er grinste. Er war überzeugt, daß Sunida nur eine Pflicht erledigte, die man ihr aufgezwungen hatte. Trotzdem hätte sie Informationen, die ihn belasteten, weitergeleitet, wenn auch mit schwerem Herzen. Auch wenn sie ihn liebte, stand sie doch im Dienste des Königs, eines Halbgottes, der alle Sterblichen überragte.
Was für eine Freude es war, sie wieder bei sich zu haben. Sie war erst am vorigen Tag aus Mergui zurückgekehrt, scheinbar überzeugt, daß der Mandarin die Suche nach ihr eingestellt hatte. Dann hatte sie sofort angefangen zu erzählen, wie der Priester sie zu dem Schiff hinausgerudert hatte und wie betrunken alle Offiziere gewesen waren, als sie an Bord ging. Phaulkon hatte ihr erzählt, daß Kapitän White die ganze Zeit über in Ajuthia gewesen wäre. Dann hatten sie sich plötzlich in die Augen gesehen, waren verstummt und gemeinsam in sein Schlafzimmer gegangen, wo sie sich auf sein Lager legten. Sie hatten sich mit der Sehnsucht und Zärtlichkeit zweier Menschen geliebt, die lange getrennt gewesen waren. Danach waren alle Zweifel an ihrer Ausbildung bei einer Kurtisane des Palastes zerstreut. Selbst die wachsende Zuneigung, die sie füreinander empfanden, war keine Erklärung für die bemerkenswerte Entwicklung von Sunidas sexuellen Techniken. Sie war sinnlich, erotisch, brillant und hemmungslos — eine würdige Nachfolgerin für die berühmte Yupin. Arme Yupin. Es ging das Gerücht, sie sei gestorben, wie sie gelebt hatte. Um sich der grausamen Hinrichtung zu entziehen, die ihr Bruder, General Petraja, angeordnet hatte, hatte sie angeblich den Gefängnis-

wärter verführt, einen kräftigen, gutgebauten Jüngling, und sich dann absichtlich an seiner riesigen Liebeslanze erstickt. Der arme Kerl war an ihrer Stelle den Tigern vorgeworfen worden. Sunida war sehr betroffen von ihrem Tod.

Phaulkon war froh, endlich nach Hause zu kommen. Es war wieder ein langer Tag im Ministerium gewesen. Nach der Abreise der chinesischen Delegation hatte man ihn beauftragt, Vergleichslisten der Preise anzulegen, die von den Mauren für Exportgüter nach Persien und Indien an das Schatzamt im Lauf der letzten fünf Jahre gezahlt worden waren. Der Barcalon hatte ihm versichert, sobald diese Aufgabe erledigt sei, würde es ihm gestattet, sich um die Arbeit zu kümmern, die sich in dem englischen Kontor angesammelt hatte, weil keiner da war, um sie zu erledigen. Ivatt wurde jetzt immer häufiger in den Palast gerufen, um die königlichen Adoptivkinder zu unterhalten.

Sunida erwartete ihn an der Tür. Sie begrüßte ihn, und er bestand darauf, sie zuerst in den Arm zu nehmen und den Duft ihrer Wange einzuatmen, obwohl sie ihm offensichtlich etwas Dringendes zu sagen hatte. Sie schloß glücklich die Augen und atmete ebenfalls seinen Duft ein.

Als er sie losgelassen hatte, erzählte sie ihm von dem Besucher, der im Wohnzimmer schlief. Sie beschrieb ihn als klein und rund, mit lockigem grauem Bart und kaum einem Haar auf dem Kopf, einer Brille und mit schlechtriechendem Atem. Die Beschreibung paßte auf keinen, der Phaulkon unmittelbar einfiel. Sie warnte ihn, daß der Besucher sehr viel getrunken hatte und daß er leicht erregbar und zornig wäre.

Als Phaulkon den Raum betrat, war Samuel Potts tatsächlich schon wieder bei Bewußtsein. Er hatte sich gerade mit einem lauten Schnarcher selbst geweckt und goß sich soeben ein neues Glas Brandy ein.

»Ah, der schwer greifbare Mr. Phaulkon, ohne Zweifel«, sagte er und erhob sich schwankend. »Endlich. Gestattet mir, das Glas zu erheben auf das erste Mitglied der englischen Kompa-

nie, das ich seit meiner Ankunft zu Gesicht bekomme.« Er leerte sein Glas und taumelte ein bißchen.
»Willkommen in Ajuthia, Sir«, erwiderte Phaulkon höflich. »Mit wem habe ich die Ehre?«
»Ich bin Samuel Potts vom Bantamer Büro der ehrenwerten Kompanie. Man hat mich geschickt, die Angelegenheiten der Kompanie in Siam zu überprüfen. Natürlich keine leichte Aufgabe, wenn man keinen ihrer Repräsentanten auftreiben kann.«
»Es wird mir ein Vergnügen sein, alle Eure Fragen zu beantworten, Sir.« Der Mann gefiel Phaulkon nicht, weder seine Rolle noch sein momentaner Zustand. Der Name Potts war ihm irgendwie vertraut. Er war ein hochrangiges Mitglied der Kompanie, wahrscheinlich einer der Buchprüfer.
»Burnaby muß diese Fragen beantworten«, verkündete Mr. Potts. Er stützte sich mit einer Hand auf den Tisch, um das Gleichgewicht nicht zu verlieren. »Wo ist Burnaby?«
»Mr. Burnaby ist in Mergui, Sir, in vertraulicher Mission.«
»Vertraulich? Was soll das heißen?«
»Ich habe Anweisung, mit keinem darüber zu reden, Sir. Außer natürlich, Ihr habt einen Brief, der Euch befugt —«
»Einen Brief, der mich befugt?« stammelte Potts. »Sir, ich habe wesentlich mehr als das. Ich bin befugt, diese Filiale zu schließen, wenn meine Recherchen es verlangen, und sie alle nach Madras zu schicken, wo man sie vor Gericht stellen wird.«
Mehr wollte ich nicht wissen, dachte Phaulkon. »Möchtet Ihr die Nacht hier verbringen, Sir? Wir können morgen früh in das Kontor gehen und —«
»Versucht ja nicht, mich von meinen Pflichten abzulenken, Mr. Phaulkon«, unterbrach ihn Mr. Potts wütend. »Ich werde die Nacht nicht hier verbringen und mir von Euch Honig ums Maul schmieren lassen. Ich bin mit solchen Taktiken vertraut, müßt Ihr wissen. Ich bin seit über zwanzig Jahren Buchprüfer.« Er überlegte eine Weile. »Da muß es doch noch einen anderen Kerl geben, wie war noch sein Name?«
Phaulkon entschloß sich, ihm nicht zu helfen. Der Trunkenbold soll sich ruhig anstrengen, dachte er.

»Irving ist ein Gast Seiner Majestät des Königs«, log Phaulkon. »Er nimmt an einem Dinner im Palast teil. Die ehrenwerte Kompanie ist bei den höchsten Stellen hier sehr angesehen, Mr. Potts.«

»Vielleicht hier«, konterte Potts, »aber nicht in Bantam oder Madras, das kann ich Euch versichern. Sie wollen Euren Kopf. Und ich werde ihnen helfen, ihn zu kriegen. Ich werde jetzt zum Kontor gehen und alle Unterlagen bis ins letzte Detail prüfen.«

»Jetzt? Es ist schon dunkel draußen, Mr. Potts.«

»Dann laßt Fackeln bringen. Wir werden jetzt ins Kontor gehen. Ihr werdet mich nicht einschläfern, damit Ihr Euch wegschleichen und die Bücher ändern könnt, während ich schlafe. Ich will diese Bücher, so wie sie sind, prüfen. Und noch etwas: Warum war heute nachmittag niemand in dem Kontor? Haben wir etwa König Charles' Geburtstag oder so etwas?«

»König Charles' Geburtstag nicht, aber den zweiten Zyklus des siamesischen Thronfolgers«, improvisierte Phaulkon. »Wir versuchen, diese wichtigen Feiertage unseres Gastlandes einzuhalten, aus Respekt.«

Potts grunzte verächtlich. »Die Holländer scheinen das nicht nötig zu haben. Sie arbeiten statt dessen, Mr. Phaulkon. Kein Wunder, daß sie uns so weit voraus sind.«

»Das mag ja wohl sein, aber sie sind nicht sehr beliebt bei den Siamesen. Einer ihrer früheren Geschäftsführer, de Jongh, ist heute noch in aller Munde. Er ist immer nur mit einem Lendenschurz und einem Hut bekleidet durch die Straßen stolziert. Die meiste Zeit über war er betrunken. Ihr müßt wissen, daß die Siamesen jede Form mangelnder Selbstbeherrschung verabscheuen.«

Potts goß sich ungerührt noch ein Glas Brandy ein. »Also, in ungeklärter Abwesenheit des Direktors«, sagte er in bedrohlichem Ton, »wäret Ihr bereit, mich zum Kontor zu führen, Mr. Phaulkon? Wenn Ihr nicht kooperiert, werde ich in meinem Bericht melden, daß mir der Zugang verweigert wurde. Das wird nicht gerade für Euch sprechen.« Phaulkon wurde allmählich wütend, aber er ging trotzdem und holte zwei Fackeln.

Es war eine dunkle, mondlose Nacht, und Phaulkon führte ihn über einen Lehmpfad am Flußufer entlang. Es waren nur wenige Leute unterwegs: Die geistergläubigen Siamesen wagten sich nur dann, wenn es absolut nötig war, vor die Tür. Potts machte die Sache auch nicht leichter, weil er ständig stolperte und hinfiel und jedesmal schrecklich fluchte. Einmal machte er einen Sprung in die Luft, um dem Angriff eines wilden Tieres zu entrinnen, das sich aber bei näherem Hinsehen als streunender Hund entpuppte. Der Weg, der normalerweise fünf Minuten dauerte, kostete sie eine gute halbe Stunde, und als sie endlich die Handelsniederlassung erreicht hatten, ließ Potts sich auf einen Baumstumpf fallen und war nicht mehr zu bewegen weiterzugehen.

Das Kontor bestand aus einem großen hölzernen Lagerhaus mit ein paar kleineren Räumen, die als Büro dienten. Das holländische Kontor hingegen war ein imposantes Backsteingebäude, umgeben von einer Anzahl kleinerer Häuser, ebenfalls aus Backstein, und Phaulkon hatte schon lange den Ehrgeiz, die englische Niederlassung der ihres Rivalen ebenbürtig zu machen.

Ein indischer Wächter, mit einer Muskete bewaffnet, hielt vor der Tür Wache. Er trat beiseite, als er Phaulkon erkannte. Potts hatte sich inzwischen wieder gefangen und stand keuchend hinter ihm. Phaulkon steckte einen großen Schlüssel ins Schloß und drehte ihn um. Er wußte, daß die Bücher in Burnabys Zimmer eingeschlossen waren, dachte aber gar nicht daran, es zu öffnen, obwohl er einen Schlüssel dafür hatte. Nicht nur, daß die Bücher nicht auf dem laufenden waren, ein Teil des Inventars im Lager, Waren, die er und Burnaby für den Privathandel zusammengetragen hatten — und die dort seit ihrer Ligor-Expedition lagerten —, würden in den Büchern nicht erscheinen. Er hatte geplant, die Bücher in Ordnung zu bringen, sobald sich der Trubel um den Besuch des chinesischen Botschafters gelegt hatte.

»Wo sind die Bücher?« fragte Potts und schaute im Schein seiner Fackel hinter einen Stapel Kisten.

»Dort drin«, sagte Phaulkon und zeigte auf Burnabys Tür.
Potts marschierte hin und rüttelte an der Klinke. »Sie ist abgeschlossen«, verkündete er.
»Abgeschlossen?« rief Phaulkon überrascht. »Das kann ich nicht glauben.« Er versuchte es selbst. »Verdammt, und ich hatte Mr. Burnaby extra darum gebeten, sie offenzulassen, für den Fall, daß ich in seiner Abwesenheit etwas brauche.«
»Warum hat er den Schlüssel nicht dagelassen?« fragte Potts mißtrauisch.
»Er trennt sich nie von irgendeinem seiner Schlüssel«, sagte Phaulkon, »aber er hatte wirklich versprochen, die Tür offenzulassen.«
»Ruft die Wache«, sagte Potts. »Wir werden sie aufbrechen.«
»Mr. Potts, ich flehe Euch an, überlegt Euch das noch einmal. Mr. Burnaby wird jeden Moment zurückerwartet, und Schlosser sind hier schwer zu finden. Wir brauchen zumindest einen Raum, der abgesperrt werden kann.«
»Ihr habt mich gehört, Mr. Phaulkon. Brecht sie auf.«
Phaulkon sah ihn an. Dieser Wahnsinnige würde sich durch nichts aufhalten lassen, dachte er. Aber wenn die verdammte persische Expedition ein Fehlschlag ist, brauche ich die Engländer vielleicht doch noch. Ich bin erledigt, wenn Potts die Bücher sieht, und ich bin erledigt, wenn ich ihn daran hindere, sie zu sehen. Verdacht ist aber auf jeden Fall besser als Gewißheit.
»Ich fürchte, Mr. Potts, ich finde Eure Bitte unvernünftig. Ihr könnt mich in Eurem Bericht zitieren, wenn Ihr wollt. Ich weigere mich, mitten in der Nacht eine Tür aufzubrechen, die aus Sicherheitsgründen verschlossen bleiben muß.«
Potts kochte vor Wut. »Ihr, ein griechischer Emporkömmling, verweigert mir, Samuel Potts, dem obersten Buchprüfer der ehrenwerten englischen Kompanie, den Zutritt? Ihr ... ein verdammter Ausländer!« brüllte er.
»Ihr seid betrunken, Mr. Potts. Ich hoffe, Ihr vergeßt nicht, auch das in Eurem Bericht zu erwähnen. Ich werde es in meinem bestimmt erwähnen.«

»*Euer* Bericht!« Potts explodierte. »Ha! Glaubt Ihr denn, irgend jemand wird *Euren* Bericht lesen?« Er wedelte Phaulkon mit der brennenden Fackel vor dem Gesicht herum.
Der Wächter kam gerade rechtzeitig angelaufen, um zu sehen, wie er Phaulkon mit seiner Fackel bedrohte. Er warf sich dazwischen. »Seid Ihr in Ordnung, Gebieter?« fragte er Phaulkon auf siamesisch.
»Schafft diesen verfluchten Eingeborenen hier weg!« schrie Potts.
»Ihr werdet jetzt nach Hause gehen und Euch ausschlafen, Mr. Potts, bevor Ihr hier irgendwelchen Schaden anrichtet. Und hört auf, mit der Fackel herumzuwedeln. Das Gebäude ist aus Holz, und auch die hölzernen Kisten sind sehr leicht brennbar.«
Potts sah aus wie ein Irrer. »Ihr wollt nicht, daß ich die Kanonen finde. Ich weiß alles über sie, hört Ihr. Wo sind sie?« Er taumelte herum, schaute hinter jede Kiste und fuchtelte dabei gefährlich mit seiner Fackel herum.
»Hier sind keine Kanonen, Mr. Potts. Nur sehr leicht brennbare Kisten. Gebt mir die Fackel«, befahl Phaulkon und streckte die Hand danach aus.
Potts wirbelte herum. »Wagt ja nicht, die Hand gegen mich zu erheben, Sie kleiner Emporkömmling.«
Phaulkons Wut hatte den Siedepunkt erreicht. »Gebt mir einfach die Fackel, Mr. Potts, und dann brechen wir die Tür auf, wie Ihr verlangt habt.«
»Rührt Euch nicht von der Stelle!« tobte Potts. »Soso, jetzt, wo ich das mit den Kanonen weiß, seid Ihr bereit, die Tür aufzubrechen. Ha! Es gehört schon mehr dazu als ein kleiner Angestellter, um Samuel Potts aufzuhalten. Zuerst suchen wir diese Kanonen.«
Er wich zurück, sein Kopf zuckte von einer Seite zur anderen, als würde er vergeblich nach den Kanonen suchen. Phaulkon folgte ihm vorsichtig, bereit, ihn anzuspringen. Aber als Phaulkon hörte, wie der Wächter über eine Planke stolperte, war es zu spät. Der Inder versuchte, sich von hinten an Potts heranzuschleichen. Potts wirbelte herum, als das Holz

knackte, verlor das Gleichgewicht und kippte rückwärts; die Fackel fiel ihm aus der Hand und landete inmitten eines Stapels von Kisten.
Der Bambus fing sofort Feuer, und in dem Gewirr von trockenem Holz und Ware breiteten sich die Flammen gierig aus. Phaulkon und der Wächter stürzten zu zwei großen irdenen Gefäßen, die an beiden Seiten des Eingangs standen. Aber bis sie die schweren Gefäße zu den Flammen hinübergezerrt hatten und mit kleinen Schalen Wasser darauf schütteten, war das Feuer bereits zu einem Inferno geworden.
Potts rappelte sich auf, starrte wie ein Besessener in die Flammen und stolperte dann aus dem Gebäude.
Innerhalb von Sekunden hatte sich das Feuer auf die Wände und das Dach ausgebreitet, und ein Teil des Gebäudes neigte sich bereits bedrohlich. Phaulkon zögerte einen Moment vor seinem Büro, dann, als er sah, daß die Flammen bereits Burnabys Büro nebenan einhüllten, rannte er auf den Ausgang zu und zerrte den Wächter hinter sich her. Draußen liefen bereits aus allen Richtungen die Leute zusammen. Mit lautem Getöse stürzte das Dach ein. Glücklicherweise lag genug Staub und Erde um das Lagerhaus herum, so daß ein Übergreifen auf andere Häuser verhindert wurde.
Potts lehnte reglos und sehr ernüchtert an einem Baumstamm, den Kopf in den Händen vergraben.
»Was ist passiert?« brüllten einige Leute. Der Wächter zeigte auf Potts. »Der Mann da drüben hat das Haus mit seiner Fackel angezündet«, erzählte er ihnen.
Phaulkon schickte den Wächter zum Haus des Assistenten des Barcalons, um das Feuer zu melden. Dann sah er, wie zwei Soldaten angelaufen kamen und Fragen stellten. Die Leute zeigten alle auf Potts. In einer Stadt, in der fast jedes Gebäude aus Holz war, war es ein Verbrechen, ein Feuer zu entfachen, selbst wenn es ein Unfall war.
Phaulkon beobachtete schweigend, wie die Soldaten Potts verhafteten und ihn abführten. Der Engländer leistete keinen Widerstand. Phaulkon warf einen letzten Blick auf die verkohlten

Überreste, die einmal das siamesische Hauptquartier der ehrenwerten Kompanie gewesen waren. In diesen Flammen war mehr verbrannt als nur die Handelsniederlassung. Seine letzte Brücke nach England war damit in Flammen aufgegangen. Madras würde sich unweigerlich Potts Version der Ereignisse beugen, und wenn das Kontor überhaupt jemals wieder aufgebaut werden sollte, dann sicher nicht von Phaulkon und Burnaby, sondern von ihren Nachfolgern, während sie selbst in Madras vor Gericht gestellt würden. Der Erfolg der persischen Expedition war jetzt noch entscheidender geworden.

»Ich verstehe Eure Besorgnis, Mr. Faa. Aber wir haben Gesetze in diesem Land, und die müssen eingehalten werden. Wie ich schon sagte, es ist ein Verbrechen, ein Gebäude in Brand zu stecken, ob versehentlich oder nicht.« Der Barcalon runzelte die Stirn. »Die Strafe dafür ist der Tod. In einigen seltenen Fällen könnte Seine Majestät so milde sein, die Strafe in lebenslänglichen Kerker umzuwandeln. Aber niemals bei vorsätzlicher Brandstiftung, wie es, meines Wissens nach, hier der Fall ist.«
Der Barcalon hielt inne und holte Luft. In letzter Zeit hatte er sich nicht sonderlich gut gefühlt, seine gelegentlichen Asthmaanfälle wurden immer häufiger. »Wir leben in Holzhäusern, Herr Faa. Ihr könnt Euch vorstellen, welche Zerstörungen es gäbe, wenn wir die Einhaltung dieser Gesetze nicht strengstens überwachen.« Der junge siamesische Dolmetscher des holländischen Kontors übersetzte die Worte des Barcalons. Er war gerade aus Holland zurückgekehrt, wohin man eine Handvoll Studenten geschickt hatte, die dort unter dem Schutz des Gouverneur-Generals in Batavia studierten.
»Aber, Eure Exzellenz, angesichts der Tatsache, daß Mr. Potts hier ein Neuling ist und das in Frage kommende Gebäude ein ausländischer Außenposten war, könnte man da die Regeln nicht ein bißchen lockern? Könnte er zum Beispiel nicht gebeten werden, das Land zu verlassen?«
Es war absolut unerläßlich, überlegte der Direktor der VOC, daß dieser Potts nach Madras zurückkehrte, um seinen Bericht

zu machen. Mit ein bißchen Glück würde das zur Ausweisung Phaulkons aus Siam und vielleicht sogar zur Schließung der englischen Filiale in Siam führen. »Wir würden natürlich sehr in Eurer Schuld stehen, Eure Exzellenz, und Ihr könntet uns wissen lassen, ob es irgendeine Möglichkeit gibt, uns dafür erkenntlich zu zeigen.«

Der Barcalon beobachtete den Holländer genau, während er sich die Übersetzung anhörte. Es war bereits das zweite Mal in ebenso vielen Tagen, daß der Mann bei ihm vorsprach. Er war offensichtlich sehr daran interessiert, diesen Engländer aus dem Gefängnis zu holen. Aber warum sollten die Holländer plötzlich den Engländern helfen wollen? Wer war dieser Mr. Potts, und weshalb war er nach Ajuthia gekommen? Der Schlüssel lag ohne Zweifel in den Antworten, die Phaulkon gegeben hatte. Als man Phaulkon zu dem Vorfall befragte, hatte er erwidert, Potts wäre ein hochgestellter Beamter der Kompanie, den man geschickt hätte, um routinemäßig den Lagerbestand zu überprüfen. Auf Grund der extremen Hitze hätte er zuviel Brandy getrunken, wäre über ein Stück Holz im Lager gestolpert und hätte aus Versehen die Fackel fallen lassen. Phaulkon hatte sich im Namen von Mr. Potts und der Kompanie in aller Form entschuldigt und darum gebeten, angesichts der kürzlich erneuerten Freundschaft zwischen den englischen und siamesischen Nationen, Potts zu gestatten, das Land zu verlassen.

Aber unter vier Augen hatte Phaulkon eine ganz andere Erklärung abgegeben. Und das war der entscheidende Punkt. Phaulkon hatte Sunida erzählt, dieser Potts wäre ein Säufer von der übelsten Sorte, die Art Farang, deren Verhalten eine peinliche Belastung der anglo-siamesischen Beziehungen war. Außerdem wäre er ein Spion in den Diensten der Holländer. Der Barcalon schauderte bei der Erinnerung an die Äußerungen Potts, wie Phaulkon sie Sunida geschildert hatte. Die Siamesen, die die Worte wiederholen mußten, von Sunida bis Sri zu Kapitän Somsak im Palast, hatten es kaum über die Lippen gebracht. Seine Majestät als König der Krokodile zu bezeichnen, weil seine Untertanen ständig auf allen vieren vor ihm krochen, also wirklich! Der Barcalon hatte sich selbst geweigert, diese Majestätsbeleidigung an den Fürsten des Lebens weiterzuleiten, und hatte damit seine Pflicht verletzt, Seiner Majestät alles zu berichten. Laut Sunida war Phaulkon selbst von dieser Beschreibung schockiert gewesen. Und dann hatte Potts, wie von den Holländern beauftragt, das Lager in Brand gesteckt und es so hingestellt, als wäre es ein Unfall gewesen. Die Holländer, wie es schien, hatten praktischerweise vergessen, Potts, einen Neuling im Land, von den Gesetzen gegen Brandstiftung zu informieren und ihm versichert, sie könnten ohne weiteres seine Freilassung erwirken. Der Lagerhauswächter, der während der ganzen Zeit anwesend war, hatte Phaulkons Geschichte bestätigt und den großen Streit zwischen den beiden Farangs geschildert.

Der Barcalon zwang sich, ruhig zu bleiben. Der Holländer erwartete eine Antwort wegen der Freilassung von Potts. Aber das würde nie passieren, nicht, solange er Barcalon war, das schwor er sich.

»Herr Faa, ich muß sagen, ihr Holländer fasziniert mich. Erst neulich hattet Ihr mich gebeten, die Engländer für den Diebstahl Eurer Kanonen zu bestrafen und dafür, daß sie die Rebellen von Pattani bewaffnen, und heute bittet Ihr mich, einen ihrer Beamten zu entlassen, der gerade ein Gebäude angezündet hat. Verzeiht mir, wenn der siamesische Verstand eine solche Logik nicht begreift.«

Faa war in Schwierigkeiten. Es stimmte, daß er die Engländer schlechtgemacht hatte, und jetzt bat er für einen von ihnen um Gnade. Aber es war von allergrößter Wichtigkeit, daß Potts nach Madras zurück durfte, um seinen Bericht zu machen. Eine solche Gelegenheit würde es vielleicht nie wieder geben. Er könnte dadurch die Engländer ein für allemal loswerden.

»Eure Exzellenz, Potts ist unschuldig. Die Engländer haben ihn manipuliert. Ich bin bereit, eine holländische Geisel an seiner Stelle zu lassen, bis ich seine Unschuld beweisen kann.«

»Ihr habt den sehr hohen Rang von Mr. Potts erwähnt, glaube

ich. Soviel ich weiß, gibt es keinen Holländer von entsprechendem Rang in Ajuthia, außer natürlich Euch, Herr Faa...«

Aarnout Faa fühlte sich zusehends unwohl in seiner Haut. Verdammt, er brauchte diesen Potts unterwegs nach Madras und nicht öffentlich zur Schau gestellt, mit einem Brett um den Hals, wie das jetzt der Fall war. Die gefürchtete ›Cangue‹, wie die Portugiesen es getauft hatten, ruhte wie eine hölzerne Schlinge um den Hals des Gefangenen, so daß die Augen aus den Höhlen traten und er kaum Luft bekam. Es war die absolute öffentliche Erniedrigung, und der Farang Potts hatte die größte Menschenmenge angelockt, die man je auf dem Platz vor dem Gefängnis gesehen hatte. »Ihr laßt mir keine andere Wahl. Ich werde meinen Vorgesetzten, den Gouverneur-General, bitten, den Vertrag von 1664 zu überprüfen und vielleicht gewisse Paragraphen zu streichen, die unseren... speziellen Schutz betreffen.«

»Wie es der Zufall will, Herr Faa«, erwiderte der Barcalon ungerührt, »ist es seit einiger Zeit unsere Absicht, Euch auf diesen Vertrag hinzuweisen. Wir finden, daß eine Reihe seiner Klauseln mittlerweile vielleicht überholt sein könnten. Und, ich muß sagen, in dieser Hinsicht haben wir festgestellt, wie begierig die Engländer sind, uns Vorschläge zu unterbreiten.«

»Na schön, Eure Exzellenz«, sagte der Direktor in eisigem Tonfall. »Ihr werdet zu gegebener Zeit von uns hören.« Er erhob sich.

»Es ist mir immer ein Vergnügen, Herr Faa.« Der Barcalon lächelte leutselig. Insgeheim wußte er, daß jede Minute zählte. In der Potts-Affäre hatte Phaulkon sich bewiesen: sowohl sein Talent für Diplomatie als auch seine Loyalität gegenüber Siam. Er hatte öffentlich um Potts Entlassung gebeten, um den Vertrag zwischen England und Siam zu retten, während er privat Potts herausgefordert hatte, weil dieser es gewagt hatte, die siamesische Monarchie herauszufordern. Seine Majestät selbst teilte diese Ansicht. Phaulkons Pläne für die Verteidigung Siams mußten jetzt ernst genommen und möglicherweise mit ihrer Durchführung begonnen werden — ohne Verzögerung.

30

Am folgenden Montag informierte der Barcalon Phaulkon, Seine Majestät lasse ihn allergnädigst zu einer Audienz bitten. Phaulkon war sprachlos. Das war der Augenblick, von dem er immer geträumt hatte. Der griechische Schiffsjunge beim König von Siam! Doch obwohl er sich so nach diesem Augenblick gesehnt hatte und ihn sich tausendfach vorgestellt hatte, fühlte er sich jetzt, da er unmittelbar bevorstand, völlig unvorbereitet. Lampenfieber nagte an seinen Nerven.

Würde dieser Potentat, fragte er sich, der absolute Macht über Leben und Tod hatte, sanft sein oder kurz angebunden, vernünftig oder intolerant? Würde er Phaulkon erlauben zu sprechen, oder würde er erwarten, daß Phaulkon ihn schweigend und unterwürfig anhörte? Sollte Phaulkon eine Meinung äußern, oder durfte Seiner Majestät unbestrittene Autorität nicht einmal andeutungsweise in Frage gestellt werden? Es war so wenig über den Herrscher bekannt, daß er abwechselnd als groß und klein, höflich und aufbrausend, großzügig und kleinmütig geschildert wurde.

Zu den wenigen Anlässen, bei denen Seine Majestät den Palast verließ, um an einer großen Zeremonie teilzunehmen, wurde er von einem Gefolge von zwanzigtausend Männern begleitet. Seine maurischen Reiter führten die Prozession im Gänsemarsch an, gefolgt von den Mandarinen in Demutsstellung, schweigend auf ihren juwelengeschmückten Elefanten reitend, während er selbst auf dem prächtigsten Elefanten in der Mitte der Prozession ritt. Die Höflinge niederen Rangs und die Sklaven schritten mit gesenkten Augen vor und hinter ihrem Monarchen, mit seinen Waffen, seinen Betelkästchen und seinen Schirmen. Das einfache Volk, das nicht einmal aus der Ferne die Person des Königs erblicken durfte und dem es nicht gestattet war, einen Laut zu äußern, während er vorbeiritt, blieb respektvoll in den Häusern, hinter geschlossenen Läden. Nur

einmal jährlich durfte die Bevölkerung in Anwesenheit des Königs ihre Häuser verlassen, zur prachtvollsten Zeremonie des Jahres, wenn Tausende kleiner Boote den Fluß säumten, um zu sehen, wie die königliche Barke ihre Konkurrenten im Bootsrennen besiegte.
Trotz der vielen Gerüchte, was Seine Majestät betraf, war es Phaulkon gelungen, ein paar Wahrscheinlichkeiten abzuleiten. Der Monarch war auf jeden Fall tolerant, ansonsten hätte er nie erlaubt, daß in seinem Land so viele Religionen frei praktiziert werden konnten, und er hätte den Missionaren auch nicht die Freiheit zugestanden, seine Untertanen zu bekehren.

Am Tag der Audienz stand Phaulkon sehr früh auf. Der Termin war für acht Uhr angesetzt. Er hatte vor Aufregung nicht schlafen können und sich die ganze Nacht hin und her gewälzt. Sunida war mit ihm wach geblieben, hatte ihn getröstet, ihn massiert und seine zahllosen Fragen beantwortet, so gut sie konnte.
Auch seine Diener und Sklaven waren fast die ganze Nacht wach geblieben, um ihm jeden Wunsch zu erfüllen. So nervös hatten sie ihren Gebieter noch nie gesehen, aber sie verstanden ihn, waren sich der ungeheuren Ehre bewußt, die ihm zuteil geworden war. Bereits zweimal hatte er seine schwarzen Hosen zurückgeschickt, um einen kaum sichtbaren Fusel entfernen zu lassen, und die arme Tip hatte jeden Zentimeter Stoff abgesucht.
Er hatte sich für europäische Kleidung entschieden. Obwohl er gerne demonstriert hätte, wie eng verbunden er sich den Siamesen und ihrer Lebensart fühlte, dachte er, es wäre vielleicht doch prätentiös, wenn ein Farang vor dem Monarchen in siamesischer Kleidung auftrat. Besser im Kostüm des Farangs erscheinen, dann würde seine meisterhafte Beherrschung der siamesischen Sprache und seine Kenntnis der Etikette um so mehr Eindruck machen.
Er hatte sich über eine halbe Stunde lang gebadet und genauso lange rasiert. Die Siamesen hatten nur wenig oder gar keinen

Bartwuchs, und er würde auch keinen zeigen. Schließlich, nachdem er sich sein Haar perfekt gekämmt hatte, verkündete er, er wäre bereit, und entließ die Mitglieder seines Haushalts, um ein paar Minuten allein zu sein.

Er saß mit verschränkten Beinen in einer Ecke des Wohnzimmers und schaute in den Garten hinaus. Seine größte Sorge war es, die königliche Audienz könnte so förmlich sein, daß er keine Möglichkeit hätte, seine Ansichten zu äußern.

Nach allem, was er gehört hatte, waren königliche Audienzen stilisierte Angelegenheiten, die mit geregelten Phrasen und Sprachformen geführt wurden, jede Abweichung von diesem Muster würde verurteilt werden. Gleichgültig, wie dringend er sich mit Seiner Majestät unterhalten wollte, er durfte auf keinen Fall taktlos erscheinen. Es war wohl besser, wenn er sich darauf beschränkte, mit seinen guten Manieren zu beeindrucken. Es würden sicher noch andere Höflinge anwesend sein, vor allem bei einer ersten Audienz, und er fragte sich, wie viele Mandarine das wohl sein würden. Könnte er überhaupt riskieren, seine Ansichten vor einer Versammlung vorzutragen, an der möglicherweise maurische Mandarine teilnahmen? Dann fiel ihm ein, daß Seine Majestät ja gar nicht mit ihm sprechen könnte: Die Etikette erlaubte dem Herrscher nicht, jemanden direkt anzusprechen, den er nicht vorher geadelt hatte. Vielleicht würde man im Falle eines Farangs eine Ausnahme machen.

Andererseits, könnte es nicht auch sein, daß Seine Majestät genauso neugierig auf ihn war und den Wunsch hatte, hinter die Oberflächlichkeit einer zeremoniellen Formalität zu sehen? Durch Sunida hatte er sowohl seine Loyalität zur siamesischen Krone gezeigt als auch dafür gesorgt, daß der Mann im Gefängnis blieb, der ansonsten auf dem Weg nach Madras wäre, um ihn anzuschwärzen. Zumindest hatte er Zeit gewonnen — Zeit dafür, daß die persische Expedition Früchte trug. Wenn alles gelang, dann wäre er in der Position, eine ständige Stellung im Dienste Siams zu fordern. Dann konnten Potts und die Engländer sich seinetwegen ins Meer stürzen. Andererseits, sollte die persische Expedition ein Fehlschlag werden, könnte er leicht die Gunst der Siamesen verlieren, und sie würden ihm keinen Schutz gewähren, zu genau dem Zeitpunkt, an dem die Engländer seine Auslieferung nach Madras fordern würden, um ihn vor Gericht zu stellen.

In wenigen Augenblicken würde er in Demutsstellung vor dem Mann liegen, der sein Schicksal besiegeln konnte, der absolute Herrscher, der sofort Entscheidungen treffen konnte, ohne sich mit irgend jemandem zu besprechen. Der Gedanke ließ ihn erschaudern, denn er wußte instinktiv, daß diese Audienz ein Wendepunkt in seinem Leben sein würde.

»Ein Bote Seiner Exzellenz dem Pra Klang erwartet Euch draußen, mein Gebieter«, sagte Sunida schüchtern.

Phaulkon hob den Kopf. Er sah Sunidas stolzes Lächeln, und sein Herz schmolz dahin. Das Leben mit ihm war in den letzten paar Stunden sicher nicht einfach gewesen. Aber er wußte, daß Sunida verstand, wie wichtig dieser Tag war, denn er hatte oft über seine Pläne und Träume mit ihr geredet. Seine Liebe für Siam und für sie waren inzwischen untrennbar miteinander verbunden. Er stand auf und drückte sie fest an sich, atmete tief ihren Duft ein. »Ich liebe dich, Sunida.«

»Und ich liebe Euch, mein Gebieter, ich bin so stolz auf Euch.« Sie ging graziös zur Tür und sank neben Sorn, Tip und den drei Sklavinnen auf die Knie. Die sechs verharrten reglos in Demutsstellung, als ihr Gebieter die Treppe in den Garten hinunterschritt, wo ihn der Bote des Barcalon erwartete.

Die Luft war morgendlich frisch, als Phaulkon hinter dem Barcalon und seinem üblichen Gefolge von Sklaven an den massiven Toren des Palastes ankam, die immer geschlossen waren. Vor diesen ehrwürdigen Türen mußte jeder vorbeiziehende Reiter absteigen und seine Reverenz erweisen, und jeder Fußgänger mußte seinen Schirm schließen und sich in Richtung der Palasttürme verneigen, die majestätisch über die Mauern ragten.

Phaulkons Herz klopfte bis zum Hals, als der Sklave an das

massive Holztor klopfte und ein Wächter nach Rang und Anliegen der Besucher fragte. Nachdem sie sich identifiziert hatten, informierte der Wächter sofort den Oc-Meuang, den Ersten Offizier des Vorhofs, von der Ankunft Seiner Exzellenz des Pra Klang mit Gefolge. Ohne Genehmigung des Oc-Meuang konnte niemand den Palast betreten oder verlassen.
Ein Paneel des riesigen Holztores öffnete sich knarrend, und der Oc-Meuang, in einer kragenlosen roten Jacke mit passenden Knieschützern und goldenen Armbändern, kam heraus und verbeugte sich vor dem Barcalon. Er musterte kurz das Gefolge von Sklaven, dann richtete sich sein Blick auf Phaulkon. Er ging auf ihn zu, tastete ihn nach Waffen ab und roch an seinem Mund, ob er Alkohol getrunken hatte.
Der Oc-Meuang erklärte sich zufrieden, und die Gruppe wurde durch den ersten Hof geführt, der grasbewachsen war und mit einem schönen Brunnen verziert, dann weiter auf eine breite Terrasse, die von einer Backsteinmauer mit niedrigem Dach umgeben war. Hier hockte die Leibwache des Königs, sechshundert Mann stark und bekannt als die Elitegarde. Diese Elitetruppe war nur zu zeremoniellen Anlässen bewaffnet, und ihre Position war erblich. Sie waren geschickte Ruderer, Reiter und Kämpfer. Die Gruppe der Besucher ging durch schattige Gärten, von Bäumen überwachsen, mit vielen kleinen Teichen. Das Palastareal bestand aus einer ummauerten Stadt, vierzehn Morgen groß, eine Stadt innerhalb der Stadt, aufgeteilt in äußere und innere Sektionen. In den äußeren Sektionen empfing und bewirtete der König Besucher und beriet sich mit seinen Ministern und Mandarinen. Die innere Sektion, die nur wenigen vorbehalten war — Eunuchen, Pagen, königlichen Ärzten und gelegentlich ein Mönch —, beherbergte die riesigen königlichen Gemächer und die Räume des Harems. Selbst dem Barcalon war der Zutritt verwehrt.
Die Besucher kamen jetzt in den letzten, geräumigen Hof, in dem mehrere Mandarine dritten und fünften Grades in Demutsstellung dalagen in der Hoffnung, vom König empfangen zu werden, und gingen bis zum Fuß der Treppe, die zum ge-

täfelten Audienzraum führte, in dem der König den Botschafter Chinas empfangen hatte.
Am Fuß der Treppe warf sich das Gefolge von Sklaven zu Boden und weigerte sich weiterzugehen. Der Barcalon fiel auf Hände und Knie und bedeutete Phaulkon, es ihm gleichzutun. Sie krochen hintereinander die Treppe hinauf, bis zum Eingang der prächtigen Audienzhalle, deren getäfelte Wände vor Blattgold und Lack funkelten. Hier waren, streng nach Rang geordnet, die privilegierten Mandarine ersten und zweiten Grades versammelt, in Demutsstellung, schweigend.
Phaulkon und der Barcalon verneigten sich auf Händen und Knien in Richtung eines Balkones mit vorgezogenem Vorhang, über dem mehrere Reihen goldener Schirme hingen, die Symbole göttlichen Königtums.
Sie blieben einen Augenblick in dieser Stellung, und Phaulkon spürte die heimlichen Blicke vieler Augen. Plötzlich ertönte eine Trompete und dann ein Trommelwirbel. Phaulkons Puls beschleunigte. Er wagte es nicht hochzuschauen, hörte aber, wie der Vorhang aufgezogen wurde, und dann ertönte die Stimme des Zeremonienmeisters: »Nachdem das göttliche Wort sich herabgelassen hat, über den Sklaven des Königs zu kommen, der nur Dreck und Staub ist, hat diese Person die Kühnheit, den Sklaven Seiner Majestät vorzustellen, Kosatanat Forcon.«
Phaulkon erhob sich auf die Knie und verneigte sich dreimal, mit der Stirn bis zum Boden, vor dem oberen Balkon, darauf bedacht, den Blick nicht zu heben. Dann rutschte er drei Schritte vor, wie der Barcalon ihn angewiesen hatte, um Seiner Majestät die Möglichkeit zu geben, den Bittsteller zu unterscheiden. Hier machte er noch mal drei Verbeugungen und richtete seine ersten Worte an den Fürsten des Lebens.
»Mächtiger Fürst und Herr des Lebens, Euer Sklave fleht um Erlaubnis, sprechen zu dürfen. Er bittet Eure Majestät zu erdulden, daß seine unreine und besudelte Stimme die Pforten Eurer göttlichen Ohren erreicht.« Das anschließende Schweigen war ehrfurchtgebietend.

»Es ist Uns eine Freude, Euch zu empfangen, Herr Forcon«, sagte die angenehme, höfliche, fast beschwichtigende Stimme von oben. »Unser Pra Klang hat Gutes über Euch berichtet. Fühlt Ihr Euch wohl in unserem Königreich?«

»Mein hoher und mächtiger Gebieter, von mir, Eurem Sklaven, möchte ich das königliche Wort nehmen, es auf mein Gehirn legen und auf meinen Kopf«, fuhr Phaulkon gemäß dem königlichen Ritual fort. »Dieses Staubkorn unter den Fußsohlen Eurer Majestät fühlt sich wohl und ist sich der Ehre bewußt, in Eurer königlichen Präsenz empfangen zu werden.«

Phaulkon spürte die Überraschung, die sein weiterer Gebrauch der königlichen Sprache auslöste. Es dauerte einige Augenblicke, bis der König wieder das Wort ergriff.

»Wie Wir hören, seid Ihr ein Mann von vielen Talenten, Herr Forcon. Wir gratulieren Euch zu Euren beachtlichen Kenntnissen unserer Sprache, die den westlichen Rassen nicht leichtfällt. Unser Minister hat Euer Geschick mit Zahlen gelobt, und Wir selbst sind begierig, etwas über Euch aus erster Hand zu erfahren. Was bringt Euch in Unser Königreich, und was hofft Ihr, hier zu erreichen?«

Das war der Augenblick, um seine Dienste anzubieten und der Krone von Siam seine Loyalität zu versichern, der Augenblick, von dem er schon so lange träumte. »Mächtiger Fürst und Gebieter, ich, ein Haar von Eurem Kopf, wünsche nur eines: dieser großen Nation zu dienen, auf welche Art auch immer es Eurer Majestät gefällt, mir zu befehlen. Der Fürst des Lebens hat in seiner Weisheit Menschen anderen Glaubens und anderer Nationen berufen, ihm in der Regierung zu dienen, und dieser wertlose Sklave erbittet nur die Möglichkeit, es ihnen gleichzutun.«

»Wir hegen keine Vorurteile gegen Rasse oder Religion«, erwiderte der König. »Wir sind alle Kinder desselben Gottes. Derjenige, der Uns gute Dienste leistet, wird gemäß seiner Verdienste entlohnt. Wir sind mit Euren bisherigen Bemühungen sehr zufrieden, und es betrübt Uns, daß einige Uns nicht so gute Dienste erwiesen haben.« Seine Majestät hielt inne, und Phaulkon fragte sich, wie viele der anwesenden Mandarine Mauren sein könnten. »Ihr müßt aber auf der Hut sein, da diejenigen, die in ihren Verpflichtungen versagt haben, Groll gegen Euch hegen könnten.«

Phaulkon fühlte sich instinktiv zu diesem Monarchen hingezogen. »Erhabener Fürst und Gebieter des Lebens«, erwiderte er, »ich, der ich nur Dreck und Staub bin, empfange dankbar Euren Rat und werde ihn mit allem Respekt auf meinen Kopf legen.«

»In Anerkennung Eurer Dienste, Herr Forcon«, sagte der Monarch, »ist es Uns eine Freude, Euch in den Stand eines Mandarins dritter Klasse zu erheben, und hiermit verleihen Wir Euch den Titel Luang Vichaiyen. Unter diesem Namen werdet Ihr fortan bekannt sein. Ihr werdet zum Generalsekretär des Außenhandelsministeriums ernannt, allein dem Pra Klang verantwortlich. Ihr werdet ein silbernes Betelkästchen mit einem Diamanten erhalten, eine offizielle Hoftracht, eine Brokatweste und einen konischen Hut, um den Euch erlaubt ist, einen Ring zu legen.«

Phaulkon spürte, wie das Zimmer um ihn herum verschwamm, und aus Angst, er könnte aus einem Tagtraum erwachen, grub er seine Nägel in die gefalteten Hände. Vichaiyen bedeutete ›Kenntnis der Wissenschaft‹, und der Titel Luang war der eines Fürsten dritten Grades. Er war jetzt der Fürst des Wissens! Eine Woge von Euphorie erfaßte ihn. Mit vor Erregung zitternder Stimme drückte er dem Mann, der ihm die Türen zu einem neuen Leben geöffnet hatte, seine Dankbarkeit aus.

»Erhabener Fürst, durch die Macht des Staubes unter Euren Füßen, der meinen Kopf bedeckt, schwöre ich, unermüdlich für den Ruhm Siams zu arbeiten und das große Vertrauen zu rechtfertigen, das Eure Majestät diesem wertlosen Sklaven entgegenbringt.«

»Vichaiyen, Wir hören Eure Worte und sind zufrieden«, erwiderte der König. Ein Sklave kroch zu Phaulkon und überreichte ihm sein Betelkästchen, seinen konischen Hut und eine schöne rote Weste mit goldener Brokatstickerei.

Phaulkon legte schnell alles der Reihe nach auf seinen Kopf, dann verneigte er sich dreimal wie beim Eintreten.

»Und jetzt, Vichaiyen, dürft Ihr Euch zurückziehen. Wir werden mit Unserem Pra Klang und Unseren anderen Mandarinen allein sprechen.«

Die Audienz war vorbei. Er war vor den höchsten Mandarinen des Hofes geadelt worden, und er konnte nicht umhin, sich zu fragen, was sie von dieser einzigartigen Ehre hielten. Aus den Augenwinkeln sah er, wie ein Schreiber jedes Wort des Treffens notierte. Es wurde für die Nachwelt niedergeschrieben.

Er erhob sich ein letztes Mal auf die Knie, berührte dreimal mit der Stirn den Boden, dann kroch Luang Vichaiyen ehrfürchtig rückwärts. Erst als er außerhalb des Audienzsaales war und die Stufen zum Hof hinuntergekrochen war, stand er auf. Er ging wie auf Wolken. Das war sicherlich der größte Augenblick seines Lebens. In den Rang eines Mandarins dritter Klasse erhoben! Das Mandarinat hatte fünf Ränge, und er hatte die unteren beiden einfach übersprungen. Er mußte sich erkundigen, wie viele Würdenzeichen seine neue Position mit sich brachte, aber sicherlich waren es einige tausend. Er war ein Mitglied der Elite. Kein Europäer in Siam hatte je so eine erhabene Position innegehabt. Er mußte sich bemühen, den Interessen seines Monarchen gute Dienste zu leisten, nicht nur wegen des Reichtums und der Macht, die er anhäufen konnte, oder zur Befriedigung seines enormen Ehrgeizes, sondern auch, weil er sich zu diesem Regenten so merkwürdig hingezogen fühlte. Mit Phaulkons westlichen Fähigkeiten und dem Weitblick des Königs könnte Siam sich gegen jeden Eindringling behaupten.

Als Generalsekretär des Außenhandelsministeriums konnte Phaulkon einen wirklichen Überblick über die Einkünfte des Staates bekommen. Jede geschäftliche Transaktion würde durch seine Hände gehen. Seine Ziele waren zum erstenmal in greifbare Nähe gerückt, und plötzlich schienen sie gar nicht mehr so weit hergeholt, waren nicht mehr länger unmögliche Träume, die er vor der Welt verstecken mußte, aus Angst, ausgelacht zu werden. Er kannte den Handel so gut wie kaum ein anderer, er sprach fließend die Haupthandelssprachen, er hatte ein Schiff, das unterwegs nach Persien war und das die siamesische Denkweise revolutionieren könnte, er hatte das Vertrauen des augenblicklichen Barcalon gewonnen, und jetzt hatte er sogar den König kennengelernt. Was sollte ihn noch aufhalten? Er erinnerte sich an die Worte, die vor so langer Zeit eine zahnlose Alte in der rauchigen, überfüllten Taverne in seiner griechischen Heimat gesprochen hatte: »Dieser Junge wird eines Tages Potentat in einem fernen Land ...«

Phaulkon war langsam dahingeschritten, gedankenverloren, durch den Irrgarten von Gärten und Höfen. Er hatte das Getuschel um sich herum nicht registriert, die verstohlenen Blicke, die man ihm nachwarf, ja nicht einmal den Wachmann, der ihm leise auf Schritt und Tritt in respektvollem Abstand gefolgt war. Als er den letzten Hof betrat, wurde Phaulkon durch aufgeregtes Stimmengewirr aus seinen Träumen gerissen. Eine Gruppe Höflinge hatte seinen konischen Hut gesehen und warf sich nun vor ihm auf den Boden. Jetzt erst begriff er die volle Tragweite seiner Beförderung. Er war ein betitelter Edelmann des Hofes von Siam.

31

Aarnout Faa überprüfte ein letztes Mal das Dokument in seiner Tasche und befahl dem Bootsmann, auf ihn zu warten. Er kletterte die Flußböschung hinauf und ging entschlossen den Weg zum öffentlichen Gefängnis weiter. Er hatte diesen Teil der Stadt noch nie besucht, aber er wußte, daß das Gebäude irgendwo am hinteren Ende des Marktes sein mußte. Während seiner Amtszeit als Direktor war kein Holländer hier eingesessen, dachte er zufrieden, aber in früheren Zeiten hatten hier schon einige Holländer geschmachtet, meistens wegen Trunkenheit.

Es hatte Aarnout Faa mehrere Besuche beim Barcalon gekostet, bis er wenigstens geringe Fortschritte im Fall Samuel Potts verzeichnen konnte, und obwohl sich der Erste Minister standhaft geweigert hatte, den Bitten um Potts Entlassung Gehör zu schenken, wurde seine Hartnäckigkeit schließlich durch eine Besuchsgenehmigung belohnt. Er brauchte dringend Potts Unterschrift auf diesem Dokument. Die KURFENDAM hätte schon vor zwei Tagen nach Batavia in See stechen sollen. Faa hatte das Schiff zurückgehalten, während er sich verzweifelt um eine Besuchsgenehmigung für Potts bemühte.

Er schritt vorbei am geschwungenen Holzdach des Marktes und bog um eine Ecke auf einen offenen Platz. Er blieb stehen. Direkt vor ihm hatte sich eine riesige Menschenmenge versammelt, um sich am ungewöhnlichen Anblick eines Farang-Gefangenen zu ergötzen. Potts Kopf war zwischen zwei Holzstäben eingeklemmt, die an beiden Enden von schweren Balken gestützt wurden, so daß jede Kopfbewegung für den Gefangenen eine Qual war. Es bestand keine Notwendigkeit, solch einen Gefangenen einzusperren oder zu bewachen. Er konnte sich frei bewegen, obwohl ihm das nichts nützte. Potts blutunterlaufene Augen waren verzweifelt. War das derselbe Mann, der vor kaum einer Woche so zuversichtlich sein Büro betreten hatte? Der Direktor erschauderte unwillkürlich, als er sich dem Gefangenen näherte.

»Mr. Potts, es macht mich sehr traurig, Euch in solchem Zu-

stand zu sehen«, begann er, und sein Mitleid war ernst gemeint, »und ich möchte, daß Ihr wißt, daß ich, abgesehen von einer Kriegserklärung, alles tun werde, was in meiner Macht steht, um Eure Entlassung zu erwirken.«
Samuel Potts starrte müde vor sich hin. Anscheinend hatte er die Worte des Holländers gar nicht gehört.
»Mr. Potts?« Keine Reaktion. »Mr. Potts?« wiederholte Aarnout Faa. Potts Blick folgte dem Geräusch und erfaßte dann den Sprecher. »Mr. Potts, könnt Ihr mich hören?« Es schien, als würde er ihn erkennen. Seine Lippen bewegten sich, aber ohne einen Laut. Wie sollte ein Mann in seinem Zustand ein Dokument unterschreiben, fragte Faa sich besorgt.
»Wie ... wie nett von Euch, mich zu besuchen.« Potts Stimme war heiser, und an seinen schmerzerfüllten Augen war zu sehen, wieviel Mühe es ihn kostete zu sprechen. Sein Kopf, der fast kahl war, war voller roter Flecken von der gnadenlosen tropischen Sonne. Plötzlicher Ekel vor der Brutalität der Siamesen packte Faa. Er nahm seinen Hut ab und setzte ihn vorsichtig auf Potts Kopf. Die gaffende Menge murrte. Natürlich, dachte Faa, wieder mal der Kopf, die heilige Extremität des Körpers. Er sollte nie von einer anderen Person berührt werden. Er ignorierte den wachsenden Unmut. Jetzt sah er, daß auch Potts Augenlider von der Sonne verbrannt waren. Er würde mit dem Barcalon darüber reden. Wußten die Siamesen denn nicht, daß europäische Haut viel empfindlicher war als ihre und die tropische Sonne nicht ertragen konnte. Er würde mit Nachdruck fordern, daß der Mann zumindest ein Dach über dem Kopf haben mußte.
»Mr. Potts ich habe hier ein Dokument aufgesetzt, in dem ich die Ereignisse beschreibe, die zu Eurer unglückseligen Gefangenschaft führten. Darin erkläre ich, wie Ihr bei Eurer Ankunft alle drei englischen Treuhänder abwesend fandet und wie Ihr schließlich Mr. Phaulkon begegnet seid und verlangt habt, die Bücher der Kompanie zu sehen, und er dann das Kontor angezündet hat, um die Beweise für seine illegalen Aktivitäten zu vernichten. Könnt Ihr mir folgen?«

Potts Augen flackerten ein vages Ja.
»Mr. Potts, es ist von entscheidender Wichtigkeit, daß ich Eure Unterschrift auf diesem Dokument habe, die bestätigt, daß der Inhalt korrekt ist. Möchtet Ihr, daß ich es Euch vorlese?«
Potts schloß die Augenlider, ein schwaches Nein.
»Danke, Mr. Potts. Ich habe ein Schiff bereitstehen, das nach Batavia abreisen wird, sobald ich dieses Dokument mit Eurer Unterschrift an Bord gebracht habe. Erlaubt mir, Euch zu helfen.«
Faa legte einen Federkiel in Potts Hand, aber er hatte keine Kraft in den Fingern und ließ ihn zu Boden fallen. Es bedurfte fünf weiterer Versuche, bis es Potts schließlich gelang, etwas, was zumindest seinem Namen ähnelte, zu Papier zu bringen.
»In meinem Begleitbrief habe ich den Gouverneur-General ersucht, sofort zwei Depeschen loszuschicken. Eine an den Barcalon hier, in dem Eure sofortige Freilassung gefordert wird, im Namen der Freundschaft zwischen Siam und Holland, und eine andere an die englische Kompanie in Madras. Mit vereinten Kräften wird es uns gelingen, Eure Freilassung zu erwirken, das kann ich Euch versichern. Verzweifelt also nicht. Und in der Zwischenzeit werde ich beim Barcalon darauf bestehen, daß Eure Haftbedingungen verbessert werden. Dieser Mann Phaulkon wird für seine Verbrechen bezahlen.«
Potts Augen funkelten vor Haß, als er Phaulkons Namen hörte.

»Was ist denn los, Joop? Du siehst ja aus, als hättest du ein Gespenst gesehen.« Aarnout Faa kam gerade in sein Büro, ungeheuer erleichtert, weil sein Brief sich an Bord der KURFENDAM befand. Sie würde jeden Moment in See stechen.
»Es ist schlimmer als das, Sir«, erwiderte van Risling. »Dieses Schwein Phaulkon ist zum Mandarin ernannt worden.«
»Was?« Aarnouts Gesicht wurde aschfahl. »Wer hat Euch das erzählt?« fragte er und versuchte, nicht zu zeigen, welche Panik ihn erfaßt hatte.
»Cheng, der Dolmetscher. Er sagt, die ganze Stadt redet davon.« Van Risling schluckte. »Und das ist noch nicht alles, Sir.

Anscheinend hat man ihn auch noch zum Generalsekretär des Handelsministeriums gemacht, nur noch dem Barcalon verantwortlich.«
Faas Verstand arbeitete fieberhaft. Er mußte noch einen Brief losschicken. Würde er die KURFENDAM noch rechtzeitig erreichen? Er kritzelte hastig einen Brief auf holländisch. »Hier Joop. Laßt das per Boten an Kapitän Niederbeck von der KURFENDAM schicken. Er muß es erhalten, bevor das Schiff ablegt. Er soll seine Abreise noch um eine Stunde verschieben.«
Faa wußte, was er zu tun hatte. Er setzte sich an seinen Schreibtisch und holte Papier aus der mittleren Schublade. Dann hielt er inne. Die Argumente mußten gewichtig und die Worte genau richtig sein. Es war eine Schande, daß nach achtzig Jahren Freundschaft und Zusammenarbeit zwischen Holland und Siam ein minderes Mitglied dieser neureichen englischen Kompanie, das mit gestohlenen holländischen Waffen handelte, in das Mandarinat erhoben wurde. Es war ein absichtlicher Schlag gegen Holland, praktisch eine inoffizielle Kriegserklärung. Er würde ein Ultimatum für die sofortige Freilassung Potts empfehlen, das die siamesische Regierung, seiner Meinung nach, mit Sicherheit ablehnen würde. Aber die Weigerung, Potts freizulassen, würde ihm Gründe für eine Konfrontation liefern. Ein Dutzend Kriegsschiffe sollten zeigen, wer hier die Macht hatte. Vielleicht, wie er dem Gouverneur-General mit gebührendem Respekt unterbreiten würde, war das die Ausrede, auf die sie gewartet hatten. Mit Siam in holländischer Hand wäre das südostasiatische Puzzle vollendet. Die nächstgelegene englische Streitmacht befand sich in Madras, und die ganze Sache könnte vorbei sein, ehe sie begriffen, was los war.
Faa überlegte noch eine Weile. Dann brachte er alles zu Papier. Er las den Brief noch einmal sorgfältig durch, versiegelte ihn, schrieb ›Streng geheim‹ darauf und ließ Pieter rufen. Er war der zuverlässigste und tüchtigste Mann in seinem Stab — und obendrein ein halber Holländer.
»Hier, Pieter, bring diese Depesche sofort zur KURFENDAM.

Übergib sie nur dem Kapitän persönlich. Sie ist streng vertraulich.«
Pieter verbeugte sich und rannte los.
Aarnout Faa schaute durch das Fenster auf die glitzernden Türme, die sich hinter der großen Mauer um den Königspalast erhoben. Der Gedanke kam ihm, eine ähnliche Mauer um das holländische Viertel zu ziehen. Auf der Tafel würde stehen: ›Errichtet im Jahre 1680 von Seiner Exzellenz Aarnout Faa, Gouverneur‹. Denn wer wäre geeigneter als er, Gouverneur der neuen holländischen Territorien von Siam zu werden? Er hoffte sehr, der Gouverneur-General würde die Dinge auch so sehen wie er.

»Ist Seine Exzellenz, der Oc-Luang, zu Hause?« fragte Ivatt, übers ganze Gesicht grinsend. Es war eines der Sätze, die er heute im Palast gelernt hatte. Er stand keuchend vor Phaulkons Haus und war sehr aufgeregt. Die Neuigkeit, die er gerade gehört hatte, war kaum zu glauben, und er war sich immer noch nicht sicher, ob er sie richtig verstanden hatte. Er hatte die letzten zwei Tage im Palast damit verbracht, Saltos und Räder zu schlagen und die üblichen Tauben aus Kokosnußschalen zu ziehen, begleitet vom ekstatischen Geschrei der königlichen Kinder. Es war wirklich eine ganz neue Erfahrung, vor einhundertachtunddreißig königlichen, adoptierten Kindern aus allen Teilen des Landes aufzutreten. Sein siamesisches Vokabular vergrößerte sich in Windeseile. Was für ein seltsames Land, überlegte er. Wenn der königliche Haushalt ihm befahl aufzutreten, gab es keine Widerrede. Ihr Wort war Gesetz. Es spielte keine Rolle, daß er eigentlich in dem Kontor einer ausländischen Nation angestellt war. Er fragte sich, ob man Samuel Potts auf Anfrage erzählt hätte, Thomas Ivatt wäre leider damit beschäftigt, Handstände im Palast zu machen. Phaulkon hatte ihm eine Nachricht über Potts Ankunft geschickt, aber als er zu Phaulkons Haus kam, waren weder er noch Potts anwesend. Dann hatte er Gerüchte über den Unfall in der Handelsniederlassung gehört und war begierig darauf, alles von Phaulkon selbst zu erfahren.

Jetzt hörte er unterdrücktes Kichern auf dem Treppenabsatz. Die Dienerin erzählte jemandem hinter der Tür seinen Scherz mit Oc-Luang. Die Gestalt trat heraus, um ihn anzusehen. Sunida! Sie grüßte ihn, lächelte und winkte ihn herein. Dieses Schlitzohr Phaulkon, dachte Ivatt. Wie hatte er es denn geschafft, dieses bezaubernde Wesen in seine Höhle zu locken? Sunida führte ihn ins Wohnzimmer.

»Thomas!« sagte Phaulkon, stand auf und umarmte ihn. »Wo warst du denn? Ich habe dich überall suchen lassen.«

»Ich war die letzten Tage im Palast, mein Fürst. Aber erzähl mir schnell, ist es wirklich wahr, daß du Mandarin bist?«

»Ich fürchte, ja.«

»Was soll das heißen, fürchte? Das ist doch brillant. Die Möglichkeiten eröffnen sich gerade erst. Kann ich in den Läden Kredit kriegen, wenn ich deinen Namen benutze?«

Phaulkon lachte. »Könnte leicht sein, daß wir den brauchen. Der Titel beinhaltet keinen Lohn oder sonstige Einkünfte. Nur einen Haufen Ehren. Insbesondere das Recht, Seiner Majestät dem König direkt zu dienen und den grenzenlosen Respekt des einfachen Volkes zu haben. Zu dem du auch gehörst, Thomas.«

Thomas tat so, als würde er sich zu Boden werfen. »Mächtiger Fürst, ich empfange Eure Befehle. Aber wovon leben denn dann die Mandarine?«

»Von Geld für Bittschriften, Geschenken vom König und Korruption.«

Ivatt schien erleichtert. »Das liegt dir doch alles sehr, Constant.«

»Ich werde dich in zwei Tagen mit einer Eskorte nach Mergui schicken. Burnaby und White dürften spätestens in einem Monat dort eintreffen. Du brauchst Zeit, um dich umzuschauen.«

»Ich weiß nicht, ob der Palast mich gehen lassen wird, Constant. Ich bin sehr begehrt. Aber erzähl, was macht denn Sunida hier? Die Gemahlin des Mandarins, was? Und wird es noch andere geben?«

»Das geht dich nichts an. Du sollst dich auf Mergui vorbereiten. Dein Kontakt dort wird ein portugiesischer Priester sein, Dom Francisco. Er war ein guter Freund von Kapitän Alvarez, möge er in Frieden ruhen. Erwähne dem Pater gegenüber seinen Namen und auch meinen. Ich habe ihn nie kennengelernt, aber er wird wissen, wer ich bin. Er wird dir helfen, eine kleine Dschunke zu organisieren, die Whites Mannschaft auffischt, wenn es soweit ist. Die Dschunke muß bereit sein. Und versprich dem Pater ein großzügiges Geschenk von den persischen Gewinnen. Alvarez hat mir erzählt, daß Dom Francisco dauernd auf der Suche nach Geld für den Ausbau seiner kleinen Kirche ist.«

»Was ist in dem Kontor passiert, Constant? Ich habe Gerüchte gehört —«

»Das Kontor ist niedergebrannt. Potts ist wegen Brandstiftung im Gefängnis. Er war betrunken.«

»Du lieber Himmel. Heißt das, wir sind arbeitslos? Ich bin frei, um für Siam zu arbeiten? Ich liebe dieses Land.«

»Hilf erst einmal Richard, die Beute nach Ajuthia zu bringen, dann werden wir sehen, was wir für dich tun können. Du bist Aktionär, weißt du noch? Und du kannst White sagen, er soll auch kommen. Ich bin jetzt besser in der Lage, ihm zu helfen, und ich glaube, ich werde ihn brauchen. Der Rest der Mannschaft soll in Mergui bleiben, bis er ein Schiff findet, das ihn nach Madras zurückbringt. Ich will nicht, daß die Leute irgendwelche Gerüchte in Umlauf bringen. Und kein Wort zu Burnaby und White über meine neue Würde. Ich will nicht, daß es Madras schneller als nötig erfährt.«

»Was wird mit Potts passieren?«

»Je länger wir seine Rückkehr nach Madras verzögern können, desto besser für uns. Aber komm mit ins Ministerium, Thomas. Wir können unterwegs weiterreden.«

Ivatt warf sich zu Boden. »Mächtiger Fürst, ich, ein lockiges Haar auf Eurem Kopf, empfange Eure Befehle.«

32

Pater Bartolome Vachet näherte sich dem Haus mit sehr gemischten Gefühlen. Das war schließlich seine wichtigste Mission in den zehn Jahren, die er in Siam war. Und man hatte ihn vor allen anderen Jesuiten dafür auserwählt. Wie würde Constantine Phaulkon, frischgebackener Mandarin, auf seinen Vorschlag reagieren? Der Pater wußte, daß Phaulkon eigenwillig, charmant und ehrgeizig war. Ein Mann, der wußte, was er wollte, und mit einer ziemlich lässigen Einstellung, was Religion betraf.

Der Priester wurde an der Tür von einem Diener begrüßt, der ihn ins Haus führte, wo ein großes, sehr hübsches siamesisches Mädchen ihn ins Wohnzimmer begleitete. Sicher eine von Phaulkons Konkubinen, dachte er. Es war anscheinend eine Frage der Ehre unter den Mandarinen, sich mehrere Konkubinen zu halten oder Unterfrauen, wie sie sie lieber bezeichneten. Der Pater seufzte. Die hartnäckige Verfechtung der Monogamie im Christentum war das größte Hindernis für die Etablierung der christlichen Religion in Siam.

Das attraktive Mädchen bot ihm einen Stuhl an und erkundigte sich nach dem Zweck seines Besuches. Er sagte, er sei ein Jesuitenpriester und wolle seinen Freund, Fürst Phaulkon, besuchen. Sie lächelte freundlich. Der Gebieter bade gerade und werde in Kürze erscheinen, informierte man ihn. Dürfte sie ihm inzwischen vielleicht eine Erfrischung reichen? Sie hatte wirklich ein verführerisches Lächeln, und sie strahlte Wärme und Güte aus. Sicher liebte sie Phaulkon sehr. Phaulkon hatte etwas, was Leute anzog, wie auch der Pater feststellen mußte.

»Danke, mein Kind«, sagte er auf siamesisch. »Ich nehme gerne ein bißchen Tee.« Sie war entzückt von seinem Siamesisch. Dieser gutaussehende Priester mit den blauen Augen war erst der zweite Farang, den sie ihre Sprache hatte sprechen hören. Seine Aussprache war zwar ein bißchen komisch, aber sie konnte

ihn verstehen. Sie machte eine Verbeugung und ging dann, um den Tee zu holen.
Pater Vachet lehnte sich in dem Stuhl zurück und widmete sich erneut seinen Überlegungen. Würde dieses Mädchen eine andere Frau, eine Hauptfrau, im Haushalt dulden, fragte er sich. Wahrscheinlich schon, sie war schließlich so erzogen worden. Diesen Siamesen war das Konzept ohne Scheidung einfach nicht begreiflich zu machen. Die Vorstellung, mit der Schande einer schlechten Ehe leben zu müssen, erfüllte alle Siamesen, ob Mann oder Frau, mit Angst und Schrecken. Das Konzept legaler Trennung war so fest etabliert, daß verheiratete Frauen nicht einmal den Namen ihres Mannes annahmen, sondern ihren Geburtsnamen ein ganzes Leben lang behielten.
Bei der Heirat stellte ein unabhängiger Zeuge eine Liste des Besitztums jeder Partei auf, und im Falle einer Scheidung fielen diese Besitztümer dem ursprünglichen Besitzer wieder zu. Alle ungeraden Kinder, das erste, das dritte, das fünfte, gingen an die Mutter, während das zweite, vierte, sechste und so weiter bei dem Vater blieben. Wenn es nur ein Kind gab, bekam es die Mutter, die die Mühe der Geburt gehabt hatte.
Der Tee und der Herr des Hauses erschienen gleichzeitig. »Ah, mon cher, Constant«, der Priester erhob sich, um seinen Gastgeber zu begrüßen, »oder sollte ich Euch jetzt als Fürst Phaulkon anreden? Darf ich der erste sein, der Euch gratuliert?«
»Wohl kaum der erste, fürchte ich, Pater, aber ein sehr willkommener Zugang auf der Liste«, erwiderte Phaulkon freundlich. Er hatte Pater Vachet immer schon gemocht. Wie klug von den Jesuiten, ihn zu schicken.
»Darf ich Euch etwas Tee eingießen, Pater?« Sunida kniete mit einem silbernen Tablett ein Stückchen von ihm weg. Es schickte sich nicht für eine Frau, einem Priester zu nahe zu kommen.
»Danke, mein Kind«, sagte er. Er beobachtete, wie sie eine Schale füllte und sich dann graziös in der Hocke rückwärts bewegte. Phaulkon setzte sich in einen Stuhl dem Jesuiten gegenüber und sah ihn an. Er hätte einen prächtigen Piraten abgege-

ben, dachte er. Er sah gut aus, mit einer Mähne von schwarzen, lockigen Haaren mit grauen Schläfen.
»Was verschafft mir denn die Ehre, Pater? Ihr seid sicher nicht nur gekommen, um mir zu gratulieren.« Er grinste. »Ich kenne euch Jesuiten.«
Vachet lachte. »Ihr könnt Gedanken lesen, mon ami. Kein Wunder, daß sie Euch zum Mandarin gemacht haben. Ich werde mir die Mühe einer großen Vorrede sparen, Monsieur, und direkt zur Sache kommen.« Das Gesicht des Jesuiten wurde ernst. »Monsieur, Euch brauche ich nichts vorzumachen. Ihr wißt, daß es unser größtes Ziel, unsere *raison d'être* in diesem Land ist, die Bekehrung Seiner Majestät König Narai von Siam zu erreichen.« Er hielt inne, Phaulkon musterte ihn schweigend. Er wird mich doch nicht wirklich bitten, dieses Wunder zu vollbringen, dachte Phaulkon.
»Seht, meine Mitbrüder und ich sind überzeugt, wenn Seine Majestät den christlichen Glauben annehmen würde, würden seine Untertanen ohne Frage seinem Beispiel folgen. Und da reden wir nicht von Tausenden, sondern von Millionen von Seelen, die gerettet werden.«
Phaulkon wollte dem Pater gerade sagen, es wäre Träumerei, wenn er glaube, es bestünde auch nur die geringste Möglichkeit zu einer solchen Bekehrung, aber sein Instinkt hinderte ihn, denn jeder Mann, der einen Gefallen erbat, war im allgemeinen auch bereit, einen zu tun. Es gab eine wichtige Aufgabe, die die französischen Jesuiten für ihn erledigen könnten.
»Es wäre in der Tat ein erstaunlicher Erfolg.«
»Ja, mon ami, und einer, der nicht so unwahrscheinlich ist, wie Ihr vielleicht denkt. Nicht mit Eurer Hilfe.«
»Meiner Hilfe?« fragte Phaulkon gespielt überrascht.
»Es gibt bereits ein paar christliche Mandarine. Nicht viele, das ist wahr. Sechs, um genau zu sein. Und mit Eurem leichten Zugang zu den anderen Mandarinen könnte es mehr geben. Was Seine Majestät angeht...«
»Aber ich bin nicht einmal Katholik!« protestierte Phaulkon.
»Das läßt sich ändern, nicht wahr?« schlug der Pater vor.

»Ich bin zwar von Geburt Katholik, aber ich bin vor zwanzig Jahren konvertiert.«
»Zweifellos angestiftet von den protestantischen Engländern.« Der Priester nickte wissend. »Ihr seid ein praktisch veranlagter Mann, Monsieur Phaulkon, und das ist einer der Gründe, warum wir Eure Hilfe beanspruchen wollen.«
»Schlagt Ihr etwa vor, ich soll zu einer anderen Religion konvertieren, um Euch zu helfen, den König von Siam zu bekehren?«
»Ja, damit dieser Teil der Welt christlich wird. Um Millionen von Seelen zu retten.«
Phaulkon lächelte. »Ich habe mich mit dieser Frage noch nie beschäftigt, Pater. Wie Ihr schon sagtet, ich bin praktisch veranlagt.«
»Und praktisch denkende Männer wollen belohnt werden? Gibt es denn einen größeren Lohn, als zu wissen, daß man Tausende von Heiden vor der ewigen Verdammnis retten könnte?« Vachet ließ nicht locker.
»Größer vielleicht nicht, Pater, aber ... anders.«
»Wie anders? Erzählt es mir.«
Phaulkon erhob sich und ging langsam zum Fenster, während er sich die Antwort überlegte. Die Jesuiten wollten sich anscheinend um jeden Preis seine Unterstützung sichern. So, wie er die Unterstützung Frankreichs haben wollte. Denn Frankreich war das einzige Land, das mächtig genug war, den Holländern einen Grund zu geben, sich zurückzuhalten. Von den Engländern hatte er keine Hilfe zu erwarten — ob nun militärisch oder anderweitig, und Siam war nicht stark genug, um allein einer militärischen Invasion der Holländer zu widerstehen. Die Angst vor französischer Intervention war plötzlich die einzig denkbare Waffe gegen die Holländer geworden. Obwohl keine Möglichkeit bestand, innerhalb so kurzer Zeit französische militärische Präsenz ins Bild zu bringen, so würde doch ein Abkommen mit Europas mächtigster Nation das Gleichgewicht der Mächte wiederherstellen. Die Holländer würden dann nicht wagen, so ohne weiteres anzugreifen. In der

Zwischenzeit mußte er irgendwie Potts Freilassung bewerkstelligen, nur um die Holländer aufzuhalten, bis sie eine andere Begründung für einen Krieg gefunden hatten.
Pieter, der eurasische Dolmetscher aus Ligor, der van Risling nach Ajuthia begleitet hatte, hatte ihn vor zwei Tagen heimlich in seinem Haus aufgesucht und ihm erzählt, er hätte gewisse Depeschen abgefangen, in denen angedeutet wurde, die Holländer würden planen, Siam zu annektieren. Pieter wollte keine Invasion in seinem Land, auch wenn er ein halber Holländer war. Er hatte gedacht, Phaulkon wäre der beste Mann, um etwas mit dieser Information anzufangen. Ein Dutzend Kriegsschiffe waren aus Batavia angefordert worden. Potts Inhaftierung sollte als Erklärung für einen Krieg dienen. Die Nachricht hatte Phaulkon Kälteschauder über den Rücken gejagt. Er hatte das noch nicht an den Barcalon weitergegeben, weil er zuerst einen entsprechenden Plan ausarbeiten wollte.
»Der Père de la Chaise ist der Beichtvater König Ludwigs XIV., nicht wahr?«
»Das ist er in der Tat, Monsieur. Und könnt Ihr Euch vorstellen, wie stolz es uns macht, einen solchen Mann als Oberhaupt unseres jesuitischen Ordens zu haben?«
»Superior-General nennt ihr ihn, glaube ich?«
Vachet verbeugte sich. »Das ist richtig, Monsieur.«
»Und inwiefern ist dieser Père de la Chaise über Eure Bestrebungen in Siam informiert, Pater? Ist er mit der Größe und Wichtigkeit dieses Landes vertraut?«
»Aber selbstverständlich, Monsieur Phaulkon. Der Superior-General ist ein sehr belesener Mann. Er betrachtet Siam potentiell als unser größtes Ziel. Er hat die Angelegenheit häufig mit König Ludwig XIV. diskutiert.«
»Die Bekehrung des Königs von Siam zum katholischen Glauben liegt also dem König von Frankreich sehr am Herzen?«
»Dessen könnt Ihr versichert sein.«
Phaulkon sagte mit sehr ernster Miene: »Vielleicht kann ich Euch helfen, Pater.«
»Und Euer Preis, mon ami?«

»Nichts Materielles, Pater.« Phaulkon beugte sich zu ihm. »Ich möchte, daß ihr ein Abkommen mit Frankreich publik macht.«
Vachet war sprachlos. »Ein Abkommen mit Frankreich? Was... was genau soll das heißen?«
»Ein Freundschaftsabkommen zwischen Siam und dem mächtigsten Land Europas, besiegelt mit der Ankündigung, daß Seine Majestät von Frankreich ein Regiment Soldaten zum exklusiven Nutzen seines hochgeschätzten Bruders, König Narai von Siam, schickt.«
»Aber König Ludwig hat nichts dergleichen getan!«
»Aber er könnte es tun, wenn Ihr seinen Beichtvater davon informiert, daß Millionen von Seelen vor ewiger Verdammnis gerettet werden, wenn er den König überredet, einen solchen Vertrag einzugehen.«
»Möglicherweise«, sagte der Pater langsam. »Aber wir Jesuiten sind nicht befugt, solche Verträge zu machen.«
»Nicht einmal, wenn es die Erfüllung Eures obersten Zieles bedeutet? Ich dachte, König Ludwig wäre der Verteidiger des katholischen Glaubens?«
»Ja, aber... selbst wenn es uns möglich wäre... das, was Ihr vorschlagt, in Betracht zu ziehen, woher weiß ich, daß Euch die Bekehrung des Königs von Siam gelingen wird?«
»Dessen könnt Ihr Euch nicht sicher sein, Pater, und ich könnte es auch nicht guten Gewissens garantieren. Aber, gab es schon einmal einen europäischen Mandarin, der für Euch gearbeitet hat?«
»Ihr würdet konvertieren?«
»Wenn wir uns über alles andere einigen könnten.«
»Aber wie sollte ich diesen... plötzlichen Sinneswandel seitens des Königs von Siam erklären? Schließlich sind wir Jesuiten schon fast zwanzig Jahre hier.«
»Durch das plötzliche Erscheinen eines katholischen Venezianers am Hof von Siam. Ein Mann von großer Überredungskunst —«
Vachet unterbrach ihn. »Ihr wollt, daß ich meinen Hals ris-

kiere, indem ich einen ungenehmigten Militärpakt proklamiere — denn das ist dieser Vertrag letztendlich —, mit Europas mächtigstem Monarchen, aufgrund der sehr vagen Wahrscheinlichkeit, daß ein griechischer Mandarin am Hof von Siam einen orientalischen Monarchen und ein paar Millionen seiner Untertanen dazu überredet, ihren Glauben zu ändern. Ich bin kein Mann der wettet, aber ich würde sagen, die Chancen stehen hierbei gegen mich.«

»Soviel ich weiß, seid Ihr es gewesen, der um Unterstützung gebeten hat, Pater. Helft mir, was war noch der Grund Eures Besuches?«

»Das war, bevor Ihr Eure ... Bedingungen gestellt habt.«

»Und inwieweit verändern meine Bedingungen die Chancen?«

»Ich nehme an, die Chancen sind dieselben, egal, wie man sie betrachtet. Aber ich brauche mehr Beweise, wenn Ihr verzeiht, von Euren ernsten Absichten.«

»Welchen Beweis verlangt Ihr?« fragte Phaulkon.

Jetzt war es Vachet, der sich erhob und zum Fenster ging. Er betrachtete eine Weile schweigend den Garten, dann setzte er sich wieder. »Ich hätte gerne noch etwas Tee, wenn Ihr nichts dagegen habt, Monsieur Phaulkon.«

Phaulkon bezwang seine Ungeduld und erhob sich, um den Gong zu schlagen, aber Sunida stand bereits an der Tür, ehe er den Hammer heben konnte. Es war unmöglich, daß sie ihm nachspionierte, da sie kein Wort der Sprache verstand. Sie hatte mit einer frischen Kanne vor der Tür gewartet.

Der Priester wartete, bis sich die Tür wieder hinter Sunida geschlossen hatte, dann beugte er sich vor. »Hier ist der Beweis, den ich verlange.« Er schloß mit einer Handbewegung das ganze Haus ein. »All das muß verschwinden.« Dann zeigte er in die Richtung, in der Sunida verschwunden war.

»Was?« fragte Phaulkon, bei dem sich ein unangenehmer Verdacht eingeschlichen hatte.

»Dieser ganze Lebensstil. Ihr könnt als Katholik nicht so leben, in Sünde, mit Sklaven und Konkubinen wie jeder Heide. Ein katholischer Mandarin muß beispielhaft sein. Wenn ich

Euch den Vertrag besorge und es Euch nicht gelingt, den König zu bekehren, dann werden meine jesuitischen Brüder und ich wenigstens nicht wie vollkommene Narren dastehen, weil wir glaubten, ein Mann, der das Leben eines Sünders führt, hätte sich wirklich unserer Sache angenommen und versucht, die Bekehrung des Königs zu erreichen. Mein Orden würde zum Gespött der gesamten christlichen Welt. Ganz zu schweigen vom Zorn des Superior-General. Ihr müßt mir demonstrieren, daß ich es mit einem wahrhaft frommen Katholiken zu tun habe, glücklich verheiratet mit einer katholischen Frau —«
»Verheiratet?« unterbrach ihn Phaulkon. Während der Rede des Priesters war er stetig blasser geworden. Jetzt war er fast weiß. »Als nächstes werdet Ihr wohl sagen, Euch schwebt da jemand vor?«
»Das stimmt in der Tat. Und nachdem Ihr wißt, daß ich ein Auge für Schönheit habe, bin ich mir sicher, daß Ihr nicht enttäuscht sein werdet. Wir wissen, daß sie fähig wäre, Euch in Zaum zu halten. Ihr Name ist Maria de Guimar.«
Einen Augenblick lang fragte sich Phaulkon, ob Maria selbst hinter dieser Sache steckte. Dann verwarf er die Idee als unmöglich. Trotzdem mußte er absolut sicher sein. »Und woher wißt Ihr, daß sie bereit wäre, mich zu heiraten?«
Der Pater nickte weise. »Wir haben sie aufgezogen. Eine Ausnahme natürlich. Ihr wißt vielleicht, daß es den Jesuiten nicht gestattet ist, sich in der Erziehung von Frauen zu betätigen. Aber wir erkundigen uns oft nach ihrem Wohlbefinden, und als einer meiner Kollegen ihren Onkel im Scherz fragte, ob sie denn schon einen kühnen jungen Mann zum Heiraten gefunden hätte, erwiderte er, sie hätte sich unglücklicherweise unsterblich in einen gewissen Monsieur Phaulkon verliebt und würde keinen anderen mehr anschauen.«
»Unglücklicherweise, sagtet Ihr?« fragte Phaulkon.
»Unglücklicherweise, weil Ihr kein Katholik seid, Monsieur. Aus keinem anderen Grund. Mestre Phanik ist einer Eurer großen Bewunderer. Die Idee ist uns erst durch Mestre Phaniks Bemerkung gekommen.«

»Ihr wollt damit sagen, daß ihr die Heirat die ganze Zeit über geplant hattet?«
»Geplant? Nein. Sagen wir, Monsieur, wir hatten gehofft, daß Ihr unseren Standpunkt versteht.«
»Ihr erstaunt mich. Ihr wollt allen Ernstes vorschlagen, ich soll mein ... Personal entlassen, meinen Glauben ändern und eine Frau heiraten, die ich kaum kenne?«
»Es wäre wohl kein so großes Opfer, Monsieur, wenn Ihr es gegen den Lohn abwägt. Ihr braucht einen Vertrag mit Frankreich und wollt, daß wir ihn über unseren Superior-General in Versailles ermöglichen —«
Phaulkon unterbrach ihn. »Nein, Vater, der Teil würde später kommen. Ich brauche den Vertrag jetzt, aufgesetzt von den Jesuiten hier.«
»Aufgesetzt? Ich dachte, Ihr sagtet proklamiert, nicht aufgesetzt. Ihr verlangt doch nicht etwa, daß wir das schriftlich festlegen?«
Phaulkon sah ihn schweigend an.
»Und wer sollte ... dieses Dokument unterzeichnen?«
»Wer immer am besten das königliche Siegel Frankreichs fälschen kann und die Unterschrift von Monsieur Colbert, dem Minister des Königs.«
Vachet hob die Arme gen Himmel. »Monsieur, Ihr scherzt. Das geht zu weit.«
»Wenn dem so ist, Pater, dann sind wir alle die Verlierer, Frankreich, die Jesuiten und ich selbst. Denn die Holländer planen eine Invasion Siams.«
»Mon Dieu!« sagte Vachet schockiert. »Seid Ihr Euch dessen sicher?«
»Absolut. Das einzige, was ich noch nicht weiß, ist das genaue Datum. Aber ihre Kriegsschiffe sind im Begriff, Batavia zu verlassen. Es würde sieben Monate dauern, bis ein Schiff in Frankreich ankommt, weitere drei, bis der Superior-General sich mit König Ludwig geeinigt hat, und weitere sieben, bis ein Schiff die Antwort bringt. Wir haben keine eineinhalb Jahre Zeit, Pater. Vielleicht drei Wochen, höchstens einen Monat.«

Vachet war in Gedanken mit dem Schicksal der Jesuiten in Siam im Falle einer Machtübernahme durch das protestantische Holland beschäftigt. »Und was ist mit den Engländern, Monsieur Phaulkon. Können sie nichts dagegen unternehmen?«
»Die Engländer, Pater, sind schlecht organisiert, und ihr Chefbuchprüfer ist gerade wegen Brandstiftung unter Alkoholeinfluß inhaftiert worden. Unter diesen Umständen werden die Engländer Siam wohl kaum zu Hilfe kommen. Die Holländer wissen das.«
Vachet nickte. »Ja, ja, wir wissen von Monsieur Potts«, sagte er mitfühlend. »Le pauvre. Einer meiner Kollegen hat ihn bereits besucht.«
»Ihr seht also, Pater, Ihr erlebt es vielleicht noch, daß der König von Siam Protestant wird. Falls euch die Holländer solange hier dulden, natürlich.«
»Aber der König von Siam, würde er ein solches Bündnis mit Frankreich akzeptieren?«
»Ich halte es für möglich, Pater. Es wäre meine Aufgabe, dafür zu sorgen, daß er es tut. Eure Aufgabe wäre es, Euch mit den anderen Jesuiten über die Unterzeichnung des Vertrages einig zu werden. Er müßte mit großem Pomp proklamiert werden. Eine prachtvolle siamesische Gesandtschaft wird nach Frankreich aufbrechen müssen, auf König Ludwigs Einladung. All das muß ich arrangieren. Aber es muß ein unterzeichnetes Dokument geben, um es den Holländern vorzulegen.« Phaulkon fiel plötzlich etwas ein. »Es hängt sogar ein Porträt des Grand Monarque in den Privatgemächern Seiner Majestät.« Er hielt inne.
»Ihr ward dort?« fragte Pater Vachet ehrfürchtig. Die Jesuiten versuchten seit Jahren ohne Erfolg, in die Privatgemächer Seiner Majestät vorzudringen.
»Diese Frage habe ich nicht gehört«, sagte Phaulkon. Die Saat war ausgesät.
»Aber selbst wenn ein solches Bündnis proklamiert würde, würde das ausreichen, die Holländer abzuhalten?«

»Wenn sie den Vertrag als echt ansehen, ja. Natürlich müßte vorausgehende Korrespondenz gefälscht und mindestens zwei Jahre zurückdatiert werden. Denkt dran, Pater, das letzte, was die Holländer riskieren wollen, ist eine Konfrontation mit Frankreich auf europäischem Boden. Die Eroberung Siams würde keinesfalls das Risiko einer Invasion Hollands rechtfertigen. Es liegt jetzt ganz bei Euch, Pater. Ihr müßt Euren Kollegen die Dringlichkeit der Situation plausibel machen, und die jesuitische Abstimmung muß einstimmig sein. Wir können nicht riskieren, daß ein verärgertes Mitglied den Plan verrät.«
»Ich werde mein Bestes tun. Aber kann ich meinen Kollegen Euer Wort geben, daß Ihr alles tun werdet, was in Eurer Macht steht, um den König zu bekehren?«
»Das könnt Ihr.«
Der Pater zögerte. »Mon cher ami, es gibt da noch eine Sache, die mir auf der Seele liegt. Es betrifft Maria. Wenn Ihr sie heiratet, würdet Ihr sie dann gut behandeln?«
»Aber natürlich, Pater. Für wen haltet Ihr mich denn? Eine Vernunftehe schließt doch nicht aus, daß es auch eine glückliche wird.«
»Ich bezweifle, daß die Heirat überhaupt stattfinden würde, wenn Maria auch nur ahnte, daß Ihr sie als solche betrachtet. Sie ist sehr stolz.«
»Was sie nicht weiß, kann sie nicht verletzen.«
»Unterschätzt Ihre Intelligenz nicht.«
»Bestimmt nicht. Ich kenne sie. Sie ist sehr gewandt, lebhaft und schön. Und sie hat ihren eigenen Willen.«
»Aber sie wird diese anderen nicht akzeptieren.« Er zeigte zur Tür. »Genausowenig wie ich oder meine Brüder es tun würden. Stimmen wir in diesem Punkt überein, Monsieur?«
Phaulkon schien zu überlegen. »Sagt mir, Pater, Euer Sonnenkönig, genießt er großen Respekt?«
»Aber natürlich, er ist wahrscheinlich der größte König, den Frankreich je hatte. Er ist der Verteidiger des katholischen Glaubens. Und unser Oberhaupt, der Superior-General, ist ein treuer Anhänger des Königs.«

»Und wir alle wissen, daß Seine Majestät mit einer guten Katholikin verheiratet ist. Ich habe mich gefragt, Monsieur, wie ist das mit Madame de la Vallière, Madame de Maintenon und —«
Vachet ließ ihn mit einer Handbewegung verstummen. Die Liste der Mätressen des Königs von Frankreich war lang.
»Sunida!« rief Phaulkon. Sunida kam herein und kniete sich ehrerbietig an Phaulkons Seite. »Das ist meine Madame de la Vallière, Pater. Und ich fürchte, ich kann ohne sie nicht leben.«
»Das müßt Ihr dann zwischen Euch und Gott ausmachen«, murmelte Vachet. »Ich wollte mich nur Eurer Fürsorge für Maria versichern, mehr nicht.« Er erhob sich rasch und schien sehr verlegen.
»Ihr solltet statt dessen Fürsorge für mich zeigen«, sagte Phaulkon lächelnd. »Wahrscheinlich hat sie mich in einer Woche, höchstens zwei, um den Finger gewickelt.«
»Das hoffe ich inständig, mon ami.« Vachet ging zur Tür. »Ich habe unseren kleinen Meinungsaustausch genossen.«
»Es war sehr lehrreich, Pater«, sagte Phaulkon und begleitete ihn zur Tür. »Überlegt es Euch gut.« Er kehrte zurück und drückte Sunida liebevoll an sich.
»Was war denn los, mein Fürst?« fragte sie.
»Sunida, ich bin in Schwierigkeiten. Etwas Schreckliches ist passiert.«
»Werdet Ihr es mir erzählen, mein Fürst?«
»Das kann ich nicht, Sunida. Es ist streng vertraulich. Aber ich muß Seine Majestät unter vier Augen sprechen, und ich weiß, daß es für einen so minderen Menschen wie mich verboten ist. Die Angelegenheit ist von äußerster Dringlichkeit.«
»Könnt Ihr nicht mit dem Pra Klang sprechen, mein Fürst?«
»Meine Achtung für den Pra Klang ist grenzenlos, aber diese Angelegenheit ist nur für Seiner Majestät Ohren bestimmt.«
»Oh, mein Fürst«, sagte Sunida zärtlich. »Ich wünschte, ich könnte Euch helfen.«

33

Phaulkon durchschritt rasch das Eingangstor des portugiesischen Viertels und ging weiter in Richtung des Hauses von Maria de Guimar. Er hatte seinen konischen Hut und seine moslemischen Pantoffeln nicht angelegt, um auf der Straße nicht zuviel Aufmerksamkeit zu erregen. Er brauchte Zeit zum Nachdenken und wollte nicht abgelenkt werden.

Es war unumgänglich, daß er sofort mit Seiner Majestät unter vier Augen sprach. Phaulkon konnte unmöglich die Feinheiten des katholischen Glaubens vor fünf Dutzend Mandarinen oder in einer Nachricht durch den Barcalon diskutieren.

Das entmutigendste, selbst wenn es ihm gelänge, den König und die Jesuiten erfolgreich auszujonglieren und er einen Vertrag vorweisen konnte, war, daß das keine absolute Garantie, daß die Holländer von ihrem Plan ablassen würden, darstellte. Die Kriegsschiffe waren möglicherweise schon zur Abreise bereit, und sie könnten siamesische Gewässer erreichen, ehe sie von irgendeinem Vertrag erfuhren. Sie würden ihre Befehle haben. Würden sie sie ausführen, oder würden sie umdrehen? Wäre der Flottenkommandant befugt, eine solche Entscheidung zu treffen? Oder würde er sich Aarnout Faa unterstellen? Wenn ja, in welche Richtung würde sich der VOC-Direktor drehen? Es war jetzt unerläßlich, daß Phaulkon Potts Freilassung erwirkte, in der Hoffnung, die holländische Aktion aufzuhalten. Die Rückkehr der persischen Delegation stand unmittelbar bevor.

Er näherte sich dem Tor zu Marias Haus, und nur ein Gedanke beschäftigte ihn noch. Würde Maria seinen Heiratsantrag annehmen? Ihm blieb keine andere Möglichkeit, er *mußte* ihre Zustimmung bekommen.

Sie würde sicher wissen wollen, warum er ihr plötzlich einen Antrag machte. Die Wahrheit konnte er ihr wohl kaum erzählen. Er bezweifelte ohnehin, daß sie ihre Einwilligung zu einer Verbindung aus politischen Gründen geben würde, geschweige

denn, wenn sie die wahren Hintergründe kannte. Er würde sein langes Zögern mit dem Antrag damit erklären, daß er sich wegen des Altersunterschiedes und seiner Freundschaft mit ihrem Onkel geniert hätte. Er hätte sie die ganze Zeit gemieden, um die Sache gründlich zu durchdenken. Aber würden sie solche Erklärungen täuschen, und würde ihn sein Gewissen plagen? Nicht wirklich, redete er sich ein, aus einer Reihe von Gründen. Erstens hatte er tatsächlich vor, sie mit der Achtung zu behandeln, die er immer für sie empfunden hatte. Zweitens, angesichts der Alternativen — er selbst würde wahrscheinlich von den Holländern inhaftiert oder von den Engländern vor Gericht gestellt werden, und sie hätte mit Schikanen von den holländischen Protestanten zu rechnen, und ihre jesuitischen Erzieher würden ausgewiesen — hielt er es für gerechtfertigt, die Wahrheit ein bißchen zu beschönigen.
Er zog an der Klingel vor Mestre Phaniks Haus. Ein Diener erschien, erkannte ihn und führte ihn nach einer tiefen Verbeugung ins Haus. Sowohl Mestre Phanik als auch die Dame Maria waren anwesend, informierte man ihn. Mestre Phanik war im Wohnzimmer und die Dame Maria in ihrem Zimmer, wo sie sich ihren Studien widmete.
»Willkommen in unserem bescheidenen Heim, Fürst Mandarin!« Mestre Phaniks rundes Gesicht strahlte vor Freude. »Was für eine Ehre. Aber Ihr tragt ja gar nicht Euren Hut!« rief er. »Und auch nicht die spitzen Pantoffeln. Ein Mandarin lebt doch von den Zeichen seiner Stellung. Aber Ihr müßt mir sofort die Zeremonie schildern. Nehmt doch Platz, und was kann ich Euch anbieten?«
»Tee wäre sehr willkommen, danke, Doutor.«
Mestre Phanik klatschte in die Hände, um einen Diener zu rufen. »Setzen wir uns doch. Ich fühle mich wirklich sehr geschmeichelt, daß Ihr so kurz nach Eurer Beförderung Zeit findet, uns zu besuchen. Ich dachte, nach dem unverzeihlichen Auftritt meiner Nichte beim Bankett würden wir Euch vielleicht nie wiedersehen.«
»Aber, aber, Doutor. Sie ist nur eine temperamentvolle jun-

ge Dame, mehr nicht. Es ist ein Teil ihres überreichlichen Charmes.«
»Und Ihr, Constant, seid der geborene Diplomat.«
Phaulkon sah ihm direkt in die Augen. »Ich versichere Euch, daß es mein Ernst ist. Ich habe die höchste Achtung vor ihr, Doutor.«
»Nun ja...« Phanik war plötzlich verlegen. »Ich bin mir sicher... daß dieses Gefühl erwidert wird.«
Phaulkon hatte Phanik noch nie zuvor erröten sehen. Sollte er die Angelegenheit zuerst bei ihm zur Sprache bringen, fragte er sich.
»Also, mein lieber Freund«, sagte Mestre Phanik und wechselte das Thema, gerade als Phaulkon den Mut gefaßt hatte, »die vielen Dienste, die ihr der Nation erwiesen habt, haben Euch eine große Ehre zuteil werden lassen. Ich freue mich so für Euch... aber ich bin auch ein bißchen besorgt. Ich habe lange über diese Eure Dienste nachgedacht. Ihr habt, ohne Frage, die Mauren vor den Kopf gestoßen. Mohammed Rashid geht mir aus dem Weg. Er war nicht ein einziges Mal hier, seit Ihr sein Bankettressort übernommen habt. Ihr wißt, daß sein Vater einmal Barcalon war, für kurze Zeit, während der Herrschaft des letzten Königs, Prasat Ton. Ich dachte immer, er hätte selbst Ambitionen auf den Posten.«
»Was könnte dieser Mann Rashid tun?«
»Er ist eng befreundet mit Prinz Dai. Er hat ihn einmal zu mir mitgebracht. Dai ist das Oberhaupt aller Makasaren, und sie sind ihm blind ergeben. Die Makasaren sind Mohammedaner aus Celebes, traditionell Kämpfer und... geschulte Mörder. Im Augenblick verhalten sie sich friedlich, weil der König sie entsprechend verwarnte, als er ihnen Asyl gewährte und ein eigenes Lager vor der Stadt für sie errichtete. Aber wenn Rashid den Prinzen überzeugen würde, daß Ihr eliminiert werden müßt... Ich habe Berichte über ihre letzte Schlacht gegen die Holländer gelesen, in der sie ihre Heimat verteidigten... sie lassen einem das Blut in den Adern gefrieren. Sie haben Opium geschluckt, ihre Krise gezogen und sich direkt auf die Mündun-

gen der holländischen Kanonen gestürzt. Vom Opium aufgeputscht, wollten sie bis zum letzten Mann kämpfen. Ich glaube, Prinz Dai ist mit den letzten tausend Überlebenden hierhergeflohen, um seinen Stamm vor dem Aussterben zu bewahren.«

Phaulkon lauschte interessiert, fragte sich aber gleichzeitig, wie er wohl die Sprache auf Maria bringen könnte. »Was soll ich also machen, um mich zu schützen?«

»Ihr könntet doch versuchen, mit den maurischen Mandarinen bei Hof Freundschaft zu schließen? Sie überzeugen, daß Ihr nicht ihr Blut wollt, sondern daß Euch nur das Wohl der Nation am Herzen liegt.«

»Ein sehr treffender Satz, wenn man bedenkt, daß sie die Nation wie Vampire aussaugen.«

»Vielleicht, Constant. Aber laßt Euch die orientalische Geschichte eine Lektion sein. Unternehmt nichts, ehe Ihr nicht sicher seid, daß Ihr genügend Unterstützung habt, um Euer Unternehmen erfolgreich zu beenden. Wenn Ihr weiterhin die Mauren aus ihren Posten drängt, müßt Ihr eine mächtige Fraktion haben, die bereit ist, sie zu ersetzen.«

»Um ehrlich zu sein, Doutor, daran arbeite ich gerade.«

»Ich hätte es wissen müssen«, sagte Mestre Phanik und klatschte sich auf die Schenkel. »Und ich versuche hier, einem geborenen Politiker Vorträge zu halten, der wahrscheinlich klüger ist als Machiavelli und Brutus zusammen.«

»Euer Rat ist mir immer teuer, Doutor, das wißt Ihr. Ist Maria immer noch so an Politik interessiert? Ich erinnere mich, daß ihre Intuition auf diesem Gebiet hoch entwickelt ist.«

»O ja, sie überrascht mich immer wieder. Sie hat mir gesagt, daß die größte Gefahr für Euch die Holländer sind. Sie fand, Ihr solltet die Engländer vergessen und ein Bündnis mit Frankreich suchen.«

Phaulkon schluckte, um nicht zu zeigen, wie überrascht er war. »Ich fühle mich geschmeichelt, daß Sie beide sich Sorgen um mein Wohlbefinden machen«, sagte er lächelnd. »Doutor, das Wohlbefinden dieser Familie betrifft mich auch. Das ist vielleicht auch der Grund, warum ich so lange gezögert habe, diese Sache zur Sprache zu bringen, die mir sehr am Herzen liegt. Es betrifft Maria.«

»Oh?« Mestre Phanik rutschte verlegen auf seinem Stuhl herum.

»Ich bin mir bewußt, daß das für Euch überraschend kommt, Doutor, aber ich habe die Angelegenheit lange durchdacht, ehe ich heute zu Euch gekommen bin.«

In diesem Moment kam ein Diener mit einem Tablett mit Tee und Kuchen herein und stellte es vor ihnen auf den Tisch. Mestre Phanik wandte sich an den Diener. »Wir werden den Tee selbst eingießen, danke.« Der Diener verbeugte sich und zog sich zurück.

Betretenes Schweigen breitete sich aus, während die beiden Männer ihren Tee schlürften. »Doutor, ich bedaure, daß wir gerade jetzt unterbrochen wurden. Ich wollte Euch gerade um die Ehre der Hand Eurer Nichte bitten.«

Der Doutor erstarrte. Lieber Himmel, dachte er. So schmerzlich ihm auch Marias Gefühle bewußt waren, er wäre nie auf den Gedanken gekommen, daß ihre Gefühle erwidert wurden. Er rang nach Worten. »Constant, äh, ich ... es ist mir in der Tat eine Ehre. Aber, habt Ihr, äh, Maria schon daraufhin angesprochen? Und dann ist da natürlich die Frage der Religion ... wir sind, wie Ihr wißt, überzeugte Katholiken ...«

»Maria weiß nichts von meinen Gefühlen, Doutor. Ich habe mich die ganze Zeit von ihr ferngehalten, um mir selbst sicher zu werden. Ich habe mehrere Faktoren in Betracht gezogen, nicht zuletzt ihre Jugend und die Religion. Was das erstere betrifft, obwohl mir natürlich klar ist, daß uns fünfzehn Jahre trennen, bin ich der Meinung, daß die Kluft wesentlich verschmälert wird — ich wage nicht zu sagen, von meiner eigenen Jugend — durch ihre Reife. Was das letztere angeht, ich bin von Geburt katholisch, und es wäre für mich weder unangemessen noch unangenehm, zur Religion meiner Jugend zurückzukehren. Ich war ein leicht zu beeindruckender Jüngling, als ich den protestantischen Glauben meiner englischen Gebieter annahm.«

Mestre Phanik stieß einen tiefen Seufzer der Erleichterung aus. »Dann, mein lieber Constant, steht meinem Segen nichts mehr im Weg, außer Marias eigenen Gefühlen. Ihr müßt Euch mit ihr besprechen. Sie ist ihres Schicksals Schmied. Aber in der Zwischenzeit erlaubt, daß ich Euch umarme.« Er erhob sich und umarmte Phaulkon herzlich.

»Habt Ihr Euch entschlossen, uns nicht mehr zu vernachlässigen, Constant?« fragte Maria, als sie sich in den Stuhl setzte, den Mestre Phanik gerade verlassen hatte, um draußen etwas Dringendes zu erledigen. Ihr schwarzer Panung verhüllte ihre Schenkel vollkommen, aber ihre blassen, zarten Beine und ihre Porzellanfüße ließ er unbedeckt. Sie war höchstens einen Meter fünfzig groß, aber perfekt proportioniert.
Jetzt, wo der Augenblick gekommen war, war Phaulkon sehr nervös. Nicht so sehr, weil er ihre Antwort fürchtete, sondern weil er sich nicht sicher war, ob er fähig wäre, sie anzulügen. Es war absolut möglich, daß er sich im Lauf der Zeit in sie verlieben würde, überlegte er. Sie hatte, weiß Gott, genug Qualitäten, die er bewunderte, aber er scheute sich, ihr ins Gesicht zu sagen, er liebe sie. Um ehrlich zu sein, er war absolut in Sunida vernarrt.
Ihre Stimme unterbrach seine Gedanken. »Fürst, seid Ihr hierhergekommen, um schweigend vor Euch hin zu träumen, oder gehört es zu den Gepflogenheiten der Mandarine, stumm dazusitzen, während ihre Untertanen sich in der Aura ihrer Präsenz sonnen?«
»Verzeiht, Maria«, sagte er. »Um ehrlich zu sein, ich habe an Euch gedacht.«
»Aber ich bin hier, Constant.« Sie runzelte die Stirn. »Aber in letzter Zeit ward Ihr sowieso etwas komisch. Zuerst besucht Ihr uns wochenlang nicht, und wenn Ihr dann kommt, sitzt ihr mit abwesendem Blick stumm da.«
»Ich bin nur stumm, Maria, weil ich über etwas nachgedacht habe. Etwas, das ich Euch fragen will.«
»Warum fragt Ihr dann nicht, Constant? Ich höre.«

»Maria, ich habe gerade Euren Onkel um die Ehre Eurer Hand gebeten.«
Ihre Augen wurden ganz groß. »In der Tat? Und wie war die Antwort meines Onkels?«
»Er schlug vor, die Frage Euch zu unterbreiten.«
»Eine sehr weise Vorsichtsmaßnahme. Und eine faire.« Sie betrachtete ihn eine Weile. »Denn meine Antwort, Constant, muß nein lauten.«
Phaulkon war zwar offensichtlich betroffen, wollte ihr aber zuerst nicht glauben. Er schrieb es ihrem Stolz zu und der etwas linkischen und abrupten Art, mit der er das Thema zur Sprache gebracht hatte. Er war sich bewußt, wie schal und phantasielos sein Antrag geklungen haben mußte, war aber gleichzeitig erleichtert, daß er sie nicht mit falschen Schwüren ewiger Treue belogen hatte.
»Darf ich fragen, warum?«
Sie erwiderte mit sanfter Stimme und ohne jede Bitterkeit oder Groll. »Aus einer Reihe von Gründen, Constant. Weil Ihr kein Katholik seid, weil ich Euren Lebensstil nicht akzeptieren könnte und weil ich nicht glaube, daß Ihr mich wirklich liebt. Was mich betrifft, ich kann die Tatsache nicht leugnen, daß ich Euch anbete. Aber unter diesen Umständen wäre eine Ehe für mich ein zu hoher Preis.«
Sein Verstand arbeitete fieberhaft. ›Unter diesen Umständen‹ hatte sie gesagt. Ließ sie da eine Tür offen? »Und wenn die Hindernisse zu dieser Ehe beseitigt würden?« fragte er.
»Weder mein Onkel noch ich können eine Ehe mit einem Nichtgläubigen akzeptieren, gleichgültig, wie hoch sein Rang und wie ehrenwert sein Charakter ist. Unsere Familie hat lange und hart für das Recht der Erhaltung unseres Glaubens gekämpft, und jetzt, wo wir in diesem toleranten Land Freiheit gefunden haben, ist es unser Herzenswunsch, daß diejenigen, die uns am nächsten stehen, unsere Freude teilen.«
»Ich habe bereits Euren Onkel darüber informiert, daß ich bereit bin, zum katholischen Glauben zurückzukehren.«
»Nur per Erklärung oder auch mit der Seele?«

»Mit beidem, wie ich hoffe.«
»Die katholischen Mandarine haben Schwierigkeiten, die Polygamie aufzugeben. Warum sollte das bei Euch anders sein?«
Phaulkon überlegte einen Augenblick. Er würde Sunida nie aufgeben können, aber vielleicht konnte er Maria davon überzeugen, wie unersetzlich sie war, weil er durch sie dem Palast wünschenswerte Informationen unterschieben konnte. In dieser Hinsicht war es nur gut, daß Maria bereits über Sunidas Rolle als Spionin informiert war. Maria brauchte ja nicht zu wissen, daß er Sunida liebte. Er würde dafür sorgen, daß sie sie nie zusammen sehen würde. »Das kann ich erst ehrlich beantworten, wenn ich es versucht habe.«
»Ich schätze Eure Ehrlichkeit, Constant. Aber ich muß Euch meinerseits sagen, daß ich denke, eine Frau könnte nicht ruhig schlafen, wenn sie das Gefühl hat, ein Mann wäre gezwungen gewesen, eine Religion anzunehmen, die sein Herz nicht akzeptiert, oder einen Lebensstil zu opfern, den er bis dahin sehr genossen hat. Ich könnte es bestimmt nicht. Warum wollt Ihr mich *wirklich* heiraten?«
»Ich möchte eine Familie und Kameradschaft und ...«
»Einen Anker für Euren Ehrgeiz vielleicht?«
»Einen Partner, den ich lieben und respektieren kann und der mein Leben und meine Pläne teilt.«
»Und was sind Eure Pläne, wenn ich fragen darf, Fürst?«
Er sah ihr unverwandt in die Augen. »Der Barcalon von Siam zu werden.« Das hatte er bis jetzt noch keinem Menschen erzählt.
Ihre Augenbrauen hoben sich überrascht und sie grinste. »Großer Gott, aber da braucht Ihr ja wirklich meine Hilfe.«
Er lachte herzlich. Das Eis war gebrochen. »Maria«, sagte er. »Es wird mir nicht schwerfallen, zum Glauben meiner Kindheit zurückzukehren, und was meine Konkubinen betrifft ...«
Sie hob abwehrend die Hand. »Macht keine Versprechungen, von denen Ihr Euch nicht sicher seid, daß Ihr sie einhalten könnt, Constant. Der Verlust Eurer Sklaven wäre eine große Veränderung in Eurem Leben, und ich möchte für Euch kein

Anlaß zur Reue sein. Es gibt viele siamesische Mädchen, schöner und von besserer Herkunft als ich, denen es eine Ehre wäre, die Hauptfrau eines so distinguierten und ehrgeizigen Mandarins zu werden, und denen die Anzahl Eurer Gefährtinnen gleichgültig wäre.«

»Maria, Ihr habt das Recht, die Ergebnisse meiner Absichten in Frage zu stellen, aber nicht die Ehrlichkeit. Die Zeit wird beweisen, was Worte nicht können.«

»So sei es. Laßt die Zeit entscheiden.« Sie sah ihn liebevoll an. »Wie ich bemerke, habt Ihr Euch all meinen Einwänden gestellt, außer dem letzten: Liebe. Aber vielleicht möchtet Ihr in einem so delikaten Punkt nicht unter Druck gesetzt werden?«

Er zögerte nur einen Augenblick. Er hatte nicht damit gerechnet, daß sie so direkt sein würde. »Liebe ist ein sehr umfassender Begriff, Maria. Wie sollte ich eine Frau nicht lieben können, die mein Leben und meine Pläne teilt und ... meine Freude und mein Leid und ... Kinder?«

»Diese Ausflüchte sehen Euch gar nicht ähnlich, Constant. Dann laßt mich noch einen Einwand vorbringen.«

»Noch einen, Maria. Bin ich denn wirklich so verabscheuungswürdig?« Sie sah ihn an. Er lächelte. Dieses Lächeln, das sie immer dahinschmelzen ließ. Gleichgültig, wie sehr sie dieses starke charaktervolle Gesicht liebte, die hellbraunen Augen und das sichere Auftreten, gleichgültig, wie sehr sie seinen Intellekt und seine Energie bewunderte, es war sein Lächeln, das sie verzauberte. Wieviel leichter wäre es doch, sich ihm zu widersetzen, wenn dieses Lächeln nicht wäre.

»Euer Alter, Constant.« Sie grinste boshaft. »Ihr müßt fast doppelt so alt sein wie ich. Ich frage mich, ob so eine Verbindung wirklich gesund wäre.«

»Vielleicht anfänglich nicht«, konterte er, »aber ich könnte versuchen, durch gute Taten und ein frommes, katholisches Leben mein Alter für immer gleichbleibend zu halten, damit Eure Jugend mich einholen kann.«

Sie lachte. »Hattet Ihr noch nie eine Ehefrau? Ich meine, in Europa vielleicht ...«

»Nie, Maria.« Aber beinahe, das mußte er zugeben. Er fragte sich, was wohl aus Vanessa geworden war. Ihr Haar hatte die Farbe der aufgehenden Sonne über der Ägäis, und ihre langen Bauernröcke rochen nach frischem Heu. Sie waren sich begegnet, als er ein paar Tage bei Georges Cousins in Dorset verbrachte, ehe er nach Asien aufbrach. Die Sonne hatte in diesen Frühsommertagen fast immer geschienen, und er erinnerte sich, wie er gedacht hatte, es könnte keine zwei schöneren Dinge auf dieser Welt geben, als die grüne englische Landschaft im Sonnenlicht und Vanessas Lachen über den Feldern. Sie waren sehr verliebt gewesen, sie siebzehn und er vierundzwanzig. Asien war kein Platz für eine Engländerin, hatte George gesagt, und England kein Land, um eine Frau zurückzulassen. Und so hatten sie beide geweint, und er hatte geschworen, er würde zurückkehren, und Vanessa, sie würde auf ihn warten. Sechs Jahre waren seither vergangen. Wer konnte wissen, wo sie jetzt war?

Er sah Maria an. »Ich werde in mich gehen. Aber bedrängt mich nicht. Und Ihr werdet Zeit brauchen, um Euch zu überlegen, ob Ihr Euch dem Leben eines Ehemanns und eines Christen anpassen könnt.«

34

Phaulkon lag wieder in Demutsstellung in der getäfelten Audienzhalle, neben sich den Barcalon. Phaulkon war es ausnahmsweise gelungen, in bemerkenswert kurzer Zeit eine Privataudienz bei Seiner Majestät zu bekommen, obwohl er vermutete, daß es wohl mehr Sunidas Verdienst war, als der seiner offiziellen Bitten durch den Barcalon.

Die üblichen Fanfaren und Zymbeln hatten die Ankunft Seiner Majestät verkündigt, und ein leichtes Hüsteln von oben zeigte an, daß Seine Majestät jetzt vor der Öffnung des oberen Balkons stand. Bei seiner ersten Audienz hatte Phaulkon unter den neugierigen Blicken der anderen Mandarine nicht gewagt, nach oben zu schauen. Aber jetzt schielte er durch seine Finger. Er sah einen juwelenbesetzten konischen Hut, eine reichhaltig bestickte rote Jacke und funkelnde Edelsteine an den königlichen Fingern. Das Gesicht lag im Schatten. Es war nicht erkennbar, ob Seine Majestät stand oder auf einem Thron saß, und es war unmöglich festzustellen, wie groß er in Wirklichkeit war.

»Ihr habt darum gebeten, Uns unter vier Augen zu sprechen, Vichaiyen? Habt Ihr denn Angelegenheiten zu besprechen, die nicht für die Ohren der Mandarine bestimmt sind?«

»Hoher und mächtiger Fürst, von mir, Eurem Sklaven, wünsche ich das königliche Wort zu nehmen und es auf mein Gehirn und die Spitze meines Kopfes zu legen. Ich, ein Staubkorn unter den Fußsohlen Eurer Majestät, bitte in aller Demut darum, den Fürsten des Lebens in Angelegenheiten von größter politischer Wichtigkeit allein zu sprechen.«

»In Ordnung, Ihr könnt sprechen, Vichaiyen.«

»Mächtiger Fürst, ich empfange Eure Befehle. Ich, ein Haar von Eurem Kopf, weiß, daß sich Euer Majestät der wachsenden Macht und des Ehrgeizes der Holländer bewußt sind. In Eurer grenzenlosen Weisheit hat es Eurer Majestät gefallen, die englischen Farangs hierher einzuladen, angeblich, um zu handeln, aber letztendlich, um dieser Bedrohung entgegenzuwirken. Aber jetzt hat der Engländer Potts sich schändlich benommen und zahlt die Strafe. Ich, der Staub unter Euren Füßen, habe langjährige Erfahrungen mit den englischen Farangs. Sie sind ein stolzes Volk und sich über die Maßen der Wichtigkeit ihrer Nation bewußt. Wenn sie hören, daß einer ihrer Untertanen, ein Mandarin, im Kerker schmachtet, werden sie sicher ein Kriegsschiff schicken, um seine Freilassung zu fordern. Ich, ein unverschämtes Haar, erbitte die Nachsicht Eurer Majestät, wenn ich annehme, daß dieses Kriegsschiff seine Kanonen nicht auf die Holländer, sondern auf Eurer Majestät eigene Befestigungen richten wird.«

»Dieser Potts, sagt Ihr, ist ein Mandarin?«

»Mein erhabener Fürst, ich empfange Eure Befehle. Er ist ein Mandarin von einem Rang, der dem Eurer dritten Klasse gleichkommt.«

»Seid Ihr denn gekommen, um seine Freilassung zu erbitten?«

»Erhabener Fürst, das Haar von Eurem Haupt glaubt, es wäre höflich, ihn freizulassen, obwohl er nach Madras zurückkehren und mich, Euren Sklaven, verleumden wird. Er wird mich bezichtigen, das Kontor in Brand gesteckt zu haben, um die Beweise meines Betrugs zu vernichten. Und die englischen Mandarine dort werden ihm glauben, weil er berichten wird, daß ich, Euer Sklave, nicht auf meinem Posten war, und mein Direktor, Mr. Burnaby, ebenfalls nicht.« Seine Majestät würde sofort den Ernst dieser Anschuldigung begreifen, dachte Phaulkon. Wenn irgendeiner seiner Provinzgouverneure nicht auf seinem Posten war, hatte das sehr ernste Folgen.

»Euer Direktor ist derjenige, der nach Persien gesegelt ist?«

»Erhabener Fürst, genau der.«

»Und wenn der Engländer Potts entlassen wird und nach Madras zurückkehrt, um Euch anzuklagen, was werden die englischen Mandarine dann tun?«

»Erhabener Fürst, sie werden ein Kriegsschiff schicken, um Euren Sklaven zurück nach Madras zu bringen, wo man ihn vor Gericht stellen wird. Und Euer Sklave hat nur einen Wunsch

hierzubleiben und den Rest seines Lebens Eurer Majestät zu dienen.«
Seine Majestät war erbost. »Einen meiner Mandarine entführen? Niemals!« Das anschließende Schweigen in der großen Halle war ehrfurchtgebietend. »Wie mir scheint, sind diese englischen Farangs nicht diejenigen, die Unserem Zweck dienen werden, wie Wir einmal hofften. Wir werden andere Wege finden, um die holländischen Farangs in Schach zu halten. Wie denkt Unser Pra Klang darüber?«
»Erhabener Fürst, ich empfange Eure Befehle«, tönte der Barcalon. »Die englischen Farangs trinken zu viele berauschende Getränke und sind unzuverlässig. Außerdem scheinen sie nicht so gut organisiert zu sein wie die holländischen Farangs. Aber Vichaiyen hat, wie ich glaube, dem Fürsten des Lebens einen anderen Vorschlag zu machen.«
»In der Tat? Wir werden ihn hören, Vichaiyen.«
»Erhabener König, ich empfange Eure Befehle. Es gibt einen Monarchen, der mächtig genug ist, die anderen das Fürchten zu lehren, nämlich Ludwig XIV., der große Sonnenkönig.«
»Der französische?« fragte Seine Majestät.
»Erhabener Fürst, ich empfange Eure Befehle. König Ludwig ist, wie Eure Majestät auch, ein Herrscher von großer Kraft und sehr verehrt von seinem Volk. Er ist ein exzellenter Reiter, Fechter und Tänzer. Außerhalb seines Landes haben seine Armeen Triumphe gefeiert, und er hat kürzlich die Holländer in einer Schlacht geschlagen und einen Teil ihres Territoriums namens Flandern annektiert.« Phaulkon hielt inne, um das Ausmaß der Niederlage zu betonen. »Zu Hause hat er gerade einen prachtvollen Palast erbaut, Versailles, der den Neid ganz Europas erweckt hat.«
»Schlagt Ihr ein Bündnis mit diesem großen Monarchen vor, Vichaiyen?«
»Erhabener Fürst, das Haar von Eurem Haupt glaubt, daß ein Freundschaftsvertrag mit einem so glorreichen Monarchen eine ernsthafte Abschreckung für die holländischen Absichten wäre.«

»Und warum sollte ein so weit entfernter Herrscher eine Allianz mit einem so weit entfernten Land wie dem Unseren eingehen? Was würde der König davon profitieren?«
»Erhabener Fürst, der König von Frankreich würde zweifellos die Gelegenheit begrüßen, neue Handelsregionen für Frankreich zu erschließen, und er würde es als vernünftig betrachten, den Holländern Einhalt zu gebieten. Außerdem ist er ein Kreuzritter, der begierig darauf ist, den Ruhm und die Kultur Frankreichs zu verbreiten.«
»Und die Religion, glaube ich«, unterbrach Seine Majestät.
»Erhabener Fürst, die Religion auch.«
»Wir dürfen Uns wirklich glücklich schätzen, so begehrt zu sein, nicht wahr?« Die Stimme Seiner Majestät hatte einen amüsierten Unterton. »Der persische Botschafter«, fuhr er fort, »war vor kurzem hier, mit Botschaften von Scheich Suleiman, in denen er die Tugenden des Korans schildert und uns alle einlädt, zu dem zu konvertieren, was er den wahren Glauben nennt. Die Jesuiten starren Uns hungrig an, wie einen riesigen Fisch, der nur darauf wartet, geangelt zu werden, und die Holländer werden Uns zweifellos bitten, die Katholiken zu verraten und ihrer protestantischen Sache zu dienen.
Wir haben hier immer alle Religionen toleriert, Vichaiyen, im Glauben, daß es mehr als nur einen Weg zu Gott gibt. So wie der gute Herr uns verschiedene Pflanzen und verschiedene Gemüse gegeben hat, so hat er uns auch verschiedene Wege des Glaubens gegeben. Und genauso schwer wie die Frage, welches Gemüse besser ist, zu beantworten ist, ist es auch zu bestimmen, welcher Glaube dem anderen überlegen ist.
Wir würden mit Freuden die Freundschaft des Königs von Frankreich annehmen, aber nicht seinen Glauben. Und Wir hoffen doch inständig, daß das eine nicht vom anderen abhängig ist. Sollte es das sein, schlagen Wir mit allem Nachdruck vor, daß der König von Frankreich den buddhistischen Glauben annimmt, das ist nämlich der ältere der beiden.«
Phaulkon wurde dieser Monarch von Minute zu Minute sympathischer. Er hatte Geist und Witz, und seine Ansichten über

Religion waren denen Phaulkons seltsam ähnlich. Bei der Vorstellung, eine Delegation buddhistischer Mönche würde in ihren safrangelben Roben am Hof von Versailles vorsprechen und die weißperückten Aristokraten drängen, den buddhistischen Glauben anzunehmen, mußte er grinsen. »Erhabener Fürst, ich empfange Eure Befehle. Nichts liegt dem Haar von Eurem Haupt ferner, als vorzuschlagen, daß Eure Majestät einen anderen Glauben in Betracht zieht. Aber angesichts der holländischen Bedrohung, wäre es da nicht günstig, wenn der König von Frankreich — mittels seiner Jesuiten hier — hoffen könnte, daß die Bekehrung Eurer Majestät im Lauf der Zeit bewerkstelligt werden könnte?«

»Das ist ein angemessener Vorschlag, Vichaiyen, und wenn er dazu dient, diesen Vertrag mit Frankreich zu erhalten, werden Wir ihn in Betracht ziehen. Aber Wir halten es für unwahrscheinlich, daß ein so bedeutendes Bündnis von einer so unwürdigen Voraussetzung abhängig sein soll.«

»Erhabener König, der Sonnenkönig ist der Verteidiger des katholischen Glaubens. Sein Beichtvater ist außerdem der oberste Patriarch des Jesuitenordens.«

»Sein Beichtvater?«

»Erhabener Fürst, der Priester, der seine Beichte abnimmt.«

»Der König von Frankreich beichtet einem Priester?« fragte Seine Majestät ungläubig.

»Erhabener Fürst, das tut er.«

»Was beichtet er denn?«

»Erhabener Fürst, der Staub Eurer Füße glaubt, er beichtet, daß der Herr des Lebens, der große König von Siam, es in Betracht zieht, den katholischen Glauben anzunehmen, und daß es weise wäre, ein Bündnis mit ihm einzugehen, um seine Fortschritte besser im Auge behalten zu können.«

Von oben ertönte lautes Lachen, und Phaulkon hatte das Gefühl, daß endlich der erste frische Wind in die strenge Formalität seiner königlichen Beziehung gekommen war. Der Barcalon neben ihm schloß sich dem Gelächter an, obwohl seiner Stimme die übliche Vitalität fehlte. Phaulkon wußte, daß er sich in letzter Zeit nicht wohl gefühlt hatte, und er sah auch mitgenommen und erschöpft aus.

»Vichaiyen, Ihr macht Uns gute Laune. Aber, obwohl Eure Idee ihre Vorzüge hat, fürchten Wir doch, daß die holländischen Farangs Uns nicht soviel Zeit lassen werden.«

Phaulkon hatte lange überlegt, ob er Seine Majestät über die bevorstehende holländische Invasion informieren sollte, hatte sich aber schließlich dagegen entschieden. Seine Majestät könnte Aarnout Faa verhaften lassen, und damit wäre die Tür für eine friedliche Lösung endgültig verschlossen. Phaulkon hätte die geplante Invasion Seiner Majestät nur dann preisgegeben, wenn dieser sich geweigert hätte, das Konzept eines Vertrages mit Frankreich anzunehmen.

»Erhabener Fürst, das Haar von Eurem Haupt bittet um Verzeihung für seine Unverschämtheit, aber die französischen Jesuiten hier sind begierig darauf, den Vorschlag zu unterbreiten, eine große Allianz mit Frankreich zu proklamieren, wenn Eure gnädige Majestät ihnen nur seine Absicht zu konvertieren versichert.«

»Ihr habt mit ihnen geredet?«

»Erhabener Fürst, sie haben sich in der Angelegenheit an mich gewandt und um meine Hilfe gebeten.«

Pater Vachet hatte erst gestern nacht Phaulkon die Zustimmung seiner Kollegen mitgeteilt. Unter zwei Bedingungen. Erstens, die Jesuiten verlangten ausreichende Beweise für Seiner Majestät Absicht zu konvertieren, zweitens wollten sie, daß der Vertrag von den siamesischen Behörden aufgesetzt und dann den Jesuiten zur Begutachtung vorgelegt würde. Auf diese Weise würde es aussehen, als wäre der Vorschlag ursprünglich von Siam gekommen.

»Und diese Priester können eine solche Allianz verkünden, ohne Zustimmung des Königs?« Seine Majestät schien ungläubig.

»Erhabener König, sie sind überzeugt, daß sie die Zustimmung ihres Königs später bekommen, weil die Bekehrung eines so großen Monarchen wie Euch, als der wahrscheinlich größte Er-

folg der Herrschaft des Königs von Frankreich angesehen würde.«
»Aber selbst dann würde sie der König von Frankreich nicht für ihre Anmaßung bestrafen?«
»Erhabener Fürst, sie sind bereit, dieses Risiko angesichts der Dringlichkeit der Angelegenheit auf sich zu nehmen.«
»Und was für Beweise Unserer Absicht würden diese Priester verlangen?«
»Erhabener Fürst, das Haar von Eurem Haupt glaubt, um sie von den ernsthaften Absichten Eurer Majestät zu überzeugen, würde es genügen, einen von ihnen zu bitten, in den Palast zu kommen, um Euer Majestät religiösen Unterricht zu erteilen. Das Interesse des Fürsten des Lebens an gelehrten Themen ist so berühmt, wenn also Eure Majestät geneigt wären, es nur als intellektuelle Übung zu betrachten ...«
»Sich eines anderen Mannes Version von Gott anzuhören ist kein hoher Preis für einen Vertrag, der möglicherweise unsere fortgesetzte Unabhängigkeit bedeutet, Vichaiyen. Wir lehren auch die Liebe zum Nachbarn und verurteilen Diebstahl, Töten und Lügen. Was mir viel mehr Sorgen macht, ist die Tatsache, daß sich diese Priester nicht waschen.«
Der Barcalon und Phaulkon lachten. »Mächtiger Fürst«, sagte der Barcalon, »das Haar von Eurem Haupt wagt es vorzuschlagen, daß der Vichaiyen dafür zu sorgen hat, daß der Priester, der Euch besucht, sorgfältig gesäubert wird.«
»Ein ausgezeichneter Vorschlag«, sagte Seine Majestät, »Wir sind einverstanden. Und außer dieser dringenden Pflicht, Vichaiyen, werdet Ihr einen Vertrag in unserer und in ihrer Sprache aufsetzen und dem Pra Klang zu Unserer Überprüfung überreichen. Erst dann werden Wir entscheiden, ob Wir damit einverstanden sind. Aber das wird in jedem Fall erst nach der Rückkehr der persischen Expedition sein.«
Phaulkon wurde schwer ums Herz, als er diese letzten Worte hörte. Die CORNWALL würde in frühestens einem Monat eintreffen. Die holländische Invasion konnte bereits in drei Wochen beginnen. »Erhabener Fürst, wenn das Schiff sich aus irgend-

einem Grund verspätet und die Holländer das Gefühl hätten, nichts könnte sie aufhalten...«
»Nichts, außer unseren Streitkräften, Vichaiyen?«
»Mächtiger Fürst, wenn Euer Majestät Streitkräfte tatsächlich bereit sind, besteht kein Grund für einen Vertrag mit Frankreich.«
»Natürlich, Vichaiyen, werden Wir alles tun, was in Unseren Kräften steht, um einen Krieg zu vermeiden. Aber gibt es irgendwelche Anzeichen für einen baldigen holländischen Angriff?«
Phaulkon zögerte. Es wäre das beste, Seiner Majestät jetzt reinen Wein einzuschenken. Es war zu riskant, die Rückkehr des persischen Schiffes abwarten zu müssen. »Erhabener Fürst. Es gibt Gerüchte, daß sich augenblicklich eine große holländische Flotte in Batavia versammelt. Zwölf Kriegsschiffe, Eure Majestät.«
»Und habt Ihr Unseren Pra Klang davon in Kenntnis gesetzt, Vichaiyen?«
»Mächtiger Fürst, dieser wertlose Sklave hat die Nachricht selbst gerade erst erhalten.«
»Und deshalb teilt Ihr Uns das jetzt erst mit«, bemerkte Seine Majestät trocken. »Und woher habt Ihr diese Gerüchte?«
Phaulkon machte sich bittere Vorwürfe, weil er die Information nicht eher preisgegeben hatte. »Mächtiger Fürst, von dem Dolmetscher, der dem holländischen Kontor in Ligor zugewiesen ist. Er hat einige Depeschen nach Batavia abgefangen und ist zu mir gekommen, um mir ihren Inhalt zu berichten.«
»Und Ihr vertraut einem *holländischen* Beamten, der mit solchen Geschichten zu Euch kommt? Wir sind überrascht, Vichaiyen.«
»Mächtiger Fürst, der holländische Dolmetscher, mit dem ich schon früher zu tun hatte, ist sehr gegen die Politik seines Landes. Und das hat ihn dazu bewegt, mir zu enthüllen, was er wußte.«
»Vichaiyen, Ihr werdet diesen Dolmetscher sofort ins Ministerium rufen lassen. Unser Pra Klang wird ihn verhören, und

Wir werden selbst urteilen. In der Zwischenzeit werden Wir keinerlei Verträge proklamieren lassen.«
»Mächtiger Fürst, ich empfange Eure Befehle.«
»Aber jetzt«, fuhr Seine Majestät fort, »werden Wir erfahren, was für Richtlinien die Jesuiten für diesen Vertrag vorschlagen.«
Phaulkon hatte gehofft, aber auch gefürchtet, diese Forderung würde zur Sprache kommen. Irgendwie mußte er die äußerst delikate Frage von ausländischen Truppen auf siamesischem Boden ansprechen. Eine solche Klausel mußte im Vertrag enthalten sein, wenn die Holländer ihn ernst nehmen sollten.
»Mächtiger Fürst und Gebieter, ich nehme mir die kühne Freiheit, Eurer Majestät meine Meinung zu der Sache zu erläutern, die Ihr Euch herabgelassen habt, mit mir zu besprechen. Ich bitte um die Erlaubnis, eine Klausel in den Vertrag einzufügen, die auch die Entsendung eines Regiments Soldaten erlaubt.«
Kurzes Schweigen legte sich über den Raum. »Wolltet Ihr damit sagen, der König von Frankreich braucht ein Regiment siamesischer Soldaten zu seinem Schutz? Eine solche Angelegenheit müßte mit General Petraja besprochen werden.«
Phaulkon hörte, wie der Barcalon leise vor sich hin keuchte. Er seufzte vor Erleichterung. Seine Majestät hatte gescherzt.
»Erhabener Fürst, dieses Staubkorn dachte mehr an einen Austausch von Truppen zwischen Siam und Frankreich.«
»In der Tat? Wir sind der Meinung, Vichaiyen, der einfachste Weg wäre es, den Vertrag aufzusetzen, ihn den Holländern vorzuweisen und ihn dann günstigerweise auf dem Weg nach Frankreich zu verlieren. Es wird Eure Pflicht sein, diesen kleinen Zwischenfall zu inszenieren.«
»Mächtiger Fürst, ich empfange Eure Befehle.«
»Sehr gut, das ist also geregelt. Wir erwarten Euren ersten Entwurf mit Interesse, Vichaiyen. Und Wir werden über die Dringlichkeit dieses Vertrages entscheiden, nachdem Wir mit dem holländischen Dolmetscher geredet haben. Inzwischen wird der Pra Klang mein königliches Siegel zum Gefängnis bringen und die Wärter informieren, daß der Farang Potts in

die Palastkerker überführt wird. Er wird bei Nacht und Nebel aus Ajuthia gebracht und mit einer fähigen Eskorte und genug Silber nach Mergui geschickt werden, um seine Passage nach Madras zu bezahlen. Man wird ihm zu verstehen geben, daß es die Mitglieder der englischen Kompanie waren, die seine Freilassung bewerkstelligt haben, insbesondere Ihr, Vichaiyen, und daß Ihr Euch als Geisel im Austausch für ihn zur Verfügung gestellt hättet. Wir möchten doch nicht, daß Unser erst vor kurzem ernannter Mandarin unter dem Zorn der Engländer zu leiden hat, wenn Wir doch wissen, daß er unschuldig ist, nicht wahr?«

»In der Tat nicht, Erhabener Fürst«, sagte der Barcalon.

»Und jetzt, Vichaiyen, werden Wir mit dem Barcalon allein sprechen. Unser Treffen war sehr fruchtbar, und Ihr habt die Erlaubnis, wieder um eine Privataudienz zu ersuchen, wenn Euer erster Entwurf des Vertrages fertig ist.«

»Mächtiger Fürst, ich empfange Eure Befehle. Ich, der ich nur Dreck und Staub bin, danke dem Fürst des Lebens für die Ehre, seinen göttlichen Geist und seine Weisheit erlebt zu haben.« Phaulkon erhob sich auf die Knie und berührte dreimal mit der Stirn den Boden. Dann kroch er ehrfürchtig rückwärts aus der Halle.

»Ohne Zweifel habt Ihr einige Fragen an Uns«, sagte Seine Majestät zum Barcalon, sobald Phaulkon außer Hörweite war.

»In der Tat, erhabener Fürst.«

»Dann beginnt.«

»Mächtiger Fürst, ich, ein Haar, muß berichten, daß der Vichaiyen gestern zum katholischen Glauben konvertiert ist. Ich bin in Sorge, erhabener Fürst, daß der Vichaiyen für die Jesuiten arbeitet. Er ist ja wirklich sehr darauf bedacht, diesen Vertrag mit Frankreich zu bekommen.«

»Wir haben diese Möglichkeit ebenfalls in Betracht gezogen. Deshalb ist es Unser Wunsch, den holländischen Dolmetscher zu verhören. Wenn er bestätigt, daß die Holländer sich tatsächlich zum Krieg rüsten, dann ist die Hast des Vichaiyen gerechtfertigt. Aber wenn nicht, dann müssen Wir daraus schließen,

genau wie Ihr, daß er in Diensten der Jesuiten steht. Ihr habt vielleicht bemerkt, daß er den holländischen Überfall erst erwähnte, als Wir ihn informierten, der Vertrag müßte bis nach der Rückkehr des englischen Schiffes aus Persien warten.«
»Ich habe es bemerkt, mächtiger Fürst. Und es war sehr geschickt von Eurer Majestät, den Vichaiyen zu zwingen, sein Wissen zu enthüllen.«
»Das war nicht Unser einziges Motiv. Wir müssen Uns nicht nur seiner Loyalität absolut sicher sein, Wir möchten auch einen Vertrag mit einer Farang-Macht erst dann proklamieren, wenn es absolut nötig ist. Die Mauren sind immer noch verärgert über die jüngsten Konzessionen an die Farangs, und Wir wollen ihre ohnehin verletzten Gefühle nicht noch mehr strapazieren.«
»In der Tat, erhabener Fürst. Aber wenn etwas Wahres an den Gerüchten über einen holländischen Überfall ist, wäre es dann nicht nötig, einen Vertrag lange vor jeder offiziellen Kenntnis von einem Überfall zu proklamieren, um ihn nicht wie eine politische Notwendigkeit erscheinen zu lassen?«
»Wir teilen diese Ansicht. Deshalb müssen Wir Uns zuerst sicher sein, wo Wir stehen. Und Wir vertrauen absolut darauf, daß Ihr die Beweise des holländischen Dolmetschers richtig auszuwerten versteht. Denn davon hängt natürlich ab, welchen Weg Wir einschlagen.«
»Eure Majestät sind zu gnädig.« Der Barcalon hielt inne. Er hatte Schwierigkeiten beim Atmen. »Wenn ein Vertrag mit Frankreich sich tatsächlich als notwendig erweisen würde, könnte dann nicht die häufige Anwesenheit eines Farang-Priesters im Palast Anlaß für unerwünschte Gerüchte werden? Es wäre politisch sicher unklug, wenn die Höflinge glauben, Eure Majestät würde sich darauf vorbereiten zu konvertieren.«
»Wir haben diese Gefahr in Betracht gezogen. Aber der Priester, der Uns hier besuchen wird, wird als Arzt erscheinen, was so viele von ihnen sind, und Wir werden zu diesem Zweck sogar eine Krankheit vortäuschen. Dem Priester wird gesagt werden, daß seine wahre Mission geheim bleiben muß, bis die Al-

lianz mit Frankreich von ihrem Monarchen selbst bestätigt werden kann. Und man wird ihn warnen, daß, falls seine Mission bekannt werden sollte, die Besuche sofort eingestellt werden. Das dürfte Uns sein Schweigen sichern. Dadurch haben Wir fast zwei Jahre Zeit, eine Lösung zu finden. Und Vichaiyen, wenn er wirklich treu ergeben ist, wird während dieser Zeit nicht untätig sein. Er ist mehr wert als zehn ihrer Priester und dieselbe Anzahl unserer Mandarine. Ihr habt gut getan, ihn in Unsere Dienste zu bringen. Es liegt jetzt an Uns, ihn zu beobachten und zu kontrollieren und seine großen Talente Unserem Willen untertan zu machen. Und sorgt dafür, wenn Ihr Potts entlaßt, daß der Gefangene erfährt, daß es die Holländer waren und nicht die Engländer, die seine Freilassung erwirkt und sich als Geisel für seine Entlassung zur Verfügung gestellt haben. Potts muß entschlossen sein, Vichaiyen um jeden Preis vor Gericht zu stellen. Wenn die englische Kompanie kommt, um Vichaiyens Auslieferung nach Madras zu verlangen, wäre es politisch klug, ihn der Gnade Unseres guten Willens ausgeliefert zu haben.«

»Mächtiger Fürst, das ist äußerst weise.«

»Aber da ist noch etwas, was Ihr wissen solltet. Trotz Unserer Zweifel an diesem Mann empfinden Wir eine gewisse Zuneigung für ihn. Er ist ... wie sollen Wir es ausdrücken ... fast wie Unser erster Farang-Sohn.«

Aarnout Faa saß an seinem Schreibtisch und grinste vor sich hin. Der Zeitpunkt für die holländische Invasion könnte gar nicht besser sein. Bei den Engländern herrschte Chaos, die Mauren waren vor den Kopf gestoßen, und die Portugiesen waren zu schwach, um wirklichen Widerstand zu leisten. Mit Potts Inhaftierung hatte er den Grund, den er brauchte. Er war sich sicher, daß Heer van Goens in Batavia auch dieser Meinung war. In vielleicht drei Wochen, wenn alles gut verlief, würde ein Dutzend der besten Kriegsschiffe der Welt vor der Mündung des Menam vor Anker gehen und den Siamesen Kapitulationsbedingungen anbieten. Er hatte erst heute früh van

Risling entlassen und ihn zurück nach Ligor geschickt, weil er, Aarnout Faa, sich allein im Ruhm des Sieges sonnen wollte, wenn die Flagge der Niederlande über dem großen Palast gehißt würde.
Er bedauerte den Verlust des Dolmetschers Pieter. Aber van Risling hatte darauf bestanden, den Jungen mitzunehmen, weil er angeblich für sein Wohlbefinden in Ligor unerläßlich wäre.
Es klopfte an der Tür. »Verzeiht, Eure Exzellenz«, sagte der dunkelhäutige Inder in stockendem Holländisch. »Da ist ein Farang am Tor des Kontors, der darum bittet, Euch zu sehen. Er sieht gar nicht gut aus.«
»Na schön, schick ihn rein.« Es hatte keinen Sinn, diese Leute nach Namen zu fragen. Sie verstanden sie nie.
Ein paar Augenblicke später tauchte eine makabre Erscheinung in der Tür des Direktors der VOC auf. Das Gesicht war eingefallen, die spärlichen Haare zerzaust, er hatte tiefe Ringe unter den Augen und tiefe Striemen an beiden Seiten des Halses. Seine europäische Kleidung hing in Fetzen an ihm.
»Mr. Potts!« rief Aarnout. »Was ... was macht Ihr denn hier? Seid Ihr geflohen?«
Samuel Potts ließ sich erschöpft in einen Stuhl sinken. »Eure Bescheidenheit ist wirklich rührend, aber meine Häscher haben mich davon informiert, daß Ihr die Verantwortung für meine Entlassung tragt.«
»Ich, die Verantwortung?« wiederholte Faa, schaffte es aber nicht, seine Überraschung zu verbergen.
»In der Tat, Sir, und ich kann Euch gar nicht sagen, wie dankbar ich bin, daß Ihr Euch als Geisel für meine Entlassung zur Verfügung gestellt habt. Sobald ich in Madras bin, wird der notwendige Entschuldigungsbrief an die siamesischen Behörden abgehen und die Schadenersatzsumme, die für das Feuer verlangt wird.« Potts schüttelte langsam den Kopf. »Ihr, Sir, ein Holländer, habt mehr für mich getan als alle Mitglieder der englischen Kompanie zusammen. Sie werden für ihre Sünden teuer bezahlen. Ich werde nicht ruhen, bis sie alle hängen.«

Faa schwirrte der Kopf. Wer hatte Potts freigelassen? Wer hatte ihn als Geisel versprochen? Es mußte dieser Teufel Phaulkon sein, der seine neue Macht als Mandarin ausnutzte. Aber warum sollte ausgerechnet Phaulkon Potts Entlassung wollen? Das würde nur seine eigene Verurteilung beschleunigen. Vielleicht hatten die Siamesen einfach beschlossen, ihn freizulassen. Es hatte keinen Sinn, Potts zu befragen. Wer immer es war, derjenige hatte Potts das, was er glauben sollte, eingeredet.

»Hättet Ihr etwas dagegen, Sir, wenn ich mich hier ein paar Tage ausruhe, ehe ich nach Mergui weiterreise? Ich muß Kräfte für die Reise sammeln. Ihr könnt versichert sein, daß ich Euch für Eure Güte in voller Höhe entschädigen werde, sobald ich in Madras bin, natürlich auch für Eure großzügige Spende für die Unkosten meiner Rückreise nach Madras.«

Aarnout Faa faßte sich. »Mr. Potts, das ist doch wohl das wenigste, was ich für einen Gentleman in Eurer Position tun kann, nachdem man Euch so fürchterlich mitgespielt hat. Meine Ärzte hier werden sich um Euch kümmern, und Ihr könnt bleiben, solange Ihr wollt.«

Wer immer diese ganze Angelegenheit arrangiert hatte, hatte sich wirklich große Mühe gegeben, dachte der Direktor der VOC. Nun ja, er mußte wieder zu seinem ursprünglichen Plan zurückkehren und Potts nach Madras schicken. Und wenigstens würde dieser Mann den englischen Handelsniederlassungen in Madras ein für allemal den Garaus machen. Trotzdem war es verdammt lästig, Potts nicht als Grund für eine Kriegserklärung zu haben. Aber er würde einen anderen finden, schwor er sich. Schließlich hatte er ja noch drei Wochen Zeit dafür.

»Mir fehlen die Worte, Euch für das zu danken, was Ihr für mich getan habt«, sagte Potts und versuchte, sich aufzurichten. »Ich werde Euch nicht länger stören.«

»Nicht der Rede wert, Mr. Potts. Ich werde Euch sofort in Euer Quartier bringen lassen.« Er schlug auf den Gong neben seinem Schreibtisch.

Einen Augenblick später erschien ein Diener. Hinter ihm wartete ein Bote für den Direktor des VOC.

»Führ Mr. Potts ins Gästehaus. Und laß sofort Dr. Kornfeld holen.«
Der Diener verbeugte sich und half Potts zur Tür hinaus.
Aarnout Faa winkte den Boten zu sich. »Ja? Was ist denn?« fragte er barsch auf holländisch.
Der Bote war Siamese und verstand kein Holländisch. Er grüßte kurz und holte einen Brief aus seinem Beutel. Er legte ihn höflich auf den Schreibtisch. Aarnout Faa nahm ihn und las ihn durch. Der Brief war in englisch abgefaßt und verlangte die sofortige Anwesenheit eines Mr. Pieter, Dolmetscher in dem holländischen Kontor, im Handelsministerium. Mr. Pieter sollte den Boten begleiten. Die Unterschrift war unleserlich, aber der Brief trug das Siegel des Ministeriums.
»Sag deinen Vorgesetzten, daß er nach Ligor abgereist ist«, sagte Aarnout Faa. »Heute morgen.«
Der Bote schaute ihn verständnislos an. Der Direktor des VOC nahm einen Federkiel und schrieb mit großen Buchstaben unter das Siegel: ›Er ist nach Ligor abgereist.‹ Der Bote machte eine Verbeugung, nahm den Brief und ging.

35

Gebieter, ich kann fast Euren Verstand denken hören.« Sunida legte einen Arm über Phaulkons Brust. »Sprecht mit mir, wenn Ihr wollt. Ich bin wach.«

Es war mitten in der Nacht, und sie lagen auf Phaulkons Mattenbett. Er hatte nicht geschlafen. So ging es jetzt schon drei Nächte lang.

»Ich dachte, du schläfst, Sunida. Ich wollte dich nicht aufwecken.« Phaulkon legte liebevoll seine Hand über die ihre. »Es ist wahr, daß mein Verstand keine Ruhe findet.«

»Manchmal, Gebieter, ist es besser, laut zu sprechen und die Geister aus sich zu vertreiben. Mein Körper würde Euch mit Freuden von dem Schmerz befreien.«

Phaulkon sog den Duft ihrer Wange ein. Was würde er ohne diese prachtvolle Frau machen? Er hatte noch nie jemanden so geliebt. Sie stritt nie mit ihm, und wenn sie verärgert war, verschwand sie einfach leise, bis ihr Zorn sich gelegt hatte.

Sie hatte recht. Er war furchtbar nervös. Er hatte den Entwurf des Vertrages mit Frankreich fertiggestellt, aber als er um eine Privataudienz mit dem König ersuchte, war Seine Majestät plötzlich zu beschäftigt, ihn zu sehen. Der Pra Klang hatte ihm befohlen, den Entwurf statt dessen im Ministerium zu lassen. Er würde ihn sich anschauen, hatte er gesagt, und dann mit Seiner Majestät diskutieren.

War es wegen Pieter? Phaulkon war niedergeschmettert, als er feststellen mußte, daß Pieter genau an dem Tag, an dem er nach ihm geschickt hatte, nach Ligor abgereist war und zehn Tage auf hoher See sein würde. Und angenommen, van Risling würde ihn dann gehen lassen — was ziemlich unwahrscheinlich war —, würde er weitere zehn Tage brauchen, um nach Ajuthia zurückzukehren. Phaulkon hatte keine zwanzig Tage zur Verfügung. Er verfluchte sein Pech und sein schlechtes Urteilsvermögen. Er hätte Seine Majestät sofort von der geplanten holländischen Invasion informieren sollen. Ohne Pieters Zeugenaussage sah es aus, als hätte er die ganze Invasion erfunden, um Seine Majestät dazu zu zwingen, den Vertrag zu unterschreiben. Selbst die wiederholten Beteuerungen seiner ehrlichen Absichten Sunida gegenüber, die, wie er annahm, dem Palast übermittelt wurden, schienen nichts zu fruchten. Fünf Tage waren inzwischen vergangen.

Seine Sorgen wurden dadurch verschlimmert, daß er immer noch nicht die Zeit gefunden hatte, einen Bericht über die Zerstörung des Kontors in Ajuthia vorzubereiten. Er hatte geplant, eine Übersetzung der offiziellen siamesischen Anklage gegen Potts vom Barcalon beglaubigen zu lassen. Madras würde zwar trotzdem Potts Version glauben, aber es war doch zumindest eine Gegenanklage, während totales Schweigen praktisch eine Schuldanerkennung bedeutete. Madras würde sicher ein Schiff schicken, um ihn zu verhaften.

Aber am allermeisten machte ihm die Frage seiner bevorstehenden Hochzeit zu schaffen. Maria hatte für diesen Morgen ihren Besuch angekündigt. In ihrem Brief stand, sie ›wäre in sich gegangen‹ und wäre jetzt bereit, sich ihm zu stellen. Er hatte schon seit einiger Zeit mit Sunida über dieses Thema reden wollen. Sie wußte noch nichts. Aber seine Energien waren vollauf mit dem Versuch, Verbindung zum König aufzunehmen, ausgelastet.

Die Zeit war reif, ihr von der Heirat zu erzählen, beschloß er. Er hatte es lange genug vor sich hergeschoben. Außerdem sollte Sunida auf Marias heutigen Besuch vorbereitet sein.

»Sunida, es gibt da etwas, was ich schon lange mit dir besprechen wollte. Ich werde heiraten.«

Kurzes Schweigen.

»Habe ich in meinen Pflichten Euch gegenüber versagt, Gebieter?« Sie versuchte, ihren Arm wegzuziehen, aber er hielt ihn fest.

»Ganz im Gegenteil, Sunida. Ich war nie zuvor in meinem Leben so glücklich. Und ich liebe dich mehr denn je.«

»Wer ist sie?«

»Sie ist ... ich denke, man könnte sie als Farang bezeichnen.

Zumindest im Geist. Sie ist halb Japanerin und halb Christin.« Er wünschte, er könnte ihr Gesicht sehen.
»Aber diese Christen ... erlauben die nicht nur eine Frau?«
»Sunida, ich habe nicht die geringste Absicht, dich gehen zu lassen.« Er spürte ihre Erleichterung.
»Sie wird mich also akzeptieren, diese ... Farang-Frau?«
»Da bin ich mir nicht sicher, Sunida. Aber wir werden gemeinsam versuchen, sie davon zu überzeugen. Ich werde deine Hilfe brauchen.«
»Die habt Ihr natürlich, Gebieter«, erwiderte sie. »Es liegt nicht daran, daß Ihr es satt habt, jeden Abend denselben Reis zu essen?«
Er mußte lachen. Er hatte Sunida seit ihrer Rückkehr aus Mergui jede Nacht geliebt, auch dann, wenn er müde war. Seine Leidenschaft für sie wurde nicht schwächer. Er hatte seine drei Sklavinnen total vernachlässigt.
»Wenn die Reisernte die beste ist, Sunida, warum sollte ein Mann andere Sorten probieren?«
»Vielleicht ist der Farang-Reis würziger?« meinte sie.
»Sunida, das ist eine Vernunftehe, keine Liebesheirat. Eine politische Verbindung, zum Wohle Siams. Ich werde versuchen, es dir zu erklären. Aber was ich dir jetzt sage, ist vertraulich. Du mußt wissen, ich bin vor einer Woche zum Glauben meiner Geburt konvertiert, um Siam besser dienen zu können. Ich bin wieder Katholik.«
»Ihr habt jetzt also einen anderen Glauben, Gebieter?«
»Nicht wirklich. Es ist schwer zu erklären, aber ich bin immer noch Christ, nur von einer anderen Sekte.«
Sunida sagte nichts. Er spürte ihre Verwirrung. Er mußte ihr die Sache zumindest teilweise erklären. Er wollte es ihr begreiflich machen und wollte auch, daß der König seine Motive erfuhr.
»Momentan ist es für Siam politisch ratsam, eine Allianz mit einer mächtigen Farang-Nation einzugehen, deren König überzeugter Katholik ist. Eine solche Allianz ist wichtig, weil es die holländischen Farangs von Übergriffen auf Siam abhalten

könnte. Der Fürst des Lebens war so großzügig, mir eine kleine Rolle in dieser Angelegenheit zu geben, aber die siamesische Position würde in den Augen dieses mächtigen Farang-Monarchen legitimiert, wenn ich als Katholik, verheiratet mit einer katholischen Frau, auftreten würde.« Er hielt inne. »Sie heißt Maria, Sunida. Sie ist eine gute Frau, und ich respektiere sie. Aber ich kann sie nicht lieben, so wie ich dich liebe.«

»Das freut mich für Euch, Gebieter, und ich bin stolz auf Eure Rolle, und ich werde diese Dame mit aller Ehre, die einer Hauptfrau gebührt, empfangen.«

Phaulkon war gerührt. »Ich wußte, daß du mich verstehen wirst, Sunida.«

»Aber ich werde mich nicht wegschicken lassen. Denn ich liebe Euch auch, und ich fürchte, mein Herz würde durch die Trennung brechen.«

»Ich werde dich nie wegschicken, Sunida. Und zusammen werden wir einen Weg finden, Maria zu überreden.«

»Was ist mit Ut und Nid und Noi?« fragte sie. »Wird die Farang-Dame sie nicht auch wegschicken wollen? Sie sind so glücklich in diesem Haus.«

»Ich fürchte, ich werde sie entlassen müssen, Sunida. Ein paar Zugeständnisse muß ich machen.«

Er spürte ihr Mitleid mit den anderen. »Arme Mädchen! Erst neulich haben sie mir gesagt, was für ein Glück es für sie ist, daß sie einen so gütigen Meister gefunden haben. Sie haben gehofft, sie könnten bis zu ihrem Tod hierbleiben.«

Phaulkon wurde schwer ums Herz. Er wünschte, sie hätte ihm das nicht erzählt. Er hatte zwar das Recht, die drei Sklavinnen wieder zu verkaufen, aber der Gedanke war ihm zuwider. Angenommen, ihr neuer Herr würde sie nicht gut behandeln? Dann hatte er eine Idee, die seine Laune sofort hob. Er würde sie Ivatt schenken. Ivatt liebte Siam immer mehr und war mit seinen Gebräuchen vertraut. Er lernte sogar die Sprache. Phaulkon war überzeugt, Ivatt wäre nicht nur entzückt von diesem Geschenk, sondern auch bereit dafür. Phaulkon hatte ihn vor drei Tagen nach Mergui geschickt, um Whites Ankunft abzuwarten.

»Aber wie werdet Ihr *mich* behalten können, Gebieter?«

Er zog Sunida enger an sich. Er konnte ihr schlecht erzählen, daß er ihre Spionagerolle als Vorwand nehmen würde. »Ich werde einen Weg finden, Sunida, selbst wenn ich dich als Köchin verkleiden muß. Maria weiß nicht, wie du aussiehst, es wird also das beste sein, wenn du dich nicht blicken läßt, wenn sie kommt. Sollte es darum gehen, dich zu verlieren, werde ich sowohl meine Heirat als auch die Allianz aufgeben.«

Sie streichelte zärtlich seine Wange und schloß dann seine Lider mit ihren Fingern. »Versucht jetzt zu schlafen, Gebieter. Ihr werdet all Eure Kraft brauchen, um morgen für mich zu kämpfen.« Sie begann, seinen müden Körper zu massieren und glättete seine Schläfen mit monotonen Bewegungen, bis ihn schließlich der Schlaf übermannte.

Die Türglocke läutete, und Phaulkon wurde flau ihm Magen. Das war sicher Maria. Er setzte sich schnell an den kleinen Tisch in der Wohnzimmerecke und begann, einen Stapel Papiere durchzusehen. Er hatte kaum zwei Stunden geschlafen, und es war später Vormittag. Er war müde, aber seine überreizten Nerven hielten ihn wach.

Maria rauschte graziös ins Zimmer, geführt von Tip, die sich schnell zurückzog. Sie sah frisch und hübsch aus in einer roten Musselinbluse und einem schwarzen Panung. Sie lächelte freundlich und machte eine Verbeugung.

»Willkommen in meinem Sündenpfuhl«, sagte Phaulkon auf portugiesisch und erhob sich zur Begrüßung. »Darf ich ein paar Erfrischungen kommen lassen?«

»Im Augenblick nicht, danke«, sagte sie und sah sich um. »Ich muß sagen, oberflächlich gesehen wirkt dieser Haushalt wie jeder andere. Aber ich muß Euch zuerst zu Eurem Eintritt in das Königreich Gottes gratulieren. Die gute Nachricht hat meinem Onkel und mir große Freude gemacht.«

»Ihr wißt es bereits? Neuigkeiten verbreiten sich aber hier schnell.«
»Meine Familie steht den jesuitischen Patern sehr nahe.« Sie setzte sich auf einen Stuhl. »Und was ist es für ein Gefühl, wiedergeboren zu werden?« fragte sie.
»Ein gutes, weil ich weiß, was für eine Freude es Euch macht, Maria.« Sie betrachtete ihn eindringlich. »Ihr habt mir gefehlt«, sagte sie überraschend. »Ich habe mir die Frage unserer Heirat sehr gründlich überlegt, und ich weiß, daß bei meiner Entscheidung das Herz über den Verstand triumphiert hat. Doch der Schmerz, von Euch getrennt zu sein, ist größer als das Mißtrauen gegenüber Euren Gefühlen für mich, und ich scheue mich, Eure Motive allzu gründlich zu untersuchen. Dennoch richtet mich der Gedanke auf, daß meine Liebe die Eure nähren wird und daß Ihr im Lauf der Zeit meine Gefühle erwidern werdet. Für den Augenblick verlange ich nur, daß Ihr meine katholische Erziehung respektiert und die Gesetze meiner Religion achtet — und Eurer.«
Phaulkon lächelte. »Der Bischof selbst, Maria, kann mein Haus besuchen, ohne zu erschaudern.«
»Darf ich fragen, wohin all Eure ... Gefährtinnen gehen werden?«
»Thomas Ivatt, mein Kollege, wird mein Erbe antreten, Maria. Er wird seinen eigenen Sündenpfuhl begründen, sobald er aus Mergui zurückkehrt.«
»Also wird kein Mitglied Eures früheren Hofstaats zurückbleiben, Constant? Nicht einmal verkleidet bei dem Personal?«
»Nur ein Element meiner Vergangenheit wird zurückbleiben und das aus politischen Gründen, die Ihr sicher sofort begreift.«
Maria musterte ihn mißtrauisch. »Und wen meint Ihr damit? Die Spionin vielleicht?«
»Unser Mittelsmann zum Palast, Maria.« Das ›wir‹ war ein bewußter Versuch, sie zu einem Teil des Planes zu machen. »Überlegt, wie nützlich sie für uns sein kann, wenn sie alle Informationen, die wir wollen, an den Palast weiterleitet.« Er er-

hob sich, scheinbar voller Enthusiasmus, und nahm ihre Hände. »Was für ein Trumpf für einen Mann, der den Posten des Barcalon anstrebt.«
Ihre Hände lagen leblos in den seinen, und sie runzelte die Stirn. »Aber Ihr seid jetzt ein Mandarin, Constant. Ihr habt bereits das Ohr des Königs. Die Spionin hat ihren Zweck erfüllt. Wofür braucht Ihr sie noch?«
»Es gibt Dinge, die ich ihr vorschlagen kann, auf die ich Seine Majestät nicht direkt ansprechen kann. Pläne, deren Saat ich pflanzen kann. Ideen, die Seine Majestät vielleicht insgeheim übernehmen würde, aber nur ungern zeigen möchte, daß sie von mir stammen. Seine Majestät könnte sie sogar einfach als seine eigenen hinstellen, wenn sie ihm gefallen. Die Möglichkeiten und auch die Vorteile, Maria, sind grenzenlos.«
»Vorteile, die für Euch vielleicht politisch von Nutzen sind, die aber für mich Gefühlsqualen darstellen. Wie, glaubt Ihr, würde ich mich fühlen, jedesmal, wenn Ihr zu ihr geht, um ihr Informationen zu geben?« Sie schüttelte den Kopf. »Nein, in diesem Fall muß mein Herz Vorrang vor Euren Ambitionen haben. Wie, glaubt Ihr, könntet Ihr Eure plötzliche Abstinenz einer so erfahrenen Verführerin erklären? Und sie ist Buddhistin. Sie würde eine Christin weder verstehen noch respektieren. Sie wird Euch wieder verführen, so wie sie es gelernt und wie man ihr befohlen hat.«
»Ihr glaubt nicht, daß ich fähig bin, ihr zu widerstehen?«
»Es wäre unklug, einen so frisch Konvertierten solchen Versuchungen auszusetzen. Man braucht Zeit, um sich an die Freuden, einer Frau allein zu gehören, zu gewöhnen.«
Phaulkon spürte, wie die Wut in ihm aufstieg, genährt von seinem Mangel an Schlaf. Ihre Dickköpfigkeit ärgerte ihn. Obwohl sie nichts von seiner Liebe für Sunida wußte, sperrte sie sich dagegen, seine Karriere zu fördern. Es war selbstsüchtig und unvernünftig. Es zeichnete sich immer deutlicher ab, daß sie Sunida unter keinerlei Bedingungen akzeptieren würde. War das ein neuerlicher Rückschlag in einer Serie derselben? Würde denn nichts nach seinen Vorstellungen verlaufen?

Er würde Sunida *nicht* aufgeben. Die Holländer würden in kurzer Zeit Siam angreifen, der König ignorierte seine Bitten, seine Pläne konnten sich jederzeit in Rauch auflösen, und hier war dieses junge Mädchen, gerade aus der Klosterschule entwachsen, die sich ihm in den Weg stellte und ihn mit Fragen christlicher Moral bombardierte. Ihre Überlegungen waren kleinlich und engstirnig.
Er wandte sich an Maria. »Wie es scheint, wollt Ihr Eure moralischen Bedenken über den Erfolg meiner Karriere stellen.«
»Es tut mir leid, wenn Ihr das so seht, Constant. Ich hatte stattdessen gehofft, daß meine zusätzlichen Energien auf politischem Gebiet Euch mehr als nur eine Entschädigung für den Verlust Eurer Spionin sein werden.«
»Das würde ich ohnehin von Euch erwarten«, sagte er hochmütig.
»Ich sehe, daß diese Diskussion in einem unerfreulichen Streit enden wird.«
»Das sind schwere Zeiten für mich, Maria, und Ihr habt Euch einen denkbar schlechten Moment ausgesucht, um Euch gegen mich zu stellen.«
»Es lag nicht in meiner Absicht, mich gegen Euch zu stellen, ich wollte Euch nur mein Herz öffnen. Ich glaube nicht, daß meine Forderungen übertrieben sind. Meine Zugeständnisse waren doch sicher weit größer. Ich bin mit der Heirat einverstanden, obwohl ich nicht das Gefühl habe, daß meine Liebe erwidert wird oder daß Ihr meinen Glauben wirklich teilt oder daß Ihr mir wenigstens treu sein werdet.« Maria war den Tränen nahe. »Um ehrlich zu sein, ich bin mir nicht einmal sicher, warum Ihr mich überhaupt heiraten wollt.«
Er kämpfte mit der Müdigkeit. Er wußte, daß er bald Dinge sagen würde, die er noch bereuen würde. Er sah, daß sie wütend wurde. Es war wohl das beste, diese Diskussion auf einen anderen Tag zu verschieben.
»Wie ich sehe, habt auch Ihr keine Antwort darauf«, sagte Maria hartnäckig. »Ich verstehe Euch nicht. Ihr seid gerade Katho-

lik geworden und könnt hier stehen und mir sagen, daß Ihr eine andere Frau behalten wollt. Ist diese ganze Bekehrung eine Charade? Hat sie Euch nichts bedeutet? Was ist mit Eurer Liebe zu Gott und —«

»Meine Liebe zu Gott hat nichts mit meiner Liebe für eine andere Frau zu tun«, schrie Phaulkon, unfähig, sich noch länger zu beherrschen.

»Ihr liebt sie also doch«, sagte Maria, plötzlich ganz ruhig.

»Nein, Ihr begreift nicht, was ich sagen wollte.« Er wollte gerade versuchen, es ihr zu erklären, als die Tür aufging und Sunida hereinkam.

Sunida hatte die wachsende Kluft zwischen Maria und Phaulkon durch einen schmalen Schlitz zwischen den Türpaneelen beobachtet. Stritten sie wegen ihr, fragte sie sich. Sie haßte es, Anlaß für den Kummer ihres Geliebten zu sein. Armer Constant. Unvermittelt wurde sie wütend. Der Anlaß war sicher diese Geschichte mit der christlichen Monogamie. Was für eine beängstigende Vorstellung. Hier war sie, vollauf damit zufrieden, eine Nebenfrau zu werden, Befehle von der neuen Herrin entgegenzunehmen, ihr zu gehorchen, ihre Wünsche zu respektieren, ihr zu helfen, in Buddhas Namen ihre Aufgabe zu erfüllen. Constant war kein einfacher Mann. Wie selbstsüchtig von dieser Frau, alle Pflichten übernehmen zu wollen und anderen Mädchen ihre Position und ihren Stolz zu nehmen. Es war wirklich eine sehr egoistische Religion. Sie würde sie nie begreifen.

Während sie den lauterwerdenden Stimmen lauschte, begriff sie, daß diese Christenfrau vielleicht nicht begriffen hatte, daß Sunida sich ihr wirklich unterordnen würde, wenn sie die Hauptfrau des Gebieters wäre. Sunida überlegte, ob sie, bestärkt durch Phaulkons unbestreitbare Liebe zu ihr, vielleicht jetzt hineingehen und diesem Mädchen höflich erklären sollte, daß sie ihr nur helfen wollte. Der Gedanke, sich als Köchin zu verkleiden und womöglich heimlich durchs Haus zu schleichen, war Sunida zutiefst zuwider. Je mehr sie darüber nachdachte, desto weniger war sie bereit, sich so zu erniedrigen. Sie

war Sunida, die beste Tänzerin am Hofe von Ligor, die Nichte des Gouverneurs einer großen Provinz.
Sie würde Maria gegenübertreten, trotz der Bitte ihres Geliebten, unsichtbar zu bleiben. Bevor sie es sich anders überlegen konnte, hatte Sunida die Tür aufgeschoben und stand hoch erhobenen Hauptes in der Tür.
Phaulkon starrte sie fassungslos an, und das Farang-Mädchen schien sehr verwirrt.
Sunida machte eine respektvolle Verbeugung vor Phaulkon und ging dann langsam zu Maria, die sich erhoben hatte. Sunida war fast einen Kopf größer als Maria. Sunida schenkte ihr ein sanftes Lächeln und grüßte ehrerbietig. Sie ist wirklich hübsch mit ihrer hellen Haut, dachte Sunida. Sie war zierlich und sah ziemlich zerbrechlich aus, aber für ihre Größe war sie gut proportioniert, und ihr asiatisches Blut zeigte sich in den hohen Backenknochen, den leicht schrägen Augen und den pechschwarzen Haaren.
Maria erwiderte Sunidas Blick, während Sunida Phaulkons Blicke spürte. Sie vermied es bewußt, ihm in die Augen zu sehen. Jetzt war es zu spät umzukehren, und sie hatte eine Aufgabe zu erledigen.
»Ich bin Sunida, Herrin«, sagte sie. »Ich bin gekommen, um der zukünftigen Hauptfrau meines Gebieters Ehre zu erweisen.«
Maria starrte sie einen Augenblick lang schweigend an. »Ich bin nicht die zukünftige Hauptfrau Eures Gebieters, Madame. Wenn ich ihn heiraten würde, wäre ich schlicht und einfach seine Ehefrau.« Ihr Siamesisch war zwar höflich, aber mit einem leicht herablassenden Unterton.
Phaulkon beobachtete die beiden ängstlich. Was war denn nur in Sunida gefahren? Er hatte ihr gesagt, sie solle sich fernhalten. Was, wenn Maria plötzlich erwähnte, daß sie von ihrer Rolle als Spionin wußte? Er mußte die beiden trennen, ehe irgendein irreparabler Schaden entstand.
»Sunida, ich bin froh, daß du gekommen bist. Ich wollte gerade ein paar Erfrischungen bestellen. Würdest du bitte Tee bringen lassen.«

Sunida spürte die Angst ihres Gebieters. Sie würde ihn nicht noch mehr verärgern, aber sie würde zumindest sagen, was sie sagen wollte. »Ich empfange Eure Befehle, mein Gebieter. Ich hörte laute Stimmen und dachte, Ihr hättet mich vielleicht gerufen.« Sie wandte sich zu Maria. »Es ist mir eine Ehre, Madame, Eure Bekanntschaft gemacht zu haben, und daß ich Gelegenheit hatte, Euch meine Loyalität und meinen Gehorsam zu jeder Zeit zu versichern.«

»Ich danke Euch«, erwiderte Maria steif, »aber ich glaube nicht, daß eines von beiden notwendig sein wird.«

Gebückt ging Sunida rückwärts hinaus. Es würde nicht leicht sein, dieses dickköpfige Mädchen umzustimmen, dachte sie, als sie die Tür hinter sich schloß.

Maria fuhr Phaulkon an. »Was für eine Anmaßung von diesem Mädchen, obwohl sie wahrscheinlich nichts dafür kann. Habt Ihr vielleicht diese kleine Episode inszeniert, um mir die Unterwürfigkeit Eurer Konkubine zu demonstrieren?«

»Meine Verlobung mit Euch, Maria, ist kein Geheimnis. Sunida ist nicht der Meinung, sie hätte etwas zu verstecken. Sie hat Euch traditionell ihren Respekt erwiesen.«

»Den traditionellen Respekt einer Konkubine?« fragte Maria verbittert.

»Sie ist geschickt worden, um mich auszuspionieren, und das dient auch meinen Zwecken. Das ist, wie ich Euch gesagt habe, unsere ganze Beziehung.«

»Dann fürchte ich leider, daß Ihr die Wahl zwischen mir und Eurer Karriere treffen müßt. Denkt darüber nach, Constant. Und jetzt werde ich mich verabschieden. Ihr solltet Euren Tee statt dessen mit ihr trinken. Besprecht die Frage ihrer Entlassung. Weil ich nur dann damit einverstanden bin, Eure Frau zu werden.«

»Ihr verlangt mehr, als ich geben kann, Maria.«

36

Samuel Potts kam kurz vor der Abenddämmerung in Mergui an. Obwohl er sich eine volle Woche in dem holländischen Kontor in Ajuthia erholt hatte, um seine Kräfte zu sammeln, waren seine Führer doch gezwungen gewesen, das Tempo zu drosseln, und die Reise hatte fünfzehn lange Tage gedauert. Die schwankende Bewegung auf dem Rücken der Elefanten, die beängstigenden Stromschnellen, die Moskitos und die Tiger, die am Rande der Lager lauerten, hatten ihren Zoll gefordert. Er stieg aus dem kanuähnlichen Boot an Land. Er streckte sich und berührte vorsichtig seinen schmerzenden Hals. Bald würde er in Madras sein, und er würde sich für alle Beleidigungen, die er in dem Gefängnis hatte erdulden müssen, bitter rächen. Und was Phaulkon betraf... Potts würde persönlich Vizepräsident Yale über die Schandtaten dieses Teufels informieren, und Phaulkon würde wegen Verrats verhaftet werden.

Potts blieb einen Augenblick am Flußufer stehen, wo seine Träger gerade die wenige europäische Kleidung abluden, die die Holländer für ihn hatten auftreiben können, und schaute hinüber zum geschäftigen Hafen. Riesige, bewaldete Hügel reichten bis zur Bucht, und der Horizont, orangefarben im Licht des sterbenden Tages, war mit zahllosen, schimmernden Inseln übersät. Die Abendtemperatur war angenehm mild.

Am Hafen drängten sich Eingeborene in bunten Kostümen, als er sich an den Reihen strohgedeckter Stände entlangarbeitete. Sein Blick schweifte über das Ufer und entdeckte eine Gruppe weißer Männer, die nur mit Hemd und Hosen bekleidet auf Holzkisten vor einem der letzten Stände saßen. Sie schienen sich angeregt zu unterhalten. Was für ein Glück, dachte er. Sie könnten ihm vielleicht sagen, wann es ein Boot nach Madras gäbe. Er hatte kein hochseetüchtiges Schiff im Hafen gesehen. Er machte einem der Träger ein Zeichen und ging auf die Europäer zu.

Als er sich näherte, sah er, daß es drei waren und daß sie sich immer wieder zuprosteten und überhaupt sehr fröhlich waren. Ihr Gelächter erstarb aber sofort, als sie seiner ansichtig wurden. Er dachte, er hätte die Männer englisch sprechen hören und beschloß instinktiv, möglichst wenig über seine wahre Identität preiszugeben.

»Guten Tag, Gentlemen. Ich bin wirklich erleichtert, ein paar meiner Landsleute hier zu treffen. Darf ich mich Euch anschließen?«

»Zieht Euch 'ne Kiste ran, Sir«, erwiderte einer von ihnen mit einem gezwungenen Lachen. Er war blond und braun gebrannt und wirkte wie ein erfahrener Seemann. Sein Lächeln war sympathisch, und er sah irgendwie vertraut aus. Woher kannte er dieses Gesicht? Die anderen beiden waren, körperlich gesehen, das absolute Gegenteil. Einer war groß und dünn mit beginnender Glatze, und der andere war sehr klein mit lockigen, buschigen Haaren.

»Wie wär's mit einem kleinen Schluck, Sir?« fragte der große Mann. »Es ist uns gelungen, in der katholischen Mission eine Flasche Brandy aufzutreiben.«

»Sehr nett von Euch, Sir. Ein Gläschen käme mir sehr gelegen«, erwiderte Potts. Der große Mann goß ihm ein Glas ein.

»Gibt es hier irgendwo eine Unterkunft, Gentlemen?« fragte Potts.

Der große Mann wandte sich dem kleinen zu. »Ihr kennt doch den Pater gut, Thomas? Hat er ein Zimmer frei?« Er deutete mit dem Kopf in Richtung der kleinen Kirche, die auf einem Hügel lag.

»Der Besucher könnte vielleicht unseres übernehmen, wenn wir morgen abreisen«, erwiderte der kleine Mann. Er drehte sich zu Potts. »Besonders, wenn ihr bereit seid, den Sammelbeutel unseres Paters zu füllen. Das ist der sicherste Weg zu seinem Herzen.«

»Woher kommt Ihr denn?« fragte der große Mann.

»Macao«, antwortete Potts, »und davor China.« Macao war eine portugiesische Enklave, die der Engländer sicher nur dem

Namen nach kannte. Plötzlich fiel ihm der Name zu dem vertrauten Gesicht ein. Natürlich, George White. Eine jüngere Version zwar, aber ansonsten glich er ihm, wie aus dem Gesicht geschnitten. Vielleicht war es sein Bruder.
Eine hübsche burmesische Frau in einem violettkarierten Sarong brachte vier Bananenblätter, die als Teller dienten. Auf drei davon türmten sich Berge von dampfendem Reis und gebratenem Fisch, auf dem vierten war dicke braune Sauce. Sie lächelte und sah Potts fragend an, während sie auf die Blätter deutete. Er nickte zustimmend, und sie ging zu ihrem Stand, um ihm auch eines zu holen.
»Die Dame ist nicht zufällig deine Kragenweite, Richard?« fragte der kleine Mann und grinste übers ganze Gesicht. »Ich kann es kaum erwarten zu hören, wenn du den Pater darum bittest, sie heute nacht mit dir in der Kirche unterzubringen.«
Richard! Potts fiel es wie Schuppen von den Augen. Potts hatte sich das Gehirn nach Burnabys Vornamen zermartert. Phaulkon hatte erwähnt, daß Burnaby in vertraulicher Mission in Mergui war. Er mußte es sein. Und der kleine Mann war sicher Irving. Was hatten die beiden hier mit George Whites Bruder zu tun?
»Wohin soll denn Eure Reise morgen gehen?« fragte Potts beiläufig.
»Ajuthia«, erwiderte Burnaby. »Und Eure, Sir?«
»Madras, wenn ich ein Schiff finde, das dorthin fährt.«
»Madras?« unterbrach ihn White, mit einem seltsamen Blick auf Potts. »Da habt Ihr aber einen großen Umweg gemacht. Warum sollte jemand, der von Macao nach Madras reist, die Überlandroute durch Siam nehmen?« Er warf einen kurzen Blick auf Potts spärliches Gepäck.
Potts folgte seinem Blick. »Die Mannschaft der Dschunke, in der ich Macao verließ, hat mich ausgeraubt und in der Mündung des Menam in Siam an Land gesetzt. Man hat mir gesagt, von dort wäre das die schnellste Route nach Madras.«
Samuel White entspannte sich sichtlich. »Dann könnt Ihr froh

sein, daß Ihr noch am Leben seid, Sir«, sagte er mit einem mitfühlenden Lächeln.

»Wir können alle froh sein, daß wir noch am Leben sind«, sagte Burnaby und erhob sein Glas. Er legte seinen Arm liebevoll um die Taille der hübschen Burmesin, als sie das Essen für Potts brachte.

»Wir sind knapp dem Tod entronnen«, mischte sich White ein. Wenn dieser Mann auf dem Weg nach Madras war, sollte er ihm die Geschichte erzählen. Je mehr Leute sie hörten, desto glaubhafter würde sie. »Unser Schiff, die CORNWALL, ist mit ihrer gesamten Fracht in einem Sturm vor den Andaman-Inseln untergegangen, und nur der Wille Gottes hat uns vor den wilden Eingeborenen dort gerettet. Wir trieben hilflos in zwei Ruderbooten, als uns eine siamesische Dschunke aufnahm und nach Mergui gebracht hat. Wir trinken auf unsere Rückkehr von den Toten.« Er erhob sich. »Samuel White ist mein Name, Kapitän der ehrenwerten Handelsflotte der Kompanie in Madras. Mit wem habe ich die Ehre?«

»John Granger«, sagte Potts, erhob sich und verbeugte sich.

»Und das sind die Herren Burnaby und Ivatt«, fuhr White fort, mit einer Geste zu den beiden anderen, die sich jetzt ebenfalls erhoben hatten. »Diese Gentlemen sind aus dem Büro der Kompanie in Ajuthia. Ich habe einen Boten dorthin geschickt, um den Verlust unseres Schiffes zu melden und eine andere Transportmöglichkeit zu finden. Sie waren sehr hilfsbereit.«

»Sie waren nicht an Bord dieses unglückseligen Schiffes, Mr. Burnaby?«

»Nein, nein«, erwiderte Burnaby. »Ich bin nur hierhergekommen, um den Bericht anzufertigen. Und um Mr. White zu helfen, den Transport nach Madras zu organisieren.«

»Ich wäre sehr dankbar für eine Passage, Kapitän White, wenn Ihr nach Madras oder sonstwohin über den Golf segelt.«

»Meine Mannschaft wird nach Madras gehen, Mr. Granger«, erwiderte Samuel. »Ich selbst habe noch ein paar Tage geschäftlich in Ajuthia zu tun. Aber hier legen häufig Schiffe an, und ich bin sicher, Ihr werdet keine Schwierigkeiten haben, eine

Passage über die Bucht zu kriegen. Haben Ihnen denn die Räuber noch etwas gelassen, Sir?«
»Glücklicherweise hatte man mich vor Piraten im Chinesischen Meer gewarnt, und ich hatte einige spanische Dublonen im Futter meiner Jacke versteckt.«
»Eine sehr weise Vorsichtsmaßnahme«, bemerkte Burnaby. »Seid Ihr denn ein Händler?«
Potts lachte kurz. »So, wie ich jetzt aussehe, glaubt es wohl keiner, aber ich bin ein Sonderbeauftragter Seiner Majestät König Charles für den chinesischen Hof. Sobald ich mich in Madras ausweisen kann, werden sie mich sicher auf das erste Schiff nach England bringen. In der Zwischenzeit wäre ich sehr dankbar für Eure Hilfe.«
»Ja, da kommt ja der Pater«, verkündete Ivatt und zeigte auf einen Priester in einer langen Robe. »Wenn Ihr bereit seid, Euch von ein paar Eurer Dublonen zu trennen, Sir, können wir Euch vielleicht eine Unterkunft besorgen.«
Pater Francisco war bei ihnen angelangt, sein rundes Gesicht strahlte und seine Augen hatten ein seltsames Leuchten. Er merkte zuerst gar nicht, daß Potts ein Neuzugang war. Die Wege des Herrn waren wirklich wunderbar, dachte er. Nachdem bereits das Dach der Kapelle repariert war, würde er jetzt endlich noch einen Flügel anbauen können, der als Schulzimmer dienen würde. Alles dank dieser Seeleute, die der Herr ihm in seiner unendlichen Weisheit geschickt hatte. Sie hatten ihm einen Anteil an den Schätzen versprochen, die jetzt im Haus Gottes versteckt waren.
Pater Francisco zwinkerte Samuel fröhlich zu. »Eure Schätze sind in Sicherheit, mein Sohn.« Dann verstummte der Priester, jetzt erst hatte er Potts bemerkt. »Oh, ich sehe, Ihr habt noch einen Freund gefunden.«
»John Granger, Pater, zu Euren Diensten«, sagte Potts. Was für ein Schatz war da oben, fragte er sich. Er schwor sich, das herauszufinden, noch ehe der Tag zu Ende war.
»Mr. Granger kommt gerade aus Macao, Pater«, warf White hastig ein. »Unglücklicherweise wurde er dort ausgeraubt.«

»Macao?« rief der Priester aufgeregt. Er hatte dort fünf Jahre verbracht, ehe man ihn nach Mergui versetzt hatte. Was für ein Zufall! »Haben sie die Fassade der Kirche von São Paulo schon repariert?« fragte er neugierig.
»Äh, hm«, stotterte Potts, völlig überrumpelt, »offen gesagt, ich bin kein großer Kirchgänger, Pater.«
»Natürlich«, erwiderte Pater Francisco sichtlich enttäuscht. »Ihr Engländer seid ja alle Ketzer, das hatte ich vergessen.« Aber selbst ein Ketzer hätte etwas so Schönes bemerken können, dachte er. Er sehnte sich so danach, etwas über seine alte Heimatstadt zu erfahren. »Wo habt Ihr denn gewohnt, Sir?«
Potts zögerte. Er mußte diesen verdammten Priester von diesem Thema abbringen. »In der Herberge, Pater.«
»In der Pousada do Norte?« fragte der Priester entzückt.
»Genau. Sehr nett dort.«
»Ich habe dort einmal mit dem Bischof diniert«, erzählte der Priester mit strahlendem Gesicht. »Gehört es immer noch den Ribeira-Brüdern?«
»Ich bin den Eigentümern nie begegnet, Pater. Aber apropos Zimmer, ich habe mich gefragt, ob Ihr vielleicht ein Zimmer für mich habt?«
Der Priester hörte die Frage nicht. Wie seltsam, dachte er, daß irgend jemand, der im Pousada gewohnt hatte, Jorge und Antonio Ribeira nicht begegnet war. Die Herberge hatte nur sechs Zimmer, und die Brüder empfingen persönlich jeden Gast bei seiner Ankunft. Selbst englische Ketzer. Und wie konnte jemand die Fassade der Kirche nicht bemerken? Sie überragte den gesamten Hafen. Plötzlich kam dem Pater der Gedanke, daß dieser Mann vielleicht nie in Macao gewesen war. »Und steht die Brücke nach China noch?« fragte er.
»In der Tat, Vater. Ich habe sie selbst überquert.«
»Es gibt keine Brücke nach China, Sir. Es hat nie eine gegeben. Macao ist keine Insel.«
Die drei Engländer hatten dem Gespräch mit wachsendem Interesse gelauscht. Ein böser Verdacht schlich sich bei Burnaby

ein, und White, der sich der Notwendigkeit zur Geheimhaltung seiner jüngsten Mission sehr bewußt war, erhob sich. Der riesige Silberschatz, der Gewinn aus dem lukrativen Verkauf in Persien, lagerte in Kisten in der Sakristei der kleinen Kapelle auf dem Hügel. In Dreierschichten hielt die Mannschaft der versunkenen CORNWALL vor dem Tor der Kapelle Wache.

»Wie es scheint, wart Ihr noch nie in Macao, Sir. Wer seid Ihr?« Whites Stimme hatte einen bedrohlichen Unterton.

Potts verfluchte sein Pech. »Ich ... Ich ... das mit der Brücke hatte ich ganz vergessen, Gentlemen. Seither ist soviel passiert, der Überfall —«

»Aber nichts, was rechtfertigen würde, daß Ihr Euch an das Überqueren einer Brücke erinnert, die gar nicht existiert«, sagte White und seine Miene verhieß nichts Gutes. »Es gibt nur zwei Möglichkeiten, das zu klären, Mr. Granger, wenn das wirklich Euer Name ist. Entweder Ihr sagt uns freiwillig, wer Ihr seid, oder wir schleppen Euch in den Wald da oben und prügeln es aus Euch raus. Was darf es sein?«

Der Priester sah beunruhigt aus. »Nun, Gentlemen, wenn Ihr mich bitte entschuldigt, ich habe anderweitig zu tun.«

»Na schön«, sagte Potts zitternd, als White ihn grob am Kragen packte. »Ich werde Euch sagen, wer ich bin.« Er schaute sich nervös um. Der Priester huschte am Ufer entlang, und eine Gruppe Einheimische, die nahe genug war, beobachtete neugierig die Ausländer. Es war schon fast dunkel.

»Ich bin einer der obersten Buchprüfer der ehrenwerten Kompanie«, verkündete Potts in herrischem Ton. White ließ ihn los.

»Wie ist Euer Name?« fragte White.

»Samuel Potts. Ich wurde beauftragt, die Angelegenheiten der Kompanie in Ajuthia zu untersuchen.« Er wandte sich an Burnaby. »Niemand außer Mr. Phaulkon war auf seinem Posten, und er hat mich schändlich behandelt. Als ich darauf bestand, die Bücher zu sehen, hat er das Kontor niedergebrannt.«

Burnaby starrte Potts an. »Mr. Potts, man hat mich informiert, daß Ihr es gewesen seid, der das Kontor in Brand gesteckt hat.«

»Ich, Sir? Macht Euch doch nicht lächerlich. Warum sollte ein Buchprüfer das Gebäude in Brand stecken, das er untersuchen soll.«

War es möglich, daß Constant getan hatte, was Potts behauptete, fragte sich Burnaby. Der Grieche war wohl sehr jähzornig. Burnaby hatte von Potts gehört und kannte seinen Rang. Wenn dieser Mann tatsächlich Potts war und Phaulkon wirklich das Kontor niedergebrannt hatte, dann waren sie in der Kompanie alle am Ende ihrer Karriere angelangt. Sie würden nach Madras beordert und vor Gericht gestellt werden. Potts mußte irgendwie beruhigt werden.

Potts wandte sich jetzt an White. Die wachsende Unsicherheit der Männer gab ihm wieder Sicherheit. »Und Ihr, Mr. White, ich kannte Euren Bruder George. Ein guter, wenn auch unkonventioneller Mann. Darf ich fragen, was genau diese Schätze sind, die dort oben in der Kirche lagern. Hattet Ihr nicht gesagt, die CORNWALL wäre mit Ihrer gesamten Fracht gesunken?«

White sah ihn an. Wenn ein Buchprüfer der Kompanie verlangte, die Kisten zu sehen, mit welcher Begründung konnte er ihm den Zutritt verweigern? »Diese Kisten, Mr. Potts, enthalten Silber, Eigentum des siamesischen Schatzamtes«, erwiderte er. »Man hat uns gebeten, eine Eskorte für dessen Transport nach Ajuthia zu stellen. Deshalb muß ich zuerst dorthin. Ich schicke meine Männer zurück nach Madras, wo sie in der Zwischenzeit das Schicksal der CORNWALL melden können.«

»Und wer hat Euch gebeten, diese Eskorte zu stellen?« fragte Potts.

»Mr. Burnaby hier«, erwiderte White.

»Das ist ... das ist richtig«, bestätigte Burnaby stotternd. »Als ich vom Barcalon einen Paß beantragte, um nach Mergui zu reisen, wohin Mr. White mich gerufen hatte, bat mich Seine Exzellenz, einige der gestrandeten Seeleute einzusetzen, um die kostbare Fracht nach Ajuthia zu eskortieren. Es wäre politisch sehr unklug gewesen, das zu verweigern. Die Bitten des Barcalon stammen meist vom König.«

»Deshalb habe ich mich entschlossen, mich von meinen Männern zu trennen«, baute White seine Geschichte aus. »Ich wollte keine Bitte des Königs von Siam abschlagen, da ich doch gehört habe, daß die ehrenwerte Kompanie sich um bessere Beziehungen mit seiner Regierung bemüht.«

»Ihr wollt damit sagen, daß der mächtige König von Siam sich außerstande sieht, selbst passende Eskorten zu stellen?« fragte Potts ungläubig. »Seit wann muß er gestrandete Seeleute für seinen Schutz anheuern?«

»Die Farangs sind besser bewaffnet, Mr. Potts«, sagte Ivatt. »Selbst ich, der niedrigste Angestellte der Kompanie, wurde gebeten mitzukommen, wegen meiner Muskete. Die Siamesen haben nur wenige eigene Musketen und sind nicht sehr geschickt im Umgang mit ihnen.«

»Ich werde diese Kisten untersuchen, Gentlemen. Gehen wir den Hügel hinauf.« Potts' wachsende Selbstsicherheit wurde allmählich zur Arroganz.

»Die Kisten sind versiegelt, Mr. Potts, und außerdem sind sie Eigentum der siamesischen Regierung«, warnte ihn White. »Es wäre höchst unziemlich, diese Siegel zu brechen —«

»Ich werde das entscheiden, Mr. White, folgt mir bitte.«

Potts ging voran, und Burnaby und White sahen sich an. White machte eine Geste, als wolle er Potts die Kehle durchschneiden, aber Burnaby schüttelte mit Nachdruck den Kopf. Es war ohnehin schlimm genug, auch ohne einen Mord, dachte er. Sie folgten Potts den Hügel hinauf und näherten sich der Kapelle. White ermahnte Potts noch einmal.

»Ich empfehle Euch dringend, diese Siegel nicht zu öffnen, Mr. Potts. Die Engländer sind für den sicheren Transport verantwortlich, und es würde nicht gut aussehen, wenn bei unserer Ankunft an den Siegeln Spuren von Manipulation erkennbar sind.« Falls Potts die falsche Kiste öffnen würde, würde er mehr als nur Silber finden. Zumindest vier der Kisten enthielten Wertsachen, die man von der CORNWALL gerettet hatte, wäh-

rend der Safe des Schiffes — wohl kaum ein Gegenstand, den man von einem sinkenden Schiff rettete — die gesamte fünfte Kiste einnahm. Er wäre sofort erkennbar.
»Wartet hier draußen, Gentlemen«, sagte Potts in herrischem Ton, öffnete die Tür der Kirche und trat ein. Ein hochgewachsener Matrose stellte sich ihm in den Weg. »Tut mir leid, Sir, die Kirche ist heute wegen Reparaturarbeiten geschlossen.«
»Kapitän White schickt mich, um die Ware zu überprüfen«, sagte Potts. Entlang einer Wand der Kirche waren die Umrisse mehrerer großer Kisten erkennbar. Er ging auf sie zu.
Zwei weitere Matrosen tauchten aus dem Schatten auf und stellten sich ihm in den Weg. »Tut mir leid Sir, aber weiter könnt Ihr nicht gehen.«
»Warum nicht?« fragte Potts. »Sind diese Kisten nicht das Eigentum der siamesischen Regierung?«
»Sie gehören Kapitän White, Sir, und keiner darf sie berühren.«
»Schon in Ordnung, Jungs. Laßt sie ihn ruhig untersuchen.« White stand in der Tür. »Der Inhalt ist bei allen gleich, also soll er sich eine aussuchen. Ich will aber, daß höchstens bei einer Kiste das Siegel geöffnet wird, sonst denken die in Ajuthia noch, wir hätten uns bedient.« White hatte inzwischen einen Entschluß gefaßt. Wenn Potts die falsche Kiste öffnete, mußte er sterben.
Potts ging auf die Kisten zu. Sie waren in Viererreihen, drei übereinander, gestapelt. Er zeigte auf eine der unteren Kisten, und die Matrosen wandten sich fragend ihrem Kapitän zu.
White nickte, und die drei kräftigen Seemänner begannen vorsichtig, die anderen Kisten herunterzuheben. Es war harte Arbeit.
Nach einiger Zeit stand die Kiste, die Potts verlangt hatte, frei da. Die Matrosen brachen das Siegel und stemmten den Deckel mit einer Eisenstange auf. Potts trat vor, um sich den Inhalt anzusehen. »Ich brauche mehr Licht«, sagte er. »Laßt die Kapellentür offen.« White stand immer noch an der Tür, Burnaby und Ivatt warteten draußen. Als White in die Kirche trat,

strömte das Licht durch die Öffnung. Potts bückte sich, um die Kiste zu untersuchen. In diesem Augenblick wurde der Raum wieder in Schatten getaucht.

Ein Priester stand an der Schwelle. Es war nicht Dom Francisco. Er war kleiner und viel zu dunkel für einen Portugiesen. Er sah fast indisch aus. Der Priester verbeugte sich kurz vor Potts und White, dann ging er an den Kisten vorbei und kniete sich in eine der hinteren Bänke der Kapelle. Er faltete die Hände und fing an, in monotonem Siamesisch zu beten.

Potts entfernte eine Lage Stroh aus der Kiste und griff dann hinein, um den Inhalt herauszuholen. Er zog den ersten Gegenstand heraus und prüfte ihn sorgfältig. Es war ein Silberbarren. »Die Inschrift sieht persisch aus«, sagte er mißtrauisch. »Ich dachte, die Mauren dirigieren den Persienhandel des Königs von Siam? Warum bringen sie ihre Beute nicht selbst nach Ajuthia?«

»Wie soll ich das beantworten«, erwiderte White, »wenn ich nicht einmal den Inhalt der Kisten kenne? Wir wurden gebeten, eine Aufgabe für Seine Majestät zu erledigen, und wir befolgen diesen Befehl. John«, sagte er zu dem größten Matrosen, »du und die Jungs, ihr könnt die Kiste wieder versiegeln. Versucht es so hinzukriegen, daß keiner merkt, daß sie geöffnet gewesen war.«

»Aye, aye, Sir.«

»Einen Moment«, sagte Potts. »Ich bin noch nicht fertig. Ich werde die Kiste zuerst ausleeren und dann noch eine untersuchen.« Potts zeigte auf eine Kiste am Ende. »Öffnet die, bitte.«

»Bleibt, wo ihr seid«, befahl White. »Ich habe gesagt, es darf nur eine Kiste geöffnet werden, Mr. Potts. Eine ist ohnehin schon zuviel. Ihr habt gesehen, was Ihr sehen wolltet.« Er wandte sich wieder an die Matrosen. »Versiegelt die offene Kiste, und laßt die anderen in Ruhe.«

»Aye, aye, Sir.«

»Ihr werdet Euren Männern befehlen, das zu tun, was ich verlange, Kapitän White. Ihr wißt doch wohl, was es für Konsequenzen hat, wenn sie die Befehle eines höhergestellten Offiziers verweigern.«

Potts bückte sich und nahm das Stemmeisen. Dann ging er zum hinteren Ende des Stapels. Er hob das Eisen und schickte sich an, es in eine weitere Kiste zu stemmen. Whites lief rot an. Als Potts versuchte, den Deckel der zweiten Kiste aufzubrechen, stürzte sich White auf ihn und packte ihn am Hals. Potts fing an zu schreien, als White zudrückte, aber White war entschlossen, ihn zu erwürgen.

Angelockt von den Schreien, stürmten Burnaby und Ivatt herein, warfen sich auf White und versuchten, ihn von Potts wegzuzerren. Die Matrosen hielten sich fern, und so dauerte es einige Minuten, bis es Ivatt und Burnaby gelang, White wegzuziehen. Potts lag am Boden und hielt sich den Hals, sein Körper zuckte unkontrolliert.

»Bist du verrückt geworden?« flüsterte Burnaby White ins Ohr. »Möchtest du uns alle vor Gericht bringen? Ich bin hier für das Benehmen verantwortlich.«

In der Zwischenzeit hatte Ivatt Potts gegen sein Knie gelehnt und massierte seine Brust. White lag mit dem Rücken an der Wand und murmelte unverständliches Zeug. In diesem Augenblick kam der dunkelhäutige Priester auf ihn zu und sagte etwas auf siamesisch. Dann beugte er sich über Potts und horchte an der Brust des Engländers.

Er kniete sich neben ihn und sprach ein kleines Gebet, schlug dann ein Kreuz und lächelte den anderen zu, als wolle er ihnen bedeuten, daß Potts sich erholen würde. Schließlich erhob er sich und ging zur Tür, unterwegs bückte er sich schnell und schaute sich den Silberbarren an, der auf dem Boden lag. Einer der Matrosen machte bedrohlich einen Schritt nach vorn. Der Priester legte den Barren wieder auf den Boden und eilte zur Tür hinaus.

Luang Aziz drückte die Klingel und wurde sofort eingelassen. Er zog sich die Kapuze vom Kopf und betrat das Haus in seinen Priesterroben. Zum Umziehen war keine Zeit gewesen.

Er verbeugte sich tief vor Oc-Ya Tannaw und dann noch tiefer vor dem steifen Ehrengast mit dem Schnurrbart zu Oc-Yas Rechter. »Euer Hoheit«, murmelte er.

»Und?« sagte Oc-Ya Tannaw. »Was für Neuigkeiten bringt Ihr uns, Aziz?« Fünf dunkle Augenpaare richteten sich erwartungsvoll auf den Neuankömmling.
Luang Aziz setzte sich mit verschränkten Beinen auf den einzig freien Platz im Kreis. »Ich bringe schlechte Nachrichten, meine Brüder. Der Brief, den ich dem Mädchen abgenommen habe, war eine Täuschung.«
Ein Murren ging durch den Kreis. »Aber sagtet Ihr nicht, sie hätte sich bis zum letzten Moment dagegen gewehrt, den Brief herauszugeben?« fragte Oc-Ya Tannaw.
»Sie war gut geschult, Euer Ehren. Ihre Täuschung war überzeugend.« Er schaute den Herrscher der Makasaren an und sah, daß er gespannt an seinen Lippen hing. »Das Farang-Schiff ist nach Persien gefahren«, verkündete er. »Es ist mit Kisten voll persischem Silber zurückgekehrt.«
»Habt Ihr die Markierungen gesehen?« fragte der Oc-Ya.
Aziz nickte. »Das habe ich. Ohne Zweifel persisch. Und sehr interessant ist, daß das Farang-Schiff nicht mehr in Mergui angelegt hat. Die Kisten wurden von einer siamesischen Dschunke abgeladen. Da die Dschunke zu klein war, um die Reise nach Persien zu machen, sind die Kisten sicherlich irgendwo auf See umgeladen worden. Das Farang-Schiff wollte offensichtlich nicht gesehen werden. Es muß direkt nach Hause gefahren sein — Madras, ohne Zweifel.«
»Habt Ihr herausgefunden, wer die Dschunke bereitgestellt hat?« fragte Oc-Ya.
»Ja, es war der Jesuitenpriester, Dom Francisco, und einer der Farangs von der englischen Kompanie hat es navigiert.«
Die Augen des Oc-Ya brannten vor Wut. »Dieser Priester wird für seinen Verrat bezahlen.« Er schaute sich mit ernster Miene in der Runde seiner versammelten Berater um. »Brüder, wir haben es mit einer christlichen Verschwörung zu tun, die von diesem neuen Mandarin, Phaulkon, angeführt wird. Und der König ist, wie es scheint, auf ihrer Seite.«
»Aber warum?« fragte Iqbal Sind und rieb sich nervös seine Ha-

kennase. »Warum sollte Seine Majestät Partei für die Farangs ergreifen?«
»Du wirst das Muster erkennen, Iqbal Sind, wenn du genau hinschaust. Zuerst wird Rashid als Chef des Bankettressorts abgesetzt, dann werden heimlich Güter des Schatzamts nach Persien auf einem englischen Schiff transportiert, und schließlich wird ein Mitglied der englischen Kompanie zum Mandarin gemacht.«
»Es steht außer Zweifel, daß die Stellung der Mauren untergraben wird«, stimmte Fawzi Ali zu. »Aber warum? Worin liegt der Vorteil, wenn man uns durch Farangs ersetzt?«
»Vielleicht unterstützt Seine Majestät die englischen Ungläubigen als Puffer gegen die Holländer.« Farouk Radwan kratzte seinen üppigen schwarzen Bart.
»Oder«, sagte Oc-Ya, »die siamesische Regierung hat das Ausmaß des Profits entdeckt, den wir machen.«
Alle verstummten. Der Oc-Ya hatte den Verdacht in Worte gefaßt, den jeder hier mit sich herumtrug. Die siamesische Regierung würde ihr uraltes Monopol brechen.
»Wir müssen die Wurzel unseres Problems eliminieren — Phaulkon.«
»Es genügt nicht, einen Mann zu eliminieren, mein Bruder.« Alle Augen richteten sich auf Prinz Dai, den Herrscher der Makasaren. Er war groß und aristokratisch, die malaiischen Gesichtszüge sehr ausgeprägt, die braunen Wangen haarlos. Auf einer Seite seines Halses trug er die Narbe einer holländischen Kugel.
Als der Prinz um Asyl an diesen Küsten bat, hatte der König von Siam ihn und sein Volk gnädig empfangen und ihnen Land überschreiben lassen, auf dem sie ihr Lager bauen konnten. Der Prinz und seine Männer hatten ihr Dorf aus jungfräulichem Urwald gebaut. Die hölzernen Hütten waren einfach aber angemessen, und jeder Mann hatte ein Dach über dem Kopf. Prinz Dai hatte die großzügigen, kriegerhaften Qualitäten des siamesischen Königs bewundert, der als Jugendlicher tapfer auf seinem königlichen Elefanten gegen die burmesi-

schen Krieger ins Feld gezogen war. Aber jetzt wurde der König alt, und er hatte angefangen, sich mit weißen Männern zu umgeben. Wie Prinz Dai nur zu gut wußte, war dies das Zeichen von Schwäche. Es verging kein Tag, an dem er nicht der Schande gedachte, die er durch die Holländer erlitten hatte, als sie sein geliebtes Celebes eroberten, diese schmutzigen weißen Feiglinge, die sich hinter ihren Kanonen versteckten und nicht wie wahre Männer kämpfen konnten. Prinz Dai verachtete moderne Waffen, er glaubte nur an körperliche Kraft und an die Geschicklichkeit mit dem Kris.

Jetzt verloren im Westen von Siam die Auserwählten Allahs bereits ihre Positionen, und über kurz oder lang würden die Ungläubigen sie in der ganzen Nation ersetzen. Es stand außer Zweifel, daß die Tage der Moslems in Siam gezählt waren, wenn die Makasaren sich nicht erhoben, um das Wort Allahs zu verteidigen. Die Makasaren waren die einzige ernstzunehmende Streitmacht der Moslems. Alle anderen waren Händler und Beamte. »Es gibt nur eine Möglichkeit, meine Brüder – Krieg.« Alles schwieg. »Phaulkon töten, das wäre nur eine vorübergehende Lösung. Andere Farangs würden seinen Platz einnehmen. Die moslemische Bruderschaft ist in Gefahr. Um zu überleben, müssen wir mehr tun, als nur einen Mann eliminieren.«

»Aber, Eure Hoheit, selbst wenn wir erfolgreich die Regierung von Siam stürzen, wie lange könnten wir regieren? Die Bevölkerung ist fast ausschließlich buddhistisch, und auch der letzte Siamese verehrt seinen König«, wandte der Oc-Ya ein.

»Ihr habt natürlich recht. Aber mein Vorschlag ist es, einen siamesischen Herrscher anstelle des anderen einzusetzen, einen Mann, der die Farangs haßt und uns unsere traditionellen Positionen zurückgeben würde. Eine solche Person hat bereits bei uns vorgesprochen.«

»Dürfen wir wissen, wer das ist, Eure Hoheit?«

»In der Tat. Luang Sorasak. Er hat mich in meinem Lager besucht, kurz bevor Ihr mich nach Mergui gerufen habt. Er hat mir von dem wachsenden Unmut bei Hof erzählt, über die

Privilegien, die Farangs verliehen werden, und besonders über die Ernennung dieses Farang-Mandarins. Wir hätten reichlich Unterstützung im Palast, insbesondere, da Gerüchte über ein zukünftiges Abkommen mit Frankreich kursieren, mit einem Truppenaustausch zwischen den beiden Ländern. Wenn das wahr ist, würde das heißen, daß ausländische Soldaten siamesischen Boden betreten.« Der Prinz war sehr zufrieden mit dem Ergebnis seiner Worte. Die Versammelten standen unter Schock. »Erst heute früh war ein geheimer Abgesandter von General Petraja selbst bei mir und hat angedeutet, daß der General ebenfalls hinter seinem Sohn steht. Deshalb, meine Brüder, ist jetzt die Zeit gekommen zu handeln. Ich verpflichte, ohne zu zögern, meine Männer dazu, die augenblickliche Regierung zu stürzen, Phaulkon zu ermorden und Sorasak auf den Thron Siams zu setzen.«

Es herrschte längeres Schweigen. Dann stimmte ein Mitglied des Rates nach dem anderen für Prinz Dais Plan. Der Oc-Ya Tannaw sprach als letzter.

»Sind Eure Truppen bereit, Eure Hoheit?«

Der Prinz lächelte. »Mein Volk war schon zu lange untätig.«

»Nun denn«, sagte der Oc-Ya und sah sich in der Runde um. »Möge Allah der Revolte der Makasaren seinen Segen erteilen.«

37

Phaulkon lief nervös im Zimmer auf und ab. Wieder war eine Woche verstrichen. Die holländischen Schiffe aus Batavia konnten jeden Tag hier eintreffen. Phaulkon hatte weiterhin auf allen möglichen Wegen versucht, Seine Majestät zu sprechen, aber vergeblich. Der Fürst des Lebens war angeblich zu beschäftigt für ein Audienz. Selbst der Barcalon war nicht verfügbar, denn er war inzwischen bettlägrig, durch seine ständigen Asthmaanfälle. Und von der persischen Expedition gab es immer noch keine Nachricht.

Phaulkon hatte beschlossen, die Sache selbst in die Hände zu nehmen. Wenn heute nichts passierte, würde er trotzdem Aarnout Faa besuchen und ihm von dem bevorstehenden Vertrag mit Frankreich erzählen. Vielleicht würde der Direktor des VOC dann doch zurückstecken. Wenn die Invasion wenigstens einige Tage verzögert werden könnte, würde Seine Majestät in der Zwischenzeit den Vertrag doch noch proklamieren lassen.

Maria hatte er seit einer Woche nicht mehr gesehen, seitdem sie seinen Heiratsantrag abgelehnt hatte, aber es hatte ohnehin wenig Sinn, der Sache jetzt nachzugehen, da es keine Anzeichen für einen bevorstehenden Vertrag gab. Es war höchste Zeit, daß seine Pechsträhne endlich ein Ende hatte, überlegte er. In einem Augenblick der Verzweiflung hatte er den Hofastrologen aufgesucht, Pra Sarit. Der alte Mönch hatte Phaulkon gesagt, sein Schicksal würde sich in ein bis zwei Tagen dramatisch verändern. Das war gestern gewesen. Pra Sarit hatte schon einige erstaunliche Dinge vorhergesagt, und Phaulkon war entschlossen, bis zum Abend mit seinem Besuch bei Aarnout Faa zu warten.

Jetzt war es Mittag. Sunida war zum Markt gegangen, um seine neueste Bitte um eine Audienz beim Fürsten des Lebens weiterzuleiten. Er schlief nachts schlecht und wollte sich gerade ein bißchen hinlegen, als er draußen Stimmen hörte.

»Das sind ein paar Geschenke für Seine Exzellenz, den Oc-Luang, von seinen dankbaren Mitarbeitern«, sagte Ivatt in passablem Siamesisch zu den kichernden Dienerinnen. »Wo sollen wir das alles hinstellen?«

Phaulkon sah riesige Kisten, die von je zwei Dienern getragen wurden. »Stapelt sie im Wohnzimmer, wo ich sie zählen kann«, sagte er und riß die Tür auf. Einen Augenblick später wurde er heftig von Ivatt, Burnaby und White umarmt.

»Es *ist* doch etwas in diesen Kisten, nehme ich an?« fragte Phaulkon lachend.

»Gerade genug, um ein paar englische Grafschaften zu kaufen und ein Herzogtum«, erwiderte Ivatt. »Sam hier möchte die Grafschaften. Ich will das Herzogtum, und Richard will zurück nach Madras, um sich dem Gericht zu stellen.«

Phaulkon warf einen Blick auf Burnaby. Vielleicht war es gar kein Scherz. Er sah tatsächlich nicht so glücklich aus wie die anderen.

Sie setzen sich in Phaulkons Wohnzimmer, berichteten kurz über ihr Zusammentreffen mit Potts, und dann wandten sie sich interessanteren Dingen zu. Die Luft knisterte vor Erregung, als Samuel beschrieb, wie die Händler von Bandar Abbas und Khoramshar anfänglich gezögert hätten, siamesische Güter von europäischen Kaufleuten zu kaufen. Es hatte ihnen nicht behagt, mit jemand anderem als ihren maurischen Brüdern Geschäfte zu machen. Aber der Anblick der lukrativen Ladung von Seide und Porzellan hatte sie schnell vom Gegenteil überzeugt, und innerhalb kürzester Zeit schlugen sie sich um die Fracht wie Geier um einen Kamelkadaver. Es war wie eine Auktion gewesen. Die Bieter waren an Bord des Schiffes gekommen, und die ersten Gebote hatten bereits den dreifachen Wert, auf den das siamesische Schatzamt die Ladung geschätzt hatte. Burnaby hatte den neunfachen Wert gefordert. Die Kaufleute hatten die Arme gen Himmel erhoben, aber als Burnaby White befahl, die Segel zu setzen und an den Hof des Großen Türken in Istanbul weiterzusegeln, hatten die Kaufleute sich schnell auf den sechsfachen Wert geeinigt.

Phaulkon warf einen Blick auf die Beute, die ordentlich gestapelt in einer Ecke des Wohnzimmers stand. Zwanzig Kisten mit jeweils etwa einem Zentner Silber. Es war ein Vermögen.
Burnaby teilte den Übermut der anderen nicht. »Du tust dich leicht, Constant, als ausländischer Mandarin, aber ich bin immer noch Engländer und verantwortlich für das Verhalten der Kompanie hier. Wenn Potts in Madras eintrifft, was glaubst du, wird dann aus mir? Ich verstehe auch nicht, warum ihr zwei so fröhlich seid«, sagte er zu White und Ivatt. »Es ist nur eine Frage der Zeit, bis wir vor Gericht gestellt werden.«
»Potts wird Madras nie erreichen, Richard« sagte White ruhig. »Ich habe für ihn eine Passage auf demselben Schiff gebucht, das meine Offiziere nach Madras bringt. Ich habe ihnen einen Bonus gegeben, damit sie dafür sorgen, daß Potts unterwegs krank wird — tödlich krank.«
Burnaby war schockiert. »O mein Gott, das ist doch praktisch Mord!«
»Nenn es, wie du willst, Tatsache ist, dieser Potts ist ein gefährlicher Säufer und nützt der Kompanie sowieso nichts. Wenn Potts die falsche Kiste geöffnet hätte, Richard, hättest nicht einmal du mich davon abhalten können, dem Schwein die Kehle durchzuschneiden.«
»Das hättest du sehen müssen, Constant«, sagte Ivatt, »wie Potts die erste Kiste aufgemacht hat. Die Spannung war furchtbar.«
»Und als er bloß Silber gefunden hat, hat er darauf bestanden, noch eine aufzumachen«, fügte Burnaby verbittert hinzu, »und dieser Wahnsinnige hat sich auf ihn gestürzt und ihn fast erwürgt. Thomas und ich mußten ihn wegzerren. Was glaubst du, wird der in seinem Bericht schreiben?«
»Wenn er überhaupt einen schreibt«, sagte Ivatt, um die gespannte Atmosphäre etwas zu lockern, »sollten du und ich als Helden dastehen, weil wir ihm das Leben gerettet haben.«
»So, wie sich das anhört, Richard«, sagte Phaulkon, »wird Potts überhaupt keinen Bericht schreiben. Aber Gentlemen, vergessen wir Potts jetzt. Wir haben dringendere Probleme. Ich habe

große Pläne. Für uns alle.« Er wandte sich an Burnaby. »Richard, das englische Lagerhaus ist eine ausgebrannte Ruine, und es gibt keine Ware mehr zu verkaufen und keine Bücher, um Verkäufe einzutragen. Also müssen wir uns anderweitig für die Zukunft umschauen. Ich gratuliere euch allen, Gentlemen, zum Erfolg der persischen Expedition, und ihr habt mein Ehrenwort, wenn aus Madras jemand kommt, um uns zu holen, werden wir für sie bereit sein. Und jetzt, Gentlemen, muß ich euch von wichtigen Entwicklungen während eurer Abwesenheit informieren. Die Holländer wollen in Siam einmarschieren.«

Den Männern stockte der Atem.

»Ich möchte, daß ihr jeden gesunden Europäer auftreibt, den ihr finden könnt. Bietet genug Silber, um die besten Männer zu bekommen. Sagt ihnen, es ist für eine geheime Mission, über die ihr nicht reden dürft. Wir wollen nicht, daß die Holländer oder jemand anderes davon Wind bekommt. Ich brauche eine Streitmacht, die stark genug ist, das holländische Kontor zu umzingeln und, falls nötig, den Direktor der VOC zu entführen. Wir brauchen ihn vielleicht als Geisel, falls die Holländer den Krieg erklären. Fünfzig oder sechzig kampferprobte Männer sollten genügen.«

»Einen Moment, Constant«, sagte Burnaby. »Meines Wissens habe ich nicht zugestimmt. Ich bin immer noch Geschäftsführer der Station hier, weißt du.«

»Das bist du in der Tat, Richard. Aber mit sofortiger Wirkung stehe ich nicht mehr in den Diensten der Engländer. Ihr habt meine offizielle Kündigung. Ich bin jetzt ein siamesischer Mandarin.« Er wandte sich an White. »Du hast gesagt, du hast den sechsfachen Wert der Ladung erzielt, nicht wahr, Samuel?«

»Eher den fünffachen, Constant, wenn alle Offiziere und die Mannschaft der CORNWALL ausgezahlt waren«, erwiderte White.

Phaulkon grinste. »Seine Majestät dürfte zufrieden sein. Das höchste, was die Mauren ihm je gebracht haben, waren fünfzig

Prozent, nicht fünfhundert! Je eher wir die Beute beim Schatzamt abliefern, desto besser. Sind die Diener noch draußen?«
»Sie erwarten deine Befehle, Constant«, erwiderte White. »Und übrigens, ich bin auch nicht so scharf darauf, nach Madras zurückzukehren. Ich habe mich gefragt, ob du vielleicht hier eine Arbeit für mich hast?«
»Aus genau diesem Grund habe ich dich gebeten hierherzukommen, Samuel. Deinen ersten Auftrag hast du ohnehin bereits — ein paar gute Männer zusammenzutrommeln. Sobald ich eine Audienz bei Seiner Majestät erwirkt habe, werde ich, hoffentlich, viel zu besprechen haben.« Er erhob sich. »Ich mache mich jetzt auf den Weg ins Ministerium.« Phaulkon ging voran, gefolgt von vierzig Dienern mit den Kisten.

»Vichaiyen, Wir sind befriedigt. Ihr und Eure Männer habt gute Arbeit geleistet.« Die königliche Stimme klang nicht nur zufrieden, sondern auch etwas erleichtert. Phaulkon spürte, daß es nicht nur der ungeheure Gewinn war, der den König zufriedenstellte, sondern auch die Rechtfertigung der Gefühle Seiner Majestät, was ihn betraf. Seit einiger Zeit schon hatte Phaulkon den Eindruck, er stünde vor Gericht, ein neuer Angestellter, dem man noch nicht voll vertraute, und die Rückkehr des Schiffes mit allem, was er versprochen hatte, hatte endlich die Sache zu seinen Gunsten entschieden.
Der Anblick des Silbers hatte im Ministerium wahre Wunder vollbracht, und der Erste Assistent des Barcalon war zum Palast aufgebrochen, sobald der Inhalt der Kisten ausgepackt und gewogen worden war. Die königliche Aufforderung kam am selben Abend.
»Ohne Zweifel wollt Ihr einige Bitten an Uns stellen.«
In Abwesenheit des Barcalon, der unpäßlich war, war Phaulkon jetzt das erste Mal mit Seiner Majestät allein im Audienzsaal. Es war eine einmalige Ehre und beispiellos für einen Farang.
»Hoher und mächtiger Fürst, von mir, Eurem Sklaven, wünsche ich, Euer königliches Wort zu nehmen und es auf mein

Gehirn und auf die Spitze meines Kopfes zu legen. Meine einzige Bitte ist es, daß ich untertänigst weiter Eurer Majestät dienen kann.«
»Drückt Euch genauer aus, Vichaiyen«, forderte die königliche Stimme.
»Mächtiger Fürst, ich, ein Haar, glaube, daß nach Eurer Majestät gnädigen Entlassung des Verbrechers Potts, Madras Vergeltungsmaßnahmen ergreifen wird, sobald man dort seine Version der Geschichte gehört hat. Sie werden die Rückkehr von Ivatt, Burnaby und White nach Madras fordern, Euren ergebenen Sklaven und des Staubkorns, das vor Euch liegt.«
»Und Ihr möchtet um Unseren Schutz bitten.«
»Mächtiger Fürst, ja.«
»Er soll Euch gewährt werden. Die Farangs, die ihr erwähnt habt, haben Uns gut gedient. Es scheint Uns aber politisch unklug, diesen Befehl aus Madras abzuwarten, bis wir sie in Unseren Schutz nehmen. Wir möchten nicht, daß es aussieht, als würden Wir ihnen nur helfen, *nachdem* die Bitte um ihre Rückkehr eingetroffen ist, das wäre eine offene Ablehnung ihrer Wünsche. Und es ist nicht Unsere Politik, Uns eine andere Nation unnötig zum Feind zu machen.
Deshalb werden Wir sie mit sofortiger Wirkung in Unsere Dienste aufnehmen und sie in offizielle Positionen in Unserer Verwaltung befördern, aus denen es sehr schwierig wäre, sie zu entlassen, wenn die Aufforderung kommt. Mr. Burnaby wird Gouverneur von Mergui, Mr. White, Shahbandar von Mergui, und Mr. Ivatt wird der Repräsentant Unserer Nation an der Westküste Indiens sein. Das wird ein günstiger Anfang für Unsere neue Handelspolitik am Golf sein.« Seine Majestät hielt inne, um Phaulkon Zeit zu geben, sich von seiner Überraschung zu erholen.
Es dauerte eine Weile, bis er die richtigen Worte fand. »Mächtiger Fürst, Eure Weisheit und Eure Großzügigkeit kennen keine Grenzen. Die Sklaven, die Ihr erwähnt habt, werden dem Fürsten des Lebens mit derselben Hingabe dienen wie der ungläubige Sklave vor Euch.«

»Und Ihr, Vichaiyen, übernehmt die volle Verantwortung für ihre Taten. Jeder Fehltritt in ihrem Verhalten wird ein Fehltritt in Eurem eigenen sein. Wir finden es nur angemessen, daß ein Mandarin zweiten Grades solch zusätzliche Verantwortungen übernimmt.«

Wieder war Phaulkon sprachlos. Mandarin zweiten Grades! Das würde ihm einen ständigen Platz im Hauptaudienzsaal geben. Nur die dreißig mächtigsten Fürsten des Reichs, die Mandarine ersten Grades — Mitglieder des Kabinetts Seiner Majestät und Gouverneure der Provinzen Seiner Majestät —, würden ihn an Rang übertreffen. Es würde auch seiner Frau gestatten, in den Palast aufgenommen zu werden, um am Hof von Prinzessin Yotatep, der Prinzessin-Königin zu dienen. Was für eine Ehre für Maria, wenn sie je seinen Antrag annehmen würde.

Wenn es ihm jetzt nur noch gelingen würde, die holländische Invasion zu entlarven und im Keim zu ersticken, lag das Mandarinat erster Klasse in Reichweite. Er war wild entschlossen, die Frage des Vertrags bei dieser Audienz wiederaufleben zu lassen.

Er wußte, daß Ivatt mit Begeisterung in die Dienste Siams treten würde, und White konnte sich gar nichts Besseres erhoffen als den Posten des Shahbandar, Gebieter des Hafens von Mergui. Aber Burnaby ... er war sich nicht sicher, wie der Mann reagieren würde. Würde er sich wirklich dem Gericht in Madras stellen, wenn er einfach nur zustimmen mußte, um Gouverneur einer siamesischen Provinz zu werden?

»Mächtiger Fürst, ich, ein Staubkorn unter Eurer Fußsohle, danke Euch vom Grunde meines Herzens für Euren Großmut und möchte gerne fragen, was aus dem jetzigen Gouverneur und Shahbandar von Mergui wird?«

»Diejenigen Unserer Untertanen, die Uns nicht zu Unserer Zufriedenheit gedient haben, müssen ersetzt werden. Sie werden nach Ajuthia gebracht werden, um sich für ihre Verbrechen zu verantworten. Die Mauren haben Uns gegenüber versagt. Mr. Burnaby wird für die Ordnung in der Provinz Mergui verantwortlich sein und für die Steuereintreibung, und Mr. White wird Unsere Handelsinteressen im Golf von Bengalen überwachen. Es wird die Verantwortung des Shahbandar sein — und letztlich Eure, Vichaiyen —, so viele Schiffe, wie das Handelsvolumen erforderlich macht, auszustatten oder zu bauen. Farang-Kapitäne und Offiziere werden das Kommando über diese Schiffe übernehmen, und siamesische Mannschaften werden unter ihnen ausgebildet werden.

Als weiteres Zeichen Unserer Hochachtung, Vichaiyen, werdet Ihr von Uns persönlich zehn Sklaven zum Geschenk bekommen, sie sollen Euch in Eurem Haus dienen und Euch auf Euren Reisen begleiten. Als königliches Geschenk wird erwartet, daß Ihr sie auf Lebenszeit behaltet.«

Bemerkenswert geschickte Taktik, dachte Phaulkon. Sunida hatte wohl dem Palast von seiner bevorstehenden Hochzeit und ihrer eigenen prekären Position berichtet. Es war nicht ungewöhnlich für einen Mandarin zweiten Grades, bei seiner Ernennung ein solches Geschenk vom König zu bekommen, und es wäre in höchstem Maße beleidigend, einen der Sklaven zu entlassen, die ihm auf Lebenszeit geschenkt worden waren. Sollten diese Sklaven Sunida in ihrer Rolle ersetzen?

»Aber, Wir hören, Vichaiyen, daß Ihr eine Hauptfrau nehmen wollt, eine Katholikin, wie Wir vernommen haben?«

»Mächtiger Fürst, wenn es Eurer Majestät gefällt.«

»Es würde ohne Zweifel Unseren politischen Zwecken sehr dienlich sein, Vichaiyen, aber befriedigt es die Bedürfnisse Eurer Farang-Seele?«

»Mächtiger Fürst, die Bedürfnisse meiner Seele sind nichts im Vergleich zum politischen Wohl Siams.«

»Ohne Zweifel, Vichaiyen. Aber dem Wohle Siams wäre besser gedient, wenn Eure Seele glücklich ist.«

»Mächtiger Fürst, in diesem Fall muß dieser wertlose Sklave noch einmal um Eure königliche Gunst bitten.«

»Wir hören, Vichaiyen.«

»Mächtiger Fürst, mein Herz gehört einer jungen Gefährtin, ihr Name ist Sunida. Meine zukünftige katholische Frau will ihre Anwesenheit im Haus nicht dulden.«

»In der Tat?« Seine Majestät klang amüsiert.
»Mächtiger Fürst, ich, der Staub unter Euren Füßen, bitte, Sunida im Palast unterzubringen, wo sie sicher ist und wo ich, mit Eurer Majestät gnädigen Erlaubnis, sie manchmal besuchen könnte.«
»Vichaiyen, Ihr müßt Euch wirklich glücklich schätzen, daß Wir nicht zum katholischen Glauben konvertiert sind, sonst wären Wir jetzt gezwungen, Eure Bitte abzuschlagen. Aber wie die Dinge stehen, erlaubt Uns der Glaube Unserer Ahnen, Euch die Bitte reinen Gewissens zu gewähren.« Seine Majestät kicherte. »Und haben die Astrologen ein günstiges Datum für Eure Hochzeit festgesetzt?«
»Erhabener Fürst, noch nicht. Meine katholische Braut erwartet den Auszug Sunidas, ehe sie ihre Einwilligung zur Hochzeit gibt.«
»Dann, Vichaiyen, sollten Wir besser umgehend Sunidas Quartier im Palast vorbereiten lassen. Als Mandarin zweiten Grades erwarten Wir, daß Ihr täglich an Unseren Audienzen teilnehmt. Wir halten es für angebracht, daß Ihr früher kommt, damit Ihr zuerst der Dame Sunida Eure Aufwartung machen könnt.«
»Eure Majestät sind zu gnädig.«
»In einem Punkt sind Wir neugierig, Vichaiyen. Würdet Ihr selbst es gerne sehen, daß Wir den katholischen Glauben annehmen?«
»Mächtiger Fürst, ich, ein Staubkorn, wünsche mir nur das, was Eurer Majestät siamesischen Seele das größte Glück bringt.«
Ungesehen von Phaulkon lächelte der König. Vichaiyen war wirklich der perfekte Diplomat. Er spürte, daß die Loyalität des Vichaiyen nicht bei diesen Farangs lag. Bis jetzt war er sich nicht sicher gewesen, aber seit der Rückkehr der persischen Expedition und der Rückkehr des königlichen Kuriers aus Nakhon Si Thammarat waren diese Zweifel zerstreut. Der Gouverneur der Provinz hatte den Dolmetscher Pieter unter Eid verhört, und der Junge hatte die Angaben des Vichaiyen

über die drohende holländische Invasion bestätigt. Die Angelegenheit duldete keinen Aufschub, und es mußten sofort Schritte eingeleitet werden...

»Wir haben Euren Vertragsentwurf studiert, Vichaiyen, und Wir stimmen der Majorität seiner Klauseln zu, aber Wir wünschen eine Reduzierung der Anzahl der mit Frankreich auszutauschenden Truppen. Sie muß von eintausend auf vierhundert reduziert werden. Es ist Uns ein dringendes Bedürfnis zu zeigen, daß die französischen Soldaten ein Zeichen der Wertschätzung sind und keine Besatzungsarmee.«

»Erhabener Fürst«, schlug Phaulkon respektvoll vor. »Könnte ein so geringes Kontingent nicht zu klein sein, um die Holländer zu beeindrucken?«

»Wenn der vielgepriesene Vertrag nicht ausreicht, um die Holländer zu beeindrucken, spielt es nur eine geringe Rolle, ob es vierhundert oder tausend Soldaten sind, Vichaiyen.« Wohingegen für seinen Hofstaat vierhundert wesentlich leichter zu akzeptieren waren, dachte der Fürst des Lebens. »Inzwischen dürft Ihr die Jesuiten davon in Kenntnis setzen, daß Ihr mit Unserem königlichen Fortschritt zufrieden seid und daß Wir Uns unter vier Augen einem eventuellen Übertritt zu ihrem Glauben geneigt gezeigt haben. Natürlich erst bei der Ankunft von König Ludwigs Truppen. In der Zwischenzeit möchten Wir möglichst diskret die christlichen Schriften studieren, um keinen Verdacht bei Unseren Höflingen zu erregen. Ihr habt Unsere Erlaubnis, die Jesuiten mit den Delikatessen zu füttern, die sie am leichtesten verdauen.«

»Mächtiger Fürst, ich empfange Eure Befehle. Die Jesuiten werden den Vertrag ratifizieren, sobald dieser wertlose Sklave Maria geheiratet hat.«

Wieder war von oben Lachen zu hören. »Wir werden sofort eine Einladung an die Jesuiten schicken zur Teilnahme an Eurer Hochzeit, die vom König ausgerichtet wird.«

Vom König ausgerichtet, murmelte Phaulkon voller Ehrfurcht. Was für eine Ehre! Die Jesuiten konnten sich damit unter keinen Umständen verweigern. Er grinste. Und Maria auch nicht.

Draußen vor der Tür war plötzlich Aufruhr zu hören. Ein völlig aufgelöster Assistent des Barcalon fiel flach auf den Boden, begleitet von einem atemlosen Boten. Der Assistent bat tausendmal um Verzeihung für das bodenlose Verbrechen, Seine Majestät gestört zu haben. »Mächtiger Fürst, selbst wenn das meine letzten Worte sind. Ich, ein Haar von Eurem Haupt, habe die Kühnheit zu berichten, daß die Makasaren sich zur Revolte erheben. Sie bewaffnen bereits das Lager. Ein Trupp war schon im Haus des Luang Vichaiyen, um ihn zu suchen. Seine Diener sind gekommen und haben es mir berichtet.«
»Vichaiyen, Ihr werdet dieser Sache sofort nachgehen und, falls nötig, eine Farang-Truppe aufstellen. Tawee, Ihr informiert sofort General Petraja. Die Audienz ist beendet.«
Vichaiyen und Tawee krochen rückwärts aus dem Raum, um die Befehle Ihres Gebieters auszuführen.

38

Das Lager der Makasaren bestand aus einer Reihe von Holzhütten in verschiedenen Größen und stand an einem kleinen Fluß. An der Landseite war es schwer bewacht von Patrouillen, der Zugang vom Fluß her war nicht so scharf kontrolliert. Direkt hinter dem Lager machte der Fluß eine Biegung, und die Siedlung verschwand außer Sichtweite.

Es war eine mondlose Nacht. Sechzig kleine Boote bewegten sich lautlos flußabwärts auf das Lager zu, ihre Paddel berührten kaum die Wasseroberfläche. Als sie die schemenhafte Silhouette des Lagers passierten, ließ jeder flach im Boot liegende Soldat sein Gefährt geräuschlos mit der Strömung treiben.

Im ersten Boot versuchte Phaulkon, etwas zu erkennen. Es war, als würde man durch einen dunklen Tunnel fahren, dessen Ausdehnung man nicht kannte, mit nur einem winzigen Licht als Orientierungspunkt. Kukrit, der zuverlässige Sklave, den ihm Seine Majestät noch am selben Abend geschickt hatte, hockte neben ihm, schnupperte in den Wind und horchte auf jedes Geräusch. Er war in dieser Gegend aufgewachsen und kannte jeden Seitenarm und jede Biegung des Flusses.

Königliche Spione hatten an diesem Morgen von ungewöhnlichen Aktivitäten im Lager der Makasaren berichtet. Das Lager stand praktisch unter ständiger Beobachtung, aufgrund des kriegerischen Temperaments seiner Bewohner, und die erhöhte Aktivität war sofort dem Palast gemeldet worden. Anscheinend rüsteten sich die Makasaren zum Kampf. Glücklicherweise war Phaulkon gerade bei Seiner Majestät gewesen, als die Makasaren-Mörder an diesem Nachmittag in sein Haus eingedrungen waren, um ihn zu töten. Es war ebenfalls ein Glücksfall, daß er Burnaby, Ivatt und White ausgerechnet an diesem Tag gebeten hatte, sich auf die Suche nach Freiwilligen zu machen. Dadurch hatte man wertvolle Zeit gewonnen. Seine Kameraden hatten die Farang-Viertel durchkämmt

und bis zum Abend eine verwegene Truppe zusammengestellt.
Sechzig Europäer, über die Hälfte mit Musketen bewaffnet, waren Phaulkons Ruf gefolgt. Es waren zum größten Teil portugiesische, französische und englische Abenteurer, angelockt vom Versprechen reicher Belohnung und königlicher Gunst. Sogar ein alter Samurai war dabei, der die Reste der japanischen Leibwache des verstorbenen Königs Prasat Tong mitbrachte, deren Anführer, Hauptmann Yamada, wegen politischer Umtriebe seinen Kopf verloren hatte. Es waren fünf alternde Japaner, ohne jede Furcht vor dem Tod und begierig darauf, ihre verlorene Ehre wiederherzustellen. Sie hatten sich freiwillig gemeldet, das gutbewachte Lager vom Land her anzugreifen — praktisch sicherer Selbstmord, aber ein Manöver, das den Weg für die anderen Truppen öffnen würde.
Am selben Abend noch hatte Phaulkon von Seiner Majestät die Erlaubnis erbeten, seine eigene Truppe von Kriegern gegen die Makasaren zu führen und sich zu rächen. Sie hatten ihm schließlich Mörder auf den Hals gehetzt. Seine Majestät war zwar um Phaulkons Sicherheit besorgt, wollte aber die Vorteile der europäischen Feuerkraft und Militärtechniken auf seiner Seite wissen. Er gab die Erlaubnis, bestimmte aber, daß das Oberkommando für diese Truppe General Petraja oblag.
Die Vorbereitungen für den Überraschungsangriff hatten kurz nach Einbruch der Dunkelheit begonnen und fast die ganze Nacht angedauert. Jetzt, kurz vor dem Morgengrauen, wartete Phaulkons Boot mit den anderen auf den Angriff des Makasaren-Lagers. Seiner Bitte, das führende Boot übernehmen zu dürfen, war von General Petraja stattgegeben worden. Die Armee des Generals sollte von Land aus auf das Dorf marschieren.
Phaulkon spürte eine Hand auf seinem Arm. Es war Kukrit. Der Sklave legte einen Finger auf den Mund und zeigte in Richtung Ufer. Phaulkon bückte sich, und der hockende Sklave flüsterte ihm ins Ohr. »Da sind Boote, mein Fürst. Dort drüben. Zwei Dutzend vielleicht. Mit Männern an Bord. Makasaren, ohne Zweifel.«

Erstaunlich, dachte Phaulkon. Er selbst konnte weder etwas sehen noch hören. Aber Kukrit hatte einen sechsten Sinn und die Instinkte eines wilden Tieres. Was hatten andere bemannte Boote um diese Zeit auf dem Fluß zu suchen? Es war noch eine gute Stunde bis zum Morgengrauen. Hatten die Makasaren womöglich Wind von dem Plan bekommen?

Phaulkon hatte mit Kukrit stundenlang die Karten studiert und jede ihrer taktischen Bewegungen im Kopf. Sie würden sich an der Flußbiegung verstecken, bis im Morgengrauen das Signal kam. Die sechzig Boote unter Phaulkons Kommando waren mit je zwei Mann besetzt, einem siamesischen Ruderer und einem Farang-Soldaten. Sobald sie das Signal vom Ufer hörten, würden sie volle Kraft zu dem Makasaren-Lager hinter der Biegung zurückpaddeln. Das Signal würde vom Kommandanten der eintausend Mann starken siamesischen Truppe kommen, Hauptmann Sukree, der sich über Land von der entgegengesetzten Seite auf das Lager zuschleichen würde, die Wachen überwältigen und die Häuser am Rande des Dorfes in Brand stecken. Die Makasaren würden in Richtung Fluß fliehen, wo Phaulkons Boote sie erwarteten.

Ivatt befand sich im Boot neben Phaulkon, und Sam White war direkt hinter ihm. Burnaby hatte man wegen seines Alters überredet, zu Hause zu bleiben. Ein englischer Offizier, Kapitän Udall, dessen Schiff gerade aus England eingetroffen war, mit einem Brief von König Charles II. an Seine Majestät von Siam, war für den Kampf angeheuert worden, ebenso ein französischer Aristokrat, der Comte de Plèzes, der mit Depeschen für den Hof des Kaisers von China unterwegs war.

Ein plötzlicher Schrei durchbrach die Stille. Dann tauchte ein unheimliches Licht in der Ferne auf und kurz darauf loderten Flammen gen Himmel.

»Los!« rief Phaulkon. »Wir rudern zum Lager!« Die kleinen Boote schossen vorwärts, einen Augenblick später hatten sie die Biegung umrundet, hinter der das Lager der Makasaren lag. Die Finsternis, durchbrochen von Flammen, war nicht mehr so undurchdringlich wie vorher, aber es war immer noch unmöglich, mehr als das Gesicht des unmittelbaren Nachbarn zu erkennen. Phaulkon fluchte. Der Landangriff war zu früh gekommen.

Und dann war plötzlich die Hölle los. Etwa zwanzig Boote erwachten zum Leben und griffen sie an, als ihre Boote um die Biegung kamen. Innerhalb weniger Sekunden hatten sie Phaulkons Boot gerammt und Chaos und Verwirrung verbreitet.

Was ging hier vor? Wie hatten die Makasaren von dem Angriff über den Fluß erfahren können? Er hörte Schreie und Flüche auf englisch, französisch und portugiesisch und dann Schreie, als die Angreifer ihr Ziel gefunden hatten.

»Tötet die Farangs!« gellte eine Stimme auf siamesisch über den Lärm. Es war eine Stimme, die Phaulkon glaubte zu kennen. Sie jagte ihm Kälteschauer über den Rücken.

Totales Chaos herrschte jetzt bei den Booten, die alle gleich groß waren, so daß niemand mehr Freund und Feind unterscheiden konnte. Musketengeknalle war zu hören von den Gegenangriffen der Farangs, und Phaulkon kauerte tief im Boot und feuerte auf alles, was sich ihm näherte.

Die Flammen im Makasaren-Dorf loderten immer höher und breiteten sich aus, sie erleuchteten den Himmel, und das Szenario der Flußschlacht erwachte zu unheimlichem Leben. Stürzende Leiber und gekenterte Kanus tauchten kurz aus den flackernden Schatten auf.

Im Lager selbst tobte eine zweite Schlacht. Die wütenden Makasaren, verrückt vom Opium, dachten gar nicht daran, wie erwartet zum Fluß zu fliehen, sie hatten sich auf die vorrückenden siamesischen Landtruppen gestürzt, die sie aus ihren Häusern gejagt hatten. Mit erhobenen Krisen und lautem Kampfgeschrei griffen die Makasaren, obwohl zahlenmäßig weit unterlegen, die feindlichen Reihen an, ohne Rücksicht auf ihr eigenes Leben. Für jeden Makasaren, der fiel, mußten drei bis vier Siamesen mit dem Leben bezahlen.

Am Fluß versuchte Sorasak, der Anführer des Hinterhalts, wütend über das verfrühte Signal, das Phaulkon den Schutz der

Dunkelheit gewährte, seinen Gegner zu orten. Er spähte in die Schatten und glaubte, die Gestalt Vichaiyens in kurzer Entfernung vor seinem Kanu stehen zu sehen. Vichaiyen hatte sich zur Seite gedreht und brüllte Befehle in der schrillen Farang-Sprache. Sorasak zielte. Er spannte den Bogen und richtete den vergifteten Pfeil auf Vichaiyens Hals. Er ließ den Pfeil fliegen, aber gerade in diesem Augenblick rammte ein Boot das Heck von seinem und brachte ihn aus dem Gleichgewicht. Er fiel fluchend in sein Boot. Mit einem Wutschrei sprang er wieder hoch und versuchte zu erkennen, ob der Pfeil sein Ziel gefunden hatte. In ein paar Metern Entfernung kippte der Comte de Plèzes mit einem Pfeil zwischen den Augen ins Wasser.

Einige der Boote waren inzwischen gekentert, und die Farangs im Wasser kämpften mit anderen Schwimmern, versuchten, deren Köpfe unter Wasser zu drücken. Phaulkon feuerte sie vom Heck seines Bootes aus an, und Kukrit wachte im Bug. Ein riesiger Farang, erleuchtet von der wachsenden Feuersbrunst, schwamm unter ein feindliches Boot und warf es um.

Sorasak suchte, wie besessen fluchend, im Durcheinander. Der Plan, der mit seinem Vater, General Petraja, abgestimmt war, hatte vorgesehen, daß der Vichaiyen und seine Farang-Truppe ausgelöscht sein würden, ehe jemand entdeckte, daß es nicht die Makasaren waren, die den Hinterhalt gelegt hatten. Der richtige Zeitpunkt war entscheidend für den Erfolg gewesen. Der Angriff mußte in der kurzen Zeitspanne vor dem ersten Morgengrauen stattfinden, mit ausreichender Dunkelheit wegen der Überraschung und genügend Licht, um den Feind erkennen zu können. Denn es durfte keine Überlebenden geben, keine Zeugen für die Tatsache, daß er genau die Truppen angriff, die gekommen waren, Seiner Majestät Feinde zu bestrafen. Aber irgendein Idiot hatte das Makasaren-Lager verfrüht angegriffen. Sorasak ließ sich vom Boot langsam ins Wasser gleiten und suchte den Fluß nach Farangs ab.

Im Lager selbst hatten die Makasaren trotz der Übermacht die siamesischen Reihen erheblich dezimiert, und Dutzende von Toten und Verwundeten lagen herum, als leichte Beute für das

tobende Feuer. Prinz Dai war in der vordersten Reihe des Scharmützels, und als er sah, daß seine Männer klar die Oberhand hatten, schlug er einen Bogen um die prasselnden Flammen und arbeitete sich zum Flußufer vor.
Die Sonne ging gerade auf, und die ersten Sonnenstrahlen konkurrierten mit der tosenden Feuersbrunst im Lager. Der Prinz zählte die Leichen mehrerer Farangs und fragte sich, ob Phaulkon wohl darunter wäre. Er hatte den weißen Mandarin noch nie zu Gesicht bekommen, und für ihn sahen ohnehin alle Farangs gleich aus. Dann entdeckte er einige überlebende Farangs und mehrere Siamesen, die sich neu formierten und in Richtung Ufer vordrangen. Sorasaks Mission war nur zum Teil erfolgreich gewesen.
Vielleicht war der weiße Mandarin unter den Überlebenden. Sorasaks eigene Truppe schien erheblich dezimiert zu sein, und es wurde nur noch sporadisch gekämpft. Er hatte Sorasak davor gewarnt, daß die Farangs Feuerwaffen benutzen würden, aber der Mann hatte darauf bestanden, ihnen an der Flußbiegung aufzulauern; General Petraja hatte seinen Sohn offensichtlich davon informiert, daß der weiße Mandarin von dort kommen würde.
Ein Schuß explodierte zu Füßen des Prinzen, er hob wütend den Kopf und sah einen hochgewachsenen Farang in einem der führenden Boote stehen, mit rauchender Muskete. Der Soldat trug eine schwere Rüstung und einen lächerlichen Hut mit Federn. Vielleicht war das der weiße Mandarin, überlegte Prinz Dai. Er hob rasch seine Lanze, zielte und schleuderte sie mit tödlicher Genauigkeit gegen den Brustpanzer des Farangs, so daß dieser hintenüber in den Fluß fiel. Die Gestalt versuchte, sich über Wasser zu halten, aber das Gewicht der Rüstung zog ihn unter die Oberfläche.
Phaulkon war unter denjenigen, die zu spät versuchten, Hauptmann Udall zu retten. Voller Wut, weil der Gesandte König Charles' gestorben war, ehe er dem König von Siam begegnet war, wirbelte Phaulkon herum, um den Mörder zu identifizieren. Er entdeckte den Makasaren-Häuptling am Ufer.
Er beobachtete, wie der Prinz sich etwas in den Mund steckte

und sich dann wie ein Wahnsinniger ihnen entgegenstellte. Ohne Zweifel Opium. Der Himmel wurde schnell heller, und Phaulkon konnte erkennen, daß sich die Makasaren, die durch ihre schwarzen Turbane leicht identifizierbar waren, in der Überzahl befanden. Sie würden sich bald neu formieren und wieder in Richtung Fluß angreifen.

Zwanzig Meter vom Ufer entfernt, tauchte Phaulkon ins Wasser. Er würde flußabwärts schwimmen und dem Makasaren-Führer an Land auflauern, ehe seine siegreichen Truppen wieder zu ihm stießen. Es gab keine Zeit zu verlieren. Die Musketen waren zum Großteil unbrauchbar geworden, das Pulver naß, und im Nahkampf waren die Makasaren unschlagbar.

Phaulkon tauchte vorsichtig auf, um Luft zu holen, und sah Ivatt hinter sich ins Wasser tauchen. Phaulkon schwamm zur Seite, parallel zum Ufer. Er fragte sich, ob die Stimme, die er vorhin in der Dunkelheit gehört hatte, tatsächlich die Sorasaks gewesen war, des stiernackigen Boxers. Es war wirklich seltsam, daß die Truppen, die sie überfallen hatten, Siamesen und nicht Makasaren gewesen waren. Sie hatten seinen Plan ruiniert und die Schlacht schon fast gegen ihn entschieden. Was für eine Rolle spielte General Petraja bei alldem, fragte er sich mit wachsendem Mißtrauen.

Neben ihm klatschte etwas mit großer Wucht ins Wasser, und einen Augenblick lang spürte er, wie jemand neben ihm schwamm. Ivatt war wirklich ein schneller Schwimmer, wenn er ihn eingeholt hatte, dachte er. Eine eiserne Hand umklammerte seinen Fuß. Ein sengender Schmerz schoß durch seinen Körper, als ein scharfer Gegenstand seinen linken Schenkel durchbohrte. Er schlug um sich und trat mit aller Kraft zu. Der Griff um seinen Knöchel lockerte sich, und ein riesiger, kantiger Schädel tauchte aus dem Wasser auf. Im selben Augenblick, in dem Phaulkon Sorasak erkannte, sah er, wie der Makasaren-Prinz am Flußufer entlangrannte, um sie abzufangen, und Ivatt, der ein paar Meter weiter links in Richtung Ufer schwamm und Sorasaks Erscheinen gar nicht registriert hatte.

Ein Messer tauchte aus dem Wasser und wurde auf Phaulkon

gerichtet, aber er schnellte zur Seite und ließ sich nach unten absinken. Die Klinge streifte seine Schulter. Sein linker Schenkel war taub vor Schmerz. Er tauchte auf, um Luft zu holen, und fand sich in wenigen Zentimetern Entfernung seinem Gegner gegenüber. Phaulkon wollte gerade versuchen, wieder auszuweichen, als eine Muskete explodierte und das Wasser um Sorasak in einer Fontäne aufspritzte. Das Wasser färbte sich rasch rötlichbraun, und Sorasak verschwand unter der Oberfläche. Phaulkon schaute hoch und entdeckte White hektisch auf sich zu paddeln.

»Bist du in Ordnung?« schrie er.

»Ich glaube schon«, sagte Phaulkon.

»So ein Glück, daß ich gesehen habe, was da vorgeht. Ich mußte umdrehen, um nahe genug für einen Schuß heranzukommen.«

Ein Mann schwamm dicht unter der Oberfläche in Richtung eines verlassenen Kanus. Eine rote Spur markierte sein Kielwasser. Dann sah Phaulkon, wie der Schwimmer sich mühsam in das Kanu zog und lospaddelte. Sorasak war trotz seiner Verwundung entkommen. Phaulkon wußte, daß sie sich eines Tages wieder begegnen würden, aber für den Augenblick war der Mann geschlagen. Phaulkon überlegte, ob er ihm folgen sollte, wandte sich aber zuerst zum Ufer, um zu sehen, was dort passierte. Ivatt stand Prinz Dai Auge in Auge gegenüber, und die restlichen Makasaren stürmten auf sie zu. Der Rest von Phaulkons Streitmacht stand unschlüssig am Ufer. »Zieht euch zurück!« brüllte Phaulkon in mehreren Sprachen. »Ihr werdet massakriert werden. Sie sind im Opiumrausch. Samuel, schnell, hol Ivatt da raus!« Mit einiger Mühe schwamm Phaulkon zu einem gekenterten Boot, damit White mit seinem näher ans Ufer konnte.

Samuel versuchte, genau zu zielen. Es war verdammt schwer, da die beiden Kämpfer ineinander verkeilt waren. Aber für einen kurzen Augenblick hatte er den Makasaren in seinem Visier und feuerte. Im Augenblick der Explosion stieß der Prinz seinen Dolch in Ivatts Bauch. Aber die Kugel, die seinen Arm traf, schwächte den Stoß, und der Kris blieb in der Bauchhaut stecken.

Ivatt stolperte rückwärts zum Flußufer, gerade als Samuels Boot anlegte und der Kapitän an Land sprang. Er packte Ivatt, warf ihn sich über die Schulter, noch rechtzeitig, bevor der Makasare, den verwundeten Arm fest umklammernd, die Verfolgung aufnahm. White warf Ivatt ins Boot, schob das Kanu ins Wasser und stellte sich dann dem angreifenden Gegner entgegen. Der Prinz stürmte mit gellenden Kampfschreien auf ihn zu, White duckte sich, wich aus und in dem Bruchteil einer Sekunde, als der Makasare ihn eingeholt hatte, schlug er ihm einen mächtigen Haken gegen das Kinn und stellte ihm ein Bein. Der Mann kippte vornüber in den Schlamm.

Inzwischen hatte Phaulkon sich auf den Rumpf des gekenterten Bootes gezogen und mußte hilflos zusehen. Sein Schenkel blutete heftig.

White hob den Kopf und sah eine Gruppe Makasaren im Blutrausch auf sich zustürmen. Er warf sich, Kopf voraus, in sein Boot und paddelte wie verrückt vom Ufer weg. Mehrere Lanzen wurden ihm nachgeschleudert, aber er steuerte das Boot im Zickzack weiter, und nur zwei Lanzen trafen die Bootswand.

»Los, beeil dich!« brüllte Phaulkon mit heiserer Stimme. Unsichtbar für ihn, steuerte ein einsamer Bootsmann rasch auf ihn zu. Einige der Makasaren wateten hinter White und den übrigen Farangs in den Fluß, aber da sie nicht schwimmen konnten, mußten sie zusehen, wie die Boote sich entfernten.

Ein Boot legte lautlos neben Phaulkon an, und ein Arm packte ihn von hinten und zog ihn in ein anderes Boot. Phaulkon war zu schwach, um sich zu wehren. »Ich habe Euch überall gesucht, Herr. Dankt Buddha, daß Ihr in Sicherheit seid.«

Keuchend vor Anstrengung folgte ihnen White. Ivatt versuchte, die Wunde in seinem Bauch, aus der das Blut mit alarmierender Geschwindigkeit strömte, mit einem Streifen seines Hemdes zu verbinden.

Phaulkon raffte sich ein letztes Mal auf und rief seiner zerschundenen Truppe zu: »Kehrt marsch nach Ajuthia. Ihr alle! Sofort!«

Plötzlich ertönten militärische Fanfaren. Sie schauten in Richtung des Lagers und sahen, wie es vom königlichen Elefantenregiment umzingelt wurde. Die Makasaren stellten sich ihnen wutentbrannt entgegen. General Petraja war mit dem Kern der Armee eingetroffen, um den Sieg für sich zu beanspruchen.

39

Aarnout Faa jubilierte. Er hatte gerade die Nachricht aus Batavia erhalten, in der man ihn informierte, daß eine Armada von zwölf Schiffen unterwegs war, unter dem Kommando von Admiral Jonas van der Wamsen. Sie hatten Java am 4. Mai verlassen, vor achtzehn Tagen, und würden in drei bis vier Tagen siamesische Gewässer erreichen. Sobald sie an der Mündung des Menam angelangt waren, würde der Kommandant einen Kurier zu Aarnout Faa nach Ajuthia schicken. Der Bote mit der Vorankündigung hatte bestätigt, daß sich sechshundert schwerbewaffnete Soldaten an Bord befanden. In seinem Brief hatte der Gouverneur-General seine Entrüstung über Phaulkons Berufung zum Mandarin ausgedrückt. Es war unvertretbar, daß ein Mitglied der englischen Konkurrenz Zugang zu Seiner Majestät hatte. Nach Eintreffen der holländischen Kriegsschiffe war Faa befugt, Siam ein Ultimatum zu stellen. Er sollte nicht nur die Freilassung von Potts fordern, sondern zusätzlich so viele Forderungen wie möglich, die nicht erfüllt werden konnten, und wenn man sie ablehnte, sollte er den Krieg erklären.

Von ihrer Stellung in der Mitte des Flusses aus, gegenüber der Hauptstadt, überlegte Faa, konnten die Schiffskanonen auf die Stadt feuern, bis sie zerstört war oder die Siamesen sich ergeben würden. Die paar hundert holländischen Soldaten mit ihren Musketen würden ausreichen, um die Horden von Soldaten abzuwehren, die mit kleinen Booten versuchen würden, die Kriegsschiffe zu umzingeln und zu entern. Die Siamesen hatten nur wenige Feuerwaffen und kämpften hauptsächlich mit Speeren, Harpunen und Schwertern, und die Kettenhemden der Holländer würden die vergifteten Pfeile genauso sinnlos machen wie die Reihen von Kriegselefanten, die vergeblich am Ufer trompeten würden. Denn was konnten selbst Tausende von Kriegselefanten gegen die Kanonen Hollands ausrichten?

Phaulkon mochte ja der Held des Augenblicks sein, aber sein Ruhm würde nur von kurzer Dauer sein. Was würde der Gouverneur-General wohl sagen, wenn er wüßte, daß Phaulkon gerade zum Mandarin ersten Grades ernannt worden war und somit zu den dreißig mächtigsten Mandarinen im Lande gehörte? Chao Praya Vichaiyen! Was für eine Ironie, dachte Faa, daß diese englischen Piraten alle mit Ehren überhäuft worden waren. Der Kleine mit der Bauchwunde hatte den Orden des Weißen Elefanten dritter Klasse verliehen bekommen, und dieser Rebellenhändler White war als Shahbandar von Mergui eingesetzt worden, als oberster Hafenkommandant! Unglaublich! Und mit dem Leiter der englischen Station, Burnaby, als Gouverneur von Mergui war es praktisch eine Verschwörung. Aber auch in diesen Fällen würde die Ehre nicht von langer Dauer sein, dachte Faa. Er warf noch einmal einen Blick auf den Brief des Gouverneur-Generals.

Paragraph drei bestätigte, daß Madras einen Haftbefehl gegen Phaulkon, Burnaby, Ivatt und White erlassen hatte, der sie des Schmuggels, der Unterschlagung, der Korruption und des Verrats beschuldigte. Sie sollten sofort ins Hauptquartier zurückkehren. Die Kuriere mit dem Haftbefehl waren zwar immer noch auf hoher See, aber die Nachricht hatte Batavia über das englische Kontor in Madras erreicht, und der Direktor der VOC in Ajuthia wurde befugt, die Angeklagten nach Madras zu bringen, notfalls mit bewaffneter Eskorte.

Er würde die Ankunft der holländischen Armada abwarten, beschloß Faa, und dann die notwendigen Verhaftungen vornehmen. Ohne Engländer würde ihm keiner die Übernahme Siams streitig machen, und er würde das Amt des Gouverneurs übernehmen. Absatz sechs des Briefes hatte dies in Worte gefaßt: Erster Gouverneur der holländischen Territorien in Siam.

Aarnout Faa schaute auf die Uhr und erhob sich. Es war Zeit, zum Palast aufzubrechen, um an den Beisetzungsfeierlichkeiten für den Barcalon teilzunehmen. Der Barcalon war vor drei Tagen verschieden. Das Asthma hatte ihn getötet.

Wer würde der nächste Barcalon sein, fragte er sich. Wer immer es auch sein würde, er würde vom holländischen Gouverneur eingesetzt werden.

Maria kniete neben ihrem Onkel. Sie war offensichtlich verzweifelt.

»Was ist denn, mein Kind?« fragte Mestre Phanik ängstlich.

»Oh, Onkel, ich kann es nicht mehr länger für mich behalten. Ich muß es dir anvertrauen.«

»Ich habe darauf gewartet, meine Liebe.«

Die Worte sprudelten wie ein Wasserfall. »Constant fehlt mir so. Ich habe ihn seit unserem Streit letzte Woche nicht mehr gesehen. Und jetzt ist er verwundet und leidet, und ich möchte zu ihm gehen. Aber diese Frau ist ständig an seiner Seite.«

Mestre Phanik betrachtete sie eine Weile schweigend. »Sunida?« fragte er mitleidig.

Maria nickte niedergeschlagen. »Ja, und er wird sie nicht aufgeben, das hat er mir gesagt.«

»Wie wir wissen, meine Liebe, ist sie als Spion zu ihm geschickt worden. Bedenke, wie nützlich das für ihn ist. Sie muß vom Palast wegen ihrer ... Talente ausgesucht worden sein und du weißt ja, wie die Bräuche hier sind, meine Liebe.«

»Onkel, wie kannst du so reden, so gelassen?«

»Nicht gelassen, eher resigniert. Ich habe versucht, dich über Constant aufzuklären, als ich entdeckte, daß du dich in ihn verliebt hast. Aber du warst taub. Du hast gewußt, daß er den siamesischen Lebensstil gutheißt. Aber er hat andere Qualitäten.«

»Das klingt ja fast so, als ob du für ihn Partei ergreifst«, sagte Maria vorwurfsvoll. Sie war so stolz gewesen, als sie von seinem heldenhaften Einsatz gegen die Makasaren gehört hatte, und so erleichtert, daß er noch am Leben war, daß es für sie furchtbar war, ihn nicht sehen zu können, besonders jetzt, wo er verwundet war.

»Das stimmt nicht, meine Liebe. Ich bin lediglich realistisch. Ich weiß, daß es weh tut, aber du konntest doch nicht wirklich

erwarten, daß er sich total ändert. Ich fürchte, der Mann ist von Natur aus polygam, meine Liebe, und nur die stärksten religiösen Überzeugungen können ihn unter Kontrolle halten. Zu meinem Bedauern muß ich sagen, daß Constants christlicher Glaube nicht stark genug ist.«
»Aber das macht ihn doch nicht zum Sünder, Onkel?«
»O doch, meine Liebe, aber sei nicht zu streng mit ihm. Wie ich schon sagte, er hat andere Qualitäten. Solange er dich gut behandelt und euren Kindern ein guter Vater ist, tätest du gut daran, seinen Antrag anzunehmen. Du könntest dankbar sein, daß er ein besserer Ehemann ist als die meisten anderen.«
»Aber Onkel, du warst doch immer so streng in solchen Dingen?«
»Wir versuchen, unsere Kinder in einer Welt von Idealen aufzuziehen, meine Liebe, aber wenn die Zeit gekommen ist, müssen wir gewisse Konzessionen machen.« Phanik legte tröstend den Arm um die Schulter seiner Nichte. »Mit deinen Kindern wird es eines Tages dasselbe sein, du wirst sehen.«
Maria musterte ihren Onkel eindringlich. »Onkel, hätte mein Vater gewagt, darauf zu bestehen, zwei Frauen zu haben? Du hast mir immer soviel von meiner Mutter erzählt und nur sehr wenig über ihn. Ich weiß, daß er ein Kaufmann war wie du und daß er an der Pest gestorben ist, als ich erst zwei Jahre alt war, aber mehr hast du mir nicht erzählt. Ich hatte fast das Gefühl, als würdest du meinen Fragen ausweichen.«
Phanik schwieg eine Weile, dann schaute er Maria ernst in die Augen. »Ich habe dir nie viel von deinem Vater erzählt, Maria, weil ich nicht die richtigen Worte finden konnte, um ihn zu beschreiben. Du mußt wissen, er steht vor dir.«
Maria starrte ihn fassungslos an. Schließlich war es Phanik, der das Schweigen brach. Er schien ungeheuer erleichtert, als wäre eine schwere Last von seiner Seele genommen. »Alles, was ich dir von deiner Mutter erzählt habe, ist wahr. Nur war sie nie mit deinem Vater verheiratet. Sie war bis zu ihrem Tod Buddhistin, zufrieden mit ihrem Glauben, und deine Geburt war die reine Freude für sie. Sie sah keinen Grund zu konvertieren.

Sie starb an der Pest, als du zwei Jahre alt warst. Als Katholik wollte ich nicht, daß du ... das Stigma ... verzeih mir!« Phanik breitete die Arme aus. Er war den Tränen nahe. Maria zögerte zuerst, dann ging sie langsam auf ihn zu und klammerte sich mit aller Kraft an ihn. »Du siehst, mein Schatz, keiner von uns ist vollkommen«, flüsterte er. »Nimm Constant so, wie er ist.«

»Ihr könnt nicht aufstehen, mein Gebieter«, schimpfte Sunida. Es war Mittag, und die Sonne strömte durch das Fenster von Phaulkons Schlafzimmer zu Hause. »Ihr habt die Anordnung des Arztes gehört. Selbst der Farang-Doktor hat zugestimmt.«

Jedesmal, wenn Phaulkon versucht hatte, sich auf einen Ellenbogen zu stützen, hatte Sunida ihn wieder sanft in die Kissen gedrückt. Sowohl Seiner Majestät Ärzte als auch der Jesuit Le Moutier hatten ihn behandelt. Er könnte sein Bein verlieren, sagten sie, wenn er es belastete, ehe die Wunde richtig verheilt war. Sorasaks Messer war tief in seinen Schenkel eingedrungen, und das Bein pochte vor Schmerz, aber er wollte unbedingt aufstehen. Es gab soviel, worum er sich kümmern mußte: die holländische Invasion, die Verurteilung der überlebenden Mauren, die Allianz mit Frankreich, seine Heirat mit Maria, Sorasaks Verrat.

»Ich weiß, daß der Mann am Fluß Sorasak war«, sagte Phaulkon. »Ich würde ihn überall wiedererkennen.«

Sunida sah ihn mitleidig an. Wie oft hatte er schon dieselben Worte wiederholt? Constant bestand darauf, daß es Sorasak gewesen war, der den Hinterhalt gegen die Farang-Streitmacht am Fluß angeführt hatte, und daß General Petraja erst so spät mit der Hauptmacht seiner Armee angegriffen hatte, weil er Sorasak und den Makasaren Zeit lassen wollte, die Farangs abzuschlachten. Achtundzwanzig Farangs waren bei dem Massaker gestorben, und General Petraja hatten den Orden des Weißen Elefanten erster Klasse bekommen, für seinen Anteil an der Zerschlagung des Aufstandes, und Sorasak war offiziell belobigt worden, da sein gesamtes Kontingent ausgelöscht worden war, als es die Streitkräfte des Königs traurigerweise mit einem Hinterhalt der Makasaren verwechselt hatte.

»Ihr werdet das mit Sorasak regeln, wenn Ihr wieder gesund seid, mein Fürst. Aber im Augenblick braucht Ihr Ruhe. Und übrigens«, fügte sie stolz hinzu, »während Ihr geschlafen habt, hat ein Bote Seiner Majestät sich nach Eurem Befinden erkundigt.«

Phaulkon lächelte erschöpft. »Wie gütig von Seiner Majestät, jemanden zu schicken. Und was ist mit Maria, hat sie mich besuchen wollen?« Die Frage der katholischen Hochzeitszeremonie war noch zu klären. In diesem Punkt blieben die Jesuiten hart.

»Nein, mein Fürst, aber sie hat eine Nachricht geschickt, als Ihr geschlafen habt. Ich wollte Euch nicht wecken.« Sunida ging zu dem niedrigen Tisch am Fenster und holte ihm den Brief. Er öffnete ihn rasch und überflog den Inhalt.

Sunida streichelte sanft seine Stirn. Wie sehr sie doch diesen Mann liebte. Auch wenn er unbedingt diese christliche Frau heiraten mußte für eine Allianz mit der anderen Farang-Macht, hatte er sich doch standhaft geweigert, sie aufzugeben. Es gab nichts, was sie nicht für ihn tun würde. Sie sah sein befriedigtes Lächeln.

»Ich werde dir den Brief vorlesen, Sunida.« Er begann zu übersetzen. »Beeile dich und werde gesund, Constant. Ich möchte lieber nicht mit einem Krüppel verheiratet sein.«

Sunida lachte. »Das gilt auch für mich, mein Gebieter. Ihr könntet nicht schnell genug zu mir laufen.«

Phaulkon sah sie liebevoll an. »Sunida, möchtest du lieber hier leben oder im Palast? Ich habe die Genehmigung von Seiner Majestät dem König, dich dort unterzubringen, wenn du es wünschst.«

Sunida überlegte einen Augenblick. »Nachdem Ihr jetzt ein Mandarin ersten Grades seid, würde ich es, glaube ich, vorziehen, im Palast zu wohnen. Schließlich müßt ihr ja täglich an Seiner Majestäts Ratsversammlung teilnehmen.« Sie lächelte.

»Manchmal sogar zweimal täglich. Und ich habe das Gefühl, auch wenn mich Eure Farang-Frau jetzt akzeptiert, weil sie einsieht, daß Ihr mich nicht aufgeben werdet, könnte sie es sich doch anders überlegen, wenn wir beide unter einem Dach wohnen.« In Wirklichkeit war Sunida ganz aus dem Häuschen. Wenn sie erst einmal im Palast eingezogen war, war auch das letzte Hindernis zu ihrem vollkommenen Glück beseitigt. Denn dann müßte sie nicht mehr länger ihrem Herrn nachspionieren. Sie würde mit ihm über alles reden können, ohne die ständige Angst, er könnte sich selbst belasten. Sie beugte sich vor und atmete tief den Duft seiner Wange ein.

»Sunida«, sagte er. »Ich möchte, daß du zur jesuitischen Mission gehst und ihnen Marias Brief zeigst. Sag ihnen, der Vertrag mit Frankreich muß ratifiziert und umgehend proklamiert werden. Beeil dich, oder ich werde in deiner Abwesenheit anfangen herumzulaufen.«

»Wagt es nicht, mein Fürst. Ich werde Tip und Sorn mit genauen Instruktionen bei Euch lassen.« Sie verstummte, als Tip Burnaby und White ins Zimmer führte. »Noch besser«, sagte sie. »Die beiden sind stark genug, um meinen Wünschen Nachdruck zu geben.« Sie nickte ihnen zu und erklärte ihnen mit Zeichen, daß sie ihn nicht alleinlassen sollten.

Burnaby nickte und trat zu Phaulkon. »Und, wie geht's dem Patienten?«

»Ganz gut, danke, Richard, abgesehen davon, daß ich enttäuscht, rachsüchtig und wütend bin. Wie geht es Thomas?«

»Er ist auf dem Wege der Besserung«, erwiderte Burnaby. »Seine Witze werden wieder besser. Die Wunde in seinem Bauch hat sich geschlossen.«

»Und was gibt es Neues von der Welt da draußen?«

»Es passiert ungeheuer viel, Constant«, sagte Burnaby, »aber nichts, was nicht warten kann, bis du gesund bist.«

»Erzähl's mir«, drängte ihn Phaulkon.

»Der stellvertretende Gouverneur von Tenasserim ist öffentlich enthauptet worden. Sein Name war Oc-Ya Tannaw oder so was. Anscheinend wurde ein überlebendes Mitglied von Prinz Dais innerem Kreis gefaßt und schwer gefoltert. Er hat verraten, daß der stellvertretende Gouverneur heimlich nach Ajuthia gekommen ist, um den moslemischen Staatsstreich zu koordinieren. Der abgeschlagene Kopf des Oc-Ya Tannaw hängt um Prinz Dais Hals. Der Makasaren-Anführer ist gezwungen, ihn ständig mit sich herumzuschleppen.«

Phaulkon erschauderte. Es war die traditionelle Bestrafung für Verschwörer. Der Prinz würde Oc-Yas Kopf wahrscheinlich drei ganze Tage mit sich herumtragen müssen. Da hatte er genug Muße, um über ihre gemeinsame Schuld nachzudenken, bis auch er geköpft wurde.

»Und gab es unter den Makasaren noch andere Überlebende?«

Diesmal antwortete Samuel. »Nur sechs, Constant. Die anderen wurden entweder getötet oder haben Selbstmord begangen. So tapfer sie auch waren, gegen Petrajas Elefanten hatten sie keine Chance.« Selbst der abgebrühte White senkte an dieser Stelle den Kopf. »Ich war heute morgen bei ihrer Hinrichtung. Man hat sie dazu verurteilt, von Tigern verschlungen zu werden. Die ausgehungerten Tiere wurden die ganze Nacht in einen Käfig gesperrt. Es war ein ehrfurchtgebietender Anblick. Während die Bestien die Extremitäten der Gefangenen verschlangen, versuchten französische und portugiesische Gefangene, die Makasaren zu überreden, ihren falschen Göttern abzuschwören. Aber die sterbenden Gefangenen lachten sie verächtlich aus.«

»Alle Mauren stehen bis zu ihrer Vernehmung unter Arrest«, bemerkte Burnaby. »Man hat mir gesagt, die Ältesten des Rats von Tenasserim werden ihrer Ämter enthoben und dürfen ihre Häuser nicht mehr verlassen, wenn ich als Gouverneur eingesetzt worden bin.«

Die Macht der Mauren nahm ein Ende, überlegte Phaulkon. Aber die Holländer blieben, und die Bedrohung ihrerseits war ernsthafter. »Hast du dich damit abgefunden, für Siam zu arbeiten, Richard?« fragte er. Die Einwände des schlaksigen Engländers waren merklich weniger geworden seit seiner Ernennung

zum Gouverneur. Es war eine besondere Beförderung, die speziell geschaffen worden war, um es zu ermöglichen, daß ein Farang, der nicht Mandarin war, Gouverneur werden konnte.
Burnaby senkte den Kopf. »Wie es scheint, hat das Schicksal es so gewollt, Constant. In Madras habe ich nicht viel zu erwarten.«
»Außer einem Prozeß«, bemerkte White trocken.
»Werdet ihr beiden heute abend zur Bestattung des Barcalon gehen?« fragte Phaulkon.
»Jawohl«, erwiderte Burnaby. »Als zukünftige Würdenträger des Reiches ist es unsere Pflicht.«
»Ich würde das um nichts in der Welt versäumen wollen«, sagte White. »Seit drei Tagen dröhnen die großen Messingtrommeln, und Leute mit rasierten Köpfen treffen aus allen Landesteilen ein. In den letzten zwei Nächten gab es Feuerwerke, und die Bevölkerung trägt Weiß.«
»Hat man schon etwas über einen neuen Barcalon gehört?« fragte Phaulkon besorgt.
»Nicht, daß ich wüßte«, erwiderte Burnaby.
»Das ist gut«, erwiderte Phaulkon. Sein Kopf sank zur Seite, und er schloß die Augen. Die beiden anderen sahen sich an und schlichen aus dem Zimmer.

Drei Tage und drei Nächte war der Körper des Barcalon gereinigt und parfümiert worden. Man hatte der Leiche Quecksilber auf Mund, Ohren und Augen gelegt und den Körper mit seltenen aromatischen Ölen betupft, die ihn vor Fäulnis schützen sollten. Mönche in safrangelben Roben sangen ohne Unterlaß Tag und Nacht. Trommeln dröhnten, Zymbeln klirrten, Trompeten röhrten, und maskierte Tänzer kreisten um den Leichnam. Tausende von Mönchen und weißgekleideten Nonnen mit rasierten Köpfen kamen in der Hauptstadt zusammen, um dem Barcalon die letzte Ehre zu erweisen.
Als besonderes Zeichen der Ehrerbietung würde der König selbst den Scheiterhaufen entzünden und dadurch dem Verstorbenen mehr Beistand in der Welt der Toten verschaffen.

Bei Sonnenuntergang des dritten Tages wurde der Leichnam in einen verzierten Holzsarg gelegt, über den die prächtigsten Kleider des Barcalon gebreitet waren. Die gesamte Bevölkerung von Ajuthia, in weiße Panungs gekleidet, der Farbe der Trauer, und mit rasierten Köpfen, eilte in Richtung Fluß, wo sich bereits zahllose Boote um die vergoldeten Barken sammelten. Diese sollten den Leichnam des Barcalon, seine nahen Verwandten und die obersten Mandarine befördern, das Herz des Leichenzugs.
Am Kopf der großen Prozession befanden sich mehrere Barken, die Almosen an die von weither angereisten Mönche und an die Armen verteilten. Darauf folgten die Verwandten des Verstorbenen mit Truppen maskierter Tänzer, die man angeheuert hatte, um den Leichnam zu unterhalten. Hinter ihnen kamen die obersten Priester und hochrangigen Mandarine in vergoldeten Barken mit Drachenköpfen und mythischen Garuda-Vögeln als Galionsfiguren. Direkt hinter ihnen fuhr die Barke des Barcalon, mit dem aufgebahrten Leichnam auf einer pyramidenförmigen Plattform mit einem vergoldeten Dach. Das einfache Volk in den vielen tausend Booten, die von Kerzen erleuchtet wurden, bildete die Nachhut.
Die Prozession, bei der sich auch Burnaby und White befanden, bewegte sich flußabwärts bis zum großen Tempel vor den Toren des Palastes, der von Tausenden von Kerzen erleuchtet war. Hier legten die Boote an, und die Bevölkerung ging an Land. Der Leichnam wurde auf einen prachtvoll geschmückten Scheiterhaufen im Hof der großen Pagode gelegt, und die maskierten Tänzer bewegten sich zum Gesang der Priester im Kreis um ihn herum.
Seine Majestät der König, der die Prozession von den Fenstern des Palastes aus beobachtete, entzündete den Scheiterhaufen mittels einer Schwefellunte, die sich vom Palast bis zum Tempel am Fluß schlängelte. Der Scheiterhaufen, der ausschließlich aus Dufthölzern bestand, loderte auf, Feuerwerk wurde gezündet, Musik ertönte, die Tänzer steigerten sich in Trance, und der Gesang der Priester wuchs zu einem Crescendo und

hörte nicht auf, bis der Leichnam vollständig von den Flammen verzehrt worden war. Die Asche wurde ehrfurchtsvoll von den ranghöchsten Mönchen gesammelt und dann um Mitternacht über den Fluß gestreut. Ein großer Mann war in den nächsten Zyklus seines Lebens eingetreten.

Am Morgen nach der Bestattung des Barcalon erwarteten die versammelten Höflinge voller Ungeduld die Ankunft des Königs. Das war keine gewöhnliche Aufforderung gewesen. Als der Zustand des Barcalon sich zusehends verschlechtert hatte, hatte Seine Majestät die Gouverneure aller Provinzen in die Hauptstadt berufen, und jetzt lagen in stummen Reihen, in Demutsstellung, die sechzig mächtigsten Mandarine des Reiches, darunter Richard Burnaby, da und erwarteten die Befehle ihres Monarchen. Die meisten waren der Meinung, Seine Majestät würde heute den neuen Barcalon ernennen, und nur wenige bezweifelten, daß die Ehre General Petraja zufallen würde, dem gewandtesten Höfling unter ihnen.

Der General selbst lag am Ehrenplatz, der dem Balkon Seiner Majestät am nächsten war. Sobald er zum Barcalon ernannt war, dachte er, würde er seine Kampagne starten, um die Farangs in Mißkredit zu bringen und sie langsam aus den Machtpositionen zu verdrängen. Die Mauren hatten bereits einen vernichtenden Schlag erlitten. Er sah sich verstohlen um, bis sein Blick auf den einzigen leeren Platz in der Versammlung fiel. In einer der hinteren Reihen, in der die neuernannten Mandarine ersten Grades in Demutsstellung harrten, war Vichaiyens Platz leer. Du, Vichaiyen, wirst der erste sein, der verschwindet, dachte er. Du magst den Kris der Makasaren entronnen sein und auch dem Zorn meines Adoptivsohnes, aber mir wirst du nicht entkommen. Was für ein Sakrileg, dachte Petraja, Farangs in diese geheiligten Hallen zu lassen.

Die Trommeln und Zymbeln unterbrachen seine Gedanken und in Abwesenheit des Barcalon wandte der König sich direkt seinem Publikum zu. »Getreue Mandarine, Wir haben Euch heute hierhergerufen, um über wichtige Dinge zu reden. Es sind harte Zeiten für unsere Nation, in denen Außenseiter of-

fen den Reichtum unseres Landes begehren. Wir leben nicht mehr länger in angenehmer Abgeschiedenheit, weil die Nationen der westlichen Welt immer weiter reisen. Die Welt wird kleiner, und sie wird noch mehr schrumpfen. Diese Nationen des Westens sind besser bewaffnet und besser ausgerüstet als wir, und Wir müssen eingestehen, daß die wachsende Macht ihres Arsenals uns noch leichter angreifbar macht.
Deshalb haben Wir beschlossen, einen Vertrag mit Unserem geschätzten Bruder, dem König von Frankreich, abzuschließen, der Uns freundlich gesonnen ist. Es wird die größte Allianz sein, die wir als Nation bisher eingegangen sind und das erste große Verbindungsglied zwischen der westlichen und der östlichen Welt. Von den französischen Farangs, von ihren Soldaten, Konstrukteuren und Ingenieuren werden wir wertvolle wissenschaftliche Kenntnisse erwerben. Denn, meine getreuen Mandarine, es sind die wissenschaftlichen Kenntnisse, von denen die zukünftige Stabilität unseres altehrwürdigen Landes abhängen wird.« Der König hielt inne, um seinen Worten Nachdruck zu verleihen.
»Unser nächster Barcalon wird ein Mann der Wissenschaft sein. Und hiermit weisen Wir Euch an, folgendes Rätsel zu lösen. Derjenige, der es erfolgreich löst, sollten es mehrere von Euch sein, wird derjenige gewinnen, der die geschicktere Methode wählt, dieser Mann wird Unser nächster Barcalon sein.«
Schweigend erwartete die Versammlung die Aufgabe.
»Wir befehlen Euch«, fuhr Seine Majestät fort, »das genaue Gewicht Unserer größten Kanone festzustellen, die als Pra Pirun bekannt ist. Wir brauchen diese Information sobald als möglich, und der erste Mann, der es schafft, das genaue Gewicht festzustellen, wird sich sofort bei Uns melden. Der Wettbewerb ist auf eine Woche begrenzt.«

Alle Höflinge begaben sich unmittelbar nach der Audienz auf die Suche nach einer Lösung. Ein sehr entschlossener Mandarin, der Gouverneur von Pitsanuloke, ließ eine große Waage mit Eisenketten anfertigen, aber wiederholte Versuche, das

Gewicht der riesigen Kanone auch nur halbwegs genau zu bestimmen, scheiterten, bis schließlich die Waage brach. General Petraja, der sehr erbost war über diese Verzögerung seiner Ernennung zum Barcalon und der außerdem befürchtete, einer der Mandarine könnte tatsächlich eine Lösung finden, konsultierte die Astrologen und seinen Freund, den Obersten Patriarchen. Aber alle versicherten ihm, die Aufgabe wäre unlösbar. Erleichtert ging der General nach Hause, um das Ende der sieben Tage abzuwarten.

Auf Befehl Seiner Majestät wurde Phaulkon die Nachricht von dem Wettbewerb durch einen Boten aus dem Palast übermittelt. Er hörte die Nachricht mit gemischten Gefühlen, aber diese Gelegenheit konnte er sich trotz seines schlechten Gesundheitszustandes unter keinen Umständen entgehen lassen. Das Gewicht einer Kanone ermitteln, und dann wäre er Barcalon! Wenn er der Barcalon wäre, müßte er die Jesuiten nicht um einen Vertrag betteln, er würde ihn *diktieren.* Und was Aarnout Faa anging... nein, dachte er, er würde nicht das tun, was man von ihm erwartete. Er würde die Holländer nicht aus Siam werfen, das wäre nicht im Interesse von Siam. Siam brauchte Batavia für seine Exporteinkünfte, und die Holländer hatten immer prompt und korrekt bezahlt. Nein, er würde den Holländern zeigen, daß er unparteiisch war, nur am Wohle Siams interessiert. Er würde dafür sorgen, daß die Allianz mit Frankreich jeden Gedanken an Eroberung im Keim ersticken würde. Konnte er sein Ziel noch rechtzeitig erreichen, um die Invasion zu verhindern? Er befahl Sunida, die Tür zu seinem Schlafzimmer zu schließen, und wies sie an, daß er unter keinen Umständen gestört werden dürfe. Mehrere Stunden dachte er über das Problem mit der Kanone nach.

An diesem Abend gab er Sunida, trotz ihrer Einwände und gegen den Rat des Arztes, die Anweisung, ihm eine Sänfte zu besorgen, und ließ sich dann von seinen neuen Sklaven zum Fluß tragen. Unterwegs holte er verschiedene Europäer ab und führte sie zu dem Platz, wo die große Kanone am Flußufer stand.

Von seiner Sänfte aus dirigierte er seine Männern und ließ die Kanone auf eine Barke hieven, die am Kai vor Anker lag. Er ließ die Wasserlinie genau markieren, nachdem die Barke sich unter dem Gewicht gesenkt hatte. Dann ließ er die Kanone wieder abladen, und Steine und Ziegel auf das Schiff laden. Als die Barke schließlich wiederum die Markierung erreicht hatte, wurden die Steine und Ziegel sorgfältig gewogen und das Gewicht der Pra Pirun mit relativer Genauigkeit ermittelt. Der Vorgang dauerte sieben Stunden.

40

Am Morgen nach dem Wiegen der Kanone wurden prachtvolle Geschenke in Form von chinesischem Porzellan, japanischen Paravents, Seiden und Kunsthandwerk, Sapanholz und Sandelholz, Rubine, Smaragde und Diamanten, schwarz-goldene Lackmöbel der frühen Ajuthia-Periode in einer feierlichen Prozession durch die Straßen der Hauptstadt getragen und auf das Zweihunderttonnenschiff ALLIANCE verladen. Den Geschenken folgten drei junge Elefanten in goldenem Geschirr und zwei mit Opium betäubte Rhinozerosse. Die Prozession verursachte eine Menschenansammlung in den Straßen. Es wurde erzählt, die drei jungen Elefanten wären für die drei jungen Prinzen Frankreichs bestimmt, die Enkel Ludwigs XIV. Pra Pipat, ein sechzig Jahre alter Veteran, der schon drei siamesische Gesandtschaften nach China geführt hatte, wurde zum ersten Botschafter Siams in Frankreich ernannt. Er wurde begleitet von Pater Gayme, einem französischen Jesuiten, der als Dolmetscher dienen sollte, weiterhin von zwei Sekretären und dreißig Gefolgsleuten. Mit großem Tamtam stach die Prozession in See, an Bord einen königlichen Brief an den französischen König, in dem der Monarch ihm zum erfolgreichen Abschluß eines Freundschaftsvertrages zwischen zwei großen Nationen gratulierte.

Am selben Morgen wurde ein holländischer Kurier, Kapitän Cijfer, in Aarnout Faas Büro geführt.

»Willkommen, Kapitän«, sagte der Direktor der VOC hoch erfreut. »Ich habe Eure Ankunft mit Ungeduld erwartet.« Das war eine Untertreibung. Faa war wie auf glühenden Kohlen gesessen. Es kursierten Gerüchte über eine bevorstehende Allianz zwischen Siam und Frankreich. Aber jetzt waren, Gott sei Dank, die Kriegsschiffe eingetroffen.

»Es tut mir leid, daß ich so spät dran bin, Sir, aber ich hatte allergrößte Schwierigkeiten, zu Euch zu kommen. Die Mündung des Flusses ist mit siamesischen Booten verstopft. Präch-

tige Prozessionen bewegen sich von der Mündung zur Hauptstadt. Ich habe zwei Tage gebraucht, um zu Euch zu gelangen.«
»Wie seltsam«, bemerkte Faa, »die Bestattung des Barcalon ist doch schon seit zwei Tagen vorbei.«
»An der Mündung des Menam ankert ein großes siamesisches Schiff, mit dem Namen ALLIANCE in römischen Buchstaben, unweit unserer Schiffe. Vielleicht hat das etwas damit zu tun. Wie es scheint, sind die Prozessionen zu Ehren einer Gesandtschaft, die nach Frankreich reist. Ich habe noch nie so prachtvolle Geschenke und solchen Pomp gesehen wie auf dem Weg hierher. Wißt Ihr, was da vorgeht, Sir?«
Aarnout Faa spürte plötzlich ein flaues Gefühl im Magen. Warum hatte ihn keiner informiert? Die Vorbereitungen mußten streng geheim gewesen sein, wenn keiner seiner Männer etwas davon wußte. Die Siamesen besaßen tatsächlich einige hochseetüchtige Schiffe, aber von einem mit dem Namen ALLIANCE hatte er noch nie etwas gehört ... Der Name war ein schlechtes Omen.
»Hier sind ständig so viele Prozessionen, Sir, daß ich aufgehört habe, nach ihrem Anlaß zu fragen. Aber ich werde mich gerne für Euch erkundigen.« Faa schlug auf den Gong.
Ein Diener erschien im selben Augenblick, aber bevor Faa etwas sagen konnte, kündete der Mann die Ankunft eines hochrangigen Mandarins in einer Sänfte an, begleitet von zehn Sklaven. Der oberste Sklave hatte seinen Namen nicht genannt, sondern nur seinen Rang. Er war ein Mandarin ersten Grades und er wünschte, den Direktor der VOC sofort zu sprechen.
»Dann schick ihn herein«, sagte Aarnout Faa zufrieden. Er wandte sich an den Kapitän. »Jetzt werden wir wohl den Grund erfahren.«
Einen Augenblick später öffnete sich die Tür, und eine Gestalt in goldgesticktem Hemd, in einer Sänfte liegend, die von sechs Sklaven getragen wurde, kam ins Zimmer. Zuerst erkannte Faa das Gesicht unter dem konischen Hut nicht, aber als der Mann ihn begrüßte, gefror ihm das Blut in den Adern.

»Willkommen, Heer Phaulkon«, sagte der Direktor der VOC mit heiserer Stimme. »Ich höre, Ihr seid in der heroischen Schlacht gegen die Makasaren verwundet worden. Ich hoffe, Ihr seid auf dem Weg der Besserung.«

»O ja, danke, Herr Faa. Die guten Neuigkeiten der letzten Tage haben meine Genesung sehr beschleunigt.«

Der Kapitän starrte mit großen Augen diesen Europäer an, der wie ein Orientale gekleidet war, perfektes Holländisch sprach und wie ein prominenter Würdenträger dieses Landes behandelt wurde. Phaulkons fünf begleitende Sklaven lagen in Demutsstellung neben seiner Sänfte.

»Aber erlaubt mir, Euch Kapitän Cijfer von der königlich holländischen Marine vorzustellen. Das ist ... äh ... Seine Exzellenz, Fürst Phaulkon.«

»Es ist mir eine große Ehre, mein Fürst«, sagte der Kapitän und verbeugte sich. »Aber ich sollte doch wohl besser draußen warten —«

»Ganz im Gegenteil, Kapitän«, sagte Phaulkon, »Eure Anwesenheit hier ist ein echter Glücksfall.«

»Ihr macht uns neugierig, Heer Phaulkon«, sagte Faa mit gequältem Lächeln.

»Meine Herren«, begann Phaulkon, »in Kürze wird eine wichtige Allianz proklamiert werden zwischen zwei großen Nationen, und angesichts der langen und besonderen Beziehung Eures Landes mit Siam wollte ich, daß Ihr es als erster erfahrt.«

»In der Tat, Heer Phaulkon, und welche Nationen sollten das sein?«

Phaulkon ließ sich Zeit. Er zeigte auf sein diamantenbesetztes Betelnußkästchen, das ein Sklave sofort öffnete und ihm unterwürfig darbot. Phaulkon holte ein Stück Betelnuß in einem Blatt heraus und begann zu kauen. Aarnout Faas Füße zappelten unter dem Schreibtisch.

»Seit einiger Zeit schon sind geheime Verhandlungen zwischen Seiner Majestät König Narai von Siam und Seiner Majestät König Ludwig von Frankreich im Gange«, begann Phaulkon. »Diese Verhandlungen wurden in aller Stille von den Jesuiten eingeleitet, zur Zeit des Besuchs des Bischofs von Heliopolis, lange bevor Ihr oder ich siamesischen Boden betraten. Diese langwierigen Verhandlungen gipfeln nun in einer großen Allianz zwischen Frankreich und Siam, die heute proklamiert werden soll. Gleichzeitig wird eine große Gesandtschaft — die größte, die Siam je verlassen hat — auf persönliche Einladung des französischen Königs nach Frankreich abreisen. Zur selben Zeit wird eine Gesandtschaft des Sonnenkönigs nach Siam aufbrechen. Die Gesandtschaft Frankreichs wird von fünftausend Mann begleitet, an Bord von zwanzig Kriegsschiffen. Die Truppen werden Seiner siamesischen Majestät als persönliche Leibwache dienen. Ihr lest doch sicher französisch, Herr Faa?«

Der Holländer zwang sich ein weiteres Lächeln ab. Er spürte Kapitän Cijfers fragenden Blick. »Genug, um den Sinn zu begreifen, Heer Phaulkon.«

Phaulkon öffnete seinen Beutel und zog einen Brief heraus, den er behutsam auf Faas Schreibtisch legte. Er war mit dem königlichen Siegel Frankreichs versehen, und selbst Phaulkon war überrascht gewesen, als er ihn das erstemal gesehen hatte. Er war auf letztes Jahr zurückdatiert und eine perfekte Fälschung — ein Meisterwerk des Jesuiten Pater le Moutier. Der Brief war an Seinen hochgeschätzten Freund und Verbündeten, den König von Siam, gerichtet, und darin brachte Le Grand Monarque seine tiefe Befriedigung darüber zum Ausdruck, daß acht Jahre Verhandlungen in einem so großartigen Vertrag ihren Abschluß gefunden hatten. Außerdem enthielt er eine Liste der Geschenke an Seinen geschätzten Freund und bestätigte die Entsendung der fünftausend Mann.

Während er las, wurde der Direktor der VOC zusehends blasser. »Aber wie kommt es, daß ein Dokument von solcher Wichtigkeit in Eure Hände gerät, Heer Phaulkon?« fragte Faa. »Der Brief ist elf Monate alt. Er muß Siam vor etwa vier Monaten erreicht haben.«

Es war die Frage, auf die Phaulkon gewartet hatte. Das Stichwort für den *coup de grâce.*

»Weil, Herr Faa, alle Vorgänge dieser Art jetzt in meinen Händen liegen. Ihr müßt wissen, morgen ist ein besonderer Ehrentag für mich. Ich werde zum Barcalon von Siam ernannt.«
Aarnout Faa wurde kalkweiß. Aber er war ein erfahrener Diplomat, fing sich sofort wieder und sagte: »Heer Phaulkon, ich muß Euch zu einer bemerkenswerten Karriere gratulieren. Euer Aufstieg zur Macht war wirklich kometenhaft.« Sein Verstand arbeitete fieberhaft. Bestand die Möglichkeit, daß dieser Brief gefälscht war? Aber selbst der diabolische Phaulkon würde es nicht wagen, seine Ernennung zum Barcalon zu erfinden. Gütiger Gott, wenn das stimmte, was wurde dann mit ihm? Und mit Holland? Und warum, zum Teufel, sollte er etwas vortäuschen oder einen solchen Brief fälschen? Außer ... außer Phaulkon hatte irgendwie von der Ankunft der holländischen Kriegsschiffe erfahren. Aber selbst er hatte es erst vor vier Tagen gehört. Die Prozessionen, die Kapitän Cijfer geschildert hatte, hätten niemals in vier Tagen vorbereitet werden können, falls es einen Verräter gab. Und das war unmöglich. Nein, fluchte Faa, diese Allianz mit Frankreich mußte echt sein. Der Zeitpunkt war wirklich katastrophal für einen solchen Zufall. Er mußte sofort eine dringende Depesche mit dieser Neuigkeit nach Batavia schicken, und außerdem mußte er sofort eine unangenehme Entscheidung, was die Kriegsschiffe anging, treffen. Einen Krieg mit Frankreich konnte er nicht riskieren. Es könnte ein oder zwei Jahre dauern, bis König Ludwig einen Vergeltungsschlag gegen Holland führte, aber schließlich würde man doch mit dem Finger auf den Direktor der VOC zeigen, und Kapitän Cijfer war ein Zeuge. Er erschauderte. Nein, Heer van Goens in Batavia sollte diese Entscheidung treffen. Wie könnte er den neuen Barcalon von Siam verhaften und nach Madras einschiffen? Die Beziehungen zu Siam würden für immer gestört sein, wenn sie das nicht ohnehin schon waren. Wenn Phaulkon ihm nicht gegenübergesessen wäre, hätte Aarnout Faa einfach sein Gesicht in den Händen begraben und wie ein Kind geweint. Sein Lebensziel, seine Karriere löste sich vor seinen Augen auf. Es gelang ihm mit ungeheurer Anstrengung,

sich wieder unter Kontrolle zu bringen. Man mußte erst einmal abwarten, ob Phaulkon morgen wirklich zum Barcalon von Siam ernannt werden würde. Alles andere würde davon abhängen, beschloß er. Er würde der Flotte befehlen, noch einen Tag zu warten. Wenn Phaulkon in das Amt des Barcalon erhoben wurde, würde er die Flotte zurückschicken.

Phaulkon sah an Faas Gesicht, welch vernichtenden Schlag er ihm versetzt hatte. Es war an der Zeit, ein bißchen Mitleid zu zeigen. »Herr Faa, ich bin heute nachmittag hierhergekommen, um Euch zu versichern, daß ich als Barcalon beabsichtige, meine Pflichten unparteiisch auszuführen. Ich werde denjenigen meine größte Unterstützung zukommen lassen, die wahre Freundschaft für Siam gezeigt haben. Ihr dürft mich nicht länger als Mitglied der englischen Kompanie betrachten, sondern als siamesischen Beamten im Dienste Siams. Ich werde nicht zögern, irgendeinen Farang oder Mauren für ein Ehrenmandarinat vorzuschlagen, wenn er die Interessen Siams über seine eigenen stellt.«

Kapitän Cijfer lauschte mit wachsender Verwirrung. Offensichtlich war er Zeuge eines historischen Augenblicks. Aber wer war dieser außergewöhnliche Mann?

Mit einiger Mühe schluckte der Direktor der VOC seinen Stolz hinunter. »Der Vertrag, der uns das Monopol für Häute garantiert, würde in Kraft bleiben?« fragte er zögernd.

»Natürlich, außer er wird mißbraucht oder durch gemeinsamen Beschluß aufgelöst.«

»Und werden die Franzosen spezielle Konzessionen bekommen?«

»Sie erhalten die Erlaubnis, eine Handelsniederlassung zu bauen und hier zu handeln, genau wie jede andere Macht, welche die Gesetze dieses Landes achtet.«

»Und die Engländer?«

»Die Engländer, Herr Faa, werden *personae non gratae* sein, bis zu einem Zeitpunkt, an dem eine deutliche Verbesserung ihrer Einstellung erkennbar ist. Leute wie Samuel Potts werden hier nicht willkommen sein, solange ich Barcalon bin.«

»Aber Mr. Potts hat doch nur seine Pflicht getan, Heer Phaulkon.«
»Indem er das englische Kontor niedergebrannt hat?«
»Heer Phaulkon, Ihr wart es, der das Kontor in Brand gesteckt hat.«
»Das ist Eure irrige Meinung, ich wünsche nicht, daß sie je wieder in meinem Beisein ausgesprochen wird. Und heute wird der letzte Tag sein, an dem es Euch erlaubt ist, mich Heer Phaulkon zu nennen.« Phaulkon wandte sich an den Kapitän. »Seid Ihr in einer Handelsmission hier, Kapitän?«
Cijfer warf Faa einen kurzen Blick zu und stammelte: »Ähm, ja, Sir, ich meine, Eure Exzellenz.«
»In diesem Fall würde es Uns sehr freuen, wenn Ihr bis morgen bleibt, um Unserer Investitur beizuwohnen.« Er lächelte huldvoll. »Wir werden einen speziellen Platz für die ehrenwerte holländische Kompanie reservieren.«
Der Kapitän machte eine tiefe Verbeugung. »Es wäre mir eine große Ehre, Eure Exzellenz.«
Phaulkon klopfte an seine Sänfte. Als seine Sklaven ihn auf die Schultern hoben, wandte er sich noch einmal Aarnout Faa zu. »Darf ich dann mit Eurer Kooperation rechnen, in dieser Periode des ... sagen wir, Übergangs?«
Faa mußte dem Mann widerwillig Respekt zollen. »Sir, Ihr habt mein Wort darauf.«

Der neue Barcalon wurde in einer großen Zeremonie im Palast in sein Amt eingeführt. Der Gouverneur von Ligor und die anderen Gouverneure aller Provinzen huldigten Seiner Exzellenz Pra Vichaiyen. Aarnout Faa verbeugte sich tief, zusammen mit den Repräsentanten der anderen Handelsnationen in Ajuthia, und Pater Vachet verneigte sich, zusammen mit den anderen Jesuiten, die sich so entscheidend für den Frieden eingesetzt hatten. Zum Klang von Zymbeln und Trompeten erschien Seine Majestät auf dem Balkon und verkündete, daß mit diesem neuen Barcalon ein neues Zeitalter begonnen hatte. General Petraja biß die Zähne zusammen und lächelte liebenswürdig, während Luang Sorasak mit eingebundenem Kopf widerwillig der Investitur beiwohnte, bevor er in die ferne nördliche Provinz Phitsanuloke abreiste, wo er zum neuen Gouverneur ernannt worden war.

In der zweiten großen Zeremonie, die an diesem Tag im Haupthof des Palastes abgehalten wurde, diesmal unter der Leitung des französischen Bischofs von Ajuthia und in Anwesenheit des Obersten Patriarchen des buddhistischen Glaubens, fand Phaulkons Hochzeit statt. Nie zuvor hatten die beiden religiösen Führer gemeinsam eine Zeremonie zelebriert. Seine Majestät schickte den Neuvermählten prachtvolle Geschenke und erschien auch noch als besondere Ehrbezeigung kurz auf seinem juwelengeschmückten Elefanten, mit dem weißen Elefanten aus Ligor an seiner Seite.

Alle Damen des Hofstaats in ihren prächtigsten Gewändern waren anwesend, und im Zentrum ihrer demütig knienden Reihen befand sich Sunida und genoß die Anerkennung als auserwählte Gefährtin des Lieblingsministers des Fürsten des Lebens. Ihre Augen waren voller Bewunderung auf den schönen Pra Klang mit seiner scharlachroten Brokatjacke gerichtet.

In einer der hintersten Reihen, nach den Damen des Hofes und auf spezielle Einladung, kauerte Sri. Sie trug den Sarong, den ihr der Palast geschenkt hatte, und der Stolz auf ihren Farang-Herrn war ihr ins Gesicht geschrieben.

Die Dame Maria, hinreißend in einem langen weißen Kleid aus chinesischer Seide mit einem passenden Schleier über dem Kopf, stand stolz an der Seite ihres Gatten. Sie schaute sich unter den Damen um, und ihr Blick fiel auf Sunida, die atemberaubend aussah in einer türkisfarbenen Bluse und dem schwarzen Panung, an ihren schlanken Fingern funkelten Juwelen. Die Worte Mestre Phaniks, ihres Vaters, fielen ihr wieder ein, und der Gedanke kam ihr, daß Sunida letztendlich doch keine Bedrohung für sie wäre. Hier, in diesem Meer von Palastkonkubinen, war sie nur eine siamesische Frau wie alle anderen, die sich nach den Moralbegriffen ihrer Erziehung verhielt.

Maria verspürte den Drang, ihr zu sagen, wie schön sie war. Ihre Blicke begegneten sich, und sie lächelte sie an.
Überwältigt von Freude erwiderte Sunida strahlend ihr Lächeln. Buddha sei Dank, dachte sie und hielt sich den Bauch, wo sie schon wieder einen kleinen Tritt spürte.